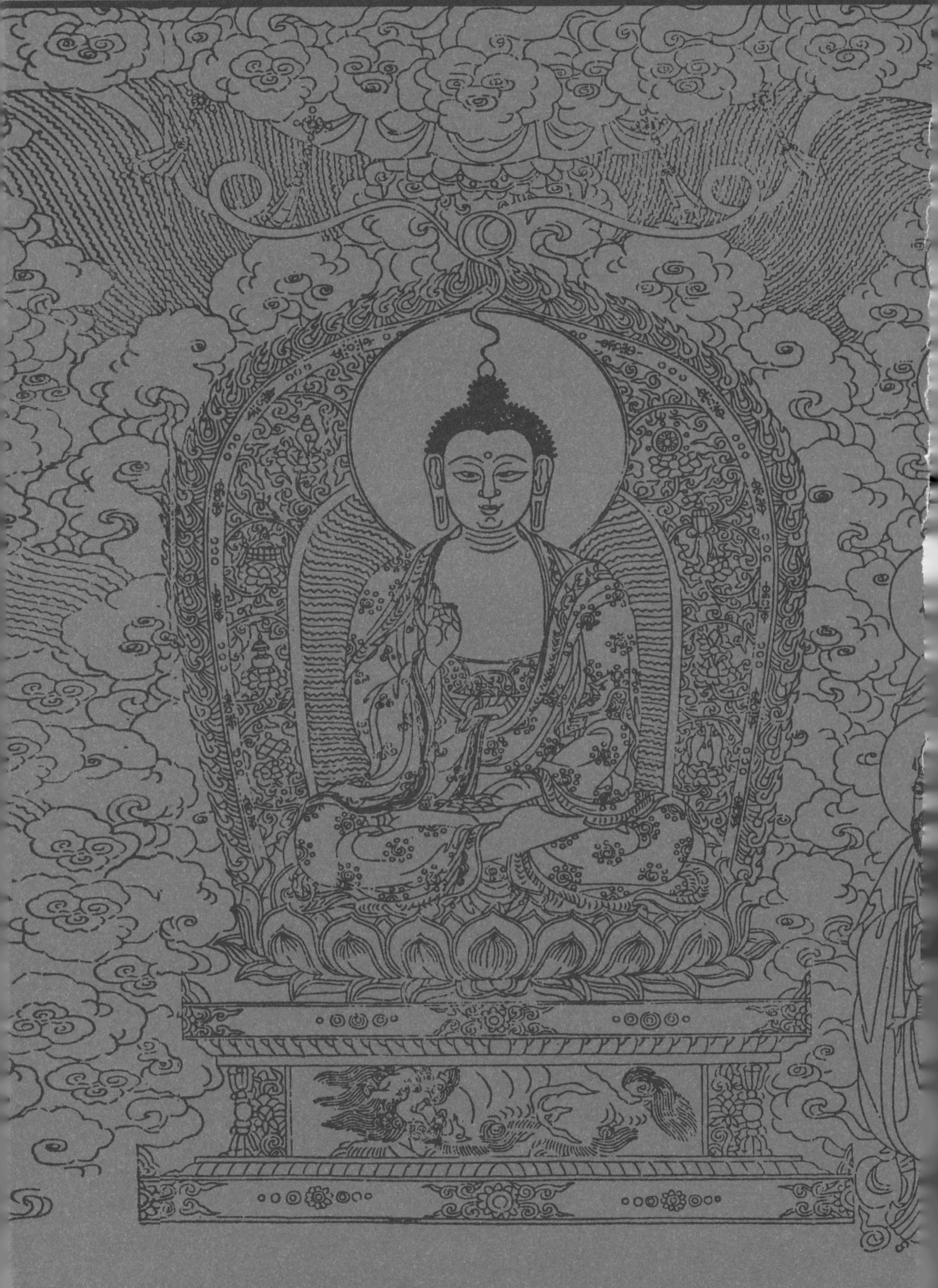

御製

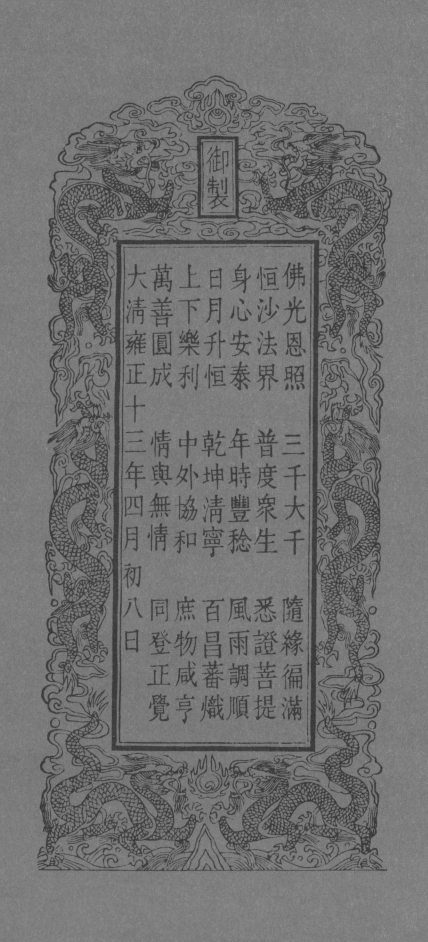

佛光恩照　三千大千　隨緣徧滿
恒沙法界　普度衆生　悉證菩提
身心安泰　年時豐稔　風雨調順
日月升恒　乾坤清寧　百昌蕃熾
上下樂利　中外協和　庶物咸亨
萬善圓成　情與無情　同登正覺
大清雍正十三年四月初八日

第一〇四册　小乘論（一六）

宋元續入藏諸論（一）

解脱道論

梁扶南三藏僧伽婆羅譯

清刻龍藏佛說法變相圖

解脫道論卷第十

阿羅漢優波底沙造

梁扶南三藏僧伽婆羅譯

五方便品第十一之一

於是初坐禪人樂脫老死樂除生死因樂除無明闇樂斷愛繩樂得聖慧於五處當起方便所謂陰方便入方便界方便因緣方便聖諦方便問云何陰方便答五陰色陰受陰想陰行陰識陰

問云何色陰答四大四大所造色云何四大地界水界火界風界云何地界堅性堅相此謂地界云何水界水濕和合色此謂水界云何火界火煖熟色此謂火界云何風界風持色此謂風界初坐禪人以二行取諸蓋以略以廣如說觀四大如是可知云何四大所造

色眼入耳入鼻入舌入身入色入聲入香入味入女根男根命根身作口作虛空界色輕色軟色堪受持色增長色相續色生色老色無常摶食處色眼色云何眼入以是見色有對依彼眼識起此謂眼入復次依眼精肉摶白黑眼珠三圓於肉血風痰唾五重內住如半芥子大如蟣子頭初業所成四大所造火大最多此清淨色謂爲眼入如大德舍利弗所說以眼識清淨見諸色或小或微如牖柯喻云何耳入以是聞聲於是聲有對依耳識起此謂耳入復次於二孔赤毛爲邊依膜住如青豆莖初業所造空大最多四大所造清淨色此謂耳入云何鼻入以是聞香於是香有對依鼻識起此謂鼻入復次於鼻孔中三和合依細孔住如拘毗陀羅形初業所造風大最多四大所造清淨色此謂鼻入云何舌入以是知味於是味有對依舌識起此謂舌入復次於舌肉上兩指大住如鬱波羅花形初業所造水大最多四大所造清淨色此謂舌入云何身入以是覺觸於是觸有對依身識起此謂身入復次除毛髮爪齒所餘不受於一切受身初業所造地大最多四大所造清淨色此謂身入是可見色此謂色入是有對聲是謂聲入是有對香此謂香入是有對味此謂味入是女性是女根是男性是男根是隨守護業所成色此謂命根是以身令現諸行名行此謂身作是以口令現諸行名行此謂口作是色分別此謂虛空界是色輕性此謂色輕是色軟性此謂色軟是色堪受持性此謂色堪受持此三種是身不懈怠性是

諸入聚此謂色聚是色聚此謂色相續是色令起此謂色生是令色熟此謂色老是色敗壞所謂色無常以氣味衆衆生得立此謂氣味摶食色依界及意識界起此謂界處色是諸界懈怠此謂睡眠色此二十六所造色及四大成三十色問四大及四大所造色云何差别答四大依四大共生四大所造色依四大生四大所造色非四大所依亦非四大所造色所依如三杖得倚如是四大可知如三杖影倚如是四大所造色可知此謂差别於是坐禪人此三十色以五行可知所勝如是以令起以聚以生以種種以一問云何以令起答九色業因緣所起所謂眼入耳入鼻入舌入身入女根男根命根處色二色心因緣所起所謂身作口作一色時節心所起所謂

聲入四色時心食因緣所起所謂色輕色軟色堪受持眼色十二色四因緣所起所謂色入舌入味入虛空界色聚色相續色生摶食四界二色無有所起所謂色老色無常復次生緣老老緣無常如是以令起所勝可知問云何以聚答九聚業所起九聚心所起六聚時節所起三聚食所起問云何九聚業所起答所謂眼十耳十鼻十舌十身十女根十男根十處十命根九問云何名眼十答眼清淨四界是其處復依四界色香味觸命根眼清淨此十法共生不相離此謂聚是謂眼十此起是生此熟謂老此壞是無常此分别是虛空界此四法彼聚共起此眼依於十老時生第二眼十彼二種十聚此謂聚彼隨逐此謂相續此六法彼共起彼復第二眼十依於

老時生第三眼十是第二及第三眼十此謂聚唯彼法隨逐此謂相續初十散壞第二十老第三十起彼成一刹那如是所起眼十彼聞不可知刹那輕速故不現世間知有彼坐禪人見眼相續如江流如燈炎相續此謂眼十如是耳十鼻十舌十身十女根十男根十命根九以廣可知問云何九聚心所起答清淨八義清淨身作九清淨口作十清淨輕九輕身作十輕口作十一清淨眼九眼身作十眼口作十一問云何名清淨八心所起答四界依界色香味觸此八法共生不相離彼十是名清淨八彼起是生彼熟是老彼壞是無常彼分別是虛空界此四法彼隨起彼清淨八於壞時與第二心共起第二清淨八初清淨壞第二清淨起於一刹那起此非展轉爲聚以與三所起所聚如是清淨輕九及清淨眼九六作聚非初壞非第二起無一刹那何故不一心二作令起餘如初說問云何六聚時節所起答清淨八清淨聲九清淨輕九輕聲十清淨眼九眼聲十外聚成二清淨八及聲九問云何三聚食所起答清淨八清淨輕九清淨眼九時節食所起聚相續業處相似可知餘如初說命九天聚於欲界於業處所成八聚以壽命活鼻舌身男女根如是輕等三及眠此於色界無有命九聚無想梵天於其身一切入以是得活如是以聚問云何以生答如男女入胎於刹那生三十色起所謂處十身十或女根十或男根十不男不女二十色起所謂處十身十於欲界化生滿根入男女於生刹那七十色起所謂處十身十眼

十耳十鼻十舌十或女根十或男根十或於惡趣化生生盲女人男人於其生剎那六十色起除眼十如是生聾人六十色起除耳十生盲聾人五十色起除眼十耳十惡趣化生滿根入或非男或非女及劫初人於其生剎那六十色起除男女根於彼盲及非男非女五十色起除眼根十除非男非女根或聾非男非女亦五十色起除耳十及非男非女根或盲聾非男非女四十色起處十身十鼻十舌十梵天於其生剎那四十九色起處十眼十耳十身十命根九無想天衆生於其生剎那九色起命根九如是以生可知問云何以種種答一切色成二種所謂大細於是十二色大內外色入以有對義餘十八色細以無對義復二種色所謂內外於是五色成內眼等五入以有境界義餘二十五外色以無境界義復有二種色命根不命根於是八色名根五內女根男根命根以依義餘二十二非命根以無依義一切色成三種所謂受色非受色有壞色於是九色有受入根及處色以業報所成義九色不受聲入身作口作色輕色軟色堪受持色老色無常及眠非業報所成義餘十二色有壞彼以二種義復有三種色所謂可見有對非可見有對不可見無對於是一色可見有對所謂色入以見義以觸義十一色不可見有對除色入餘大色以不見義以觸義十八色不可見無對餘細色不可見義不可觸義一切色成四種所謂自性色形色相色分別色於是十九自性色餘十二大色女根男根命根水界摶食處色眠色

以畢竟義七形色所謂身作口作色輕色軟色堪受持色受色相續自性色以變三相色色生色老色無常以有爲相義一色分別色所謂虛空界以聚分別義於是自性色彼成分別餘無分別如是以種種分別問云何以一種當分別答一切色非因非無因因不相應有緣有爲世所攝有漏有縛有結有流有軛有蓋所觸有趣有煩惱無記無事非心數心不相應小欲界繫不定非乘不與樂共起不與苦共起不苦不樂共起不令聚非不令聚非學非非學非見所斷非思惟所斷如是以一種所勝可知此謂色陰

問云何受陰答以相一受以彼心受持成一由處二受所謂身受意受由自性三受樂受苦受不苦不樂受由法四受善受不善受報受事受由根五受樂根苦根喜根憂根捨根由黑白六受有漏樂受無漏樂受有漏苦受無漏苦受有漏不苦不樂受無漏不苦不樂受由門七受從眼觸生受從耳觸生受從鼻觸生受從舌觸生受從身觸生受從意界觸生受從意識界觸生受以廣成一百八受六依愛起受六依出離起受六依愛憂起受六依出離憂起受六依愛捨起受六依出離捨起受此六六成三十六於三時三三十六此謂受陰

問云何想陰答以想一相以心知事以黑白二想謂顛倒想不顛倒想以由不善三想謂欲想瞋恚想害想以由善三想謂出離想不瞋恚想不害想以不知義性處門四想謂不淨淨想於苦樂想於無常常想於無我我想

以由知義性處四想不淨想苦想無常想無我想以由毗尼五想於不淨淨想於不淨不淨想於淨不淨想於淨淨想疑想以由事六想色想聲想香想味想觸想法想以由門七想從眼觸生想從耳觸生想從鼻觸生想從舌觸生想從身觸生想從意界觸生想從意識界觸生想如是種種想可知此謂想陰

問云何行陰答觸思覺觀喜心精進念定慧命根蓋不貪不瞋慚愧猗欲解脱捨作意貪瞋恚無明慢見調戲疑懈怠無慚無愧除受想一切心數法行陰於是觸者是心觸事如日光觸壁是其想足處思者是心動如作宅種地是其事門足處覺者是心行如以心誦經是其想足處觀者是心觀事如隨思義是其覺足處喜者是心歡喜如人得物是其踊躍足處心者是心清如呪令水清彼四須陀洹分足處精進者是心勇猛如壯牛堪重彼八事處足處念者是心守護如持油鉢彼四念處足處定者是心專一如殿裏燈彼四禪足處慧者是心見如人有眼彼四聖諦足處命根者是無色法是壽命如鬱波羅水彼名色足處蓋者是心惡止離如人樂命離毒彼四禪行足處不貪者是心捨著如得脱責彼離出足處不瞋者是心不瞋怒如猫皮彼四無量足處慚者是心羞恥於作惡如憎惡屎尿彼自身依足處愧者是心畏於作惡如畏官長彼世依足處猗者是心動搖滅如憂熱人冷水洗浴彼喜足處欲者樂作善如有信檀越彼四如意足處解脱者是心屈曲如水流深處彼覺觀足處捨者是心不去來如人

執稱彼精進等足處作意者是心令起法則如人執柁彼善不善足處貪者是心攝受如鵄鳥彼可愛可樂色足處瞋恚者是心踊躍如瞋恚蛇彼十瞋恚處足處無明者是心無所見如盲人彼四顛倒足處慢者是心舉如共相撲彼三種足處見者是心取執如盲人摸象彼從他聞聲不正憶足處調者是心不寂寂猶如沸水彼速精進足處悔者是心退如愛不淨彼以作惡善退足處疑者是心不一取執如人行遠國惑於二道彼不正作意足處懈怠者是心懶惰如蛇藏蟄彼八懶處足處無慙者是心於作惡無羞耻如梅陀羅人彼不恭敬足處無愧者是心於作惡無畏如惡王彼六不恭敬足處此謂行陰

問云何識陰答眼識耳識鼻識舌識身識意界意識界於是眼識者依眼緣色生識是謂眼識耳識者依耳緣聲生識是謂耳識鼻識者依鼻緣香生識是謂鼻識舌識者依舌緣味生識是謂舌識身識者依身緣觸生識是謂身識意界者依處五事依二事五識若前後次第生識此謂意界意識界者除此六識餘心此謂意識界此七識以三行所勝可知如是以處事以事以法問云何以處事答五識種種處種種事意界及意識界一處意界五事意識界六事五識者內法內處外事意界內法外處外事意識界內法外處內事亦外事六識者初生處初生事意識界於入體剎那共生處初以生處於無色有無處一切事如是以處事可知問云何以事答五識一一受其境界非一一次第生不前不後生不

散起以五識不知所有法除初起以意界不知所有法除意轉以六識不安威儀以迅速安之以六識不受持身業口業以六識不受善不善法以迅速受之以六識不入定不安詳起以迅速入定以後分安詳以六識不終不生或以後分或以彼事終以果報意識界生以六識不眠不覺不見夢以後分眠以轉意覺以迅速夢見如是以事可知問云何以法答五識有覺有觀意界有覺有觀意識界設有覺有觀設無覺少觀設無覺無觀五識與捨共行身識設與樂共行設苦與苦共行意識界設與喜共行設與憂共行設與捨共行五識果報意界設果報設方便意識界設善設不善設果報設方便六識無因無起世間法有漏有結有縛有流有戹有蓋所觸有取有煩惱不以見所斷不以思惟所斷非爲聚非非爲聚非學非非學少欲界繫不定非乘意識界一切壞如是以法勝可知此謂識陰此謂五陰

復次此五陰以四行所勝可知如是以句義以相以分別以攝問云何以句義答色者現義受者可受義想者知義行者作義識者解義陰者種類集義如是以句義可知問云何以想答色者自色相如見刺彼四大足處受者彼受相如癩惡病彼觸足處想者持相爲相如作像貌彼觸足處行者和合爲相如轉輪彼觸足處識者識知相如知味彼名色足處如是以相可知問云何以分別答三種陰分別五陰五受陰五法陰於是五陰者一切有爲法五受陰者一切有漏法五法陰者戒

陰定陰慧陰解脱陰解脱知見陰於此五受陰是可樂如是以分別可知問云何以攝答三種攝入攝界攝諦攝於是色陰十一入所攝三陰法入所攝識陰意入所攝色陰十一界所攝三陰法界所攝識陰七界所攝戒陰定陰慧陰解脱知見陰法入及法界所攝解脱陰法入及意入及法界意識界所攝五陰或諦所攝或非諦所攝五受陰苦諦及習諦所攝戒陰定陰慧陰道諦所攝解脱陰非諦所攝解脱知見陰苦諦所攝有法是陰所攝非諦所攝有法是諦所攝非陰所攝有法是陰所攝亦諦所攝有法非陰所攝亦非諦所攝於是非根所縛色及與道相應沙門果是陰所攝非諦所攝泥洹是諦所攝非陰所攝三諦是陰所攝亦諦所攝制者非陰所攝亦非諦所攝如是以行於陰知分別方便此謂陰方便（陰方便已竟）

問云何入方便答十二入眼入色入耳入聲入鼻入香入舌入味入身入觸入意入法入於是眼入者是界清淨以是見色色入者界色形模是眼境界耳入者是界清淨以是聞聲聲入者是界鳴耳境界鼻入者是界清淨以是齅香香入者界香鼻境界舌入者是界清淨以是知味味入者是界氣味舌境界身入者是界清淨以是觸細滑觸入者是地界火界風界堅軟冷暖身境界意入者是七識界法入者是三無色陰及十八細色及泥洹此謂十二入復次此十二入以五行所勝可知如是以句義以境界以緣以彼夾勝心起以攝問云何以句義答眼者見義色者現義

耳者聞義聲者鳴義鼻者齅義香者芳義舌者嘗義味者氣味爲義身者正持義觸者可觸義意者知義法者無命義入者無色法門義處義受持義如是以句義可知問云何以境界答眼耳不至境界鼻舌身至境界意俱境界復有說耳者至境界何故唯有近障不聞聲如說呪術復說眼者於其自境界至境界何故壁外不見如是以境界可知問云何以緣答緣眼色光作意生眼識於是眼者爲眼識以四緣成緣初生依根有緣色者以三緣成緣初生事有緣光者以三緣成緣初生依有緣作意者以二緣成緣次第非有緣緣耳聲空作意得生耳識以此分別當分別緣鼻香風作意得生鼻識緣舌味水作意得生舌識緣身觸作意得生身識緣意法解脫作意得生意識於是意者是後分心法者是法事此成四種六內入過去現在未來第一種五外入過去未來現在離除非入根是第二種法入第三種十一種制名者所謂衆生方時犯罪頭陀一切相無所有入定事滅禪定實思惟不實思惟是第四種此謂法事專心者心隨如理作意者於意門轉意識者速心於是意者爲意識以依緣成緣法者以事緣成緣解脫者以依緣成緣作意者以二緣成緣次第緣有緣如是以緣可知問云何以夾勝心起於眼門成三種除夾上中下於是上事以夾成七心無間生阿毗地獄從有分心轉見心所受心分別心令起心速心彼事心於是有分心者是於此有根心如牽縷轉心者於眼門色事夾緣故以緣展轉諸界依處

有分心成起有分心次第彼爲見色事成轉生轉心轉心次第依眼應轉現得見生見心見心次第已見以心現受生受心受心次第以受義現分別生分別心分別心次第以分別義現令起生令起心令起心次第以令起義由業心速行速行心次第以速行義不以方便生彼事果報心從彼更度有分心問何譬喻答如王殿上閉城門卧瘂女摩王足夫人坐大臣及直閤列在王前聾人守門依城門住時守園人取菴羅果打門王聞聲覺王勑瘂女汝當開門瘂女即奉命以相貌語聾人言聾人解意即開城門見菴羅果王捉刀女受果將入現於大臣大臣授與夫人夫人洗淨或熟或生各安一處然後奉王王得食之食已即說彼功德非功德還復更眠如是如王卧如有分心可知如守園人取菴羅果打門如是於眼門色事夾可知如王聞彼聲王覺教瘂女開門如是以緣展轉界依處有分心起可知如瘂女以相貌教聾人開門如是轉心可知如聾人開門見菴羅果如是眼識可知如捉刀女受彼果將現大臣如是受持心可知如大臣取果授與夫人如是分別心可知如夫人洗淨或熟或生各安一處然後與王如是令起心可知如王食彼果如是速心可知如王食已說彼功德非功德利如是彼事果報心可知如王更眠如是有分心度可知於是眼門以中事夾速心無間度彼有心以夾下事令起心無間度有分心如是餘於門可知於意門無事夾以作意緣以解脫行於意門成取事於是於上事三心生有

分心轉心速心彼事心於中及下事二心生轉心及速心於是可受不可受中事以種種緣種種受可知以正作意非正作意緣種種善不善可知如是彼夾勝心起可知問云何以攝答三種攝陰攝界攝諦攝於是十入色陰所攝意入識陰所攝法入餘泥洹四陰所攝十一入十一界所攝意入七界所攝五內入苦諦所攝五外入或苦諦所攝或非苦諦所攝意入或苦諦所攝或非苦諦所攝法入或四諦所攝或非苦諦所攝如是所攝可知如是以此行於入智令起方便此謂入方便

入方便已竟

問云何界方便答十八界眼界色界眼識界耳界聲界耳識界鼻界香界鼻識界舌界味界舌識界身界觸界身識界意界法界意識界於是眼清淨眼界色形色界眼識眼識界如是餘可知於五門轉事意界受果報意界唯法入餘法界六識界餘心意識界餘如入廣說於是十界色陰所攝法界餘泥洹四陰所攝七界識陰所攝十一界十一入所攝七界意入所攝十一界苦諦所攝五界或苦諦所攝或非諦所攝法界四諦所攝或非諦所攝意識界或苦諦所攝或非諦所攝問云何說化境界答唯此法陰入界爲境界諸說法種類和合相爲陰說門相爲入說自性相爲界復次世尊爲利根人以陰門說苦諦爲中根人以入門說苦諦爲鈍根人以界門說苦諦復次於名著相人以略說色以分別名說陰爲著色相人以分別色以略說名說入於名色著相人以名色分別說界復次說自性

處說陰說處事說入以處事說心起說界以如是等行界分別方便此謂界方便界方便已竟

問云何因緣方便答無明緣行行緣識識緣名色名色緣六入六入緣觸觸緣受受緣愛愛緣取取緣有有緣生生緣老死憂悲苦惱如是皆苦陰起唯以無明滅則行滅以行滅則識滅以識滅則名色滅以名色滅則六入滅以六入滅則觸滅以觸滅則受滅以受滅則愛滅以愛滅則取滅以取滅則有滅以有滅則生滅以生滅則老死憂悲苦惱滅如是苦陰皆成滅於是無明者不知四諦行者身口意業識者入胎一念心名識名色者共相續心起心數法及迦羅邏色六入者六內入觸者六觸身受者六受身愛者六愛身取者四取有者是業能起欲色無色有生者於有陰起老者陰熟死者陰散壞問何故無明緣行何故生緣老死答於此無聞凡夫於四諦不知故五受陰長夜樂著我物成彼所觸此我物此我身如是有樂著樂和合爲有思惟彼思惟使非智所處爲得有成住於有如種在耕熟田無彼識爲有滅此謂無明緣行皮無明所起行思入有著於有相事成爲聚於轉有起相續識於有隨心非斷是故行緣識如除日無光明住地增長如是除識無名色於無體住增長如荻相倚展轉相依是故識緣名色依處餘名共生起意入增長依名命四大及食時緣餘五入起增長非餘此緣是故名色緣六入餘根境界識和合起觸是故六入緣觸以觸受或苦或樂或不苦不樂非所觸是故觸緣受癡凡夫受樂成著復更覓

受苦彼對治覓樂若受不苦不樂受捨是故受緣愛以渴愛急取愛處是故愛緣取彼有取作事爲有種是故取緣有以如業所勝生於諸趣是故有生以生成老死是故生緣老死如穀爲種緣如是無明緣行可知如種爲芽緣如是行緣識可知如芽爲葉緣如是識緣名色可知如葉爲枝緣如是名色緣六入可知如枝爲樹緣如是六入緣觸可知如樹爲花緣如是觸緣受可知如花爲汁緣如是受緣愛可知如汁爲米緣如是愛緣取可知如米爲種緣如是取緣有可知如種爲芽緣有如是緣生可知如是起種相續如是前際不可知後際亦不可知如是生無明爲初因緣相續其前際不可知後際亦不可知問無明何緣答唯無明爲無明緣使爲纏緣纏爲使緣初爲初後爲後復次一切諸煩惱成無明緣如佛所説從漏集起無明集復次如一心法以眼見色癡人起愛於此時淨樂者心癡此謂無明思著是無明緣行心著此行緣識知相應心數法及彼所造色是識緣名色從愛生喜緣喜故喜色緣故諸根清淨是名色緣六入無明觸是六入緣觸喜觸緣受欲受緣愛以著取淨樂是愛緣取以著思是取緣有彼法起是有緣生住已是老念散壞是死如是於一剎那成十二因緣問彼十二因緣分幾名煩惱幾名業幾果報幾過去幾未來幾現在幾因緣幾已起云何因緣云何因緣法此二何差別何因緣深性答三煩惱無明愛取二業行有餘七果報於是名煩惱者成因爲有後生如畫師色其事不自生如畫

師色事煩惱令起有緣得生如種種色二過去無明及行二未來生老死餘八現在如是以取三時無始生死相續可知十二分因緣者不應説除十二因緣亦不應説爾時云何因緣此十二法如次第展轉因故此謂因緣起十二因緣分已起法此二何差別者因緣者諸行異非成就不可説或有爲或無爲不應説以起因緣法行已成就有爲此二法差別何因緣深性者以是行以是相成無明行緣彼行彼相彼性彼聖人不他緣以慧眼通達如是一切此謂因緣深性復次此因緣以七行可知如是以三節以四略以二十行以輪以牽以分別以相攝云何以三節諸行及識其間第一節受及愛彼間第二節有及生彼間第三節於過去以業煩惱緣現在果報

是第一節以現在果報緣現在煩惱第二節以現在煩惱緣未來果報第三節第一及第三因果節及有節第二節果因節非有節有節者何義答終無間未度陰入界以初業煩惱緣故於諸趣更有生此謂有生節問云何成答彼入無明愛相應以造功德惡業凡夫彼於此時謂死以死受苦卧置死人處不見此世不見彼世失念不得念是時受生苦意念智成退身勇猛成退諸根漸漸失從身或上或下命根失燥失如多羅葉燥於此時如眠夢以業四法起業業相趣趣相云何業是其所造或功德或非功德或重或輕或多或少如近其初所造彼業即起業相者彼處所依造業彼處即起業伴侶業相起彼於時或如現作業趣者以功德緣善趣起以非功德

緣惡趣起名趣相者入胎時三事和合得生化生者依處處生是其所生處起或宮殿或坐處或山或樹或江隨其趣及共取相起彼於此時往彼或倚或坐或卧見彼或取彼於此時初所造業及業相或趣及趣相作事以速心現起或命終去速心無間共命根滅成命終心無間次第以速心起唯彼業或彼業相或起或取相作事果報心處度於後有如燈然燈如從火珠出火彼節心起故如伴侶於母腹依父母不淨三十色業所成成起處身有十彼於老剎那無心過節四十六色成起業所造三十食節所成二色及八無心過節色於老剎那共第二心五十四色成起業所成三十食時所成三色及八如是起識緣名色名色緣識如是成有節於是以三節可知問云何以四略答無明行於過去業煩惱略識名色六入觸受於現在果報略愛取有於現在業煩惱略生老死於未來果報略如是以四略可知

問云何以二十行答以取無明過去愛及取以煩惱相成所取以取行過去有以業相成所取以取識名色六入觸受現在以果報相生及老死成所取以取愛取現在以煩惱相成所取以取有現在行以業相成所取以取生老死未來識名色六入觸受成所取此二十四法以取其成就成二十如阿毗曇所說於初業有癡是無明聚是行著是愛覓是取思是有此五法於此生有初所作業是其緣不了諸入癡是無明聚是行著是愛覓是取思是有此五法於此業有爲未來生時緣未

來生時識度是名色清淨是入所觸是觸取是受此二法於未來生有於此所作業是其緣如是以二十行可知云何以輪無明緣行行緣識乃至生緣老死如是皆苦陰起於此皆苦陰無知此謂無明無明緣行者復如是以輪可知云何以牽二牽所謂無明所初及老死所初於是

問云何無明所初答是說次第云何老死所初是度次第復次無明所初是有邊際面未來知道老死所初者初邊際面過去知道如是以牽可知問云何以分別答二種因緣世間因緣及出世因緣於是無明所初是世因緣

問云何出世因緣答苦依苦信依信喜依喜踊躍依踊躍猗依猗樂依樂定依定如實知見依如實知見猒患依猒患無欲依無欲解脱依解脱滅智此謂出世因緣復說四種因緣業煩惱爲因種爲因有作共業爲因問云何業煩惱爲因答無明所初云何種爲因如種芽相續云何有作如化色云何共業爲因如地雪山海日月復有說非此共業因是諸色心法時節爲因無有共業如世尊說偈

業不與他共　是藏他不偷　人所作功德
其自得善報

如是分別可知問云何以相攝答四種相攝陰相攝入相攝界相攝諦相攝於是無明行觸愛取有行陰所攝識識陰所攝名色四陰所攝六入二陰所攝受受陰所攝生老死色陰所攝及行陰所攝無明行觸受愛取有生老死法入所攝識意入所攝名色五內入所

攝六入六內入所攝無明行觸受愛取有生老死法界所攝識意識界所攝名色五界所攝六入十二諦所攝無明愛取十諦所攝餘九苦諦所攝出世因緣道分道諦所攝因緣滅滅諦所攝如是以相攝可知如是以行因緣方便可知此謂因緣方便因緣方便已竟

解脱道論卷第十

音釋

盲聾盲莫耕切目無童子也聾盧紅切耳無聞也　撲弼角切踣也　蟄直立切蟲藏曰蟄　癩落蓋切惡疾也　模莫胡切規模也　齅許救切以鼻攬氣也　夾古洽切　瘂烏下切　燥蘇到切

解脱道論卷第十一

阿羅漢優波底沙造
梁扶南三藏僧伽婆羅譯

五方便品第十一之二

問云何聖諦方便答謂四聖諦苦聖諦苦集聖諦苦滅聖諦苦滅道聖諦問云何苦聖諦答生苦老苦死苦憂苦憂悲苦惱苦苦苦怨憎會苦愛别離苦求不得苦以略五受陰苦生苦者於衆生種類諸陰起此一切苦集義老苦者以生諸界熟此失力色諸根念慧義死苦者壽命滅作畏怖義憂苦者至苦處心思惟此内燒義憂悲苦者苦至語言此内外燒義苦苦者身苦此因苦身義惱苦者心苦此因苦心義怨憎會苦者與不可愛衆生共和合此作苦義愛别離苦者與可愛衆生共分散離别此作憂苦義求不得苦者樂得與不可愛别離樂可愛和合彼不得失樂義已略説五受陰苦者不離五受陰苦是故以略五受陰苦問云何五受陰答色受陰痛受陰想受陰行受陰識受陰如陰方便廣説如是可知於是二種苦處苦自性苦於是生苦死苦怨憎會苦愛别離苦求不得苦以略五受陰苦此謂處苦憂苦憂悲苦惱苦此謂自性苦三種苦者苦苦壞苦行苦於是身苦心苦是謂苦苦有漏樂受彼處壞是謂壞苦五受陰行苦此謂苦聖諦問云何苦集聖諦答愛令復生與欲共起處處起如是欲愛有愛不有愛此愛令復生者有愛多成令有生愛苦集者唯愛不共故説苦集與欲共起者唯愛令歡喜名起令染名染共染起喜起者是處

處令身性起是處歡喜是處可愛色是處歡喜如是欲愛有愛非有愛除有愛及不有愛餘愛是欲愛有愛者與常見共起非有愛者與斷見共起此謂苦集聖諦問云何苦滅聖諦答唯愛滅無餘捨遠離解脱無處此謂苦滅聖諦問不然此亦集滅何故世尊説苦滅答曰苦因滅故成不生滅應作證義是故集滅世尊説苦滅問云何苦滅道聖諦答此入正分道如是正見正思惟正語正業正命正精進正念正定正見者四諦智正思惟者是三善思惟正語者離四惡行正業者是離三惡行正命者離邪命正精進者四正勤正念者四念處正定者四禪復次若修行聖道於泥洹知見此謂正見唯於泥洹覺是正思惟彼斷邪語是正語斷邪業是正業彼斷邪命是正命斷邪精進是正精進於泥洹念是正念於泥洹專心是正定於是慧根慧力慧如意足擇法覺分成入内正見精進根精進力精進如意足欲如意足精進覺分四正勤成入内精進念根念力念覺分四念處成入内正念定根定力心如意足信根信力定覺分喜覺分猗覺分捨覺分成入内正定如是三十七菩提法成入八正道内此謂苦滅道聖諦此説四聖諦問何故説四聖諦不三不五答一切疑爲世間出世間果因故成四問云何世諦果苦集世諦因果滅出世諦果道出世諦因緣故四不三不五復次應知應斷應證應修以四句故成四此四聖諦以十一行可勝可知如是以句義以相以次第以略以譬喻以分別以數以一以種種以次第廣以

相攝問云何以句義答聖諦者聖人所説名聖諦通達彼故成聖諦諦者如是義不異義自相不異義苦者苦義集者因義滅者隨滅義道者見第一義如是以句義可知問云何以相答苦者過患相集者因相滅者不生相道者方便相復次苦者逼惱相憂相有爲相有邊相集者聚相因緣相和合相著相滅者出離相寂寂相無爲相醍醐相道者乘相令到相見相依相如是異相可知問云何以次第答以麤義及證義初説苦諦此苦以此生第二集此集滅是此苦滅第三滅此方便爲實滅第四説道如明了醫初見病源後問病緣爲滅病故如病説藥如是病如苦可知如是病因緣如集可知如是病盡如脱滅可知如是藥如道可知如是以次第可知問云何以略答生是苦令生是集苦止是滅令止是道煩惱處是苦煩惱是集斷煩惱是滅斷方便是道苦能起闕身見門集能起闕斷見門滅能起闕常見門道能起闕邪見門如是以略可知問云何以譬喻答如毒樹如是苦可知如種如是集可知如是燒種如是滅可知如火如是道可知如此岸有苦有怖畏如是苦可知如流如是集可知如彼岸無苦無怖畏如是滅可知如船能度如是道可知如擔如是苦可知如取擔如是集可知如置擔如是滅可知如置擔方便如是道可知如是以譬喻可知問云何以分別可知答四種諦語諦各各諦第一義諦聖諦於是説實語非不實是謂語諦於各各諦大入諸見此謂各各諦彼諦比丘妄語愚癡法彼不妄語愚癡

法是諦泥洹者是第一義諦是聖人所修行是聖諦於此所樂聖諦如是以分別可知問云何以數可知答除愛於三地善不善無記法是苦諦愛是集諦斷彼是滅諦八分道是道諦復次除愛餘煩惱於第三地善不善無記法是苦諦愛及餘煩惱是集諦斷彼是滅諦道者是道諦復次除愛餘煩惱一切不善於三地善有記法是苦諦愛及與煩惱一切不善是集諦斷彼是滅諦道是道諦復次除愛與煩惱及一切不善於三地不善於三地無記法是苦諦愛及餘煩惱及一切不善於三地善此集諦斷彼是滅諦道是道諦於是見有氣味義是愛集有結使義餘煩惱是集以可斷義以令起有義一切不善是集以令有義於三地善法是集於是愛及餘煩惱是集一切不善於三地及善或苦諦或集諦逼惱憂有爲有邊相故成苦諦聚因緣著和合相故成集諦如是以數可知問云何以一可知答此四諦以四行成一以諦義以如義以法義以空義如是以一可知問云何以種種可知答二諦世諦出世諦世諦者有漏有結有縛有流有軛有蓋可觸有取有煩惱所謂苦及集出世諦者無漏無結無縛無流無軛無蓋不可觸無取無煩惱所謂滅道三諦有爲滅諦無爲三諦無色苦諦有色無色集諦不善道諦善滅諦無記苦諦善不善無記苦諦可知集諦可斷滅諦可證道諦應修如是以種種可知問云何以次第廣答以一種有識身是苦集我慢斷彼是滅身念是道以二種名色是苦是無明有愛是集斷彼是滅奢

摩他毗婆舍那是道以三種成所謂苦苦是苦諦三不善根是集斷彼是滅戒定慧是道以四種成四身性處是苦四顛倒是集斷顛倒是滅四念處是道以五種成五趣是苦五蓋是集斷蓋是滅五根是道以六種成六觸入是苦六愛身是集斷愛身是滅六出離法是道以七種成七識住是苦七使是集斷七使是滅七菩提分是道以八種成八世間法是苦八邪邊是集斷八邪邊是滅八正分是道以九種成九衆生居是苦九愛根法是集斷彼是滅九正作意根法是道以十種成十方行是苦十結使是集斷結是滅十想是道如是以次第廣可知問云何以攝答三種攝陰攝入攝界攝於是苦諦五陰所攝集諦及道諦行陰所攝滅諦非陰所攝苦諦十二入所攝三諦法入所攝苦諦十八界所攝三諦法界所攝如是以攝可知以此行於聖諦知令起此謂聖諦方便聖諦方便已竟

分別諦品第十二之一

爾時坐禪人已明了陰界入因緣諦已得聞或頭陀禪以凡夫未解脫怖畏惡趣已觀惡趣怖已觀無始生死怖已觀一剎那不可得已觀三百鉾刺喻已觀燒頭愛喻未分別四聖諦爲分別聖諦當作方便當作欲當作勇猛精進專心緣念具足應令滿問云何當作答彼坐禪人初四聖諦當聞或以略或以廣或以略廣以聞以義以誦當受持是時坐禪人入寂寂坐不亂心不去來心四聖諦應令起初苦諦應令起或以陰或以入或以界陰法以自相以陰相應令起如陰方便廣說如

是當知入者以入相應令起如入方便廣說如是當知界者以界相應令起如界方便廣說如是當知彼坐禪人如是已陰入界唯有陰入界無衆生無命已令起已得行想爾時已略作二種命起所謂名色於是色陰十入十界色四陰意入七界是名法入法界或名或色餘名餘色餘色餘名者以色空色者以名空名者以色不離色者以名不離如鼓聲唯依名色生依色名生如盲跛遠行問名色者何差別答名者無身色者有身名者有所知色者無所知名者輕轉色者遲轉名無聚色有聚名者覺知思識色者無此色者行倚坐卧屈伸名無此名者知我行我倚我坐我卧我屈我伸色無此色者飲食噉嘗名無此名者知我飲我食我噉我嘗色無此色者拍戲笑啼種種言說名無此名者知我拍我笑我戲我啼我種種言說色無此謂名色差別彼坐禪人如是名色唯以名色無衆生無命已令起已得行想爾時一切作略苦諦者令起如實知見清淨令名色起此總語苦諦令起可知彼坐禪人如是已令起苦諦作衆生想從此苦因緣應觀問此苦何因緣何集答彼坐禪人如是知此苦生爲因緣生者有爲因緣有者取爲因緣取者愛爲因緣愛者受爲因緣受者觸爲因緣觸者六入爲因緣六入者名色爲因緣名色者識爲因緣識者行爲因緣行者無明爲因緣如是無明緣行行緣識生緣老死成憂悲苦惱如是悉苦陰成起彼坐禪人如是以因緣所縛以廣觀爾時以作略此受緣愛彼苦集令起或法住智或

取因緣智或離疑清淨此衆語言集諦令起智彼坐禪人以令起苦集於三時已度疑爾時觀苦滅誰滅爲苦滅誰滅爲此苦滅彼坐禪人如是知從生滅此苦滅從生滅有滅從有滅取滅從取滅愛滅從無明滅行滅如是從無明滅行滅從行滅識滅從生滅老死憂悲苦惱滅如是此一切苦陰成滅彼坐禪人如是因緣所縛滅已廣已觀爾時作略此受緣愛從彼滅苦滅令起滅諦彼坐禪人如是已令起滅諦爾時觀苦滅道何道何具足爲愛滅彼坐禪人如是知於五受陰觀過患此道此具足爲愛滅令起道諦如諦方便廣説如是可知彼坐禪人如是以次第已令起四諦爾時於五受陰以一百八十法次第以聚分別觀所有色過去未來現在或内或外或大或小或麤或妙或遠或近一切色以無常廣觀以廣觀苦以廣觀無我如是所有受所有想所有行所有識於一一陰十二法門於五陰五十二成六十六十無常見六十苦見六十無我見成一百八十復次一百八十法門六内入六外入六識身六觸身六受身六想身六思身六愛身六覺六觀此十六成六十六十無常見六十苦見六十無我見三六十成一百八十彼夂遠年時日月月半日夜時念刹那以迴轉法行成新故如燈炎相續成轉以無常於行分別觀以惡趣受苦飢渴怖畏求覓愛别離老病死憂悲苦惱此行相應相續以苦於行觀分别從陰入界因緣諦業果報因緣令生所生無衆生不動無事自性行成起以無我於觀分别於行色無常以

滅義以苦怖義無我不實義以作略廣分別如是受想行識無常滅義苦者以怖義無我以不實義如是作略廣分別於是以無常已分別除常想以苦分別除樂想以無我分別除我想問云何以無常廣分別答如實見一切諸行無有爲邊滅爲邊於無相戒令起心於無相界爲安心是故以無常廣分別問云何以苦分別答於一切諸行令心怖畏從作願令起心於無作願爲心安是故以苦廣分別問云何以無我廣分別答於一切法見從他從此執令起心於空界爲心安是故以無我廣分別如是分別三有五趣七識住九衆生居以滅怖畏以無實觀之分別智已竟

彼坐禪人於五受陰已分別於三相令樂入欲斷諸行爾時現在內五受陰取彼相令通達起滅如是此法以無生現生以生滅如是通達於是取相者取相三種取煩惱相取定相取毗婆奢那相於是愚癡凡夫於見聞覺知境界以成樂常想顛倒所初心以好取相於此著煩惱如蛾投燈此謂取煩惱相問云何取定相答於此坐禪人樂得定以念正智所初心三十八行於一一行取相令繫心爲不亂故如鉤繫象此謂取定相問云何取毗婆奢那相答常觀人以慧所初心色受想行識各各分別其自相樂欲捨修彼相如捉毒蛇此謂取毗婆奢那相於此取毗婆奢那相可樂問云何取受想行識相答彼色識相或以地界或以水界或以火界或以風界或眼入或身入如是觀彼受受相或爲樂或爲苦或爲不苦不樂如是觀彼想想相或爲色想

或爲法想如是觀知行行相或爲觸或爲思或爲覺或爲觀或爲作意如是觀彼識識相或眼識或意識如是觀彼彼坐禪如是善取彼相以善令起令起如是取色受想行識相復次以二行取心相以事以作意問云何以事取心相答以此事我心起當觀彼以此色受事以此想事以此行事以此識事我心起如是當觀彼如是以事取心相問云何以作意取心相答如是我作意色此心起如是當觀如是我作意受想行我心起如是當觀如是已作意取心相問云何彼相成善取答以是行以是相色受想行識相以成觀若復堪更觀彼相以此行以此相是謂彼相成善取通達生滅者有起有滅有起滅通達於是色已生現在彼生相起變相滅彼二句以慧眼見通達起滅受已生現在受想行識彼生相起變相滅彼二句以慧眼見通達起滅復次以三行通達起相以三行通達滅相如是以因以緣以自味問云何以因通達起相答愛無明業是因爲陰起以慧眼見以因通達起相云何以緣通達起相食緣爲色陰起觸緣爲三陰起名色緣爲識陰起以慧眼見以緣通達起相問云何以自味通達起相答如燈炎相續無間初後新新起行以相以慧眼見以自味通達起相於是以因以起見以集諦相成見以念起覺以緣以自味以起見苦諦以相成所見以刹那不可得覺如是以三行通達起相問云何以三行通達滅相答以因滅以緣滅以自味滅於是以愛滅以無明滅以業滅陰成滅以慧眼見以因滅通達滅相

以食滅色陰成滅以觸滅三陰成滅以名色滅識陰成滅以慧眼見以緣滅通達滅相如燈炎相續無間初有滅行以慧眼見以自味通達滅相於是以因滅見滅諦以相成所見以無生相覺以緣滅以自味以見滅以苦諦相成初見以剎那不可得覺問若以起滅見苦諦以相得見何故上智當起答何用起見滅以苦諦相得見未見彼苦成滿乃至諸行過盡如實已見從行相已令起心於非行心成度如實已見諸行過患從行相已令起心於非行成度是處見苦成滿謂往邊故猶如飛鳥爲火所圍未免怖畏若飛至虛空見火圍過患成飛虛空是時彼見火怖圍成滿如是於此可知於是以因以緣以起見成通達因緣起相此有此起此起故此成起因滅故及緣滅故以見滅因緣生相成通達此無有此不成此滅故此滅以自味以起滅見已起成通達知因緣法有爲法起彼起得知彼滅亦知彼住以亦知如是以起滅見四法成所知如是一相法種種法無事法正法於是一相續所著諸行以起彼見不成種種執初後轉諸行以彼滅見不成一執自性離無動諸行以初後見不成我執因緣所轉初後諸行如是以法見不成無事執無聞凡夫以一不覺常斷說以種種不覺成常說以無事不覺成我說如是以法不覺成無事說於是以平等語言以一相勝語言以種種相攝成一相以分別義成種種以煩惱義成一性以方便義成種種性以愛果成一性以業果成種種見性彼坐禪人如是見一性非於此執種種

見若見種種性非於此執常見一性若現見一性餘作餘覺除此見若現見種種性彼作彼覺除此見若現見一性除此斷見若現見種種性除此常見彼坐禪人如是以起滅見一性種種性法明何以起現起諸行見彼無事何故一切諸行無事不動無餘所起住住自性因緣和合集爲因緣如是以止法生令生於是以無命義及不動義無事法可知以自性義及緣義如是止法可知令現空無事令現業所作如是止法令現無事名法如是令現止法名行於是以一性法覺苦相成通達以種種性覺無常相成通達以無事法覺如是以正法覺無我相成通達問彼坐禪人一切諸行以無餘處觀起滅爲一處當觀耶答於初諸行處取其相通達起滅無餘處一切諸行令滿如人於大海一處以舌舐水即知一切水鹹如是於此可知以二行諸行令滿以事以不愚癡於是諸行取其相通達生滅彼諸行以其事成滿於是斷無智故餘諸行以不愚癡成滿於是起滅智是諸行分別智一切諸行以起初邊成分別以滅後邊成分別以起初邊成寂寂以滅有邊成寂寂以起從起無初以滅從滅無後是故起滅智成諸行分別智（起滅智已竟）

彼坐禪人如是正見生滅相善分別諸行樂得滅樂定爾時不作意觀生唯見心滅以色事以心生滅依彼事見心滅如是以受持以想事以行事以識事以心生滅依彼事見心生滅復次以三行見滅如是以聚以雙以分別問云何以聚答於威儀威儀所起心心數

法於其處以聚見彼滅復次已觀色無常受無常想無常行無常識無常爾時以無常事所起心心數法以聚見彼滅如是以苦事無我事如是以聚當見問云何以雙答此色無常已觀無常隨無常起心見心生滅如是受想行識無常已觀隨無常事起心見生滅如是已苦事已無我事如是以雙當觀問云何以分別答已觀此色無常隨無常事起心見心生滅如是以分別觀見多心滅如是觀受想行識無常隨無常事起心見心生滅以是見心滅復見滅如是以分別見多心滅如是觀苦觀無我如是已分別唯現觀彼滅其彼若滅事成專常覓諸行刹那成得利彼坐禪人以此慧非他緣見一切世間以自性如到芥子頭於一心刹那生老死變爾時坐禪人

復如是見如偈所說

此雙名色性　展轉於一滅　句滅緣彼滅
及彼因所生　陰無常滅法　苦生法滅法
如桴打鼓聲　亦不從眼生　色香等五法
亦不從色生　亦不離二句　依緣生有爲
如桴打鼓聲　亦不從耳生　色香等五法
亦不從聲生　亦不離二句　亦不從鼻生
色香等五法　亦不從香生　亦不離二句
亦不從舌生　色香等五法　亦不從味生
亦不離二句　亦不從身生　色香等五法
亦不從觸生　亦不離二句　亦不從色生
不從法出入　依因緣依生　如桴打鼓聲
彼根最羸出　初因亦最羸　彼因亦最羸
所起彼亦羸　共地此最羸　相應亦最羸
和合亦最羸　展轉此最羸　展轉法不住

亦無性展轉　無有能令起　令起彼亦無
如乾闥婆城　是誰初令起　不以自身生
不以自力住　由隨他法生　生諸有漏法
身體羸劣不自生　亦不自因不自事
不有爲處不自性　不自性行相諸有
爲生自身羸無時　無所從來無所行
處無所生爲他國　心無我所命身性
一心苦樂相應速　剎那山海八萬劫
一住不再無二心　相應過去及當滅
現住一切彼諸陰　此等已去無聞失
未來當失於彼間　已彼無異相不起
以不生故現在生　從於心失世間無
第一義中無去來　未來無聚唯轉生
住如芥子生諸法　彼法滅已是其初
世間以法初不離　不見去來不見生
諸法不生如虛空　猶如電起須臾滅

彼坐禪人如是見滅無盡入定如鑽火煙起菩提品剎那剎那起光明智起喜猗樂取解脫念處起捨出離於是不明了坐禪人於彼法或起亂或起增上慢問云何爲除亂答彼坐禪人於法起喜彼喜復令更安如是彼法復更令安成其心法調所攝若法調所攝心從滅觀定其心離常離常通達如是離去問云何起增上慢答彼坐禪人於法初起光相得出世間法於未得成得相常不更作精進如是增上慢起明了坐禪人知此煩惱是定亂知世間法行事如是知出世間法泥洹事如是知已如是智除亂除增上慢唯見滅是善修行多修行觀滅智已竟

解脫道論卷第十一

音釋

擔擔上都甘切負也下都濫切所負也鉾迷浮切與矛同鹹胡巖切鹽味也桴風無切擊鼓杖也羸力追切弱也

解脱道論卷第十二

羅漢優波底沙造

梁扶南三藏僧伽婆羅譯

分別諦品第十二之二

彼坐禪人如是現觀滅以由觀滅成畏陰因亦畏陰生畏三有五趣七識住九衆生居成畏彼如惡人捉刀可畏如毒蛇如火聚如是以由觀滅成畏陰因畏陰生畏三有五趣七識住九衆生居以無常現作意令畏想以安隱令起無相以苦現作意成畏生以安隱令起無生以無我現作意成畏相及生以安隱令起無相及無生觀過患觀猒離軟隨相似忍是其總語言令起智怖已竟

彼坐禪人以怖現修行令起智樂解脱智生彼陰相是怖者樂解脱智起陰生爲怖者樂解脱智起三有五趣七識住九衆生居此怖者樂解脱智起如火所圍鳥從彼樂解脱如人爲賊所圍從彼樂解脱如是彼坐禪人陰因陰生三有五趣七識住九衆生居此怖畏者樂解脱智起以無常現作意畏因以苦現作意畏生以無我現作意畏因及生樂解脱智起於是凡夫人及學人於樂解脱智二種引心或觀歡喜於是現觀於是成通達現觀歡喜心成憂惱成修行障礙成通達難見思惟行捨中隨相似忍此是總語言樂解脱智已竟

彼坐禪人如是現修行樂解脱智從一切諸行樂解脱樂泥洹諸行唯作一相欲令起解脱門相似智起以三行得相似智以三行越正聚於五陰無常現見得相似智五陰滅常泥洹如是現見越正聚於五陰以苦現見得

相似智五陰滅樂泥洹現見越正聚於五陰以無我現見得相似智五陰滅第一義泥洹現見越正聚問云何以智現越正聚云何以智已越正聚答以性除智現越正聚以道智已越正聚問相似智者何義答相似者四念處四正勤四如意足五根五力七覺分八正道分以彼相似此謂相似智總語言無怨見利相似忍此是相似智總語言 相似智已竟

相似智無間次第從一切諸行相起作泥洹事生性除智問云何義名性答除凡夫法名性除非凡夫法所除亦名性除性者是泥洹復次種植泥洹者名性除 如阿毗曇所說除生名性除度無生亦名性除復除生因名性除度無生無相名性除於泥洹是初引路從外起轉慧此性除總語言 性除智已竟

性智無間次第現知苦現斷集現作證滅現修道生須陀洹道智及一切菩提法彼坐禪人於此時以寂寂現見有邊無爲醍醐戒於一刹那以一智非初非後分別四諦以知苦分別以斷集分別以作滅證分別以修道分別成分別如譬喻偈所說

如人捨此岸　以船度彼岸　於彼度諸物
乘船者除漏

如船度水非初非後於一刹那作四事捨此岸除漏到彼岸度物如捨此岸如是智分別苦如除漏如是分別斷集如度彼岸如是作證分別滅如以船度物如是修道分別如燈共生於一刹那不初不後作四事如小燈炷除闇令油消令光明起如日共生非初非後於一刹那作四事令現色除闇令滅寒令起

光明如令現色如是智分別苦如除闇如是分別斷集如令滅寒如是作證分別滅如令起光明如是修道分別如日如是聖智問如實現見苦知苦斷集證滅修道此相云何若不見苦四顛倒生爾時如所說有邊無爲醒醐戒以寂寂現見以一智非初非後分別四諦此義云何答於生滅智是時未成見苦漏及至如實見諸行過患從諸行相令起心於無行成度是故如實見諸行過患從諸行相以令起心於無行成度是處見苦漏到最後故復說若如是以寂寂以性除智成分別諦性除智者從行相起成度無行若性除智從行相起成度於無行成度於泥洹唯著因是其事以著事得定心若不得定不生奢摩他毗婆舍那亦不得菩提法滿是故以性除智成分別諦從彼性除智無間道智成生於此時得於泥洹定心得定成起奢摩他毗婆舍那成滿菩提分法是故唯以道智成分別諦如人從燒城出脚跨門閫從城已出一脚是時未名出如是性除智從彼行相起成度無行是時未名度煩惱諸法未滿故如人從所燒城兩脚已出是時名出燒城如是性除智無間成生道智起是時名從煩惱城出諸法滿故是故以性除智成分別諦分別諦者何義答四聖諦於一刹那說和合名分別諦於此時道智和合依義諸根成平等不動義力義乘義菩提分因義道分令住義念處勝義正勤便義如意足實義諦不亂義奢摩他隨觀義毗婆舍那義不相離義雙義覆義戒清淨不亂義心性淨見義見清淨義脫義解脫

通達義明捨義脫斷義滅智根義欲令起義作意平等義觸受滅出離義現前義定依義念眞實義慧深勝義醍醐最後義泥洹最後平等義坐禪人如是現智如是現見斷三結所謂身見疑戒取及彼相應煩惱問云何身見答於此無聞凡夫見色爲我我有色色爲我所於色我如是受想行識見識爲我我有識識爲我所於識我此謂身見此身已斷彼斷故六十二見亦斷爲身見所初六十二見問云何疑答或於苦或於集或於滅或於道或於佛法僧或初邊或後邊或初後邊疑惑於因緣所起法彼疑惑此謂疑彼亦斷問云何戒盜答戒盜二種渴愛及癡我以此戒以此行以此苦行以此梵行我當生天我皆當生一一天處此謂渴愛戒盜從此外沙門婆羅門以戒以清淨以清淨戒行彼如是見此謂癡戒盜彼亦斷問云何彼一處住煩惱答彼令住惡趣婬欲瞋恚癡此謂彼一處住煩惱亦斷於此間爲須陀洹果作證成向未得須陀洹住須陀洹向地或第八地或見地或定從兩起轉慧此須陀洹道智總語言須陀洹無間次第三結斷故作無爲事與道等法無異方便起須陀洹果智果心或二或三生無間彼次第度後分心從後分起觀道觀果觀泥洹觀已斷煩惱觀餘煩惱此謂須陀洹不退法定向菩提向未來果欲分別是世尊胷生口生法生法所造得法分不與物分此謂見具足善修行通達聖法至醍醐門住見具足到此妙法見此妙法已覺智成就已覺明成就入法流聖通達慧開醍醐門住是故

說此偈
於地一國王　於天堂一王　領一切世間
須陀洹果勝
彼坐禪人於此地住於上作精進爲作斯陀
含果證作見生滅所初現觀如初所說現修
行如已見道依諸根力菩提覺如是分別諦
彼如是修行向滅斷麤欲瞋恚及彼一處住
須惱從彼道無間作證斯陀含果彼坐禪人
於此地住於上作精進爲作阿那含果證作
見生滅爲初現見如初所說現修行如見道
依諸根力菩提覺如是分別諦彼如是向滅
斷細欲瞋恚及彼一處住煩惱從彼彼道無
間作證阿那含果彼坐禪人於此地住於上
作精進爲作證阿羅漢果作見生滅爲初現
見如初所說現修行如已見道依諸根力菩
提覺如是分別諦彼如是向斷色欲無色欲
慢調無明餘煩惱無餘斷從彼坐禪人作證
阿羅漢果彼觀道觀果泥洹觀斷煩惱彼比
丘成阿羅漢滅漏所作以立置擔到妙義斷
有結正智解脱離五分六分成就一守護不
爲死所繫除餘諦等滅信覓無濁思惟猗身
行善解脱心善解脱慧梵行已立成丈夫最
勝丈夫得第一所得此謂除瞋恚者度岸者
離煩惱者無結礙者得聖黏者除擔者不相
應者沙門者婆羅門者已浴者度韋陀者最
上婆羅門者阿羅漢者度者脱者伏者寂寂
者令寂者是阿羅漢總語言於是若須陀洹
從其生於上不更作精進以三種得見三種
須陀洹一七生家家須陀洹一生須陀洹於
是鈍根成七生中根成家家利根成一生七

生者七時往天當來此作苦邊家家須陀洹或二時或三時往彼家已往作苦邊一生須陀洹已令生人有作苦邊若斯陀含人從其生於上不作精進一時來此世作苦邊若阿那含從其生於上不作精進從此終生淨居彼由諸根勝以五種得見成五阿那含中間般涅槃生般涅槃不行般涅槃行般涅槃上流往阿迦尼吒天於是名中間般涅槃者未至所著無間中間依壽命時爲除殘結使令起聖道生般涅槃者越中壽命爲除殘結使已生令起聖道不行般涅槃者無異行爲除殘結使令起聖道行般涅槃者有異行爲除殘結使令起聖道上流阿迦尼吒天從不煩終往不熱從不熱終往善見從善見終往善現從善現終生阿迦尼吒天於阿迦尼吒爲除殘結使起聖道於是不煩天萬劫壽命不熱天二萬劫壽命善見天四萬劫壽命善現天八萬劫壽命阿迦尼吒天十六萬劫壽命於四地成五五人於阿迦尼吒四人無上流人如是彼成二十四人阿羅漢已斷一切煩惱無餘故不成後有因因無故阿羅漢已免壽形命行滅此苦斷不起餘苦此謂苦邊是故說此偈

譬如搥打鐵　火星流入水　次第成寂滅
彼趣不可知　如是正解脫　已度欲縛漏
至於無動樂　彼趣不可知

問於此有師說次第修道次第斷煩惱次第分別諦答或以十二或以八或以四道智作證果問云何於此見不相應答若次第修行次第斷煩惱是故次第作證以是次第作證

果可樂與道果相應故若如是可樂一須陀洹果者成耶若如是不可樂次第修道次第斷煩惱者亦然復次第二過若以見苦見苦所斷煩惱滅斷可樂是故已見苦見苦所斷煩惱已斷作證四分須陀洹果作證應可樂方便成就故若如是可樂作證四分須陀洹四分七時生四分家家生四分一生四分住於道四分住於果於此不相應若如是不可樂以見苦見苦所斷煩惱斷耶此不相應復次第三過若以見苦見苦所斷煩惱斷者所樂是以現見苦四分須陀洹道住四分信行四分法行成應可樂不見餘三諦若此所樂住於四須陀洹道成四信行成四法行於此不相應若如是不可樂以見苦見苦所斷煩惱斷復次第四過亦不相應若現見道成向

以見道成住果此可樂以是現見苦成向以見故成住果應可樂見一種故若如是可樂向及住果成多過於此此不相應若如是不可樂現見道成證以見道成住於果此亦不相應復次第五過若以見道作證果未見苦集滅成作證果可樂者以見苦集苦滅是無義復次第六過若以十二或以八或以四道智作證須陀洹果可樂者以是作證或十二或八或四須陀洹果應成可樂者成道智無果若如是可過地以成過於此此不相應若如是可樂或以十二或以八或以四道智作證須陀洹果者耶此亦不相應復此第七過若或十二若八若四道智令起一須陀洹果者可樂此亦不相應多事令起一果如多菴婆果令生一果問若以一智一刹那無前無

後成分別四諦一智應成四見取事若以見苦成見四諦四諦成苦諦若此二義無此不相應一刹那以一智無前無後成分別四諦答非一智成四見取事亦非四諦成苦諦坐禪人唯從初四諦種種相一相以前分別前故爾時以聖行苦諦如是相以通達成通達四諦如其相四諦以如義成一相如五陰種種相一相以前分別爲色陰以無常已見五陰無常亦常見無常非色陰爲五陰如是入界如是於此可知於是散法可知如是觀覺喜受地根解脱煩惱正受二定於是觀者二觀禪觀燥觀問云何禪觀已得定以定力伏蓋以名比分別色觀見禪分奢摩他爲初修毗婆舍那燥觀者以分別力伏蓋以色比分別名見觀諸行毗婆舍那爲初修行奢摩他

覺者燥觀初禪及觀者觀道及果成有覺於三禪毗婆舍那乃至性除成有覺道及果成無覺於覺地道成八分道於無覺地七分除思惟喜者燥觀得苦行具足毗婆舍那相似智成無苦起性除道及果共起喜燥觀得樂行具足於二禪毗婆舍那及道果共起喜於第三禪於第四禪毗婆舍那道及果不共起喜於喜地道及果七覺分起於無喜地六菩提覺除喜菩提覺受者燥觀得苦行具足毗婆舍那乃至相似智共捨起性除道及果共喜起燥觀得樂行具足於三禪毗婆舍那道果共喜起於第四禪毗婆舍那道果共捨起地者二地見地思惟地於是須陀洹道見地餘三道四沙門果思惟地未常見今見名見地如是見如是修是思惟地復次二地學地

不學地於是四道三沙門果學地阿羅漢果無學地根者三出世間根未知我當知根已知根知已根於是須陀洹道智初未知今知者成未知智三道智三果智已知法更知知根阿羅漢果智無餘已知法知者已知知根解脱者三解脱無相解脱無作解脱空解脱於是道相似智不作相是無相解脱不作願是無作解脱不作執是空解脱復次此三解脱以觀見成於種種道以得成於一道問云何以觀見成於種種道答已觀見無常成無相解脱以觀見苦成無作解脱以觀見無我成空解脱問云何以觀見無常成無相解脱答以無常現作意以滅諸行起心成多解脱得信根及四根彼種類如實智相彼種類一切諸行成無常起令起相怖畏從相行生智從相心起於無相心越以無相解脱身得脱如是以觀無常成無相解脱問云何以觀見苦成無作解脱答以苦現作意以怖畏諸行令起心成心多寂寂得定根及四根彼種類如實知生以彼種類一切諸行成苦所見以怖畏生令起生智從生心起於無生心越以無作解脱身得脱如是以觀見苦成無作解脱問云何以觀見無我成空解脱答以無我現作意以空令起諸行心成多猒惡得慧根及四根彼種類如實知相及生以彼種類一切諸法成無我可見以怖畏令起相及生依相及生智唯起從相及生心成離於無相無生滅泥洹心起以空解脱身得脱如是以觀見無我成空解脱如是此三解脱以觀成於種種道問云何以得三解脱成於一道答已

得無相解脱成得三解脱何故是人以無相其心得脱雖解脱彼已作以執其已得無作解脱三解脱成所得何故以作其心得脱以解脱彼以相以執得空解脱三解脱亦得何故若其以執心得脱以解脱以相以作如是已得三解脱成於一道解脱者解脱門者何差别答唯彼道智從煩惱脱名解脱以入醍醐門義名解脱門復次解脱者唯道智彼事爲泥洹此謂解脱門煩惱者一百三十四煩惱如是三不善根三覓四漏四結四流四軛四取四惡趣行五慳五蓋六諍根七使世間八法九慢十煩惱處十不善業道十結十邪邊十二顚倒十二不善心起於是三不善根者貪瞋癡於此三瞋者以三道成薄以阿那含無餘滅貪癡者以三道成薄以阿羅漢道無餘滅三覓者欲覓有覓梵行覓於此三中梵行覓者以須陀洹道無餘滅欲覓者以阿那含道滅有覓者以阿羅漢道滅四漏者欲漏有漏見漏無明漏於此見漏者以須陀洹道滅欲漏者以阿那含道滅有漏無明漏者以阿羅漢道滅四結者貪欲身結瞋恚身結戒盜身結此諦執身結於此戒盜身結者此諦執身結以須陀洹道滅瞋恚身結以阿那含道滅貪身結以阿羅漢道滅四流者欲流有流見流無明流四軛者欲軛有軛見軛無明軛如初所説滅四取者欲取見取戒取我語取於此三取以須陀洹道滅欲取以阿羅漢道滅四惡趣行欲惡趣行瞋惡趣行怖畏惡趣行癡惡趣行此四以須陀洹道滅五慳者住處慳家慳利養慳色慳法慳此五以阿

那含道滅五蓋者欲欲瞋恚懈怠睡眠調慢疑於此疑者以須陀洹道滅欲欲瞋恚慢以阿那含道滅懈怠調以阿羅漢道滅睡眠隨色六諍根者忿覆嫉諂惡樂見觸於此諂惡樂見觸以須陀洹道滅忿覆嫉以阿那含道滅七使者欲染使瞋恚使慢使見使疑使有欲使無明使於此見使疑使以須陀洹道滅欲染使瞋恚使以阿那含道滅慢使有使無明使以阿羅漢道滅世間八世法者利衰毀譽稱譏苦樂於此四不愛處瞋恚以阿那含道滅於四愛處使以阿羅漢道滅九慢者從彼勝我勝生慢與勝我等生慢從勝我下生慢從等我勝生慢從等我等生慢從等我下生慢從下我勝生慢從下我等生慢從下我下生慢九慢者以阿羅漢道滅十惱處者貪瞋癡慢見疑懈怠調無慚無愧於此見疑以須陀洹道滅瞋恚以阿那含道滅餘七以阿羅漢道滅十惱處者此人於我已作現作當作非義生惱我所愛念人彼人已作現作當作其非義生惱我所不愛念人彼人已作現作當作者於非處生念九惱處以阿那含道滅十不善業道者殺生不與取邪行妄語惡口兩舌綺語貪瞋邪見於此殺生不與取邪行妄語邪見以須陀洹道滅惡口兩舌瞋以阿那含道滅綺語貪以阿羅漢道滅十使者欲染使瞋恚使慢使見使疑使戒取使有染使嫉使慳使無明使於此見疑戒取使以須陀洹道滅欲染瞋恚嫉慳使以阿那含道滅慢有染無明使以阿羅漢道滅十邪邊者邪見邪思惟邪語邪業邪命邪精進邪念邪定

邪智邪解脱於此邪見邪語妄語業邪命邪智邪解脱以須陀洹道滅邪思惟邪語惡語兩舌以阿那含道滅邪語綺語邪精進邪念邪定以阿羅漢道滅十二顛倒者於無常常想顛倒心顛倒見顛倒如是於苦樂於不淨淨於無我我於此無常常三顛倒於無我我者三顛倒於不淨淨者見顛倒於苦樂者見顛倒以須陀洹道滅於不淨淨者想顛倒心顛倒以阿那含道滅於苦樂者想顛倒心顛倒以阿羅漢道滅十二不善心起者與喜共起見相應無行心起有行心起與喜共起見不相應無行心起有行心起與捨共起見相應無行心起有行心起與捨共起見不相應無行心起有行心起與憂共起瞋恚相應無行心起有行心起與調共起心起與疑共起

心起於此四見相應心起與疑共起心起以須陀洹道滅二有共起心起以二道成薄以阿那含道無餘滅四見心不相應起及調共起心起以三道成薄以阿羅漢道無餘滅二正受者二正受不與凡夫共及果成就想受滅正受問云何果正受何故名果正受誰修誰令起何故修云何修云何作意彼成就幾緣幾緣住幾緣爲起此正受世間耶出世間耶答云何果正受者此沙門果心於泥洹安此謂果正受何故果正受者非善非不善非事出世道果報所成是故此果正受阿羅漢及阿那含於此定作滿復有說一切聖人得令起如毗曇所説爲得須陀洹道除生名性除爲須陀洹果正受除生名性除如是一切復説一切聖人成就餘於此定作滿唯彼令

起如長老那羅陀説諸比丘如是長老於山林井於彼無繩取水爾時人來爲日所曝熱乏渴愛彼人見井知有水彼不以身觸住如是我長老有滅爲泥洹如實正智善見我非阿羅漢漏盡何故令起者答爲現見法樂住令起如世尊教阿難是時阿難如來不作意一切諸相唯一受滅無相心定令起住是時阿難如來身成安隱云何以令起者答彼坐禪人入寂寂住或住或卧樂得果正受作生滅見所初觀諸行乃至性除智性除智無間於泥洹果正受令安依其禪成修道是是禪成所作是名果正受云何作意者答無爲醍醐界以寂作意彼成就幾緣幾緣爲住幾緣爲起答彼正受二緣不作意一切諸相於無相界作意三緣爲住不作意一切諸相於無相界作意及初行二緣爲起作意一切相及無相界不作意云何此定世間出世間耶答此出世正受非世間正受問阿那含人爲果定現觀何故性除無隔阿羅漢道不生答非樂處故不生觀見無力故於是二種勝果可知成有道及性除果現作證道無間果現成無道及性除果成入果定成無道及性除果從滅定起成無性除果果正受已竟

問云何想受滅正受誰令起幾力成就令起幾行所除令起幾初事何義爲起云何起云何從彼起云何心以起以起心何所著幾觸所觸云何初起諸行死人及入滅想受定何差別此定有爲無爲答不生心心數法此謂滅想受定誰令起定者答云阿羅漢及阿那含於此定作滿誰不令起者答凡夫人及須

陀洹斯陀含及生無色界人於是非其境界故凡夫不能起煩惱障礙定未斷故須陀洹斯陀含不能起爲更起非其處故入無色界不能起幾力成就令起者答以二力成就令起以奢摩他力以毗婆舍那力於是以奢摩他力者由八定得自在以毗婆舍那力者由自在隨七觀云何七隨觀無常觀苦觀無我觀猒患觀無染觀滅觀出離觀奢摩他力爲滅禪分及爲不動解脱毗婆舍那力爲見生過患及爲無生解脱幾行所除令起定答以除三行令起定口行身行心行於是入二禪覺觀口行成所除入第四禪出息入息身行成所除入滅想受定人想受心行成所除初幾事者答初四事一縛不亂遠分別觀事非事於是名一縛者鉢袈裟一處襆受持不亂者以所有方便此身願莫生亂受持遠分別者稱其身力以日作分別受持於此久遠過我期當起觀事非事者未至時分別或衆僧爲事非事和合以彼聲我當起受持於是一縛者爲守護袈裟不亂者及久遠分別爲守護身觀事非事者爲不妨衆僧和合住無所有處或初作事入初禪何故令起答爲現法樂住者是聖人最後無動定復爲起神通入廣定如長老正命羅漢爲守護身如長老舍利弗如長老白鷺子底沙云何令起者彼坐禪人入寂寂住或坐或卧樂滅意樂滅入初禪入已安詳出無間見彼禪無常苦無我乃至行捨智如第二禪第三禪第四禪虛空處識處無所有處入已安詳出無間見正定無常苦無我乃至行捨智

爾時無間入非非想處從彼或二或三令起非非想心起已令心滅心滅已不生不現入此謂入滅想受定

云何從彼起者彼非如是作意我當起已至初初時所作分別成

云何心已起者若阿那含人以阿那含果心起若阿羅漢人以阿羅漢心起起已彼心何所著答心專緣寂寂幾觸所觸者答三觸所觸以空觸無相觸無作觸云何初起諸行從彼身行從彼口行死人及入滅想定人何差別者死人三行沒無現壽命斷煖斷諸根斷入受想定人三行斷沒壽命不斷煖不斷諸根不異此彼差別云何此定有爲無爲者答不可說此定有爲無爲問何故此定不可說有爲無爲答有爲法於此定無有無爲法入出不可知是故不可說此定有爲無爲滅禪定已竟

解脫分別諦十二品已竟

於此品數因緣戒頭陀定求善友分別行行處行門五神通分別慧五方便分別諦此十二品是解脫道品次第

無邊無稱不可思　無量善才善語言
於此法中誰能知　唯坐禪人能受持
微妙勝道爲善行　於教不惑離無明

解脫道論卷第十二

音釋

跨苦化切越也　閫苦本切門限也　搥直追切擊也　襆蒲沃切橐也
優波底沙梵語此云大光　[illegible]北潘切部黨也

法勝阿毗曇心論

高齊天竺三藏那連提黎耶舍譯

清刻龍藏佛說法變相圖

法勝阿毗曇心論序

今欲解釋阿毗曇心利益弟子故問曰不須解釋所以者何古昔論師已釋阿毗曇心利益弟子故不須釋答曰不然應須解釋所以者何古昔論師雖釋阿毗曇心太廣太略彼未學者迷惑煩勞無由能取我今離於廣略但先顯修多羅自性是故須釋問曰何故釋阿毗曇心利益弟子耶答曰彼中已說不顛倒法相釋不顛倒法相令彼覺悟眞實是故離諸過惡生諸功德得勇猛第一義利問曰若如是者隨意解釋答曰我當解釋但諸師造論以吉爲初一切吉中三寶最勝是故本師爲顯三寶少分功德故於論初先說此偈

法勝阿毗曇心論卷第一別譯

大德優波扇多釋

高齊天竺三藏那連提黎耶舍譯

界品第一

前頂禮最勝　離熱饒益言　彼言說相應

羅漢見實等

前者先也頂禮者淨信曲躬禮也最勝者世尊爲應供者之所供養又於一切法中勝故名最勝復次世尊於一切法於一切種而得自在故名最勝離熱者離燒義也謂煩惱熱能燒身心世尊離彼故名離熱此是自巳智斷成就彼師如是說者彰於如來自利滿足次說饒益言者世尊言說能饒益一切衆生饒益者謂安隱也安隱饒益一義異名此彰世尊利他滿足此略說天人師自利利他功德滿足彼二種世尊等作究竟是故應供中勝彼言說相應者謂道理義顯示相應如是功德相應天人師語禮敬此者名禮法寶羅漢見實等者應受天人阿修羅等供養故名阿羅漢此說無學實者謂四聖諦以學見者彼名見實此惟說學此學無學等謂第一義僧禮敬此者名禮僧寶問曰何故禮敬答曰

佛開覺慧眼　若知諸法衆　亦爲他顯現

我今說少分

佛者知一切法知一切種故名爲佛開覺慧眼者謂無礙智眼義也若者若佛所說所顯所宣所釋法也知者解也法者持也持於自性爲他作縁故名爲法法有積聚故名法衆群聚一義異名亦爲他顯現者自覺知巳利世間故爲他顯示或有覺知不爲他說如昇

攝波林經說我今說少分者於彼佛說法中我今但說少分法相豈能盡說如是義也問曰何法是佛所說而欲說耶答曰所謂有漏無漏有煩惱無煩惱受陰有諍無諍色無色等我今當說

一切有漏行　離我樂常淨　此受於我等不見有漏故

一切有漏行離我樂常淨者諸有漏行離我離樂離常離淨彼中世間不能觀察無明覆障瞎智於此四門顛倒而見故名顛倒問曰何因故知諸有漏行離於我耶答曰我事無故屬因緣故行名屬他非我自性計我者說我不屬他除此更無是故我性不可得無我因故諸行離我問曰何因故知諸行離樂答曰作逼迫故諸有漏行是苦自性亦是苦緣是故逼迫逼迫名苦是故離樂問曰何因故知諸行離常答曰以生滅故現見諸行生而即滅無見常者是故離常問曰何因故知諸有漏行離於淨耶答曰污染事故諸有漏事煩惱境界不淨污染是故離淨問曰如是諸行離於我等世間何故取我等耶答曰此受於我等不見有漏故諸有漏行不如實見世間不能觀察作我等解猶如怨家匿藏惡欲詐出美言遊行家內實非親友作親友解我所覆故不見無我是故現見行等作業以迷惑故無我事中而見於我對治覆苦事故於行住等想謂為樂故於苦受陰中而作樂解相似相續覆無常事彼現見色相似相續計憶宿事誦持經論故於無常行中而作常解皮色覆於不淨事故彼於髮毛爪齒處等

少時見淨不淨中而作淨解雖見屎尿雖復不淨猶生迷惑此雖不淨餘者應淨猶如野干看堅叔迦花問曰何故論初先說顛倒答曰爲知不顛倒法相故我先已說欲令弟子解眞實故以不顛倒心安隱易解是故論初先說顛倒問曰爲當但有此離我等諸有漏法更有餘耶答曰更有

若處生煩惱　是聖說有漏　以彼漏名故
慧者說煩惱

若處生煩惱是聖說有漏者若依若聚若緣若衆生數非衆生數生身見等煩惱是法說有漏問曰何故答曰以彼漏名故慧者說煩惱觀察煩惱爲作漏名故以彼法生於煩惱依漏起故名爲有漏如有怖道有毒食等應如是說若事屬漏爲漏所攝彼名有漏此說無漏緣生煩惱非無漏法屬於煩惱爲煩惱攝無漏法但緣生煩惱問曰漏義云何答曰從有頂下至無間獄於其中間六入瘡漏是故名漏猶如瘡漏又留住生死故名爲漏問曰此更有名耶答曰更有

亦名有煩惱　取陰及有諍　煩取諍生故
知彼自性說

亦名有煩惱取陰及有諍者是有漏法亦名有煩惱亦名取陰亦名有諍問曰何故彼諸名說答曰煩取諍生故知彼自性說諸煩惱取諍等漏之異名從煩惱生彼亦生煩惱故名有煩惱如是從取生彼亦生取故名有取從諍生彼亦生諍故名有諍問曰是陰世尊所說爲取陰即是陰爲離取陰別有陰耶答曰若取陰者彼即是陰或有陰而非取陰問

曰何者是耶答曰

若行離煩惱　此是無漏陰　及前有取陰
是陰聖所說

若行離煩惱此是無漏陰者此陰更有餘說有二種陰無漏有漏若行離身見等煩惱是名無漏是陰非取陰及前有取陰是陰聖所說者若此無漏陰及前所說取陰合說爲陰謂色等五陰問曰陰義云何答曰聚義是陰義問曰若如是者陰但假名無有實事非但一物得有聚名和合故名聚答曰非但有相亦有實事有此事者便有彼相故陰有相如佛所說礙相是色陰等是故有事界等所攝智識使等境界如四聖諦故陰有事非但假名問曰陰界入等有何差別答曰

十種謂色入　亦名無教色　是分別色陰
世尊之所說

色有二種一者微塵積聚色二者非微塵積聚色微塵積聚色者謂十色入眼乃至觸非微塵積聚色者名無教色法入所攝彼業品當說此等一切是色陰相入色陰數佛說爲色陰以此觸彼以彼觸此是故名色以此惱彼以彼惱此義也如佛所說如手等觸觸故名色問曰若如是者除無教色彼非是色何以故非手等可觸以無對故汝意若謂以所依者是可觸故彼亦是可觸故無過者受等亦應是色汝意若謂彼所依四大是可觸故彼亦是可觸者我當說言現見所須作功業事作畫作泥若如是者受等心數亦應是色故汝有過彼等亦依眼等諸根彼亦應是可觸答曰非但生心心數因非心心數依眼等

根如光依珠彼生時眼等作因如是眼等是觸彼非觸也復次造色依大如光依珠是故大是觸故彼亦是觸問曰雖如是說汝相猶自不成何以故除過去未來微塵色故答曰相不可壞過去色觸已滅未來色亦如是相生如是微塵亦是可觸以微細故不可得知是故一切諸色皆是可觸

所名爲識陰　是說爲意入　於十八界中亦說爲七界

識陰者謂六識身是十二入中說爲意入於十八界中分別爲七心界眼識界耳識界鼻識界舌識界身識界意識界意界等識界者能知於緣故名爲識識者能取緣義也

餘則有天陰　無敎三無爲　是說爲法入彼亦是法界

如前所說受等諸法總爲一法入十八界中爲一法界彼入義者門義是入義如窻牖如佛所說婆羅門眼爲門乃至見色入字義者是輸義也能增長心心數法以是義故名之爲入界義者性義是界義如朱砂界雄黃界等界字義者能持自相與他作緣是故名界是界事有十七或復十二何以故除六識界更無意界是故十七即六識身展轉相續名爲意界如父子名子展轉相續次第名父如是除意界外無別六識界是故十二依及依者緣差別故故有十八彼界入事等攝一切法故彼陰一向但是有爲問曰陰中何故不攝無爲答曰無陰相故二種陰相共相別相共相者聚義是陰義及無常等別相者色礙等是二種相無爲中無是故不攝無爲餘更

有何義謂非顛倒事及斷方便無爲非顛倒事及斷顛倒方便顛倒事故說取陰爲斷顛倒方便故說無漏陰是故陰中不攝無爲如是說陰界入境界最廣故建立於界欲說種種義故如是說

界中一可見　十界說有對　八界是無記餘則善不善

界中一可見者十八界中當知一界可見所謂色界何以故是眼識境界故是故可見復次可示此示彼是故可見餘十七種定不可見十界說有對者十八界中五內界謂眼耳鼻舌身五外界謂色聲香味觸是等十界說有對三種有對所謂障礙有對境界有對緣有對障礙有對者如手左右手相對境界有對者謂根與境界相對緣有對者意識於一切法此中惟取障礙有對更相障礙故名有對彼一切十種界更互相對若不爾者彼不增長如上座鳩摩羅多說若心欲起時爲他所障礙當知是有對相違是無對餘八界定無對八界是無記者十八界中當知八界是無記所謂眼耳鼻舌身香味觸彼無愛不愛果可記是故無記餘則善不善者餘十界說無記善不善謂色聲界身口意作是善不善何以故從善不善心起故餘者是無記眼識等七心界是善不善無記心相應法界是善不善無記心數法界是自性相應善不善無記彼自性善者謂慙愧不貪等三善根相應善者與彼受等心數相應自性不善者謂無慙無愧貪等三不善根相應不善者與彼受等心數相應與二相違是無記不相應法界

雜品當說無爲中一善二無記數緣是善虛空非數滅是無記於中善攝愛果安隱故名爲善善攝者謂道諦苦集諦少分愛果者謂苦集諦少分安隱者謂滅諦相違名不善彼苦集諦少分除此名無記無善不善可記故名無記無果可記亦名無記

十五定有漏　餘二三三有　欲有中有四

十一在二有

十五定有漏者五內界五外界五識界此十五界一向有漏餘二者餘有三界意界法界意識界等彼有二種有漏無漏有漏者生漏共漏相應漏足跡處故名有漏與此相違是名無漏略說未知欲知根等諸無漏根俱生法及彼得出世間解脫得及無爲是無漏餘是有漏三三有者即此三界於三有中可得欲有中有四者香味鼻識舌識界等一向欲界攝彼非色界離摶食愛故十一在二有者五內界色聲觸界及緣彼三識界此等十一在欲色界非無色界無色故彼爲欲界使所繫是欲界繫爲色界使所繫是色界繫爲無色界使所繫是無色界繫

有覺有觀五　三種三餘無　有緣當知七

亦法界少分

有覺有觀五者五識界一向有覺有觀與覺觀相應義故三種三者意界法界意識界彼有三種欲界初禪有覺有觀中間禪無覺有觀第二禪上乃至有頂無覺無觀法界有覺有觀者欲界及梵世除覺觀心數法界無覺有觀者中間禪除觀心數法界無覺無觀者第二禪上乃至有頂心數法界中間禪觀一

切無教等不相應法界欲界梵世觀此三中不攝若欲說者應言無觀有覺餘無者餘十界無覺無觀彼與覺觀不相應故有緣當知七亦法界少分者七心界及心數法界是有緣有此緣故名爲有緣彼有境界可取故說有緣復有餘緣名如手緣杖此等世俗言說當知餘定無緣

九不受餘二　有爲無爲一　一向是有爲
當知十七界

九不受者九界決定不受受名若色在根數及不離根若割截殘壞心心數法於中受在中住故異則不受彼七心界聲界法界此等九界名爲不受彼非心心數法止住處故餘二者餘九界二種五內界若在現在名受或此現在識雖空亦名有受以彼種類衆生數攝故說爲受如是過去未來及非衆生數名爲不受色香味觸與根不相離在現在者名受如根中心心數法止住彼中亦爾餘名不受略說若法生而未滅衆生數有對可牽可推彼名爲受彼生而未滅者除過去未來衆生數者除現在非衆生數有對者除生未滅心心數法可牽可推者除聲界有爲無爲一者因緣和合作故名爲此能生義也作者何義有因義也有因義者有爲義也有爲故名作一法界合有爲無爲此中三種常故無爲虛空數滅非數滅受等三陰及無作色名有爲一向是有爲當知十七界者餘十七界有因故一向是有爲問曰如是分別法相竟云何攝法爲自性爲他性答曰

諸法離他性　各自住已性　是故一切法

自性之所攝

諸法離他性者謂眼離耳如是一切事若性離性相攝者是說不相應是故非他性攝彼有何過若一生滅餘一切亦生滅此非道理是故他性不攝各自住已性者眼自住眼性如是一切法是故一切法自性之所攝者是故自性攝一切法此師所說自相攝義也此亦二種生及分齊生者色陰攝十色入乃至法入中色眼界攝眼界分齊者此一念攝一念不攝餘念若餘攝名者如臺觀攝基陛梁椽等是世俗言說彼眼界一界一入一陰所攝當知一切法亦如是

行品第二

已說諸法相生差別今當說問曰若一切法自性攝者亦應自力能生耶答曰

初無一能生　以離伴侶故　一切彼此力
諸法乃得生

初無一能生以離伴侶故者有爲諸行自性羸劣是故無法自力能生問曰云何得生答曰一切彼此力諸法乃得生有爲諸法彼此力生如二羸人彼此力起此一切行略說四種所謂色心心數法心不相應行彼生亦有四種作取作依作增上作伴彼作取者依果報果及丈夫果少分作依者諸識六入造色四大作增上者一剎那生事一切諸法作伴者心心數法彼此爲伴及諸有爲相如是等有爲我當先說共心俱生作伴

若有心生處　必與心共生　諸心法等衆
及不相應行

心者心意識義一異名是心善等分別界分

別種分別依分別無漏等分別無量種差別是心若依若緣若剎那生決定共心心數法及心不相應行生問曰心心數法云何答曰
想欲及觸慧　念思與解脫　作意於境界
三摩提受等
想者於緣能取相貌謂取男女麤細木杌長短等相欲者愛樂如是已樂等觸者依緣心和合如日光珠異和合生火慧者能知於緣如此是色非味非是等念者繫念於緣思者善不善俱相違心轉解脫者於緣中心轉不障礙故作意者取緣勇健有人言心專注義也三摩提者取緣時心不亂也受者於樂不樂俱相違緣中受也
一切心生時　是生聖所說　同於一緣轉
亦復常相應
一切心生時是生聖所說者是想等十法共一切心俱生故名大地是大心地故名大地同於一緣轉者此十法共一切心俱一緣中轉不別緣也有五種同所謂相貌緣時依事同一相貌一緣一時一依一事同者共相應義亦復常相應者此常與心相應彼此俱生相應取緣故名相應已說一切心中相應法非一切心中相應法今當說
諸根有慙愧　信猗不放逸　不害精進捨
惑熱及覺觀
諸根者不貪不瞋二善根也不癡善根體即是慧大地共故此中不說不貪者於有無有不著不瞋者於衆生數不恚慙者尊重已身於惡羞恥愧者尊重世間法信者不顛倒因果信猗者善心離惡身中怡泰不放逸者調

柔方便於可作不可作捨作方便一向心此是修善義不害者於衆生數不惱心精進者捨離過惡修習功德守護增長策勵心捨者心平等一切善心俱順道理此十法一切善心中可得故名善大地惑熱者我見等煩惱使品當說心麤名覺是提利義心細名觀是微少義此法非一切心中可得或有可得或不可得次復若聚乃至心數生我今當說此心心數法善等分别有五種聚所謂不善不共善隱没無記不隱没無記欲界成就五種色無色界成就四種除不善

不善心聚中　心數二十一　三見中減一

欲二見少三

不善心聚中心數二十一者不善心者若心與無慚無愧相應此心聚中有二十一心數謂十大地及覺觀二煩惱貪瞋慢疑及彼中一無明貪乃至疑等彼此不相應無明與彼相應與一切煩惱相應故七種起煩惱謂無慚無愧睡掉不信放逸懈怠問曰一切不善心中悉有二十一耶答曰不爾三見中減一欲二見少三不善心聚中邪見見取戒取心相應有二十法此中除慧欲二見少三者欲界身邊二見相應有十八法除慧前已說除無慚無愧見是慧性故見相應聚中無慧非一聚中有二慧事身邊二見是無記無慚無愧一向不善是故少三

善心二十二　不共有二十　無記有十二

悔眠俱彼增

善心二十二者十大地十善大地及覺觀不共有二十者不善心聚二十一中除一煩惱

不共者惟一無明非餘使無記有十二者不隱沒無記聚中有十二心數謂十大地及覺觀彼中無信等功德無貪等過惡何以故無記故不隱沒者非是穢汚悔眠俱彼增者追變名悔是悔三種善不善無記於中善不善行作名善不善彼四種差别或有善建立不善如作施等已悔或有不善建立善如作惡已悔或有不善建立不善如作惡已悔少或有善建立善如作施等善已悔少若餘威儀等悔彼是無記是故與悔相應聚中增悔餘心數如前説於中悔人非貪等使轉非無礙人生悔是故不善悔相應聚中但一無明是煩惱非餘是故有二十一種善悔相應聚中但增於悔如是二十三種不隱沒無記者十三種此於三聚中轉謂不共善不隱沒無記眠者寐也此於一切五聚中轉何以故眠者有不善穢汚無記心是故彼中增一眠餘心數如前説如是三聚二種悔眠俱轉彼中增二此是欲界心法次第問曰色無色界云何

荅曰

初禪離不善　當知如欲界　中間禪除覺
於上觀亦然

初禪離不善當知如欲界者初禪離不善聚離無慚無愧故餘有四聚如欲界説中間禪除覺者中間禪除覺餘如初禪説於上觀亦然者二禪已上乃至有頂除覺觀餘如初禪説已説心心數法由伴力生色法今當説

微塵在四根　十種應當知　身根九外八
謂在於香地

微塵在四根十種應當知者謂眼根微塵有

十種當知十種不相離義也謂地水火風色香味觸眼根身根此等十種常不相離耳鼻舌亦如是身根九者除眼根等餘悉同前外八者非根法中八種微塵謂四大色等四塵問曰何界微塵如是說耶答曰謂在有香地此是欲界中義彼有香故色界微塵離於香味是故彼中除於香味餘如前說問曰前說若心起時彼心數法及不相應行生已說心心數法不相應行云何答曰

一切有爲行　生住及異壞　是亦有四相
彼此更相爲

一切有爲行生住及異壞者一切有爲行有四種相生住異壞未生生故名生生已自事立故名住住已衰變故名異異已勢滅故名壞如是說若有爲法得如是相者名心不相應行我今當說有爲相此事可知故名相彼生住老無常生者有爲事生位者安立老者衰變無常者壞也彼此一時作生者以生爲業餘者生竟作業是故有爲生住異壞非是一相問曰若一切有爲法有四相者此亦是有爲此更有餘相耶答曰是亦有四相是亦有四種相共彼生謂生生住住異異壞壞問曰若如是者便爲無窮答曰彼此更相爲此相彼此相爲生生生彼此相生如是住住住彼此相住異異異彼此相異壞壞壞彼此相壞故非無窮此後四爲一法生生生生事非餘法如是住住住事非餘法餘亦如是前四種相各爲八法生生八法謂前三相後四起相及彼所相法當知餘亦如是已說諸行共生隨伴故生無伴不生今當說

所作共相似　普徧相應報　從此六種因轉生有爲法

此六種因轉生有爲法所作因者若法於餘法生中不作障礙以此力故彼法得生如眼生時一切法除自性如是耳等除自性非自性與自性作因共因者諸行與伴共生如心心數法心不相應行有爲相如是四大微塵隨心戒等相似因者若義能生相似法如習善生善習不善生不善如習工巧能知工巧如種麥生麥如是等一切徧因者若諸煩惱必相續生如執著我見者以見力故於我執著斷常謗於陰相疑惑取清淨及最勝慢等過生餘亦如是一切徧應當知相應因者心心數法彼此力俱一時一緣中轉問曰若心心數法一時彼共生因與相應因何差別答曰不相離義是相應因同一果義是共生因如執杖杖業如渡河牽手不斷等報因者謂世間生中受生相續事果名生如善愛果不善不愛果已說諸因法若法從因生今當說

報生心心法　及餘雜煩惱　悉從五因生共生應當知

若報生心心數法及穢汚心心數法等從五因生報生心心數法五因者謂所作因共生因相似因相應因報因所作因者彼法生時相似不相似事不作障礙共生因者彼此伴生彼生等心不相應行伴力生相似因者前生無記法或作是解是報因生非威儀等何以故彼勝故非勝與劣作因相應因者彼此力一時一緣中轉報因者彼或善不善業此則彼果穢汚心心數法無報因何以故隱沒

非無記果報性故徧因第五由彼力故此得生餘四因如前說

是彼不相應　及餘相應法　除最初無漏
從彼四因生

是彼不相應者若報生色及報生心不相應行從四因生謂所作因共生因相似因報因穢汚色及穢汚心不相應行亦從四因生謂所作因共生因相似因徧因及餘相應法除最初無漏從彼四因生者餘心心數法除最初無漏亦從四因生謂所作因共生因相似因相應因餘者謂不隱沒無記餘報

若餘不相應　相似當知三　及諸餘相應
最初無漏法

若餘不相應相似當知三者前所說心不相應及餘彼餘名餘彼謂善不隱沒無記除報若彼相似因成就除初無漏從三因生謂所作因共生因相似因及諸餘相應最初無漏法者彼初生無漏相應亦從三因生謂所作因共生因相應因彼無相似前生無漏故無相似因

彼中不相應　是從二因生　若從一因生
必定無此事

彼中不相應是從二因生者彼初生無漏聚中色及心不相應行從二因生謂所作因共生因已說一切有爲法若從一因生必定無此事者一切法必定從所作因共生因生餘因不定是故無法從一因生已說因差別世尊以如是因爲化衆生故說緣我今當說

次第亦緣緣　增上及與因　法從四緣生
世尊之所說

如是四緣生一切有爲法彼次第緣者心一一生次第相續作容受方便緣緣者心心數法境界攀挽方便緣彼故能生增上緣者法生時不作障礙如王自在即是前說所作因因緣者除所作因其餘五因彼是因緣問曰因之與緣有何差別答曰或有說者無有差別我說因者如種子法緣者彼持方便如地糞等已分別緣若法隨緣生今當說

心及諸心法　是從四緣生　二正受從三

餘法說於二

心及諸心法是從四緣生者心心數法從四緣生前容受此法是次第緣境界是緣緣除自性餘一切法是增上緣共生因自分因相應因是因緣或時有徧因報因二正受從三者無想正受滅盡正受從三緣生彼二入定心是次第緣彼前生正受念及正受心界地善自分名相似因共生生住異壞名共生因如此二因是彼因緣增上緣如前說餘法說於二者餘心不相應行及色從二緣生謂因緣增上緣問曰此法何故名行答曰

多法生一法　是亦能生多　緣行所作故

名行應當知

多法生一法是亦能生多者一法以多法力故生是亦能生多法如是一切彼此力緣行所作故名行應當知者此亦是緣亦是行故名緣行緣行所作故名緣行所作此亦能作緣行是故名行如是說者此行爲他所作亦能作他是故名行

法勝阿毗曇心論卷第一

音釋

逼迫　逼彼側切驅也迫博陌切窘也　匿　女力切隱也　畫　胡恠切繪也

窻牖　窻楚江切在屋曰窻牖與久切在墻曰牖　椽　直緣切屋椽也　杌　五骨切木無枝也　寐　彌二切眠也

法勝阿毗曇心論卷第二 別譯

大德優波扇多釋

高齊天竺三藏那連提黎耶舍譯

業品第三

已說諸行因緣力生次觀察世間生滅差別由於煩惱業因故生當思彼業師欲廣說於業是故說此

業莊飾世間　趣趣各各異　是以當思業
求離世解脫

業莊飾世間趣趣各各異者如是一切世間五趣種種身生業能莊飾當思彼業爲世間因生種種身如世尊說衆生差別由業所作謂高下優劣是以當思業求離世解脫彼業自性種地成就善不善差別爲知彼故當勤思惟問曰何者彼業云何思惟爲世間因生種種身答曰

身口意集業　在於有有中　從彼生諸行
及受種種身

身口意集業在於有有中者有三種業謂身口意業彼身所作或業依身名爲身業若口所作名爲口業意相應名爲意業衆生世世造作身口意業從彼生諸行及受種種身者彼業生於諸行及外衆具宅舍色力罪福命等及受衆生種種身此行有二種謂衆生數非衆生數共不共不共者各各衆生業增上生共者一切衆生業增上生如是地獄等五趣淨不淨種種業身受苦樂種種差別以彼衆生種種是故求解脫者必定應知是業

身業應當知　有教及無教　口業亦如是
意業惟無教

身業應當知有教及無教者身業二種謂有教數及無教數彼有教者身動無教者身動滅已與餘識相應彼相續轉如受戒竟雖不善無記心善戒隨生如捕鳥等雖善無記心惡戒隨生口業亦如是者口業亦有二種謂有教性無教性意業惟無教者意業惟無教性非如色教此業不可示他故名無教有言辭故名教此五業中

有教當知三　善不善無記　意業亦如是

餘不說無記

有教當知三善不善無記者身教口教當知三種善不善無記善者謂行施受戒等善心起動身不善者謂殺生等不善心起動身無記者有二種謂隱沒不隱沒隱沒者謂穢汚無記心起動身不隱沒者非穢汚無記心起動身所謂威儀工巧口教亦如是應當知意業亦如是者意業亦有三種彼善心相應名善不善心相應名不善穢汚無記心相應名隱沒無記非穢汚無記心相應名不隱沒無記餘不說無記者餘有二業謂身口無教彼有二種謂善不善無無記何以故以故羸劣故以無記心羸劣故不能起強業若與餘識俱與彼事相續如執須摩那華雖復捨之猶見香隨何以故香勢續生故非如執木石等已說彼諸業

色無記二種　隱沒不隱沒　隱沒繫在色

餘在於二界

色無記二種隱沒不隱沒者若色性業教無記名前已說此有二種當知隱沒不隱沒隱沒繫在色者若隱沒者繫在色界梵世非上

地何以故彼無起作心故非在上地下地煩惱起現在前何以故以離欲故亦不在欲界修道斷煩惱能起身口業何以故外門轉故見道斷煩惱內門行故不能起身口業欲界修道斷煩惱但是不善非不善煩惱能起無記業餘在於二界者若不隱沒無記繫在欲色二界意業如心說何以故彼隱沒不隱沒通三界故於中

若教無教戒　略說有三種　無漏及禪生依順解脫戒

若教無教戒略說有三種者無教戒略說當知有三種問曰云何答曰無漏及禪生依順解脫戒無漏戒者與道俱生謂正語正業正命禪生戒者與禪俱生謂離欲不離欲凡夫及聖人依順解脫戒者謂衆聚和合於彼士夫邊啓請受得此三種戒攝一切戒問曰如是分別有教無教戒竟何者與心俱生何者不與心俱生答曰

無教在欲界　教依於二有　當知非心俱謂餘心俱說

欲界無教若順解脫戒所攝及不攝彼一切非心俱不隨心轉義問曰何故不隨心轉答曰彼受戒已不善無記心亦隨生故不與善不善無記心隨轉何以故無心亦隨轉故教者色欲二界不隨心轉何以故屬身故餘心亦有故謂餘心俱說者餘謂禪無漏戒彼二種隨心轉何以故異心不隨轉故以彼心力生二種彼常隨心作隨順義故彼二種過去過去成就未來未來成就現在現在成就已說業差別若業成就今當說

無漏戒律儀　見實則成就　禪生若得禪　持戒生欲界

無漏戒律儀見實則成就者謂從初苦法忍及一切聖人成就無漏戒是戒在於六地未來中間根本四禪此色地亦無漏彼未離欲見諦成就未來地戒若離欲一切有學極少成就三地或有六地一切阿羅漢成就六地禪生若得禪者成就禪戒非餘是戒在六地謂禪近地中間四禪若人若得諸地若凡夫若聖人是得成就彼地戒持戒生欲界者若受戒者彼成就順解脱戒是戒欲界人得非餘趣受已略說成就差别隨成就過去未來現在戒今當說有三種人謂住戒人住非戒人住非戒非非戒人住戒人者亦有三種以戒有三種故彼者

若住解脱戒　彼無敎現在　當知恒成就　或盡成過去

若住解脱戒彼無敎現在當知恒成就者若住順解脱戒彼人從初刹那受無敎戒現在一切時成就彼現在無敎常次第相續乃至命未盡何以故要期分齊故或盡成過去者或有住順解脱戒成就過去無敎戒謂已過不捨捨事有五因緣後當說

若有作於敎　成就於中世　彼盡而不捨　當知成過去

若有作於敎成就於中世者中世名現在若人作身口教求受戒時成就現在敎戒彼盡而不捨當知成過去者盡者過去義彼敎盡時若不捨者成就過去敎戒此捨因緣如前說略說如是初念敎時成就現在敎及無敎

彼後乃至教未盡未來成就過去現在教及無教此教盡已若不捨者成就過去現在無教彼但成就於過去教非現在教

若得禪無教　成就滅未來　中若入正受　教亦如前說

若得禪無教成就滅未來者若得禪者成就過去未來禪戒如成就禪彼人無教雖決定滅由彼禪力故初如是彼得過去禪第二念等三世成就乃至未起禪若起不捨成就過去未來無漏戒與禪同故此中不說既說禪戒亦說彼已何以故若有見諦教者彼人決定得於禪戒故說禪戒即是說彼

若作不善業　住戒成就二　共煩惱纏俱　當知彼盡盡

若作不善業住戒成就二者若人住順解脫戒若住禪戒彼不見諦作於不善增上纏時不善無教便起彼人爾時成就不善教及無教問曰何者住禪戒作不善耶答曰若未離欲依未來禪得作不善問曰幾時成就無教耶答曰共煩惱纏俱是人乃至未捨於不善纏當知彼盡盡若捨彼纏彼教無教亦捨

若住非戒處　無教成就中　當知不愛果　或復盡過去

若住非戒處無教成就中當知不愛果者住非戒者所謂屠羊殺雞殺猪捕魚捕鳥等是人於一切時成就現在不善無教是人初發作業刹那時即於一切衆生所成就不善戒攝無教若人初殺生時即得殺生所攝無教於後隨所殺生更得殺生所攝無教非律儀攝戒先已得故更不重得或復盡過去者第

二念以去殺生及非律儀攝無教成就過去現在乃至不捨刹那謝過去者名盡
若刹那住教　是說成就中　亦復盡過去
善於上相違
若刹那住教是說成就中者隨住教時成就現在教刹那現在名刹那住亦復盡過去者隨教刹那謝於過去未斷以來是時成就過去現在若盡而未捨但成就過去善於上相違者如住律儀說不善如是住非律儀說善極淨信心作施等善彼時善無教起彼捨此亦捨
若處中所作　是說成就中　亦復盡過去
或二亦復一
若處中所作是說成就中者處中謂非律儀非不律儀彼若作善成就現在善教若作不善成就現在不善教亦復盡過去者是教若滅未斷亦成就過去現在若盡已不捨但成就過去或二者或教無教過去現在若極欲作必定方便不捨亦復一者方便盡已但成就現在無教有人乃至命未盡來成就現在無教不欲止故問曰已說教順解脫戒禪無漏戒云何得耶答曰
色界中善心　得禪律儀戒　是捨彼亦捨
無漏有六心
色界中善心得禪律儀戒者若有人得色界善心或時離欲或不離欲彼一切得禪律儀戒一切色界善心戒常隨順惟除六心所謂眼耳身識及聞慧心臨命終心起作業心問曰此云何捨答曰是捨彼亦捨若捨色界善心亦捨於彼無漏有六心者彼無漏戒六心

共得所謂未來中間根本四禪彼捨此亦捨
問曰如是諸戒彼何者戒幾時捨耶答曰

順解脫調伏　是捨於五時　禪生無漏戒
二時智所說

順解脫調伏是捨於五時者謂捨自分種類時捨戒時斷善根時二根生時正法隱沒時捨或有一說犯戒根本梵行時捨罽賓者說有四時捨除後二種禪生無漏戒二時智所說者禪戒二時捨退及度界地無漏戒亦二時捨退及得果彼根次第得果相似故不別說有人別之彼三時捨問曰非律儀云何捨
答曰

非律儀四時　如是善無色　穢污惟一時
是說在於意

非律儀四時者謂受戒時得禪戒時二根生時捨自分種類時彼戒非戒於三時捨謂本勢過希望止方便息是說捨戒非戒應當觀察問曰已說色自性業無色自性業竟復云何答曰如是善無色善無色業亦四時捨謂得果時退時斷善根時度界地時穢污惟一時是說在於意者穢污意業於一時捨謂離欲時隨處處離欲彼彼捨已說業自性及成就隨彼業世尊無量門分別今當說

苦業與苦果　當知是惡行　復有意惡行
貪瞋及邪見

苦業與苦果當知是惡行者苦業感不愛果當知是惡行謂殺生等所有不善身口意業及彼眷屬是謂惡行隱沒無記無果報故不說惡行復有意惡行貪瞋及邪見者彼不善思是意惡行如前所說復有貪瞋邪見業分

當知如業以果成因故如女爲梵行垢如是等已說

彼相違善行　最勝之所說　於中若增上　聖說十業道

彼相違善行最勝之所說者與惡行相違當知悉是善行謂一切善業意業無貪無瞋正見於中若增上聖說十業道者彼善行惡行業中若增上業勝者說名業道彼惡行中增上者名不善業道若善行中增上者是善業道不善業道者謂殺生等七種及貪瞋邪見等善業道者謂離殺等七種及不貪不瞋正見或後方便重非業道或業道重故如是說殺生者於彼他衆生想作欲殺意欲害命方便彼業究竟是名殺生不與取者於他物中作他物解不與想欲劫奪意取屬於已是名不與取邪行者於所行處非道非處非時於非所行處行是名邪行妄語者異想誑他想言說是名妄語兩舌者穢污心欲破壞他語業是名兩舌麤惡語者以瞋忿心他不愛語說是名麤惡語輙見貪等被躓頓不善語無益語非法語是名綺語貪者愛他資產惡欲是名爲貪瞋者增上惱他壞他心過惡是名爲瞋邪見者謗無因果是名邪見此爲十不善業道與此相違名善業道餘業不名業道謂此業道後方便及飲酒打拍等惡行禮拜等善行離飲酒思如是等是等非業道問曰業道有何義答曰是業是道故名業道又業之道故名業道業道業道故名業道七業亦業亦道是思之道故三是業道此非業義問曰何故諸煩惱中此貪等三說是業道非餘

答曰增上惡故自惱惱他故此極過惡餘不如是彼對治不貪等白道於此業道攝不攝業略說二種謂定不定定有二種報定時定時定有三種問曰云何答曰

謂現法果業　次受於生果　後果亦復然當知時各定

若業於此生作即此生熟名現法受業若業次生熟者名生受業過次生後餘生熟者名後受業此等三種名時決定報決定者報決定熟非時決定若得因緣便熟餘名不定問曰如世尊說樂受等三業云何差別答曰

欲界中善業　及色界三地　是說爲樂受此亦定不定

欲界中善業及色界三地是說爲樂受者欲界中善業能生與樂俱行報色界初禪二禪三禪地中亦生與樂俱行報彼總說樂受問曰此業亦是定耶答曰此亦定不定若定若不定此四地中善業悉名樂受此是樂受所攝果報故名樂受

生不苦不樂　彼在於上善　苦受於苦報是說不善業

生不苦不樂彼在於上善者若第四禪及無色界善業名不苦不樂受彼業能生不苦不樂俱行報故苦受於苦報是說不善業者謂不善業名爲苦受彼業能生苦受俱行報故此業亦定不定問曰如世尊說黑黑報等四業云何分別答曰

若色中善業　是白是白報　黑白欲界中二黑說不淨

若色界中善業是白是白報者色界中善業

是白一向無惱故彼報亦白一向可愛故黑白欲界中者欲界善業雜於不善故名黑白彼無一業黑白二報雜受問曰若報非黑云何名黑答曰以不愛故名之爲黑愛者名白二黑説不淨者不善業名黑不可愛故彼黑還生黑報

若思能破壞　彼諸成就業　無礙道相應是説第四業

若道能斷彼三種業謂無礙道攝十七學思是第四業此不可呵故名不黑無有染著故名不白與流轉相違故名無報彼見道中法智分攝相應四思及離欲界八無礙道相應八思此十二思斷黑黑報業第九無礙道相應一思斷黑白報業初禪離欲乃至第四禪離欲第九無礙道攝相應四思斷白白報業

餘非報業無色善業此中不數何以故無二白事謂鮮潔白可喜樂白故不説白此經中世尊説中有問曰如世尊説身口意業曲過澀等何者是耶答曰

諂生謂爲曲　過從瞋恚生　欲生謂爲澀世尊之所説

諂生謂爲曲者方便諂他覆藏巳事心曲名諂此在欲界梵世非上地彼在意地修道所斷若業從諂起以果成因故世尊説曲彼非曲性過從瞋恚生者從瞋生業以果成因故世尊説過欲生謂爲澀者若業從欲生果中説因故世尊説澀問曰如世尊説三種清淨三種寂靜彼相云何答曰

一切妙行淨　無學身口淨　所謂意靜者即是無學心

一切妙行淨者所有身口意有漏無漏妙行一切說淨問曰有漏妙行不淨處所云何說淨答曰與煩惱不淨相違故彼少分淨能引導第一義淨故問曰云何名淨答曰無學身口淨無學身口妙行名身口淨所謂意靜者即是無學心彼無學心名爲意靜得牟尼相離煩惱語言斷三界辮髮揃衣有頂煩惱髻身有起作意不寂靜是故不說牟尼牟尼者是寂靜義爲斷樂水洗淨等教是故說淨爲斷牟尼教故說身口意牟尼已說業和合差別業果差別今當說

善業不善業　是俱說二果　善或成三果
餘一果當知

善業不善業是俱說二果者善業有二種果彼有漏善有依果報果依果者前生後生界地自分善報果者無記無漏斷煩惱業有依果解脫果依果者前生聖道後生聖道一切相似增長不減解脫果者謂無礙道斷諸煩惱彼不善業亦有二果依果報果善或成三果者若有漏善斷煩惱者彼有三果依果報果解脫果如世俗斷結道餘一果當知者謂無記業及餘無漏不斷結者彼有一果所謂依果問曰彼身口業造色自性四大所起彼何者業何四大造答曰

自地若有大　身口業所依　無漏隨力得
是還依彼力

自地若有大身口業所依者若欲界身口業彼但欲界四大造色界亦如是無漏隨力得是還依彼力者無漏身口業隨力所得還依彼地如是四大生若欲界無漏道起彼還依

欲界如是四大造無漏身口業應當知如是色界還依彼地如是四大造無漏業應當知問曰若生無色界捨於學戒得無學戒彼捨依何地戒得依何地戒耶答曰隨依彼地生隨依彼地滅依彼地過去戒及依五地未來戒等皆悉捨之更得依五地未來戒五地者謂欲界四禪問曰如世尊說三障是相云何答曰

無間無救業　廣生諸煩惱　惡道受惡報障礙應當知

有三種障所謂業障煩惱障報障障礙聖道及聖道方便故名爲障業障者五無間業所謂殺毋殺父殺阿羅漢破僧惡心出佛身血作此業已必定次生無間地獄故名無間殺毋殺父棄背恩義故墮無間地獄其餘三種壞福田故煩惱障者謂勤煩惱及利煩惱勤煩惱者數行煩惱利煩惱者增上煩惱現行煩惱名之爲障非成就者何以故一切衆生平等成就諸煩惱故報障者隨所住報非聖道器報過惡故問曰彼何者是答曰一切惡道北鬱單越無想衆生一向是凡夫地故問曰此三業中何者最爲大惡答曰

妄語破壞僧　當知極過惡　有頂世中思善中最大果

妄語破壞僧當知極過惡者一切業中破僧妄語最爲極惡彼得阿鼻地獄經一劫住十三聚火圍遶其身何以故彼法非法想非法法想亦破壞見法想破僧起異道故破壞法輪是故此業一切業中最爲極惡有二種破僧謂破法輪及破羯磨破羯磨者同一界内

別處布薩作羯磨等問曰何者善業得最大果答曰有頂世中思善中最大果有頂正受思一切善中得最大果彼八萬劫極寂滅故果報因緣故有頂中思說爲大果餘金剛喻相應思一切大果彼一切結究竟盡果故

使品第四

業及煩惱因緣流轉已廣說業彼業煩惱力故受種種生非離煩惱是故師欲分別煩惱作如是說

一切有根本　業侶生百苦　九十八種使

牟尼說當思

一切有者謂欲有色有無色有此等三有九十八使以爲根本何以故此爲業侶能生種種受生等苦彼業由於煩惱力故受生有九非離煩惱是故欲求解脫者應當知之知已遠離何以故如不識怨則爲所害經中佛說有七種使彼界行種分別爲九十八使所謂貪使界分別爲三種分別爲五界種分別爲十五慢無明使亦復如是瞋使界分別爲一種分別爲五疑使界分別爲三種分別爲四界種分別爲十二見使界分別爲三種分別爲四行分別爲五行種分別爲十二身邊二見同見苦斷故爲一種戒取見苦見道斷故爲二種邪見見取爲四種如是爲十二使行界種分別爲三十六使是故有九十八使問曰云何知耶答曰

一切諸使品　當知立二分　謂見道斷分

及以修道斷

見道所斷乃至修道所斷惟有此等諸使更無有餘見者視也彼爲見所斷故名見道斷

此言爲忍所害義也修者是數習義爲修所斷故名修道斷此說爲智性道所斷義也
煩惱二十八　當知障見苦　彼當見苦時斷盡無有餘
彼見道修道所斷九十八使中二十八使障於見苦故見苦斷此後當說
見集斷十九　當知滅亦然　增亦見道斷十說修道滅
見集斷十九者十九使障於見集故見集斷當知滅亦然者當知見滅亦斷十九使也增亦見道斷者二十二使見道所斷十說修道滅者當知十使修道所斷已說使種差別彼界差別今當說
最初煩惱種　欲界當知十　二中各有七八種見道斷
最初煩惱種欲界當知十者如前所說初見苦斷煩惱種類彼中十使繫在欲界所謂身見邊見邪見見取戒取貪瞋慢疑無明二中各有七者如前所說見集滅斷煩惱種類彼中各有七使亦係欲界當知於此十中除身見邊見戒取爲七八種見道斷者此欲界係七中增於戒取
欲界應當知　四是修道斷　謂餘上二界當知同可得
欲界應當知四是修道斷者謂貪瞋慢無明等如是彼三十六使係在欲界應當知謂餘上二界者餘六十二使係在色無色界當知同可得者如是三十一使係在色界三十一使係無色界三十六中除五瞋使已說使數種界差別使自性今當說

所謂有身見　邊見及邪見　二取應當知
此五見煩惱

此五煩惱皆是見性身見者彼於五受陰中執我我所是名身見邊見者於彼計著斷常是名邊見邪見者誹謗四諦審爾計著是名邪見戒取者於自在等自性丈夫中間智等彼非解脫苦因中妄執爲因取戒等此中除等名取戒故名戒取見取者於有漏法執爲最勝取見等此亦除等名故名見取此智慧性故說名見此等五見攝一切見此一邪見邪執著故以行差別故說五種

貪欲及疑瞋　慢無明非見　境界差別轉
說有種種名

貪欲及疑瞋慢無明非見者貪者彼於有中愛想樂著是名爲貪疑者於諦實義計以爲實或謗實義彼中猶豫是名爲疑瞋者若他侵凌不能容忍便生惡欲於衆生所極作逼迫破壞非處生心惱彼是名爲瞋慢者於自他中稱量心舉是名爲慢無明者於諦想中不知不淨是名無明此五煩惱非慧性故彼不說見如是一切煩惱境界差別轉說有種種名者此十煩惱隨於境界差別轉故立種種名此中若緣苦轉說見苦斷如是見集斷等亦爾

下苦於一切　離三見二轉　道除於二見
上界不行瞋

下苦於一切者欲界中苦是名下苦彼一切十使與見苦相違問曰云何相違答曰世間不能觀察彼於苦陰不如實知聞說陰苦不喜不樂此不觀察是名愚癡以愚癡故於中

生疑爲但是陰爲有我耶起如是心是名爲疑疑故邪說或本習故謗言無陰是名邪見計有於我是名身見見彼相似相續不斷故生常見見彼因果相續壞滅以迷惑故生於斷見執於斷常故名邊見於此見中取以爲淨是名戒取於此見等取爲最上是名見取若愛已見是名爲貪若恚他見是名爲瞋以此自高是名爲慢如是次第此十煩惱與苦相違離三見二轉者除身見邊見戒取其餘七使集及滅轉彼於苦因不知是名無明癡故生疑疑於苦因爲有爲無是名爲疑疑故邪說或因本習謗無苦因是名邪見於彼取勝是名見取餘如前說如是於滅諦涅槃不知是名無明以愚癡故迷惑涅槃爲有爲無是名爲疑餘如前說道除於二見者道除身邊二見餘八種轉於彼不信受道是名無明餘一切如前說戒取者於此諸見牛戒等中信以爲淨問曰彼身見等何故不於集滅道中轉耶答曰身見於果中行我我所轉無有作如是解於此苦因及滅道等計於我者是故身見於苦中轉故見苦實悉斷無餘邊見從身見生是故苦緣苦見斷身見者彼緣彼見亦斷邊見問曰若戒取不信於因計自在因爲道彼云何見苦斷耶答曰彼愚於果計自在等陰名而起彼常分別於自在等以作因想彼時能以無常等行觀察苦諦計自在等因想即斷故見苦斷亦不信道彼計非道爲道爲道故見道斷見真道故滅中無此何以故如是因道滅中無故上界不行瞋者色無色界除瞋餘如欲界說何以故彼無損害

相故有善欲故性寂靜故心滋潤故是故無瞋已說諸使自性差別緣差別今當說普徧在苦因　疑見及無明　是使一切品謂在於一切

見苦見集所斷品中疑見及相應無明不共無明此十一使當知界界自界地中一切徧此於自地一切五品中緣使上不使下何以故離欲性故下不使上何以故非境界故故說使於自地問曰一切徧義云何答曰緣一切有漏事義故名一切徧義彼一切一切衆生一切有漏事中本來起故是名一切徧義無有一有漏法若凡夫人本來不取執我我所等者問曰何故見苦見集所斷品中說一切徧非滅道耶答曰一切有漏緣故同一意故是以堅固一切有漏事苦集諦攝見滅見道所斷諸使少分有漏緣少分無漏緣非同一意故非堅固亦非一切緣問曰何故貪瞋慢等非一切徧答曰此是自相使故於一衆生少分亦生一切徧使則不如是一切徧者緣一切界一切地故貪等作意起求貪欲具一切徧者但於他現生惡行猶如河流已說自界地一切徧他界地一切徧今當說

初煩惱五種　四說爲第二　於上境界轉普徧智所說

前說十一一切徧中除身邊二見餘九煩惱他界地中說一切徧彼欲界見苦所斷邪見謗色無色界苦果見取取勝戒取於非苦因取爲苦因疑彼中猶豫無明迷惑如是欲界見集所斷邪見謗色無色界陰因見取於因事取勝疑於因事猶豫無明迷惑如是色界

邪見謗無色界苦果如是應廣説地亦如是初禪地謗第二禪苦如是應廣説乃至不用處謗非想非非想處復次無色界異彼無他界一切徧何以故上無界故非想非非想處無他地一切徧上無地故問曰何故身邊二見非他界地一切徧耶答曰非異界地生於異界地陰生我我所無此理也無二身事行此非現見故彼無我故無生我所理　也邊見者於已陰中計存斷常

邪見及與疑　俱生獨無明　見滅道二斷
當知無漏緣

見滅斷邪見謗於滅諦疑者疑於滅諦彼二相應無明及獨一無明無明不見相於滅處轉此三煩惱緣滅諦故是無漏緣道中亦爾如是三界有十八使定無漏緣問曰何故見滅所斷貪等煩惱非無漏緣答曰如其無漏緣者則不見貪過是故貪使非無漏緣若貪滅道者是善法欲非貪使也非瞋者毀呰相不生故自性柔輭作故無漏非可慢也清淨最勝是涅槃道故非二取

法勝阿毗曇心論卷第二

音釋

捕 薄故切擒捉也　屠 同都切殺也　罽賓 梵語也此云賤種罽居刈切　躓頓 躓知義切蹎也頓都困切踣也　澀 所立切不滑也　辮 婢典切交也　揃 子踐切與剪同　欝單越 梵語也此云勝處欝於物切　羯磨 梵語也此云作法羯居竭切　布薩 梵語也此云淨住　呰 蔣氏切口毀也

法勝阿毗曇心論卷第三 別譯

大德優波扇多釋

高齊天竺三藏那連提黎耶舍譯

使品第四之餘

問曰彼何者使何處使

欲界一切種　一切徧使使　緣縛於自地

上地亦如是

欲界一切種一切徧使使緣縛於自地者欲界一切徧地緣使欲界一切種上地亦如是者色無色界自地亦如是

其餘諸結使　當知於自種　緣使於自地

一切共依品

其餘諸結使當知於自種緣使於自地者非一切徧使於自種類自地法中緣使所使此彼境界一切共依品者一切徧使及不徧使於自種類自品相應法中相應使

若無漏所行　他地緣煩惱　彼相應所使

境界解脫故

若無漏所行他地緣煩惱彼相應所使者若使無漏緣及他界地緣煩惱彼相應所使非緣使問曰何故答曰境界解脫故此使解脫境界故無漏諸法解脫一切煩惱問曰云何緣而不使答曰無住處故彼對治無漏是故不得住處譬如炎熾瑠璃蚊蚋等蟲樂昇其上而不能住如人履於熱地以熱觸故不能停足彼亦如是上地諸法解脫下地是故緣而不使問曰此使云何答爲是不善爲是無記答曰

身見及邊見　彼俱生無明　是欲中無記

色無色一切

身見及邊見彼俱生無明是欲中無記者欲界身邊二見及彼相應無明是無記何以故與施戒等不相違故身見常見於施戒修不相違何以故欲受未來可愛果故是故作施等事不善則與施等相違是故無記又諸衆生常行此見若此煩惱是不善者欲界應無有一衆生得受樂者何以故常行不善故復次此見愚於自事不逼迫他是故身見非是不善斷見隨順離欲近於無我能作猒離無常行故亦非不善欲界諸餘煩惱皆是不善色無色一切者色無色界所有諸使悉是無記四支五支三昧所制伏故不能生報譬如善呪制伏毒蛇不能爲害彼亦如是復次不能爲報因者不善能生於苦受報上無苦受不可欲界受於彼果問曰云何一切煩惱決定於自境界中縛爲當不耶答曰不也問曰云何答曰

貪瞋慢當知　過去世緣縛　未來說一切
餘一切三世

貪瞋慢當知過去世緣縛者若過去世貪瞋慢等彼非一切於自境界中過去世縛何以故非不見不聞不分別事起貪瞋慢何以故分齊緣故或時有人於眼生貪非餘身分何以故自相使故非貪等使共取境界如身見等未來說一切者若未來世貪瞋慢等緣縛三世諸有漏法彼中若五識身必定生法係縛未來若不生法係縛三世及意地生不生法亦緣縛三世諸有漏法何以故彼緣一切有漏法故餘一切三世者見疑無明是名爲餘彼共相縛故若過去未來緣縛三世諸有

漏法何以故彼是共相使故現在使不定是故不說若有者彼自相使隨現在前彼現在未來縛未來縛者謂意地及不生五識身等過去世者若於彼起已滅不斷於彼中縛若共相使現在前者彼縛三世諸有漏法已說使世差別次第轉今當說

煩惱次第轉　自地於自地　上地亦生下次第應當知

煩惱次第轉自地於自地者謂一切使於自地使次第緣轉一一次第生於一切上地亦生下次第應當知者於梵世地命終次第生欲界一切彼中染污心命終次第欲界中陰識污心生如是乃至有頂中生或生如是生如生無色界還生無色界問曰如世尊說貪等七使云何差別爲九十八答曰

欲界五種貪　此說欲愛使　色無色亦爾有愛應當知

欲界五種貪此說欲愛使者所謂見苦集滅道修道斷等五種欲貪說欲愛使此如前說色無色亦爾有愛應當知者色界五種無色界中亦有五種說有愛使

瞋即是瞋使　五種如前說　憍慢及無明十五在三界

瞋即是瞋使五種如前說者欲界瞋有五種見苦斷等說爲瞋使憍慢及無明十五在三界者欲界憍慢亦有五種見苦斷等色無色界亦有五種此十五種慢說爲慢使無明亦爾

見使三十六　當知在三界　疑使有十二略說爲七種

見使三十六當知在三界者見使三十六當知十二係在欲界謂見苦斷五見集斷二見滅斷二見道斷三色無色界亦爾疑使有十二者四種係在欲界謂見苦集滅道斷色無色界亦爾此十二種說爲疑使略說爲七種者此界性種差别爲九十八使世尊經中略說爲七種問曰使有何義答曰彼微細義是爲使義彼微細行麤者名纏常入隨義名使如胡麻團相著義名使猶如小兒著於乳母相續義名使猶如鼠毒如四日瘧病如責日息如鐵黑色不捨如讀誦漸積如是煩惱世尊說爲扼流取漏縛問曰何故答曰

扼取及漂流　泄漏與繫縛　以是義故說
扼流取漏縛

苦繫義說扼此有四種謂欲扼有扼見扼無明扼取生生具故說爲取此亦四種謂欲取見取等漂衆生故說流亦有四種如扼中說彼流出義是漏義一切生中行漏有三種謂欲漏有漏無明漏能繫縛世間義故名縛問曰何者爲結答曰結有九種謂愛結恚結慢結無明結見結他取結疑結慳結嫉結已說煩惱名差别根相應今當說

諸使在三界　盡捨根相應　隨地諸根使
相應至色有

諸使在三界盡捨根相應者三界一切煩惱盡與捨根相應何以故無明與捨根相應彼隨順一切煩惱及隨順别煩惱一切煩惱後時悉皆處中而息隨地諸根使相應至色有者如梵世有喜根樂根彼中諸使與此相應如光曜天有喜根彼地諸使與喜根相應徧

淨天亦有樂根彼中諸使與樂根相應

邪見及無明　欲界中樂苦　瞋恚疑惟苦
謂餘一向樂

邪見及無明欲界中樂苦者欲界邪見與苦根樂根相應邪見者作惡業則喜作善業則憂無明者與一切根相應瞋恚疑惟苦者欲界疑使不定故不喜故與憂根相應瞋恚於不愛相轉故與苦根憂根相應謂餘一向樂者欲界諸餘煩惱與喜根樂根相應彼除邪見謂餘見貪慢等喜轉

謂熏二種身　見斷惟意地　欲界諸煩惱
說諸根相應

謂熏二種身者修道所斷煩惱名熏彼與身受心受相應除慢慢惟意地故彼苦根樂根是說身受憂根喜根是說心受捨根二種受一切身受修道所斷心受二種斷見斷惟意地者見斷煩惱與心受諸根相應一切見斷煩惱在意地故欲界諸煩惱說諸根相應者此必定欲界煩惱法如是上地隨地根相應亦如是疑者色界中惟與喜根樂根相應彼疑善助道想與喜相應已說煩惱起煩惱今當說

無慙與無愧　睡悔及慳嫉　掉眠煩惱上
故說起煩惱

使者亦說煩惱彼增上者是起煩惱此等八法彼中生故名起煩惱亦名爲纏彼中睡眠無愧三種依於癡起悋慳無慙三種依於貪起悔依疑起嫉依瞋起自身作惡不嫌名爲無慙不顧他不羞名爲無愧睡時令心無所堪能以眠著故令五根不能轉意不自在於

愛不愛境界生於分別心不寂靜是名爲掉於可作不作作不可作想後退變心熱是名爲悔見他資産心中不喜是名爲嫉於法於財福德恪惜與施相違慳心是名爲慳

一切煩惱伴　當知睡與掉　無慙及無愧　必定不善俱

一切煩惱伴當知睡與掉者此二起煩惱與一切煩惱相應何以故通三界故一切煩惱不寂靜故當知掉煩惱現前於善無能故當知睡無慙及無愧必定不善俱者此二起煩惱與不善使相應欲界一向不善故

悔在意說苦　修道之所斷　眠惟在欲意　餘各自建立

悔在意說苦者悔在意地下劣處生故與憂根相應說苦者當知在欲界非上界問曰爲誰所斷答曰修道之所斷悔在善行惡行中故修道所斷眠惟在欲意者眠在欲界意地眠時一切煩惱共行是故欲界意地一切煩惱相應餘各自建立者餘謂慳嫉彼自力轉不與餘煩惱相應義除無明決定修道所斷與不共無明使相應問曰此使與幾識身相應答曰

貪欲瞋恚癡　當知依六識　謂欲修道斷　上地隨所得

貪欲瞋恚癡當知依六識謂欲修道斷者欲界修道所斷愛恚無明六識相應若見道斷者惟在意地上地隨所得者色無色界愛無明等隨所得識身即與相應如梵世四識身可得彼中二使即與四識身相應此上惟與意識相應彼中餘使一向在意地故已分別

煩惱斷分別今當說
一時斷煩惱　方便智所說　如是得解脫
當知非一時
一時斷煩惱方便智所說者此諸煩惱謂在無礙道中一時頓斷不數數斷彼斷有四種謂知緣伴斷斷緣自清淨彼知緣者謂見苦集所斷自界緣及無漏緣伴斷者謂他界緣斷緣者謂滅道所斷有漏緣自清淨者謂修道所斷隨彼彼所斷如是如是自身清淨如是得解脫當知非一時者此得解脫隨彼數數得如欲界見斷五時作證謂自分對治時如見苦斷苦法智如是乃至見道斷道法智及四沙門果此前所斷須陀洹果攝一解脫得生斯陀含阿那含阿羅漢果攝亦如是色無色界三地亦如是此中說自分對治比智分見道斷者斷作證決定凡夫聖者色無色界見道所斷一時斷是故此中無自分對治有頂地中見苦集滅斷者決定五時如前說賢聖次第法見道斷者但四沙門果自分對治即是須陀洹果決定修道斷欲界三時謂凡夫地阿那含果及阿羅漢果一切悉斷法此自分對治須陀洹果中不說色界二種謂自分對治阿羅漢果自分對治者一切色界離欲無色界但阿羅漢果一切斷法已說滅作證斷知今當說
欲界中解脫　佛說四斷知　色無色解脫
當知五斷知
因盡斷得無漏解脫得度界建立斷知何以故解脫無餘隨得斷知名彼有九種彼中欲界見苦集斷斷者得無餘解脫何以故開一

切徧因故斷故此一斷知見滅斷第二見道斷第三修道斷第四此斷下分分別色無色界亦爾見斷三如前說色界修道斷第四此無餘離色欲故分別無色界修道斷第五此一切結盡分別於此斷知分別有二謂得阿那含果及阿羅漢果以此二處度界得果故

問曰諸使爲與心相應爲不相應毗婆闍婆提說心不相應是故生疑答曰決定相應何以故

爲心作煩惱　障礙淨相違　諸妙善可得故非不相應

爲心作煩惱者若使決定不相應者不應爲心作煩惱應如色等境界然爲心作煩惱如說貪欲穢心以此言故當知相應障礙者若使心不相應者善智生時不應障礙應如虛空不作障礙今爲障礙故知相應淨相違者若使與心不相應者便應與善不相違不相違故則應非過然爲過故當知相違若相違者故知相應諸妙善可得者若汝使與善相違心取相應者使恒相續於中善應不能得起現見善法能得起故是故諸使非不相應是相應也

賢聖品第五

已說流轉次第不流轉次第今當說

賢聖棄如此　煩惱衆怖礦　精進方便智彼方便善聽

賢聖者於人天中應受供養故名賢聖棄者捨離義也如者若方便如是義此者次第說使辯其相貌煩惱者相續煩勞衆生故名煩惱衆怖礦者謂是一切苦惱因義正精進者

如法精進義也方便智者謂舍摩他制發捨時智義方便者謂彼方便義也善聽者謂至心聽聽知攝持義方便者據始業地人乃至無學地人戒等所作方便行者始業今當說

始於身一分　行者係自心　係縛於識足

爲殺智慧怨

始於身一分行者係自心者問曰何處係耶答曰若鼻端若眉間不淨阿那波那界入三方便觀故自身分中說係心非外法雖有外緣方便不說問曰何故係心答曰係縛於識足心性躁亂動轉不住如驚獶猴此是係一緣中義問曰何故係一緣中答曰爲殺智慧怨實智怨者所謂煩惱爲斷彼義是故一心得觀如實非亂心也見如實故能斷煩惱以是義故作如是說

此方便於身　眞實相決定　諸受及自心

法亦隨順觀

心係一緣故觀身實相身實相者謂不顚倒相如義也問曰何者是身實相答曰自相及共相彼自相者謂十色入及法入中少分色也彼共相者所謂無當苦空無我如是等義不亂心行者三方便中隨意現前方便行次第身實相得決定此行者觀微塵色念念散壞是時身念處觀滿如畦水流法入受念處無色法中受是最麤故觀身後次觀於受是次觀受自相共相爾時受念處滿彼受依心是故受後次觀於心此處亦自相共相決定意解心念處滿爾時爲觀其餘法故入法念處其餘法者所謂二陰及無爲法彼亦觀於自相共相爾時法念處滿

入法中總觀　得法眞實相　此四是無常
空無我非樂
入法中總觀得法眞實相者入餘法念處已
行者知分齊緣念處修方便於一切法餘共
相壞緣念處數數慣習修身受緣共相法念
處如是身心緣如是三二當知如是壞緣數
數慣習修已一切身受心法念處一來總觀
問曰云何答曰此四是無常空無我非樂總
觀一切有爲諸法無常等如是義彼念念展
轉壞滅故是無常虛無故空不自在故無我
三苦常隨逐故非樂彼人欲壞煩惱覓其元
首如所見法因果差別分別於諦彼中二種
因果有漏無漏彼有漏者集因苦果無漏者
道因滅果彼人如是分別諦已初發趣次第
聞思念處自相共相攝取分齊緣諦中分布
彼時壞緣法念處四諦中思惟十六行觀
從是名爲煖　於覺法而生　十六行等起
觀察四聖諦
從是名爲煖於覺法而生者行者思惟共法
念處次後最初修事共法念處相續建立聖
者名煖善根問曰彼法幾行何境界答曰十
六行等起觀察四聖諦行者以十六行觀察
四諦彼以四行觀察苦諦此苦本無今有已
有還離故無常三苦隨逐故苦內離人故空
不自在故無我如是亦以四行觀察集諦此
集生相似果故因能生流轉故集能牽一切
生死故有能和合不相似事故緣亦以四行
觀察滅諦此滅與一切生死相違故滅離一
切煩惱火故止於一切法中勝故妙能捨生
死故離亦以四行觀察道諦此道能至非品

故道不顛倒故正一切聖足所履處故跡出過生死故出問曰煖有何義答曰智於所知如鑽燧相研能窮盡諸有生無漏智火煖爲相故名煖

是法增長已　生頂及於忍　次世第一法依於一刹那

是法增長已生頂及於忍者行者入正精進故得善助道隨順衆具增長勝進力故煖得增長成就已彼人修一切共法念處生勝善根名頂問曰頂是何義答曰不動善根彼住此頂時離諸過故能入忍中彼若不者還退住煖如人登山若不至頂則墮四邊行者如是正方便相續頂增長已次生善根名順諦忍是修一切共法念處勝進彼二法以十六行觀察四諦問曰忍有何義答曰彼於四諦無常等行樂欲增長是故名忍是故說順諦忍能除四諦增上愚煖頂能除四諦下中愚非增上忍增長已次世第一法依於一刹那忍增長已一切共法念處勝進故生如是一切世間功德中最勝善根彼初開聖道門故名世第一法有說世間中最勝故名世第一法此法一刹那起此行者開涅槃門已滅與苦法忍次第緣故一念煖頂忍及彼最上功德此一切善根皆五陰性問曰汝言世第一法與聖道作次第緣云何是五陰性答曰心心數法與次第緣色心不相應行隨順一果是故非過問曰此世第一法何緣答曰苦諦彼緣苦諦義也問曰幾行答曰四行若苦諦境界四行如上所說彼行此行問曰幾地所攝答曰六地生當知未來中間根本四禪問

曰餘達分善根幾地所攝答曰餘亦依六地彼亦六地如世第一法問曰何故達分善根六地所攝答曰從彼能生見道彼地有見道有見道處即有此等何以故見道眷屬故是故如是

世間第一法　次必起於忍　忍次生於智能覺於下苦

世間第一法次必起於忍者煖等次第生如上因分乃至能生世第一法世第一法次第生無漏法欲界見苦斷十使對治名苦法忍昔所未見法欲知樂名忍此最初無漏無礙道忍次生於智者苦法忍次第生苦法智解脫道自性問曰此忍智何緣答曰能覺於下苦下苦謂欲界苦此二種緣如是義

謂色無色苦　集滅道亦然　此法無間等說於十六心

謂色無色苦者色無色界苦亦如是生忍無礙道智解脫道聖者亦說苦比忍苦比智集滅道亦然者集滅道亦如是生四種異義二忍爲無礙道二智爲解脫道此法無間等說於十六心者此十六心頃成就無間等無間等是見義此十五心頃是見道最後一心是修道攝從此名修地乃至金剛喻定此後名所作已辦地略說三地謂見地修地無學地隨此地建立人今當說

隨法行利見　此在於十五　隨信行非利當知亦在中

隨法行利見此在於十五者見道所攝十五心人若利根者說隨法行智慧隨法行故名隨法行此障不信於他義也隨信行非利當

知亦在中者即此十五心人若輭慧者說隨信行是信他法得行義也彼人信現在前慧隨順與彼相違說法行

未離欲界欲　趣向於初果　第二捨於六

第三九無垢

未離欲界欲趣向於初果者此隨信行隨法行人先未離欲具一切縛至決定分名向須陀洹果第二捨於六者欲界修道所斷煩惱分別九種所謂下下下中下上中下中中中上上下上中上上彼信法行人在凡夫地已剡六種煩惱後人決定是時說向斯陀含果第三九無垢者若剡九種煩惱後入決定是時說向阿那含果

若至十六心　是說住於果　輭見信解脫

淨見說見到

若至十六心是說住於果者在十六心道比智相應彼起若利根若輭根俱說住果先未離欲須陀洹果離六種欲斯陀含果離九種欲阿那含果輭見信解脫者若輭根者向地中名信行彼住三果名信解脫淨見說見到者彼利根者住果名見到

未盡修道斷　當知七往來　家家有三盡

彼住須陀洹

未盡修道斷當知七往來者此人住果未斷修道斷故當知七生死彼人中受七生欲界天中受七生及中陰二十八生俱受七生故名七生如七葉樹如七處善家家有三盡者若住果若凡夫人欲界修道斷中三種盡上上上中上下彼說家家家家者從家至家往來而入涅槃故言家家人中二三家天中二

三家往來此有二種謂人家家及天家家以業根斷煩惱差別故名家家業者於凡夫分中受二三有集業根者得無漏根斷煩惱者斷二四種煩惱彼住須陀洹者彼七往來及家家說住須陀洹果問曰何故名須陀洹答曰須陀名聖道流洹名爲入若人相續初見修道入彼流中又是人得須陀洹果故名須陀洹如懷孕女兒以法名人

六盡斯陀含　離八一種子　九品盡不還
已出欲泥故

六盡斯陀含者若人斷六種盡謂上品三種中品三種是斯陀含從此命終生於天上復生人中而般涅槃名斯陀含離八一種子者一生種子義彼人餘惟一生若人若天有二種一種子謂人一種子天一種子或煩惱差別名一種子彼餘惟一有未盡故名一種子是人爲阿那含果向當知斯陀含果中勝道攝九品盡不還者若人欲界一切九種煩惱斷名阿那含不還來欲界生故名阿那含問曰何故不還來答曰已出欲泥故出愛欲泥是故不復還來欲界

如是九煩惱　在於上八地　彼雙道所斷
世尊之所說

如是九煩惱在於上八地者如是欲界修道斷煩惱如前說九種煩惱下下乃至上上當知八地亦如是謂四禪四無色定彼雙道所斷世尊之所說者彼三界煩惱當知無礙解脫道斷無礙道斷結得解脫道證解脫下下道斷上上種乃至上上道斷下下種此略說一百七十八道及見道問曰云何決定出世

問道斷煩惱爲當不耶答曰不也問曰云何
答曰
有垢無垢道　俱能勝八地　住彼說身證
謂得滅正受
有垢無垢道俱能勝八地者有垢者世間道無垢者無漏道彼八地欲界四禪三無色定世間出世間道能過彼有頂中必出世間道能過彼世俗道亦無礙道解脫道彼無礙道三種轉謂苦麤障解脫道亦三種謂上妙出世間道如前所說無常行等住彼說身證謂得滅正受者彼八地離欲中住學人若得滅盡定者彼名身證身證涅槃相似法故是名身證
金剛喻三昧　次必生盡智　生意我生盡
羅漢離諸漏
金剛喻三昧次必生盡智者生有頂離欲第九無礙道最後學心名金剛喻三昧猶如金剛無不能壞次後必生盡智此初無學心彼二智異或苦比智或集比智如彼人從盡智起作如是緣盡隨順生慧生意我生盡者非想非非想處四陰當知此中生何以故最後斷故羅漢離諸漏者彼盡智起時一切漏盡名阿羅漢於天人中應受供養故名阿羅漢
問曰阿羅漢有幾種答曰
阿羅漢六種　五從於信生　彼得於二智
當知時離垢
阿羅漢六種者謂退法思法護法住法必昇進法不動法彼中若人輭智輭方便最初與退具相應必定退故名退法若人輭智輭方便常猒惡身念欲壞滅彼死成就思法若輭

智增上精進以精進力自護是名護法若中智等精進彼住此道不進不退故名住法少利智極精進必能進至不動名必昇進法若利智廣精進初得不動是名不動法五從於信生彼得於二智者此六種阿羅漢中前五種本是信行彼有二智盡智無學正見彼或時退是故不生無生智彼盡智或一刹那若次第無學正見現在前或增長若彼現在前當知時離垢者彼時解脫觀察若國土若時若伴若說法若衣食等進修善根此善根分不一切時隨所欲進修故名時解脫

不動法利根　是非時解脫　彼得於三智

自解脫成就

不動法利根是非時解脫者若人一向利根是不動法當知非時解脫彼人善分別於一切時隨所欲進不觀於時故名非時解脫彼得於三智者彼生三智謂盡智無生智無學正見彼是不退法是故生無生智是人盡智一刹那無生智或一刹那若次第無學正見現在前或時得勝進便彼現在前自解脫成就者彼人成就自相似名解脫當知時解脫者彼決定待時得解脫成就不動者非彼煩惱之所能動猶如王印故名不動

當知慧解脫　不得滅盡定　惟有俱解脫

成就滅盡定

當知慧解脫不得滅盡定者是六種阿羅漢中若不得滅盡定者當知是慧解脫慧解脫者彼惟慧力得解脫故名慧解脫惟有俱解脫成就滅盡定者彼六種阿羅漢中若得滅盡定者當知是俱解脫以慧力故於煩惱障

而得解脫以定力故於解脫障而得解脫以是義故名俱解脫如上所說賢聖士夫略說二種謂學無學爲斷煩惱故學是名爲學非斷煩惱故名無學何故不學學已竟故已分別賢聖人法差別今當說

若隨信行法　及隨法行法　如是見諦道是盡同一相

若隨信行法及隨法行法若見諦道彼同一相見諦道中信行法行差別以法名人

彼中諸根數　是說未知根　諸餘有學法智者說知根

彼中諸根數是說未知根者彼見諦道所攝之中若根數法所謂意根樂根喜根捨根信等五根是名未知根未知欲知故名未知根彼見道所攝士夫當知如是根諸餘有學法智者說知根者見道已上即此諸根數法說爲知根知已復知故名知根若修道所攝士夫當知如是根

於中無學法　當知知已根　得果捨前道此義應當知

於中無學法當知知已根者於無學法中即此諸根數法名知已根知已更無所知故名知已根若無學所攝士夫當知如是根問曰此賢聖人一一次第如上所說彼人一切成就先所得道爲當不耶答曰得果捨前道此義應當知若此士夫入道已當知勝進行此得果以捨於前道何以故不欲令彼果向一故若退根及增進根彼亦捨道此中不說得須陀洹果捨於見道得斯陀含果或捨見道或捨須陀洹果勝道得阿那含果或捨見道

或捨斯陀含果勝道得阿羅漢果捨阿那含果捨阿那含果勝道若增進根差別者捨果勝道亦得果利根所攝學無學捨果亦得果若退者捨勝得劣問曰如得果者捨於向道彼亦捨斷不耶答曰捨道非斷

已盡爲解脫　得依於一果　不穢污第九

除斷應當知

已盡爲解脫得依於一果者先所斷煩惱一解脫得得果攝是故不捨斷向道中所有解脫道得如是解脫問曰斷煩惱如前說彼不穢污云何斷耶答曰不穢污第九除斷應當知已說九種煩惱九種道斷彼不穢污決定第九無礙道時頓斷非漸漸斷不穢污者謂善有漏不隱沒無記行穢污色亦必定最後斷問曰何故煩惱九種斷非善等耶答曰煩惱相違故聖道與煩惱相違不與善相違猷惡煩惱故亦捨善同一係縛故問曰已說阿羅漢勝進根云何阿羅漢得不動答曰

若有相似名　彼能得不動　此人亦信脫

彼性亦增道

若有相似名彼能得不動者非一切阿羅漢皆能得不動若功德名相名相似者彼能得之謂必昇進此人亦信脫彼性亦增道者此語有餘若信解脫必昇進性能得見到非餘增道者根增如是義問曰已說次第見諦未說其因當說彼因答曰

功德惡差別　次第見真諦　無礙道力得

有爲無爲果

功德惡差別次第見真諦者此中二諦過惡差別二諦功德差別非見過惡者見於功德

非見功德者見於過惡何以故行緣差別故非不於諦眞實見故而諦無間等非此一智能總觀諦功德過惡差別以是義故次第見諦問曰見諦得沙門果彼云何爲是有爲是無爲耶答曰無礙道力得有爲無爲果若斷煩惱無爲若解脱道有爲彼二種皆無礙道力得是故二種俱說沙門果

法勝阿毗曇心論卷第三

音釋

蚊蚋（蚊無分切蚋而銳切）分齊（分扶問切齊在計切分齊限量也）瘧（魚約切寒熱病也）礦（古猛切）躁（則到切不安靜也）猨猴（猨雨元切猴戶鉤切）畦（戶圭切田畦也）慣（古患切習也）鑽燧（鑽祖筭切錐也燧徐醉切取火木也）研（五堅切䃺也）剗（初限切削平也）孕（以證切妊也）

法勝阿毗曇心論卷第四 別譯

大德優波扇多釋

高齊天竺三藏那連提黎耶舍譯

智品第六

今欲分別涅槃分智何以故以智能斷諸煩惱故欲廣釋智故先說此

若智性能了　觀察一切有　有無有涅槃　彼相我當說

有無有者所謂涅槃是故智者觀有無有有者一切有漏法謂苦集義有無有者謂滅諦也一切有無有故名有無有於彼中無有義也此說有對治謂是滅是故滅非無也非無物有對治如滅盡正受心心數法不行故對治說滅是有物如是涅槃一切有對治是故有事如除病得無病彼相謂寂滅寂滅相等彼攀緣智智者觀察於彼非無境界而有智轉是故若智觀察此即是道問曰彼何者是答曰

三智佛所說　最上第一覺　法智隨順智　及以世俗智

此三智攝一切智法智者若智欲界境界或欲界滅對治或境界無漏彼初取法決定行故名法智隨順智者若智色無色界境界色無色界滅對治或境界無漏次法智後次第隨順故名隨順智世俗智者若有漏智多受欲數謂男女等故說世智如是等名世俗智

苦集及滅道　二智而隨生　如是四種智　牟尼隨名說

法智隨順智者隨聖諦轉世尊隨名說苦諦境界故說苦智如是集滅道諦境界故名集

滅道智於此苦集二智行差別苦行轉名苦智集行轉名集智緣無差別同緣五陰故滅道二智行緣差別

若智觀他心　是從三中說　盡無生智二當知在四門

若智觀他心是從三中說者三智中他心智有漏是世智若欲界對治境界彼是法智若色無色界對治境界是隨順智心心數境界彼心心數方便成就故名他心智盡無生智二者盡智無生智是二智謂法智隨順智彼所作究竟受是盡智不復更作受是無生智問曰盡智無生智何諦境界答曰當知在四門此緣四諦義也除初盡智彼緣二諦已分別十智行分別今當說

二智十六行　法智隨順智　上已說及餘是說世俗智

世智十六行轉前後皆有彼十六行煖頂忍攝餘聞思修慧第一法攝四行無間等邊十二行彼外更有行謂施戒慈等

四智有四行　決定行所說　若知他心智如是行或非

四智有四行決定行所說者苦智有四行集滅道智亦如是若知他心智如是行或非者若無漏他心智彼有四行如道智是道智少分故若有漏者行則異但攝有漏心心數法

盡智無生智　離空無我行　說有十四行受相爲最上

盡智無生智離空無我行說有十四行者盡智無生智第一義轉亦親近世智作意我生盡如是等取我衆生相似行空行無我行定

是第一義轉非世俗緣是故盡智無生智空行無我行不轉故有十四行問曰所有無漏智一切十六行攝不耶答曰不爾受相爲最上彼十六行是共行若復取自相無漏智如身念處等彼非十六行攝已說行差别得今當說

最初無漏心　或有成就一　二或成就三　於上四增一

最初無漏心或有成就一者最初苦法忍相應心未離欲成就一智謂世智離欲成就他心智不現在前非見道次第他心智現在前何以故與流轉相違故二或成就三者第二無漏苦法智相應心未離欲成就三法智苦智世智若離欲成就他心智於上四增一者於上四心刹那中當知一一增苦比智得比智集法智得集智滅法智得滅智道法智得道智集滅道比智及忍不得未曾得智問曰在何地答曰

九智聖所說　此依於二地　當知禪有十　無色地中八

九智聖所說此依於二地者九智依未來禪中間禪除他心智當知禪有十者根本四禪各有十智問曰何故中間禪未來禪無他心智答曰微細境界故此境界微細於他身中心心數法未來禪少道非少道能取微細義彼根本禪道止觀雙行是强力道故彼能取無色地中八者除法智他心智法智者欲界境界無色界於欲界依對治行緣遠是故無色界無法智他心智緣色能生是故於色界轉非無色中餘未來有頂有一世智何以故

有漏故已說地差別修差別今當說修有六種所謂得修習修對治修出離修戒修觀察修彼得修者若於善法不得得現在未來故習修者先所得功德現前修習對治修者諸有漏法修對治道出離修者若修道時捨離穢法戒修者若能調伏諸根道觀察修者若觀察身等此中惟取二修謂得修習修

若得修諸智　謂在聖見道　彼即當來修

諸忍亦如是

若得修諸智謂在聖見道彼即當來修者若見道諸智現前修彼即當來修謂苦法智現在修彼亦未來修非忍非餘智如是乃至道法忍諸忍亦如是者忍中亦如是苦法忍現在修彼亦未來修非智非餘忍一切忍亦如是問曰何故見道惟修自分道修道修自分非自分耶答曰未修智故故見道中智未習未練修道中二種並作

於彼三心中　得修於世智　或修七或六

當知最後心

於彼三心中得修於世智者彼見道三心中得修世智謂苦集滅比智隨彼地見道即彼地有世智及欲界世智修若彼依未來地得決定彼修未來及欲界世智如是依第四禪得決定彼修七地世俗智問曰道比智何故不修答曰彼無邊故諦無間等邊成就故名無間等邊無能修一切道於他道不能修於自身修乃至未來行行者百分不現前於三諦自他俱能知能斷能證是故隨得邊故能修是故彼能修非餘是故法智亦不修何以故諦無間等未究竟故於此諦世俗智本曾

作證是故此智修但有善名方便猶未得或修七或六當知最後心者若離欲界欲道比智彼修七智阿那含果所攝除世俗智盡智無生智若未離欲修六智除他心智非想非非想處對治彼得沙門果是以不修世智

於彼上修道　十七無漏心　當知修七種
增益根修六

於彼上修道十七無漏心當知修七種者若未離六種欲從須陀洹果上修道中十七刹那當知修七智此道未來禪攝故無他心智亦無盡智無生智以無學故是故彼中修餘七智彼若以世俗道進彼世俗智現在前七種未來若出世間道四種法智一一現在前餘七智未來增益根修六者增益根者謂或信解脫練治諸根進得見到彼增進根一切無礙道解脫道中得修六智未離欲故無他心智又復修道精進非斷煩惱精進是人未得修進功德是故不修世智

得不還果時　出過上七地　熏修諸神通
解脫修習八

得不還果時者若得阿那含果時必得根本禪是故修他心智及前說七種出過上七地者彼四禪三無色離七地欲時九解脫道中亦修八智若以世俗道修進彼世俗智現在前未來八若出世間道修進彼時四比智及滅道法智一一現在前未來八熏修諸神通解脫修習八者熏修起一解脫道彼中八法智比智一一現在前未來八起神通境界宿命智解脫道中世俗智現在前未來八智他心智解脫道去智比智若世智中他心智一

一現在前未來八不此生死通解脱道無記
故不修
此無礙道中　及出第一有　彼八解脱道
當知修於七
七地離欲一切無礙道中修七智無礙道中
修對治智是故不修他心智彼非對治故熏
修起二心無礙道相似初是無漏第二世俗
無漏心中八法智比智一一現在前未來七
除他心智一切無礙道不修他心智世俗道
世俗智現在前未來亦七起四神通無礙道
中世俗智現在前未來定七他心智有漏亦
然無漏他心智道法比智一一現前未來定
七有頂離欲八解脱道四比智二法智一一
現在前未來亦七世俗智於彼中退非對治
故世俗智未曾至有頂彼或時作方便不決
定
出過第一有　無礙道修六　上乘應當知
修習於下地
出過第一有無礙道修六者第一有離欲九
無礙道修六智除他心智世俗智餘現在前
解脱道前已說六智謂四比智二法智上乘
應當知修習於下地者一切地中當知修自
地智及下地智若初禪進彼修自地功德亦
修未來禪攝功德如是乃至不用處次第亦
如是若人乃至不用處離欲依初禪乃至有
頂離欲是人九地無漏智修進如是一切應
當知
無學初心修　諸地生功德　漏無漏一切
此是隨順智
無學初心修諸地生功德漏無漏一切者得

阿羅漢果一切地漏無漏功德一切修進問曰何故此地修一切功德答曰斷一切縛得穌息故如來解縛法降伏煩惱力士衆咸慶快心得自在首繫解脫繒如王登祚諸方萬姓貢上珍寶盡難勝煩惱怨敵殺怨家故一切國土人皆歸伏彼先雖得下地功德有煩惱相續故不明淨今除煩惱盡故功德明淨及入出定心成就是故熏修若住欲界得阿羅漢果法或如是若住色界得阿羅漢者彼二界功德修進滿足是故一界生如是地地應當知問曰無學初心何智相應答曰此是隨順智此隨順智相應彼作如是意我生已盡非想非非想處陰取此中生彼人緣彼何以故最後斷故是故彼若比智或集比智問曰世尊說若見智慧此爲一爲異耶答曰彼是慧性世尊觀因緣故故如是說

諸忍則非智　盡無生非見　若餘諸聖慧
當知三種性

諸忍則非智者八無間等忍非智何以故不決定故決定義是智義忍不決定自品對治疑隨生故忍者求欲轉智者求欲斷是故忍非智盡無生非見者盡無生二智能見示故慧決定故智何故非見無求故中平故若餘諸聖慧當知三種性者餘無漏慧事見智慧性

若善有漏智　在意則是見　煩惱見是智
此及餘說慧

若善有漏智在意則是見者善有漏意地智能求故亦說見煩惱見是智者若煩惱見自性謂身見等彼從測量思覺轉故推求故名

見彼決定故名智此及餘說慧者若已說者見事慧事及餘未說者如無記意地五見外穢汚意地及五識身相應所有智一切是慧當知此中未說者說彼中若無記不能測量不能覺察不能推求故非見穢汚煩惱所汚故五識身相應不能分別現境界故一往墮故諸見不爾問曰一一智緣幾智答曰

法智隨順智　觀察於九智　因智及果智
二智境當知

法智隨順智觀察於九智者法智緣九智除比智比智亦緣九智除法智道法智緣一切法智彼分亦餘智苦集法智緣欲界世智如是道比智緣自分比智苦集比智緣色無色界世智及世俗他心智問曰何故法智比智不更互彼此相緣答曰上下緣差别故如二人觀地虛空因智及果智二智境當知者集智緣有漏他心智及世俗智何以故集諦分數故不緣餘智餘無漏故苦智亦爾

道智緣九智　滅智無境界　餘一切境界
決定智所說

道智緣九智者道智緣九智除世俗智何以故有漏故餘九智緣何以故道諦分數故滅智無境界者滅智不緣智何以故緣無爲故餘一切境界決定智所說者餘四智緣十智世智緣十智何以故一切法境界故如是他心智一切他心心數境界故彼有漏他心智緣有漏智如是無漏緣無漏彼中法智法智分隨順隨順智分根地人度非緣盡無生智亦如是一切有爲境界故問曰如佛說隨順智若有頂離欲得阿羅漢果不盡是隨順智

耶答曰彼分對治法智斷故亦有法智彼分對治問曰何者是耶答曰
若彼滅道中　法智之所轉　彼三界對治
非欲隨順智
若彼滅道中法智之所轉彼三界對治者謂修道中滅道法智亦色無色界對治彼人生欲界捨色無色界結彼自地陰所逼惱彼中極見其過故爲離彼故求對治三界中離欲去彼有頂離欲但法智無礙道彼隨順智解脱道問曰何故非苦集法智去答曰苦集不等故欲界苦集下劣色無色上勝不應觀察下劣猒離於上有何過異處惱異處猒離滅道相似是故觀彼猒離三界欲此道理説也問曰頗有隨順智亦於欲界爲對治耶答曰非欲隨順智無有隨順智爲欲界對治無有一人於彼見增上過無此道理也若於色無色離欲然後於欲界離欲者無有如是理也或初難斷自地不能離譬如國王不能降伏自國而欲降伏他國如王降伏自國然後降伏他國法智亦爾問曰神通何智性答曰
神足天眼耳　當知一世智　六智憶宿命
五説他心智
神足天眼耳當知一世智者神足天眼天耳是一世智非無漏智如是轉彼神足通智能示現種種事示現種種事是智慧能天耳通者天耳識相應慧生死智通者天耳識相應慧六智憶宿命者憶念過去處神通六智謂法智憶法智分隨順智憶隨順智分世智憶世智分苦智憶過去苦集智亦如是道智出世間行罽賓論師説但一世智五説他心智

者他心智通五智謂法智隨順智世智道智
及他心智等
九智漏盡通　決定智所説　八智身中轉
法十九智二
九智漏盡通決定智所説者漏盡通無漏九智漏盡智攝故問曰如他心智盡無生智不攝云何言攝耶答曰無學正見攝故彼一切三種智説漏盡通問曰念處何智性答曰八智身中轉若有色身名彼中八智轉除他心智及滅智法十者除色受心餘法名法念處彼中十智轉如前説九智二者受心中除滅智九智轉問曰如來十力四無所畏是智性彼智云何差別答曰

是處非處力　及以初無畏　當知佛十智
餘此中差別

是處非處力及以初無畏當知佛十智者若彼是處非處力十智如是初無畏我正徧知如是廣説彼亦十智何以故正取故餘此中差別者處非處力差別餘力初無畏差別餘無畏問曰佛何故差別作多種答曰佛隨處化衆生欲故差別多種有人信樂廣説不樂總説有人樂於略説力義者隨自樂欲能成就義是力義無障礙義是力義能制義是力義無能侵欺義是力義能映奪他義是力義彼處非處力者因果中決定無礙者是名處非處力自業智力者善不善業處事因報若多若少若定不定如是等義中若無礙智是名自業智力彼禪解脱三昧正受智力者此禪等自性名字得方便攝有味淨無漏退住勝達分如是等義中若無礙智是名定力根

差別智力者於衆生下中上根能知若無礙智是名根差別智力種種解智力者衆生下中上自解知無障礙是名種種解智力種種性智力知衆生性智法差別性若無礙智是名種種性智力一切至處道力者一切生死轉業能盡一切生法知無障礙智是名至處道智力憶宿命智力者自他過去生死展轉憶知無障礙智是名憶宿命智力生死智力者衆生未來有相續見無障礙智是名生死智力漏盡智力者若漏盡漏盡方便若無礙智是名漏盡智力如來十力無畏如經中廣說不怯弱義是無畏義無恐怖義是無畏義無逃避義是無畏義不下劣義是無畏義如師子自力雄猛滿足不假於伴如師子無畏是無畏義問曰無礙辯見亦是智性彼云何差別答曰

法辯辭辯一　樂義辯俱十　七智是願智
智者之所說

法辯辭辯一者彼法無礙者句味現前若無礙智是名法無礙是世智辭無礙者言音正不正方便隨方俗語若無礙智是名辭無礙彼亦世智樂義辯俱十者樂說無礙者法辭義相應任放不怯弱說種種說若無礙智是名樂說無礙此有十智義無礙者於法自相共相若無礙智是名義無礙是亦十智能受眞實相故問曰願智有幾智答曰願智是七智智者之所說願初轉樂欲義轉故名願智彼七智罽賓論師說除他心智盡智無生智

定品第七

如是知諸智智依義今當說

智依於三昧　無罣礙而轉　是故思惟定
求於眞實相

智依於三昧無罣礙而轉者如燈依淨油炷離風動處光焰不動而甚明淨如是三昧依智離諸亂風無障礙轉其心不動如是義也轉行於緣無有疑惑是故思惟定求於眞實相者若無定不能生眞實智無有離眞實智能趣涅槃是故求眞實相者必定須知三昧彼三昧者何謂善一心是最勝根義也如是一根轉自善心相續名一心最勝者或云境界名也如是一緣轉是善心相續名一心問曰何者是三昧云何知耶答曰

決定說四禪　及與無色定　是中一一說
有味淨無漏

決定說四禪及與無色定者略說八種三昧攝一切三昧是中一一說有味淨無漏者是中一一三昧有三種味相應淨無漏

善有漏名淨　無熱說無漏　有味愛相應
有頂無無漏

善有漏名淨者彼中若有漏善當知名淨無熱說無漏者若離煩惱者當知是無漏問曰若無漏第一義淨何故世間煩惱相續說名爲淨不說無漏爲淨答曰無漏不待言說自知是淨世間法淨不彰他人不知爲欲或彼故說離煩惱是故彼非相違能牽無漏故是故說離有味愛相應者若三昧受相應者是味相應亦有與餘煩惱相應禪等見疑增上慢修定者緣縛力禪等愛相應非餘煩惱共相應非餘煩惱能如是緣縛心如愛爲三昧緣縛有頂無無漏者有頂有淨味相應非無

漏不捷利故聖道捷利問曰此禪何等性耶答曰

五支有覺觀　亦復有三受　彼種種四心

是說爲初禪

五支者除五支故名五支問曰除支更有禪耶答曰不然彼支一一是禪各各相支義須分別分義是支義如車支如王支問曰何者是支答曰覺觀喜樂及一心彼覺者正受初分別麤心利義觀者麤心隨順相續法說細心微細少義也喜者入定心悅樂者身心樂離麤重猗息心調柔方便一心者心繫一緣有覺有觀問曰初說五支今何故說有覺有觀答曰支者善有覺有觀此說穢汚三受者此中有三受三識身樂根意地喜根四識身捨根彼種種者梵世種種身彼上下身以覺觀力故生四心者彼有四心眼耳身意識是說爲初禪者此諸法是說初禪俱生正受此禪中攝

第二有四支　種種及二受　第三有五支

此禪說二受

第二有四支者內淨是信義也離初禪欲決定界地過故正信喜樂一心彼無共種種身何以無覺觀故成就種種心或時喜根現在前有時捨根現在前彼根本喜根未來捨根二受者喜根捨根必定意地如是等事說第二禪第三有五支此禪說二受者第三禪五支捨念安慧樂一心樂著樂故不求餘名捨護喜食故名念恐第二禪地喜牽自地過一切世間勝樂對治及正智樂意地樂根一心名定二受者樂根捨根此中二受樂根捨根

此等法是說第三禪

離息入息出　第四有四支　支者謂說善

隨事如先說

離息入息出第四有四支者第四禪無出入息三昧力故彼身無孔四支者彼不苦不樂受捨念清淨一心問曰味相應等三種禪悉成就耶答曰支者謂說善善禪與支相應當知非穢汚問曰穢汚中無何者答曰初禪中無離生喜樂問曰穢汚中亦有喜何故言無答曰猗樂彼離生與喜相應故說離生喜樂此一向善故彼無餘者有喜於此有喜彼非支穢汚第二禪無內淨煩惱濁亂故猗樂先捨是故第三禪中無憶念安慧最勝樂惑心故無憶念若彼有念者是失念失念故非支非安隱非安隱故非支捨亦無一向善故第四中除何以故二種等故第四禪無捨念清淨非善故無捨煩惱染汚故念不清淨是故非支彼或失念故非支隨事如先說者若事善禪中已說穢汚禪中不除彼穢汚禪中亦說彼初禪中覺觀一心餘人欲立喜者是故穢汚初禪四支彼第二禪喜一心餘人欲立信者是故第二禪三支第三禪樂一心餘人欲立念慧是故第三禪四支第四禪不苦不樂一心亦有欲立念者是故第四禪三支一切攝故說支是善問曰已說初禪有覺有觀未來禪中間禪初禪攝彼云何彼中有覺觀

答曰

相應有覺觀　智說未來禪　觀相應中間

明智之所說

相應有覺觀智說未來禪者未來依有覺觀

相應中間明智之所說者中間禪有觀無覺何以故止息地故次第方便人相續止息間曰彼何自性答曰

未來二自性　或離味相應　中間禪三性二俱有一受

未來二自性或離味相應者未來禪淨無漏二非味相應正受愛故說味猒離欲道於中無執著是故無味受生愛不除何以故於彼連節縛故未來禪連節縛隨中間禪三性者淨無漏味相應二俱有一受者未來禪中間禪必定一受謂捨根問曰何故未來禪無喜答曰有怖畏故近欲界故彼行者有怖畏是故彼中喜不生所作未究竟故欲界離故彼起此未得是故所作未究竟是人不生喜又止少故中間禪亦止少是故彼中無喜已說地彼中功德今當說

三昧通無量　一切入處修　除入及諸智解脫於中起

三昧者三三昧空無願無相彼空有二種有漏無漏有漏者有漏無漏法空無我思惟無漏者有漏法空無我思惟若三昧無願亦二種有漏無漏有漏者有爲法無常苦因道等行思惟若三昧無漏者有漏法無常苦因道等行思惟若三昧無相者滅等行思惟若有漏無漏三昧此中一向取無漏當知通者六通如智品說無量者四無量慈悲喜捨此無量衆生緣故故名無量彼慈者欲令一切衆生得樂如是想心轉恚對治是無恚善根性故說名慈苦衆生如何得脫如是想轉害對治無恚善根性名悲喜衆生如是想轉嫉對

治善根名喜捨者捨衆生想如是心轉欲爲瞋恚對治故無癡善根性是名捨彼一切捨伴共方便欲界中四陰性色界五陰除一切入處修者十一切入如修多羅中說彼中八無貪善根性貪對治故及伴及方便五陰性於上四陰性相續無間無有空缺廣作意解是說一切入處除入者八除入如經中說彼一切無貪貪對治故及伴及方便欲界是四陰色界是五陰能映奪緣故名除入極增上極光曜極最勝緣此善根速得除入如奴雖莊嚴猶爲主欺或說非一切聖人能欺緣彼依緣煩惱不能起是故名除入智者十智如智品說解脫者八解脫如經說彼初三解脫不貪善根貪對治故共伴共方便五陰性餘四無色解脫四陰性滅盡定不相應行陰性

問曰解脫有何義答曰不現前斷後心故名解脫初三色貪背捨故淨不淨背捨於上四種一切行轉背捨想受滅一切緣轉背捨及斷後故於中起者三昧等解脫邊功德禪中生當知已說解脫邊功德今隨彼彼地可得今當說

五通四禪中　及見他心智　六中有法智
五中三無量

五通四禪中者五通攝受支三摩提故及見他心智者他心智亦如是六中有法智者法智六地四根本禪中間及未來五中三無量者五地中除喜無量四禪中及欲界

除入中說四　及與喜無量　亦二種解脫
初禪第二禪

初四除入及喜無量初第二解脫初禪第二

禪欲界色貪對治故初禪中立二解脫四除入初禪地色貪對治故第二禪立二解脫四除入第二禪無色貪何以故眼識身無故是第三不立解脫是故是中亦不立除入及一切處欲入解脫中入除入欲入除入故入一切處彼爲勝樂所惑彼不能生如是善根喜根亦如是故初第二禪中有非餘禪

餘有四除入　及與一解脫　亦入一切入
佛說最後禪

後四除入淨解脫及八一切處在第四禪非餘

餘脫自名說　二一切亦然　滅盡最在後
餘無垢九地

餘脫自名說者無邊虛空處解脫乃至非想非非想處解脫二一切亦然者餘自名說無邊虛空處無邊識處滅盡最在後者決定有頂攝隨順斷後邊次第下地心心數法斷已乃至非想非非想地初斷上上次斷上中後斷下下一切斷已彼滅盡定餘無垢九地者若餘無漏功德所謂三三昧七智及漏盡通彼九地中四禪中三無色中未來中間世智有頂處亦有是故說徧一切地

三解脫當知　有漏及無漏　定智通已說
其餘悉有漏

三解脫當知有漏及無漏者無邊虛空處無邊識處不用處解脫當知有漏無漏定智通已說者定修多羅品當更廣說彼無漏智神通智品已說其餘悉有漏者如是三通威儀故受色聲自相故無量衆生緣故一切除入初三解脫彼一切信解念處故非想非非想

非捷利行故想受滅無慧故皆悉有漏

法勝阿毗曇心論卷第四

法勝阿毗曇心論卷第五 別譯

大德優波扇多釋

高齊天竺三藏那連提黎耶舍譯

定品第七之餘

已說功德自性亦說有漏無漏成就今當說

當知未離欲　成就味相應　離下未至上

成就淨諸定

當知未離欲成就味相應者若人若此地未離欲成就此地味相應離下未至上成就淨諸定者離欲界欲未生第二禪等中梵世若離欲若不離欲成就淨初禪及彼地餘善功德

住上應當知　成就下無漏　方便生功德

當知非離欲

住上應當知成就下無漏者聖人生梵世上成就無漏初禪及餘無漏三昧神通及智等諸功德彼地有漏功德生處縛無漏斷縛是故離生處捨有漏非無漏如是一切地隨其義說方便生功德當知非離欲者已說離下地欲成就諸功德當知說得成就不現在前方便現在前者彼非離欲方便得者如天眼耳彼無記故無漏淨味相應不攝是故得彼三種禪時不得滅盡定滅盡定者方便故彼得現前二十三種正受八味相應八淨七無漏問曰彼中一一幾種因答曰

所謂無漏定　一一七種因　味淨相應禪

當知因有一

所謂無漏定一一七種因者一一無漏七種無漏中自分因中因自地者亦相應共生因味淨相應禪當知因有一者味相應初禪味

相應初禪因非餘初禪因不相似故非餘地穢汚因行相違故非穢汚行相違亦非自分如是淨初禪淨初禪因非穢汚非無漏何以故不相似故非餘地淨因自地果報故及自地係縛故如是一切問曰一二次第生幾種

答曰

無漏禪無色　逆順超次第　次第生六種

當知乃至十

無漏初禪次第生六種自地淨及無漏如是第二第三禪如是超越正受無漏無所有處次第生七自地二下地四上地一無漏第二禪次第生八自地二初禪地二上地四無漏無邊識處次第生九自地二下地四上地三餘無漏次第生十自地二下地四上地四

或六至十一　謂淨次第生　從二乃至十

當知說有味

或六至十一謂淨次第生者淨非想非非想處次第生六自地味相應及淨下地四淨及無漏非味相應離欲故淨初禪次第生七自地三上地四淨及無漏淨不用處次第生八自地三上地一下地四淨第二禪次第生九無邊識處次第生十餘十一如是一切當知正受時如是說非死時是故彼中上下地味相應不攝不生得淨次第上下味相應生從二乃至十當知說有味者味相應初禪次第生二自地味相應及淨彼此不相違故有頂味相應次第生十正受時三自地二及下地淨自地煩惱所惱故依不用處地淨以自救護如是一切地下地淨三及死時上地退下地一切味相應問曰前說正受煩惱今當說

答曰淨次第正受煩惱說味相應及受生煩惱何以故煩惱力生非定力是故此中說一切煩惱淨必定定力是故說共正受煩惱問曰彼中一一緣幾種答曰

淨及無漏禪　一切地中轉　自地有漏法
味相應所緣

淨及無漏禪一切地中轉者淨及無漏禪緣一切地一切事自地有漏法味相應所緣者味相應禪緣自地味相應及淨非無漏何以故非無漏緣有愛亦非愛他地

無色則不行　於下有漏事　若根本彼善
穢汚如味禪

無色則不行於下有漏事者無色正受不緣下地有漏法何以故下地不寂滅故亦緣下地無漏如比智分問曰一切有漏不緣下地耶答曰不爾若根本彼善若根本無色淨無無漏彼緣自地及上地不緣下地未來禪若緣下地彼於下地麤想緣猒離穢汚如味禪者如味相應禪說無色穢汚亦如是

色界若有餘　無量等功德　彼欲界境界
世尊之所說

若色界功德謂四無量一切處等彼緣欲界何以故除神通說無量等彼五神通緣欲色界問曰如前說熏禪中修智彼云何熏答曰

若能熏諸禪　是依第四禪　三地愛盡故
淨居惟廣果

若能熏諸禪是依第四禪者得第四禪能熏禪非餘彼人數數入無漏四禪起無漏數數入有漏禪復還入無漏還入有漏漸略乃至住二刹那如是方便若一無漏心若一有漏

心是時一念有漏一念無漏二念一有漏一無漏是說成就問曰此何處得果答曰淨居天中何以故三地愛盡故淨居惟廣果若得第四禪離三地愛是故此得第四禪人淨居廣果中凡夫共修熏禪不與凡夫共五種者下中上上中下上彼如是五種不廣天無熱天善見天善現天及色究竟天是故彼中得果問曰如前說七種願智是云何答曰

無著不動法　得一切正受　彼三昧智力能起頂四禪

彼人煩惱不能逼惱心相續故一切正受力心相續生故得三功德謂願智無諍及無礙彼願智者若欲知過去未來現在及無爲彼時願智邊際住第四禪正受能知無諍名於他相續中煩惱諍不欲起此人他相續中不起煩惱諍無礙名如前說問曰願智何地攝答曰

三地有願智　無諍五地中　二地法辭辯二辯依九地

三地有願智者第四禪初禪及欲界決定第四禪中得欲界惟人中能起欲界梵世相應心說起言說心彼處有是故說三地無諍五地中者根本四禪及欲界此決定於四禪中得人中能起非餘處二地法辭辯者法辯欲界梵世此五地根本四禪及欲界此但名緣言從名轉是故起語言道有覺觀處說辭辯欲界及梵世何以故言語緣故二辯依九地者義辯樂說辯欲界四禪中及四無色定未來中間禪根本初禪攝問曰云何得此正受答曰

離欲及受生　而得於淨禪　穢汚退及生
無漏惟離欲
離欲及受生而得於淨禪者淨初禪二時得
離欲時得及上地没生梵世彼地過捨如是
一切穢汚退及生者味相應禪退上得下或
第二禪中若欲界纏若梵世纏退爾時得味
相應初禪生得者如上地没生欲界及梵世
爾時得味相應初禪如是一切無漏惟離欲
者無漏禪離欲得謂聖人離欲界欲彼得無
漏初禪昔所未得故得如是一切問曰此功
德何者能除煩惱答曰
無漏除煩惱　正受中間者　一切定中間
相應於捨根
無漏除煩惱者無漏禪無色除煩惱非世俗
問曰何故世俗不斷煩惱答曰同一繫縛故
世俗共煩惱一縛是故自地煩惱不能斷如
人被反縛不能自解若彼對治及斷中生問
曰一切世俗不能斷煩惱耶答曰有世俗能
斷煩惱問曰何者是答曰正受中間者謂未
來禪猶未得根本禪若作方便得離下地欲
彼初禪未來有漏無漏餘未來一向有漏爲
根本禪無色正受是故説世俗不斷煩惱問
曰此近禪何處答曰一切定中間相應於捨
根一切正受中捨根相應未得所求故不生
喜問曰雖説神足境界智證神通未説幾種
變化心今當説答曰十四欲界初禪果初禪
地初禪果欲界二禪果初禪地二禪果二禪
地二禪果乃至第四禪亦如是問曰彼誰成
就答曰
下地變化心　成就彼種果　隨彼識相應

彼上地成就
下地變化心成就彼種果者若人成就禪是人成就彼果下地變化心如得初禪是初禪地欲界中初禪果成就如是一切應當知問曰汝先說第二禪等無五識身若生於上若欲見聞彼云何見聞答曰梵世識現前問曰何故上地無此識答曰無覺觀故問曰彼幾時成就答曰隨彼識相應彼上地成就乃至彼識相應爾時成就或眼識或耳識或身識隨爾時現在前爾時成就此識滅時名捨何以故係屬根故

修多羅品第八

一切智口所說最深微細義此餘我今當說
一切智口說　甚深微細義　我今說少分
修多羅諦聽

問曰如佛說三界彼何者是答曰
欲界十居處　色界說十七　無色界有四
決定惟彼有
欲界十居處者謂地獄畜生餓鬼人六欲界天種類此十居處當知說欲界此衆生有欲想轉若此處具足彼一切愛欲相應是故說欲界色界說十七者梵身梵富樓少光無量光光曜少淨無量淨徧淨無陰褔生大果無想衆生不廣不熱善見善現色究竟此十七居處說色界此居處欲想不轉彼極大色非男女相是故說色界無色界有四者無色界有四居處無邊虛空處無邊識處無所有處非想非非想處此居處中色不生何以故離色欲故又次第滅故若無色中生色者便無次第滅然有次第滅若無者應色中生欲過

是故無色中不生色是故說無色問曰如佛說三有欲有色有無色有此云何答曰決定惟彼有前所說界此即是有問曰如世尊說七識住彼何者是答曰

善趣是欲界　及色界三地　無色亦三地
當知爲識住

欲界善趣數謂人天色界前三地無色界前三地此七地說識住處問曰何故三惡道第四禪有頂不說識住耶答曰若地爲見斷修斷若不斷生識彼說識住三惡趣中無不斷事第四禪中無想衆生及淨居天無見斷事是故第四禪不攝有頂一向有漏若識樂住說識住三惡道中識不樂住何以故苦逼迫故淨居天向涅槃故識不樂住無想衆生亦一向無心是故第四禪不攝有頂行不捷利是故彼亦不攝三種衆生或樂境界樂樂樂想彼中樂境界衆生人及欲界天樂樂三禪地樂想三無色是故彼說識住問曰九衆生居云何答曰

有頂及無想　是說衆生居　四種有漏陰
當知識住處

有頂及無想是說衆生居者前說七識住及無想天有頂此說九衆生居問曰何故惡道無想衆生外第四禪不說衆生居耶答曰隨何處樂住不欲去彼處名衆生居惡道中無此二廣果中雖欲樂住亦欲樂去問曰如佛說四識住彼云何答曰四種有漏陰當知識住處有漏色受想行是名陰說識住取俱識生住執著長養故名識住是故無漏非識住彼壞有故彼亦非取和合識住處問曰何故

識非識住處答曰彼因由不成如王道王非是道無住分俱生識名住處三和合名住處此識非如是問曰無有他識現前緣耶答曰自和合不生故彼亦不成就彼亦衆生數非衆生數問曰云何外識住處事作答曰和合俱生依緣住多故無過彼亦緣住彼自分地界非他分地界問曰如世尊說十二緣起彼有何相答曰

諸煩惱及業　有事次第生　當知是有支衆生一切生

無明愛取是煩惱行及有是業餘支是事如是此煩惱業事彼彼生中次第起故說緣起支彼中煩惱依事煩惱作業業作事如是無無始有輪轉

彼諸分建立　謂衆生受生　過二及未來中間當知八

彼諸分建立謂衆生受生者此分差別說十二支問曰此云何答曰過二及未來中間當知八於中無明者過去煩惱行者過去業識者相續心及眷屬名色者已受生相續連縛不滅未生四種色根六入未具是名名色六入者已生四種色根未能爲觸作所依是時名六入觸者此諸根已能爲觸作所依未能分別苦樂不能分別利衰是時名觸受者能分別苦樂利衰因能知差別食分別受不起婬欲是時名受愛者於欲具中愛求欲不能求有分別是時名愛取者能取有分別有者此於彼境界求趣向速疾廣生諸有趣當來生是時名有生者彼死次第相續連節縛是時名生老死者次後名色受等是名老死問

曰世尊說六界此云何答曰
所謂四大種　及諸有漏識　亦色中間見
是界說生本
所謂四大種及諸有漏識亦色中間見者四大及五識身有漏意識若色孔眼所取虛空數此說六界問曰何故十八界中別說六界耶答曰是界說生本彼法生本此中丈夫想地所成立水和合潤漬火熟除臭爛風界推空中間孔飲食入出相應識力建立得名丈夫想是故此名界想何以故是生性故如世尊說因六界因緣入母腹胎修多羅句如是彼大亦生是故名大生如大衆生如大生於此中地堅相水濕相火煖相風輕舉相色邊受色相名虛空界色者是與思異事也識者了知相也問曰聖諦有何相答曰

果相似諸行　有漏是說苦　因相似是集
滅諦衆苦盡
果相似諸行有漏是說苦者一切有漏行從因生逼惱相是故說苦因相似是集者一切有漏行他因相似是故彼說苦集如一稻種子前後相望故亦說果亦說因如是有漏行觀巳生當生故亦說苦說集滅諦衆苦盡者一切有漏行究竟盡滅是說滅諦
若無漏諸行　是說爲道諦　彼二種名故
從麤次第見
若無漏諸行是說爲道諦者一切無漏行說道諦彼一切苦滅故說道問曰何故說名諦答彼二種名故二種事故名諦謂自相不虛及見彼生不顛倒正覺問何故虛空非數滅非諦攝答曰非因果故此觀察苦盡故觀察

聖諦彼非苦苦因非離苦方便但欲盡苦故觀察譬如病病因病藥病瘥如觀察病問曰聖諦有何義答曰聖者如實覺已爲他顯示故名聖諦是中逼迫相是苦生相是集寂靜相是滅出離相是道問曰如見因有果何故佛先說果後說因耶答曰從麤次第見如是但見無間等故世尊前說果行者先得苦無間等後苦因先滅後道何以故先知果已後斷因修智生故彼行者於苦自性無間已後時爲斷苦因故決定智生是過患因故如是彼行者先見滅相彼時爲欲證滅故修方便生決定智是故先說果如是先見麤後見細故苦麤集細施設推求故信故滅麤道細是故先說滅後說道如修多羅說比丘當爲說滅爲道滅故說道如是等是故先求滅後修道如向城道先見道已然後得入一切皆信滅而不信道是故欲易知故從麤次第說問曰世尊說四沙門果彼幾事答曰

聖果事有六　最勝在九地　第三在六地
二種依未來

聖果事有六者六事說沙門果五無漏陰及數緣滅問曰沙門果何義答曰聖道說沙門彼精進成就故名沙門果問曰世俗道亦精進丈夫得彼亦得沙門果答曰彼見聖道果差別問曰此何果何地攝答曰最勝在九地阿羅漢果九地攝未來中間四禪三無色第三在六地阿那含果六地攝除無色二種依未來須陀洹斯陀含果未來攝何以故未離欲故問曰跡有何相答曰

隨信行諸法　無煩惱鈍相　隨法行諸法

無煩惱速相

隨信行諸法無煩惱鈍相者隨信行人自身無漏法輭分攝者當知鈍信行攝故信解脫時解脫亦攝當知輭根故隨法行諸法無煩惱速相者隨法行自身法利根所攝故當知速相彼攝故見到不時解脫法亦攝當知何以故利根故

彼禪根本中　當知是樂道　小及難得故

當知餘說苦

彼禪根本中當知是樂道者根本四禪若輭根法及利根法當知樂跡止觀等得道故及樂行故小及難得故當知餘說苦者餘者無漏地攝道名苦以少故彼未來中間禪止道少無色中觀少無漏未來禪難得何以故世間從未來得故得彼故爲修禪中間禪一地中間心心數斷除現前謂覺斷觀現前成就如木斷木無色界微細難成就五陰轉斷四陰轉現前彼難如是難得故說難非聖道苦自性非苦受相應此中建立勝道故入涅槃城義故名跡義問曰不壞淨云何答曰

佛及聲聞法　解脫亦餘因　清淨無垢信

聖戒謂決定

佛及聲聞法解脫亦餘因清淨無垢信者一切種正覺智菩提佛彼阿羅漢攝功德佛法當知於彼中若無漏信彼名佛不壞淨他教授得正決定聲聞當知彼中學無學得聲聞法若彼無漏信彼是僧不壞信若於涅槃若無漏信轉餘有爲法中如苦諦集諦等信如是無漏菩薩功德學無學辟支佛法一切法中不壞信彼是法不壞信彼苦集中正信清

淨滅道中希求信無漏戒聖道俱生第四不壞淨云何名不壞知已決定清淨信名不壞信問曰何所知不壞答曰四聖諦中問曰何故無漏不壞信答曰決定故彼實智俱生無漏信及戒決定有漏信者能障欺訶不信持戒破戒訶欺障無漏餘不生能障欺訶是故決定無漏不壞信差別者問曰修定有何相答曰

初禪若有善　當知現法樂　謂得生死智
是說名知見

初禪若有善當知現法樂者淨及無漏初禪現法樂住是名修定得現法樂謂得生死智是說名知見者生死智通是說修定得知見

慧分別當知　方便生功德　金剛喻四禪
是名爲漏盡

慧分別當知方便生功德者所有方便生功德乃至欲界有教戒聞思修功德三界中隨所有若有爲無漏彼一切說名修定得分別慧金剛喻四禪是名爲漏盡者金剛喻定者最後學心彼共眷屬相應第四禪地漏盡故是說修定此世尊自說已功德菩薩閻浮樹影中初禪正受彼見法樂住十一起煩惱清淨天眼智見如跌衹羅經說彼經說知受生如是等慧差別依第四禪無上正眞道證漏盡問曰如意足何自性答曰

善有爲諸法　方便之所起　佛說如意足
是亦說正燒

善有爲諸法方便之所起佛說如意足者若彼方便所起法已說彼一切如意器故說如意足自心自在起種種功德成就如意足名

如意足足支具因一義也何者是謂三昧彼四種增上差別如欲增上生三昧名欲三昧如是精進心增上生名簡擇三昧初起欲故欲增上欲生已欲所求爲得故精進定增上起精進已不捨精進隨順趣向心名心定此欲精進心道理現前如意足具身中究竟故名慧三昧若不簡擇餘此一心一切成就彼一切心中生故方便差別彼增長故說餘功德彼亦說正燒此如是所說功德亦說爲正燒依道理能燒煩惱草故名正燒或以能正斷煩惱故說正斷入正決定故名正勝彼捨過惡功德生守護增長策勤業名精進正勝彼四種業差別故一心建立精進能作四業現在煩惱得斷未來不生於善法容受生故生已相續不失方便力彼亦四種差別

彼亦說念處　亦說四聖種　隨其勢力生以彼名說彼

彼亦說念處亦說四聖種彼前所說功德說念處如修多羅身受心法內外俱自相共相是名念處彼四種緣差別故彼一切緣分齊差別故身念處身緣非餘法如是受念處說受念處非餘心念處說心念處非餘法念處二種餘法緣以想陰行陰有爲緣及壞緣以身受身心受如是等乃至一切法緣問曰云何聖種答曰聖種亦如是彼所說功德亦說聖種聖以此爲種故名聖種此法自性是聖種故說聖種聖於此種中生故名聖種四種受生對治故說四差別因衣服故受生廣說四種如修多羅問曰云何以此功德爲如意足乃至四正斷等耶答曰隨彼勢力生以彼

名說彼此法以定力生故名如意足精進力生故說正斷念增上生故說念處知足增上生故說聖種已說助菩提分共此自相今當說

淨信精進念　智慧及喜猗　覺分及與捨
思戒三摩提

如佛所說三十七助菩提分法彼名有三十七事有十於中信等如偈中結集彼中信根信力名信正斷精進根精進力精進覺支正精進此是精進念根念力念覺支正念是念四念處慧根慧力擇法覺支正見是等名慧喜猗捨覺支正思惟戒是正語正業正命如意足定根定力定覺支正定八支是定支問曰何故如是多種說答曰

處方便一心　輭及利亦然　見道亦修道
故說三十七

處者正緣處故說念處方便者正方便說正斷一心者一心中住處是故說如意足輭根相續見名根利事此亦是根利根相續見故名力彼中增上義是根義餘不能陵名力見道得見故名道分修道見故名覺支說三十七此十法如是各各業差別故佛說三十七此中覺支一向無漏餘有漏無漏問曰道品云何有漏菩提是無漏彼菩提器菩提眷屬是故名菩提分如是此中與菩提遠有漏隨順菩提故名菩提分是故無過

二禪三十六　未來禪亦然　三四及中間
是悉三十五

二禪三十六者除思何以故此地無覺觀故未來禪亦然者亦三十六除喜覺支何以故

未成就是故無喜我已先說三四及中間是悉三十五者第四第三中間三十五除喜除正思惟
初禪說一切　三空三十二　有頂二十二欲界亦如是
初禪說一切者初禪中一切三十七三空三十二除喜正思正語正業正命有頂二十二者一切無覺支道支是故二十二隨何處覺支次說道分彼中當知有漏無漏欲界亦如是者欲界亦二十二一向是有漏二處一向有漏故問曰四食何地何性答曰
諸食中摶食　欲界說三入　識食及思觸是食說有漏
諸食中摶食欲界說三入者摶食是欲界三入香味觸事有十三十一事是觸四大七種造色所謂澀滑重輕冷飢渴及香味問曰何故色聲非食答曰見聞非增長滿足根大資益義是食義或見或聞妄分別力故生樂受觸生喜彼喜不能潤益根大是故觸爲食能利益非色聲香味離分別亦能資益身識食及思觸是食說有漏者識思觸是有漏彼持生相續縛能牽有是故名食無漏觸等雖利益諸根大彼不能牽有故斷除有是故非食有三種事故名食能牽後有牽已復牽攝持自身是故名食彼意思識牽未來有摶食觸食生已諸有攝持或復一切諸食皆能牽有皆能攝持諸根問曰先所說諸三昧何者三昧幾種轉答曰
無願有十行　空二行當知　四行說無相是說爲聖行

無願有十行者無願三昧總説十行緣三諦故十行轉苦中無常苦二行集中四行如前説道中四行亦如前説問曰何故不緣滅答曰不願求故名無願是不樂求義也不願何等謂苦彼因盡則無是故彼因亦捨彼因修道盡是故緣道是故此定緣苦因道不緣滅或復説於有爲不願是故緣三諦是中修道如服苦藥如是知空二行當知身見近對治故空三昧有二行何等爲二空無我身見取我我所行見我對治故説無我行我所對治故説空行如彼法無我是故無我四行説無相者無相三昧滅四行轉除有爲行但緣於法行説無相此中顯示解脱門故一向無漏三昧問曰顛倒云何斷何自性答曰

謂彼四顛倒　當知見苦斷　於彼增上見
見實者癈立

謂彼四顛倒當知見苦斷者一切四顛倒依苦轉是故見苦斷已説三見中於彼增上見者此四顛倒三見中少分是見自性經中想心濁故説想心倒見實者癈立何以故增上見中若得增上如是力顛倒建立如我見顛倒非我所見如是邊見常見顛倒非斷見見取淨樂見顛倒問曰誰增上答曰推建立一向顛倒是故顛倒彼如是想是故非一切見是顛倒邪見斷見雖推及一向倒壞事轉建立戒取推建立非一向顛倒取少淨非勝見勝取少勝我見力建立我所是故我所見不立顛倒問曰世尊説多見如六十二見彼見何見攝答曰五見攝問曰此云何答曰

誹謗於眞實　此見説邪見　非實而見立

二見及是智
誹謗於眞實此見說邪見者若見謗眞實有義言無所有如無施等是爲邪見非實而建立二見及是智者於陰中非實我所建立身見非眞實樂淨建立見取若餘非實建立如見杌建立人想邪智非邪見
又戒威儀取　非因而見因　若攝受邊見依常見斷見
又戒威儀取非因而見因者如自在天因牛戒見等生天世間流轉解脫若攝受邊見依常見斷見者若見諸行常是名常見如說常者彼不知因果連續是故於事中立斷是名斷見是二見名受邊見除此更無餘見是故一切見入此見中當知問曰此見何斷何不斷答曰
誹謗而建立　因見依二邊　隨於此事轉若見彼則斷
誹謗邪見已說彼若謗苦彼說見苦斷如是集等建立不實說二見彼身見於苦建立見苦斷見取若見苦斷樂等建立是故見苦斷當知如是見集斷等戒取若依於有漏轉彼見苦斷若依無漏轉彼見道斷當知斷見常見依苦轉是故見苦所斷

法勝阿毗曇心論卷第五

音釋
漬（疾智切浸也）跌（徒結切）

法勝阿毗曇心論卷第六 別譯

大德優波扇多釋

高齊天竺三藏那連提黎耶舍譯

修多羅品第八之餘

問曰世尊說二十二根彼云何答曰

謂眼等四根　身根有三種　如意根及命
此根生死依

謂眼等四根者眼耳鼻舌彼眼根眼識依淨色於色已見今見未來或當知此或復有異彼餘自分問曰何謂自分答曰彼相似義也如色不曾見今不見當不見何以故識空故如是一切如識自依說身根有三種者身根亦如是彼說三種身根男根女根如意根何者意根若心意識彼復六識身若已知法今知法當知法或復是自分彼無生法如是當來及命者命根第九彼三界壽此根說生死依故說根衆生生死故

受是煩惱伴　信等依涅槃　九根若無漏
此三依於道

受是煩惱伴者苦樂憂喜捨受雜煩惱煩惱伴依地故說根信等依涅槃者言精進念定慧依寂滅伴故說根九根若無漏此三依於道者信等五喜樂捨意根等有漏無漏此中若無漏彼依於道三根說如賢聖品說如是諸根名二十二事十七男根女根身根少分三無漏無異問曰何者是根義答曰彼增上義是根義如人主獸王一切法有增上主彼最勝增上主名根彼取六境界增上主男女二根衆生差別分別增上主初時無差別命根持衆生身增上受有煩惱增上信等涅槃

增上無漏道差別增上
欲界四善八　色種根有七　諸心數有十
一心智者説
欲界四者如是根四在欲界男女憂苦決定欲界相應問曰何故色界無男女根答曰無受用事故鼻舌二根亦應無爲端嚴身故生無妨又男女二根令身醜惡故無無苦根非逼迫果故彼他不惱故無憂根何以故無知生故彼智知欲界餘色根意根界品已説捨根信等五根三界相應不相應喜樂根色欲相應不相應無漏三根決定不相應命根雜品當説問曰幾善答曰善八信等五三無漏根必定是善非不善餘憂根受等善不善無記憂根命根後當説餘如界品説如是取色七者眼等五及男女根此等是色餘非色問曰幾心性幾非心性如是廣説答曰諸心數有十五受五信等一心智者説者意根一種心自性無漏前已説九根無漏三餘非心心數決定問曰幾有報幾無報答曰

一及十有報　此義應當知　十三中是報
見實者所説

一及十有報此義應當知者憂根一向有報何以故善不善故問曰何故憂根無記無答曰憂根與喜下劣行相違非身違見相應故非隱没無記分別轉故非不隱没無記非工巧報生威儀等分別生若彼分別生誰在於後非離欲滅離欲不斷故非不隱没無記是故非不隱没無記憂根信等中若有漏彼有報若無漏彼無報意根及三受若不善善有漏彼有報無記無漏無報苦根善不善有報

無記無報餘根非有報問曰何故不善善有漏有報答曰堅固住故資助力如畦水潤糞覆爛壞堅固種子生非無漏無資緣故如在倉中種子雖堅不生愛水不潤故餘煩惱如糞無故不能爛壞非無記有報如爛種子雖置畦中不生問曰幾根是報答曰十三中是報見實者所說十色根意根除憂根四受是有報亦有非報色長養非報餘是報命根正受果壽行數彼非報餘是報意根及受善穢汚非報威儀工巧變化心數非報餘是報餘根決定非報問曰幾根最初生時得報答曰

二六或七八　初念生時得　欲中有報相
色六及上一

若衆生根次第生卵生濕生胎生彼初念二根報生身根及命根童根彼是穢汚是故不取非穢汚心爲連繫報非穢汚是故非報捨根亦如是化生無根六色根五及命根一切化生不少眼根等一根十二根八欲中有報相故此法用欲界衆生當知色六及上一者色界得六無色界一但命根問曰死時最後捨幾根答曰

捨四八與九　亦說捨於十　漸終及頓没
善捨各增五

捨四八與九亦說捨於十漸終及頓没者無記心漸終捨四身意命捨根無根一時無記心死捨八謂眼等根命於捨根一根九二根十不善心亦爾問曰善心捨幾根答曰善捨各增五於是中加信等五於色無色隨所得亦如是問曰幾見斷如是等應當廣說答曰

二斷無斷四　六根則二種　三無漏不斷

餘則修道盡

二斷無斷四者意根及三種受此見斷修斷若無漏無斷六根則二種者憂根見修斷信等五根修道斷不斷三無漏不斷者一向無漏故餘則修道盡者餘九根修道斷彼眼等八不穢汚故修道斷墮生死故非不斷苦根五識身是故修道斷問曰世尊說六識身彼取何法答曰

若取諸根義　五種心境界　若取一切法
是則意識界

若取諸根義五種心境界者色等五境界五識身取眼識取色色形相色者謂青等無量種形相者長等無量種彼眼等不到取眼著藥篦則不見耳識聲亦不到取鼻香舌味身觸此到取一切五識身能取現在境界問曰意識云何取答曰若取一切法是則意識界若五識身所取彼若不取過去未來現在法及無爲一切意識取除彼刹那自體共生相應法問曰初知不壞境界已說此境界云何十種差別答欲界相應不相應如是色界無色界如是無漏有爲無爲善無記問曰十智一一智幾法境界答曰

五法應當知　法智之境界　七種隨順智
他心境界三

五法應當知法智之境界者欲界相應不相應及無漏無爲善七種隨順智者色無色無漏相應不相應善無爲他心境界三者欲色界無漏相應

有漏當知十　因果智有六　解脫智一法
道智二餘九

有漏當知十者世俗智一切十種法境界因果智有六者苦集智三界相應不相應解脫智一法者滅智中一無爲善道智二者道智有爲無漏相應不相應餘九者盡智無生智境界九法除無爲無記使境界如前說復欲總說故說此

自地諸煩惱　定使於自地　自種一切徧
在彼種類中

自地諸煩惱定使於自地者欲界一切使使欲界乃至有頂地彼地亦然勝故對治故下地上地不使離欲現前上地下地不使自種一切徧在彼種類中者自種類法自種類使所使一切徧他類亦使如身見見苦斷使所使見集斷等他類亦使如是一切徧使說乃至修道斷修道斷一切使所使一切徧使使

三界定煩惱　如是定三界　如是說二界
一界生亦然

三界定煩惱如是定三界者三界攝煩惱中三界使所使隨方便如意根三界於中一切三界使所使如是說二界者二界所攝法二界使所使如方便如覺觀欲界及色界於中欲界色界使所使一界生亦然者一界所攝法一界使所使如憂根欲界於中欲界使所使

此佛所說經　若事我已說　識智及諸使
觀察此三門

此佛所說經中若我所說法此三門應宣說識門智門使門如欲界中根事一切有是故欲界六識身當知相應不相應故七智知除比智滅智道智五種類攝故欲界一切使所

使色界三根事有此四識識七智知色無色界一切使所使無色界無五境界但一識識六智知除他心智法智滅智道智無色界一切使所使如是一切應當知

雜品第九

已說定相續　種種諸餘法　於上衆雜義
我今當略說

已說定相續種種諸餘法者已說諸法彼此相續種種聚於上衆雜義我今當略說者於上所說廣義今略說

有緣有相應　有行及有依　心及心數等
是說總略義

此是心心數法名於種種法中攀緣轉故名有緣俱同行同方便名相應境界行作故名有行依根轉故名有依

從緣生亦因　有因及有爲　說事及世道
有果此決定

此是有爲法名彼彼緣和合得生故名緣生他法生故因由因力故有因諸法和合作故名有爲多因差别顯示故名說事未有由轉自相行故名世彼有果故名有果

有罪亦隱沒　穢污下賤黒　善有爲及習
亦復名修學

有罪亦隱沒穢污下賤黒者此是不善隱沒無記法種種名可猒惡故名有罪煩惱覆蔽故名隱沒煩惱垢污故名穢污凡鄙故名下賤無智暗分故名黒善有爲及習亦復名修學者善有爲法如此名也智中有或相續此法名智是故善如世間說善巧人歌舞善巧手或善者慧名彼慧善談說故名善攝取如

是善也功德增上成就說習亦說修心不相應行此中當說

無想二正受　亦衆生種類　句味與名身
命根與法得　謂彼凡夫性　及諸法四相
非色不相應　說是有爲行

無想名無想衆生生心心數法不轉二無心定者無想定滅盡定無想定名猒於生死解脫想第四禪力心相續次第中間滅滅盡定名猒散亂心寂滅想初住想心思念非想非非想過惡心心數次第滅衆生種類名一趣生衆生身根長短來去住飲食自共分句名字集隨所欲說義分齊究竟名句如婆伽羅那云言說味者字生名者隨義名也如牛馬等如毗伽羅論言句命者隨得根大心和合事次第相續不壞因得名得法到成就得一義也凡夫性者未到正決定聚遠離聖士夫法四相者生老住無常如行品說非色者非此法色自性不相應者不相應無緣也說是有爲行者行陰攝故問曰此行幾是善如是等廣說答曰

二善五種三　當知七無記　一在於色界
一在無色地

二善者無想正受滅盡正受一向是善有報故無想正受無想報滅盡正受除命根有頂四陰五種三者得生老住無常等善中善不善中不善無記中無記當知七無記者無想種類句味名命根凡夫性問曰幾欲界如是等應當知答曰二在於色界無想正受廣果地故一在無色地者滅盡定非想非非想處攝故

二界三當知　餘在於三界　有漏無漏五
其餘定有漏
二界三當知者名句味欲界色界非無色界
離語言故餘在於三界者種類得命凡夫相
問曰幾有漏幾無漏如是等答曰有漏無漏
五得生老住無常相等有漏中有漏無漏中
無漏得者有漏中有漏無漏盡爲無漏數滅
聖凡夫有漏無漏非數緣無爲惟有漏其餘
定有漏者當知餘行決定有漏問曰離聖法
名凡夫彼云何捨云何斷答曰
最初無漏心　是聖不得捨　愚夫流轉界
離欲時滅盡
最初無漏心是聖不得捨者聖者苦法忍捨
凡夫性是捨凡夫對治愚夫流轉界者此凡
夫事界流轉捨隨彼處没捨地生隨地得不
隱没無記故如是一刹那得離欲時滅盡者
隨地離欲若凡或聖彼地凡夫事斷問曰三
無爲已說彼有何相答曰
斷煩惱遠離　是名數緣滅　無諸障礙相
是名爲虚空
斷煩惱遠離是名數緣滅者若身見等煩惱
數緣力所滅彼斷次第斷若遠離欲得彼數
分名數滅無諸障礙相是名爲虚空者容受
色無障礙住來去等事得是名虚空
依於衆緣法　有依及攀緣　若不具不生
此滅非是智
有爲法依緣力能生彼無不生如眼識眼色
明空憶彼生和合意作眼識生餘闕一則不
生若與餘識相應念念眼生滅和合闕此眼
識不生若彼眼依識欲生彼不生若彼眼生

滅已彼必定不復生　如是色彼緣闕彼眼識未來滅不復生如是餘識身如得生說若彼生滅彼初非智緣如是事不數數而滅名非數滅略說未來不生法中緣闕畢竟不生自然滅名非數滅問曰已說有爲法因彼何法何因答曰

前因相似增　或俱依倚生　二因及一緣
一向已生說

前因相似增者前前法如是相似未來因亦增因非滅因如輭善根輭中上自地善根因中增增增因修習法住增非滅非勝法爲下因或俱依倚生者如相應共有因二因及一緣一向已生說者自分因已生說非未生前生後生自分因說非未生有前後如是一切徧因亦說當知次第緣過去現在阿羅漢最後心心數除餘過去現在心心數彼一切名次第緣一種一種不差别前聚後聚次第緣故名次第緣問曰何故色心不相應行非次第緣耶答曰衆雜事色雜如是一時欲界色界不相應現前如受戒凡夫及聖人亦不相應行三界不相應一時現前心心數不雜事故得名次第緣問曰報爲衆生數非衆生數耶答曰

報是衆生數　有爲解脫果　有緣說俱轉
謂於他相轉

報是衆生數者衆生數法必定得名爲報何以故不共故非非衆生數共故問曰數者何義答曰不相似受故如善不善無記問曰果法說何者答曰有爲解脫果一切有爲法善不善無記果因緣相依故數緣滅無爲者彼

說道果問曰有緣法云何緣中轉答曰有緣說俱轉若法有緣彼一時緣轉不別異問曰何處緣轉答曰謂於他相轉他攀緣義也非自性自性緣何以故自性離自性故一切事中如眼不自見指端不自觸刀不自割相應不緣何以故一緣故俱生亦不緣太相近故如眼著藥篦眼睫太近故不見自依不能緣問曰彼有住處無住處耶答曰

徧因無處所　欲生時解脫　煩惱智心中

道欲滅時滅

徧因無處所者此徧因心數二眼因生一識如是耳鼻舌識亦然若有處所應一眼中生若然者應一眼見非二眼見或兩識生不然是故無處所問曰何心解脫爲過去現在未來耶答曰欲生時解脫欲生時道滅煩惱是故欲生時得解脫無學心障中得解脫問曰道生時斷煩惱耶答曰煩惱智心中道欲滅時捨道欲滅時斷煩惱欲生是未來未來道不能作事是故無礙道欲滅時捨煩惱解脫道欲生時解脫煩惱得次說煩惱名問曰有愛有幾種答曰

有愛有五種　無有惟一相　愛事餘煩惱

斷離是三界

有愛有五種者有愛名有中貪著彼五種苦集滅道見修道斷無有惟一相者無有愛名斷見自身斷樂彼亦修道斷何以故見愛見道斷此亦轉愛是故修道斷此須陀洹雖不斷亦不共行何以故斷見所長養故彼皆土現前彼須陀洹斷盡因緣相應知故問曰如世尊說斷界離界滅界何者是答曰愛事餘

煩惱斷離是三界斷愛離界彼愛染著相應事斷滅界彼亦染亦相應彼若餘煩惱斷彼斷界彼相應非染近對治故如是建立如是一切一相十一心欲界善不善隱沒無記不隱沒無記色界三除不善無色界三亦如是及無漏問曰此中幾穢汚心得幾善幾無記答曰

穢汚心得十　智者如是說　善心必得六
無記即無記

穢汚心得十智者如是說者界地來還二界善穢汚隱沒無記心得相續心餘無色界善穢汚不隱沒無記彼現前事得問曰欲界色界不隱沒無記云何答曰變化心色界欲生時得彼禪力得非餘是故非無記得退非無漏如無學退學得如是等如是得故緣次第說非一人一剎那中得十善心必得六者善心得六如盡智欲界善無漏心中變化心亦無記如是色界無色界善心及無漏無記即無記者不隱沒無記心惟得無記心非餘現前亦得前巳說非彼剎那未得心得問曰十法菩提分彼中幾根性答曰

菩提分六法　當知是根性　諸法若相應
當知是他分

菩提分六法當知是根性者信等五及喜覺支餘者非根自性問曰爲自性相應法爲他性相應法答曰諸法若相應當知是他分他分相應當知非自性自性伴一時無二故問曰何處得解脫答曰

緣中得解脫　大仙如是說　亦少斷而縛
見道及修道

緣中得解脫大仙如是說者緣中離煩惱不能於相應解脫何以故一刹那故煩惱心一念緣中衆生愚或於緣不愚故解脫煩惱成就問曰若不相應亦斷不斷耶所斷者相應不相應耶答曰若不相應亦斷亦少斷而縛見道及修道有少分斷亦非解脫如苦智生集智未生若見苦斷煩惱斷彼見集斷一切徧煩惱縛修道中亦一種斷彼中八種縛乃至八斷究竟下下縛問曰見諦云何得不壞淨答曰

二覺於三諦　四由見正道　能起不壞淨

修習於二世

二覺於三諦四由見正道能起不壞淨者苦集滅無間等得法不壞淨及聖愛戒彼三法自性故見道一切得四種佛法僧彼中有故

問曰幾世法修答曰修習於二世現世行修未來得修問曰何法隨心轉答曰

一切心數法　說與心俱轉　若心相及餘

作亦應當知

一切心數法說與心俱轉者一切心數法說與心共行何以故共心一緣故若心相及餘者此心相生等彼亦隨心轉共心一生滅故及餘者如是餘心數相亦隨心轉一種方便安隱故作亦應當知者此業名也彼中說心數處已說思身口業未盡今當說彼禪道無教戒彼力生故說作彼隨心轉心一果故心作一事一切隨心轉說問曰斷法云何答曰

斷諸有漏法　知者亦無垢　滅未來說遠

此餘說則近

斷諸有漏法者一切有漏法斷有過故是故

無漏不斷彼無垢故無過去垢故名斷如衣有垢浣事問曰知法云何答曰知者亦無垢若有漏法及無漏法是一切知法一切法智境界故隨方便智如智品說問曰遠法云何答曰滅未來說遠不辦事故四種遠作事遠處遠相遠自分遠不辦事遠者過去未來世道處遠者海此彼岸相遠者如地與虛空濕與煖異分遠者善法不善法欲色無色雖一相彼亦是遠此餘則說近者餘現在及無爲彼當知近現在能辦事故近無爲隨處速得數緣非數緣滅隨處得虛空者徧一切處問曰決定法云何答曰

所謂無間業　及諸無垢行　慧者說決定
見處是有漏

所謂無間業及諸無垢行慧者說決定者無間業邪定如是法決定將向地獄故餘亦有惡行決定能趣地獄彼不定無間非不定已說決定無垢行正決定得解脫果除正無間業餘者不定有漏及無爲不定問曰見處法云何答曰見處是有漏一切有漏法是見處五見相應故若此法穢汚見緣相應使俱生伴法中住彼法名見處問曰幾根衆生成就答曰

說有十九根　謂成就極多　極少成就八
曉了根所說

說有十九根謂成就極多者若一切多成就根彼十九如不斷善根不缺根二根故此凡夫是故彼無無漏根不缺根如是未離欲聖人彼一根二無漏根極少成就八曉了根所說者若一切少成就但八如餘身根斷善根

彼有身意命根五受等及生無色界凡夫彼意命捨根信等五根有問曰幾種觸答曰

增語及有對　明無明處中　所謂得果者是則雙道事

增語及有對明無明處中者彼意識相應觸增語觸何以故增語依轉故由增語轉彼名增語由意識故語轉是故意識與彼相應觸名增語觸或增語名彼意識分別境界非餘五識是故增語境界相應觸名增語觸五識身相應觸名有對觸何以故有對依緣故五識身依有對及緣有對是故彼相應觸名有對觸穢汚無明觸無漏明觸非穢汚有漏非明非無明觸問曰云何無礙道得果者爲無礙道解脫道耶答曰所謂得果者是則雙道事雙道俱得果無礙道斷結得解脫道得解脫證如以毒蛇一手著篋中一手蔽頭如怨家一手推出一手閉門問曰阿羅漢住何心入涅槃答曰

無著住報心　得入於涅槃　生有及壞有本有亦復中

無著住報心得入於涅槃者一切所作事中平住任運心阿羅漢住報生心中入涅槃亦住威儀心入涅槃何以故任運行故說住報心入涅槃彼自然心斷隨順故住無記心入涅槃善心中相續彼次第心自息不善心身離欲時捨穢汚心有頂離欲時捨善無記現前彼最後心是故住如是無記心入涅槃問曰幾種有答曰四種有生有及壞有本有亦復中彼生有者生剎那若陰生壞有者死時最後陰本有名生有死有中間陰名本有中

間有名死已乃至未受生有此中間處所陰名中有或有不立中有者彼人處所中間不相續彼言不相應何以故心數依處轉見此心數依處見非餘彼何所依共報身此不存中陰者欲異處相續見行相違心數轉是故不生相續若存中陰者彼依處如是中有陰生見法不相違心數轉相應成就處相續故是故必有中陰問曰如佛說有猒離云何猒云何離答曰

諸智在苦因　及忍修於猒　離欲得無欲
說在於四中

諸智在苦因及忍修於猒者苦集緣智及忍說猒猒事轉故離欲得無欲說在於四中者苦集滅道中智及忍說離欲能壞欲故彼中忍見道壞智者修道無礙道斷煩惱不復見道智無礙道修道中有四智

問論品第十

離律不律儀　而得於律儀　不因彼得勝
若能知者說

答曰有無色界歿生色界凡夫法彼人界流轉時捨戒繫屬界故是人生色界時得彼禪戒退分故是故不增

頗得沙門果　聖賢離諸過　得有爲善法
不名爲修習

答曰有如本得退得過去彼但得不增是故名不修習餘習修不能現前本所得者更得

頗道興起時　未離諸過咎　解脫時離欲
能決定者說

答曰有如未來修如前生現前盡智除去餘未來盡智彼欲生時得彼時未解脫何以故

本時障解脫一切未來無學相續心解脫故
頗光曜煩惱　起已定相應　清淨初禪中
而得於退法
答曰有光曜纏生退阿羅漢得盡智者初清
淨禪盡智力得彼時捨彼學無學或熏修初
禪等
頗有見諦道　得於諸善法　彼法是有緣
智者不見緣
答曰有欲界中無間等邊得世智欲界陰不
見比智後無間邊得世智是故彼時不見欲
界陰
頗果有漏慧　相應淨功德　不相應智慧
彼時得彼果
答曰有如欲界離欲非梵世離欲彼欲界第
四禪果變化心不相應斷故成就彼於此禪
中彼果彼禪中不相應慧不斷故如是色界
變化心說於下上地離欲不離欲
頗住無礙道　成就於諸滅　障礙彼煩惱
非彼無漏見
答曰有如有漏通生住無礙道隨地通能生
彼地離欲彼有通離欲斷是故彼住無礙道
彼遠離成就常相續得遠離
頗有煩惱滅　無垢者獲得　非捨彼煩惱
於彼無垢盡
答曰有如光曜中梵世生欲生時欲界煩惱
遠離得如是彼前已斷彼遠離得世俗故彼
地繫屬是故地流轉捨又復還來得彼得名
遠離得
頗無垢淨地　未曾得而得　非離欲非退
不依於見道

答曰有如色離欲證決定無漏無色修道中
方便得
頗未得法中　而得於勝利　不捨彼不利
若曾學者否
答曰有彼初生無漏品除餘無漏功德得時
彼不捨凡夫事苦法忍彼退一切無漏功德
不得凡夫事
大德優波扇多爲利益弟子故造此阿毗曇
心論

法勝阿毗曇心論卷第六

音釋

篦邊迷切掠器也　眵赤脂切目汁凝也　睫即葉切目旁毛也　浣胡管切濯也　瓮烏貢切罌也

勝宗十句義論

唐三藏法師玄奘奉詔譯

清刻龍藏佛説法變相圖

勝宗十句義論

勝者慧月造

唐三藏法師玄奘奉詔譯

有十句義一者實二者德三者業四者同五者異六者和合七者有能八者無能九者俱分十者無説

實句義云何謂九種實名實句義何者爲九一地二水三火四風五空六時七方八我九意是爲九實地云何謂有色味香觸是爲地水云何謂有色味觸及液潤是爲水火云何謂有色觸是爲火風云何謂唯有觸是爲風空云何謂唯有聲是爲空時云何謂是彼此俱不俱遲速詮緣因是爲時方云何謂是東南西北等詮緣因是爲方我云何謂是覺樂苦欲瞋勤勇行法非法等和合因緣起智爲

相是爲我意云何謂是覺樂苦欲瞋勤勇法非法行不和合因緣起智爲相是爲意德句義云何謂二十四德名德句義何者名爲二十四德一色二味三香四觸五數六量七別體八合九離十彼體十一此體十二覺十三樂十四苦十五欲十六瞋十七勤勇十八重體十九液體二十潤二十一行二十二法二十三非法二十四聲如是爲二十四德色云何謂唯眼所取一依名色味云何謂唯舌所取一依名味香云何謂唯鼻所取一依名香觸云何謂唯皮所取一依名觸數云何謂一切實和合一非一實等詮緣因一體等名數量云何謂微體大體短體長體圓體等名量微體者謂以二微果爲和合因緣二體所生一實微詮緣因是名微體大體者謂因多體大體積集差別所生三微果等和合一實大詮緣因是名大體短體者謂以二微果爲和合因緣二體所生一實短詮緣因是名短體長體者謂因多體長體積集差別所生三微果等和合一實長詮緣因是名長體圓體者有二種一極微二極大極微者謂極微所有和合一實極微詮緣因是名極微極大者謂空時方我實和合一實極大詮緣因亦名遍行等是名極大別體云何謂一切實和合一非一實別詮緣因一別體等是名別體合云何謂二不至至時名合此有三種一隨一業生二俱業生三合生隨一業生者謂從有動作無動作而生俱業生者謂從二種有動作生合生者謂無動作多實生時與空等合離云何謂從二至不至名離比有三種一隨一

業生二俱業生三離生此中隨一業生及俱業生如前合說離生者謂已造果實由餘因離待果實壞與空等離彼體云何謂屬一時等遠覺所待一實所生彼詮緣因是名彼體此體云何謂屬一時等近覺所待一實所生此詮緣因是名此體覺云何謂悟一切境此有二種一現量二比量現量者於至實色等根等和合時有了相生是名現量比量者此有二種一見同故比二不見同故比見同故比者謂見相故待相所相相屬念故我意合故於不見所相境有智生是名見同故比不見同故比者謂見因果相屬一義和合相違故待彼相屬念故我意合故於彼畢竟不現見境所有智生是名不見同故比樂云何謂一實我德適悅自性名樂苦云何謂一實我德逼惱自性名苦欲云何謂一實我和合希求色等名欲瞋云何謂一實我和合損害色等名瞋勤勇云何謂一實我和合待欲瞋我意合所生策勵是名勤勇重體云何謂地水實和合一實墜墮之因是名重體液體云何謂地水火實和合一實流注之因是名液體潤云何謂水實和合一實地等攝因名潤行云何此有二種一念因二作因念因者謂我和合一實現比智行所生數習差別是名念因作因者謂積擲等生業所生依附一實有質礙實所有勢用是名作因行謂勢用法云何此有二種一能轉二能還能轉者謂可愛身等樂因我和合一實與果相違是名能轉能還者謂離染緣正智喜因我和合一實與果相違是名能還非法云何謂不可愛身等

苦邪智因我和合一實與果相違是名非法聲云何謂唯耳所取一依名聲業句義云何謂五種業名業句義何者爲五一取業二捨業三屈業四伸業五行業取業云何謂上下方分虛空等處極微等合離因依一實名取業捨業云何謂上下方分虛空等處極微等離合因依一實名捨業屈業云何謂於大長實依附一實近處有合遠近處離合因是名屈業伸業云何謂於大長實依附一實近處有合遠近處合離因是名伸業行業云何謂一切質礙實和合依一實合離因名行業

同句義云何謂有性何者爲有性謂與一切實德業句義和合一切根所取於實德業有詮智因是謂有性

異句義云何謂常於實轉依一實是遮彼覺因及表此覺因名異句義

和合句義云何謂令實等不離相屬此詮智因又性是一名和合句義

有能句義云何謂實德業和合共或非一造各自果決定所須如是名爲有能句義無能句義云何謂實德業和合共或非一不造餘果決定所須如是名爲無能句義俱分句義云何謂實性德性業性及彼一義和合地性色性取性等如是名爲俱分句義實性者謂一切實和合於一切實實詮緣因於德業不轉眼觸所取是名實性德性者謂一切德和合於一切德德詮緣因於實業不轉一切根所取是名德性業性者謂一切業和合於一切業業詮緣因於實德不轉眼觸所取是名業性地性等亦如是

無說句義云何謂五種無名無說句義何者爲五一未生無二已滅無三更互無四不會無五畢竟無是謂五無未生無者謂實德業因緣不會猶未得生名未生無已滅無者謂實德業或因勢盡或違緣生雖生而壞名已滅無更互無者謂諸實等彼此互無名更互無不會無者謂有性實等隨於是處無合無和合名不會無畢竟無者謂無因故三時不生畢竟不起名畢竟無

如是九實幾有動作幾無動作五有動作謂地水火風意四無動作謂此餘實如有動作無動作有質礙無質礙有勢用無勢用有彼此體無彼此體應知亦爾如是九實幾有德幾無德一切皆有德無無德實如一切皆有德和合因緣有實性有異與果不相違有待因亦爾如是九實幾有觸幾無觸四有觸謂地水火風五無觸謂餘實如有觸無觸能造實實德業因共不共亦爾如是九實幾有色幾無色三有色謂地水火六無色謂餘實如有色無色有可見無可見有對眼無對眼亦爾如是九實五常四分別謂此四中非所造者常所造者無常如常無常有實無實有細分無細分因不相違非因不相違非邊有異邊有異不圓圓亦爾如是九實五根四非根何者爲五謂地水火風空是根如是五根鼻根即地味根即水眼根即火皮根即風耳根即空如是九實地由幾德說名有德謂由十四何者十四一色二味三香四觸五數六量七別體八合九離十彼體十一此體十二重體十三液體十四行水由幾德說名有德謂

由十四何者十四一色二味三觸四數五量六別體七合八離九彼體十此體十一重體十二液體十三潤十四行火由幾德說名有德謂由十一何者十一一色二觸三數四量五別體六合七離八彼體九此體十液體十一行風由幾德說名有德謂由九何者九一觸二數二量三別體四合五離六彼體七此體八觸九行空由幾德說名有德謂由六何者六一數二量三別體四合五離六聲時由幾德說名有德謂由五何者五一數二量三別體四合五離如時方亦爾我由幾德說名有德謂由十四何者十四一數二量三別體四合五離六覺七樂八苦九欲十瞋十一勤勇十二法十三非法十四行意由幾德說名有德謂由八何者八一數二量三別體四合五離六彼體七此體八行

如是色等二十四德幾是現境幾非現境色味香觸或是現境或非現境云何現境謂若依附大非一實是名現境云何非現境謂若依附極微及二極微果名非現境聲一切是現境如色味香觸數量別體合離彼體此體液體潤重體勢用亦爾覺樂苦欲瞋勤勇是我現境法非法行唯非現境此諸德中幾是所作幾非所作覺樂苦欲瞋勤勇法非法行離彼體此體聲唯是所作餘或所作或非所作色味香觸若地所有皆是所作色味觸液體潤極微和合者非所作二微果等和合者是所作重體亦爾如非所作是所作常無常亦如是如水所有火所有色觸風所有觸亦爾地火所有液體一切是所作一數二別體

隨所作非所作實和合成所作非所作二體等數二等別體一切是所作大體微體短體長體一切是所作圓體一切非所作諸質礙及質礙非質礙合是所作如所作非所作常無常亦如是此諸德中聲觸色味香各一根所取數量別體合離彼體此體液體潤勢用眼觸所取如是諸德誰何爲因色味香觸同類爲因者謂二微果等和合火合爲因者謂地所有諸極微色味香觸地及火所有液體地水所有重體及水所有液體潤二微果等和合同類爲因一數一別體二微果等和合同類爲因二體等數二別體等別體同類不同類爲因一體別體彼覺爲因大體長體因多體大體長體積集差別爲因微體短體因二體爲因合離隨一業俱業合離爲因彼體此體一等時相屬待遠近覺爲因智有二種謂現及比現有四種一猶豫智二審決智三邪智四正智猶豫智以何爲因非一同法現量爲先待各別異念我意和合爲因爲何物智名猶豫智審決智以何爲因猶豫智爲先待各別異印我意和合爲因定是此智名審決智邪智以何爲因非一同法現量爲先待各別異見我意和合爲因暗決斷智是名邪智正智以何爲因非一同法現量爲先待各別異現量我意和合爲因無顛倒智是名正智如現比亦爾現量有三種一四和合生二三和合生三二和合生四和合生現量云何謂了相於至色味香觸數量別體合離彼體此體重體液體潤勢用地水火實取等業有性除聲和合有能無能聲性於俱分有能無

能所有智我根意境四和合爲因三和合生現量云何謂於聲及聲和合有能無能聲性有性境所有智我根意三和合爲因二和合生現量云何謂於樂苦欲瞋勤勇境及彼有能無能俱分有性境所有智我意二和合爲因比量謂所和合一義和合相違智爲先待合等相屬合我意合爲因樂苦待法非法四三二和念爲因欲瞋待樂苦念邪智我意合爲因勤勇待欲瞋我意合爲因及命緣爲因不欲故與入出息等業爲因勢用以何爲因積擲生業勢用爲因法非法欲瞋爲先待聞念遠離法非法能成淨不淨密趣俱我意合爲因念因行待現比智行我意合爲因聲有三種一合生二離生三聲生合生者有觸實合勢用俱有觸實空處合爲因離生者有觸實離勢用俱有觸實空處離爲因聲生者有觸實合離勢用得無障空處聲爲因如是二十四德幾依一實幾依非一實色味香觸量彼體此體覺樂苦欲瞋勤勇法非法行重體液體潤勢用聲此二十一皆依一實合離依二實數或依一實或依非一實何者依一實謂一數何者依非一實謂二體等數如數別體亦爾如是二十四德幾遍所依幾不遍所依色味香觸數量別體彼體此體液體潤重體勢用遍所依餘不遍所依如是二十四德誰與誰相違合離生聲能造餘聲一切聲果相違法樂正智果相違非法苦邪智果相違一切智行果相違差別智一切智行果相違最後聲一切因相違最後我德亦爾樂苦欲瞋果相違法非法因相違欲瞋勤勇果相違

樂苦因相違中間所有聲亦爾我德勤勇苦有觸實合二非果因相違行我德行念因與苦非果因相違行念因果相違作因有觸實合非果相違二性等數與二等覺果不相違如二體等數二別體等別體彼體此體亦爾色味香觸地所有極微和合者與大合非果因相違合離展轉非果因而相違一實極微色等能造同類二微等色同類果不相違最後有分實色等果與因色等同類不相違中間所有有分實色等與同類果因色等不相違一實色等展轉非果因不相違一切德與實不相違如是二十四德幾有實幾無實一切有實如有實無德無動作非和合因緣是有德實之標幟無質礙無細分亦爾如是五業幾有實幾無實一切有實如有實依一實無質礙無德無細分離合之因能作所作事不積集實之標幟足積擲等所待行之因非同類爲因亦爾如是五業誰依何實取業以一切地水火風意爲所依如取業捨業行業亦爾屈業以極舒緩細分安布差別果大長實爲所依如屈業伸業亦爾如是五業幾遍所依幾不遍所依一切遍所依有說依附極微意者遍所依依附二微等者不遍所依如是諸業若在內者以身及彼因緣身所合鼻味皮眼根并意爲和合因緣此中身業初者以欲爲先我合勤勇爲不和合因緣第二等亦以行爲不和合因緣如身業在意及細分業亦爾鼻味皮眼業初者以我合勤勇身合爲不和合因緣第二等亦以行爲不和合因緣如鼻等業在香等狀及在屬身髮瓔珞塗

香等業亦爾睡者身墮落業初者以重性爲不和合因緣第二等以重體行爲不和合因緣睡者入出息業或睡者不欲故初者以命緣爲先勤勇我合爲不和合因緣第二等亦以行爲不和合因緣如下流水初者以液體爲不和合因緣第二等以液體行爲不和合因緣火之上然風之傍扇初者以法非法我合爲不和合因緣第二等如前說四大極微造身因緣初業以法非法我合爲不和合因緣第二等如前說如爲造身爲造樹等變異及在二微等業亦爾意趣向及棄皆業初者以法非法我合爲不和合因緣第二等如前說地足業表衆生利益不利益異熟初者以法非法我合爲不和合因緣第二等如前說在地水火擲打相應業以合重體液體勤勇勢用爲不和合因緣如其所應有取等業若在火除重體若在風除液體若在意除打擲如是有性爲是所作爲非所作定非所作如非所作常無德無動作無細分亦爾有實德業除同有能無能俱分異所和合一有同詮緣因別有異於實轉依一實遮餘覺因表此覺因空方時轉空等想因常非所作無德無動作無細分除有性有能無能俱分異所和合非一和合是一常非所作無細分無質礙一切實德業同異有能無能俱分生至因詮緣相如是有能爲是所作爲非所作定非所作如非所作常無德無動作無細分無質礙亦合於實德業上各別除同有能無能俱分異所和合非一同詮緣相是謂有能無能亦爾俱分實性遍實句義所和合一無質礙無

細分無動作無德常非所作諸實展轉共即此與德業異德性業性地等性亦爾如是五種無說句義幾常幾無常未生無是無常與實德業生相違故已滅無更互無畢竟無皆是常不違實等故不會無有常有無常云何常如地等實餘德不和合若實性等同異及有能無能異除自所依於餘處不和合若有性於同等不和合云何無常謂實與實雖未相應當必相應此於彼無若於實所有實德業當必和合彼於此無如是五無幾是現量境幾非現量境一切非現量境亦不依他轉皆比量境此十句義幾是所知幾非所知一切是所知亦即此詮因

勝宗十句義論

音釋

適 施隻切樂也 積擲 積麤鶯切擲也擲直炙切抛也 猶豫 豫羊茹切猶豫疑不决也 幟 昌志切旗也

阿毗達磨法蘊足論

唐三藏法師玄奘奉詔譯

清刻龍藏佛說法變相圖

阿毗達磨法蘊足論卷第一

尊者大目乾連造

唐三藏法師玄奘奉詔譯

學處品第一

稽首佛法僧　真淨無價寶　令集衆法蘊
普施諸羣生
阿毗達磨如大海　大山大地太虛空
具攝無邊聖法財　今我正勤略顯示

嗢柁南曰

學支淨果行聖種　正勝足念諦靜慮
無量無色定覺支　雜根處蘊界緣起

一時薄伽梵在室羅筏住逝多林給孤獨園爾時世尊告苾芻衆諸有於彼五怖罪怨不寂靜者彼於現世爲諸聖賢同所訶厭名爲犯戒自損傷者有罪有貶生多非福身壞命

終墮險惡趣生地獄中何等爲五謂殺生者殺生緣故生怖罪怨不離殺生是名第一不與取者劫盜緣故生怖罪怨不離劫盜是名第二欲邪行者邪行緣故生怖罪怨不離邪行是名第三虛誑語者虛誑緣故生怖罪怨不離虛誑是名第四飲味諸酒放逸處者飲味諸酒放逸處緣故生怖罪怨不離飲酒諸放逸處是名第五有於如是五怖罪怨不寂靜者彼於現世爲諸聖賢同所訶厭名爲犯戒自損傷者有罪有貶生多非福身壞命終墮險惡趣生地獄中諸有於彼五怖罪怨能寂靜者彼於現世爲諸聖賢同所欽歎名爲持戒自防護者無罪無貶生多勝福身壞命終昇安善趣生於天中何等爲五謂離殺生者離殺生緣故滅怖罪怨能離殺生是名第一離不與取者離劫盜緣故滅怖罪怨能離劫盜是名第二離欲邪行者離邪行緣故滅怖罪怨能離邪行是名第三離虛誑語者離虛誑緣故滅怖罪怨能離虛誑是名第四離飲諸酒放逸處者離飲諸酒放逸處緣故滅怖罪怨能離飲酒諸放逸處是名第五有於如是五怖罪怨能寂靜者彼於現世爲諸聖賢同所欽歎名爲持戒自防護者無罪無貶生多勝福身壞命終昇安善趣生於天中爾時世尊爲攝前義而說頌曰

諸行殺盜婬　虛誑耽諸酒　五怖罪怨縛
聖賢所訶厭　名犯戒自傷　有罪招非福
死墮險惡趣　生諸地獄中　諸離殺盜婬
虛誑耽諸酒　五怖罪怨脱　聖賢所欽歎
名持戒自守　無罪感勝福　死昇安善趣

生諸天界中

齊何名曰鄔波索迦謂諸在家白衣男子男根成就歸佛法僧起殷淨心發誠諦語自稱我是鄔波索迦願尊憶持慈悲護念齊是名曰鄔波索迦此何名爲能學一分謂前所説鄔波索迦歸佛法僧發誠言已惟能離殺不離餘四如是名爲能學一分復何名爲能學少分謂如前説鄔波索迦歸佛法僧發誠言已能離殺盜不離餘三如是名爲能學少分復何名爲能學多分謂前所説鄔波索迦歸佛法僧發誠言已離殺盜婬不離餘二如是名爲能學多分復何名爲能學滿分謂前所説鄔波索迦歸佛法僧發誠言已具能離五如是名爲能學滿分

成就五法鄔波索迦惟能自利不能利他何等爲五謂前所説鄔波索迦自離殺生乃至飲酒諸放逸處不能勸他令離殺生乃至飲酒諸放逸處如是名爲成就五法鄔波索迦惟能自利不能利他成就十法鄔波索迦能利自他不能廣利何等爲十謂前所説鄔波索迦自離殺生乃至飲酒諸放逸處亦能勸他令離殺生乃至飲酒諸放逸處不能見餘能離殺等歡喜慶慰如是名爲成就十法鄔波索迦能利自他不能廣利成就十五法鄔波索迦能利自他亦能廣利何等十五謂前所説鄔波索迦自離殺生乃至飲酒諸放逸處亦能勸他令離殺生乃至飲酒諸放逸處及能見餘離殺生等歡喜慶慰如是名爲成就十五法鄔波索迦能利自他亦能廣利成就八法鄔波索迦惟能自利不能利他何等

爲八謂前所說鄔波索迦自具淨信不能勸他令具淨信自具淨戒不能勸他令具淨戒自具惠捨不能勸他令具惠捨自能策勵數往伽藍禮覲有德諸苾芻衆不能勸他令其策勵數往伽藍禮覲有德諸苾芻衆自能至誠聽聞正法不能勸他令其至誠聽聞正法自聞法已能持不忘不能勸他令持不忘自持法已能思擇義不能勸他令思擇義自思擇已爲證法義能正勤修法隨法行成和敬行隨法行者不能勸他令正勤修法隨法行成和敬行隨法行者如是名爲成就八法鄔波索迦惟能自利不能利他成就十六法鄔波索迦能利自他不能廣利何等十六謂前所說鄔波索迦自具淨信亦能勸他令具淨信廣說乃至自思擇已爲證法義能正勤修法隨法行成和敬行隨法行者亦能勸他令正勤修法隨法行成和敬行隨法行者不能見餘具淨信等歡喜慶慰如是名爲成就十六法鄔波索迦能利自他不能廣利成就二十四法鄔波索迦能利自他亦能廣利何等名爲二十四法謂前所說鄔波索迦自具淨信亦能勸他令具淨信廣說乃至自思擇已爲證法義能正勤修法隨法行成和敬行隨法行者亦能勸他令正勤修法隨法行成和敬行隨法行者及能見餘具淨信等歡喜慶慰如是名爲成就二十四法鄔波索迦能利自他亦能廣利

成就十法身壞命終墮險惡趣生地獄中何等爲十一殺生二不與取三欲邪行四虛誑語五離間語六麤惡語七雜穢語八貪欲九

瞋恚十邪見若有成就如是十法身壞命終墮險惡趣生地獄中

成就十法身壞命終昇安善趣生於天中何等爲十一離殺生二離不與取三離欲邪行四離虛誑語五離離間語六離麤惡語七離雜穢語八無貪九無瞋十正見若有成就如是十法身壞命終昇安善趣生於天中

成就二十法身壞命終墮險惡趣生地獄中何等二十謂自殺生亦勸他殺廣說乃至自起邪見亦復勸他令起邪見若有成就此二十法身壞命終墮諸惡趣生地獄中

成就二十法身壞命終昇安善趣生於天中何等二十謂自離殺亦能勸他令其離殺廣說乃至自起正見亦能勸他令起正見若有成就此二十法身壞命終昇安善趣生於天中

成就三十法身壞命終墮險惡趣生地獄中何等三十謂自不離殺勸他令殺見不離殺歡喜慰喻廣說乃至自起邪見亦復勸他令起邪見見起邪見歡喜慰喻若有成就此三十法身壞命終墮險惡趣生地獄中

成就三十法身壞命終昇安善趣生於天中何等三十謂自離殺生勸他離殺見餘離殺歡喜慰喻廣說乃至自起正見亦復勸他令起正見見起正見歡喜慰喻若有成就此三十法身壞命終昇安善趣生於天中

成就四十法身壞命終墮險惡趣生地獄中何等四十謂自不離殺勸他令殺見不離殺歡喜慰喻稱揚讚歎殺生者事廣說乃至自起邪見亦復勸他令起邪見見起邪見歡喜

慰喻稱揚讚歎邪見者事若有成就此四十法身壞命終墮險惡趣生地獄中成就四十法身壞命終昇安善趣生於天中何等四十謂自離殺生勸他離殺見餘離殺歡喜慰喻稱揚讚歎離殺者事廣說乃至自起正見亦復勸他令起正見見起正見歡喜慰喻稱揚讚歎正見者事若有成就此四十法身壞命終昇安善趣生於天中

鄔波索迦有五學處何等爲五乃至命終遠離殺生是名第一乃至命終離不與取是名第二乃至命終離欲邪行是名第三乃至命終離虛誑語是名第四乃至命終離飲諸酒諸放逸處是名第五於第一中且何名爲能殺生者如世尊說有殺生者暴惡血手耽著殺害於諸有情衆生勝類無羞無愍下至捃多比畢洛迦皆不離殺如是名爲能殺生者何等名爲有殺生者謂於殺生不深厭患不遠不離安住成就如是名爲有殺生者何名暴惡謂集種種弓刀杖等諸殺害具是名暴惡何名血手謂諸屠羊屠雞屠猪捕鳥捕魚獵師劫盜魁膾縛龍守獄煮狗施罝𦋺等是名血手何故此等名爲血手謂彼雖數沐浴塗香服鮮淨衣首冠華鬘身飾嚴具而名血手所以者何彼於惡事不深厭患不遠不離令有情血起等起生等生積集流出故名血手何等名爲耽著殺害謂於衆生有害非殺有害亦殺害非殺者謂以種種弓刀杖等諸殺害具逼惱衆生未全斷命如是名爲有害非殺害亦殺者謂以種種弓刀杖等諸殺害具逼惱衆生亦全斷命如是名爲有害亦殺

於殺害事耽樂執著如是名爲耽著殺害何等名爲於諸有情衆生勝類無羞無愧且辯衆生勝類差别謂諸異生說名衆生世尊弟子說名勝類又諸有情有貪瞋癡說名衆生若諸有情離貪瞋癡說名勝類又諸有情有愛有取說名衆生若諸有情離愛離取說名勝類又諸有情有順無違說名衆生若諸有情無順有違說名勝類又諸有情無聰慧有無明說名衆生若諸有情聰慧有明說名勝類又諸有情未離欲貪說名衆生若諸有情已離欲貪說名勝類又諸有情未離欲貪非佛弟子說名衆生若諸有情已離欲貪是佛弟子說名勝類今此義中若諸異生說名衆生世尊弟子說名勝類所以者何勝謂涅槃彼能獲得成就觸證故名勝類如有頌言

普隨順世間　周徧歷方邑　欲求於勝我
無所證無依

故此義中若諸異生說名衆生世尊弟子說名勝類於此有情衆生勝類應羞應愧而於其中無慚無羞無愧無恥無哀無愍無傷無念如是名爲於諸有情衆生勝類無羞無愍何等名爲下至捃多比畢洛迦皆不離殺言捃多者謂蚊蚋等諸小蟲類比畢洛迦即諸蟻子下至此類微碎衆生皆起惡心欲與殺害是故名爲能殺生者即於此中何名爲生何名殺生何等名爲遠離殺生而說名爲乃至命終遠離殺生鄔波索迦第一學處所言生者謂諸衆生有衆生想若諸有情有有情想若諸命者有命者想若諸養育有養育想若補特伽羅有補特伽羅想是名爲生言殺

生者謂於衆生起衆生想於諸有情起有情想於諸命者起命者想於諸養育起養育想於補特伽羅起補特伽羅想復起惡心不善心損心害心殺心現前依如是業如是加行如是思惟如是策勵如是勇猛殺害衆生故思斷命由如是業如是加行如是思惟如是策勵如是勇猛殺害衆生故思斷命名爲殺生即前所説鄔波索迦於此殺生能善思擇猒患遠離止息防護不作不爲不行不犯棄捨堰塞不拒不逆不違不越如是名爲遠離殺生是故説名乃至命終遠離殺生鄔波索迦第一學處

於第二中且何名爲不與取者如世尊説有不與取者或城邑中或阿練若不與物數劫盜心取不離劫盜如是名爲不與取者何等名爲有不與取者謂於不與取不深猒患不遠不離安住成就如是名爲有不與取者何等名爲或城邑中謂有城牆周帀圍繞何等名爲或阿練若謂無城牆周帀圍繞何名不與謂他攝受不捨不棄不惠不施何等名物謂他攝受有情無情諸資生具即此名爲不與物數何等名爲劫盜心取不離劫盜謂即所説不與物數懷賊心取不猒遠離如是名爲不與物數劫盜心取不離劫盜是故名爲不與取者即於此中何名不與何名不與取何名離不與取而説名爲乃至命終離不與取鄔波索迦第二學處言不與者謂他攝受有情無情諸資生具不捨不棄不惠不施是名不與不與取者謂於他攝受諸資生具起他攝受及不與想復起惡心不善心劫心盜

心執心著心取心現前依如是業如是加行如是思惟如是策勵如是勇猛如是門如是路於他攝受諸資生具以執著取劫盜故思舉離本處由如是業如是加行如是思惟如是策勵如是勇猛如是門如是路於他攝受諸資生具以執著取劫盜故思舉離本處名不與取即前所說鄔波索迦於不與取能善思擇厭患遠離止息防護不作不爲不行不犯棄捨堰塞不拒不逆不違不越如是名爲離不與取是故說名乃至命終離不與取鄔波索迦第二學處

於第三中且何名爲欲邪行者如世尊說有欲邪行者於他女婦他所攝受謂彼父母兄弟姊妹舅姑親眷宗族守護有罰有障有障罰俱下至授擲華鬘等信於是等類起欲煩惱招誘强抑共爲邪行不離邪行如是名爲欲邪行者何等名爲有欲邪行者謂於欲邪行不深厭患不遠不離安住成就如是名爲有欲邪行者他女婦者謂七種婦何等爲七一授水婦二財貨婦三軍掠婦四意樂婦五衣食婦六同活婦七須臾婦授水婦者謂女父母授水與男以女妻之爲彼家主名授水婦財貨婦者謂諸丈夫以少多財貿易他女將爲已婦名財貨婦軍掠婦者謂有丈夫因伐他國抄掠他女將爲已婦復有國王因破敵國取所欲已餘皆捨棄有諸丈夫力攝他女將爲已婦如是等類名軍掠婦意樂婦者謂有女人於男子家自信愛樂頋住爲婦名意樂婦衣食婦者謂有女人於男子家爲衣食故頋住爲婦名衣食婦同活婦者謂有女

人詣男子家謂男子曰我持此身頋相付託彼此所有共爲無二互相存濟以盡餘年冀有子孫歿後承祭名同活婦須臾婦者謂有女人樂與男子暫時爲婦名須臾婦他攝受中毋守護者謂有女人其父或狂或復心亂或憂苦逼或已出家或遠逃逝或復命終其毋孤養防守遮護私誡女言諸有所作必先白我然可得爲名毋守護父守護者謂有女人其毋或狂或復心亂廣說乃至或復命終其父孤養防守遮護私誡如前名父守護兄弟守護者謂有女人父毋或狂或復心亂廣說乃至或復命終兄弟孤養防守遮護私勸誡言諸有所作必先告白然可得爲名兄弟守護姊妹守護者謂有女人父毋或狂或復心亂廣說乃至或復命終姊妹孤養防守遮護勸誡如前名姊妹守護舅姑守護者謂有女人其夫或狂或復心亂廣說乃至或復命終依舅姑居舅姑喻曰爾勿愁惱宜以自安衣食之資悉以相給我當憂念如子不殊舅姑恩恤防守遮護私誡之言諸有所作必先諮白然可得爲名舅姑守護親眷守護者謂有女人除毋及夫餘異姓親名爲親眷而此女人爲彼親眷防守遮護名親眷守護宗族守護者謂有女人除父兄等餘同姓親名爲宗族而此女人爲彼宗族防守遮護名宗族守護言有罰者謂有女人自無眷屬又非婬女若有凌逼爲主所知或殺或縛或復驅擯或奪資財名爲有罰言有障者謂有女人身居卑賤雖無親族而有主礙名爲有障有障罰俱者謂有女人自無眷屬又非卑賤依恃

他居爲他所礙若有凌逼所依恃者便爲加罰名障罰俱又上所說一切女人隨所依止皆有障罰所以者何由諸女人法有拘礙非禮行者便遭殺縛或奪資財或被退毀是故一切名障罰俱何等名爲下至授擲華鬘等信謂有女人已受男子或華或鬘或諸瓔珞或塗香末香或隨一信物如是名爲下至授擲華鬘等信何等名爲於是等類謂諸男子諸半擇迦諸修梵行何等名爲修梵行者謂諸苾芻尼正學勤策女及鄔波斯迦出家外道女下至在家修苦行女謂有男子捨自妻媵告言善賢放汝自在修諸梵行彼聞受持苦行無怠何等名爲起欲煩惱廣說乃至不離邪行謂起欲界婬貪現前於不應行招誘強抑共爲邪行不厭遠離如是名爲起欲煩惱廣說乃至不離邪行是故名爲欲邪行者即於此中何等名欲何名欲邪行何名離欲邪行而說名爲乃至命終離欲邪行鄔波索迦第三學處所言欲者謂是婬貪或行貪境欲邪行者謂於上說所不應行而暫交會下至自妻非分非禮及非時處皆名欲邪行即前所說鄔波索迦於欲邪行能善思擇厭患遠離止息防護不作不爲不行不犯棄捨堰塞不拒不逆不違不越如是名爲離欲邪行是故說名乃至命終離欲邪行鄔波索迦第三學處

於第四中且何名爲虛誑語者如世尊說有虛誑語者或對平正或對大衆或對王家或對執理或對親族同檢問言咄哉男子汝知當說不知勿說汝見當說不見勿說彼得問

已不知言知知言不知見言不見不見言見彼或爲已或復爲他或爲名利故以正知説虚誑語不離虚誑如是名爲虚誑語者何等名爲有虚誑語者謂於虚誑語不深猒患不遠不離安住成就如是名爲有虚誑語者何等名爲或對平正平正有三一村平正二城平正三國平正此諸平正聚集現前同檢問時名對平正何等名爲或對大衆大衆有四一刹帝利衆二婆羅門衆三居士衆四沙門衆此諸大衆聚集現前同檢問時名對大衆何等名爲或對王家謂諸國王及餘宰輔理公務者使若聚集現前檢問名對王家何等名爲或對執理謂閑法律固正斷者此執理衆聚集現前同檢問時名對執理何等名爲或對親族謂諸親族聚集現前同檢問時名對親族何等名爲同檢問等謂或爲證或究其身衆集量宜同檢問曰咄哉男子今對衆前應以誠言具疑情實若於是事見聞覺知宜當宣説施設標示若於是事無見聞等勿當宣説施設標示如是名爲同檢問等何等名爲不知言知謂爲耳識曾受曾了名爲已聞彼無耳識曾受曾了隱藏如是想忍見樂言我已聞如是名爲不知言知何等名爲知言不知謂爲耳識曾受曾了名爲已聞彼有耳識曾受曾了隱藏如是想忍見樂言我不聞如是名爲知言不知何等名爲不見言見謂爲眼識曾受曾了名爲已見彼無眼識曾受曾了隱藏如是想忍見樂言我已見如是名爲不見言見何等名爲見言不見謂爲眼識曾受曾了名爲已見彼有眼識曾受曾了

隱覆如是想忍見樂言我不見如是名爲見言不見何等名爲彼或爲巳謂有一類身行劫盜王等執問汝爲賊不彼得問巳竊自思惟若實荅者必爲王等或殺或縛或復驅擯或奪資財我今宜應自隱自覆自藏實事故以正知說虛誑語既思惟巳荅王等言我實不爲不與取事是名爲巳何等名爲或復爲他謂有一類親族知友行於劫盜王等爲證執問彼言汝知此人行劫盜不彼得問巳竊自思惟若實荅者我諸親友必爲王等或殺或縛或復驅擯或奪資財我今宜應隱覆藏彼故以正知說虛誑語既思惟巳荅王等言我知親友決定不爲不與取事是名爲他何等名爲或爲名利謂有一類多有所欲多有所思多有所願作是思惟我當施設如是如是虛誑方便必當獲得可意色聲香味觸等既思惟巳方便追求故以正知說虛誑語如是名爲或爲名利何等名爲故以正知說虛誑語謂自隱藏想忍見樂故思明了數數宣說施設標示違想等事如是名爲故以正知說虛誑語即於此中何名虛誑何名虛誑語何名離虛誑語而說名爲乃至命終離虛誑語鄔波索迦第四學處言虛誑者謂事不實名虛想等不實名誑是名虛誑虛誑語者以貪瞋癡違事想說令他領解名虛誑語即前所說鄔波索迦於虛誑語能善思擇厭患遠離止息防護不作不爲不行不犯棄捨堰塞不拒不逆不違不越如是名爲離虛誑語是故說名乃至命終離虛誑語鄔波索迦第四學處

於第五中何名諸酒何名飲諸酒何名放逸處何名離飲諸酒諸放逸處而說名爲乃至命終離飲諸酒諸放逸處鄔波索迦第五學處言諸酒者謂窣羅酒迷麗耶酒及末陀酒言窣羅者謂米麥等如法蒸煑和麴櫱汁投諸藥物醞釀具成酒色香味飲已昏醉名窣羅酒迷麗耶者謂諸根莖葉華果汁不和麴櫱醞釀具成酒色香味飲已昏醉名迷麗耶酒言末陀者謂葡萄酒或即窣羅迷麗耶酒飲已令醉總名末陀飲諸酒者謂飲咽歠如上諸酒名飲諸酒放逸處者謂上諸酒飲已能令心生憍慠昏醉狂亂不識尊卑重惑惡業皆因此起放逸所依名放逸處即前所說鄔波索迦於飲諸酒能善思擇厭患遠離止息防護不作不爲不行不犯棄捨堰塞不拒不逆不違不越如是名爲離飲諸酒諸放逸處是故說名乃至命終離飲諸酒諸放逸處鄔波索迦第五學處

如是五種云何名學云何名處言學處耶所言學者謂於五處未滿爲滿恒勤堅正修習加行故名爲學所言處者即離殺等是學所依故名爲處又離殺等即名爲學亦即名處故名學處

一切鄔波索迦皆歸佛法僧耶除諸世俗鄔波索迦一切皆歸佛法僧寶有歸佛法僧寶而非鄔波索迦謂苾芻苾芻尼正學勤策勤策女鄔波斯迦等一切鄔波索迦皆世尊弟子耶應作四句有鄔波索迦非世尊弟子謂鄔波索迦未得見諦於未來果未能現觀有世尊弟子非鄔波索迦謂苾芻苾芻尼正學

勤策勤策女鄔波斯迦等已得見諦於未來果已能現觀有鄔波索迦亦世尊弟子謂鄔波索迦已得見諦於未來果已能現觀有非鄔波索迦非世尊弟子謂苾芻苾芻尼正學勤策勤策女鄔波斯迦未得見諦於未來果未能現觀及餘異生未見諦者一切墮僧寶攝皆得僧和敬耶應作四句有墮僧寶攝非得僧和敬謂正學勤策勤策女鄔波索迦等已得見諦於未來果已能現觀有得僧和敬非墮僧寶攝謂苾芻苾芻尼未得見諦於未來果未能現觀有墮僧寶攝亦得僧和敬謂苾芻苾芻尼已得見諦於未來果已能現觀有非墮僧寶攝非得僧和敬謂正學勤策勤策女鄔波索迦鄔波斯迦未得見諦於未來果未能現觀及餘異生未見諦者

預流支品第二

一時薄伽梵在室羅筏住逝多林給孤獨園爾時世尊告苾芻衆有四種法若正勤修是人名爲多有所作何等爲四謂親近善士聽聞正法如理作意法隨法行汝等苾芻應如是學我當親近供養善士恭敬一心聽聞正法如理觀察甚深妙義精進修行法隨法行爾時世尊爲攝前義而說頌曰

善哉見善士　能斷疑增慧　令愚成智人
慧者應親近　善士應親近　以親近彼時
令疑斷慧增　使愚成智故

云何爲善士謂佛及弟子又諸所有補特伽羅具戒具德離諸瑕穢成調善法堪紹師位成就勝德知羞悔過善守好學具知具見樂思擇愛稱量喜觀察性聰敏具覺慧息追求

有慧類離貪趣貪滅離瞋趣瞋滅離癡趣癡滅調順趣調順寂靜趣寂靜解脱趣解脱越度趣越度妙覺趣妙覺涅槃趣涅槃樂調順諦離憍放逸好慧忍辱柔和質直道如見專自調伏專自寂靜專自涅槃爲纔支身遊諸國邑王都聚落求衣食等具質直具調順具足質直及調順具忍辱具柔和具足忍辱及柔和具供養具恭敬具足供養及恭敬具正行具守根具足正行及守根具軌範具所行具足軌範及所行具信尸羅及聞捨慧自具淨信亦能勸勵安立有情同具淨信自具尸羅及聞捨慧亦能勸勵安立有情同具尸羅及聞捨慧是名善士何故名善士以所説善士離非善法成就善法具足成就四念住四正勝四神足五根五力七等覺支八聖道支故名善士若能於此所説善士親近承事恭敬供養如是名爲親近善士

云何名爲聽聞正法謂所親近供養善士未顯了處爲正顯了未開悟處爲正開悟以慧通達深妙句義方便爲其宣説施設安立開示以無量門正爲開示苦眞是苦集眞是集滅眞是滅道眞是道云何名爲以無量門正爲開示苦眞是苦謂正開示生苦老苦病苦死苦怨憎會苦愛别離苦求不得苦略説一切五取蘊苦如有頌曰

諸蘊起爲苦　生及出亦苦　生已有老苦
病苦與死苦　煩惱生爲苦　生已住亦苦
非聰敏恒苦　不調伏死苦　無智有情苦
增羯吒私苦　愚夫生死苦　多劫馳流苦

此等名爲以無量門正爲開示苦眞是苦云

何名爲以無量門正爲開示集眞是集謂正開示愛後有愛喜俱行愛彼彼喜愛爲去來今衆苦因本道路由緒能作生緣起集等起能起集等起現法中諸苦身壞後苦由是出生如有頌言

因愛棄良醫　癰本榛藤渴　未調伏一切
數數感衆苦　如樹根未拔　雖斫斫還生
未拔愛隨眠　數數感衆苦　如毒箭在身
損壞色力等　衆生内有愛　損壞諸善根

此等名爲以無量門正爲開示集眞是集云何名爲以無量門正爲開示滅眞是滅謂正開示即上所説愛後有愛喜俱行愛彼彼喜愛無餘永斷棄捨變吐盡離染滅寂靜永没名爲舍宅亦名洲渚亦名救護亦名歸依亦名所趣亦名無憂亦名無病亦名無動亦名無没亦名無熾亦名無熱亦名安隱亦名憺怕亦名善事亦名吉祥亦名涅槃如有頌言

究竟沙門果　調伏所稱讃　我慢滅無餘
永證甘露迹　所歸住趣宅　勝宫佛所讃
憺怕滅無邊　彼岸常安隱　所依盡苦滅
脱無窟究竟　勝義眞應供　智所習聖欣
都無老病死　無愁歎苦憂　微難見無邊
滅諦無同類

此等名爲以無量門正爲開示滅眞是滅云何名爲以無量門正爲開示道眞是道謂正開示此道此行於去來今衆苦能斷能棄能吐能盡能離染能滅能寂靜能令永滅没此復云何謂八支聖道正見正思惟正語正業正命正精進正念正定如有頌言

此威猛一趣　如鳥路清虚　牟尼定所行

爲衆數宣說　哀愍說一趣　見道盡生邊
此道於暴流　去來今能度　能究竟調靜
能盡生死流　能通達多界　能開明眼道
如殑伽駛流　速趣於大海　開示廣慧道
速證於涅槃　哀愍一切衆　轉未聞法輪
教導諸天人　稽首虔有海

此等名爲以無量門正爲開示道真是道若於此等所說正法樂聽樂聞樂受持樂究竟樂解了樂觀察樂尋思樂推究樂通達樂觸樂證樂作證爲聞法故履艱險徑涉邊表路遊平坦道皆無忌難爲受持故數以耳根對說法音發勝耳識如是名爲聽聞正法

云何名爲如理作意謂從善士聞正法已內自慶慰歡喜踊躍奇哉世尊能說如是深妙正法佛所說苦實爲真苦佛所說集實爲真集佛所說滅實爲真滅佛所說道實爲真道彼由如是內自慶慰歡喜踊躍引攝其心隨攝等攝作意發意審正觀察深妙句義如是名爲如理作意

云何名爲法隨法行謂彼旋環如理作意審正觀察深妙義已便生出離遠離所生五勝善法謂信精進及念定慧彼於自內所生出離遠離所生五勝善法修習堅住無間修習增上加行如是名爲法隨法行精進修行法隨法行便得趣入正性離生所以得入正性離生由精進修法隨法行所以能修法隨法行由如理觀甚深妙義所以能觀甚深妙義由能恭敬聽聞正法所以復能聽聞正法由能親近供養善士若能親近供養善士便聞正法聞正法已便能如理觀深妙義如理觀

察深妙義已便能進修法隨法行既精進修法隨法行便得趣入正性離生如山頂上天雨霖霪先溪澗滿溪澗滿已小溝瀆滿小溝瀆滿已大溝瀆滿大溝滿已小河滿小河滿已大河滿大河滿已大海滿大海如是漸次方滿聖道大海亦復如是要先親近供養善士方聞正法聞正法已方能如理觀深妙義如理觀察深妙義已方能進修法隨法行精進修行法隨法行得圓滿已方得趣入正性離生既得趣入正性離生便名已生八支聖道謂正見等如前已說如是四種名預流支由此四種於聖道流能獲能得能至隨至能辨能滿能觸能證能作證故名預流支又此四種於所求義由修習多修習能獲能得能至隨至能辨能滿能觸能證能作證故名預流支又此四種於聖道流能隨順能增長能嚴飾能磨瑩能為常委助資糧故名預流支又此四種由語增語由想等想施設言說為預流支故名預流支

阿毗達磨法蘊足論卷第一 說一切有部

音釋

嗢柁南 梵語正云鄔陀南此云自說嗢烏骨切柁徒可切 策勵 策楚革切勵力制切策勵謂策進勉勵也 罝㯹 罝咨邪切兔網也㯹其亮切與掠同施罟於道曰㯹 捃 舉蘊切 蚋 儒稅切小蚊也 驅擯 驅豈俱切逐也擯必刃切斥也 半擇迦 梵語也此云變謂今生變作也 媵 以證切從嫁女也 堰 於㥦切壅也 窣羅 梵語也謂米酒窣蘇骨切 迷麗耶 梵語也謂雜酒麗郎計切 末陀 梵語也葡萄酒 麴蘖 麴驅匊切蘖魚傑切麴蘖酒媒也 醞釀 醞於運切釀汝亮切醞釀謂造酒也 葡萄 葡薄胡切萄徒刀切 咽歠 咽於甸切呑也歠昌悅切大飲也 憍傲 憍舉喬切恣也傲五到切慢也 軌範 軌居洧切法度也範音范規模也 癰 於容切 榛藤 榛側

詵切藤徒登切惔怕惔徒纜切怕傍各切惔怕恬靜貌殑伽梵語也河名此云天堂來殑其陵切駛踈士切疾也霖霪霖力尋切霪余針切霖霪謂久雨也

阿毗達磨法蘊足論卷第二

尊者大目乾連造
唐三藏法師玄奘奉詔譯

證淨品第三

一時薄伽梵在室羅筏住逝多林給孤獨園爾時世尊告苾芻衆若諸有情於汝言教信心聽受能奉行者汝當哀愍方便勸勵安立令住四證淨中何等爲四謂佛證淨法證淨僧證淨聖所愛戒所以者何諸有地界水火風界是四大種容可改易若有成就此四證淨謂聖弟子必無改易由此多聞謂聖弟子成就如是四證淨故若墮地獄旁生鬼界無有是處是故若有於汝言教信心聽受能奉行者汝當哀愍方便勸勵安立令住四證淨中云何佛證淨如世尊言此聖弟子以如是相隨念諸佛謂此世尊是如來阿羅漢正等覺明行圓滿善逝世間解無上丈夫調御士天人師佛薄伽梵所言此者謂此欲界或此世界此贍部洲又言此者謂即此身持等持軀等軀聚得自體又言此者謂此處生佛及弟子諸仙牟尼諸聰睿者善調伏者善調順者又言此者謂即於此教授教誡善說法中是故言此言聖弟子者聖謂佛法僧歸依佛法僧故名聖弟子以如是相隨念佛者謂以此相此門此理於諸佛所起念隨念專念憶念不忘不失不遺不漏不失法性心明記性是故名爲以如是相隨念諸佛所言謂者謂如是相如是狀如是種如是類是故言謂所言此者謂如是戒如是法如是慧如是通如是解脫如是多住是故言此言世尊者如後

當釋言如來者如世尊言從菩薩證無上正等菩提夜乃至佛無餘依般涅槃界夜於其中間諸有所說宣暢敷演一切皆如無有虛妄無有變異諦實如理無有顛倒皆以如是如實正慧見已而說故名如來阿羅漢者略有二種阿羅漢性一者有爲二者無爲云何有爲阿羅漢性謂彼果得及彼得得無學根力無學尸羅無學善根十無學法及彼種類諸無學法是名有爲阿羅漢性云何無爲阿羅漢性謂貪瞋癡一切煩惱皆悉永斷超一切趣斷一切道三火永靜焦渴永息憍逸永離窟宅永破度四暴流無上究竟無上寂靜無上愛盡離滅涅槃是名無爲阿羅漢性如來具足圓滿成就如是所說有爲無爲阿羅漢性故名阿羅漢又貪瞋癡及餘煩惱皆悉應斷如來於彼永斷徧知如多羅樹永斷根頂無復遺餘皆得當來永不生法故名阿羅漢又身語意三種惡行皆應永斷如來於彼永斷徧知乃至廣說故名阿羅漢又過去佛皆已遠離惡不善法所有雜染後有熾然苦異熟果皆得當來永不生法今佛亦爾故名阿羅漢又佛世尊成就最勝吉祥功德應受上妙衣服飲食諸坐卧具醫藥資緣種種供養故名阿羅漢如有頌言

世所應受用　種種上妙物　如來皆應受
故名阿羅漢

正等覺者如世尊言諸所有法一切正性如來一切知見解了正等覺故名正等覺又等法者謂四念住四正勝四神足五根五力七等覺支八聖道支如來一切知見解了正等

覺故名正等覺又於一切苦集滅道能現觀道能證預流果一來果不還果阿羅漢果道能證神境智作證通天耳智作證通他心智作證通宿住隨念智作證通死生智作證通漏盡智作證通道能盡貪瞋癡慢憍垢道如來一切皆正等覺至誠堅住殷重作意以因以門以理以相正等覺故名正等覺明行圓滿者何等爲明謂佛所有無學三明一者無學宿住隨念智作證明二者無學死生智作證明三者無學漏盡智作證明是謂爲明何等爲行謂佛所有無學身律儀語律儀命清淨是謂爲行又佛所有上妙威儀往來顧視屈伸俯仰服僧伽胝執持衣鉢悉皆嚴整是謂爲行此行前明總謂明行如來具足圓滿成就如是明行一向鮮白一向微妙一向無罪是故名爲明行圓滿言善逝者謂佛成就極樂安隱無艱無難往趣妙法故名善逝又貪瞋癡及餘煩惱所生種種難往趣法如來於彼永斷徧知如多羅樹永斷根頂無復遺餘皆得當來永不生法故名善逝又如過去諸佛世尊皆乘如實無虛妄道趣出世間殊勝功德一至永至無復退還今佛亦然故名善逝世間解者謂五取蘊名爲世間如來於彼知見解了正等覺故名世間解又說五趣名爲世間如來於彼知見解了正等覺故名世間解又說六處名爲世間如來於彼知見解了正等覺故名世間解又說三界所攝諸處名爲世間從彼而生從彼而起從彼而出因彼而生因彼而起因彼而出如來於彼知見解了正等覺故名世間解無上丈夫者如

世尊言所有有情無足二足四足多足有色無色有想無想非想非非想如來於中最稱第一最勝最尊最上無上由此故說無上丈夫調御士者謂佛世尊略以三種巧調御事調御一切所化有情一於一類一向柔輭二於一類一向麤獷三於一類柔輭麤獷云何如來於彼一類一向柔輭謂爲彼說此身妙行此身妙行所感異熟此語妙行此語妙行所感異熟此意妙行此意妙行所感異熟此天此人此善趣此樂世此涅槃是名如來於彼一類一向柔輭云何如來於彼一類一向麤獷謂爲彼說此身惡行此身惡行所感異熟此語惡行此語惡行所感異熟此意惡行此意惡行所感異熟此地獄此旁生此鬼界此險難此惡趣此墮落是名如來於彼一類一向麤獷云何如來於彼一類柔輭麤獷謂於時時爲說身妙行語妙行意妙行或於時時爲說身妙行語妙行意妙行所感異熟或於時時爲說身惡行語惡行意惡行或於時時爲說身惡行語惡行意惡行所感異熟或於時時爲說天人善趣樂世涅槃或於時時爲說地獄旁生鬼界險難惡趣墮落是名如來於彼一類柔輭麤獷如來於彼以此三種巧調御事如是調伏如是止息如是寂靜如是令其無餘永捨貪瞋癡等一切煩惱如是令其無餘永盡貪瞋癡等一切煩惱令永調伏令永止息令永寂靜得上調御得勝調御得勝清涼永除曲穢善滅慢覆及諂垢濁是故如來名調御士天人師者如世尊告阿難陀言我非但與苾芻苾芻尼鄔波索迦鄔波

斯迦四衆爲師然我亦與諸天魔梵沙門婆羅門等諸天人衆爲師爲勝師爲隨師爲範爲勝範爲隨範爲將爲導是故如來名天人師所言佛者謂於如來無學智見明鑒覺慧照現觀等已能具起及得成就故名爲佛且如有一大婆羅門來詣佛所以妙伽他讚問佛曰

稽首世導師　名最上覺者　何緣父母等
號尊名佛陀

世尊哀愍彼婆羅門亦以伽他而告彼曰

婆羅門當知　我如去來佛　成就覺者相
故我名佛陀　婆羅門當知　我觀三世行
皆有生滅法　故我名佛陀　婆羅門當知
我於應知斷　證修事已辦　故我名佛陀
婆羅門當知　我於一切境　具一切知見
故我名佛陀　婆羅門當知　我於無量劫
修諸純淨行　經無量死生　今於最後身
離塵垢毒箭　證得無上覺　故我名佛陀

薄伽梵者謂有善法名薄伽梵成就無上諸善法故或修善法名薄伽梵已修無上諸善法故又佛世尊圓滿修習身戒心慧成就大我無限無量成無量法名薄伽梵又佛世尊具大威德能往能至能壞能成能自在轉名薄伽梵又佛世尊永破一切貪瞋癡等惡不善法永破雜染後有熾然苦異熟果永破當來生老病死名薄伽梵如有頌言

永破貪瞋癡　惡不善法等　具勝無漏法
故名薄伽梵

又佛世尊於未聞法能自通達得最上覺成現法智無障礙智善解當來修梵行果爲諸

弟子分別解說設大法會普施有情名薄伽梵如有頌言

如來設法會　普哀愍無依　如是天人師

稽首度有海

又佛世尊為諸弟子隨宜說法皆令歡喜恭敬信受如教修行名稱普聞徧諸方域無不讚禮名薄伽梵若聖弟子以如是相隨念諸佛見為根本證智相應諸信信性現前信性隨順印可愛慕愛慕性心澄心淨是名佛證淨若能於此勸勵安立當知是名方便勸勵安立令住佛證淨中

云何法證淨如世尊言此聖弟子以如是相隨念正法謂佛正法善說現見無熱應時引導近觀智者內證所言此者謂此欲界或此世界此贍部洲又言此者謂即此身持等持軀等軀聚得自體又言此者謂此處生佛及弟子諸仙牟尼諸聰睿者善調伏者善調順者又言此者謂即於此教授教誡善說法中是故言此言聖弟子者聖謂佛法僧歸依佛法僧故名聖弟子以如是相隨念法者謂以此相此門此理於正法所起念隨念專念憶念不忘不失不遺不漏不失法性心明記性是故名為以如是相隨念正法言善說者謂佛所說苦真是苦集真是集滅真是滅道真是道故名善說若佛世尊非苦說苦非集說集非滅說滅非道說道可非善說以佛世尊苦說為苦集說為集滅說為滅道說為道故佛正法名為善說言現見者謂正修習世尊所說苦集滅道現觀道時於現法中即入苦集滅道現觀道時故名現見若正修習世尊

所說苦集滅道現觀道時非現法中即入苦集滅道現觀世尊正法可非現見以正修習世尊所說苦集滅道現觀道時於現法中即入苦集滅道現觀故佛正法名爲現見又正修習世尊所說能斷見苦見集見滅見道所斷及修所斷隨眠道時於現法中即斷見苦見集見滅見道所斷及修所斷一切隨眠故名現見若正修習世尊所說能斷見苦見集見滅見道所斷及修所斷隨眠道時非現法中即斷見苦見集見滅見道所斷及修所斷一切隨眠世尊正法可非現見以正修習世尊所說能斷見苦見集見滅見道所斷及修所斷隨眠道時於現法中即斷見苦見集見滅見道所斷及修所斷一切隨眠故佛正法名爲現見又正修習世尊所說能證見苦見集見滅見道所斷及修所斷隨眠滅道時於現法中即證見苦見集見滅見道所斷及修所斷諸隨眠滅故名現見若正修習世尊所說能證見苦見集見滅見道所斷及修所斷隨眠滅道時非現法中即證見苦見集見滅見道所斷及修習所斷諸隨眠滅世尊正法可非現見以正修習世尊所說能證見苦見集見滅見道所斷及修所斷隨眠滅道時即證見苦見集見滅見道所斷及修所斷諸隨眠滅故佛正法名爲現見言無熱者謂八支聖道名爲無熱所以者何熱謂煩惱八支聖道中一切煩惱無得無近得無有無等有故佛正法名爲無熱言應時者謂八支聖道名爲應時所以者何由正修習世尊所說苦集滅道現觀道時即入苦集滅道現觀故名應

時若正修習世尊所説苦集滅道現觀道後方入苦集滅道現觀世尊正法可非應時以正修習世尊所説苦集滅道現觀道時即入苦集滅道現觀故佛正法名爲應時又正修習世尊所説能斷見苦見集見滅見道所斷及修所斷隨眠道時即斷見苦見集見滅見道所斷及修所斷一切隨眠故名應時若正修習世尊所説能斷見苦見集見滅見道所斷及修所斷隨眠道後方斷見苦見集見滅見道所斷及修所斷一切隨眠世尊正法可非應時以正修習世尊所説能斷見苦見集見滅見道所斷及修所斷隨眠道時即斷見苦見集見滅見道所斷及修所斷一切隨眠故佛正法名爲應時又正修習世尊所説能證見苦見集見滅見道所斷及修所斷隨眠滅道時即證見苦見集見滅見道所斷及修所斷諸隨眠滅故名應時若正修習世尊所説能證見苦見集見滅見道所斷及修所斷隨眠滅道後方證見苦見集見滅見道所斷及修所斷諸隨眠滅世尊正法可非應時以正修習世尊所説能證見苦見集見滅見道所斷及修所斷隨眠滅道時即證見苦見集見滅見道所斷及修所斷諸隨眠滅故佛正法名爲應時言引導者謂八支聖道名爲引導所以者何以八支聖道修習多修習能於苦集滅道現觀能引能導能隨能逐故佛正法名爲引導言近觀者謂八支聖道名爲近觀所以者何以八支聖道修習多修習能於苦集滅道如實知見苦集滅道故佛正法名爲近觀智者内證者佛及佛弟子名爲知者

世尊所說苦集滅道智者自内知見解了正
等覺為苦集滅道故佛正法名智者内證若
聖弟子以如是相隨念正法見為根本證智
相應諸信信性現前信性隨順印可愛慕愛
慕性心澄心淨是名法證淨若能於此勸勵
安立當知是名方便勸勵安立令住法證淨
中云何僧證淨如世尊言此聖弟子以如是
相隨念於僧謂佛弟子具足妙行質直行如
理行法隨法行和敬行隨法行於此僧中有
預流向有預流果有一來向有一來果有不
還向有不還果有阿羅漢向有阿羅漢果如
是總有四雙八隻補特伽羅佛弟子衆戒具
足定具足慧具足解脱具足解脱知見具足
應請應屈應恭敬無上福田世所應供所言
此者謂此欲界或此世界此贍部洲又言此
者謂即此身持等持軀等軀聚得自體又言
此者謂此處生佛及弟子諸仙牟尼諸聰睿
者善調伏者善調順者又言此者謂即於此
教授教誡善說法中是故言此言聖弟子者
聖謂佛法僧歸依佛法僧故名聖弟子以如
是相隨念僧者謂以此相此門此理於諸僧
所起念隨念專念憶念不忘不失不遺不漏
不失法性心明記性是故名為以如是相隨
念於僧言妙行者謂世尊說有四種行一苦
遲通行二苦速通行三樂遲通行四樂速通
行佛弟子衆於此中行故名妙行又世尊說
有四種行一不安隱行二安隱行三調伏行
四寂靜行佛弟子衆惟行後三故名妙行質
直行者謂八支聖道名為質直所以者何以
八支聖道不迂不曲不迴質直平坦一趣佛

第子衆於此中行名質直行如理行者謂八支聖道名爲如理佛弟子衆於此中行名如理行又世尊說四念住四正勝四神足五根五力七等覺支及正定并資并具名爲如理如世尊言此一趣道令諸有情皆得清淨超諸愁歎滅諸憂苦證如理法謂聖正定并資并具七聖道支名聖正定資之與具何等爲七謂初正見乃至正念以聖正定由七道支引導修治方得成滿故說名聖正定資具佛弟子衆於此中行名如理行法隨法行者謂涅槃名法八支聖道名隨法佛弟子衆於此中行名法隨法行又別解脫名法別解脫律儀名隨法佛弟子衆於此中行名法隨法行又身律儀語律儀命清淨名法受持此法名隨法佛弟子衆於此中行名法隨法行和敬

行者謂佛弟子衆一戒一學一說一別解脫同戒同學同說同別解脫受具百歲所應學處初受具者亦於中學初受具者所應學處受具百歲亦於中學如受具百歲所應學法初受具者亦如是學如初受具者所應學法受具百歲亦如是學佛弟子衆能於此中一戒性一學性一說性一別解脫性同戒性同學性同說性同別解脫性名和敬行又佛弟子衆互相恭敬互相推讓於長宿者起迎合掌慰問禮拜表相和敬佛弟子衆如是而行名和敬行隨法行者謂八支聖道名爲隨法佛弟子衆於中隨順遊歷涉行名隨法行於此僧中者佛弟子衆中此即顯聚顯蘊顯部顯要略義預流向者已得無間道能證預流果謂此無間證預流果彼於欲界貪欲瞋恚

由世間道先未能斷多分品類於四聖諦先未現觀今修現觀名預流向預流果者謂現法中已於三結永斷徧知謂有身見戒禁取疑彼住此斷中未能進求一來果證名預流果一來向者已得無間道能證一來果謂此無間證一來果彼於欲界貪欲瞋恚由世間道或先已斷多分品類於四聖諦先未現觀今修現觀或住預流果已能進求一來果證名一來向一來果者謂現法中已於三結永斷徧知及斷多分貪欲瞋恚彼住此斷中未能進求不還果證名一來果不還向者已得無間道能證不還果謂此無間證不還果彼於欲界貪欲瞋恚由世間道或先永斷於四聖諦先未現觀今修現觀或住一來果已能進求不還果證名不還向不還果者謂現法中於五順下分結已永斷徧知謂有身見戒禁取疑貪欲瞋恚彼住此斷中能能進求阿羅漢果證名不還果阿羅漢向者已得無間道能證阿羅漢果謂此無間證得最上阿羅漢果或住不還果已能進求阿羅漢果證名阿羅漢向阿羅漢果者謂現法中貪瞋癡等一切煩惱皆已永斷名阿羅漢果言四雙補特伽羅者謂預流向預流果是第一雙一來向一來果是第二雙不還向不還果是第三雙阿羅漢向阿羅漢果是第四雙八隻補特伽羅者謂顯安立預流向等補特伽羅八種各別佛弟子衆者顯示開曉佛弟子衆具勝功德戒具足者謂學無學僧成就具足學無學戒定具足者謂學無學僧成就具足學無學定慧具足者謂學無學僧成就具足學無

學慧解脫具足者謂學無學僧成就具足學無學解脫解脫知見具足者謂學無學僧成就具足學無學解脫知見言應請者謂應惠施應供養應祠祀故言應請言應屈者謂已惠施善惠施已供養善供養已祠祀善祠祀少作功勞獲大果利故名應屈應恭敬者謂若識知若不識知皆應起迎曲躬合掌稽首接足而讃問言正至正行得安樂不名應恭敬言無上者如世尊告苾芻衆言一切和合部類衆中佛弟子衆最爲第一最尊最勝最上無上故名無上言福田者如世尊告阿難陀言我不見有諸天魔梵沙門婆羅門等天人衆中堪受已惠施善惠施已供養善供養已祠祀善祠祀如我僧者阿難當知若於我僧已惠施善惠施已供養善供養已祠祀善祠祀作少功勞獲大果利又如天帝至鷲峯山以妙伽他讃問佛曰

稽首能辯說　到諸法彼岸　超一切怨怖
大喬答摩尊　有無量衆生　樂福修布施
恒發至誠信　修諸有依福　願佛垂哀愍
說眞勝福田　令無量衆生　少施獲大果

世尊哀愍諸衆生故以妙伽他告天帝曰

若無量衆生　樂福修布施　恒發至誠信
修有依福者　我今爲汝等　說眞勝福田
令無量衆生　少施獲大果　若行四聖向
及住四聖果　是應供眞僧　具勝戒定慧
此眞勝僧田　功德甚廣大　能無量潤益
猶如四大海　調御勝弟子　已發法光明
堪受勝供養　及受勝祠祀　於少僧行施
即施一切僧　必當獲大果　一切智稱讃

於諸福田中　僧田最爲勝　諸佛所稱歎
施獲最上福　於佛弟子衆　少施獲大果
故諸聰慧人　當供養僧衆　聖衆持妙法
具明行等持　故於僧寶中　行施最爲上
以三種淨心　施僧衣飲食　必獲殊勝報
成人天善士　定於生生中　離塵垢毒箭
超過諸惡趣　受人天勝樂　自正集珍財
自手而行施　爲利自他故　必獲於大果
諸有聰慧人　淨信心行施　當生安樂界
受妙樂聰明

由如是說故名福田世應供者謂聖弟子能淨世間應供器故已行應供清淨道故成就應供三淨業故名世應供若聖弟子以如是相隨念僧伽見爲根本證智相應諸信信性現前信性隨順印可愛慕愛慕性心澄心淨是名僧證淨若能於此勸勵安立當知是名方便勸勵安立令住法證淨中

云何聖所愛戒謂無漏身律儀語律儀命清淨是名聖所愛戒何故名爲聖所愛戒謂諸佛及弟子名爲聖行於此戒愛慕欣喜忍順不逆是故名爲聖所愛戒若能於此勸勵安立當知是名方便勸勵安立令住聖所愛戒中

沙門果品第四

一時薄伽梵在室羅筏住逝多林給孤獨園爾時世尊告苾芻衆有四沙門果何等爲四謂預流果一來果不還果阿羅漢果

云何預流果謂預流果略有二種一者有爲二者無爲所言有爲預流果者謂彼果得及彼得得有學根力有學尸羅有學善根八有

學法及彼種類諸有學法是名有爲預流果
所言無爲預流果者謂於此中三結永斷及彼種類結法永斷即是八十八諸隨眠永斷及彼種類結法永斷是名無爲預流果
云何一來果謂一來果略有二種一者有爲二者無爲所言有爲一來果者謂彼果得及彼得得有學根力有學尸羅有學善根八有學法及彼種類諸有學法是名有爲一來果
所言無爲一來果者謂於此中三結永斷及彼種類結法永斷即是八十八諸隨眠永斷及彼種類結法永斷并貪瞋多分永斷及彼種類結法多分永斷是名無爲一來果
云何不還果謂不還果略有二種一者有爲二者無爲所言有爲不還果者謂彼果得及彼得得有學根力有學尸羅有學善根八有學法及彼種類諸有學法是名有爲不還果
所言無爲不還果者謂於此中五順下分結永斷及彼種類結法永斷即是九十二諸隨眠永斷及彼種類結法永斷是名無爲不還果
云何阿羅漢果謂阿羅漢果略有二種一者有爲二者無爲所言有爲阿羅漢果者謂彼果得及彼得得無學根力無學尸羅無學善根十無學法及彼種類諸無學法是名有爲阿羅漢果所言無爲阿羅漢果者謂於此中貪瞋癡等一切煩惱皆已永斷超一切趣斷一切道三火永靜度四暴流憍逸永離焦渴永息窟宅永破無上究竟無上寂靜無上愛盡離滅涅槃是名無爲阿羅漢果

通行品第五

一時薄伽梵在室羅筏住逝多林給孤獨園

爾時世尊告苾芻衆有四通行何等爲四謂苦遲通行苦速通行樂遲通行樂速通行云何名爲苦遲通行如世尊說諸有苾芻由五取蘊陵辱傷毁彼因如是五種取蘊逼切拘執如尼重擔乃至命終恒常隨逐便於如是五取蘊中深生厭賤呵毁拒逆即於如是五取蘊中所生厭賤呵毁拒逆此中名苦由此便起昧鈍羸劣信等五根如是五根昧故鈍故羸故劣故能遲證得無上漏盡此言遲者非急非疾非駃非易非速證得言無上者如世尊說於諸有爲無爲法中我說離染最爲第一最尊最勝最上無上於無上法能得隨得能觸等觸能證作證故名證得言漏盡者漏謂三漏欲有無明於此三漏能盡等盡徧盡永盡滅盡圓盡故名漏盡言通行者謂即此行超越勇猛精進策勵生欲翹勤於四聖諦修現觀行於預流果一來不還阿羅漢果修作證行於貪瞋癡慢憍垢等修永盡行以極恭敬安住殷重思惟徧攝諸心所已因故門故理故相故修通達行是故名爲苦遲通行又如是行於所求義由修習多修習能得隨得能觸等觸能證作證是故名爲苦遲通行又如是行由語增語由想等想施設言說爲苦遲通行是故名爲苦遲通行

云何名爲苦速通行如世尊說諸有苾芻由五取蘊陵辱傷毁彼因如是五種取蘊逼切拘執如尼重擔乃至命終恒常隨逐便於如是五取蘊中深生厭賤呵毁拒逆即於如是五取蘊中所生厭賤呵毁拒逆此中名苦由

此便起明利强盛信等五根如是五根明故利故强故盛故能速證得無上漏盡此言速者能急能疾能駛能易能速證得言無上者如世尊說於諸有爲無爲法中我說離染最爲第一最尊最勝最上無上於無上法能得隨得能觸等觸能證作證故名證得言漏盡者漏謂三漏於此三漏能盡等盡徧盡永盡滅盡圓盡故名漏盡言通行者謂即此行超越勇猛精進策勵生欲翹勤於四聖諦修現觀行於預流果一來不還阿羅漢果修作證行於貪瞋癡慢憍垢等修永盡行以極恭敬安住殷重思惟徧攝諸心所已因故門故理故相故修通達行是故名爲苦速通行又如是行於所求義由修習多修習能得隨得能觸等觸能證作證是故名爲苦速通行又如是行由語增語由想等想施設言說爲苦速通行是故名爲苦速通行

云何名爲樂遲通行如世尊說諸有苾芻離欲惡不善法有尋有伺離生喜樂於初靜慮具足安住尋伺止息内等一心一趣無尋無伺定生喜樂於第二靜慮具足安住離喜住捨正念正知身受樂聖所說具捨念安樂住於第三靜慮具足安住斷樂斷苦先喜憂沒不苦不樂捨念清淨於第四靜慮具足安住彼於爾時非思自害非思害他非思俱害能思自利能思利他能利多生能樂多生能愍世間能義利樂諸天人衆諸無害等此中名樂由此便起昧鈍羸劣信等五根如是五根昧故鈍故羸故劣故能遲證得無上漏盡此言遲者非急非疾非駛非易非速證得言無

上者如世尊說於諸有爲無爲法中我說離染最爲第一最尊最勝最上無上於無上法能得隨得能觸等觸能證作證故名證得言漏盡者漏謂三漏於此三漏能盡等盡徧盡永盡滅盡圓盡故名漏盡言通行者謂即此行超越勇猛精進策勵生欲翹勤於四聖諦修現觀行於不還果阿羅漢果修作證行於神境智作證通及天耳智作證通心差別智作證通宿住隨念智作證通死生智作證通漏盡智作證通修行證行於貪瞋癡慢憍垢等修永盡行以極恭敬安住殷重思惟徧攝諸心所已因故門故理故相故修通達行是故名爲樂遲通行又如是行於所求義由修習多修習能得隨得能觸等觸能證作證是故名爲樂遲通行又如是行由語增語由想等想施設言說爲樂遲通行是故名爲樂遲通行

云何名爲樂速通行如世尊說諸有苾芻離欲惡不善法廣說乃至於第四靜慮具足安住彼於爾時非思自害非思害他非思俱害能思自利能思利他能利多生能樂多生能愍世間能義利樂諸天人衆諸無害等此中名樂由此便起明利强盛信等五根如是五根明故利故强故盛故能速證得無上漏盡此言速者能急能疾能駛能易能速證得言無上者如世尊說於諸有爲無爲法中我說離染最爲第一最尊最勝最上無上於無上法能得隨得能觸等觸能證作證故名證得言漏盡者漏謂三漏於此三漏能盡等盡徧盡永盡滅盡圓盡言通行者謂即此行超越

勇猛精進策勵生欲翹勤於四聖諦修現觀行於不還果阿羅漢果修作證行於神境智作證通及天耳智作證通心差別智作證通宿住隨念智作證通死生智作證通漏盡智作證通修作證行於貪瞋癡慢憍垢等修永盡行以極恭敬安住殷重思惟徧攝諸心所巳因故門故理故相故修通達行是故名爲樂速通行又如是行於所求義由修習多修習能得隨得能觸等觸能證作證是故名爲樂速通行又如是行由語增語由想等想施設言說爲樂速通行是故名爲樂速通行此中若於苦遲通行修習多修習能令苦速通行速得圓滿若於樂遲通行修習多修習能令樂速通行速得圓滿又若於彼苦遲通行修習多修習能令樂遲通行速得圓滿若於苦速通行修習多修習能令樂速通行速得圓滿

聖種品第六

一時薄伽梵在室羅筏住逝多林給孤獨園爾時世尊告苾芻衆有四聖種是最勝是種性是可樂現無雜穢曾無雜穢當無雜穢一切沙門或婆羅門或天魔梵或餘世間無能以法而譏毀者何等爲四謂我多聞賢聖弟子隨得衣服便生喜足讚歎喜足不爲求覓衣服因緣令諸世間而生譏論若求不得終不懊歎引頸希望撫胷迷悶若求得巳如法受用不生染著耽嗜迷悶藏護貯積於受用時能見過患正知出離彼由隨得衣服喜足終不自舉陵懱於他而能策勤正知繫念是名安住古昔聖種如是弟子隨得飲食便生

喜足廣説如前如是弟子隨得卧具便生喜足廣説如前如是弟子愛斷樂斷精勤隨學於斷愛樂愛修樂修精勤隨學於修愛樂彼由如是斷修愛樂終不自舉陵懱於他而能策勤正知繫念是名安住古昔聖種謂我多聞賢聖弟子成就如是四聖種者若依東西南北方住不樂居彼而彼樂居於樂不樂俱能舍忍爾時世尊爲攝前義而説頌曰

勇不樂居彼　而彼樂勇居　於樂不樂中
勇者俱舍忍　既棄捨諸欲　無物能拘礙
如贍部眞金　誰復應譏毀

有四聖種是最勝者謂四聖種是一切佛及諸弟子共所施設爲最勝故是種姓者謂四聖種是一切佛及諸弟子古昔不共家種姓故是可樂者謂四聖種是一切佛及諸弟子久遠已來晝夜等時可樂法故現無雜穢者謂四聖種不爲現在惡不善法親近塗染性不雜彼能遠離故曾無雜穢者謂四聖種不爲過去惡不善法親近塗染性不雜彼能遠離故當無雜穢者謂四聖種不爲未來惡不善法親近塗染性不雜彼能遠離故諸沙門等無能以法而譏毀者謂四聖種非一切佛及諸弟子或諸賢貴或諸善士而能譏毀謂此聖種是不善法是下賤者信解受持能爲自害能爲他害能爲俱害能滅智慧能礙彼類能障涅槃受持此法不生通慧不引菩提不證涅槃聖種非彼譏毀法故隨得衣服便生喜足者謂隨所得糞掃衣服或隨所得施主衣服若好若惡便生喜足取得蔽身障寒等故讚歎喜足者謂數讚歎於隨所得衣服

喜足謂此喜足能引長夜少欲喜足易滿易養損減諸惡增長諸善能速圓滿杜多功德於諸資具能善知量能令自他身心嚴淨數讚歎者非數發言但有此見隨緣而說令他欽重此喜足故非爲求覓衣服因緣令諸世間生譏論者謂佛弟子非如一類爲求衣服往施主家詐現威儀矯設言論現相研磨以利求利令諸世間多生譏論諸佛弟子與彼相違故不令他生諸譏論若求不得終不懊歎等者謂佛弟子求見衣服不遂意時終不懊歎引頸希望撫膺迷悶懊謂心熱等熱徧熱內憤焦惶愁憂悔恨如箭入心不能自處煩寃懇切總名爲懊歎謂如是心熱惱已作是思惟我無衣服當設何等方略自濟因斯發起種種語言述所思惟總名爲歎引頸希望者謂懊歎已復引頸希望施主迴意撫膺迷悶者謂久待不得絶所希望撫膺迷悶諸佛弟子皆無是事若求得已如法受用不生染著等者謂佛弟子求得衣服如法受用心無染著耽嗜迷悶藏護貯積染著等言皆顯貪愛前後輕重分位差別於受用時能見過患正知出離者謂佛弟子受用所得諸衣服時能見過患謂此衣服無常轉動求時勞倦受用非理生長疾病是失壞法是增減法暫得還失迅速不停本無今有有已還無不可保信又受用時正知出離成就趣向出離慧故爲趣涅槃受用衣服又受用時先調貪欲次斷貪欲後出貪欲由此因緣心於衣服離染解脫彼由隨得衣服喜足終不自舉陵懱他者謂佛弟子雖於所得衣服喜足而不自

舉陵懱於他非如一類由此喜足而自憍舉作是念言我有如是少欲喜足少事少務少所作少顧戀易滿易養損減諸惡增長諸善能速圓滿杜多功德於諸資具能善知量能善爲他讚歎喜足非如一類由此喜足陵懱於他作是念言餘苾芻等皆無如是少欲喜足少事少務廣說乃至能善爲他讚歎喜足諸佛弟子皆無是事而能策勤正知繫念者謂佛弟子於隨所得衣服喜足如法受用不生染著能見過患正知出離不自憍舉不陵懱他復能策勤正知繫念言策勤者顯正精進正知者顯正見繫念者顯正念此略顯示三種道支是名安住古昔聖種者初是名言顯佛弟子成就前說調善意樂後古昔聖種言顯去來今一切賢聖皆於如是聖種修習及多修習方至究竟中安住言顯佛弟子於隨所得衣服喜足增上所生善有漏道及無漏道安住等住徧住近住如是弟子隨得飲食便生喜足者謂佛多聞賢聖弟子於隨乞匃所得飲食或隨延請所得飲食若好若惡便生喜足取得支身除飢渴故廣說如前者讚歎喜足等廣說如前於隨所得衣服喜足如是弟子隨得卧具便生喜足者謂佛多聞賢聖弟子於隨所得樹下卧具或隨所得房閣卧具若好若惡便生喜足取得資身除勞倦故廣說如前者讚歎喜足等廣說如前於隨所得衣服喜足如是弟子愛斷等者謂佛多聞賢聖弟子愛斷愛修樂斷樂修精勤隨學斷修愛樂云何愛斷愛修謂若未斷惡不善法未修善法彼於斷修無愛無勝愛有引

頸希望若有已斷惡不善法已修善法彼於斷修有愛有勝愛無引頸希望云何樂斷樂修謂於斷修有樂有勝樂云何精勤隨學斷修愛樂謂於斷修愛樂爲增上故精勤隨學彼由如是斷修愛樂終不自舉陵懱他者謂佛弟子雖於斷修愛樂精勤隨學而不自舉陵懱於他非如一類由此愛樂而自憍舉作是念言我有如是少欲喜足少事少務少所作少顧戀易滿易養損減諸惡增長諸善愛斷愛修樂斷樂修精勤隨學斷修愛樂非如一類由此愛樂陵懱於他作是念言餘苾芻等皆無如是少欲喜足少事少務廣說乃至愛斷愛修樂斷樂修精勤隨學斷修愛樂諸佛弟子皆無是事而能策勤正知繫念是名安住古昔聖種廣釋如前有差別者中安住言顯佛弟子於斷修愛樂增上所生善有漏道及無漏道安住等住徧住近住

阿毗達磨法蘊足論卷第二 說一切有部

音釋

僧伽胝 梵語也此云覆腋衣胝張尼切 獷 古猛切惡也 鷲峯 鷲疾救切鷲峯山名也 喬答摩 梵語也此云純淑喬渠嬌切 羸劣 羸倫爲切瘦也劣力輟切弱也 翹 渠堯切企也 懊 烏皓切恨也 陵懱 陵力膺切侮也懱莫結切輕易也

阿毗達磨法蘊足論卷第三

尊者大目乾連造

唐三藏法師玄奘奉詔譯

正勝品第七

一時薄伽梵在室羅筏住逝多林給孤獨園爾時世尊告苾芻衆有四正勝何等爲四謂有苾芻爲令已生惡不善法斷故起欲發勤精進策心持心是名第一爲令未生惡不善法不生故起欲發勤精進策心持心是名第二爲令未生善法生故起欲發勤精進策心持心是名第三爲令已生善法堅住不忘修滿倍增廣大智作證故起欲發勤精進策心持心是名第四爾時世尊爲攝前義而說頌曰

初修正勝時　已勝生死有　若修至彼岸
能摧滅魔軍　離塵垢諸惡　非惡緣所退
到彼岸涅槃　證無餘極樂

爲令已生惡不善法斷故起欲發勤精進策心持心者云何已生惡不善法謂過去現在五蓋一貪欲蓋二瞋恚蓋三惛沈睡眠蓋四掉舉惡作蓋五疑蓋云何爲令已生惡不善法斷故正勝謂有苾芻爲斷已生貪欲蓋故如理思惟彼貪欲蓋多諸過患謂是不善法是下賤者信解受持佛及弟子賢貴善士共所呵厭能爲自害能爲他害能爲俱害能滅智慧能礙彼類能障涅槃受持彼法不生通慧不引菩提不證涅槃如是思惟發勤精進勇健勢猛熾盛難制勵意不息此道名爲能令已生諸貪欲蓋永斷正勝彼於此道生已修習多修習故便斷已生諸貪欲蓋起欲者

謂爲斷已生貪欲蓋故便起等起及生等生聚集出現欲樂欣喜求趣希望彼由生起此諸欲故便斷已生諸貪欲蓋發勤精進者謂爲斷已是貪欲蓋故發勤精進廣說乃至勵意不息彼由此故便斷已生諸貪欲蓋策心者謂爲斷已生貪欲蓋故精勤修習喜俱行心欣俱行心策勵俱行心不下劣俱行心不闇昧俱行心捨俱行心定俱行心彼由修習如是心故便斷已生諸貪欲蓋持心者謂爲斷已生貪欲蓋故持心修習八支聖道所謂正見乃至正定彼於此道持心修習多修習故便斷已生諸貪欲蓋復有苾芻爲斷已生貪欲蓋故如理思惟出家功德如是出家是眞善法是尊勝者信解受持佛及弟子賢貴善士共所欣讚不爲自害不爲他害不爲俱害增長智慧不礙彼類不障涅槃能生通慧能引菩提能證涅槃如是思惟發勤精進廣說乃至勵意不息此道名爲能令已生諸貪欲蓋永斷正勝彼於此道生已修習多修習故便斷已生諸貪欲蓋起欲乃至策心持心皆如前說復有苾芻爲斷已生貪欲蓋故如理思惟彼貪欲蓋如病如癰如箭惱害無常苦空非我轉動勞倦羸篤是失壞法迅速不停衰朽非恒不可保信是變壞法如是思惟發勤精進廣說乃至勵意不息此道名爲能令已生諸貪欲蓋永斷正勝彼於此道生已修習多修習故便斷已生諸貪欲蓋起欲乃至策心持心皆如前說復有苾芻爲斷已生諸貪欲蓋如理思惟滅爲寂靜道能出離如是思惟發勤精進廣說乃至勵意不息此道

名爲能令已生諸貪欲蓋永斷正勝彼於此道生已修習多修習故便斷已生諸貪欲蓋起欲乃至策心持心皆如前說如貪欲蓋餘四亦爾有差別者應說自名復有苾芻爲斷已生隨一種類惡不善法如理思惟彼惡不善法多諸過患謂是不善法是下賤者信解受持廣說乃至不證涅槃如是思惟發勤精進廣說乃至勵意不息此道名爲能令已生隨一種類惡不善法永斷正勝彼於此道生已修習多修習故便斷隨一種類已生惡不善法起欲者謂爲斷已生隨一種類惡不善法便起等起廣說乃至求趣希望彼由生起此諸欲故便斷隨一種類已生惡不善法發勤精進者謂爲斷已生隨一種類惡不善法發勤精進廣說乃至勵意不息彼由此故便斷隨一種類已生惡不善法策心者謂爲斷已生隨一種類惡不善法精勤修習喜俱行心廣說乃至定俱行心彼由修習如是心故便斷隨一種類已生惡不善法持心者謂爲斷已生隨一種類惡不善法持心修習八支聖道彼於此道持心修習多修習故便斷隨一種類已生惡不善法復有苾芻爲斷已生隨一種類惡不善法如理思惟出家功德如是出家是眞善法是尊勝者信解受持廣說乃至能證涅槃如是思惟發勤精進廣說乃至勵意不息此道名爲能令已生隨一種類惡不善法永斷正勝彼於此道生已修習多修習故便斷隨一種類已生惡不善法起欲乃至策心持心皆如前說復有苾芻爲斷已生隨一種類惡不善法如理思惟彼惡不善

法如病如癰廣說乃至是變壞法如是思惟發勤精進廣說乃至勵意不息此道名爲能令已生隨一種類惡不善法永斷正勝彼於此道生已修習多修習故便斷隨一種類已生惡不善法起欲乃至策心持心皆如前說復有苾芻爲斷已生隨一種類惡不善法如理思惟滅爲寂靜道能出離如是思惟發勤精進廣說乃至勵意不息此道名爲能令已生隨一種類惡不善法永斷正勝彼於此道生已修習多修習故便斷隨一種類已生惡不善法起欲乃至策心持心皆如前說

爲令未生惡不善法不生故起欲發勤精進策心持心者云何未生惡不善法謂未來五蓋云何爲令未生惡不善法不生故正勝謂有苾芻爲令未生諸貪欲蓋永不生故如理思惟彼貪欲蓋多諸過患謂是不善法是下賤者信解受持佛及弟子賢貴善士共所呵厭能爲自害能爲他害能爲俱害能滅智慧能破彼類能障寂滅受持彼法不生通慧不引菩提不證涅槃如是思惟發勤精進勇健勢猛熾盛難制勵意不息此道名爲能令未生諸貪欲蓋不生正勝彼於此道生已修習多修習故便令未生諸貪欲蓋永不復生起欲者謂爲令未生諸貪欲蓋永不生故便起等起及等生聚集出現欲樂欣喜求趣希望彼由生起此諸欲便令未生諸貪欲蓋永不復生發勤精進者謂爲令未生諸貪欲蓋永不生故發勤精進廣說乃至勵意不息彼由此故便令未生諸貪欲蓋永不復生策心者謂爲令未生諸貪欲蓋永不生故精勤修習

喜俱行心欣俱行心策勵俱行心不下劣俱行心不闇昧俱行心捨俱行心定俱行心彼由修習如是心故便令未生諸貪欲蓋永不復生持心者謂爲令未生諸貪欲蓋永不生故持心修習八支聖道彼於此道持心修習多修習故便令未生諸貪欲蓋永不復生復有苾芻爲令未生諸貪欲蓋永不生故如理思惟出家功德如是出家是眞善法是尊勝者信解受持廣說乃至能證涅槃如是思惟發勤精進廣說乃至勵意不息此道名爲能令未生諸貪欲蓋不生正勝彼於此道生已修習多修習故便令未生諸貪欲蓋永不復生起欲乃至策心持心皆如前說復有苾芻爲令未生諸貪欲蓋永不生故如理思惟彼貪欲蓋如病如癰廣說乃至是變壞法如是思惟發勤精進廣說乃至勵意不息此道名爲能令未生諸貪欲蓋不生正勝彼於此道生已修習多修習故便令未生諸貪欲蓋永不復生起欲乃至策心持心皆如前說復有苾芻爲令未生諸貪欲蓋永不生故如理思惟滅爲寂靜道能出離如是思惟發勤精進廣說乃至勵意不息此道名爲能令未生諸貪欲蓋不生正勝彼於此道生已修習多修習故便令未生諸貪欲蓋永不復生起欲乃至策心持心皆如前說如貪欲蓋餘四亦爾有差別者應說自名復有苾芻爲令未生隨一種類惡不善法永不生故如理思惟彼惡不善法多諸過患謂是不善法是下賤者信解受持廣說乃至不證涅槃如是思惟發勤精進廣說乃至勵意不息此道名爲能令未

生隨一種類惡不善法不生正勝彼於此道生已修習多修習故便令未生隨一種類惡不善法永不復生起欲者謂爲令未生隨一種類惡不善法永不生故便起等起廣說乃至求趣希望彼由生起此諸欲故便令未生隨一種類惡不善法永不復生發勤精進者謂爲令未生隨一種類惡不善法永不生故發勤精進廣說乃至勵意不息彼由此故便令未生隨一種類惡不善法永不復生策心者謂爲令未生隨一種類惡不善法永不生故精勤修習喜俱行心廣說乃至定俱行心彼由修習如是心故便令未生隨一種類惡不善法永不復生持心者謂爲令未生隨一種類惡不善法永不生故持心修習八支聖道彼於此道持心修習多修習故便令未生隨一種類惡不善法永不復生復有苾芻爲令未生隨一種類惡不善法永不生故如理思惟出家功德如是出家是眞善法是尊勝者信解受持廣說乃至能證涅槃如是思惟發勤精進廣說乃至勵意不息此道名爲能令未生隨一種類惡不善法不生正勝彼於此道生已修習多修習故便令未生隨一種類惡不善法永不復生起欲乃至策心持心皆如前說復有苾芻爲令未生隨一種類惡不善法永不生故如理思惟彼惡不善法如病如癰廣說乃至是變壞法如是思惟發勤精進廣說乃至勵意不息此道名爲能令未生隨一種類惡不善法不生正勝彼於此道生已修習多修習故便令未生隨一種類惡不善法永不復生起欲乃至策心持心皆如

前說復有苾芻爲令未生隨一種類惡不善法永不生故如理思惟滅爲寂靜道能出離如是思惟發勤精進廣說乃至勵意不息此道名爲能令未生隨一種類惡不善法不生正勝彼於此道生已修習多修習故便令未生隨一種類惡不善法永不復生起欲乃至策心持心皆如前說

爲令未生善法生故起欲發勤精進策心持心者云何未生善法謂未來四靜慮三無色及餘隨一種類出家遠離所生善法云何爲令未生善法生故正勝謂有苾芻爲生未生初靜慮故如理思惟生初靜慮諸行相狀如是思惟發勤精進勇健勢猛熾盛難制勵意不息此道名爲能生未生初靜慮正勝彼於此道生已修習多修習故便令未生初靜慮生起欲者謂爲生未生初靜慮故便起等起及生等生聚集出現欲樂欣喜求趣希望彼由生起此諸欲故便令未生初靜慮生發勤精進者謂爲生未生初靜慮故發勤精進廣說乃至勵意不息彼由此故便令未生初靜慮生策心者謂爲生未生初靜慮故精勤修習喜俱行心欣俱行心策勵俱行心不下劣俱行心不闇昧俱行心捨俱行心定俱行心彼由修習如是心故便令未生初靜慮生持心者謂爲生未生初靜慮故持心修習八支聖道彼於此道持心修習多修習故便令未生初靜慮生如初靜慮第二靜慮亦爾有差別者應說自名復有苾芻爲生未生第三靜慮故如理思惟生第三靜慮諸行相狀如是思惟發勤精進廣說乃至勵意不息此道名

爲能生未生第三靜慮正勝彼於此道生巳修習多修習故便生未生第三靜慮起欲者謂爲生未生第三靜慮故便起等起廣説乃至求趣希望彼由生起此諸欲故便生未生第三靜慮發勤精進者謂爲生未生第三靜慮故發勤精進廣説乃至勵意不息彼由此故便生未生第三靜慮策心者謂爲生未生第三靜慮故精勤修習喜俱行心廣説乃至定俱行心彼由修習如是心故便生未生第三靜慮持心者謂爲生未生第三靜慮故持心修習八支聖道彼於此道持心修習多修習故便生未生第三靜慮如第三靜慮乃至無所有處廣説亦爾有差别者應説自名復有苾芻爲生未生隨一種類出家遠離所生善法故如理思惟生彼善法諸行相狀如是思惟發勤精進廣説乃至勵意不息此道名爲能生未生隨一種類出家遠離所生善法正勝彼於此道生巳修習多修習故便生未生隨一種類出家遠離所生善法起欲者謂爲生未生隨一種類出家遠離所生善法故便起等起廣説乃至求趣希望彼由生起此諸欲故便生未生隨一種類出家遠離所生善法發勤精進者謂爲生未生隨一種類出家遠離所生善法故發勤精進廣説乃至勵意不息彼由此故便生未生隨一種類出家遠離所生善法策心者謂爲生未生隨一種類出家遠離所生善法故精勤修習喜俱行心廣説乃至定俱行心彼由修習如是心故便生未生隨一種類出家遠離所生善法持心者謂爲生未生隨一種類出家遠離所生

善法故持心修習八支聖道彼於此道持心修習多修習故便生未生隨一種類出家遠離所生善法

爲令已生善法堅住不忘修滿倍增廣大智作證故起欲發勤精進策心持心者云何已生善法謂過去現在四靜慮三無色及餘隨一種類出家遠離所生善法云何爲令已生善法堅住不忘修滿倍增廣大智作證故正勝謂有苾芻爲令已生初靜慮堅住乃至智作證故如理思惟能令已生初靜慮堅住乃至智作證諸行相狀如是思惟發勤精進勇健勢猛熾盛難制勵意不息此道名爲能令已生初靜慮堅住乃至智作證正勝彼於此道生已修習多修習故便令已生初靜慮堅住乃至智作證起欲者謂爲令已生初靜慮堅住乃至智作證故便起等起及生等生聚集出現欲樂欣喜求趣希望彼由生起此諸欲故便令已生初靜慮堅住乃至智作證發勤精進者謂爲令已生初靜慮堅住乃至智作證故發勤精進廣説乃至勵意不息彼由此故便令已生初靜慮堅住乃至智作證策心者謂爲令已生初靜慮堅住乃至智作證故精勤修習喜俱行心欣俱行心策勵俱行心不下劣俱行心不闇昧俱行心捨俱行心定俱行心彼由修習如是心故便令已生初靜慮堅住乃至智作證持心者謂爲令已生初靜慮堅住乃至智作證故持心修習八支聖道彼於此道持心修習多修習故便令已生初靜慮堅住乃至智作證如初靜慮第二靜慮亦爾有差别者應説自名復有苾芻爲

令已生第二靜慮堅住乃至智作證故如理思惟能令已生第三靜慮堅住乃至智作證諸行相狀如是思惟發勤精進廣說乃至勵意不息此道名爲能令已生第三靜慮堅住乃至智作證正勝彼於此道生已修習多修習故便令已生第三靜慮堅住乃至智作證起欲者謂爲令已生第三靜慮堅住乃至智作證故便起等起廣說乃至求趣希望彼由生起此諸欲故便令已生第三靜慮堅住乃至智作證發勤精進者謂爲令已生第三靜慮堅住乃至智作證故發勤精進廣說乃至勵意不息彼由此故便令已生第三靜慮堅住乃至智作證策心者謂爲令已生第三靜慮堅住乃至智作證故精勤修習喜俱行心廣說乃至定俱行心彼由修習如是心故便令已生第三靜慮堅住乃至智作證持心者謂爲令已生第三靜慮堅住乃至智作證故持心修習八支聖道彼於此道持心修習多修習故便令已生第三靜慮堅住乃至智作證如第三靜慮乃至無所有處廣說亦爾有差別者應說自名復有苾芻爲令已生隨一種類 出家遠離所生善法堅住不忘修滿倍增廣大智作證故如理思惟能令已生隨一種類出家遠離所生善法堅住乃至智作證諸行相狀如是思惟發勤精進廣說乃至勵意不息此道名爲能令已生隨一種類出家遠離所生善法堅住乃至智作證正勝彼於此道生已修習多修習故便令已生隨一種類出家遠離所生善法堅住乃至智作證起欲者謂爲令已生隨一種類出家遠離所生

善法堅住乃至智作證故便起等起廣說乃至求趣希望彼由生起此諸欲故便令已生隨一種類出家遠離所生善法堅住乃至智作證發勤精進者謂爲令已生隨一種類出家遠離所生善法堅住乃至智作證故發勤精進廣說乃至勵意不息彼由此故便令已生隨一種類出家遠離所生善法堅住乃至智作證策心者謂爲令已生隨一種類出家遠離所生善法堅住乃至智作證故精勤修習喜俱行心廣說乃至定俱行心彼由修習如是心故便令已生隨一種類出家遠離所生善法堅住乃至智作證持心者謂爲令已生隨一種類出家遠離所生善法堅住乃至智作證故持心修習八支聖道彼於此道持心修習多修習故便令已生隨一種類出家遠離所生善法堅住乃至智作證

云何此四名爲正勝謂此四種無顛倒故說名爲正有增上力斷惡修善故名爲勝復次此四平等非不平等實故諦故如正理故無顛倒故說名爲正增故上故最故妙故具大功能故名爲勝復次四正勝者是假建立名相言說謂爲正勝過殑伽沙佛及弟子皆共設如是名故復次四正勝者爲斷已生惡不善法生起諸欲發勤精進策心持心爲令未生惡不善法得不生故生起諸欲發勤精進策心持心爲生未生諸善法故生起諸欲發勤精進策心持心爲令已生善法堅住不忘修滿倍增廣大智作證故生起諸欲發勤精進策心持心具如是能故名正勝亦名正斷斷懈怠故

神足品第八

一時薄伽梵在室羅筏住逝多林給孤獨園爾時世尊告苾芻衆有四神足何等爲四謂欲三摩地勝行成就神足是名第一勤三摩地勝行成就神足是名第二心三摩地勝行成就神足是名第三觀三摩地勝行成就神足是名第四欲三摩地勝行成就神足者云何欲云何三摩地云何勝云何勝行而名欲三摩地勝行成就神足耶此中欲者謂依出家遠離所生善法所起欲樂欣喜求趣希望是名欲三摩地者謂欲增上所起心住等住近住安住不散不亂攝心等持止一境性是名三摩地勝者謂欲增上所起八支聖道是名勝行者謂有苾芻依過去欲得三摩地是謂欲三摩地彼成就欲三摩地已爲令已生惡不善法斷故起欲發勤精進策心持心爲令未生惡不善法不生故起欲發勤精進策心持心爲令未生善法生故起欲發勤精進策心持心爲令已生善法堅住不忘修滿倍增廣大智作證故起欲發勤精進策心持心彼所有欲若勤若信若輕安若念若正知若思若捨是名勝行即此勝行及前所說欲三摩地總名欲三摩地勝行成就神足如依過去欲依未來現在善不善無記欲界繫色界繫無色界繫學無學非學非無學見所斷修所斷非所斷欲廣說亦爾復有苾芻於諸善法住不樂欲彼作是念我今不應於諸善法住不樂欲然我理應於諸善法安住樂欲彼由此欲增上力故得三摩地是謂欲三摩地彼成就欲三摩地已爲令已生惡不善法斷

故起欲廣說乃至爲令已生善法堅住乃至持心彼所有欲若勤若信乃至若捨是名勝行即此勝行及前所說欲三摩地總名欲三摩地勝行成就神足

復有苾芻生起惡欲彼作是念我今不應生起惡欲然我理應斷除惡欲修習善欲彼由此欲增上力故得三摩地是謂欲三摩地彼成就欲三摩地已爲令已生惡不善法斷故起欲廣說乃至爲令已生善法堅住乃至持心彼所有欲若勤若信乃至若捨是名勝行即此勝行及前所說欲三摩地總名欲三摩地勝行成就神足復有苾芻生起貪瞋癡俱行惡欲彼作是念我今不應生起貪瞋癡俱行惡欲然我理應斷除貪瞋癡俱行惡欲修習無貪無瞋無癡俱行善欲彼由此欲增上力故得三摩地是謂欲三摩地彼成就欲三摩地已爲令已生惡不善法斷故起欲廣說乃至爲令已生善法堅住乃至持心彼所有欲若勤若信乃至若捨是名勝行即此勝行及前所說欲三摩地總名欲三摩地勝行成就神足

復有苾芻生起不離貪瞋癡惡欲彼作是念我今不應生起不離貪瞋癡惡欲然我理應斷除不離貪瞋癡惡欲修習離貪瞋癡善欲彼由此欲增上力故得三摩地是謂欲三摩地彼成就欲三摩地已爲令已生惡不善法斷故起欲廣說乃至爲令已生善法堅住乃至持心彼所有欲若勤若信乃至若捨是名勝行即此勝行及前所說欲三摩地總名欲三摩地勝行成就神足復有苾芻於諸善法

安住樂欲彼作是念我於善法安住樂欲甚爲應理彼由此欲增上力故得三摩地是謂欲三摩地彼成就欲三摩地已爲令已生惡不善法斷故起欲廣說乃至爲令已生善法堅住乃至持心彼所有欲若勤若信乃至若捨是名勝行即此勝行及前所說欲三摩地總名欲三摩地勝行成就神足

復有苾芻生起善欲彼作是念我今生起如是善欲甚爲應理彼由此欲增上力故得三摩地是謂欲三摩地彼成就欲三摩地已爲令已生惡不善法斷故起欲廣說乃至爲令已生善法堅住乃至持心彼所有欲若勤若信乃至若捨是名勝行即此勝行及前所說欲三摩地總名欲三摩地勝行成就神足復有苾芻生起無貪無瞋無癡俱行善欲彼作是念我今生起無貪無瞋無癡俱行善欲甚爲應理彼由此欲增上力故得三摩地是謂欲三摩地彼成就欲三摩地已爲令已生惡不善法斷故起欲廣說乃至爲令已生善法堅住乃至持心彼所有欲若勤若信乃至若捨是名勝行即此勝行及前所說欲三摩地總名欲三摩地勝行成就神足復有苾芻生起離貪瞋癡善欲彼作是念我今生起離貪瞋癡善欲甚爲應理彼由此欲增上力故得三摩地是謂欲三摩地彼成就欲三摩地已爲令已生惡不善法斷故起欲廣說乃至爲令已生善法堅住乃至持心彼所有欲若勤若信乃至若捨是名勝行即此勝行及前所說欲三摩地總名欲三摩地勝行成就神足

一切欲三摩地皆從欲起是欲所集是欲種

數是欲所生故名欲三摩地勝行成就神足勤三摩地勝行成就神足者云何勤云何三摩地云何勝云何勝行而名勤三摩地勝行成就神足耶此中勤者謂依出家遠離所生善法所起勤精進勇健勢猛熾盛難制勵意不息是名勤三摩地者謂勤增上所起心住等住近住安住不散不亂攝止等持心一境性是名三摩地勝者謂勤增上所起八支聖道是名勝勝行者謂有苾芻依過去勤得三摩地是謂勤三摩地彼成就勤三摩地已爲令已生惡不善法斷故起欲廣說乃至爲令已生善法堅住乃至持心彼所有欲若勤若信乃至若捨是名勝行即此勝行及前所說勤三摩地總名勤三摩地勝行成就神足如依過去勤依未來現在善不善無記欲界繫色界繫無色界繫學無學非學非無學見所斷修所斷非所斷勤廣說亦爾

復有苾芻於諸善法住下羸劣弱極弱勤彼作是念我今不應於諸善法住下羸劣弱極弱勤然我理應於諸善法安住不下不羸不劣不弱不極弱勤彼由此勤增上力故得三摩地是謂勤三摩地彼成就勤三摩地已爲令已生惡不善法斷故起欲廣說乃至爲令已生善法堅住乃至持心彼有所欲若勤若信乃至若捨是名勝行即此勝行及前所說勤三摩地總名勤三摩地勝行成就神足

復有苾芻生起惡勤彼作是念我今不應生起惡勤然我理應斷除惡勤修習善勤彼由此勤增上力故得三摩地是謂勤三摩地彼成就勤三摩地已爲令已生惡不善法斷故

起欲廣説乃至爲令已生善法堅住乃至持心彼所有欲若勤若信乃至若捨是名勝行即此勝行及前所説勤三摩地總名勤三摩地勝行成就神足

復有苾芻生起貪瞋癡俱行惡勤彼作是念我今不應生起貪瞋癡俱行惡勤然我理應斷除貪瞋癡俱行惡勤修習無貪無瞋無癡俱行善勤彼由此勤增上力故得三摩地是謂勤三摩地彼成就勤三摩地已爲令已生惡不善法斷故起欲廣説乃至爲令已生善法堅住乃至持心彼所有欲若勤若信乃至若捨是名勝行即此勝行及前所説勤三摩地總名勤三摩地勝行成就神足

復有苾芻生起不離貪瞋癡惡勤彼作是念我今不應生起不離貪瞋癡惡勤然我理應斷除不離貪瞋癡惡勤修習離貪瞋癡善勤彼由此勤增上力故得三摩地是謂勤三摩地彼成就勤三摩地已爲令已生惡不善法斷故起欲廣説乃至爲令已生善法堅住乃至持心彼所有欲若勤若信乃至若捨是名勝行即此勝行及前所説勤三摩地總名勤三摩地勝行成就神足

復有苾芻於諸善法安住不下乃至不極弱勤彼作是念我於善法安住不下乃至不極弱勤甚爲應理彼由此勤增上力故得三摩地是謂勤三摩地彼成就勤三摩地已爲令已生惡不善法斷故起欲廣説乃至爲令已生善法堅住乃至持心彼所有欲若勤若信乃至若捨是名勝行即此勝行及前所説勤三摩地總名勤三摩地勝行成就神足

復有苾芻生起善勤彼作是念我今生起如是善勤甚爲應理彼由此勤增上力故得三摩地是謂勤三摩地彼成就勤三摩地已爲令已生惡不善法斷故起欲廣說乃至爲令已生善法堅住乃至持心彼所有欲若勤若信乃至若捨是名勝行即此勝行及前所說勤三摩地總名勤三摩地勝行成就神足復有苾芻生起無貪無瞋無癡俱行善勤彼作是念我今生起無貪無瞋無癡俱行善勤甚爲應理彼由此勤增上力故得三摩地是謂勤三摩地彼成就勤三摩地已爲令已生惡不善法斷故起欲廣說乃至爲令已生善法堅住乃至持心彼所有欲若勤若信乃至若捨是名勝行即此勝行及前所說勤三摩地總名勤三摩地勝行成就神足復有苾芻生起離貪瞋癡善勤彼作是念我今生起離貪瞋癡善勤甚爲應理彼由此勤增上力故得三摩地是謂勤三摩地彼成就勤三摩地已爲令已生惡不善法斷故起欲廣說乃至爲令已生善法堅住乃至持心彼所有欲若勤若信乃至若捨是名勝行即此勝行及前所說勤三摩地總名勤三摩地勝行成就神足一切勤三摩地皆從勤起是勤所集是勤種類是勤所生故名勤三摩地勝行成就神足

阿毗達磨法蘊足論卷第三　說一切有部

音釋

惛沉　惛呼昆切沉直深切惛沉不明了也　掉舉　掉徒弔切舉居許切掉舉搖動也　窒羅筏　梵語具云窒羅筏悉底此云聞物筏房越切

阿毗達磨法蘊足論卷第四

尊者大目乾連造
唐三藏法師玄奘奉詔譯

神足品第八之餘

心三摩地勝行成就神足者云何心云何三摩地云何勝云何勝行而名心三摩地勝行成就神足耶此中心者謂依出家遠離所生善法所起心意識是名心三摩地者謂心增上所起心住等住近住安住不散不亂攝止等持心一境性是名三摩地勝者謂心增上所起八支聖道是名勝勝行者謂有苾芻依過去心得三摩地是謂心三摩地彼成就心三摩地已爲令已生惡不善法斷故起欲廣說乃至爲令已生善法堅住乃至持心彼所有欲若勤若信乃至若捨是名勝行即此勝行及前所說心三摩地總名心三摩地勝行成就神足如依過去心依未來現在善不善無記欲界繫色界繫無色界繫學無學非學非無學見所斷修所斷非所斷心廣說亦爾復有苾芻於諸善法住下羸劣弱極弱心彼作是念我今不應於諸善法住下羸劣弱極弱心然我理應於諸善法安住不下不羸不劣不弱不極弱心彼由此心增上力故得三摩地是謂心三摩地彼成就心三摩地已爲令已生惡不善法斷故起欲廣說乃至爲令已生善法堅住乃至持心彼所有欲若勤若信乃至若捨是名勝行即此勝行及前所說心三摩地總名心三摩地勝行成就神足復有苾芻生起惡心彼作是念我今不應生起惡心然我理應斷除惡心修習善心彼由此

心增上力故得三摩地是謂心三摩地彼成就心三摩地爲令已生惡不善法斷故起欲廣說乃至爲令已生善法堅住乃至持心彼所有欲若勤若信乃至若捨是名勝行即此勝行及前所說心三摩地總名心三摩地勝行成就神足復有苾芻生起貪瞋癡俱行惡心彼作是念我今不應生起貪瞋癡俱行惡心然我理應斷除貪瞋癡俱行惡心修習無貪無瞋無癡俱行善心彼由此心增上力故得三摩地是謂心三摩地彼成就心三摩地已爲令已生惡不善法斷故起欲廣說乃至爲令已生善法堅住乃至持心彼所有欲若勤若信乃至若捨是名勝行即此勝行及前所說心三摩地總名心三摩地勝行成就神足復有苾芻生起不離貪瞋癡惡心彼作是念我今不應生起不離貪瞋癡惡心然我理應斷除不離貪瞋癡惡心修習離貪瞋癡善心彼由此心增上力故得三摩地是謂心三摩地彼成就心三摩地已爲令已生惡不善法斷故起欲廣說乃至爲令已生善法堅住乃至持心彼所有欲若勤若信乃至若捨是名勝行即此勝行及前所說心三摩地總名心三摩地勝行成就神足復有苾芻於諸善法安住不下乃至不極弱心彼作是念我於善法安住不下乃至不極弱心甚爲應理彼由此心增上力故得三摩地是謂心三摩地彼成就心三摩地已爲令已生惡不善法斷故起欲廣說乃至爲令已生善法堅住乃至持心彼所有欲若勤若信乃至若捨是名勝行即此勝行及前所說心三摩地總名心三

摩地勝行成就神足復有苾芻生起善心彼作是念我今生起如是善心甚爲應理彼由此心增上力故得三摩地是謂心三摩地彼成就心三摩地已爲令已生惡不善法斷故起欲廣説乃至爲令已生善法堅住乃至於心彼所有欲若勤若信乃至若捨是名勝行即此勝行及前所説心三摩地總名心三摩地勝行成就神足復有苾芻生起無貪無瞋無癡俱行善法心彼作是念我今生起無貪無瞋無癡俱行善心甚爲應理彼由此心增上力故得三摩地是謂心三摩地彼成就心三摩地已爲令已生惡不善法斷故起欲廣説乃至爲令已生善法堅住乃至持心彼所有欲若勤若信乃至若捨是名勝行即此勝行及前所説心三摩地總名心三摩地勝行成就神足

復有苾芻生起離貪瞋癡善心彼作是念我今生起離貪瞋癡善心甚爲應理彼由此心增上力故得三摩地是謂心三摩地彼成就心三摩地已爲令已生惡不善法斷故起欲廣説乃至爲令已生善法堅住乃至持心彼所説有欲若勤若信乃至若捨是名勝行即此勝行及前所説心三摩地總名心三摩地勝行成就神足一切心三摩地皆從心起是心所集是心種類是心所生故名心三摩地勝行成就神足觀三摩地勝行成就神足者云何觀云何三摩地云何勝云何勝行而名觀三摩地勝行成就神足耶此中觀者謂依出家遠離所生善法所起於法揀擇極揀擇最極揀擇解了等了近了機黠通達審察聰

睿覺明慧行毗鉢舍那是名觀三摩地者謂觀增上所起心住等住近住安住不散不亂攝止等持心一境性是名三摩地勝者謂觀增上所起八支聖道是名勝勝行者謂有苾芻依過去觀得三摩地是謂觀三摩地彼成就觀三摩地已爲令已生惡不善法斷故起欲廣說乃至爲令已生善法堅住乃至持心彼所有欲若勤若信乃至若捨是名勝行即此勝行及前所說觀三摩地總名觀三摩地勝行成就神足如依過去觀依未來現在善不善無記欲界繫色界繫無色界繫學無學非學非無學見所斷修所斷非所斷觀廣說亦爾復有苾芻於諸善法住不審觀彼作是念我今不應於諸善法住不審觀然我理應於諸善法安住審觀彼由此觀增上力故得三摩地是謂觀三摩地彼成就觀三摩地已爲令已生惡不善法斷故起欲廣說乃至爲令已生善法堅住乃至持心彼所有欲若勤若信乃至若捨是名勝行即此勝行及前所說觀三摩地總名觀三摩地勝行成就神足復有苾芻生起惡觀彼作是念我今不應生起惡觀然我理應斷除惡觀修習善法彼由此觀增上力故得三摩地是謂觀三摩地彼成就觀三摩地已爲令已生惡不善法斷故起欲廣說乃至爲令已生善法堅住乃至持心彼所有欲若勤若信乃至若捨是名勝行即此勝行及前所說觀三摩地總名觀三摩地勝行成就神足復有苾芻生起貪瞋癡俱行惡觀彼作是念我今不應生起貪瞋癡俱行惡觀然我理應斷除貪瞋癡俱行惡觀修

習無貪無瞋無癡俱行善觀彼由此觀增上力故得三摩地是謂觀三摩地彼成就觀三摩地已爲令已生惡不善法斷故起欲廣説乃至爲令已生善法堅住乃至持心彼所有欲若勤若信乃至若捨是名勝行即此勝行及前所説觀三摩地總名觀三摩地勝行成就神足復有苾芻生起不離貪瞋癡惡觀彼作是念我今不應生起不離貪瞋癡惡觀然我理應斷除不離貪瞋癡惡觀修習離貪瞋癡善觀彼由此觀增上力故得三摩地是謂觀三摩地彼成就觀三摩地已爲令已生惡不善法斷故起欲廣説乃至爲令已生善法堅住乃至持心彼所有欲若勤若信乃至若捨是名勝行即此勝行及前所説觀三摩地總名觀三摩地勝行成就神足復有苾芻於諸善法安住審觀彼作是念我於善法安住審觀甚爲應理彼由此觀增上力故得三摩地是謂觀三摩地彼成就觀三摩地已爲令已生惡不善法斷故起欲廣説乃至爲令已生善法堅住乃至持心彼所有欲若勤若信乃至若捨是名勝行即此勝行及前所説觀三摩地總名觀三摩地勝行成就神足復有苾芻生起善觀彼作是念我今生起如是善觀甚爲應理彼由此觀增上力故得三摩地是謂觀三摩地彼成就觀三摩地已爲令已生惡不善法斷故起欲廣説乃至爲令已生善法堅住乃至持心彼所有欲若勤若信乃至若捨是名勝行即此勝行及前所説觀三摩地總名觀三摩地勝行成就神足復有苾芻生起無貪無瞋無癡俱行善觀彼作

是念我今生起無貪無瞋無癡俱行善觀甚爲應理彼由此觀增上力故得三摩地是謂觀三摩地彼成就觀三摩地已爲令已生惡不善法斷故起欲廣說乃至爲令已生善法堅住乃至持心彼所有欲若勤若信乃至若捨是名勝行即此勝行及前所說觀三摩地總名觀三摩地勝行成就神足復有苾芻生起離貪瞋癡善觀彼作是念我今生起離貪瞋癡善觀甚爲應理彼由此觀增上力故得三摩地是謂觀三摩地彼成就觀三摩地已爲令已生惡不善法斷故起欲廣說乃至爲令已生善法堅住乃至持心彼所有欲若勤若信乃至若捨是名勝行即此勝行及前勝行所說觀三摩地總名觀三摩地勝行成就神足一切觀三摩地皆從觀起是觀所集是觀種類是觀所生故名觀三摩地勝行成就神足

云何此四名爲神足此中神者謂有神已有神性當有神性令有神性彼法即是變一爲多變多爲一或顯或隱智見所受牆壁石等堅厚障物身過無礙如履虛空能於地中或出或沒自在無礙如身處水能於堅障或在虛空引水令流如依逈地結跏趺坐凌空往還都無滯礙猶如飛鳥此日月輪有大神用具大威德伸手捫摸如自應器不以爲難乃至梵世轉變自在妙用難測故名爲神此中足者謂於後法精勤修習無間無斷至成就位能起彼法能爲彼依故名爲足復次此四勝定亦名爲神亦名爲足用難測故能爲勝德所依處故復次四神足者是假建立名想

言說謂爲神足過殑伽沙佛及弟子皆共施設如是名故復次四神足者即前所說欲勤心觀四三摩地勝行成就總名神足

念住品第九

一時薄伽梵在室羅筏住逝多林給孤獨園

爾時世尊告苾芻衆吾當爲汝略說修習四念住法謂有苾芻於此內身住循身觀若具正勤正知正念除世貪憂於彼內外身住循身觀若具正勤正知正念除世貪憂於內外身作循身觀若具正勤正知正念除世貪憂於內外俱受法心三廣說亦爾是現修習四念住法過去未來苾芻修習四念住法應知亦爾云何於此內身住循身觀若具正勤正知正念除世貪憂內身者謂自身若在現相續中已得不失於此內身循身觀者謂有苾芻於此內身從足至頂隨其處所觀察思惟種種不淨穢惡充滿謂此身中惟有種種髮毛爪齒塵垢皮肉筋脉骨髓脾腎心肺肝膽腸胃肪膏腦膜膿血肚脂淚汗涕唾生熟二藏大小便利如是思惟不淨相時所起於法揀擇極揀擇最極揀擇解了等了近了機黠通達審察聰睿覺明慧行毗鉢舍那是修內身觀亦名身念住成就此觀現行隨行徧行徧隨行動轉解行說名爲住彼觀行者能發起勤精進勇健勢猛熾盛難制勵意不息復能於此急疾迅速名具正勤彼觀行者能起於法揀擇乃至毗鉢舍那復能於此所起勝慧轉成上品上勝上極能圓滿極圓滿名具正知彼觀行者具念隨念專念憶念不忘不失不遺不漏不失法性心明記性名具正念

於諸欲境諸貪等貪執藏防護堅著愛樂迷悶耽嗜徧耽嗜內縛希求耽湎苦集貪類貪生總名爲貪順憂受觸所起心憂不平等受感受所攝總名爲憂彼觀行者修此觀時於世所起貪憂二法能斷能徧知遠離極遠離調伏極調伏隱沒除滅是故說彼除世貪憂復有苾芻於此內身觀察思惟諸界差別謂此身中惟有種種地界水界火界風界空界識界如是思惟諸界相時所起於法揀擇乃至毗鉢舍那是循內身觀亦名身念住住具正勤正知正念除世貪憂皆如前說復有苾芻於此內身觀察思惟多諸過患謂此身者如病如癰如箭惱害無常苦空非我轉動勞倦羸篤是失壞法迅速不停衰朽非恒不可保信是變壞法如是思惟身過患時所起於法揀擇乃至毗鉢舍那是循內身觀亦名身念住住具正勤正知正念除世貪憂亦如前說云何於彼外身住循身觀若具正勤正知正念除世貪憂外身者謂自身若在現相續中未得已失及他有情所有身相於彼外循身觀者謂有苾芻於他身內從足至頂隨其處所觀察思惟種種不淨穢惡充滿謂彼身中惟有種種髮毛爪齒廣說乃至大小便利如是思惟不淨相時所起於法揀擇乃至毗鉢舍那是循外身觀亦名身念住住具正勤正知正念除世貪憂亦如前說復有苾芻於他身內觀察思惟諸界差別謂彼身中惟有種種地界水界火界風界空界識界如是思惟諸界相時所起於法揀擇乃至毗鉢舍那是循外身觀亦名念住住具正勤正知正念

除世貪憂亦如前說復有苾芻於他身內觀察思惟多諸過患謂彼身者如病如癰廣說乃至是變壞法如是思惟身過患時所起於法揀擇乃至毗鉢舍那是循外身觀亦名身念住住具正勤正知正念除世貪憂亦如前說云何於內外身住循身觀若具正勤正知正念除世貪憂內身者謂自身若在現相續中已得不失外身者謂自身若在現相續中未得已失及他有情所有身相合說二種名內外身於內外身循身觀者謂有苾芻合自他身總為一聚從足至頂隨其處所觀察思惟種種不淨穢惡充滿謂此彼身惟有種種髮毛爪齒廣說乃至大小便利如是思惟不淨相時所起於法揀擇乃至毗鉢舍那是循內外身觀亦名身念住住具正勤正知正念除世貪憂亦如前說復有苾芻合自他身總為一聚觀察思惟諸界差別謂此彼身惟有種種地界水界火界風界空界識界如是思惟諸界相時所起於法揀擇乃至毗鉢舍那是循內外身觀亦名身念住住具正勤正知正念除世貪憂亦如前說復有苾芻合自他身總為一聚觀察思惟多諸過患謂此彼身如病如癰廣說乃至是變壞法如是思惟身過患時所起於法揀擇乃至毗鉢舍那是循內外身觀亦名身念住住具正勤正知正念除世貪憂亦如前說

云何於此內受住循受觀若具正勤正知正念除世貪憂內受者謂自受若在現相續中已得不失於此內受循受觀者謂有苾芻於此內受觀察思惟內諸相受樂受時如實知

我受樂受受苦受時如實知我受苦受不苦不樂受時如實知我受不苦不樂受受樂身受時如實知我受樂身受受苦身受時如實知我受苦身受受不苦不樂身受時如實知我受不苦不樂身受受樂心受時如實知我受樂心受受苦心受時如實知我受苦心受受不苦不樂心受時如實知我受不苦不樂心受受樂有味受時如實知我受樂有味受受苦有味受時如實知我受苦有味受受不苦不樂有味受時如實知我受不苦不樂有味受受樂無味受時如實知我受樂無味受受苦無味受時如實知我受苦無味受受不苦不樂無味受時如實知我受不苦不樂無味受受樂耽嗜依受時如實知我受樂耽嗜依受受苦耽嗜依受時如實知我受苦耽嗜依受受不苦不樂耽嗜依受時如實知我受不苦不樂耽嗜依受受樂出離依受時如實知我受樂出離依受受苦出離依受時如實知我受苦出離依受受不苦不樂出離依受時如實知我受不苦不樂出離依受如是思惟內受相時所起於法揀擇乃至毗鉢舍那是循內受觀亦名受念住成就此觀現行隨行乃至解行說名爲住彼觀行者能發起勤精進乃至復能於此急疾迅速名具正勤彼觀行者能起於法揀擇乃至能圓滿極圓滿名具正知彼觀行者具念隨念乃至心明記性名具正念於欲境諸貪等貪乃至貪類貪生總名爲貪順憂受觸所起心憂不平等受感受所攝總名爲憂彼觀行者修此觀時於世所起貪憂二法能斷能徧知乃至隱没除

滅是故說彼除世貪憂復有苾芻於內諸受觀察思惟多諸過患謂此諸受如病如癰廣說乃至是變壞法如是思惟受過患時所起於法揀擇乃至毗鉢舍那是循內受觀亦名受念住住具正勤正知正念除世貪憂皆如前說云何於彼外受住循受觀若具正勤正知正念除世貪憂外受者謂自受若在現相續中未得已失及他有情所有諸受於彼外受循受觀者謂有苾芻於他諸受觀察思惟外受受諸相受樂受時如實知彼受樂受受苦受時如實知彼受苦受受不苦不樂受時如實知彼受不苦不樂受廣說乃至受樂出離依受時如實知彼受樂出離依受受苦出離依受時如實知彼受苦出離依受受不苦不樂出離依受時如實知彼受不苦不樂出

離依受如是思惟外受相時所起於法揀擇乃至毗鉢舍那是循外受觀亦名受念住住具正勤正知正念除世貪憂亦如前說復有苾芻於外諸受觀察思惟多諸過患謂彼諸受如病如癰廣說乃至是變壞法如是思惟受過患時所起於法揀擇乃至毗鉢舍那是循外受觀亦名受念住住具正勤正知正念除世貪憂亦如前說云何於內外受住循受觀若具正勤正知正念除世貪憂內受者謂自受若在現相續中已得不失外受者謂自受若在現相續中未得已失及他有情所有諸受合說二種名內外受於內外受循受觀者謂有苾芻合自他受總爲一聚觀察思惟自他受相受樂受時如實知受樂受受苦受時如實知受苦受受不苦不樂受時如實知

受不苦不樂受廣說乃至受樂出離依受時如實知受樂出離依受受苦出離依受時如實知受苦出離依受受不苦不樂出離依受時如實知受不苦不樂出離依受如是思惟諸受相時所有於法揀擇乃至毗鉢舍那是循內外受觀亦名受念住住具正勤正知正念除世貪憂亦如前說復有苾芻合自他受總爲一聚觀察思惟諸受過患謂此彼受如病如癰廣說乃至是變壞法如是思惟受過患時所起於法揀擇乃至毗鉢舍那是循內外受觀亦名受念住住具正勤正知正念除世貪憂亦如前說

云何於此內心住循心觀若具正勤正知正念除世貪憂內心者謂自心若在現相續中已得不失於此內心循心觀者謂有苾芻於此內心觀察思惟內心諸相於內有貪心如實知是內有貪心於內離貪心如實知是內離貪心於內有瞋心如實知是內有瞋心於內離瞋心如實知是內離瞋心於內有癡心如實知是內有癡心於內離癡心如實知是內離癡心於內聚心如實知是內聚心於內散心如實知是內散心於內沈心如實知是內沈心於內策心如實知是內策心於內小心如實知是內小心於內大心如實知是內大心於內掉心如實知是內掉心於內不掉心如實知是內不掉心於內不靜心如實知是內不靜心於內靜心如實知是內靜心於內不定心如實知是內不定心於內定心如實知是內定心於內不循心如實知是內不循心於內循心如實知是內循心於內不解

脱心如實知是内不解脱心於内解脱心如實知是内解脱心如是思惟内心相時所有於法揀擇乃至毗鉢舍那是循内心觀亦名心念住成就此觀現行隨行乃至解行説名爲住彼觀行者能發起勤精進乃至復能於此急疾迅速名具正勤彼觀行者能起於法揀擇乃至能圓滿極圓滿名具正知彼觀行者具念隨念乃至心明記性名具正念於諸欲境諸貪等貪乃至貪類貪生總名爲貪順憂受觸所起心憂不平等受感受所攝總名爲憂彼觀行者修此觀時於世所起貪憂二法能斷能徧知乃至隱没除滅是故説彼除世貪憂復有苾芻於内諸心觀察思惟多諸過患謂此心者如病如癰廣説乃至是變壞法如是思惟心過患時所起於法揀擇乃至毗鉢舍那是循内心觀亦名心念住住具正勤正知正念除世貪憂皆如前説云何於彼外心住循心觀若具正勤正知正念除世貪憂外心者謂自心若在現相續中未得已失及他有情所有諸心於彼外心循心觀者謂有苾芻於他諸心觀察思惟外心諸相於外有貪心如實知是外有貪心廣説乃至於外解脱心如實知是外解脱心如是思惟外心相時所起於法揀擇乃至毗鉢舍那是循外心觀亦名心念住住具正勤正知正念除世貪憂亦如前説復有苾芻於外諸心觀察思惟多諸過患謂彼心者如病如癰廣説乃至是變壞法如是思惟心過患時所起於法揀擇乃至毗鉢舍那是循外心觀亦名心念住住具正勤正知正念除世貪憂亦如前説云

何於内外心住循心觀若具正勤正知正念除世貪憂内心者謂自心若在現相續中已得不失外心者謂自心若在現相續中未得已失及他有情所有諸心合此二種名内外心於内外心循心觀者謂有苾芻合自他心總爲一聚觀察思惟自他心相於有貪心如實知是有貪心廣説乃至於解脱心如實知是解脱心如是思惟諸心相時所有於法揀擇乃至毗鉢舍那是循内外心觀亦名心念住住具正勤正知正念除世貪憂亦如前説復有苾芻合自他心總爲一聚觀察思惟多諸過患謂此彼心如病如癰廣説乃至是變壞法如是思惟心過患時所起於法揀擇乃至毗鉢舍那是循内外心觀亦名心念住住具正勤正知正念除世貪憂亦如前説

阿毗達磨法蘊足論卷第四 說一切有部

音釋

捫摸 捫莫奔切撫也摸慕各切摸捺也 筋 舉欣切骨絡也 脾 頻彌切土藏也 腎 時忍切水藏也 肺 放吠切金藏 胃 于貴切穀府也 肪 敷房切脂也 腦 奴皓切頭髓也 膜 膜慕各切胲膜也 耽湎 耽丁含切樂也湎彌兖切溺也

阿毗達磨法蘊足論卷第五

尊者大目乾連造

唐三藏法師玄奘奉詔譯

念住品第九之餘

云何於此内法住循法觀若具正勤正知正念除世貪憂内法者謂自想蘊行蘊若在現相續中已得不失於此内法循法觀者謂有苾芻於内五蓋法觀察思惟内法諸相於有内貪欲蓋如實知我有内貪欲蓋於無内貪欲蓋如實知我無内貪欲蓋復如實知内貪欲蓋未生者生已生者斷斷已於後不復更生如是思惟此内法時所起於法揀擇乃至毗鉢舍那是循内法觀亦名法念住成就此觀現行隨行乃至解行説名爲住彼觀行者能發起勤精進乃至復能於此急疾迅速名具正勤彼觀行者能起於法揀擇乃至能圓滿極圓滿名具正知彼觀行者具念隨念乃至心明記性名具正念於諸欲境諸貪等貪乃至貪類貪生總名爲貪順憂受觸所起心憂不平等憂感憂所攝總名爲憂彼觀行者修此觀時於世所起貪憂二法能斷能徧知乃至隱没除滅是故説彼除世貪憂如説内貪欲蓋説内瞋恚惛沈睡眠掉舉惡作疑蓋亦爾復有苾芻於内六結法觀察思惟内法諸相於有内眼結如實知我有内眼結於無内眼結如實知我無内眼結復如實知此内眼結未生者生已生者斷斷已於後不復更生如是思惟此内法時所起於法揀擇乃至毗鉢舍那是循内法觀亦名法念住住具正勤正知正念除世貪憂皆如前説如説内眼

結說內耳鼻舌身意結亦爾復有苾芻於內七覺支法觀察思惟內法諸相於有內念覺支如實知我有內念覺支於無內念覺支如實知我無內念覺支復如實知內念覺支未生者生生已堅住不忘修滿倍增廣大智作證故如是思惟此內法時所起於法揀擇乃至毗鉢舍那是循內法法觀亦觀法念住住具正勤正知正念除世貪憂亦如前說如說內念覺支說餘內六覺支等亦爾復有苾芻於所說內想蘊行蘊觀察思惟多諸過患謂此法者如病如癰廣說乃至是變壞法如是思惟法過患時所起於法揀擇乃至毗鉢舍那是循內法觀亦名法念住住具正勤正知正念除世貪憂亦如前說云何於彼外法住循法觀若具正勤正知正念除世貪憂外法者謂自想蘊行蘊若在現相續中未得已失及他有情想蘊行蘊於彼外法循法觀者謂有苾芻於他五蓋法觀察思惟外法諸相於有外貪欲蓋如實知彼有外貪欲蓋於無外貪欲蓋如實知彼無外貪欲蓋復如實知外貪欲蓋未生者生已生者斷斷已於後不復更生如是思惟此外法時所起於法揀擇乃至毗鉢舍那是循外法觀亦名法念住住具正勤正知正念除世貪憂亦如前說如說外貪欲蓋說餘外四蓋亦爾復有苾芻於他六結法觀察思惟外法諸相於有外眼結如實知彼有外眼結於無外眼結如實知彼無外眼結復如實知彼外眼結未生者生已生者斷斷已於後不復更生如是思惟彼外法時所起於法揀擇乃至毗鉢舍那是循外法觀

亦名法念住住具正勤正知正念除世貪憂亦如前説如説外眼結説餘外五結亦爾復有苾芻於他七覺支法觀察思惟外法諸相於有外念覺支如實知彼有外念覺支於無外念覺支如實知彼無外念覺支復如實知外念覺支未生者生生已堅住廣説乃至智作證故如是思惟彼外法時所起於法揀擇乃至毗鉢舍那是循外法觀亦名法念住住具正勤正知正念除世貪憂亦如前説如説外念覺支説餘外六覺支等亦爾復有苾芻於所説外想蘊行蘊觀察思惟多諸過患謂彼法者如病如癰廣説乃至是變壞法如是思惟法過患時所起於法揀擇乃至毗鉢舍那是循外法觀亦名法念住住具正勤正知正念除世貪憂亦如前説云何於内外法住循法觀若具正勤正知正念除世貪憂内法者謂自想蘊行蘊若在現相續中已得不失外法者謂自想蘊行蘊若在現相續中未得已失及他有情想蘊行蘊合此二種名内外法於内外法循法觀者謂有苾芻合前自他想蘊行蘊總爲一聚觀察思惟自他法相謂前所説内外五蓋六結七覺支等此彼有無未生生斷不復生相如是思惟内外法時所起於法揀擇乃至毗鉢舍那是循内外法觀亦名法念住住具正勤正知正念除世貪憂亦如前説復有苾芻合前自他想蘊行蘊總爲一聚觀察思惟多諸過患謂此彼法如病如癰廣説乃至是變壞法如是思惟法過患時所起於法揀擇乃至毗鉢舍那是循内外法觀亦名法念住住具正勤正知正念除世

貪憂亦如前說

聖諦品第十

一時薄伽梵住婆羅痆斯仙人論處施鹿林中爾時世尊告苾芻衆此苦聖諦若於如是未曾聞法如理思惟定能發生眼智明覺此苦集聖諦若於如是未曾聞法如理思惟定能發生眼智明覺此苦滅聖諦若於如是未曾聞法如理思惟定能發生眼智明覺此趣苦滅道聖諦若於如是未曾聞法如理思惟定能發生眼智明覺復次苾芻此苦聖諦以通慧應徧知若於如是未曾聞法如理思惟定能發生眼智明覺此苦集聖諦以通慧應永斷若於如是未曾聞法如理思惟定能發生眼智明覺此苦滅聖諦以通慧應作證若於如是未曾聞法如理思惟定能發生眼智明覺此趣苦滅道聖諦以通慧應修習若於如是未曾聞法如理思惟定能發生眼智明覺復次苾芻此苦聖諦我通慧已徧知若於如是未曾聞法如理思惟定能發生眼智明覺此苦集聖諦我通慧已永斷若於如是未曾聞法如理思惟定能發生眼智明覺此苦滅聖諦我通慧已作證若於如是未曾聞法如理思惟定能發生眼智明覺此趣苦滅道聖諦我通慧已修習若於如是未曾聞法如理思惟定能發生眼智明覺苾芻當知我於如是四聖諦中若未三轉十二行相謂未發生眼智明覺未能於此天人世間魔梵沙門婆羅門等解脫出離未除顛倒多住心故亦未如實能自稱言我證無上正等菩提我於如是四聖諦中若已三轉十二行相謂已發

生眼智明覺便能於此天人世間魔梵沙門婆羅門等解脫出離已除顛倒多住心故亦已如實能自稱言我證無上正等菩提說此法時具壽憍陳那及八萬天子遠塵離垢於諸法中生淨法眼爾時佛告憍陳那言於所說法汝已解耶憍陳那言我今已解第二第三亦復如是以憍陳那先解法故世共號彼為阿若多地神藥叉聞是語已歡喜踊躍高聲唱言佛今於此婆羅痆斯仙人論處施鹿林中憐愍世間諸眾生故欲令獲得利樂事故三轉法輪其輪具足十二相行世間沙門及婆羅門天魔梵等皆無有解如法轉者由佛轉此無上法輪憍陳那等已見聖諦從今天衆漸當增益阿素洛衆漸當損減因斯展轉諸天及人皆獲殊勝利益安樂空行藥叉聞是聲已歡喜傳告四大王天彼復舉聲展轉相告經須臾頃聲至梵天時大梵王聞已歡喜慶佛為轉無上法輪利樂無邊諸有情故此中宣說轉法輪事是故名曰轉法輪經時五苾芻八萬天子聞經歡喜信受奉行云何苦聖諦謂生苦老苦病苦死苦怨憎會苦愛別離苦求不得苦略說一切五取蘊苦云何生苦生謂彼諸有情類即於彼彼有情聚中諸生等生趣入出現蘊得界得處得諸蘊生命根起總名為生何因緣故說生為苦有情生時領納攝受種種身苦事故領納攝受種種心苦事故領納攝受種種身心苦事故領納攝受種種身熱惱事故領納攝受種種心熱惱事故領納攝受種種身心熱惱事故領納攝受種種身燒然事故領納攝受種種

心燒然事故領納攝受種種身心燒然事故說生爲苦復次生時受二種苦一者苦苦二者行苦故名生苦云何老苦老謂老時髮落髮白皮緩面皺身曲背傴喘息逾急扶杖而行支體斑黑衰退闇鈍根熟變壞諸行故敗朽壞羸損總名爲老何因緣故說老爲苦有情老時領納攝受種種身苦事故廣說乃至領納攝受種種身心燒然事故說老爲苦復次老時受三種苦一者苦苦二者行苦三者壞苦故名老苦云何病苦病謂頭痛眼痛耳痛鼻痛舌痛面痛脣痛齒痛齶痛喉痛心痛風病嗽病氣病噫病癩病痔病痢病痳病寒病熱病瘨病癇病歐逆瘡腫癬疥癀瘻癉下漏泄痃癖枯消及餘種種依身心起身心疹疾總名爲病何因緣故說病爲苦有情病時領納攝受種種身苦事故廣說乃至領納攝受種種身心燒然事故說病爲苦復次病時受二種苦一者苦苦二者行苦故名病苦云何死苦死謂彼彼諸有情類即從彼彼諸有情聚移轉壞沒退失別離壽煖識滅命根不轉諸蘊破壞夭喪殞逝總名爲死何因緣故說死爲苦有情死時領納攝受種種身苦事故廣說乃至領納攝受種種身心燒然事故說死爲苦復次死時受三種苦一者苦苦二者行苦三者壞苦故名死苦云何怨憎會苦怨憎會謂諸有情等不可愛不可樂不可喜不可意而與彼俱一處爲伴不別不異不離不散聚集和合總名怨憎會何因緣故說怨憎會爲苦謂諸有情怨憎會時領納攝受種種身苦事故廣說乃至領納攝受種種身心

燒然事故説彼爲苦復次怨憎會時受二種苦一者苦苦二者行苦故名怨憎會苦云何愛别離苦愛别離謂諸有情等可愛可樂可喜可意不與彼俱不同一處不爲伴侶别異離散不聚集不和合總名愛别離何因緣故説愛别離爲苦謂諸有情愛别離時領納攝受種種身苦事故廣説乃至領納攝受種種身心燒然事故説彼爲苦復次愛别離時受三種苦一者苦苦二者行苦三者壞苦故名愛别離苦云何求不得苦求不得謂希求可意色聲香味觸衣服飲食卧具醫藥諸資身具不得不獲不會不遇不成就不和合總名求不得何因緣故説求不得爲苦謂諸有情求不得時領納攝受種種身苦事故廣説乃至領納攝受種種身心燒然事故説彼爲苦

復次求不得時受二種苦一者苦苦二者行苦故名求不得苦云何略説一切五取蘊苦五取蘊謂色取蘊受想行識取蘊總名五取蘊何因緣故略説一切五取蘊爲苦謂五取蘊無常轉動勞倦羸篤是失壞法迅速不停衰朽非恒不可保信是變壞法有增有減暫住速滅本無而有有已還無由此因緣略説一切五取蘊爲苦如説取蘊皆蘊皆性是苦不安隱故違聖心故如是諸苦名苦諦者謂此名無常眞實是無常此名爲苦眞實是苦若佛出世若不出世如是苦法法住法界一切如來自然通達等覺宣説施設建立分别開示令其顯了謂此是無常此是苦此是無常性此是苦性是眞是實是諦是如非妄非虛非倒非異故名苦諦名聖諦者聖謂諸佛

及佛弟子此是彼諦謂彼於此知見解了正覺爲諦由是因緣名苦聖諦

復次苦聖諦者是假使建立名相言說謂苦聖諦過殑伽沙佛及弟子皆共施設如是名故云何苦集聖諦謂所有諸愛後有愛喜俱行愛彼彼喜愛如是略說苦集聖諦若廣說者則二愛三愛復有三愛四愛五愛六愛及一切不善法一切有漏善法一切結縛隨眠隨煩惱纏等皆名苦集聖諦何因緣故所有諸愛後有愛喜俱行愛彼彼喜愛皆名苦集聖諦謂此四愛皆是過去未來現在苦因根本道路緣起廣說乃至此身壞後由此爲因苦果生起故說此名苦集聖諦何因緣故二愛三愛復有三愛四愛五愛六愛及一切不善法一切有漏善法一切結縛隨眠隨煩惱纏等皆名苦集聖諦謂此諸法皆是過去未來現在苦因根本道路緣起廣說乃至此身壞後由此爲因苦果生起如說愛等皆是苦因能爲根本引衆苦故如是愛等名集諦者謂此名愛等眞實是愛等此名爲集眞實是集若佛出世若不出世如是集法法住法界一切如來自然通達等覺宣說施設建立分別開示令其顯了謂此是愛等此是集此是愛等性此是集性是眞是實是諦是如非妄非虛非倒非異故名集諦 名聖諦者聖謂諸佛及佛弟子此是彼諦謂彼於此知見解了正覺爲諦由是因緣名苦集聖諦復次苦集聖諦者是假建立名相言說謂苦集聖諦過殑伽沙佛及弟子皆共施設如是名故

云何苦滅聖諦謂即諸愛後有愛喜俱行愛

彼彼喜愛無餘永斷棄捨變吐盡離染滅寂靜隱没如是略說苦滅聖諦若廣說者則二愛三愛復有三愛四愛五愛六愛及一切不善法一切有漏善法一切結縛隨眠隨煩惱纏等無餘永斷棄捨變吐盡離染滅寂靜隱没皆名苦滅聖諦何因緣故即諸愛後有愛喜俱行愛彼彼喜愛無餘永斷棄捨變吐盡離染滅寂靜隱没皆名苦滅聖諦謂此四愛若未斷未徧知未滅未吐後有苦果相續生起若已斷已徧知已滅已吐後有苦果不復生起故此永斷等名苦滅聖諦何因緣故即二愛三愛復有三愛四愛五愛六愛及一切不善法一切有漏善法一切結縛隨眠隨煩惱纏等無餘永斷棄捨變吐盡離染滅寂靜隱没皆名苦滅聖諦謂此諸法若未斷未徧知未滅未吐後有苦果相續生起若已斷已徧知已滅已吐後有苦果不復生起故此永斷等名苦滅聖諦即此苦滅聖諦亦名室宅亦名洲渚亦名救護亦名歸依亦名應趣亦名無憂亦名無病亦名不死亦名無熾然亦名無熱惱亦名安隱亦名清涼亦名寂靜亦名善事亦名吉祥亦名安樂亦名不動亦名涅槃如說涅槃是眞苦滅是諸沙門究竟果故如是斷等名滅諦者謂此名涅槃眞實是涅槃此名爲滅眞實是滅若佛出世若不出世如是滅法法住法界一切如來自然通達等覺宣說施設建立分別開示令其顯了謂此是涅槃此是誠此是涅槃性此是滅性是眞是實是諦是如非妄非虛非倒非異故名滅諦名聖諦者聖謂諸佛及佛弟子此是彼

諦謂彼於此知見解了正覺爲諦由是因緣名苦滅聖諦復次苦滅聖諦者是假建立名相言說謂苦滅聖諦過殑伽沙佛及弟子皆共施設如是名故

云何趣苦滅道聖諦謂若道若聖行於過去未來現在苦能永斷能棄捨能變吐能盡能離染能滅能寂靜能隱沒此復是何謂八支聖道則是正見正思惟正語正業正命正勤正念正定云何正見謂聖弟子於苦思惟苦於集思惟集於滅思惟滅於道思惟道無漏作意相應所有於法揀擇極揀擇最極揀擇解了等了近了機黠通達審察聰睿覺明慧行毗鉢舍那是名正見云何正思惟謂聖弟子於苦思惟苦乃至於道思惟道無漏作意相應所有思惟等思惟近思惟尋求等尋求近尋求推覓等推覓近推覓令心於法麤動而轉是名正思惟云何正語謂聖弟子於苦思惟苦乃至於道思惟道無漏作意相應思擇力故除趣邪命語四惡行於餘語惡行所得無漏遠離勝遠離近遠離極遠離寂靜律儀無作無造棄捨防護船筏橋梁堤塘牆塹於所制約不踰不踰性不越不越性無表語業是名正語云何正業謂聖弟子於苦思惟苦乃至於道思惟道無漏作意相應思擇力故除趣邪命身三惡行於餘身惡行所得無漏遠離乃至無表身業是名正業云何正命謂聖弟子於苦思惟苦乃至於道思惟道無漏作意相應思擇力故於趣邪命身語惡行所得無漏遠離乃至身語無表業是名正命云何正勤謂聖弟子於苦思惟苦乃至於道

思惟道無漏作意相應所有勤精進勇健勢猛熾盛難制勵意不息是名正勤云何正念謂聖弟子於苦思惟苦乃至於道思惟道無漏作意相應所有念隨念專念憶念不忘不失不遺不漏不失法性心明記性是名正念云何正定謂聖弟子於苦思惟苦乃至於道思惟道無漏作意相應所有心住等住近住安住不散不亂攝止等持心一境性是名正定如是所說八支聖道及餘無漏行名趣苦滅道如說聖行是眞實道究竟離苦趣涅槃故如是聖行名道諦者謂此名聖行眞實是聖行此名爲道眞實是道若佛出世若不出世如是道法法住法界一切如來自然通達等覺宣說施設建立分別開示令其顯了謂此是聖行此是道此是聖行性此是道此是眞是實是諦是如非妄非虛非倒非異故名道諦名聖諦者聖謂諸佛及佛弟子此是彼諦謂彼於此知見解了正覺爲諦由是因緣名趣苦滅道聖諦復次趣苦滅道聖諦者是假建立名相言說謂趣苦滅道聖諦過殑伽沙佛及弟子皆共施設如是名故

靜慮品第十一

一時薄伽梵在室羅筏住逝多林給孤獨園爾時世尊告苾芻衆有四天道令諸有情未淨者淨淨者鮮白何等爲四謂有一類離欲惡不善法有尋有伺離生喜樂初靜慮具足住是名第一天道復有一類尋伺寂靜內有淨心一趣性無尋無伺定生喜樂第二靜慮具足住是名第二天道復有一類離喜住捨正念正知身受樂聖說應捨第三靜慮具足

住是名第三天道復有一類斷樂斷苦先喜憂沒不苦不樂捨念清淨第四靜慮具足住是名第四天道如是四種皆令有情未淨者淨淨者鮮白

離欲惡不善法者云何欲謂貪亦名欲欲界亦名欲五妙欲境亦名欲今此義中意說五妙欲境名欲所以者何以五妙欲極可愛故極可醉故極可欲故極可樂故極可貪故極可求故極可悶故極可縛故極可希故極可繫故此中名欲然五妙欲非眞欲體眞欲體者是緣彼貪如世尊說

世諸妙境非眞欲　眞欲謂人分別貪
妙境如本住世間　智者於中已除欲

此頌意言可愛妙色聲香味觸非眞欲體眞欲體者謂緣彼生分別貪著欲境如本智者於中名離欲故尊者舍利子有時爲人說如是頌爾時有一邪命外道不遠而住以頌難詰舍利子言

若世妙境非眞欲　眞欲謂人分別貪
苾芻應名受欲人　起惡分別尋思故

時舍利子報外道言起惡尋思實名受欲非諸苾芻於世妙境皆起不善分別尋思故汝不應作斯難詰以頌反詰彼外道言

若世妙境是眞欲　說欲非人分別貪
汝師應名受欲人　恒觀可意妙色故

時彼外道默不能答彼師實觀可愛愛色由此知欲是貪非境爾時有一汲水女人聞上伽陀便說頌曰

欲我知汝本　汝從分別生
我更不分別　汝復從誰起

時復有一遏吒羅種聞上伽陀亦說頌曰
牟尼安隱眠　遇惡無愁惱　心樂靜慮者
不遊戲諸欲
此頌意言可愛妙境欲非真欲於彼所起分別貪愛乃是真欲是故此中應作四句一有一類補特伽羅於諸欲境身離非心謂如有一剃除鬚髮披服袈裟正信出家身參法侶心猶顧戀所愛諸欲數復發起猛利貪愛彼身出家心猶未出是名於欲身離非心二有一類補特伽羅於諸欲境心離非身謂如有一雖妻子受用上妙田宅臥具香鬘瓔珞衣服飲食受畜種種金銀珍寶驅役奴婢僮僕作使或時發起打罵等業而於諸欲不生耽染不數發起猛利貪愛彼身在家其心已出是名於欲心離非身三有一類補特伽羅於諸欲境身心俱離謂如有一剃除鬚髮披服袈裟正信出家身參法侶於諸欲境心無顧戀不數發起緣彼貪愛失念暫起深生慚愧彼身出家其心亦出是名於欲身心俱離四有一類補特伽羅於諸欲境身心俱不離謂如有一畜妻養子受用上妙田宅臥具香鬘瓔珞衣服飲食受畜種種金銀珍寶驅役奴婢僮僕作使發起種種打罵等業復於諸欲深生耽染數數發起猛利貪愛彼身心二種俱不出家是名於欲身心俱不離云何離欲謂於諸欲遠離極遠離空不可得故名離欲云何惡不善法謂五蓋即貪欲蓋瞋恚蓋惛沈睡眠蓋掉舉惡作蓋疑蓋云何貪欲蓋謂於諸欲諸貪等貪執藏防護堅著愛樂迷悶耽嗜徧耽嗜內縛希求耽湎苦集貪類貪生

總名貪欲如是貪欲覆心蔽心障心纏心隱心映心裹心蓋心故名爲蓋蓋即貪欲故名貪欲蓋云何瞋恚蓋謂於有情欲爲損害内懷栽杌欲爲擾惱已瞋恚當瞋恚現瞋恚樂爲過患極爲過患意極憤恚於諸有情各相違戾欲爲過患已爲過患當爲過患現爲過患總名瞋恚如是瞋恚覆心蔽心乃至裹心蓋心故名爲蓋蓋即瞋恚故名瞋恚蓋云何昏沈睡眠蓋謂身重性心重性身無堪任性心無堪任性身昏沈性心昏性矒瞢憒悶總名昏沈染汙心品所有眠夢不能任持心昧略性總名睡眠如是所說昏沈睡眠覆心蔽心乃至裹心蓋心故名爲蓋蓋即昏沈睡眠故名昏沈睡眠蓋云何掉舉惡作蓋謂心不寂靜掉舉等掉舉心掉舉性總名掉舉染汙心品所有心變心懊心悔我惡作惡作性總名惡作如是所說掉舉惡作覆心蔽心乃至裹心蓋心總名爲蓋蓋即掉舉惡作故名掉舉惡作蓋云何疑蓋謂於佛法僧及苦集滅道生起疑惑二分二路猶豫疑箭不決定不究竟不審決非已一趣非當一趣非現一趣總説爲疑如是疑性覆心蔽心乃至裹心蓋心故名爲蓋蓋即是疑故名疑蓋云何離不善法謂於如是惡不善法遠離極遠離空不可得故名離惡不善法

阿毗達磨法蘊足論卷第五 說一切有部

音釋

憍陳那 梵語也此云火器 憍居妖切　婆䍃疪斯 梵語也此云鹿　茈疪女黠切　皺 側救切散也　傴 委羽切背俯也　喘 昌兗切疾息也　齶 五各切齒根肉也　嗽 蘇奏切欬也　噫 乙界切噎也　癩 落蓋切疥也

痔丈爾切後病也　痳力尋切小便淋瀝病也　瘨丁年切腹脹也　癇何間切病也　癀徒回切陰病也　癭於郢切頸腫病也　癤當蓋切病也　痃癖痃胡堅切癖病也癖匹擊切腹病也　疹丑刃切熱病也　塹七豔切坑也　遏吒遏阿葛切吒陟嫁切　杌五忽切　鼟膏鼟都鄧切膏母白切鼟膏不明也　憒古對切心亂也

阿毗達磨法蘊足論卷第六

尊者大目乾連造

唐三藏法師玄奘奉詔譯

靜慮品第十一之餘

有尋有伺者云何尋謂離欲惡不善法者心尋求徧尋求近尋求心顯了極顯了現前顯了推度搆畫思惟分別總名爲尋云何伺謂離欲惡不善法者心伺察徧伺察近伺察隨行隨轉隨流隨屬總名爲伺尋與伺何差別令心麤性是尋令心細性是伺此復如何如打鍾時麤聲暫發細聲隨轉麤聲喻尋細聲喻伺搖鈴扣鉢吹螺擊鼓放箭霄雷麤細二聲爲喻亦爾又如衆鳥飛翔虛空鼓翼踊身方得隨意鼓翼喻尋踊身喻伺是謂尋伺二相差別云何有尋有伺謂離欲惡不善法者心相應品具有尋伺離生喜樂者云何離謂離欲亦名離離惡不善法亦名離出家亦名離色界善根亦名離初靜慮亦名離今此義中意說初靜慮名離云何喜謂離欲惡不善法者心欣極欣現前極欣欣性欣類徧意悅意喜性喜類樂和合不別離歡欣悅豫有堪任性踊躍踊躍性歡喜歡喜性總名爲喜云何樂謂離欲惡不善法者已斷身重性心重性身不堪任性心不堪任性所得身滑性心滑性身輭性心輭性身堪任性心堪任性身離蓋性心離蓋性身輕安性心輕安性身無焦惱性心無焦惱性身調柔性心調柔性總名爲樂云何離生喜樂謂前喜樂因離依離離所建立由離勢力起等起生等生趣入出現故說此名離生喜樂初者謂此靜慮順次

數中最居首故復次此於九種次第定中最在前故靜慮者謂在此定中尋伺喜樂心一境性總此五支名初靜慮如有頌言

心隨貪欲行　或復隨瞋恚　而修靜慮者
諸佛不稱譽　惛睡蓋纏心　無知修靜慮
身相雖安靜　諸佛不稱譽　掉悔蓋纏心
諸根不寂靜　雖勤修靜慮　諸佛不稱譽
三寶四諦中　心懷猶豫者　雖勤修靜慮
諸佛不稱譽　遠離欲及惡　尋伺皆如理
身柔輭安靜　受離生喜樂　身如沐浴團
徧體皆津膩　不强亦不弱　愛水不能漂
尋伺等五支　賢聖仙所證　總名初靜慮
諸佛所稱譽

在此定中諸心意識名初靜慮俱有之心諸思等思現前等思已思當思造心意業名初靜慮俱有意業諸心勝解已勝解當勝解名初靜慮俱有勝解在此定中若受若想若欲若作意若念若定若慧等名初靜慮俱有諸法如是諸法亦得名初靜慮此靜慮名依何義立謂能寂靜惡不善法及餘雜染後有識然當苦異熟生老死等諸有漏法故名靜慮復次寂靜種種惡不善法及餘雜染後有熾然當苦異熟生老死等有漏法已此靜慮起等起生等生趣入出現故名靜慮復次寂靜種種惡不善法及餘雜染後有熾然當苦異熟生老死等有漏法已此靜慮明盛徧照故名靜慮具足者謂此依出家及依遠離所生善法精勤修習無間無斷方得圓滿故名具足住者謂成就此靜慮現行隨行徧行徧隨行動轉解行故名爲住

尋伺寂靜者尋及伺如前說第二靜慮此二寂靜徧寂靜近寂靜空無所有故名尋伺寂靜內等淨者云何內等淨謂尋伺寂靜故諸信信性現前信性隨順印可愛慕愛慕性心澄心淨總名內等淨心一趣性者云何心一趣性謂尋伺寂靜故心不散不亂不流安住一境故名心一趣性無尋無伺者謂第二靜慮尋伺不可得不現行非有非等有故名無尋無伺定生喜樂者云何定謂尋伺寂靜者心住等住近住安住不散不亂攝止等持心一境性總名為定云何喜謂尋伺寂靜者心欣極欣廣說乃至歡喜歡喜性總名為喜云何樂謂尋伺寂靜者已斷身重性心重性廣說乃至身調柔性心調柔性總名為樂云何定生喜樂謂前喜樂因定依定定所建立由定勢力起等起生等生趣入出現故說此應言此名離定生喜樂名離喜樂第二者謂此靜慮順次數中居第二故復次此於九種次第定中在第二故靜慮者謂在此定中內等淨喜樂心一境性總此四支名第二靜慮如有頌言

尋伺俱寂靜　如雨息埃塵　內淨心一趣
觸菩提妙樂　無尋伺有喜　樂內淨及定
名第二靜慮　諸佛所稱譽

在此定中諸心意識名第二靜慮俱有定心諸思等思乃至造心意業名第二靜慮俱有意業諸心勝解已勝解當勝解名第二靜慮俱有勝解在此定中若受若想乃至若慧等名第二靜慮俱有諸法如是諸法亦得名為第二靜慮此靜慮名所依之義具足及住皆

如前說
離喜者云何喜謂心欣極欣乃至歡喜歡喜性總名爲喜心於此喜離染解脫故名離喜住捨正念正知者彼於爾時安住行捨正念正知云何捨謂離喜時心平等性心正直性心無警覺寂靜住性總名爲捨云何正念謂離喜時諸念隨念乃至心明記性總名正念云何正知謂離喜時所起於法揀擇乃至毗鉢舍那總名正知身受樂者身謂意身由意身中有受樂故四大種身亦得安適由此因緣名身受樂此中樂者謂離喜時已斷身重性心重性乃至身調柔性心調柔性總名爲樂此是受樂非輕安樂聖說應捨者聖謂諸佛及佛弟子說謂宣說分別開示勸修定者應捨此樂不應耽味唯應住捨正念正知第三者謂此靜慮順次數中居第三故復次此於九種次第定中在第三故靜慮者謂在此定中行捨正念正知身受樂心一境性總此五支名第三靜慮如有頌言

離喜最上迹　捨念知樂定　名第三靜慮
諸佛所稱譽

在此定中諸心意識名第三靜慮俱有之心諸思等思乃至造心意業名第三靜慮俱有意業諸心勝解已勝解當勝解名第三靜慮俱有勝解在此定中若受若想乃至若慧等名第三靜慮俱有諸法如是諸法亦得名爲第三靜慮此靜慮名所依之義具足及住亦
如前說
斷樂者云何樂謂順樂觸所起身樂心樂平等受受所攝總名爲樂復次修第三靜慮時

順樂受觸所起心樂平等受受所攝是名樂斷苦者云何苦謂順苦觸所起身苦不平等受受所攝是名苦此苦及樂爾時俱得斷徧知遠離極遠離調伏極調伏隱没除滅是故説爲斷樂斷苦先喜憂没者云何喜謂順喜觸所起心喜平等受受所攝是名喜復次修第二靜慮時順喜受觸所起心喜平等受受所攝是名喜云何憂謂順憂觸所起心憂平等受受所攝是名憂此及前喜爾時俱得斷徧知乃至隱没除滅是故説爲先喜憂没復次入初靜慮時憂得斷徧知入第二靜慮時苦得斷徧知入第三靜慮時喜得斷徧知入第四靜慮時若樂若苦若喜若憂皆得斷徧知遠離極遠離調伏極調伏隱没除滅是故説爲斷樂斷苦先喜憂没不苦不樂者顯此中無苦樂二受惟有第三非苦非樂受捨念清淨者云何捨謂彼爾時心平等性心正直性心無警覺寂靜住性總名爲捨云何念謂彼爾時諸念隨念廣説乃至心明記性總名爲念彼於爾時若捨若念俱得清淨樂苦喜憂尋伺二息皆遠離故説名清淨第四者謂此靜慮順次數中居第四故復次此於九種次第定中在第四故靜慮者謂在此定中不苦不樂受捨念心一境性總此四支名第四靜慮如有頌言

樂苦等已滅　心堅住不動　得清淨天眼
能廣見衆色　不苦不樂受　淨捨念及定
名第四靜慮　諸佛所稱譽

在此定中諸心意識名第四靜慮俱有之心諸思等思乃至造心意業名第四靜慮俱有

意業諸心勝解已勝解當勝解名第四靜慮俱有勝解在此定中若受若想乃至若慧等名第四靜慮俱有諸法如是諸法亦得名爲第四靜慮此靜慮名所依之義具足及住皆如前說

無量品第十二

一時薄伽梵在室羅筏住逝多林給孤獨園爾時世尊告苾芻衆有四無量何等爲四謂有一類慈俱行心無怨無敵遠離惱害廣大無量善修習故想對一方勝解徧滿具足而住及對第二第三第四上下或傍一切世間亦復如是是名第一復有一類悲俱行心無怨無敵遠離惱害廣大無量善修習故想對一方勝解徧滿具足而住及對第二第三第四上下或傍一切世間亦復如是是名第二復有一類喜俱行心無怨無敵遠離惱害廣大無量善修習故想對一方勝解徧滿具足而住及對第二第三第四上下或傍一切世間亦復如是是名第三復有一類捨俱行心無怨無敵遠離惱害廣大無量善修習故想對一方勝解徧滿具足而住及對第二第三第四上下或傍一切世間亦復如是是名第四云何爲慈謂有一類作是思惟願諸有情皆得勝樂彼依出家或依遠離由思擇力內所發起色界定善諸慈慈性若哀憐哀憐性若慜念慜念性總名爲慈復次與慈相應受想行識及所等起身語二業不相應行亦名爲慈云何慈心定加行修何加行入慈心定謂有一類起如是心願諸有情皆得勝樂雖有此心而無勝解願諸有情皆得如是如是

勝樂彼心雖善淨妙隨順磨瑩增長嚴飾應供常委助伴資粮而未名慈心定加行亦未名入慈心定復有一類發如是言願諸有情皆得勝樂雖有此言而無勝解願諸有情皆得如是如是勝樂彼言雖善淨妙乃至資粮而未名慈心定加行亦未名入慈心定復有一類起如是心發如是言願諸有情皆得勝樂雖有此心及有此言而無勝解願諸有情皆得如是如是勝樂彼心及言雖皆是善淨妙乃至資粮而未名慈心定加行亦未名入慈心定復有一類起如是心發如是言及有勝解願諸有情皆得如是如是勝樂彼心言及勝解雖皆是善淨妙乃至資粮而未名慈心定加行亦未名入慈心定其事如何如有一類寒苦所逼得暖生樂取此樂相起如是心發如是言願諸有情皆得如是如是勝樂彼心言及勝解雖皆是善淨妙乃至資粮而未名慈心定加行亦未名入慈心定復有一類熱苦所逼得冷生樂取此樂相起如是心發如是言願諸有情皆得如是如是勝樂彼心言及勝解雖皆是善淨妙乃至資粮而未名慈心定加行亦未名入慈心定復有一類飢苦所逼得食生樂取此樂相起如是心發如是言願諸有情皆得如是如是勝樂彼心言及勝解雖皆是善淨妙乃至資粮而未名慈心定加行亦未名入慈心定復有一類渴苦所逼得飲生樂取此樂相起如是心發如是言願諸有情皆得如是如是勝樂彼心言及勝解雖皆是善淨妙乃至資粮而未名慈心定加行亦未名入慈心定復有一類身體

垢穢支節勞倦乏諸資具親友乖離遇得沐浴按摩資具親友和合發生諸樂取此樂相起如是心發如是言願諸有情皆得如是如是勝樂彼心言及勝解雖皆是善淨妙乃至資粮而未名慈心定加行亦未名入慈心定復有一類盛夏熱時炎熾日光所逼切故熱渴迷悶身心焦惱遇清涼池投身沐浴飲用生樂取此樂相起如是心發如是言願諸有情皆得如是如是勝樂彼心言及勝解雖皆是善淨妙乃至資粮而未名慈心定加行亦未名入慈心定如是所受欲界樂具及三靜慮所受勝樂取彼樂相起心發言願諸有情皆得如是如是勝樂彼心言及勝解雖皆是善淨妙乃至資粮而未名慈心定加行亦未名入慈心定若有此生近會現入第三靜慮取彼樂相起如是心發如是言願諸有情皆得如是如是勝樂彼心言及勝解皆是勝善淨妙隨順乃至資粮乃可名慈心定加行亦名入慈心定又此定中諸心意識名慈俱有心諸思等思現前等思已思當思造心意業名慈俱有意業諸心勝解已勝解當勝解名慈俱有勝解又此定中若受若想若欲若作意若念若定若慧等名慈俱有諸法如是諸法亦得名慈心定加行亦名入慈心定復次慈心定有二種一狹小二無量云何狹小慈心定加行修何加行入狹小慈心定謂有一類於諸可愛可樂可喜可意有情謂父母兄弟姊妹及餘隨一親屬朋友彼於如是狹小有情令狹小慈俱心住等住近住安住調伏寂靜最極寂靜一趣等持願彼有情皆得勝

樂彼於爾時若心散亂馳流餘境不能一趣不能守念令住一緣而願狹小有情得樂齊此未名狹小慈心定加行亦未名入狹小慈心定彼若爾時攝錄自心令不散亂馳流餘境能令一趣住念一緣思惟狹小諸有情相而願狹小有情得樂如是思惟發勤精進勇健勢猛熾盛難制勵意不息是名狹小慈心定加行亦名入狹小慈心定彼於此道生已修習多修習故便令心住等住近住安住一趣等持無二無退願彼狹小有情得樂齊此名爲已入狹小慈心定又此定中諸心意識名狹小慈俱有心諸思等思乃至造心意業名狹小慈俱有意業諸心勝解已勝解當勝解名狹小慈俱有勝解又此定中若受若想乃至若慧等各狹小慈俱有諸法如是諸法亦得名狹小慈心定加行亦名入狹小慈心定云何無量慈心定加行修何加行入無量慈心定謂即於狹小慈心定數數修習令心隨順調伏寂靜數復調練令其質直柔輭堪能與後勝定作所依止然後漸令勝解徧滿於東方等無量有情皆願得樂彼於爾時若心散亂馳流餘境不能一趣不能守念令住一緣而願無量有情得樂齊此未名無量慈心定加行亦未名入無量慈心定彼若爾時攝錄自心令不散亂馳流餘境能令一趣住念一緣思惟無量諸有情相而願無量有情得樂如是思惟發勤精進乃至勵意不息是名無量慈心定加行亦名入無量慈心定彼於此道生已修習多修習故便令心住等住近住安住一趣等持無二無退願彼無量有

情得樂齊此名爲已入無量慈心定又此定中諸心意識名無量慈俱有心諸思等思乃至造心意業名無量慈俱有意業諸心勝解已勝解當勝解名無量慈俱有勝解又此定中若受若想乃至若慧等名無量慈俱有諸法如是諸法亦得名無量慈心定加行亦名入無量慈心定

云何爲悲謂有一類作是思惟願諸有情皆得離苦彼依出家或依遠離由思擇力內所發起色界定善諸悲悲性若惻愴惻愴性若酸楚酸楚性總名爲悲復次與悲相應受想行識及所等起身語二業不相應行亦名爲悲復次悲心定有二種一狹小二無量云何狹小悲心定加行修何加行入狹小悲心定謂有一類於諸可愛可樂可喜可意有情謂父母兄弟姊妹及餘隨一親屬朋友彼於如是狹小有情令狹小悲俱心住等住近住安住調伏寂靜最極寂靜一趣等持願彼有情皆得離苦彼於爾時若心散亂馳流餘境不能一趣不能守念令住一緣而願狹小有情離苦齊此未名狹小悲心定加行亦未名入狹小悲心定彼若爾時攝録自心令不散亂馳流餘境能令一趣住念一緣思惟狹小諸有情相而願狹小有情離苦如是思惟發勤精進乃至勵意不息是名狹小悲心定加行亦名入狹小悲心定彼於此道生已修習多修習故便令心住等住近住安住一趣等持無二無退願彼狹小有情離苦齊此名爲已入狹小悲心定又此定中諸心意識名狹小悲俱有心諸思等思乃至造心意業名狹小

悲俱有意業諸心勝解已勝解當勝解名狹小悲俱有勝解又此定中若受若想乃至若慧等名狹小悲俱有諸法如是諸法亦得名狹小悲心定加行亦名入狹小悲心定云何無量悲心定加行修何加行入無量悲心定謂即於狹小悲心定數數修習令心隨順調伏寂靜數復調練令其質直柔輭堪能與後勝定作所依止然後漸令勝解徧滿於東方等無量有情皆願離苦彼於爾時若心散亂馳流餘境不能一趣不能守念令住一緣而願無量有情離苦齊此未名無量悲心定加行亦未名入無量悲心定彼若爾時攝録自心令不散亂馳流餘境能令一趣住念一緣思惟無量諸有情相而願無量有情離苦如是思惟發勤精進乃至勵意不息是名無量悲心定加行亦名入無量悲心定彼於道生已修習多修習故便令心住等住近住安住一趣等持無二無退願彼無量有情離苦齊此名爲已入無量悲心定又此定中諸心意識名無量悲俱有心諸思等思乃至造心意業名無量悲俱有意業諸心勝解已勝解當勝解名無量悲俱有勝解又此定中若受若想乃至若慧等名無量悲俱有諸法如是諸法亦得名無量悲心定加行亦名入無量悲心定

云何爲喜謂有一類作是思惟有情獲益深可欣慰彼依出家或依遠離由思擇力內所發起色界定善心欣極欣現前極欣欣性欣類適意悅意喜性喜類樂和合不別離歡欣悅豫有堪任性踊躍踊躍性歡喜歡喜性總

名爲喜復次與喜相應受想行識及所等起身語二業不相應行亦名爲喜復次喜心定有二種一狹小二無量云何狹小喜心定加行修何加行入狹小喜心定謂有一類於諸可愛可樂可喜可意有情謂父母兄弟姊妹及餘隨一親屬朋友彼於如是狹小有情令狹小喜俱心住等住近住安住調伏寂靜最極寂靜一趣等持慶彼有情得樂離苦彼於爾時若心散亂馳流餘境不能一趣不能守念令住一緣而慶狹小有情獲益齊此未名狹小喜心定加行亦未名入狹小喜心定彼若爾時攝録自心令不散亂馳流餘境能令一趣住念一緣思惟狹小諸有情相欣慰狹小有情獲益如是思惟發勤精進乃至勵意不息是名狹小喜心定加行亦名入狹小喜心定彼於此道生已修習多修習故便令心住等住近住安住一趣等持無二無退欣慰狹小有情獲益齊此名爲已入狹小喜心定又此定中諸心意識名狹小喜俱有心諸思等思乃至造心意業名狹小喜俱有意業諸心勝解已勝解當勝解名狹小喜俱有勝解又此定中若受若想乃至若慧等名狹小喜俱有諸法如是諸法亦得名狹小喜心定加行亦名入狹小喜心定云何無量喜心定加行修何加行入無量喜心定謂即於狹小喜心定數數修習令心隨順調伏寂靜數復調練令其質直柔輭堪能與後勝定作所依止然後漸令勝解徧滿於東方等無量有情欣慰獲益彼於爾時若心散亂馳流餘境不能一趣不能守念令住一緣欣慰無量有情獲

益齊此未名無量喜心定加行亦未名入無量喜心定彼若爾時攝録自心令不散亂馳流餘境能令一趣住念一縁思惟無量諸有情相欣慰無量有情獲益如是思惟發勤精進乃至勵意不息是名無量喜心定加行亦名入無量喜心定彼於此道生已修習多修習故便令心住等住近住安住一趣等持無二無退欣慰無量有情獲益齊此名爲已入無量喜心定又此定中諸心意識名無量喜俱有心諸思等思乃至造心意業名無量喜俱有意業諸心勝解已勝解當勝解名無量喜俱有勝解又此定中若受若想乃至若慧等名無量喜俱有諸法如是諸法亦得名無量喜心定加行亦名入無量喜心定

云何爲捨謂有一類作是思惟應於有情住平等捨彼依出家或依遠離由思擇力内所發起色界定善心平等性心正直性心無警覺寂靜住性總名爲捨復次與捨相應受想行識及所等起身語二業不相應行亦名爲捨云何捨心定加行修何加行入捨心定謂有一類雖見可愛可樂可喜可意等有情而不起分別此是我母此是我父乃至此是我朋友等唯起平等有情勝解如無求士遇入一林雖見娑羅樹或多羅樹或夜bindir樹或馬相樹或鄔曇跋羅樹或諾瞿陀樹等而不起分別此是娑羅樹此是多羅樹乃至此是諾瞿陀樹等唯起平等樹林勝解修捨行者於諸有情不起分別應知亦爾是名捨心定加行亦名入捨心定復次捨心定有二種一狹小二無量云何狹小捨心定加行修何加行

入狹小捨心定謂有一類於諸可愛可樂可喜可意等有情謂父母兄弟姊妹及餘隨一親屬朋友等彼於如是狹小有情令狹小捨俱心住等住近住安住調伏寂靜最極寂靜一趣等持於彼有情住平等捨彼於爾時若心散亂馳流餘境不能一趣不能守念令住一緣於彼有情住平等捨齊此未名狹小捨心定加行亦未名入狹小捨心定彼若爾時攝録自心令不散亂馳流餘境能令一趣住念一緣思惟狹小諸有情相於彼有情住平等捨如是思惟發勤精進乃至勵意不息是名狹小捨心定加行亦名入狹小捨心定彼於此道生已修習多修習故便令心住等住近住安住一趣等捨無二無退於彼有情住平等捨齊此名爲已入狹小捨心定又此定中諸心意識名狹小捨俱有心諸思等思乃至造心意業名狹小捨俱有意業諸心勝解已勝解當勝解名狹小捨俱有勝解又此定中若受若想乃至若慧等名狹小捨俱有諸法如是諸法亦得名狹小捨心定加行亦名入狹小捨心定云何無量捨心定加行修何加行入無量捨心定謂即於狹小捨心定數數修習令心隨順調伏寂靜數復調練令其質直柔輭堪能與後勝定作所依止然後漸令勝解徧滿於東方等無量有情住平等捨彼於爾時若心散亂馳流餘境不能一趣不能守念令住一緣於彼有情住平等捨齊此未名無量捨心定加行亦未名入無量捨心定彼若爾時攝録自心令不散亂馳流餘境能令一趣住念一緣思惟無量諸有情相於

彼有情住平等捨如是思惟發勤精進乃至勵意不息是名無量捨心定加行亦名入無量捨心定彼於此道生已修習多修習故便令心住等住近住安住一趣等持無二無退於彼有情住平等捨齊此名爲已入無量捨心定又此定中諸心意識名無量捨俱有心諸思等思乃至造心意業名無量捨俱有意業諸心勝解已勝解當勝解名無量捨俱有勝解又此定中若受若想乃至若慧等名無量捨俱有諸法如是諸法亦得名無量捨心定加行亦名入無量捨心定

阿毗達磨法蘊足論卷第六 說一切有部

音釋

螺 落戈切 譽 羊茹切稱美也 狹 胡夾切隘也 惻愴 惻察色切愴楚亮切惻愴猶痛傷也 鄔曇跋羅 梵語也亦云烏曇鉢羅此云瑞應跋北末切 諾瞿陀 梵語也此云無節諾奴各切

阿毗達磨法蘊足論卷第七

尊者大目乾連造

唐三藏法師玄奘奉詔譯

無色品第十三

一時薄伽梵在室羅筏住逝多林給孤獨園。爾時世尊告苾芻衆有四無色何等爲四謂有苾芻超諸色想滅有對想不思惟種種想入無邊空空無邊處具足住是名第一復有苾芻超一切種空無邊處入無邊識識無邊處具足住是名第二復有苾芻超一切種識無邊處入無所有無所有處具足住是名第三復有苾芻超一切種無所有處入非想非非想處具足住是名第四

超諸色想者云何諸色想謂眼識相應想等想現前等想解了取像已想當想總名色想有作是說與五識相應想等想乃至已想當想總名色想今此義中惟眼識相應想等想乃至已想當想總名色想如是色想爾時超越等超越故名超諸色想滅有對想者云何有對想謂耳等四識相應想等想乃至已想當想總名有對想有作是說瞋恚相應想等想乃至已想當想總名有對想今此義中耳等四識相應想等想乃至已想當想總名有對想如是有對想爾時斷徧知遠離極遠離調伏極調伏隱沒除滅故名滅有對想不思惟種種想者云何種種想謂有蓋纏者所有染汙色聲香味觸想所有不善想所有非理所引想所有障礙定想總名種種想彼想爾時不復引發不復憶念不復思惟不復已思惟不復當思惟故名不思惟種種想入無邊

空空無邊處具足住者云何空無邊處定加行修何加行入空無邊處定謂於此定初修業者先應思惟第四靜慮爲麤苦障次應思惟空無邊處爲靜妙離彼於爾時若心散亂馳流餘境不能一趣不能守念令住一縁修空無邊處定齊此未名空無邊處定加行亦未名入空無邊處定彼若爾時攝録自心令不散亂馳流餘境能令一趣住念一縁思惟修習空無邊處定相如是思惟發勤精進勇健勢猛熾盛難制勵意不息是名空無邊處定加行亦名入空無邊處定彼於此道生已修習多修習故便令心住等住近住安住一趣等持無二無退齊此名爲已入空無邊處定又此定中諸心意識名空無邊處定俱有心諸思等思乃至造心意業名空無邊處定俱有意業諸心勝解已勝解當勝解名空無邊處定俱有勝解又此定中若受若想乃至若慧等名空無邊處定俱有諸法如是諸法亦名空無邊處定超一切種空無邊處者謂彼爾時於空無邊想超越等超越故名超一切種空無邊處入無邊識識無邊處具足住者云何識無邊處定加行修何加行入識無邊處定謂於此定初修業者先應思惟空無邊處爲麤苦障次應思惟識無邊處爲靜妙離餘廣説如空無邊處超一切識無邊處者謂彼爾時於識無邊處想超越等超越故名超一切種識無邊處入無所有無所有處具足住者云何無所有處定加行修何加行入無所有處定謂於此定初修業者先應思惟識無邊處爲麤苦障次應思惟無所有處爲

靜妙離餘廣說如空無邊處超一切種無所有處者謂彼爾時於無所有處想超越等超越故名超一切種無所有處入非想非非想處具足住者云何非想非非想處定加行修何加行入非想非非想處定謂於此定初修業者先應思惟無所有處爲麤苦障次應思惟非想非非想處爲靜妙離餘廣說如空無邊處

修定品第十四

一時薄伽梵在室羅筏住逝多林給孤獨園爾時世尊告苾芻衆有四修定何等爲四謂有修定若習若修若多所作能令證得現法樂住復有修定若習若修若多所作能令證得殊勝智見復有修定若習若修若多所作能令證得勝分別慧復有修定若習若修若多所作能令證得諸漏永盡云何修定若習若修若多所作能令證得現法樂住謂有苾芻即於自身離生喜樂滋潤徧滋潤充滿徧充滿適悅徧適悅故離生喜樂於自身中無有少分而不充滿是名修定若習若修若多所作能令證得現法樂住云何修定若習若修若多所作能令證得殊勝智見謂有苾芻於光明想善攝受善思惟善修習善通達若晝若夜無有差別若前若後無有差別若下若上無有差別開心離蓋修照俱心除闇昧心修無量定是名修定若習若修若多所作能令證得殊勝智見云何修定若習若修若多所作能令證得勝分別慧謂有苾芻善知受生善知受住善知受滅盡沒於此住念非不住念及善知想善知尋於此住念非不住

念是名修定若習若修若多所作能令證得勝分別慧云何修定若習若修若多所作能令證得諸漏永盡謂有苾芻於五取蘊數數隨觀生滅而住謂此是色此是色集此是色滅此是受想行識此是受想行識集此是受想行識滅是名修定若習若修若多所作能令證得諸漏永盡爾時世尊爲攝前義而說頌言

斷欲想憂俱　離惛沈惡作　得清淨捨念
法尋伺前行　現法樂爲初　次勝知見慧
破無明等漏　後證解脫果

即於自身者謂身亦名身身根亦名身五色根亦名身四大種所造聚亦名身今此義中意說四大種所造聚名身離生喜樂者謂初靜慮所有喜樂平等受受所攝身輕安心輕安是名喜樂如是喜樂從離欲惡不善法起等起生等生聚集出現故名離生喜樂滋潤徧滋潤充滿徧充滿適悅徧適悅者謂即於自四大種所造聚身離生喜樂起等起生等生聚集出現滋潤徧滋潤是一義充滿徧充滿是一義適悅徧適悅是一義由下中上長養差別譬如農夫初以少水漑灌畦壠爾時畦壠滋潤徧滋潤次以中水漑灌畦壠爾時畦壠充滿徧充滿後以多水漑灌畦壠爾時畦壠適悅徧適悅苾芻亦爾初以下品離生喜樂長養大種所造聚身爾時自身滋潤徧滋潤次以中品離生喜樂長養大種所造聚身爾時自身充滿徧充滿後以上品離生喜樂長養大種所造聚身爾時自身適悅徧適悅離生喜樂於自身中無有少分而不充滿

者謂從定至頂離生喜樂作長養事無不充滿是名修定者云何爲定謂即於自身離生喜樂滋潤徧滋潤充滿徧充滿適悅徧適悅故心住等住近住安住不散不亂攝止等持心一境性總名爲定云何爲修謂於此定若修若習恒作常作加行不捨總名爲修若習若修若多所作者顯於此定能得自在能令證得現法樂住者謂於此定若習若修若多所作於現法中證得樂住可愛可樂可欣可意無所希望無所思慕寂靜安隱故名樂住於此樂住得獲成就親近觸證故名證得復次初靜慮所攝離生喜樂俱行心一境性說名爲定即於此定若修若習恒作常作加行不捨說名爲修若習若修若多所作顯彼自在能令證得現法樂住義如前說

於光明想善攝受等者云何光明定加行修何加行入光明定謂於此定初修業者先應善取淨月輪相或復善取淨日輪相或復善取藥物末尼諸天宮殿星宿光明或復善取燈燭光明或復善取焚燒城邑川土光明或復善取焚燒山澤曠野光明或復善取焚燒十擔或二十擔或三十擔或四十擔或五十擔或百擔或千擔或百千擔或無量百擔或無量千擔或無量百千擔薪火光明此火光明熾盛極熾盛洞然徧洞然隨取一種光明相已審諦思惟解了觀察勝解堅住而分別之彼於爾時若心散亂馳流餘境不能一趣不能守念令住一緣思惟所取諸光明相齊此未名光明定加行亦未名入光明定彼若爾時攝錄自心令不散亂馳流餘境能令一

趣住念一緣思惟如是諸光明相如是思惟發勤精進乃至勵意不息是名光明定加行亦名入光明定彼於此道生已修習多修習故便令心住等住近住安住一趣等持無二無退思惟如是諸光明相齊此名爲已入光明定而未名爲光明定想云何名爲光明定想謂即依止前光明定思惟如前諸光明相諸想等想解了取像已想當想名光明定想此光明定想名光明想於光明想善攝受者謂於此想恭敬攝受殷勤攝受尊重攝受思惟彼因彼門彼理彼方便彼行相故名善攝受善思惟者謂數數起光明想已數數思惟光明相想善修習者謂於此想數習數修數多所作故名善修習善通達者謂於此想等了審了等審審觀察故名善通達若晝若夜無有差別者謂如晝分審諦思惟解了觀察勝解堅住分別如前諸光明相夜分亦爾如於夜分審諦思惟解了觀察勝解堅住分別如前諸光明相晝分亦爾故名若晝若夜無有差別若前若後無有差別者謂如對面審諦思惟解了觀察勝解堅住分別如前諸光明相背面亦爾如於背面對面亦爾復次如於前時審諦思惟解了觀察勝解堅住分別如前諸光明相今時亦爾如於今時前時亦爾故名若前若後無有差別若下若上無有差別者謂如於下方審諦思惟解了觀察勝解堅住分別如前諸光明相於上方亦爾如於上方於下方亦爾故名若下若上無有差別開心者謂發起光明照了鮮淨俱行之心離蓋者謂遠離惛沈睡眠纏蓋心用明了修照

俱心者謂修習光明照了鮮淨俱行之心除闇昧心者謂此心中不起闇昧相惟起光明相如燈燭光明了除闇相修無量定者謂修無量光明相定是名修定者云何爲定謂即於光明審諦思惟解了觀察勝解堅住分別所起心住等住乃至心一境性總名爲定云何爲修謂於此定若修若習恒作常作加行不捨總名爲修若習若修若多所作者顯於此定能得自在能令證得殊勝智見者云何名爲殊勝智見謂於此定若習若修若多所作至圓滿位於舊眼邊發起色界大種所造清淨天眼依此天眼生淨眼識依此眼識能徧觀察前後左右上下諸色如如色界大種所造清淨天眼舊眼邊起如是如是生淨眼識依此眼識領受觀察彼彼諸色是名此中殊勝智見有作是說由意淨故勝解觀見即人肉眼變成天眼名勝智見今此義中即前所說清淨眼識相應勝慧說名爲智亦名爲見謂天眼識相應勝慧領受觀察彼彼諸色是名此中殊勝智見彼於此定若習若修若多所作能令證得殊勝智見得獲成就親近觸證殊勝智見故名證得復次光明想俱行心一境性說名爲定即於此定若修若習恒作常作加行不捨說名爲修若習若修若多所作顯彼自在能令證得殊勝智見義如前說善知受生善知受住善知受滅盡沒者謂審觀受生審觀受住審觀受滅盡沒於此住念非不住念者謂審觀受生時具念正知審觀受住時具念正知審觀受滅盡沒時具念正知及善知想善知尋者謂審觀想尋生審

觀想尋住審觀想尋滅盡沒於此住念非不住念者謂審觀想尋生時具念正知審觀想尋住時具念正知審觀想尋滅盡沒時具念正知是名修定者云何爲定謂彼爾時作如是念我於諸法應正思惟不起不善法起諸善法不起無記法起有記法令不善法不久住令諸善法得久住令無記法不久住令有記法得久住彼於爾時亦觀察心亦觀察心所法彼觀察心心所法時所起心住等住乃至心一境性總名爲定云何爲修謂於此定若修若習恒作常作加行不捨總名爲修若習若修若多所作者顯於此定能得自在能令證得勝分別慧者謂於此定若習若修若多所作能令一切不善慧非理所引慧所有不善障礙定慧皆悉破壞捨置不起此相違慧生長堅住由此故說能令證得勝分別慧即於此慧得獲成就親近觸證故名證得復次審觀受想尋俱行心一境性說名爲定即於此定若修若習恒作常作加行不捨說名爲修若習若修若多所作顯彼自在能令證得勝分別慧義如前說

於五取蘊數數隨觀生滅而住等者謂如實知色生及變壞如實知受想行識生及變壞是名修定者云何爲定謂於五取蘊數數隨觀生滅而住所起心住等住乃至心一境性總名爲定云何爲修謂於此定若修若習恒作常作加行不捨總名爲修若習若修若多所作者顯於此定能得自在能令證得諸漏永盡者漏謂三漏即欲漏有漏無明漏彼於此定若習若修若多所作能令三漏盡等盡

徧盡究竟盡故名諸漏永盡於此永盡得獲成就親近觸證故名證得復次第四靜慮所攝清淨捨念俱行趣阿羅漢無間道所攝心一境性說名爲定即於此定若修若習恒作常作加行不捨說名爲修若習若修若多所作顯彼自在能令證得諸漏永盡義如前說

覺支品第十五

一時薄伽梵在室羅伐住逝多林給孤獨園時有苾芻來詣佛所到已頂禮世尊雙足却住一面而白佛言世尊嘗說覺支覺支此言何義世尊告曰此覺支言顯七覺支何等爲七謂念覺支擇法覺支精進覺支喜覺支輕安覺支定覺支捨覺支如是覺支漸次而起漸次而得修令圓滿時彼苾芻復白佛言云何覺支漸次而起漸次而得修令圓滿佛告苾芻若有於身住循身觀安住正念遠離愚癡爾時便起念覺支得念覺支修令圓滿彼由此念於法揀擇極揀擇徧尋思徧伺察審諦伺察爾時便起擇法覺支得擇法覺支修令圓滿彼由擇法發勤精進心不下劣爾時便起精進覺支得精進覺支修令圓滿彼由精進發生勝喜遠離愛味爾時便起喜覺支得喜覺支修令圓滿彼由此喜身心輕安遠離麤重爾時便起輕安覺支得輕安覺支修令圓滿彼由輕安便受快樂樂故心定爾時便起定覺支得定覺支修令圓滿彼由心定能滅貪憂住增上捨爾時便起捨覺支得捨覺支修令圓滿於受心法住循受心法觀廣說亦爾如是覺支漸次而起漸次而得修令圓滿云何念覺支謂世尊說若聖弟子於此

内身住循身觀若具正勤正知正念除世貪憂於彼外身住循身觀若具正勤正知正念除世貪憂於内外身住循身觀若具正勤正知正念除世貪憂於内外俱受心法三廣說亦爾修習如是四念住念所有無漏作意相應諸念隨念專念憶念不忘不失不遺不漏不失法性心明記性總名爲念亦名念根亦名念力亦名念覺支亦名正念是聖出世無漏無取道隨行道俱有道隨轉能正盡苦作苦邊際諸有學者如所見諸行思惟觀察令至究竟於諸行中深見過患於永涅槃深見功德若阿羅漢如解脱心思惟觀察令至究竟所有無漏作意相應諸念隨念乃至心明記性是名念覺支云何擇法覺支謂世尊說若聖弟子能如實知善不善法有罪無罪法應修不應修法下劣勝妙法黑白法有敵對法緣生法能如實知善不善法者云何善法謂善身語業善心心所法善心不相應行及擇滅是名善法云何不善法謂不善身語業不善心心所法不善心不相應行是名不善法彼於如是善不善法以如實正慧揀擇極揀擇偏尋思偏伺察審諦伺察是名能如實知善不善法能如實知有罪無罪法者云何有罪法謂三惡行三不善根十不善業道是名有罪法云何無罪法謂三妙行三善根十善業道是名無罪法彼於如是有罪無罪法以如實正慧揀擇極揀擇偏尋思偏伺察審諦伺察是名能如實知有罪無罪法能如實知應修不應修法者云何應修法謂三妙行三善根十善業道親近善士聽聞正法如理

作意法隨法行恭敬聽聞密護根門飲食知量初夜後夜曾不睡眠勤修諸善是名應修法復次四念住四正勝四神足五根五力七等覺支八支聖道四正行四法迹奢摩他毗鉢舍那亦名應修法云何不應修法謂三惡行三不善根十不善業道親近不善士聽聞不正法不如理作意行非法行不恭敬聽不恭敬問不密護根門飲食不知量初夜後夜常習睡眠不勤修善是名不應修法彼於如是應修不應修法以如實正慧揀擇極揀擇徧尋思徧伺察審諦伺察是名能如實知應修不應修法能如實知下劣勝妙法者云何下劣法謂不善法及有覆無記是名下劣法云何勝妙法謂諸善法及無覆無記是名勝妙法彼於如是下劣勝妙法以如實正慧揀擇極揀擇徧尋思徧伺察審諦伺察是名能如實知下劣勝妙法能如實知黑白法者云何黑白法謂不善法名黑善法名白有罪法名黑無罪法名白不應修法名黑應修法名白下劣法名黑勝妙法名白是名黑白法彼於如是黑白法以如實正慧揀擇極揀擇徧尋思徧伺察審諦伺察是名能如實知黑白法能如實知有敵對法者云何有敵對法謂貪無貪互相敵對瞋無瞋互相敵對癡無癡互相敵對是名有敵對法彼於如是有敵對法以如實正慧揀擇極揀擇徧尋思徧伺察審諦伺察是名能如實知有敵對法能如實知緣生法者云何緣生法謂緣起法及緣已生法總名緣生法彼於如是緣生法以如實正慧揀擇極揀擇徧尋思徧伺察審諦伺察

是名能如實知緣生法彼如實知善不善法廣說乃至緣生法時所有無漏作意相應於法揀擇極揀擇最極揀擇解了等了近了機黠通達審察聰睿覺明慧行毗鉢舍那總名爲慧亦名慧根亦名慧力亦名擇法覺支亦名正見是聖出世無漏無取道隨行道俱有道隨轉能正盡苦作苦邊際諸有學者如所見諸行思惟觀察令至究竟於諸行中深見過患於永涅槃深見功德若阿羅漢如解脫心思惟觀察令至究竟所有無漏作意相應於法揀擇乃至毗鉢舍那是名擇法覺支云何精進覺支謂世尊說若聖弟子爲令已生惡不善法斷故起欲發勤精進策心持心爲令未生惡不善法不生故起欲發勤精進策心持心爲令未生善法生故起欲發勤精進策心持心爲令已生善法堅住不爲忘修滿倍增廣大智作證故起欲發勤精進策心持心彼修如是四正勝時所有無漏作意相應諸勤精進勇健勢猛熾盛難制勵意不息總名精進亦名精進根亦名精進力亦名精進覺支亦名正勤是聖出世無漏無取道隨行道俱有道隨轉能正盡苦作苦邊際諸有學者如所見諸行思惟觀察令至究竟於諸行中深見過患於永涅槃深見功德若阿羅漢如解脫心思惟觀察令至究竟所有無漏作意相應諸勤精進乃至勵意不息是名精進覺支云何喜覺支謂世尊說大名當知若聖弟子以如是相隨念諸佛謂此世尊是如來阿羅漢正等覺明行圓滿善逝世間解無上丈夫調御士天人師佛薄伽梵彼聖弟子以

如是相隨念佛時貪不纏心瞋不纏心癡不纏心於如來所其心正直心正直故得義威勢得法威勢於如來所能引起欣欣故生喜心喜故身安身安故受樂樂故心定心定故於不平等諸有情類得住平等於有惱害諸有情類住無惱害得預流法於諸佛所修隨念故乃至能證究竟涅槃復次大名若聖弟子以如是相隨念正法謂佛正法善說現見無熱應時引導進觀智者內證彼聖弟子以是相隨念法時貪不纏心瞋不纏心癡不纏心於正法所其心正直心正直故得義威勢得法威勢於正法所能引起欣欣故生喜心喜故身安身安故受樂樂故心定心定故於不平等諸有情類得住平等於有惱害諸有情類住無惱害得預流法於正法所修隨念故乃至能證究竟涅槃

復次大名若聖弟子以是相隨念僧伽謂佛弟子具足妙行質直行如理行法隨法行和敬行隨法行又佛弟子有預流向有預流果有一來向有一來果有不還向有不還果有阿羅漢向有阿羅漢果如是總有四雙八隻補特伽羅如是僧伽戒具足定具足慧具足解脫具足解脫知見具足應請應屈應恭敬無上福田世所應供彼聖弟子以如是相隨念僧時貪不纏心瞋不纏心癡不纏心於僧伽所其心正直心正直故得義威勢得法威勢於僧伽所能引起欣欣故生喜心喜故身安身安故受樂樂故心定心定故於不平等諸有情類得住平等於有惱害諸有情類住無惱害得預流法於僧伽所修隨念故乃至

能證究竟涅槃復次大名若聖弟子以如是相隨念自戒謂我淨戒不缺不穿不雜不穢堪受供養無隱昧善究竟善受持智者稱讚常無譏毀彼聖弟子以如是相隨念自戒時貪不纏心瞋不纏心癡不纏心於自戒所其心正直心正直故得義威勢得法威勢於自戒所能引起欣欣故生喜心喜故身安身安故受樂樂故心定心定故於不平等諸有情類得住平等於有惱害諸有情類住無惱害得預法流於自戒所修隨念故乃至能證究竟涅槃復次大名若聖弟子以如是相隨念自施謂我今者善得勝利雖居無量慳垢所纏衆生聚中而心遠離一切慳垢能行惠施雖處居家而能不著一切財寶舒手布施作大祠祀供養福田惠捨具足樂等分布彼聖弟子以如是相隨念自施時貪不纏心瞋不纏心癡不纏心於自施所其心正直心正直故得義威勢得法威勢於自施所能引起欣欣故生喜心喜故身安身安故受樂樂故心定心定故於不平等諸有情類得住平等於有惱害諸有情類住無惱害得預法流於自施所修隨念故乃至能證究竟涅槃復次大名若聖弟子以如是相隨念諸天謂有四大王衆天三十三天夜摩天覩史多天樂變化天他化自在天如是諸天成就信故戒故聞故捨故慧故從此處沒生彼天中受諸快樂我亦有信戒聞捨慧亦當生彼與諸天衆同受快樂彼聖弟子以如是相隨念天時貪不纏心瞋不纏心癡不纏心於諸天所其心正直心正直故得義威勢得法威勢於諸天所

能引起欣欣故生喜心喜故身安身安故受樂樂故心定心定故於不平等諸有情類得住平等於有惱害諸有情類住無惱害得預法流於諸天所修隨念故乃至能證究竟涅槃彼修如是六隨念時所有無漏作意相應心欣極欣現前極欣欣性欣類適意說意喜性喜類樂和合不別離歡欣悦豫有堪任性踊躍性歡喜歡喜性總名為喜亦名喜覺支是聖出世無漏無取道隨行道俱有道隨轉能正盡苦作苦邊際諸有學者如所見諸行思惟觀察令至究竟於諸行中深見過患於求涅槃深見功德若阿羅漢如解脫心思惟觀察令至究竟所有無漏作意相應心欣極欣乃至歡喜歡喜性是名喜覺支

阿毗達磨法蘊足論卷第七 說一切有部

音釋

漑灌 漑古代切澆也 灌古玩切沃也 畦壠 畦玄圭切田畦也 壠魯勇切丘壠也 奢摩他 梵語也此云止 奢詩車切 毗鉢舍那 梵語也此云觀 毗頻眉切 鉢比末切

阿毗達磨法藴足論卷第八

尊者大目乾連造

唐三藏法師玄奘奉詔譯

覺支品第十五之餘

云何輕安覺支謂世尊說慶喜當知入初靜慮時語言靜息由此爲緣餘法亦靜息此名第一順輕安相入第二靜慮時尋伺靜息由此爲緣餘法亦靜息此名第二順輕安相入第三靜慮時諸喜靜息由此爲緣餘法靜息此名第三順輕安相入第四靜慮時入出息靜息由此爲緣餘法亦靜息此名第四順輕安相入滅想受定時想受靜息由此爲緣餘法亦靜息此名第五順輕安相慶喜當知復有第六上妙輕安是勝是最勝是上是無上如是輕安最上最妙無餘輕安能過此者此復云何謂心從貪離染解脫及從瞋癡離染解脫此名第六順輕安相思惟此相所有無漏作意相應諸身輕安心輕安輕安性輕安類總名輕安亦名輕安覺支是聖出世無漏無取道隨行道俱有道隨轉能正盡苦作苦邊際諸有學者如所見諸行思惟觀察令至究竟於諸行中深見過患於永涅槃深見功德若阿羅漢如解脫心思惟觀察令至究竟所有無漏作意相應諸身輕安心輕安輕安性輕安類是名輕安覺支

云何定覺支謂世尊說苾芻當知我說依初靜慮能盡諸漏如是我說依第二第三第四靜慮空無邊處識無邊處無所有處能盡諸漏苾芻當知我依何故作如是說依初靜慮能盡諸漏謂有苾芻先由如是諸行相狀離

欲惡不善法有尋有伺離生喜樂初靜慮具足住彼不思惟如是諸行相狀但思惟彼所得所趣色受想行識謂此諸法如病如癰如箭惱害無常苦空非我彼於此法深心厭患怖畏遮止然後攝心置甘露界思惟此界寂靜微妙捨一切依愛盡離染永滅涅槃如善射師或彼弟子先學近射泥團草人後能遠射大堅固物亦令破壞苾芻亦爾先由如是諸行相狀離欲惡不善法有尋有伺離生喜樂初靜慮具足住彼不思惟如是諸行相狀但思惟彼所得所趣色受想行識謂此諸法如病如癰如箭惱害無常苦空非我彼於此法深心厭患怖畏遮止然後攝心置甘露界思惟此界寂靜微妙捨一切依愛盡離染永滅涅槃彼如是知如是見故便從欲漏心得解脫亦從有漏及無明漏心得解脫既解脫已能自知見我得解脫我生已盡梵行已立所作已辦不受後有我依此故作如是說依初靜慮能盡諸漏如說依初靜慮能盡諸漏說依第二第三第四靜慮空無邊處識無邊處無所有處能盡諸漏隨所應亦爾謂第二靜慮應作是說復有苾芻先由如是諸行相狀尋伺寂靜內等淨心一趣性無尋無伺定生喜樂第二靜慮具足住彼不思惟如是諸行相狀乃至廣說乃至無所有處應作是說復有苾芻先由如是諸行相狀超一切種識無邊處入無所有無所有處具足住彼不思惟如是諸行相狀但思惟彼所得所趣受想行識乃至廣說苾芻當知乃至想定能辦如是所應作事復有非想非非想處及滅盡定

我說於彼修定苾芻應數入出彼修如是七依定時所有無漏作意相應心住等住乃至心一境性總名爲定亦名定根亦名定力亦名定覺支亦名正定是聖出世無漏無取道隨行道俱有道隨轉能正盡苦作苦邊際諸有學者如所見諸行思惟觀察令至究竟於諸行中深見過患於永涅槃深見功德若阿羅漢如解脫心思惟觀察令至究竟所有無漏作意相應心住等住乃至心一境性是名定覺支

云何捨覺支謂有苾芻思惟斷界離界滅界由此發起心平等性心正直性心無警覺寂靜住性彼作是念我今應於順貪順瞋順癡諸法離貪瞋癡由此發起心平等性心正直性心無警覺寂靜住性復作是念我今應於貪瞋癡法心不攝受由此發起心平等性心正直性心無警覺寂靜住性彼審思惟六順捨法所有無漏作意相應心平等性心正直性心無警覺寂靜住性總名爲捨亦名捨覺支是聖出世無漏無取道隨行道俱有道隨轉能正盡苦作苦邊際諸有學者如所見諸行思惟觀察令至究竟於諸行中深見過患於永涅槃深見功德若阿羅漢如解脫心思惟觀察令至究竟所有無漏作意相應心平等性心正直性心無警覺寂靜住性是名捨覺支

雜事品第十六

一時薄伽梵在室羅筏住逝多林給孤獨園爾時世尊告苾芻衆汝等若能永斷一法我保汝等定得不還一法謂貪若永斷者我能

保彼定得不還如是瞋癡忿恨覆惱嫉慳誑諂無慚無愧慢過慢慢過慢我慢增上慢卑慢邪慢憍放逸傲憤發矯妄詭詐現相激磨以利求利惡欲大欲顯欲不喜足不恭敬起惡言樂惡友不忍耽嗜徧耽嗜染貪非法貪著貪惡貪有身見有見無有見貪欲瞋恚惛沈睡眠掉舉惡作疑瞢憒不樂頻申欠呿食不調性心昧劣性種種想不作意麤重觝突饕餮不和軟性不調柔性不順同類欲尋恚尋害尋親里尋國土尋不死尋陵懱尋假族尋愁歎苦憂擾惱於此一法若永斷者我能保彼定得不還爾時世尊爲攝前義而說頌曰

貪所繫有情　數往諸惡趣　智者能正斷
不還此世間

如是瞋癡乃至擾惱一一別頌如貪應知云何貪謂於欲境諸貪等貪執藏防護堅著愛樂迷悶耽嗜徧耽嗜内縛希求耽湎苦集貪類貪生總名爲貪云何瞋謂於有情欲爲損害内懷栽杌欲爲擾惱已瞋當瞋現瞋樂爲過患極爲過患意極憤恚於諸有情各相違戾欲爲過患已爲過患當爲過患現爲過患總名爲瞋云何癡謂於前際無知後際無知前後際無知於内無知外無知内外無知於業無知異熟無知業異熟無知於善作業無知惡作業無知善惡作業無知於因無知因所生法無知於佛無知法無知僧無知於苦無知集無知滅無知道無知於善法無知不善法無知於有罪法無知無罪法無知於應修法無知不應修法無知於下劣法無知勝

妙法無知於黑法無知白法無知於有敵對法無知於緣生法無知於六觸處如實無知如是無知無見非現觀黑闇愚癡無明盲冥罩網纏裹頑騃渾濁障蓋發盲發無眼發無智發劣慧障礙善品令不涅槃無明漏無明瀑流無明軛無明毒根無明毒莖無明毒枝無明毒葉無明毒花無明毒果癡等癡極癡很等很極很癡類癡生總名為癡

云何忿謂忿有二種一屬愛忿二屬非愛忿屬愛忿者謂於父母兄弟姊妹妻妾男女及餘隨一親屬朋友所發生忿如有忿言如何不與我此物而與我如是物如何不與我作此事而與我作如是事由此發生諸忿等忿徧忿極忿已忿當忿現忿熱極熱煙極煙燄極燄凶勃麤惡心憤發起惡色出惡言是名屬愛忿屬非愛忿者謂有一類作是思惟彼令於我欲為無義欲為不利益欲為不安樂欲為不滋潤欲為不安隱然彼於我已作無義當作無義現作無義諸有於我欲為無義乃至不安隱而復於彼欲為有義欲為利益欲為安樂欲為滋潤欲為安隱然復於彼已作有義當作有義現作有義諸有於我欲為有義乃至安隱而復於彼欲為無義乃至不安隱由此發生諸忿等忿乃至起惡色出惡言是名屬非愛忿此屬愛非愛總名為忿

云何恨謂有一類作是思惟彼既於我欲為無義廣說如前我當於彼亦如是作此能發忿從瞋而生常懷憤結諸恨等恨徧恨極恨作業難迴為業纏縛起業堅固起怨起恨心怨恨性總名為恨

云何覆謂有一類破戒破見

破淨命破軌範於本受戒不能究竟不能純淨不能圓滿彼既自覺所犯已久作是思惟我若向他宣說開示施設建立所犯諸事則有惡稱惡譽被彈被厭或毀或譽便不爲他恭敬供養我寧因此墮三惡趣終不自陳上所犯事彼既怖得惡稱惡譽乃至怖失恭敬供養於自所犯便起諸覆等覆徧覆隱等隱徧隱護等護徧護藏等藏徧藏已覆當覆現覆總名爲覆云何惱謂有一類於僧等中因法非法而興鬭訟諸苾芻等爲和息故勸諫教誨而固不受此不受勸諫性不受教誨性極執性極取性左取性不右取性難勸捨性拙應對性師子執性心蛆螫性心很戾性總名爲惱云何嫉謂有一類見他獲得恭敬供養尊重讚歎可愛五塵衣服飲食臥具醫藥及餘資具作是思惟彼既已獲恭敬等事而我不得由此發生諸慼極慼苦極苦妬極妬嫉極嫉總名爲嫉云何慳謂慳有二種一財慳二法慳財慳者謂於諸所有可愛五塵衣服飲食臥具醫藥及餘資具障礙遮止令他不得於自所有可愛資具不施不徧施不隨徧施不捨不徧捨不隨徧捨心悋惜性是名財慳法慳者謂所有素怛纜毗奈耶阿毗達磨或親教軌範教授教誡或展轉傳來諸祕要法障礙遮止令他不得於自所有如上諸法不授與他亦不爲說不施不徧施不隨徧施不捨不徧捨不隨徧捨心悋惜性是名法慳此財法慳總名爲慳云何誑謂於他所以僞升僞斗僞秤詭言施詭誑誘令他謂實諸誑等誑徧誑極誑總名爲誑云何諂謂心隱

慝性心屈曲性心迴復性心沈滯性心不顯性心不直性心無堪性總名爲諂云何無慚謂無慚無所慚無别慚無羞無所羞無别羞無敬無敬性無自在無自在性於自在者無怖畏轉總名無慚云何無愧謂無愧無所愧無别愧無恥無所恥無别恥於諸罪中不怖不畏不見怖畏總名無愧

云何慢謂於劣謂已勝或於等謂已等由此起慢已慢當慢心舉恃心自取總名爲慢云何過慢謂於等謂已勝或於勝謂已等由此起慢乃至心自取總名過慢云何慢過慢謂於勝謂已勝由此起慢乃至心自取總名慢過慢云何我慢謂於五取蘊等隨觀見我或我所由此起慢乃至心自取總名我慢云何增上慢謂未得謂得未獲謂獲未觸謂觸未證謂證由此起慢乃至心自取總名增上慢云何卑慢謂於多勝謂已少劣由此起慢乃至心自取總名卑慢云何邪慢謂已無德而謂有德由此起慢乃至心自取總名邪慢云何憍謂有一類作是思惟我之種姓家族色力工巧事業若財若位戒定慧等隨一殊勝由此起憍極憍醉極醉悶極悶心傲逸心自取起等起生等生高等高舉等舉心彌漫性總名爲憍云何放逸謂於斷不善法集善法中不修不習不恒作不常作捨加行總名放逸云何傲謂有一類應供養者而不供養應恭敬者而不恭敬應尊重者而不尊重應讚歎者而不讚歎應問訊者而不問訊應禮拜者而不禮拜應承迎者而不承迎應請坐者而不請坐應讓路者而不讓路由此發生身

不卑屈不等卑屈不極卑屈身慠心慠自慠誕性總名爲慠云何憤發謂身擒害性心擒害性身戰怒性心戰怒性身憤發心憤發已憤發當憤發總名憤發

云何矯妄謂多貪者爲供養故爲資具故爲恭敬故爲名譽故拔髮撃鬚臥灰露體徐行低視高聲現威顯自技能苦行等事總名矯妄云何詭詐謂多貪者爲得如前供養等故往至他家作如是語汝等今者善得人身諸有誦持經律對法善說法要妙閑傳記製造疏論樂阿練若樂但三衣樂常旋禮樂糞掃衣樂行乞食樂一鉢食樂一受食樂一坐食樂居樹下樂居露地樂處塚間樂坐不臥樂隨得坐得不淨觀得持息念得四靜慮得四無量得四無色得四聖果得六通慧得八解脫此等賢聖但入汝家皆得汝等供養恭敬尊重讚歎爲作依怙我之行德未減前人今至汝家固望同彼是名詭詐復有詭詐謂多貪者爲得如前供養等故往至他家作如是語汝應於我如父母想我亦於汝如男女想自今已後共爲親眷憂喜榮辱咸悉是同先來世間泛號於我爲沙門釋子從今向去皆悉稱我爲汝家沙門凡我所須資身衆具衣藥等物汝皆見供汝若不能我脫别往餘敬信家汝豈不辱如是所作種種不實方便語言總名詭詐云何現相謂多貪者爲得如前供養等故往至他家作如是語賢士賢女此衣此鉢此坐臥具此衫裙等我若得之甚爲濟要當常保護以福於汝除汝能捨誰當見惠作此方便而獲利者總名現相云何激磨

謂多貪者爲得如前供養等故往至他家作如是語汝父母等具足淨信戒聞捨慧乘斯善業已生人天及得解脫而汝無信戒聞捨慧既無善業後若命終定生惡趣其如之何如是讚毀以求利者總名激磨云何以利求利謂有一類先從餘家求得衣鉢及餘隨一支身命緣持往餘家而現之曰彼某甲家與我此物然彼施主於長時中恒資給我衣鉢等物汝家若能如彼施者便亦是我所依止處因前方便獲後利者如是總名以利求利云何惡欲謂有一類實不誦持經律對法廣說乃至實非證得八解脫者而欲令他知已實是誦持經律對法等者因斯而得供養恭敬尊重讚歎爲作依恃又自實無出家遠離所生善法而爲他人宣說開示顯已證得如斯等類總名惡欲云何大欲謂多貪者爲得廣大財利等故而起於欲已欲當欲總名大欲云何顯欲謂有一類實是誦持經律對法廣說乃至得持息念及得預流一來果者但無名譽人所不知意欲令他知有此德因斯便獲供養恭敬尊重讚歎爲作依怙又自實有出家遠離所生善法而爲他人宣說開示顯已證得如斯等類總名顯欲云何不喜足謂有一類於已獲得色香味觸及餘資具不生喜足復希復欲復樂復求總名不喜足云何不恭敬謂有一類若親教親教類軌範軌範類及餘隨一尊重可信往還朋友如法告言汝從今去勿壞身業勿壞語業勿壞意業勿行不應行處勿親近惡友勿作三惡趣業如是教誨稱法應時於所修道隨順磨瑩增

長嚴飾宜便常委助伴資粮而彼有情不欣不喜不愛不樂於師等言違戾左取而不右取毀呰非撥諸如是等名不恭敬云何起惡言謂有一類若親教親教類軌範軌範類及餘隨一尊重可信徃還朋友如法告言汝從今去勿壞身業勿壞語業勿壞意業勿行不應行處勿親近惡友勿作三惡趣業如是教誨稱法應時於所修道隨順磨瑩增長嚴飾宜便常委助伴資粮而彼有情不欣不喜不愛不樂於師等言違戾左取而不右取毀呰非撥及於師等起勃詈言諸如是等名起惡言云何樂惡友謂有一類好近惡友言惡友者謂諸屠羊屠雞屠猪捕鳥捕魚獵獸劫盜魁膾典獄縛龍煮狗及罝弶等是名惡友復有一類毀犯尸羅習行惡法內懷腐敗外現堅貞類穢蝸牛螺音狗行實非沙門自稱沙門實非梵行自稱梵行亦名惡友於如是等諸惡友所親近承事隨順愛樂名樂惡友云何不忍謂有一類不能堪忍寒熱飢渴風雨蚊虻蛇蠍惡觸及餘苦事復有一類於他暴惡能發自身猛利剛獷切心奪命辛楚苦受兇勃穢言不能堪忍即此及前總名不忍云何耽嗜謂下品貪瞋癡纏名耽嗜即此中品名偏耽嗜復次中品貪瞋癡纏名耽嗜即此上品名偏耽嗜云何染貪謂於諸欲諸貪等貪乃至貪類貪生總名染貪云何非法貪謂於母女姊妹及餘隨一親眷起貪等貪執藏防護堅著愛染名非法貪云何著貪於自財物及所攝受起貪等貪執藏防護堅著愛染是名著貪云何惡貪謂於他財物及

所攝受起貪等貪執藏防護堅著愛染是名惡貪復有惡貪規他生命貪皮角等飲血噉肉如是二種總名惡貪

云何有身見謂於五取蘊起我我所想由此生忍樂慧觀見名有身見云何有見謂於我及世間起常恒想由此生忍樂慧觀見是名有見云何無有見謂於我及世間起非常非恒想由此生忍樂慧觀見名無有見云何貪欲謂於諸欲境起欲樂欣喜求趣希望是名貪欲有作是說於諸欲境諸貪等貪乃至貪類貪生總名貪欲云何瞋恚謂於諸有情欲爲損害內懷栽杌乃至現爲過患總名瞋恚云何昏沈謂身重性心重性乃至瞢瞢憒悶總名惛沈云何睡眠謂諸眠夢不能任持心眛略性總名睡眠云何掉舉謂心不寂靜掉舉等掉舉心掉舉性總名掉舉云何惡作謂心變心懊心悔我惡作惡作性總名惡作云何疑謂於佛法僧及苦集滅道生起疑惑二分二路乃至非現一趣總名爲疑云何瞢憒謂身重性心重性身無堪任性心無堪任性身瞢憒性心瞢憒性已瞢憒當瞢憒現瞢憒總名瞢憒云何不樂謂有一類得好親教親教類軌範軌範類及餘隨一尊重可信往還朋友教誡教授繫念思惟房舍卧具而心不喜不愛不樂悵望慘感總名不樂云何嚬申欠呿謂身低舉手足捲舒名曰嚬申身面開戲脣口喎張名爲欠呿云何食不調性謂以不食或食過量或食匪宜而生苦受總名食不調性云何心昧劣性謂心惛昧劣弱蹉蹋總名心昧劣性云何種種想謂有蓋纏者所

有染汙色聲香味觸想不善想非理所引想障礙定想總名種種想云何不作意謂於出家遠離所生善法不引發不憶念不思惟不已思惟不當思惟心無警覺總名不作意云何麤重謂身重性心重性身無堪任性心無堪任性身剛強性心剛強性身不調柔性心不調柔性總名麤重云何觝突謂有一類於授食時索熟與生索生與熟索麤與細索細與麤與不平等與不如法於識不識而與不與於中數起相違語言是名觝突復有一類若親教親教類軌範軌範類及餘隨一尊重可信往還朋友告言具壽汝於如是如是事業應次第作彼作是念何事衆業令我如是次第而作於中數起相違語言是名觝突復有一類或自來謝過或他教謝過或自有啓請或他教啓請於中數起相違語言是名觝突如是或因料理衣服營造事業於中數起相違語言總名觝突云何饕餮謂有一類分財利時捨一取一情貪無定是名爲饕前後食時往飲食所嘗此歡彼好惡不定是名爲餮此即及前總名饕餮云何不和輭性謂心剛強心堅鞕心㦬悷心不明淨心不潤滑心不柔輭心無堪任總名不和輭性云何不調柔性謂身剛強身堅鞕身㦬悷身不明淨身不潤滑身不柔輭身無堪任總名不調柔性云何不順同類謂有一類於親教親教類軌範軌範類及餘隨一尊重可信往還朋友不正隨順是名不順同類云何欲尋謂欲貪相應諸心尋求偏尋求近尋求心顯了極顯了現前顯了推度構畫思惟分別總名欲尋

云何恚尋謂瞋恚相應諸心尋求偏尋求乃至思惟分别總名恚尋云何害尋謂害相應諸心尋求偏尋求乃至思惟分别總名害尋云何親里尋謂於親里欲令安樂得勝朋伴無有惱害成就一切無惱害法王臣愛重國人敬慕五穀豐熟降澤以時緣此等故起心尋求偏尋求乃至思惟分别總名親里尋云何國土尋謂於所愛國土人衆欲令安樂廣説乃至降澤以時緣此等故起心尋求偏尋求乃至思惟分别總名國土尋云何不死尋謂有一類作是思惟我於佛教所説勝定且未修習先應誦持經律對法爲諸有情宣説法要學諸傳記製造疏論居阿練若但持三衣廣説乃至隨得而坐作此事已然後習定復有一類作是思惟我於佛教所説勝定且未修習先應歷觀山川國土園林池沼巖窟塚間禮旋制多遊觀諸寺爲此事已然後習定復有一類作是思惟我於佛教所説勝定且未修習待過七年六年五年四年三年二年一年或過七月乃至一月或過七日乃至一日或過此晝或過此夜過此時已然後習定如是思惟於自身命不了危脆起心尋求偏尋求乃至思惟分别總名不死尋云何陵懱尋謂有一類作是思惟我之種姓家族色力工巧事業若財若位戒定慧等隨一殊勝恃此方他而生陵懱由此等故起心尋求偏尋求乃至思惟分别總名陵懱尋云何假族尋謂有一類於非親族託爲親族欲令安樂得勝朋伴無有惱害成就一切無惱害法王臣愛重國人敬慕五穀豐熟降澤以時緣此

等故起心尋求徧尋求乃至思惟分別總名假族尋云何愁謂有一類或因父母兄弟姊妹師友死故或因親族滅亡都盡或因財位一切喪失便發自身猛利剛獷切心奪命辛楚苦受彼於爾時心熱等熱內熱徧熱便發於愁已愁當愁心中愁箭總名爲愁云何歎謂有一類或因父母兄弟姊妹師友死等便發自身乃至苦受彼於爾時心熱乃至心中愁箭由此緣故而傷歎言苦哉苦哉我父我母廣說乃至我財我位如何一旦忽至於此其中所有傷怨言詞種種語業總名爲歎云何苦謂五識相應不平等受總名爲苦云何憂謂意識相應不平等受總名爲憂云何擾惱謂心擾惱已擾惱當擾惱擾惱性擾惱類總名擾惱從貪瞋癡乃至擾惱皆名雜事於此雜事若未斷一定得不還以一斷時餘容隨斷故佛保彼定得不還

阿毗達磨法蘊足論卷第八　說一切有部

音釋

詭詐（詭居委切僞也詐側駕切欺也）欠呿（欠去劒切呿丘迦切欠呿謂氣擁滯欠呿而解也）觝突（觝都禮切觸也突陀骨切唐突也）饕餮（饕土刀切貪財也餮他結切貪食也）罩（陟教切捕魚器也）騃（語駭切癡也）軛（烏革切）很（下懇切很戾也）蛆螫（蛆之列切螫施隻切蛆螫蟲行毒也）詑（丑亞切誇也）慝（他德切邪惡也）擥髭（擥徐壏切摘取也髭即移切口上鬚也）魁膾（魁苦回切膾古外切魁膾屠宰之首者）蝸牛（蝸姑華切蝸牛負殼蜒蚰也）蝱（莫耕切）蠍（許竭切毒蟲也）兇勃（兇許容切惡暴也勃蒲沒切逬也）捲（古轉切收也）喎（口淮切口戾不正也）踡跼（踡逵員切跼渠玉切踡跼不伸也）歠（姝悅切罕也）鞕（魚孟切堅也）㦬悷（㦬力董切悷郎計切㦬悷多惡不調也）脆（此芮切易斷也）

阿毗達磨法藴足論卷第九

尊者大目乾連造

唐三藏法師玄奘奉詔譯

根品第十七

一時薄伽梵在室羅筏住逝多林給孤獨園時有梵志名曰生聞來詣佛所合掌恭敬而白佛言我欲少問喬答摩尊惟願聽許爾時世尊告彼梵志恣汝意問吾當爲説梵志問言根有幾種世尊告曰有二十二何等二十二謂眼根耳根鼻根舌根身根意根女根男根命根樂根苦根喜根憂根捨根信根精進根念根定根慧根未知當知根已知根具知根此二十二攝一切根時彼梵志聞佛所説歡喜踊躍恭敬而去

云何眼根謂眼於色已正當見及彼同分是名眼根又眼增上發眼識於色已正當了别及彼同分是名眼根又眼於色已正當礙及彼同分是名眼根又眼於色已正當行及彼同分是名眼根如是過去未來現在諸所有眼名爲眼根亦名所知所識所通達所徧知所斷所解所見所得所覺所現等覺所了所等了所觀所等觀所審察所決擇所觸所等觸所證所等證此復云何謂四大種所造淨色或地獄或旁生或鬼界或天或人或中有及修所成所有名號異語增語想等想施設言説謂名眼名眼處名眼界名眼根名見名道路名引導名白名淨名藏名門名田名事名流名池名海名瘡名瘡門名此岸如是眼根是内處攝云何耳根謂耳於聲已正當聞及彼同分是名耳根又耳增上發耳識於聲

已正當了別及彼同分是名耳根又耳於聲已正當礙及彼同分是名耳根又耳於聲已正當行及彼同分是名耳根如是過去未來現在諸所有耳名爲耳根亦名所知乃至所等證此復云何謂四大種所造淨色或地獄乃至及修所成所有名號異語增語想等想施設言說謂名耳名耳處名耳界名耳根名聞名道路乃至名此岸如是耳根是内處攝云何鼻根謂鼻於香已正當齅及彼同分是名鼻根又鼻根增上發鼻識於香已正當了別及彼同分是名鼻根又鼻於香已正當礙及彼同分是名鼻根又鼻於香已正當行及彼同分是名鼻根如是過去未來現在諸所有鼻名爲鼻根亦名所知乃至所等證此復云何謂四大種所造淨色或地獄乃至或中有非修所成所有名號異語增語想等想施設言說謂名鼻名鼻處名鼻界名鼻根名齅名道路乃至名此岸如是鼻根是内處攝云何舌根謂舌於味已正當嘗及彼同分是名舌根又舌增上發舌識於味已正當了別及彼同分是名舌根又舌於味已正當礙及彼同分是名舌根又舌於味已正當行及彼同分是名舌根如是過去未來現在諸所有舌名爲舌根亦名所知乃至所等證此復云何謂四大種所造淨色或地獄乃至中有非修所成所有名號異語增語想等想施設言說謂名舌名舌處名舌界名舌根名嘗名道路乃至名此岸如是舌根是内處攝云何身根謂身於觸已正當覺及彼同分是名身根又身增上發身識於觸已正當了別及彼同分

是名身根又身於觸已正當觸及彼同分是名身根又身於觸已正當行及彼同分是名身根如是過去未來現在諸所有身名爲身根亦名所知乃至所等證此復云何謂四大種所造淨色或地獄乃至中有非修所成所有名號異語增語想等想施設言說謂名身名身處名身界名身根名覺名道路乃至名此岸如是身根是内處攝云何女根謂女女體女性女勢分女作用此復云何謂齊輪下膝輪上所有肉身筋脈流注若於是處與男交會發生平等領納樂受是名女根云何男根謂男男體男性男勢分男作用此復云何謂齊輪下膝輪上所有肉身筋脈流注若於是處與女交會發生平等領納樂受是名男根云何命根謂彼彼有情在彼彼有情聚中不移不轉不破不沒不失不退壽住存活護隨護轉隨轉是命是命根是名命根云何意根謂意於法已正當知及彼同分是名意根又意增上發意識於法已正當了別及彼同分是名意根又意於法已正當礙及彼同分是名意根又意於法已正當行及彼同分是名意根如是過去未來現在諸所有意名爲意根亦名所知乃至等所證此復云何謂心意識或地獄乃至或中有或修所成所有名號異語增語想等想施設言說謂名意名意處名意界名意根名知名道路乃至名此岸如是意根是内處攝云何樂根謂順樂觸所生身樂心樂平等受受所攝是名樂根復次修第三靜慮順樂觸所生心樂平等受受所攝是名樂根云何苦根謂順苦觸所

生身苦不平等受受所攝是名苦根云何喜根謂順喜觸所生心喜平等受受所攝是名喜根復次修初二靜慮順喜觸所生心喜平等受受所攝是名喜根云何憂根謂順憂觸所生心憂不平等受受所攝是名憂根云何捨根謂順捨觸所生身捨心捨非平等非不平等受受所攝是捨根復次修未至定靜慮中間第四靜慮及無色定順不苦不樂觸所生心捨非平等非不平等受受所攝是名捨根云何信根謂依出家遠離所生善法所起諸信信性現前信性隨順印可愛慕愛慕性心澄淨是名信根復次學信無學信及一切非學非無學信皆名信根云何精進根謂依出家遠離所生善法所起勤精進勇健勢猛熾盛難制勵意不息是名精進根復次學精進無學精進及一切非學非無學精進皆名精進根云何念根謂依出家遠離所生善法所起諸念隨念專念憶念不忘不失不遺不漏不失法性心明記性是名念根復次學念無學念及一切善非學非無學念皆名念根云何定根謂依出家遠離所生善法所起心住等住近住安住不散不亂攝止等持心一境性是名定根復次學定無學定及一切善非學非無學定皆名定根云何慧根謂依出家遠離所生善法所起於法揀擇極揀擇最極揀擇解了等了近了機黠通達審察聰睿學明慧行毗鉢舍那是名慧根復次學慧無學慧及一切善非學非無學慧皆名慧根云何未知當知根謂已入正性離生者所有學慧慧根及隨信隨法行於四聖諦未現觀為

現觀故諸根轉是名未知當知根云何已知根謂已見諦者所有學慧慧根及信勝解見至身證於四聖諦已現觀而現觀爲斷除煩惱故諸根轉是名已知根云何具知根謂阿羅漢所有無學慧慧根及慧解脫俱解脫於四聖諦已現觀而現觀爲得現法樂住故諸根轉是名具知根

處品第十八

一時薄伽梵在室羅筏住逝多林給孤獨園時有梵志名曰生聞來詣佛所合掌恭敬以諸愛語慰問世尊佛亦愛言而慰問彼相慰問已退坐一面曲躬合掌而白佛言我欲少問喬答摩尊惟願聽許略爲宣說爾時世尊告彼梵志恣汝意問吾當爲說梵志問言一切法者何謂一切世尊告曰一切法者謂十二處何等十二謂眼處色處耳處聲處鼻處香處舌處味處身處觸處意處法處是謂十二若有說言此非一切言一切者更別有法彼但有言而無實事若還詰問便不能了彼後審思自生迷悶以一切法非彼境故時彼梵志聞佛所說歡喜踊躍恭敬而去

云何眼處謂如眼根應說其相云何色處謂色爲眼已正當見及彼同分是名色處又色爲眼增上發眼識已正當了別及彼同分是名色處又色於眼已正當礙及彼同分是名色處又色爲眼已正當行及彼同分是名色處如是過去未來現在諸可有色名爲色處亦名所知乃至所等證此復云何謂四大種所造青黄赤白雲煙塵霧長短方圓高下正不正影光明闇空一顯色相離紅紫碧緑皂

謁及餘所有眼根所見眼識所了所有名號異語增語想等想施設言說謂名色名色界名色處名彼岸如是色處是外處攝云何耳處謂如耳根應說其相云何聲處謂聲爲耳已正當聞及彼同分是名聲處又聲爲耳增上發耳識已正當了别及彼同分是名聲處又聲於耳已正當礙及彼同分是名聲處又聲爲耳已正當行及彼同分是名聲處如是過去未來現在諸所有聲名爲聲處亦名所知乃至所等證此復云何謂四大種所造象聲馬聲車聲步聲螺聲鈴聲大小鼓聲歌聲詠聲讃聲梵聲及四大種互相觸聲於晝夜分語言音聲及餘所有耳根所聞耳識所了所有名號異語增語想等想施設言說謂名聲名聲界名聲處名彼岸如是聲處是外處攝云何鼻處謂如鼻根應說其相云何香處謂香爲鼻已正當齅及彼同分是名香處又香爲鼻增上發鼻識已正當了别及彼同分是名香處又香於鼻已正當礙及彼同分是名香處又香爲鼻已正當行及彼同分是名香處如是過去未來現在諸所有香名爲香處亦名所知乃至所等證此復云何謂四大種所造根香莖香枝香葉香花香果香好香惡香平等香及餘所有鼻根所齅鼻識所了所有名號異語增語想等想施設言說謂名香名香界名香處名彼岸如是香處是外處攝云何舌處謂如舌根應說其相云何味處謂味爲舌已正當嘗及彼同分是名味處又味爲舌增上發舌識已正當了别及彼同分是名味處又味於舌已正當礙及彼同分是

名味處又味爲舌已正當行及彼同分是名味處如是過去未來現在諸所有味名爲味處亦名所知乃至所等證此復云何謂四大種所造根味莖味枝味葉味花味果味食味飲味及諸酒味苦味酢味甘味辛味鹹味淡味可意味不可意味順捨處味及餘所有舌根所嘗舌識所了所有名號異語增語想等想施設言說謂名味名味界名味處名彼岸如是味處是外所攝云何身處謂如身根應說其相云何觸處謂觸爲身已正當覺及彼同分是名觸處又觸爲身增上發身識已正當了別及彼同分是名觸處又觸於身已正當礙及彼同分是名觸處又觸爲身已正當行及彼同分是名觸處如是過去未來現在諸所有觸名爲觸處亦名所知乃至所等證此復云何謂四大種及四大種所造滑性澀性輕性重性冷煖飢渴及餘所有身根所覺身識所了所有名號異語增語想等想施設言說謂名觸名觸界名觸處名彼岸如是觸處是外所攝云何意處謂如意根應說其相云何法處謂法爲意已正當知是名法處又法爲意增上發意識已正當了別是名法處又法於意已正當礙是名法處又法爲意已正當行是名法處如是過去未來現在諸所有法名爲法處亦名所知乃至所等證此復云何謂受想思觸作意欲勝解信精進念定慧尋伺放逸不放逸善根不善根無記根一切結縛隨眠隨煩惱纏諸所有智見現觀得無想定滅定無想事命根衆同分住得事得處得生老住無常名身句身文身虛空擇滅

非擇滅及餘所有意根所知意識所了所有名號異語增語想等想施設言說謂名法名法界名法處名彼岸如是法處是外處攝

蘊品第十九

一時薄伽梵在室羅筏住逝多林給孤獨園爾時世尊告苾芻衆有五種蘊何等爲五謂色蘊受蘊想蘊行蘊識蘊是名五蘊

云何色蘊謂諸所有色一切皆是四大種及四大種所造是名色蘊云何受蘊謂諸受等受别受受性受所攝是名受蘊復有二受說名受蘊謂身受心受云何身受謂五識身相應諸受乃至受所攝是名身受云何心受謂意識相應諸受乃至受所攝是名心受復有二受說名受蘊謂有味受無味受云何有味受謂有漏作意相應諸受乃至受所攝是名有味受云何無味受謂無漏作意相應諸受乃至受所攝是名無味受有作是說欲界作意相應受名有味受色無色界作意相應受名無味受今此義中有漏作意相應受名有味受無漏作意相應受名無味受如有味受無味受如是墮受不墮受耽嗜依受出離依受順結受不順結受順取受不順取受順纏受不順纏受世間受出世間受亦爾復有三受說名受蘊謂樂受苦受不苦不樂受云何樂受謂順樂觸所生身樂心樂平等受受所攝是名樂受復次修初第二第三靜慮順樂受觸所起心樂平等受受所攝是名樂受云何苦受謂順苦觸所生身苦心苦不平等受受所攝是名苦受云何不苦不樂受謂順不苦不樂觸所生身捨心捨非平等非不平等

受受所攝是名不苦不樂受復次修未至定靜慮中間第四靜慮及無色定順不苦不樂觸所生心捨非平等非不平等受受所攝是名不苦不樂受復有四受説名受蘊謂欲界受色界受無色界受不繫受云何欲界受謂欲界作意相應諸受乃至受所攝是名欲界受云何色界受謂色界作意相應諸受乃至受所攝是名色界受云何無色界受謂無色界作意相應諸受乃至受所攝是名無色界受云何不繫受謂無漏作意相應諸受乃至受所攝是名不繫受復有五受説名受蘊謂樂受苦受喜受憂受捨受如是五受廣説如根品

復有六受説爲受蘊謂眼觸所生受耳鼻舌身意觸所生受云何眼觸所生受謂眼及色爲緣生眼識三和合故生觸觸爲緣故生受此中眼爲增上色爲所緣眼觸爲因眼觸爲等起是眼觸種類是眼觸所生生與眼觸所生作意相應於眼識所了別色諸受乃至受所攝是名眼觸所生受如是耳鼻舌身意觸所生受廣説亦爾是名受蘊如受蘊如是想蘊識蘊如其所應廣説亦爾云何行蘊謂行蘊有二種一心相應行蘊二心不相應行蘊云何心相應行蘊謂思觸作意廣説乃至諸所有智見現觀復有所餘如是類法與心相應是名心相應行蘊云何不相應行蘊謂得無想定廣説乃至文身復有所餘如是類法不與心相應是名心不相應行蘊如是心相應行蘊及心不相應行蘊總名行蘊

多界品第二十

一時薄伽梵在室羅筏住逝多林給孤獨園時阿難陀獨居靜室作是思惟諸起怖畏及起災患擾惱事者皆是愚夫非諸智者既思惟已於日後分從靜室出往世尊所頂禮雙足退住一面以所思事具白世尊佛印可言如是如是諸起怖畏及起災患擾惱事者皆是愚夫非諸智者如置火在乾蘆草舍樓堂臺觀亦被焚燒愚夫亦爾以無智故起諸怖畏及災患等慶喜當知過去未來現在怖畏災患擾惱皆愚夫生非諸智者以諸智者不起彼故慶喜當知愚夫有怖畏智者無怖畏愚夫有災患智者無災患愚夫有擾惱智者無擾惱是故慶喜應知愚夫及智者法知已遠離諸愚夫法於智者法應正受行阿難陀言齊何施設諸愚夫數佛言若有於界處蘊及於緣起處非處法不善巧者是愚夫數阿難陀言齊何施設諸智者數佛言若有於界處蘊及於緣起處非處法得善巧者是智者數阿難陀言云何智者於界善巧佛言智者於十八界如實知見是界善巧謂如實知見眼界色界眼識界耳界聲界耳識界鼻界香界鼻識界舌界味界舌識界身界觸界身識界意界法界意識界復於六界如實知見是界善巧謂如實知見地界水界火界風界空界識界復於六界如實知見是界善巧謂如實知見欲界恚界害界無欲界無恚界無害界復於六界如實知見是界善巧謂如實知見樂界苦界喜界憂界捨界無明界復於四界如實知見是界善巧謂如實知見受界想界行界識界復於三界如實知見是界善巧

謂如實知見欲界色界無色界復於三界如實知見是界善巧謂如實知見色界無色界滅界復於三界如實知見是界善巧謂如實知見過去界未來界現在界復於三界如實知見是界善巧謂如實知見劣界中界妙界復於三界如實知見是界善巧謂如實知見善界不善界無記界復於三界如實知見是界善巧謂如實知見學界無學界非學非無學界復於二界如實知見是界善巧謂如實知見有漏界無漏界復於二界如實知見是界善巧謂如實知見有為界無為界是名智者於界善巧阿難陀言云何智者於處善巧佛言智者於十二處如實知見是處善巧謂如實知見眼處色處耳處聲處鼻處香處舌處味處身處觸處意處法處是名智者於處善巧阿難陀言云何智者於蘊善巧佛言智者於五蘊如實知見是蘊善巧謂如實知見色蘊受蘊想蘊行蘊識蘊是名智者於蘊善巧阿難陀言云何智者於緣起善巧佛言智者於十二支緣起順逆如實知見是緣起善巧謂如實知見依此有彼有此生故彼生謂無明緣行行緣識識緣名色名色緣六處六處緣觸觸緣受受緣愛愛緣取取緣有有緣生生緣老死發生愁歎苦憂擾惱如是便集純大苦蘊及如實知依此無彼無此滅故彼滅謂無明滅故行滅行滅故識滅識滅故名色滅名色滅故六處滅六處滅故觸滅觸滅故受滅受滅故愛滅愛滅故取滅取滅故有滅有滅故生滅生滅故老死愁歎苦憂擾惱滅如是便滅純大苦蘊是名智者於緣起善

巧阿難陀言云何智者於處非處善巧佛言智者於處非處如實知見是處非處善巧謂如實知無處無容身語意惡行感可愛可樂可欣可意異熟有處有容身語意惡行感不可愛不可樂不可欣不可意異熟無處無容身語意妙行感不可愛不可樂不可欣不可意異熟有處有容身語意妙行感可愛可樂可欣可意異熟無處無容行身語意惡行已由此因緣身壞命終生諸善趣有處有容行身語意惡行已由此因緣身壞命終墮諸惡趣無處無容行身語意妙行已由此因緣身壞命終墮諸惡趣有處有容行身語意妙行已由此因緣身壞命終生諸善趣是處非處善巧復如實知見無處無容非前非後有二輪王生一世界有處有容非前非後有一輪王生一世界無處無容非前非後有二如來生一世界有處有容非前非後有一如來生一世界是處非處善巧復如實知見無處無容女作輪王帝釋魔王梵王及證獨覺菩提或證無上正等菩提有處有容男作輪王帝釋魔王梵王及證獨覺菩提或證無上正等菩提是處非處善巧復如實知見無處無容具聖見者故思害母害父害阿羅漢破和合僧及起惡心出佛身血有處有容諸異生者作五無間無處無容具聖見者故思斷衆生命有處有容諸異生者故思斷衆生命無處無容具聖見者故思越諸學處有處有容諸異生者故思越諸學處無處無容具聖見者捨勝學處趣劣學處或求外道爲師或求外道爲福

田或瞻仰外道沙門婆羅門或種種占卜諸吉祥事執爲清淨或受第八有有處有容諸異生者有如是事是處非處善巧復如實知見無處無容未斷五蓋令心染汙令慧力羸障礙道品違涅槃者心未安住四念住中有處有容已斷五蓋令心染汙令慧力羸障礙道品違涅槃者心善安住四念住中無處無容未斷五蓋廣說乃至違涅槃者心未善住四念住中而能修習七等覺支有處有容已斷五蓋廣說乃至違涅槃者心已善住四念住中乃能修習七等覺支無處無容未斷五蓋廣說乃至違涅槃者心未善住四念住中未能修習七等覺支乃能證得聲聞獨覺無上菩提有處有容已斷五蓋廣說乃至違涅槃者心已善住四念住中已能修習七等覺支乃能證得聲聞獨覺無上菩提是名智者於處非處善巧阿難陀曰今此法門其名何等云何奉持佛告慶喜今此法門名爲四轉亦名大法鏡亦名甘露鼓亦名多界應如是持時阿難陀歡喜敬受云何眼界謂如眼根云何色界謂如色處云何眼識界謂眼色爲緣所生眼識此中眼爲增上色爲所緣於眼所識色諸了別異了別各別了別色是名眼識界餘五三界隨其所應廣說亦爾

云何地界謂地界有二種一內二外云何內地界謂此身內所有各別堅性堅類有執有受此復云何謂髮毛爪齒乃至糞穢復有所餘身內各別堅性堅類有執有受是名內地界云何外地界謂此身外諸外所攝堅性堅類無執無受此復云何謂大地山諸石瓦礫

蚌蛤蝸牛銅鐵錫鑞末尼眞珠瑠璃螺貝珊瑚璧玉金銀石藏杵藏頗胝迦赤珠石旋沙土草木枝葉花果或復有地依水輪住復有所餘在此身外堅性堅類無執無受是名外地界前内此外總名地界云何水界謂水界有二種一内二外云何内水界謂此身内所有各別濕性濕類有執有受此復云何謂諸淚汗乃至小便復有所餘身内外別濕性濕類有執有受是名内水界云何外水界謂此身外諸外所攝濕性濕類無執無受此復云何謂根莖枝葉花果等汁露酒乳酪酥油蜜糖池沼陂湖殑伽河監毋那河薩剌渝河頞氏羅筏底河莫呬河東海西海南海北海四大海水或復有水依風輪住復有所餘在此外濕性濕類無執無受是名外水界前内此外總名水界云何火界謂火界有二種一内二外云何内火界謂此身内所有内各別暖性暖類有執有受此復云何謂此身中諸所有熱等熱徧熱由此所食所噉所飲正易消化若此增盛令身焦熱復有所餘身内各別暖性暖類有執有受是名内火界云何外火界謂此身外諸外所攝暖性暖類無執無受此復云何謂地暖火日藥末尼宮殿星宿火聚燈燄燒村燒城燒川燒野燒十二十三十四十五十百千或無量擔薪草等火熾盛洞然或在山澤河池巖窟房舍殿堂樓觀草木根莖枝葉花果等暖復有所餘熱性熱類無執無受是名外火界前内此外總名火界云何風界謂風界有二種一内二外云何内風界謂此身内所有各別動性動類有執有受

此復云何謂此身中或上行風或下行風或傍行風脇風背風脊風肚風心風臍風嗢鉢羅風華鉢羅風刀風劒風針風結風纏風掣風努風强風隨支節風入出息風復有所餘身內各別動性動類有執有受是名內風界云何外風界謂此身外諸外所攝動性動類無執無受此復云何謂東風西風南風北風有塵風無塵風旋風恭風吠嵐婆風小風大風無量風風輪風依空行風復有所餘動性動類無執無受是名外風界前內此外總名風界云何空界謂空界有二種一內二外云何內空界謂此身內所有各別空性空類有執有受此復云何謂此身中隨皮肉血骨髓等空眼穴耳穴鼻穴面門咽喉心腹腸肚等穴由此通貯所飲所食及令下棄復有所餘身內各別空性空類是名內空界云何外空界謂此身外諸外所攝空性空類無執無受此復云何謂外空迥鄰阿伽色是名外空界前內此外總名空界云何識界謂五識身及有漏意識是名識界

云何欲界

謂於欲境諸貪等貪乃至貪類貪生總名欲界復次欲貪及欲貪相應受想行識并所等起身業語業不相應行總名欲界云何恚界謂於有情欲為損害乃至現為過患總名恚界復次瞋恚及瞋恚相應受想行識并所等起身業語業不相應行總名恚界云何害界謂以手塊刀杖等物隨一苦具捶打有情諸損等損害等害瞋恚所起能起苦事總名害界復次諸害及害相應受想行識并所等起

身業語業不相應行總名害界云何無欲界謂於欲界思惟過患如是欲界是不善法是下賤者信解受持佛及弟子賢貴善士共所訶厭能爲自害能爲他害能爲俱害能滅智慧能礙彼類能障涅槃受持此法不生通慧不引菩提不證涅槃如是思惟發勤精進乃至勵意不息是名無欲界復次爲斷欲界於無欲界思惟功德如是無欲界是善法是尊勝者信解受持佛及弟子賢貴善士共所欣讃不爲自害不爲他害不爲俱害增長智慧不礙彼類不障涅槃受持此法能生通慧能引菩提能證涅槃如是思惟發勤精進乃至勵意不息是名無欲界復次思惟欲界如病如癰如箭惱害無常苦空非我轉動勞倦羸篤是失壞法迅速不停衰損非恒不可保信是變壞法如是思惟發勤精進是名無欲界復次爲斷欲界思惟彼滅是滅是離思惟彼道是道是出如是思惟發勤精進乃至勵意不息是名無欲界復次若思惟捨心定及道捨心定相應并無想定滅定擇滅如是思惟發勤精進乃至勵意不息是名無欲界復次無欲及無欲相應受想行識并所發起身業語業不相應行總名無欲界云何無恚界謂於恚界思惟過患如是恚界是不善法乃至不證涅槃如是思惟發勤精進乃至勵意不息是名無恚界復次爲斷恚界於無恚界思惟功德如是無恚界是善法乃至能證涅槃如是思惟發勤精進乃至勵意不息是名無恚界復次思惟恚界如病如癰乃至是變壞法如是思惟發勤精進是名無恚界復次爲

斷恚界思惟彼滅是滅是離是思惟彼道是道是出如是思惟發勤精進乃至勵意不息是名無恚界復次若思惟慈心定及道慈心定相應如是思惟發勤精進乃至勵意不息是名無恚界復次無恚及無恚相應受想行識弁所等起身業語業不相應行總名無恚界云何無害界謂於害界思惟過患如是害界是不善法乃至不證涅槃如是思惟發勤精進乃至勵意不息是名無害界復次爲斷害界於無害界思惟功德如是不害界是善法乃至能證涅槃如是思惟發勤精進乃至勵意不息是名無害界復次思惟害界如病如癰乃至是變壞法如是思惟發勤精進是名無害界復次爲斷害界思惟彼滅是滅是離思惟彼道是道是出如是思惟發勤精進乃至勵意不息是名無害界復次若思惟悲心定及道悲心定相應如是思惟發勤精進乃至勵意不息是名無害界復次無害及無害相應受想行識弁所等起身業語業不相應行總名無害界

云何樂界謂順樂觸所起身樂心樂平等受受所攝是名樂界復次修第三靜慮順樂受觸所起心樂平等受受所攝是名樂界云何苦界謂順苦觸所起身苦不平等受受所攝是名苦界云何喜界謂順喜觸所起心喜平等受受所攝是名喜界復次修初二靜慮順喜觸所起心喜平等受受所攝是名喜界云何憂界謂順憂觸所起心憂不平等受受所攝是名憂界云何捨界謂順捨觸所起身捨心捨非平等非不平等受受所攝是名捨界

復次修未至定靜慮中間第四靜慮及無色定順不苦不樂觸所起心捨非平等非不平等受受所攝是名捨界云何無明界謂三界無知是名無明界

云何受界謂六受身即眼觸所生受乃至意觸所生受是名受界云何想界謂六想身即眼觸所生想乃至意觸所生想是名想界云何行界謂六思身即眼觸所生思乃至意觸所生思是名行界云何識界謂六識身即眼識乃至意識是名識界

云何欲界謂有諸法欲貪隨增是名欲界復次欲界繫十八界十二處五蘊是名欲界復次下從無間地獄上至他化自在天於中所有色受想行識是名欲界云何色界謂有諸法色貪隨增是名色界復次色界繫十四界十二處五蘊是名色界復次下從梵衆天上至色究竟天於中所有色受想行識是名色界云何無色界謂有諸法無色貪隨增是名無色界復次無色界繫三界二處四蘊是名無色界復次如欲色界處定建立不相雜亂非無色界有如是事然依定生勝劣差別建立上下下從空無邊處上至非想非非想處於中所有受想行識是名無色界云何色界謂欲色界總名色界云何無色界謂四無色是名無色界云何滅界謂擇滅非擇滅是名滅界復次諸有色法總名色界除擇滅非擇滅餘無色法是名無色界擇滅非擇滅是名滅界云何過去界謂過去五蘊是名過去界云何未來界謂未來五蘊是名未來界云何現在界謂現在五蘊是名現在界云何劣界

謂不善有覆無記法是名劣界云何中界謂有漏善及無覆無記法是名中界云何妙界謂無漏善法是名妙界云何善界謂善身語業心心所法不相應行及擇滅是名善界云何不善界謂不善身語業心心所法不相應行是名不善界云何無記界謂無記色心心所法不相應行及虛空非擇滅是名無記界云何學界謂學五蘊是名學界云何無學界謂無學五蘊是名無學界云何非學非無學界謂有漏五蘊及虛空擇滅非擇滅是名非學非無學界

云何有漏界謂有漏五蘊是名有漏界云何無漏界謂無漏五蘊及虛空擇滅非擇滅是名無漏界云何有爲界謂五蘊是名有爲界云何無爲界謂虛空及二滅是名無爲界嗢柁南曰

界有六十二　十八界爲初　三六一四種

六三兩種二

阿毗達磨法蘊足論卷第九 說一切有部

音釋

黠 下八切聰慧也 皪 郎擊切小石也 蚌蛤 蚌部項切蛤古沓切 頗胝迦 梵語也此云水精頗普禾切胝張尼切 莫呬 呬虛器切莫呬河名

阿毗達磨法蘊足論卷第十

尊者大目乾連造

唐三藏法師玄奘奉詔譯

緣起品第二十一

一時薄伽梵在室羅筏住逝多林給孤獨園爾時世尊告苾芻衆吾當爲汝宣說緣起緣已生法汝應諦聽執善作意云何緣起謂依此有彼有此生故彼生謂無明緣行行緣識識緣名色名色緣六處六處緣觸觸緣受受緣愛愛緣取取緣有有緣生生緣老死發生愁歎苦憂擾惱如是便集純大苦蘊苾芻當知生緣老死若佛出世若不出世如是緣起法住法界一切如來自然通達等覺宣說施設建立分別開示令其顯了謂生緣老死如是乃至無明緣行應知亦爾此中所有法性法定法理法趣是眞是實是諦是如非妄非虛非倒非異是名緣起云何名爲緣已生法謂無明行識名色六處觸受愛取有生老死如是名爲緣已生法苾芻當知老死是無常是有爲是所造作是緣已生盡法沒法離法滅法生有取愛受觸六處名色識行無明亦爾苾芻當知我諸多聞賢聖弟子於此緣起緣已生法能以正慧如實善見善知善了善思惟善通達不依前際而起愚惑謂我於過去世爲曾有非有何等我曾有云何我曾有不依後際而起愚惑謂我於未來世爲當有非有何等我當有云何我當有亦不依內而起愚惑謂何等是我此我云何我誰所有我當有誰今此有情從何而來於此處沒當往何所彼如是知如是見故所有世間各別見

趣謂我論相應有情論相應命者論相應吉凶論相應瑩飾防護執爲已有有苦有礙有災有熱彼於爾時得斷徧知如斷樹根及多羅頂無復勢力後永不生所以者何謂我多聞賢聖弟子於此緣起緣已生法能以正慧如實善見善知善了善思惟善通達故時諸苾芻歡喜敬受

此中緣起緣已生法其體雖一而義有異謂或有緣起非緣已生法或有緣已生法非緣起或有緣起亦緣已生法或有非緣起亦非緣已生法或有緣起非緣已生法者無也或有緣已生法非緣起者謂無明行識名色六處觸受愛取有生老死或有緣起亦緣已生法者謂生定能生於老死如是生支定能爲緣是緣起性及緣已生法性如是有取愛受觸六處名色識行無明應知亦爾非緣起非緣已生法者謂除前相又生緣老死者謂此生支雖異生異滅而緣起理恒時決定若過去生非老死緣者應未來生亦非老死緣若未來生非老死緣者應過去生亦非老死緣若過去生非老死緣者應現在生亦非老死緣若現在生非老死緣者應過去生亦非老死緣若未來生非老死緣者應現在生亦非老死緣若現在生非老死緣者應未來生亦非老死緣若佛出世時生非老死緣者應佛不出世時生亦非老死緣若佛不出世時生非老死緣者應佛出世時生亦非老死緣若緣起理有顛倒者應成二分不決定故應可破壞理雜亂故若爾不應施設緣起佛不應說生緣老死然佛所說生緣老死理趣決定

去來今世有佛無佛曾無改轉法性恒然不隱不没不傾不動其理湛然前聖後聖同所遊履是眞是實是諦是如非妄非虛非倒非異是故佛說生緣老死如是有取愛受觸六處名色識行無明緣行亦爾

復次無明緣行者云何無明謂於前際無知後際無知前後際無知於內無知外無知於內外無知於業無知異熟無知業異熟無知於善作業無知惡作業無知善惡作業無知於因無知因所生法無知於佛法僧無知於苦集滅道無知於善不善法無知於有罪無罪法無知於應修不應修法無知於下劣勝妙法無知於黑白法無知於有敵對法無知於緣生無知於六觸處如實無知如是無知無見非現觀黑闇愚癡無明盲冥罩網纏裹頑騃渾濁障蓋發盲發無明發無智發劣慧障礙善品令不涅槃無明漏無明瀑流無明軛無明毒根無明毒莖無明毒枝無明毒葉無明毒花無明毒果癡等癡極癡很等很極很癡類癡生總名無明云何無明緣行謂世尊說苾芻當知無明爲因無明爲緣故貪瞋癡起此貪瞋癡性是名無明緣行復次如世尊說苾芻當知無明爲前行無明爲標幟故起無量種惡不善法謂無慚無愧等由無慚無愧故起諸邪見由邪見故起邪思惟由邪思惟故起邪語由邪語故起邪業由邪業故起邪命由邪命故起邪勤由邪勤故起邪念由邪念故起邪定此邪見邪思惟邪語邪業邪命邪勤邪念邪定是名無明緣行復次如世尊說苾芻當知起無量種惡不善法一切

皆以無明爲根無明爲集是無明類從無明生墮無明趣者不如實知善不善法有罪無罪法應修不應修法下劣勝妙法黑白法有敵對法緣生諸法不如實知此諸法故便起邪見邪思惟乃至邪念邪定是名無明緣行

復次甕喻經中佛作是說無明爲緣造福非福及不動行云何福行謂有漏善身業語業心心所法不相應行如是諸行長夜能招可愛可樂可欣可意諸異熟果此果名福亦名福果以是福業異熟果故是名福行云何非福行謂諸不善身業語業心心所法不相應行如是諸行長夜能招不可愛不可樂不可欣不可意諸異熟果此果名非福亦名非福果是非福業異熟果故是名非福行云何不動行謂四無色定諸有漏善是名不動行云何無明爲緣造非福行謂有一類由貪瞋癡纏縛心故造身語意三種惡行此三惡行名非福行由此因緣身壞命終墮於地獄於彼復造非福行等是名無明爲緣造非福行如說地獄旁生鬼界應知亦爾云何無明爲緣造福行謂有一類於人趣樂繫心希求彼作是念願我當生人趣同分與諸人衆同受快樂因此希求造能感人趣身語意妙行此三妙行名爲福行由此因緣身壞命終生於人趣與諸人衆同受快樂於彼復造諸福行等是名無明爲緣造福行有不繫心希求人樂但由無明蔽動心故造身語意三種妙行此三妙行名爲福行由此因緣身壞命終生於人趣於彼復造諸福行等是名無明爲緣造福行如說人趣四大王衆天三十三天夜摩

天覩史多天樂變化天他化自在天應知亦爾時有一類於梵衆天繫心希求彼作是念願我當生梵衆天衆同分中因此希求勤修加行離欲惡不善法有尋有伺離生喜樂初靜慮具足住於此定中諸身律儀語律儀命清淨名爲福行由此因緣身壞命終生梵衆天衆同分中於彼復造諸福行等是名無明爲緣造福行有不繫心希求生彼但由無明蔽動心故勤修加行離欲惡不善法有尋有伺離生喜樂初靜慮具足住於此定中諸身律儀語律儀命清淨名爲福行由此因緣身壞命終生梵衆天衆同分中於彼復造諸福行等是名無明爲緣造福行如說梵衆天梵輔天大梵天少光天無量光天極光淨天少淨天無量淨天徧淨天無雲天福生天廣果天隨其所應廣說亦爾復有一類於無想天繫心希求彼作是念願我當生無想天衆同分中因此希求勤修加行思惟諸想是麤苦障思惟無想是靜妙離由此思惟能滅諸想安住無想彼諸想滅住無想時名無想定入此定時諸身律儀語律儀命清淨名爲福行由此因緣身壞命終生無想天衆同分中於彼亦能造少福行是名無明爲緣造福行有不繫心希求生彼但由無明蔽動心故勤修加行思惟諸想是麤苦障思惟無想是靜妙離由此思惟能滅諸想安住無想彼諸想滅住無想時名無想定入此定時諸身律儀語律儀命清淨名爲福行由此因緣身壞命終生無想天衆同分中於彼亦能造少福行是名無明爲緣造福行云何無明爲緣造不動

行謂有一類於空無邊處天繫心希求彼作是念願我當生空無邊處天衆同分中因此希求勤修加行超諸色想滅有對想不思惟種種想入無邊空空無邊處具足住於此定中諸思等思現前等思已思當思思性思類造心意業名不動行由此因緣身壞命終生空無邊處天衆同分中於彼復能造不動行是名無明爲緣造不動行有不繫心希求生彼但由無明蔽動心故勤修加行超諸色想滅有對想不思惟種種想入無邊空空無邊處具足住於此定中諸思等思現前等思已思當思思性思類造心心意業名不動行由此因緣身壞命終生空無邊處天衆同分中於彼復能造不動行是名無明爲緣造不動行如說空無邊處識無邊處無所有處非想非非想處應知亦爾如是諸行無明爲緣無明爲依無明爲建立故起等起生等生聚集出現故名無明緣行

云何行緣識謂有一類貪瞋癡俱生思爲緣故起貪瞋癡俱生諸識是名行緣識復有一類無貪無瞋無癡俱生思爲緣故起無貪無瞋無癡俱生諸識是名行緣識復次眼及色爲緣生眼識此中眼是内有爲行色爲外緣生眼識是名行緣識乃至意及法爲緣生意識此中意是内有爲行法爲外緣生意識是名行緣識復次甕喻經中佛作是說造福非福不動行已有隨福非福不動識云何造非福行已有隨非福識謂有一類由貪瞋癡纏縛心故造身語意三種惡行此三惡行名非福行由此因緣身壞命終墮於地獄於彼起

識是名造非福行已有隨非福識如說地獄旁生鬼界應知亦爾云何造福行已有隨福識謂有一類於人趣樂繫心希求彼作是念願我當生人趣同分與諸人衆同受快樂因此希求造能感人趣身語意妙行此三妙行名爲福行由此因緣身壞命終生於人趣於彼起識是名造福行已有隨福識有不繫心希求人樂但由無明蔽動心故造身語意三種妙行此三妙行名爲福行由此因緣身壞命終生於人趣於彼起識是名造福行已有隨福識如說人趣四大王衆天乃至他化自在天應知亦爾復有一類於梵衆天繫心希求彼作是念願我當生梵衆天衆同分中因此希求勤修加行離欲惡不善法有尋有伺離生喜樂初靜慮具足住於此定中諸身律儀語律儀命清淨名爲福行由此因緣身壞命終生梵衆天衆同分中於彼起識是名造福行已有隨福識有不繫心希求生彼但由無明蔽動心故勤修加行離欲惡不善法乃至命清淨名爲福行由此因緣身壞命終生梵衆天衆同分中於彼起識是名造福行已有隨福識如說梵衆天梵輔天乃至無想天應知亦爾云何造不動行已有隨不動識謂有一類於空無邊處天繫心希求彼作是念願我當生空無邊處天衆同分中因此欣求勤修加行超諸色想滅有對想不思惟種種想入無邊空空無邊處具足住於此定中諸思等思現前等思已思當思思性思類造心意業名不動行由此因緣身壞命終生空無邊處天衆同分中於彼起識是名造不動行

已有隨不動識有不繫心希求生彼但由無明蔽動心故勤修加行超諸色想乃至造心意業名不動行由此因緣身壞命終生空無邊處天衆同分中於彼起識是名造不動行已有隨不動識如說空無邊處天乃至非想非非想天應知亦爾如是諸識行爲緣行爲依行爲建立故起等起生等生聚集出現故名行緣識

云何識緣名色謂有一類貪瞋癡俱生識爲緣故起貪瞋癡俱生身業語業名爲色即彼所生受想行識名爲名是名識緣名色復有一類無貪無瞋無癡俱生識爲緣故起無貪無瞋無癡俱生身業語業名爲色即彼所生受想行識名爲名是名識緣名色復次教誨那地迦經中佛作是說若那地迦所愛親友變壞離散便生愁歎苦憂擾惱此愁俱生識爲緣故起愁俱生身業語業名爲色即彼所生受想行識名爲名是名識緣名色復次教誨頗勒窶那經中佛作是說頗勒窶那識爲食故後有生起此識云何謂健達縛最後心意識增長堅住未斷未徧知未滅未變吐此識無間於母胎中與羯剌藍自體和合此羯剌藍自體和合名爲色即彼所生受想行識名爲名是名識緣名色復次教誨莎底經中佛作是說三事和合入母胎藏云何爲三謂父母和合俱起染心其母是時調適及健達縛正現在前如是三事和合入母胎藏此中健達縛最後心意識增長堅住未斷未徧知未滅未變吐此識無間入母胎藏此所託胎名爲色即彼所生受想行識名爲名是名識

緣名色復次大因緣經中尊者慶喜問佛名色爲有緣不佛言有緣此緣謂識佛告慶喜識若不入母胎藏者名色得成羯剌藍不阿難陀曰不也世尊識若不入母胎藏者名色得生此界中不不也世尊識若初時已斷壞者後時名色得增長不不也世尊識若全無爲可施設有名色不不也世尊是故慶喜一切名色皆識爲緣是名識緣名色如是名色識爲緣識爲依識爲建立故起等起生等生聚集出現故名識緣名色云何名色緣識謂眼色爲緣生眼識此中眼及色名爲色即彼所生受想行識名爲名於中作意等能助生眼識是名名色緣識乃至意法爲緣生意識此中諸意識所了色名爲色即彼所生受想行識名爲名於中作意等能助生意識是名

名色緣識復次教誨頗勒窶那經中佛作是說頗勒窶那識爲食故後有生起此識云何謂健達縛廣說乃至與羯剌藍自體和合此羯剌藍自體和合名爲色即彼所生受想行識名爲名爾時非理作意俱生名色爲緣起俱生識是名名色緣識復次教誨莎底經中佛作是說三事和合入母胎藏廣說乃至此識無間入母胎藏此所託胎名爲色即彼所生受想行識名爲名爾時非理作意俱生名色爲緣起俱生識是名名色緣識復有一類由貪瞋癡纏縛心故造身語意三種惡行此中身語惡行名爲色意惡行名爲名由此惡行名色爲緣身壞命終墮於地獄於彼起識是名名色緣識如說地獄旁生鬼界應知亦爾時有一類於人趣樂繫心希求因此希求

造能感人趣身語意妙行此中身語妙行名爲色意妙行名爲名由此妙行名色爲緣身壞命終生於人趣於彼起識是名名色緣識有不繫心希求人樂但由無明蔽動心故造身語意三種妙行此中身語妙行名爲色意妙行名爲名由此妙行名色爲緣身壞命終生於人趣於彼起識是名名色緣識如說人趣四大王衆天乃至他化自在天應知亦爾復有一類於梵衆天繫心希求因此希求勤修加行離欲惡不善法乃至初静慮具足住於此定中諸身律儀語律儀命清淨名爲色即彼所生受想行識名爲名由此爲緣身壞命終生梵衆天衆同分中於彼起識是名名色緣識如說梵衆天梵輔天乃至非想非非想處隨其所應當知亦爾復次大因緣經中尊者慶喜問佛諸識爲有緣不佛言有緣此謂名色佛告慶喜若無名色諸識轉不阿難陀曰不也世尊若無名色爲所依止後世所受生老死識爲得生不不也世尊若諸名色都無所有爲可施設有諸識不不也世尊是故慶喜諸識皆以名色爲緣是名名色緣識如是諸識名色爲緣名色爲依名色爲建立故起等起生等生聚集出現故名名色緣識

云何名色緣六處謂有一類爲寒所逼希求於暖得好暖故便起身中暖俱大種此中若暖若暖俱大種名爲色即彼所生受想行識名爲名由此名色眼耳鼻舌身及意根皆得增長是名名色緣六處爲熱所逼希求於冷應知亦爾復有一類爲飢所逼希求於食得好食故便起身中食俱大種此中若食若食

俱大種名爲色即彼所生受想行識名爲名由此名色六根增長是名名色緣六處復有一類爲渴所逼希求於飲得好飲故便起身中飲俱大種此中若飲若飲俱大種名爲色即彼所生受想行識名爲名由此名色六根增長是名名色緣六處復有一類勞倦所逼希求止息按摩睡眠由遂意故便起身中彼俱大種此中若按摩等若彼俱大種名爲色即彼所生受想行識名爲名由此名色六根增上是名名色緣六處復有一類於盛熱時熱渴所逼入清涼池恣意飲浴便起身中彼俱大種此中若清冷水若彼俱大種名爲色即彼所生受想行識名爲名由此名色六根增長是名名色緣六處復次教誨頞勤窶那經中佛作是說頞勤窶那識爲食故後有生起此識云何謂健達縛廣說乃至與羯刺藍自體和合此羯刺藍自體和合名爲色即彼所生受想行識名爲名爾時非理作意俱生名色爲緣母胎藏中六根生起是名名色緣六處復次教誨莎底經中佛作是說三事和合入母胎藏廣說乃至此識無間入母胎藏此所託胎名爲色即彼所生受想行識名爲名爾時非理作意俱生名色爲緣母胎藏中六根生起是名名色緣六處復有一類由貪瞋癡纏縛心故造身語意三種惡行此中身語惡行名爲色意惡行名爲名由此惡行名色爲緣身壞命終墮於地獄六根生起是名名色緣六處如說地獄旁生鬼界應知亦爾復有一類於人趣樂繫心希求因此希求造能感人趣身語意妙行此中身語妙行名爲

色意妙行名爲名由此妙行名色爲緣身壞命終生於人趣六根生起是名名色緣六處如說人趣四大王衆天乃至他化自在天應知亦爾復有一類於梵衆天繫心希求因此希求勤修加行離欲惡不善法乃至初靜慮具足住於此定中諸身律儀語律儀命清淨名爲色即彼所生受想行識名爲名由此爲緣身壞命終生梵衆天衆同分中六根生起是名名色緣六處如說梵衆天梵輔天乃至非想非非想處天隨其所應當知亦爾是名名色緣六處如是六處名色爲緣名色爲依緣名色爲建立故起等起生等生聚集出現故名名色緣六處云何名色緣觸謂眼及色爲緣生眼識三和合故生觸此中眼及色名爲色即彼所生受想行識名爲名如是名色爲緣生眼觸是名名色緣觸乃至意及法爲緣生意識三和合故生觸此中諸意識所了色名爲色即彼所生受想行識名爲名如是名色爲緣生意觸是名名色緣觸復次教誨頞勤窶那經中佛作是說頞勤窶那識爲食故後有生起此識云何謂健達縛廣說乃至與羯剌藍自體和合此羯剌藍自體和合名爲色即彼所生受想行識名爲名爾時非理作意俱生名色爲緣毋胎藏中識觸生起是名名色緣觸復次教誨莎底經中佛作是說三事和合入毋胎藏廣說乃至此識無間入毋胎藏此所託胎名爲色即彼所生受想行識名爲名爾時非理作意俱生名色爲緣毋胎藏中諸觸生起是名名色緣六處復有一類由貪瞋癡纏縛心故造身語意三種惡行

此中身語惡行名爲色意惡行名爲名由此惡行名色爲緣身壞命終墮於地獄諸觸生起是名名色緣觸如說地獄旁生鬼界應知亦爾復有一類於人趣樂繫心希求因此希求造能感人趣身語意妙行此中身語妙行名爲色意妙行名爲名由此妙行名色爲緣身壞命終生於人趣諸觸生起是名名色緣觸如說人趣四大王衆天乃至他化自在天應知亦爾復有一類於梵衆天繫心希求因此希求勤修加行離欲惡不善法乃至初靜慮具足住於此定中諸身律儀語律儀命清淨名爲色即彼所生受想行識名爲名由此爲緣身壞命終生梵衆天衆同分中諸觸生起是名名色緣觸如說梵衆天梵輔天乃至非想非非想天隨其所應當知亦爾復次大因緣經中尊者慶喜問佛諸觸爲有緣不佛言有緣此謂名色廣說乃至若依止此想施設名身此相若無爲可施設增語觸不不也世尊若依止此相施設色身此相若無爲可施設有對觸不不也世尊若名色身都無所有爲可施設有諸觸不不也世尊是故慶喜諸觸皆以名色爲緣是名名色緣觸如是諸觸名色爲緣名色爲依名色爲建立故起等起生等生聚集出現是名名色緣觸

云何六處緣觸謂眼及色爲緣生眼識三和合故生觸乃至意及法爲緣生意識三和合故生觸是名六處緣觸復次眼及色爲緣生眼識三和合故生觸此中眼爲內緣色爲外緣生眼觸乃至意及法爲緣生意識三和合故生觸此中意爲內緣法爲外緣生意觸是

名六處緣觸復次眼及色爲緣生眼識三和合故生觸此中眼觸以眼色眼識爲緣乃至意及法爲緣生意識三和合故生觸此中意觸以意法意識爲緣是名六處緣觸復次眼及色爲緣生眼識三和合故生觸此中眼色眼識皆非是觸由三和合而有觸生乃至意及法爲緣生意識三和合故生觸此中意法意識皆非是觸由三和合而有觸生是名六處緣觸如是諸觸六處爲緣六處爲依六處爲建立故起等起生等生聚集出現故名六處緣觸云何觸緣受謂眼及色爲緣生眼識三和合故生觸觸爲緣生受乃至意及法爲緣生意識三和合故生觸觸爲緣故生受是名觸緣受復次眼及色爲緣生眼識三和合故生觸或順樂受或順苦受或順不苦不樂受順樂受觸爲緣生樂受順苦受觸爲緣生苦受順不苦不樂受觸爲緣生不苦不樂受乃至意及法爲緣生意識三和合故生觸或順樂受或順苦受或順不苦不樂受順樂受觸爲緣生樂受順苦受觸爲緣生苦受順不苦不樂受觸爲緣生不苦不樂受是名觸緣受復次如契經說尊者慶喜告瞿史羅長者言眼界色界眼識界自體各別順樂受二爲緣生眼識三和合故生觸名順樂受觸此順樂受觸爲緣生樂受順苦受二爲緣生眼識三和合故生觸名順苦受觸此順苦受觸爲緣生苦受順不苦不樂受二爲緣生眼識三和合故生觸名順不苦不樂受觸此順不苦不樂受觸爲緣生不苦不樂受餘五三界廣說亦爾是名觸緣受復次大因緣經中尊者

慶喜問佛諸受爲有緣不佛言有緣此緣謂觸廣說乃至若無眼觸爲有眼觸爲緣生内樂受苦受不苦不樂受不不也世尊乃至若無意觸爲有意觸爲緣生内樂受苦受不苦不樂受不不也世尊若全無觸爲可施設有諸受不不也世尊是故慶喜諸受無不以觸爲緣是名觸緣受如是諸受觸爲緣觸爲依觸爲建立故起等起生等生聚集出現故名觸緣受

云何受緣愛謂眼及色爲緣生眼識三和合故生觸觸爲緣故生受受爲緣故生愛乃至意及法爲緣生意識三和合故生觸觸爲緣故生受受爲緣生愛是名受緣愛復次眼味受爲緣故數復於眼隨順而住由隨順故數復於眼起貪等貪執藏防護堅著愛染乃至意味受爲緣故數復於意隨順而住由隨順故數復於意起貪等貪執藏防護堅著愛染是名受緣愛復次取蘊經中佛作是說苾芻當知我於色味已審尋思諸有於色或已起味或今起味我以正慧審見審知彼以色味受爲緣故數復於色隨順而住由隨順故數復於色起貪等貪執藏防護堅著愛染乃至我於識味已審尋思諸有於識或已起味或今起味我以正慧審見審知彼以識味受爲緣故數復於識隨順而作由隨順故數復於識起貪等貪執藏防護堅著愛染是名受緣愛復次取蘊經中世尊又說苾芻當知若諸色中都無味者有情不應於色起染以諸色中非都無味是故有情於色起染彼以色味受爲緣故數復於色隨順而住由隨順故數

復於色起貪等貪執藏防護堅著愛染乃至若諸識中都無味者有情不應於識起染以諸識中非都無味是故有情於識起染彼以識味受爲緣故數復於識隨順而住由隨順故起貪等貪執藏防護堅著愛染是名受緣愛復次六處經中佛作是說苾芻當知我於眼味已審尋思諸有於眼或已起味或今起味我以正慧審見審知彼以眼味受爲緣故數復於眼隨順而住由隨順故數復於眼起貪等貪執藏防護堅著愛染乃至我於意味已審尋思諸有於意或已起味或今起味我以正慧審見審知彼以意味受爲緣故數復於意隨順而住由隨順故數復於意起貪等貪執藏防護堅著愛染是名受緣愛復次六處經中世尊又說苾芻當知若諸眼中都無味者有情不應於眼起染以諸眼中非都無味是故有情於眼起染彼以眼味受爲緣故數復於眼隨順而住由隨順故數復於眼起貪等貪執藏防護堅著愛染乃至若諸意中都無味者有情不應於意起染以諸意中非都無味是故有情於意起味彼以意味受爲緣故數復於意隨順而住由隨順故數復於意起貪等貪執藏防護堅著愛染是名受緣愛復次六處經中世尊復說苾芻當知我於色味已審尋思諸有於色或已起味或今起味我以正慧審見審知彼以色味受爲緣故數復於色隨順而住由隨順故數復於色起貪等貪執藏防護堅著愛染乃至我於法味已審尋思諸有於法或已起味或今起味我以正慧審見審知彼以法味受爲緣故數復

於法隨順而住由隨順故數復於法起貪等貪執藏防護堅著愛染是名受緣愛復次六處經中世尊又説苾芻當知若諸色中都無味者有情不應於色起染以諸色中非都無味是故有情於色起染彼以色味受爲緣故數復於色隨順而住由隨順故數復於色起貪等貪執藏防護堅著愛染乃至若諸法中都無味者有情不應於法起染以諸法中非都無味是故有情於法起染彼以法味受爲緣故數復於法隨順而住由隨順故數復於法起貪等貪執藏防護堅著愛染是名受緣愛復次佛爲大名離呫毗説大名當知若色一向是苦非樂非樂所隨非樂喜受之所纏執應無有情爲求樂故於諸色中起貪起染煩惱纏縛大名以色非一向苦彼亦是樂是

樂所隨是樂喜受之所纏執故有有情爲求樂故於諸色中起貪起染煩惱纏縛彼以色味受爲緣故數復於色隨順而住由隨順故數復於色起貪等貪執藏防護堅著愛染乃至若識一向是苦非樂非樂所隨非樂喜受之所纏執應無有情爲求樂故於諸色中起貪起染煩惱纏縛大名以識非一向苦彼亦是樂是樂所隨是樂喜受之所纏執故有有情爲求樂故於諸識中起貪起染煩惱纏縛彼以識味受爲緣故數復於識隨順而住由隨順故數復於識起貪等貪執藏防護堅著愛染是名受緣愛復次滿月經中佛作是説苾芻當知色爲緣故起樂生喜是名色味彼以色味受爲緣故數復於色隨順而住由隨順故數復於色起貪等貪執藏防護堅著愛

染乃至識爲緣故起樂生喜是名識味彼以識味受爲緣故數復於識隨順而住由隨順故起貪等貪執藏防護堅著愛染是名受緣愛復次大因緣經中佛告慶喜愛爲緣故求求爲緣故得得爲緣故集集爲緣故著著爲緣故貪貪爲緣故慳慳爲緣故攝受攝受爲緣故防護因防護故執持刀仗鬬訟諍競謟詐虛誑生無量種惡不善法佛告慶喜執持刀仗鬬訟諍競謟詐虛誑生無量種惡不善法皆因防護防護爲緣有如是事防護若無有此事不阿難陀曰不也世尊是故執持刀仗等事防護爲由緒防護爲因防護爲集防護爲緣而得生起如是防護因於攝受攝受爲緣而有防護攝受若無有防護不不也世尊是故防護攝受爲由緒攝受爲因攝受爲集攝受爲緣而得生起廣說乃至如是諸求皆因於愛愛爲緣故而有諸求此愛若無爲有求不不也世尊是故諸求愛爲由緒愛爲其因愛爲其集愛爲其緣而得生起慶喜當知愛有二種一者欲愛二者有愛此二種愛依受而有受若無者二愛亦無是名受緣愛如是諸愛受爲緣受爲依受爲建立故起等起生等生聚集出現故名受緣愛

云何愛緣取謂彼初生說名爲愛愛增盛位轉名爲取此復如何謂如有一於諸欲境繫心觀察起欲貪纏彼從此纏復起餘纏增上轉增上猛利轉猛利圓滿轉圓滿前所起纏說名爲愛後所起纏轉名爲取是名愛緣取復如有一於諸色境或無色境繫心觀察起色貪纏或無色貪纏彼從此纏復起餘纏增

上轉增上猛利轉猛利圓滿轉圓滿前所起纏說名爲愛後所起纏轉名爲取是名愛緣取復次險坑經中佛作是說吾爲汝等諸苾芻衆宣說揀擇諸蘊法要謂四念住四正勝四神足五根五力七等覺支八支聖道如是宣說揀擇諸蘊正法要時而有一類懷愚癡者於我所說不住猛利信愛恭敬彼遲證得無上漏盡復有一類懷聰睿者於我所說能住猛利信愛恭敬彼速證得無上漏盡復有一類於我所說色蘊法中等隨觀我此能觀行以誰爲緣用誰爲集是誰種類從誰而生謂無明觸所生諸受爲緣生愛此所生行以彼爲緣用彼爲集是彼種類從彼而生此能生愛以誰爲緣用誰爲集是誰種類從誰而生謂無明觸所生諸受此所生愛以受爲緣用受爲集是受種類從受而生此能生受以誰爲緣用誰爲集是誰種類從誰而生謂無明觸此所生受以觸爲緣用觸爲集是觸種類從觸而生此能生觸以誰爲緣用誰爲集是誰種類從誰而生謂六處此所生觸以六處爲緣用六處爲集是六處種類從六處而生如是六處無常有爲是所造作從衆緣生如是觸受愛能觀行亦無常有爲是所造作從衆緣生此等隨觀色爲我者是有身見現所起纏彼從此纏復起餘纏增上轉增上猛利轉猛利圓滿轉圓滿前所起纏說名爲愛後所起纏轉名爲取是名愛緣取有不於色等隨觀我而等隨觀我有諸色有不等隨觀我有諸色而等隨觀色是我所有不等隨觀色是我所而等隨觀我在色中有不等隨觀

我在色中而等隨觀受想行識為我有不等隨觀受想行識為我而等隨觀我有受想行識有不等隨觀我有受想行識而等隨觀受想行識是我所有不等隨觀受想行識是我所而等隨觀我在受想行識中有不等隨觀我在受想行識中而起疑惑有不起疑惑而起有見無有見有不起有見無有見而不離我慢故由等隨觀我及我所而起我慢此我慢行以誰為緣用誰為集是誰種類從誰而生謂無明觸所生諸受為緣生愛此所生行以彼為緣用彼為集是彼種類從彼而生廣說乃至如是六處無常有為是所造作從衆緣生如是觸受愛我慢行亦無常有為是所造作從衆緣生如是我慢是有身見所起慢纏彼從此纏復起餘纏增上轉增上猛利轉猛利圓滿轉圓滿前所起纏說名為愛後所起纏轉名為取是名愛緣取復次有執世間常或無常或亦常亦無常或非常非無常執世間有邊或無邊或亦有邊亦無邊或非有邊非無邊執命者即身執命者異身執如來死後是有或非有或亦有亦非有或非有非非有皆是邊執見現所起纏彼從此纏復起餘纏增上轉增上猛利轉猛利圓滿轉圓滿前所起纏說名為愛後所起纏轉名為取是名愛緣取復次有執世尊非如來應正等覺乃至非天人師執佛正法非善說現見乃至非智者內證執佛弟子非具足妙行乃至非隨法行或執無苦無集無滅無道或執無一切行無常無一切法無我無涅槃寂靜皆是邪見現所起纏彼從此纏復起餘纏增上轉

增上猛利轉猛利圓滿轉圓滿前所起纏說名爲愛後所起纏轉名爲取是名愛緣取復次有執世間是常此實餘迷謬或是無常乃至如來死後非有非非有此實餘迷謬皆是見取現所起纏彼從此纏復起餘纏增上轉增上猛利轉猛利圓滿轉圓滿前所起纏說名爲愛後所起纏轉名爲取是名愛緣取復次有起戒取或起禁取或起戒禁取謂此戒此禁此戒禁能清淨能解脫能出離能超苦樂至超苦樂處皆是戒禁取現所起纏彼從此纏復起餘纏增上轉增上猛利轉猛利圓滿轉圓滿前所起纏說名爲愛後所起纏轉名爲取是名愛緣取復次有於世尊而起猶豫爲是如來應正等覺爲非如來應正等覺乃至爲是天人師爲非天人師於佛正法而起猶豫爲是善說現見爲非善說現見乃至爲是智者內證爲非智者內證於佛弟子而起猶豫爲是具足妙行爲非具足妙行乃至爲是隨法行爲非隨法行於四聖諦而起猶豫爲是苦爲非苦乃至爲是道爲非道於三法印而起猶豫爲一切行無常爲非一切行無常爲一切法無我爲非一切法無我爲涅槃寂靜爲非涅槃寂靜此皆是疑現所起纏彼從此纏復起餘纏增上轉增上猛利轉猛利圓滿轉圓滿前所起纏說名爲愛後所起纏轉名爲取是名愛緣取復次一切四取皆以愛爲緣用愛爲集是愛種類從愛而生何等四取一欲取二見取三戒禁取四我語取云何欲取謂欲界繫除諸見餘結縛隨眠隨煩惱纏是名欲取云何見取謂有身見邊執

見邪見見取如是四見是名見取云何戒禁取謂有一類取戒取禁取戒禁爲能清淨能解脫能出離能超苦樂至超苦樂處是名戒禁取云何我語取謂色無色界繫除諸見餘結縛隨眠隨煩惱纏是名我語取復次大因緣經中尊者慶喜問佛諸取爲有緣不佛言有緣此緣謂愛廣說乃至若全無愛爲可施設有諸取不不也世尊是故慶喜諸取皆以愛爲其緣是名愛緣取如是諸取愛爲緣愛爲依愛爲建立故起等起生等生聚集出現故名愛緣取

云何取緣有謂取爲緣施設多有謂佛或說三界五蘊名有或說能感後有業名有或說生分五蘊名有云何說三界五蘊名有如說三有謂欲有色有無色有云何說能感後有業名有如世尊告阿難陀言若業能感後有名有云何說生分五蘊名有如世尊告頗勒窶那識爲食故後有生起復次大因緣經中尊者慶喜問佛諸有爲有緣不佛言有緣此緣謂取廣說乃至若全無取爲可施設有諸有不不也世尊是故慶喜諸有皆以取爲其緣是名取緣有如是諸有取爲緣取爲依取爲建立故起等起生等生聚集出現故名取緣有

云何有緣生謂有一類由貪瞋癡纏縛心故造身語意三種惡行此三惡行說名業有由此因緣身壞命終墮於地獄於彼諸生等生趣入出現蘊得界得處得諸蘊生命根起說名生此生緣有故起是名有緣生如說地獄旁生鬼界應知亦爾復有一類於人趣樂繫

心希求彼作是念願我當生人趣同分與諸人衆同受快樂因此希求造能感人趣身語意妙行此三妙行說名業有由此因緣身壞命終生於人趣衆同分中於彼諸生等生乃至命根起說名生此生緣有故起是名有緣生如說人趣四天王衆天乃至他化自在天應知亦爾復有一類於梵衆天繫心希求彼作是念願我當生梵衆天衆同分中因此希求勤修加行離欲惡不善法有尋有伺離生喜樂初靜慮具足住於此定中諸身律儀語律儀命清淨說名業有由此因緣身壞命終生梵衆天衆同分中於彼諸生等生乃至命根起說名生此生緣有故起是名有緣生如說梵衆天梵輔天乃至廣果天應知亦爾復有一類於無想天繫心希求彼作是念願我當生無想天衆同分中因此希求勤修加行思惟諸想是麤苦障思惟無想是靜妙離由此思惟能滅諸想安住無想彼諸想滅住無想時名無想定入此定時諸身律儀語律儀命清淨說名業有由此因緣身壞命終生無想天衆同分中於彼諸生等生乃至命根起說名生此生緣有故起是名有緣生復有一類於空無邊處天繫心希求彼作是念願我當生空無邊處天衆同分中因此希求勤修加行超諸色想滅有對想不思惟種種想入無邊空空無邊處具足住於此定中諸思等思現前等思已思當思思性思類造心意業說名業有由此因緣身壞命終生空無邊處衆同分中於彼諸生等生乃至命根起說名生此生緣有故起是名有緣生如說空無邊

處乃至非想非非想處應知亦爾復次大因緣經中尊者慶喜問佛諸生爲有緣不佛言有緣此緣謂有廣說乃至若無業有魚鳥蛇蠍那伽藥叉部多食香諸天人等無足二足多足異類彼彼有情於彼彼聚生等生等爲得有不不也世尊若全無有爲可施設有諸生不不也世尊是故慶喜諸生皆以有爲其緣是名有緣生如是諸生有爲緣有爲依有爲建立故起等起生等生聚集出現故名有緣生

云何生緣老死謂彼彼有情即於彼彼有情聚中諸生等生趣入出現蘊得界得處得諸蘊生命根起說名生髮落髮白皮緩面皺身曲背僂喘息逾急扶杖而行支體斑黑衰退闇鈍根熟變壞諸行故敗朽壞羸損說名老彼彼有情即於彼彼諸有情聚移轉壞沒退失別離壽暖識滅命根不轉諸蘊破壞夭喪殞逝說名死如是老死緣生故起是名生緣老死復次大因緣經中尊者慶喜問佛老死爲有緣不佛言有緣此緣謂生廣說乃至若無有生魚鳥蛇蠍那伽藥叉部多食香諸天人等無足二足多足異類彼彼有情於彼彼聚所有老死爲得有不不也世尊若全無生爲可施設有老死不不也世尊是故慶喜老死皆以生爲其緣是名生緣老死如是老死生爲緣生爲依生爲建立故起等起生等生聚集出現故名生緣老死

云何發生愁歎苦憂擾惱謂有一類或因父母兄弟姉妹師友死故或因親族滅亡都盡或因財位一切喪失便發自身猛利剛獷切

心奪命辛楚苦受彼於爾時心熱等熱内熱徧熱便發於愁已愁當愁心中愁箭說名愁復有一類或因父母兄弟姊妹師友死等便發自身猛利剛獷切心奪命辛楚苦受彼於爾時心熱等熱内熱徧熱便發於愁已愁當愁心中愁箭由此緣故而傷歎言苦哉苦哉我父我母廣說乃至我財我位如何一旦忽至於此其中所有傷怨言詞種種語業說名愁歎五識相應不平等受說名苦意識相應不平等受說名憂諸心擾惱已擾惱當擾惱擾惱性擾惱類說名擾惱於老死位發生如是種種愁歎苦憂擾惱

云何如是便集純大苦蘊謂於如是老死位中積集一類大災大横具大過患衆苦蘊聚

復次無明苦蘊爲緣起行苦蘊行苦蘊爲緣起識苦蘊識苦蘊爲緣起名色苦蘊名色苦蘊爲緣起六處苦蘊六處苦蘊爲緣起觸苦蘊觸苦蘊爲緣起受苦蘊受苦蘊爲緣起愛苦蘊愛苦蘊爲緣起取苦蘊取苦蘊爲緣起有苦蘊有苦蘊爲緣起生苦蘊生苦蘊爲緣起老死苦蘊由老死故發生種種愁歎苦憂擾惱苦蘊故總說言如是便集純大苦蘊

阿毗達磨法蘊足論卷第十說一切有部

法蘊足論後序

唐 沙 門 靖邁 製

法蘊足論者蓋阿毗達磨之權輿一切有部之洪源也無上等覺入室之神足摩訶目乾連之所製矣鏡六通之妙慧[illegible]三達之智明桴金鼓於大千聲玉蠡于百億擿藏海之竒琬鴆教山之勝珍欲使天鏡常懸法幢永樹衆邪息藩籬之望諸子騁遊戲之歡而爲此論也是以佛泥越後百有餘年疊落五分之殊解開二九之異雖各擅連城之貴俱稱照乘之珍惟一切有部卓乎逈秀若妙高之處宏海猶朗月之冠衆星者豈不以本弘基永者歟至如八種揵度鶩徽於發智之場五百應眞馳譽於廣說之苑斯皆挹此清波分斯片玉遂得駕羣部而高蹈接天衢而布武是知登崑閬者必培塿於衆山遊溟渤者亦坳堂於羣澍諒其然矣矧乎順正理以析疑顯眞宗以剖惑莫不鏡此蕤倫鑒斯洪範故使耆德婆藪屈我衆賢上座幽宗見負弘致者也題稱阿毗達磨者翻二藏以簡殊也一切有部者對十七以摽異也法蘊足者顯此論之勝名也能持自性軌範稱法法有積集策聚爲蘊此論攸宗法聚三七皆與對法爲依故目之爲足三藏玄奘法師以皇唐顯慶四年九月十四日奉詔於大慈恩寺弘法苑譯訖大慈恩寺沙門釋光筆受同州澄城縣鉗耳智通勘定

音釋

羯剌藍 梵語也此云凝滑 羯 魚竭切 剌 郎葛切

僂 力主切 背傴也

後序

擶之列切 桴房無切擊鼓杖也 蠡落戈切蚌屬 擿陟革切取也

琬於阮切玉也 鶩徽鶩亡遇切馳也徽許歸切美也 崑閬崑古渾切崑崙山名閬來宕切仙苑也 培塿培薄口切塿郎斗切小阜也 溟渤溟莫經切渤蒲沒切溟渤海之別名 坳烏交切地坳下不平也 娑藪梵語具云娑藪盤豆此云世親藪蘇后切

立世阿毗曇論

陳天竺三藏眞諦譯

清刻龍藏佛說法變相圖

立世阿毗曇論卷第一

陳天竺三藏眞諦譯

地動品第一

如佛婆伽婆及阿羅漢說如是我聞一時佛世尊住舍衛大城毘舍佉優婆夷鹿子母精舍蓮華重閣與大比丘衆一切阿羅漢諸漏已盡逮得己利盡諸有結心得自在所作已辦已捨重擔正智解脫惟除阿難是時大地震動時富樓那彌多羅尼子在大衆中即從座起偏袒右肩右膝著地合掌恭敬頂禮佛足而白佛言世尊何因何緣大地震動佛告富樓那比丘汝今一心諦聽善思念之我當爲汝分別解說有二因緣令大地動何者爲二比丘是地界住水界上是水界住風界上是風界住於空中比丘有時大風吹動水界

水界動時即動地界是一因緣故大地動比丘復有大神通威德諸天若欲震動大地即能令動若諸比丘有大神通及大威德觀地相令小水相令大欲令地動亦能震動是名第二因緣故令地動爾時世尊欲重宣此義而說偈言

水界爲風動　地動由水動　是一因緣動
是實名所說　諸天及比丘　大威神能動
是二因緣動　調伏惡人說

爾時世尊復告富樓那彌多羅尼子有風名鞞嵐婆此風常吹俱動不息風力上昇有風下吹有風傍動是風平等圓轉相持厚九億六萬由旬廣十二億三千四百五十由旬周迴三十六億一萬三百五十由旬此風上際即是水界此水上下悉皆平等停上安住無有散溢厚四億八萬由旬廣十二億三千四百五十由旬周迴三十六億一萬三百五十由旬此水上際即是地界上下邊際悉皆平等安住不動厚二億四萬由旬廣十二億三千四百五十由旬周迴三十六億一萬三百五十由旬如是佛世尊說比丘有大地獄名曰黑闇各各世界外邊悉有皆無覆蓋此中衆生自舉其手眼不能見雖復日月具大威神所有光明不照彼色佛說如是黑暗地獄住在何處兩兩世界鐵輪外邊名曰界外是寒地獄一名頞浮陀二名涅浮陀三名阿波波四名阿吒吒五名嚘吼吼六名鬱波羅七名拘物頭八名蘇健陀固九名分陀利固十名波頭摩佛告富樓那等比丘如摩伽陀國量十婆訶麻一婆訶二十佉利如是量麻聚

在一處設有一人滿一百年來除一麻比丘如是麻聚猶尚易盡而我未說頞浮地獄壽命窮盡比丘十倍頞浮陀地獄是涅浮陀壽量十倍涅浮陁地獄是阿波波壽量乃至波頭摩地獄亦復如是比丘是瞿伽離比丘於舍利弗目揵連所生不信惡心由是心故墮波頭摩地獄爾時世尊而說偈言

夫人處世間　斧在口中生　斯由作惡言
以是自斬身　應呵而讚歎　應讚而呵罵
口過故得衰　衰故不受樂　若已舍失財
盡物及自身　其人罪尚輕　若於修伽陀
生惡不信心　是罪重於彼　百千涅浮陀
頞浮陀三億　六萬及五千　若誹謗聖人
作惡語惡心　如量墮地獄　瞿伽離比丘
墮波頭摩獄　誹謗大聲聞　舍利及目連

彼中衆生傍行作向上想猶如守宫鐵輪外邊恒作傍行是其身量如頞多大因冷風觸其身坼破譬如熟衣如竹葦林被大火燒爆聲吒吒如是衆生被寒風觸骨破爆聲吒吒遠徹因是聲故互得相知有諸衆生此中受生或時去來更相逢觸因此觸故互得相知有諸衆生此中受生是時諸佛世尊出現於世是時大光過於諸天大威神力遍照彼中因此光明互得相見作是思惟有諸衆生此中受生若有衆生於此間死多往生此寒氷地獄在鐵輪外若餘世界有衆生死應生寒氷地獄多彼世界鐵輪外生兩界中間其最狹處八萬由旬在下無底向上無覆其最廣處十六萬由旬爾時淨命阿難在大衆中即從座起偏袒右肩右膝著地合掌恭敬頂禮

佛足而白佛言世尊我從世尊聞是法句我從世尊口受持此正義過去有佛名曰尸棄時有弟子大神通第一名曰阿毘吼是比丘坐在第四禪梵處以一指光照一千世界一音說法一千世界俱解正義世尊諸佛弟子威神尚爾諸佛如來其量云何阿難問已時佛答言阿難此阿毘吼比丘是弟子位諸佛世尊如此之處不可思量第二淨命阿難復白佛言世尊我從佛口聞是法句我從世尊受持如是正義過去有佛名曰尸棄時有弟子神通第一名曰阿毗吼是比丘坐在四禪梵處以一指光照一千世界一音說法一千世界俱解正義世尊諸佛弟子威神尚爾諸佛如來其量云何阿難問已時佛答言阿難此阿毘吼比丘是弟子位諸佛世尊如此之處不可思量乃至第三亦如是答第四問已佛告阿難若一日月所圍繞處名一世界從一至千此中有千日月千須彌山王千四大天王千忉利天千夜摩天千兜率陀天千化樂天千他化自在天千梵輔天千梵衆天此處大梵王爲一千世界主王領自在不係屬他知成他事初禪上上品故得自在大梵天王住於是處得稱第一阿難是梵領處有四千大洲四千大樹四千大龍宮四千金翅鳥王住處七千大河九千大山八千大林八千大地獄一千閻羅王地獄二千大海十六千地獄園是名小千世界又更千倍是名中千世界又更千倍是名大千世界阿難若如來作意欲照欲說是大千世界光明遍滿所說法句一切俱解若復欲過大千世界隨如來

意是中衆生莫不見聞放光說法阿難若如來欲放光說法坐阿迦尼吒天梵處若大千若過大千光照遍滿以八分梵聲說法句義遍得領解阿難是如來光明及說法音聲無有衆生不見不聞是時無有衆生不具根者阿難如來在阿迦尼吒天上說此音聲宣此名句

汝等受佛教　起恭敬正勤　觀修於中住
出離三有難　除滅死王軍　如象破葦舍
若佛法律中　住於不放逸　是人捨生死
及至盡苦際

爾時阿難即從座起偏袒右肩右膝著地合掌恭敬頂禮佛足而白佛言世尊我今希有利養我今善得希有之利我得大師具足神通廣大威德是時淨命名曰優陀夷在大衆中去佛不遠時優陀夷比丘語阿難言若汝大師具諸威德大神通汝何所得是時世尊告優陀夷比丘汝莫作意違阿難心若我前不記阿難今生得阿羅漢果因此信心所生業報當三十六過作他化自在天王乃至三十六過作忉利天主何況轉輪聖王刹利王種受灌頂職乃至四天下王優陀夷阿難比丘吾於往昔已爲授記我說欲界之中衆生最多依水生多於地生少其地生者畜生道多人道復少人道之中破戒者多持戒者少持戒之中凡夫者多聖弟子少聖弟子中有學者多無學者少無學之中時解脫多非時解脫少如是非時解脫阿羅漢世間難得我記阿難應得是處有諸外道作如是說是大地界恒去不息是言應答此事不然若實爾

者如人擲前物應落後又諸外道作如是說是大地界恒墜向下是言應答此事不然若實爾者如向上擲應不至地又諸外道作如是說日月星辰恒住不移大地自轉疑是天迴是言應答此事不然若如是者射不至堋又諸外道作如是說大地恒浮隨風來去應如是答此事不然若實爾者地恒併動若不爾者地作何相地住不動如是義者諸佛世尊已說如是我聞

南閻浮提品第二

佛說比丘有樹名曰閻浮因樹立名名是洲地曰閻浮提此樹生閻浮提地北邊在泥民陀羅河南岸是樹株本正洲中央從樹株中央取東西角並一千由旬是樹生長具足形容可愛枝葉相覆密厚多葉久住不彫一切風雨不能侵入比丘譬如裝華鬘師裝飾華鬘及耳上莊嚴其樹形相可愛如是上如華蓋次第相覆高百由旬下本洪直都無瘤節五十由旬方有枝條樹身徑刺廣五由旬圍十五由旬其一一枝橫出五十由旬間中亘度一百由旬周迴三百由旬其果熟時甘美無比如細蜂蜜味甜難厭果味如是果大如甕其核大小猶如世間閻浮子核其上有鳥形如大殿獼猴之形如六十歲大象是兩鳥獸恒食其果東枝果子多落閻浮提地少落水者西枝果子多落閻浮提地少落水者南枝果子並落閻浮提地北枝果子悉落河中爲魚所食樹根悉是金砂所覆當春雨時下不漏濕夏則不熱冬無風寒有乾闥婆及夜叉神依樹下住如是之事云何知耶昔王舍

城有兩比丘具神通力共爲朋友從佛口聞閻浮樹相如此是二比丘互相謂言我等當往看彼閻浮各云我去遂至樹所見樹果熟墮地自破其一比丘從其蔕孔授手至臂其最長指猶不至核牽手而出爲果所染手臂皆赤猶如世間貴赤栴檀汁所染汚其果香氣能染人心是時比丘鼻齅果香第二比丘問言汝欲食不長老我不樂食是事希有不可思議是離欲結最爲廣大何以故若人未離欲齅如是香即生心氣乃發顛狂有諸離欲外道若齅此香退失離欲之地是二比丘還王舍城說如上事時有一人名曰長脛本是王種姓拘利氏宿業果報所得神通是人有此威神相貌若行水中前脚未没後脚已移若行草上草雖未靡便得移步若行樹葉樹葉未低後足已度鞋履踐處並不爲難是長脛人從佛所聞是閻浮樹如此如此即白佛言世尊我今若行至閻浮不答云得至是人頂禮佛足右繞三帀面正向北發此而去行度諸山一名小黒山二名大黒山三名多聳牛山四名日光山五名銀山六名香水山七名金邊山是人登金邊山頂轉面向北聳身遠望唯見黒暗怖畏而反佛問汝至閻浮樹不答言不至佛問汝何所見是人答曰唯覩黒闇佛言此黒暗色即閻浮樹是人重禮佛足右繞三帀更向北行重度七山一名周羅迦羅山第二摩呵迦羅山第三瞿漢山第四首羅山第五稽羅山第六乾陀山第七修跋姬山又度六大國土一名鳩留國二名高臘鞞三名毗提訶四名摩訶毗提訶五名鬱

多羅曼陀六名沙熙摩羅野是名六大國土又度七大樹林林間有河度是七河又度阿摩羅林及訶梨勒林乃至閻浮提樹南枝從南枝上行至樹北枝是人俯窺見下水相與常水異最澄最清向底洞澈都無障翳是人覩已作是思惟我之神通今於此處得成就不因脚履水手攀樹枝是脚至水如石即沒於此神通不得成就云何如此是水最輕最細若以彼水投此間水如酥如油浮在水上若以此水投於彼水即沉如石是人從閻浮樹取一果子還王舍城奉上世尊佛受此果破爲多片施諸大衆果汁染於佛手爾時佛以此手擊於山石至今赤色如昔不異濕亦不燥掌跡分明因昔分果爲片片故因名此石爲片片巖是時佛化優樓頻螺迦葉取此閻浮提樹子送與迦葉迦葉汝食是果迦葉問佛大瞿曇沙門那得是果佛語迦葉是樹名曰閻浮此果從彼樹得迦葉曰我不能食是果子沙門但取自食時諸天神又送閻浮樹子供養於佛或在舍衛若王舍城迦毗羅衛國等佛得受已分施大衆復餘比丘住閻浮所還此土説目連比丘亦曾往彼還此次第爲比丘説以是因緣此事可知

六大國品第三

是閻浮樹外有二林形如半月圍繞此樹其内有林名呵梨勒外名阿摩勒阿摩勒果是子熟時其味最美不辛不苦如細蜂蜜果形大小如二斛器其核如自性阿摩勒核呵梨勒果是子熟時其味最美不辛不苦如細蜂蜜果形大小兩倍於前核亦如是阿摩勒林

南復有七林七河相間其最北林名曰菴羅次名閻浮三名娑羅四名多羅五名人林六名石榴林七名劫畢他林如是諸果其子熟時不辛不苦甜如蜂蜜是人林中果形似人如閻浮提勝人王種其姓拘梨若男十六歲女十五歲莊嚴具足狀如行嫁是人林果可愛如是其子蔕形如人頭髻未離欲者見此果子便生愛心諸外道等有離欲人若見此果退失禪定欲心還生其子熟時唯鳥競食鳥食之餘殘落在地如屍陀林甚可厭惡諸退定者見是相已深生厭離還得本定是二林廣五十由旬東西達海其一一河廣五十由旬東西達海林河相次互相間錯閻浮提地林河所覆七百由旬其劫畢地林南有六大國其最南國名曰高流次名俱膢婆三名毗提訶四名摩訶毗提訶五名鬱多羅曼陀極六名捨喜摩羅耶是六國內人皆貞善持十善法自不殺生不教他殺其獸將死自至人所既自死已乃敢其肉是處犛牛其數最多以其髦尾用覆屋舍其地生麥不須耕犁是麥成粒無有糠穭是其國人磨蒸爲飯而是麥飯氣味甘美如細蜂蜜云何知耶過去久遠有王出家其王夫人亦得出家國師婆羅門亦隨出家既出家已各相捨離入山學道是王夫人有時月水月水淨時往至王所與王相見即白王言大王我今有月水古昔之人尊重兒息王欲棄捨不從妃意思惟事重復恐不可遂共和合乃有大福德子男女二人俱時託胎捨王而去既經時節其後腹大從諸村落次到郡縣乃至諸州人人呵罵

去此女人都無道心出家破戒妃聞是語深生愧悔是時國師大婆羅門已成仙人得五神通隨一山林依止而住爾時王妃聞婆羅門在彼山住仍往尋覓既見師已乃問妃言是娠誰作妃即答言是王所爲爾時仙人憶王昔恩仍於别處爲起葉屋即語王妃汝止是中我今當採樹根果子以相供贍大妃依語仍住其中於是仙人如法採拾樹根果子供給是妃妃懐孕月滿遂産二子一男一女至斷乳已驅斥是妃汝今遠去我當隨得根果養飼二兒妃棄二子依語而去仙人隨得根果養育此兒兩兒稍大已至識地是時仙人以生熟雜果試與二兒於是二兒自能分别熟者即噉生者便棄仙人作是思惟是兒身已長大心至識地能分别果生熟差别我今當住何處國土豐樂安隱以置立之以五通故見是麥地即以神力携二小兒飛空而往安置是地教是兒言此草名麥爾時仙人即自刈取磨以爲食種種教示汝等從今當依此法以爲資糧汝住此中莫生愁惱我當數數來看視汝是兩小兒乃住其中仙人後時數往瞻視是二小兒隨年月長男女二根各皆成就遂爲夫妻子孫生長分成六國爾時大王既學道已捨於人身往生天上捨上天身還受人身受人身已依佛所説無上正法出家學道至得無礙六種神通以六通故觀自宿命見六大國作是思惟是六大國皆我子孫爲憐愍是六國人故往彼乞食得麥飯還不問諸比丘前食而獨自食時諸比丘稱此比丘名而大罵辱汝長老大慳嫉妬咄

汝惡人得是麥飯不問諸比丘而獨自食比丘答言我今不爲嫉妬而不布施汝等何以故如是飲食未離欲人則不得食時是比丘三過洗鉢再過棄之以最後汁取其少分施諸比丘是閻浮提無有一味等此味者於是比丘爲諸比丘說此食味次第因緣彼六大國本我子孫是故利益彼國人故往彼乞食有餘比丘往彼乞食大目揵連亦往乞食佛世尊爲諸比丘說是六國次第因緣是故得知六大國事六大國品竟

夜叉神品第四

時閻浮提中有兩衆山恒河之南名婆多耆利山恒河之北名醯摩跋多山婆多耆利山中是山最大一名薩闍二名頻訶三名末車四名愚車婆五名間訶耆利六名波梨耶多羅醯摩跋多山中是山最大一名周羅迦羅二名摩訶迦羅三名瞿訶那四名修羅婆訶五名雞羅六名乾馱摩馱七名修槃那般沙若一切神住河南山者皆名婆多耆利神若在河北山者皆名醯摩跋多神是婆多耆利神領河南一切諸神故名爲王是醯摩跋多神領河北一切諸神故名爲王云何知耶有一神王名醯摩槃住醯摩跋多山是神王最長老大年至極位重疾困苦是神臨死其有太子名醯摩跋多呼來教示即語子言阿父我已得聞從昔夜叉神最爲長老見過去佛曾值迦葉佛聞說釋迦牟尼佛將應出世如我見相及我所見因緣是釋迦佛不久應下阿父若我中間捨命不及佛者汝決應往令得見佛若汝見佛決大利益太子問曰云何

令我知佛出世父答子言汝屋舍中未曾有寶而出現者當知是時如來出世復有神王名婆多耆利住摩伽陀國界中汝當與彼共作朋友同立誓願我之與汝所住之處若見希有奇寶現者莫不相報是時父王教其子已即便捨命是時太子供養父屍憶持尊重父之遺教因是度河往見婆多耆利神王至神所已對面語言共相和敬同坐一處醯摩跋多神語婆多耆利王言府君我父臨死說如上言因即過世是故我今語汝是事若屋室中非常寶現決須相報婆多耆利答如是如是於是二人既立誓已各還所住後時醯摩跋多王宅有奇寶現蓮華千葉大如車輪黃金爲葉衆寶爲莖時有一神見是蓮華馳往白王王今知不是寶瓌異世未曾有今已出現千葉蓮華大如車輪黃金爲葉衆寶爲莖此是天物願王往觀是時神王聞是言已即往池所是是蓮華具足千葉大如車輪衆寶所成莊嚴奇特見是事已心生驚怖身毛皆竪自下池中恭敬合掌頂禮三過旋繞三帀作是思惟我於昔時曾值善友而教我言汝所住處若有奇寶當遣報我因遣使者往報婆多耆利神王曰府君我今住處希有之寶今已出現具說寶相汝今當來共我觀視是時世尊已出於世正法已說一向寂靜今至涅槃往向菩提修伽陀所教是時婆多耆利王覺憶此事作是思惟我昔曾有善友來報我言汝所住處諸佛世尊於中得道若佛已出汝應報我是其所欲故我應報婆多耆利王即遣使往謂是王言府君若一蓮華作

何利益若百若千亦何利益我國土中未曾有寶今已出現何者名寶謂多陀阿伽度阿羅訶三藐三佛陀今已出世汝今應來共事此寶醯摩跋多九月十五是布薩時有五百神共相圍繞取諸蓮華面向南行履空而去往娑多耆利王所彼王又將五百神衆共相圍繞來迎是王於恒河南邊共相聚集旣相見已醯摩跋多王說偈問彼神曰

今十五淨日　四王來集時　我等事何師
汝信阿羅訶

爾時娑多耆利王說偈答曰

是時佛世尊　住摩伽陀城　爲滅一切苦
說法一切智　諸苦及苦集　苦滅不更生
八分苦滅道　無惱向涅槃　是故汝及我
當往事是人　一切無能比　是我信羅訶

爾時醯摩跋多聞是偈已心大驚怖身毛皆竪懷疑未信三過辯定府君汝今說世尊出世答言府君我說佛實出世第二第三問答亦爾是時北山神王即時如力思度諸佛行住威儀境界四法問南山神王說偈問曰

佛心於衆生　善得安立不　憎愛二思惟
已得滅盡不

爾時南山神王以偈答曰

佛心於衆生　眞實得安立　憎愛兩思惟
滅盡永無餘

北山神王重偈問曰

佛有妄語不　無惱他言不　無離間語不
有無義語不

南山神王以偈答曰

佛不說妄語　亦無若澀語　不說離間語

說如量義語
北山神王重說偈問曰
佛無盜他不　不損他命不　遠離放逸不
不損禪定不
南山神王說偈答曰
佛不盜他財　是故護他命　遠離諸放逸
不損深禪定
北山神王又偈問曰
佛無著愛欲　心淨無濁不　已過無明流
得淨法眼不
南山神王答曰
不著於欲塵　心地最清淨　已過於無明
於法得淨眼
北山神王又問曰
佛明具足不　法足清淨不　四流已絕不
後生已盡不
南山神王又答曰
佛明已具足　法足久清淨　四流已斷滅
是故無後生
爾時北山神王聞已心生歡喜說偈讚歎
智者意成就　一切事已辦　及身口清淨
讚歎具明足
南山神王心口歡喜說偈讚曰
佛心寂清淨　身口能利他　十力無與等
今隨喜汝讚　智者心成就　及與身口業
具足明法足　即共汝往觀　今十五布薩
四王遊巡時　心解脫無著　我共汝禮拜
爾時世尊住王舍城闍瞿提樹下是二神王
千神圍繞往詣佛所至佛所已偏袒右肩右
膝著地合掌恭敬頂禮佛足却坐一面時北

山王以偈問曰

能說亦能行　度流永無漏　獨步如師子
佛不染世法　度一切法岸　慇懃故來問
衆生生何處　數數習有處　執持是何物
何處而受苦

爾時世尊以偈答曰醯摩跋多神王

衆生生六處　數數習六處　執持六種法
六處受苦惱

北山神王重偈問佛

是取名何取　而今衆生苦　願答出離問
云何解脫苦

爾時世尊以偈答曰醯摩跋多神王

世間有五塵　我說心第六　於中離欲著
解脫如是苦　衆生得出離　已說如理量
汝今既有問　是故答出離

北山神王重偈問佛

誰能渡駛流　日夜無疲極　無底亦無攀
深處誰不沉

爾時世尊以偈答曰醯摩跋多神王

常持清淨戒　精進不散心　思擇內止念
由智度難度　欲想無有欲　伏滅色繫縛
永滅有喜愛　是人終不沉

爾時南北二山王同時說偈以讚佛曰

我等今善見　善來今善明　我等見正覺
演說甘露道
名無滅失見實義　常樂問難無所著
窮智慧際悉解脫　行於聖路大仙人
千餘夜叉衆　名聞有威神　一切歸依佛
是我無上師

是三夜叉三角而坐是故至今路名菱角是

時世尊住於樹下是故此樹名瞿匿曇瞿提因此二夜叉事故知南北二山夜叉神品究竟

立世阿毗曇論卷第一

音釋

鞞嵐婆梵語也此云迅猛風鞞騀迷切嵐盧含切　頞阿葛切　坼恥格切裂也　堋蒲庚切射埒也　瘤力求切疣也　蔕丁計切果蔕也　脛下頂切脚脛也　貓謨交切　姬居之切　糩苦會切穀皮也　娠申人切妊也　飼祥史切以食飲人也　數數色角切頻數也　瓌姑回切偉也

立世阿毗曇論卷第二

陳天竺三藏眞諦譯

漏閣耆利象王品第五

周羅迦羅山高一伽浮多半其廣亦爾中間亦如是摩訶迦羅山高三伽浮多廣亦如是中間亦爾瞿訶那山高一由旬半廣及中間亦復如是修羅婆訶山高三由旬廣及中間亦復如是鷄羅婆山高六由旬廣及中間亦復如是乾馱摩馱山高十二由旬廣及中間亦復如是修槃那般娑山高二十四由旬廣及中間亦復如是修槃那般娑山於秋月時天晴不雨最放光明復有諸人近雪山住四月高平地會互相招呼往觀天上至摩訶迦羅山頂仰觀北面遙見彼山光明照曜因相謂曰是須彌山我今已見天上是修槃那般娑山北邊有最勝處復有大池名曼陀基尼長五十由旬廣十由旬其水清潔冷甜輕軟其中蓮藕根莖具足其池底岸皆以白銀黃金水精瑠璃四寶爲塼構壘爲池銀最居外次第圍繞水所清處與寶同色其池四邊有四階道通至水底並四寶成池東南角直往至山其山有巖名曰難陀長五十由旬廣十由旬其巖悉是瑠璃平滑可愛有似宮室寶色不同種種相貌自然雕畫如北氍毹人獸草木莫不畢備是巖彩色亦復如是如人耳璫七寶莊嚴是地色相亦復如是一切瑠璃平滑可愛種種寶色若脚所踐即便陷沒脚若起時還復如本如細綿聚及兜羅綿其地柔軟亦復如是是難陀巖蹈時沒足舉足便起是中殿堂其數不一或有金堂或有銀堂

玻瓈瑠璃亦復如是或四寶合成是諸殿堂皆象王等之所住處巖池中間有最勝處有樹匿瞿提王名曰善立根莖枝榦並皆具足形相可愛其葉繁密久住不凋風雨不侵如世精巧裝飾華鬘及眾寶耳璫亦如傘蓋高下相覆其樹形相亦復如是高一由旬垂枝如柱數滿八千下皆入地故名善立池西南角外有最勝處有娑羅王樹名曰善見根莖枝榦並皆具足形相可愛其葉繁密久住不凋風雨不侵如世精巧裝飾華鬘及眾寶耳璫亦如傘蓋高下相覆其樹形相亦復如是高一由旬下身洪直一半由旬方有枝葉此樹身量剌徑五尋圍十五尋橫枝四出各半由旬又其樹外有娑羅樹林高下相次七重圍繞枝葉相覆外望如一其裏重樹圍十三尋如是次第各減一尋其最外重樹圍七尋內重最高次外漸下其樹形相根莖枝榦並皆具足其狀可愛其葉繁密久住不凋風雨不侵如世精巧裝飾華鬘及眾寶耳璫亦如傘蓋高下相覆其樹形相亦復如是萎葉枯枝若墮落時樹既繁密溜墮林外其林外邊四面突出狀似門屋其樹下之地金砂所覆香水散灑燒眾名香散諸雜華懸眾寶衣於其樹下是娑羅華與諸雜華彌覆其地甚可愛樂是婁闍者利象王恒居其所其身潔白七支拄地六牙具足隨意變化有大神通有大威德其一一重有八千象第一重白特象次重白牸象第三黃特象第四黃牸象第五赤特象第六赤牸象第七青特象第八青牸象其外黑特牸象不在圍數如是象王欲到

曼陀基泥池自洗浴時外諸黒象即率相徃防持路渚旣防護已是時象王衆象圍繞徃到池所其白牸象圍繞象王入池洗浴取此池水摩洗王身或來洗面或來洗耳遍諸身分悉皆如是象王浴時是諸象等採衆雜華以爲華鬘奉獻於王或爲耳璫或爲瓔珞種種異飾莊嚴王身既洗浴已從池登岸徃詣瞿提樹下曬身令燥過去是處有一獵師射殺象王因於是中廣說菩薩昔本生經爾時諸象隨色次第並入池浴旣浴竟已徃到樹下圍繞象王其黒象者最後入浴拔取藕根刮洗令淨還至樹下其黒特象送與黒牸象其黒牸象送與青特象青特象送與青牸象青牸象送與赤特象赤特象送與赤牸象赤牸象送與黄特象黄特象送與黄牸象黄牸象送與白特象白特象送與白牸象白牸象送與大象王令象王食象王食已以其殘藕還依次第分與衆象惟餘黒象若食不足更使黒象徃池採之令得充足是黒象者惟在池食是諸象等食此藕已成身七分若食草木諸樹葉者則成屎尿是諸象等若出屎尿悉與黒象爲其屏除送食亦爾是白象王於其四月住難陀巖春冬八月住娑羅王菩見樹下次後象王亦恒在此難陀巖住晝則移住娑羅王善見樹下浴已食時皆在匿瞿提樹下云何知耶昔時淨命大智舍利弗身帶風病醫師說言大德此疾藕能治之時有淨命神通目連於徃昔時已見此藕即此大德說如是言我徃取此藕將來於是目連即以神通徃金山邊作是思惟此象王者有大神

通有大威德有憍慢心是故決令象王驚怖即如象身高聳長大目連化身爲一大象兩倍於彼又復化爲衆象眷屬身形頭數亦復兩倍具足圍繞當象王前飛空而下時白象王見是事已心懷驚怖身毛皆竪作是思惟有別象王從別處來神通威德身形頭數悉皆勝我我今當擯我奪此住處是時淨命大目揵連知其驚怖見其相異即捨神通所現化事仍於別處跏趺而坐是白象王見斯事已作是思惟非別象王是大比丘爾時象王自化其身爲天童子以天金寶莊嚴臂手天冠耳璫衆寶瓔珞莊嚴其身時目揵連端坐念時天童子嘿念合掌五體投地敬禮大德是時目連語象王言長老象王汝大神通威德難及象王答言大德我是畜生有何神力有何威德聖師來此欲何所爲目連答言我欲得是藕是時象王即勑黑象汝去取藕如大德意是時黑象即入池中取藕洗束惣一象擔載象背上隨大目連飛空而去目連至已時諸比丘即受此藕從昔至今故謂此處名象下支提又復名曰送藕支提亦復名爲受藕支提大德舍利弗食此藕已病即消除時舍利弗過是病已至般涅槃身無病惱其諸比丘並食此藕如是藕者其形可愛味汁濃多甜無辛苦如細蜂蜜方圓長短縱廣一尺節節如是其一節汁滿下品鉢有餘比丘神通往彼金邊山側見如是事還此間說時佛世尊爲諸比丘說此因緣是故得知如是等事

四天下品第六

爾時佛說天下有四一閻浮提二西瞿耶尼三東弗于逮四北鬱單越爾時比丘白佛言世尊此閻浮提其地若大佛告比丘閻浮提大東邊地際二千由旬西北二邊亦各二千由旬南邊地際但三由旬周迴六千三由旬其面如車一切衆生生此地上面似地形是閻浮提具有江山江山中間諸國間厠爾時比丘白佛言世尊西瞿耶尼其形若大佛告比丘西瞿耶尼大廣二千三百三十三由旬又一由旬三分之一周迴七千由旬地形團圓無山有江其江中間立諸國土人民富樂無有賊盜悉多賢善填滿其中是時比丘復白佛言世尊東弗毘提地形若大佛告比丘東弗毘提大廣二千三百三十三由旬又一由旬三分之一周迴七千由旬地形團圓猶如滿月多有諸山惟有一江是山中間安置諸國人民富樂無有賊盜悉多賢善充滿其國一切諸山並是金寶耕犁鏵斧及諸器物並是眞金其一江者名曰薩闍其江浦岸並皆可愛淨命賓頭盧於彼岸側起僧伽藍云何得知如是等事昔時波羅奈國有一比丘及一沙彌皆具神通從波羅奈往東毘提下時此沙彌取一石子欲以磨針即持此石還波羅奈安置寺中即於是夜大放光明是時比丘問沙彌言汝取彼物將還此不大德我將彼石子還來此中欲以磨礪剃刀針等比丘即便語沙彌言汝取此石送還彼國是時沙彌從比丘言即提此石投波羅奈深江水中是時此江大放光明一切黿魚諸水類等普皆顯現其國人民爭往觀看衢巷填滿無

復門户皆謂是龍現大神力是時比丘與此沙彌於晨朝持鉢入城乞食見是人衆無量無數聚集河邊城門阨塞還往難通問沙彌言汝前此石擲置何處沙彌答言大德我以此石擲河深處比丘復語沙彌汝取此石還送本處是時沙彌即從其語於看衆前入河深水而取此石身衣不濕踊出空中飛騰而去送還本處時諸比丘往還彼國其數無量並說如是時佛世尊爲諸比丘說此因緣是故得知爾時比丘白佛言世尊北鬱單越國土若大佛告比丘北鬱單越大東際長二千由旬西際二千由旬南北亦爾四周八千由旬以金山城之所圍繞黃金爲地晝夜常明是鬱單越地有四種德一者平等二者寂靜三者淨潔四者無刺謂平等者彼國土中無有坑穽亦無穴居又不欹仄無有高下亦不泥滑故名平等其寂靜者彼國土中無有師子虎豹熊羆毒蛇蜂蠆能害人者故名寂靜其淨潔者於彼國中無有死屍死蛇死狗諸不淨物若彼民人大小便利地圻受之受已還合故名淨潔其無刺者彼國土中無利刺樹無臭氣樹故名無刺彼中有草名曰車毘其色紺青形甚可愛如孔雀項觸時柔軟如迦真隣衣迦真隣衣者不可染污夏冷冬溫又如阿時那衣燒之不然草觸柔軟亦復如是是車毘草遍覆其地四時不凋長惟四寸其國諸江八功德水岸渚及底並布金砂其水恒流無有增減金堤堅固永無崩落佛說如是爾時佛告比丘迦樓羅鳥所住四洲其東弗毘提南閻浮提二洲中間有迦樓羅洲

南閻浮提西瞿耶尼二洲中間有迦樓羅洲西瞿耶尼比鬱單越二洲中間有迦樓羅洲比鬱單越東弗毘提二洲中間有迦樓羅洲是鳥洲者圍一千由旬洲形團圓一切皆是深浮留林迦樓羅鳥住在林中洲外水下並龍住處龍居此地猶如彼鳥聚蓄飲食飢則便取迦樓羅鳥凡有四種一者化生二者濕生三者卵生四者胎生一切諸龍皆亦四生化生迦樓羅能食四種龍濕生迦樓羅除化生龍能食三種卵生迦樓羅食後二種胎生迦樓羅食後一種其鳥食時兩翅扇水水開五十由旬因捉取龍還上樹食鳥所食殘猶如象骨在地狼籍是故四洲恒有臭氣東弗毘提南閻浮提兩洲中間迦樓羅鳥所住之洲有樹名曲深浮留根莖枝幹並皆具足形相可愛其葉繁密久住不凋風雨不入如世精巧裝飾華鬘及衆寶耳璫亦如傘蓋高下相覆其樹形相亦復如是高百由旬下本洪直五十由旬方有枝葉枝葉四布徑百由旬其樹下本徑五由旬周圍十五由旬迦樓羅王名鞞那低耶居是樹上其大龍王名摩那斯欲共鳥王戲時出浮顯現是時鳥王捉取此龍安樹枝上而是龍王自性本大更復變化能令身長如是鳥王捉龍還樹龍身隨長遍滿樹上如是次第龍身滿樹是龍重故樹爲摧曲是時鳥王覺是事已仍放此龍作是思惟是摩那斯龍壞我住處時鞞那低耶鳥王起悔恨心退一處住默念憂惱是摩那斯龍遂能張我爾時龍王又變作天童子以天金寶莊嚴臂手天冠耳璫衆寶瓔珞以飾其

身往鳥王所而作是言善友汝有何事憂惱困苦默然獨住起不安心鳥王答曰我今被張爲摩那斯龍壞我住處童子答言善友汝更取龍作飲食不損汝住處尚復惱他龍失眷屬其苦云何汝若更復取龍住處決當不立於是龍鳥二王共立誓願不相損害永爲朋友爲是因緣故名此樹爲曲深浮留是四天下及四鳥洲其地最大是故今說其一一洲八洲圍繞牛洲羊洲椰子洲寶洲神洲猴洲象洲女洲其餘七洲亦復如是此義佛世尊說如是我聞

數量品第七

爾時佛告富樓那比丘是世界地形相團圓如銅燭盤如陶家輪是世界地亦復如是猶如燭盤邊緣隆起其鐵圍山亦復如是譬如燭盤中央聳起其世界中有須彌山王亦復如是此須彌山七寶所成色形可愛四角端直譬如工匠善用繩墨所成板柱其形方正是須彌山亦復如是半形入水八萬由旬半形出水八萬由旬其山四邊各八萬由旬周迴三十二萬由旬最裏大海名須彌海深八萬由旬廣四萬由旬一邊長十六萬由旬周迴六十四萬由旬海外有山名由乾陀此山入水四萬由旬出水亦爾廣亦如是四萬由旬是山一邊長二十四萬由旬周迴九十六萬由旬此山外海亦名由乾陀深四萬由旬廣亦如是一邊長三十二萬由旬周迴百二十八萬由旬海外有山名伊沙陀入水二萬由旬出水亦然廣亦如是一邊長三十六萬由旬周迴一百四十四萬由旬山外有海亦

名伊沙陀深二萬由旬廣亦如是一邊長四十萬由旬周迴一百六十萬由旬海外有山名訶羅置入水一萬由旬出水亦爾其廣亦然一邊四十四萬由旬周迴一百七十六萬由旬山外有海亦名訶羅置深一萬由旬廣亦如是一邊長四十六萬由旬周迴一百八十四萬由旬海外有山名修騰娑入水五千由旬出上亦爾其廣亦然一邊長四十七萬由旬周迴一百八十八萬由旬山外有海亦名修騰娑深五千由旬廣亦如是一邊長四十八萬由旬周迴一百九十二萬由旬海外有山名阿沙干那入水二千五百由旬出水亦然廣亦如是一邊長四十八萬五千由旬周迴一百九十四萬由旬山外有海亦名阿沙干那深二千五百由旬廣亦如是一邊長四十九萬由旬周迴一百九十六萬由旬海外有山名毘那多入水一千二百五十由旬出水亦然廣亦如是一邊長四十九萬二千五百由旬周迴一百九十七萬由旬山外有海亦名毘那多深一千二百五十由旬廣亦如是一邊長四十九萬五千由旬周迴一百九十八萬由旬海外有山名尼民陀入水六百二十五由旬出水亦然廣亦如是一邊長四十九萬六千二百五十由旬周迴一百九十八萬五千由旬山外有海亦名尼民陀深六百二十五由旬廣亦復然一邊長四十九萬七千五百由旬周迴一百九十九萬由旬鹹海外有山名曰鐵圍入水三百十二由旬半出水亦然廣亦如是周迴三十六億一萬三百五十由旬從尼民陀山際取鐵圍山際

三億六萬三千二百八十八由旬從尼民陀海際取鐵圍山際三億六萬二千六百六十三由旬從閻浮提南際取鐵圍山三億六萬六百六十三由旬從閻浮提中央取西瞿耶尼中央三億六萬六千由旬從南閻浮提北際取北鬱單越北際四億七萬七千五百由旬從鐵圍山水際極西鐵圍山水際逕度十二億二千八百二十五由旬鐵圍山水際周迴四十六億八千四百七十五由旬從此須彌山頂邊至彼須彌山頂邊十二億三千四百五十由旬從此須彌山中央至彼須彌山中央十二億八萬三千四百五十由旬從此須彌山根至彼須彌山根十二億三千十五由旬如是義者佛世尊説如是我聞

天住處品第八

佛告比丘是須彌山王東西南北凡有四邊其東邊眞金所成西邊白銀所成北邊瑠璃南邊玻瓈其一切邊衆寶所成是須彌山七性最饒山之極頂中央平正最勝處所是忉利天善見大城周圍四方十千由旬純金爲城之所圍繞高一由旬城上埤堄高半由旬門高二由旬其外重門高一由旬半一一由旬有一一門城之四面爲千門樓是諸城門衆寶所成種種摩尼之所嚴飾譬如比地妙好氍毹人非人等龍獸草木及諸雜華莫不畢備亦如耳璫衆寶莊嚴塡滿具足是諸城門亦復如是或有一切諸衆生相種種樹木及雜華相莊嚴其外是城門邊莊嚴象軍莊嚴馬軍莊嚴車軍住是城門是諸天子莊嚴鎧仗聚集其中護國土故欲遊觀故爲莊嚴

故城外四邊七重寶栅周帀圍繞其最裏者眞金所成次用白銀第三瑠璃四玻瓈柯其外三重雜寶所成七重之外諸多羅樹七重圍繞其最裏樹眞金爲本次是白銀第三瑠璃四玻瓈柯其外三重衆寶爲本金多羅者白銀瑠璃玻瓈衆寶爲其華葉子亦如是銀多羅者黄金瑠璃玻瓈柯寶爲其華葉子亦如是瑠璃多羅金銀玻瓈爲華子葉玻瓈多羅金銀瑠璃爲華子葉其外三重華葉果子並衆寶成是多羅樹微風吹動出妙音聲能令衆生起五繫縛一者生受二者起縛三起迷亂四生執著五不厭離譬如五分音樂如精妙樂師五音繁奏能起衆生五種欲心是樹音聲亦復如是其七重樹間處處皆有衆寶華池縱廣一百天弓天水盈滿四寶爲塼構壘底岸金銀瑠璃及玻瓈柯之所成就其池四邊亦四寶塼以爲階道一一池中有無量華五寶所成謂金銀瑠璃玻瓈柯呵梨多是諸池内有四寶船泛漾其中謂金銀瑠璃玻瓈復有八種水戲之具一者跳入水樓二者以七寶函注水灌身三者激水之具以爲音樂四者水濺以爲嬉戲五者水輪車六者浮屋七者寶輪鷺鷀八者繩縷自縋旋迴激蕩其中男女諸天乘船遊戲是時寶船隨心遲速男女諸天若作是意願欲向彼船即到彼是諸天等若作是意願取彼華來至我所華便自至其中果報自然風起吹衆名華遍散諸天復有别風吹諸華鬘莊嚴身首或爲寶冠或爲瓔珞或爲臂印乃至腰繩或爲足鉗池岸四邊有五種寶樹一金二銀三瑠璃

四玻瓈柯五呵梨多其樹行間有衆寶堂殿五寶所成諸男女天於其中住是其城外多有諸天遍滿國土多羅樹外寶塹三重其一一塹廣二由旬深一由旬半下廣於上有如壺口於其塹中天水盈滿亦四寶塼之所構成金銀瑠璃及玻瓈柯其塹四邊亦四寶塼以爲階道一一塹中又有無量四寶諸華有四寶船泛漾其中金銀瑠璃玻瓈等寶之所成就復有八種水戲之具一者跳入水樓二者以七寶函注水灌身三者擊水之具以爲音樂四者水濺以爲嬉戲五者水輪車六者浮屋七者寶輪鷿鷉八者繩縷自緫旋廻激蕩其中男女諸天乘船遊戲是諸寶船隨心遲速男女諸天若作是意願欲往彼船即到彼是諸天等若作是意願取彼華來至我所華便自至其中果報自然起風吹衆名華遍散諸天復有別風吹諸華鬘莊嚴身首或爲寶冠或爲瓔珞或爲臂印腰繩足鉗亦復如是塹之中間衆寶堂殿天諸婇女之所住處於其堂間布置寶鑊一一鑊中植諸華草五色異相各爲行列其三重塹外有七寶樹之所圍繞謂金銀瑠璃玻瓈柯蓮華色寶螺石呵梨多等是樹林中處處皆有七寶華池天水盈滿乃至寶船遊戲及諸殿堂男女天衆之所居止多有諸天遍滿國土亦如上說是時塹外諸七寶樹開七寶華謂金銀瑠璃玻瓈乃至呵梨多等是其林中諸女天等謳歌作樂無量天子從大城出入林觀聽是其城中諸天子等謳歌作樂外諸女天入城觀聽因是方便往來戲樂分於大城四分之一中

央金城帝釋住處十二由旬有一一門四面四百九十九門復有一小門凡五百門是城形相亦衛四兵柵塹樹池雜林宮殿作唱妓樂及諸外戲種種莊嚴皆如前說是城中央釋提桓因所住之處寶樓重閣名皮禪延多長五百由旬廣二百五十由旬周迴一千五百由旬柱高九由旬四寶所成一金二銀三瑠璃四玻瓈柯四種寶塼以為柱礎其樓四方有四階道一切諸壁並四寶成三層皮持之所圍繞第一層眞金所成二白銀三瑠璃其一一層三重寶鈴微風吹動出妙音聲譬如五分音樂如前所說多羅樹聲能令衆生起五欲縛其閣四邊却敵寶樓東邊二十六三面各二十五凡一百一所一一却敵方二由旬周迴八由旬其却敵上復有寶樓高半由旬以為觀望一一却敵有七女天一一女天有七婇女樓閣之內有七萬七百房室一一房內於七天女一一天女婇女亦七其天女者並帝釋正妃其外却敵及內諸房凡四億九萬四千九百正妃三十四億六萬四千三百婇女妃及婇女合有三十九億五萬九千二百皮禪延多重閣最上當中央圓室廣三十由旬周迴九十由旬高四十五由旬釋提桓因所住之處並是瑠璃所成地皆柔滑衆寶填廁譬如比地妙好氍毹人非人等龍獸草木及諸雜華莫不畢備亦如耳璫衆寶莊嚴填滿具足帝釋住處亦復如是皆以瑠璃所成衆寶莊嚴其地柔軟脚所履踐即便陷沒脚若起時還復如本如細綿聚及兜羅綿帝釋住處亦復如是脚踐則沒舉足便起

灑散雜華燒香芬馥懸諸天衣及寶華鬘如是處者釋提桓因與阿修羅女舍脂共住帝釋化身與諸妃共住一切諸妃作是思惟帝釋與我共住帝釋眞身與舍脂共住是其城内四邊住處衢巷市鄽並皆調直是諸天城或有住處四相應舍或有住處重層尖屋或有住處多層高樓或有住處臺舘雲聳或有住處四周却敵隨其福德衆寶所成平正端直是天城路數有五百四陌相通行列分明皆如棊道四門通達東西相見巷巷市鄽寶貨盈滿第一穀米市二衣服市三衆香市四飲食市五華鬘市六工巧市七婬女市處處並有市官是諸市中天子天女往來貿易商量貴賤求索增減稱量筭數具市鄽法雖作是事以爲戲樂無取無與無我所心脫欲所須便可提去若業相應隨意而取業不相應便作是言此物奇貴非我所須當四衢道象馬車兵之所莊嚴及諸天子止住其中或爲守護或爲戲樂或爲莊嚴市中間路一切瑠璃軟滑可愛衆寶莊嚴譬如北地妙好氍毹龍獸華草皆如前說乃至燒香散華懸諸天衣亦復如是復於處處竪立旛幢天大城内如是等聲恒無斷絶所謂象聲馬聲車聲螺聲波那婆聲鼓聲牟澄伽聲笳聲音樂聲又有聲言善來善來願食願飲我今供養是善見大城帝釋住處復有天州天郡天縣天村周帀遍布須彌山上善見大城其西北角從門閫外二十由旬忉利諸天有善法堂徑三十由旬周迴九十由旬高四十五由旬並瑠璃所成地皆柔滑衆寶塡厠譬如北地妙好

毾毲人非人等龍獸草木及諸雜華莫不畢備亦如耳璫衆寶莊嚴填滿具足善法妙堂亦復如是柔滑可愛脚䠊便没移足還起種種莊嚴具如前說有三皮持之所圍繞一眞金所成二白銀三瑠璃其一一層三重寶鈴微風吹動出妙音聲譬如五分音樂如前所說多羅樹聲能令衆生起五欲縛是堂中央衆寶大柱聳出堂上其柱最頂覆釜露盤種種莊嚴並皆具足是中央大柱圍一由旬徑三分之一其一椽桷有十六柱其一一柱復十六柱之所圍繞一一椽桷爲二百七十二柱之所支持其諸椽桷分爲三分一分有四千五十二周迴三分一萬二千一百五十六椽椽都有三十三億六千四百三十二柱是柱下至地上不至桷如一髮許或有一柱上至於桷下不至地如一髮許以是義故是善法堂住在空中不可了覺四方門屋一者正東二者正西三者正南四者正北是善法堂外處處有大寶池天水盈滿四寶爲塼構壘底岸金銀瑠璃及玻瓈柯之所成就其地四邊亦以寶塼爲其階道一一池中有無量華五寶所成謂金銀瑠璃玻瓈柯呵梨多是諸池內有四寶船泛漾其中復有八種水戲之具一者跳入水樓二者以七寶函注水灌身三者擊水之具以爲音樂四者水濺以爲嬉戲五者水輪車六者浮屋七者寶輪鷰鶵八者繩縷自縋旋迴激蕩其中男女諸天乘船遊戲隨心遲速空中諸華自然來集莊嚴天身乃至多有諸天殿堂皆悉遍滿亦復如是是善法堂外有大園林金城圍繞周迴一千

由旬城高一由旬埤垸半由旬其門高二由旬廣十二由旬有一一門九十九門又一小門是諸門者衆寶所成摩尼妙寶之所莊嚴譬如比地妙好氍毹種種彫飾是門又有四軍防衛並如上說外七重寶柵亦如上說七重多羅樹林之所圍繞亦如上說其樹中間有諸寶池相去百弓種種莊嚴亦如上說五種寶華亦如上說及四寶船亦如上說池岸五種寶華亦如上說乃至四寶堂殿諸男女天之所住處是城外邊三重寶塹餘如上說一一塹者廣二由旬深一由旬半形如壺口下廣上狹天水盈滿並如上說是塹間地有諸婬女堂殿羅列三重塹外七寶樹林之所圍繞亦如上說是時外林中一切諸華開敷鮮榮諸女天等音樂謳歌時諸天子從法堂城出入是園中相與觀聽是中天子亦奏音樂時諸女天從善法堂出園觀看因如是事男女諸天恒受戲樂從其大城西北角門取善法堂門二十由旬廣十由旬其地平滑瑠璃所成可愛柔軟衆寶莊嚴譬如比地妙好氍毹人非人等象馬華樹種種具足又如耳璫衆寶合成其路亦爾脚履即沒舉足便起如兜羅綿及以木綿其路柔軟亦復如是三種皮持之所莊嚴一一皮持四寶所成一一皮持三層寶鈴之所圍繞一一寶鈴四寶所成微風吹動出妙音聲能令諸天起五欲縛是路兩邊挾二江水名曰長形亦長二十由旬廣十由旬八功德水自然盈滿其江兩邊並四寶塼之所構治餘如前說其江四邊四寶階道亦如前說是江水中有五寶華亦如

前說四種寶船汎漾其內八水戲具乘船遊戲遲速任心並如前說是中諸天須彼華來隨念即至善果報故雨衆寶華灑散諸天復有别風吹諸華鬘隨其身分所須莊嚴身臂手足自然隨著二江外岸五種寶樹羅列遍滿亦如前說其樹中間有諸寶池及寶殿堂諸男女天並於中住無量無數充滿其中是時忉利諸天欲入此園其善法堂有風名曰合聚聚集故華吹令出外其地淨潔無復萎華復有别風名曰剃刀吹外園林及以池沼取諸新華青黃赤白雜色之華既取華已時合聚風聚集此華入善法堂内遍布其地作諸形像或現金銀杖形或現蓮華形或氍毹形或羺羊形或師子戲像或現象馬車步兵等像或現犛鹿獸像或現迦樓龍馬之像因此次第周帀遍滿善法堂地華厚至膝莊嚴具足是時諸天圍繞帝釋恭敬爲尊入此園裏善法堂内最中柱邊有師子座釋提桓因昇座而坐左右二邊各十六天王行列而坐其餘諸天隨其高下依次而坐時天帝釋有二太子一名栴檀二名修毘羅是忉利天二大將軍在三十三天左右而坐時提頭賴吒天王依東門坐共諸大臣及與軍衆恭敬諸天得入中坐時毘留勒天王依南門坐共諸大臣及與軍衆恭敬諸天得入中坐時毗留博叉天王依西門坐共諸大臣及與軍衆恭敬諸天得入中坐時毘沙門天王依北門住共諸大臣及與軍衆恭敬諸天得入中坐是四天王於善法堂世間善惡奏聞帝釋及忉利天時佛世尊說如是事比丘是月八日是

四天王大臣遍行世間次第觀察當於今日若多若少一切諸人受持八戒若多若少皆行布施若多若少修福德行若多若少恭敬父母及沙門婆羅門家内尊長比丘月十四日是四天王太子遍行世間次第觀察當於今日若多若少一切諸人受持八戒若多若少皆行布施若多若少修行福德若多若少恭敬父母及沙門婆羅門家内尊長比丘月十五日時四天王自行世間次第觀察當於今日若多若少一切諸人受持八戒若多若少皆行布施若多若少修行福德若多若少恭敬父母及沙門婆羅門家内尊長黑半亦如是比丘是時若無多人受持八戒若無多人修行布施若無多人修福德行若無多人恭敬父母沙門婆羅門及家中尊長比丘時忉利天善法堂内正坐集時爾時四王往法堂所諮問帝釋說世間事白言善尊無多諸人受持八戒無多諸人修行布施無多諸人恭敬父母沙門婆羅門及家中尊長是時忉利諸天及釋提桓因聞此事巳生憂惱心說如是言是事非善是事非如法若諸人等無多受八戒無多行布施無多修行福行無多諸人恭敬父母沙門婆羅門及家中尊長諸天眷屬方應減少修羅伴侶日向增多比丘若人多受持八戒多修行布施多修福行多恭敬父母沙門婆羅門及家中尊長爾時四王往法堂所諮問帝釋說世間事白言善尊多有諸人受持八戒多人修行布施多人修行福行多人恭敬父母沙門婆羅門及家中尊長爾時忉利天聞四王言心生歡喜說如

是言是事甚善是事如法若諸人等多受持八戒多修行布施多行福行多恭敬父母沙門婆羅門及家中尊長諸天眷屬日向滋多修羅伴侶稍就減少比丘爾時釋提桓因自坐之處是天坐處於中正坐隨從天心令其歡喜而說偈言

是月初八日　十四及十五　并月二十三
下九及三十　三時十五齋　受持八分戒
靜心所攝治　若受持布薩　是人修七法
當來如我今

比丘是釋提桓因偈是爲邪歌非是善歌是爲邪言非是善言云何如此比丘是釋提桓因未解脫生未解脫老未解脫死未解脫憂未解脫悲未解脫苦未解脫惱未解脫五陰比丘若有比丘成阿羅訶滅盡諸漏修道究竟正智解脫盡諸有結如是比丘若說此偈堪說善言

是月初八日　十四及十五　并月二十三
下九及三十　三時十五齋　受持八分戒
靜心所攝治　若受持布薩　是人修七法
當來如我今

比丘是比丘偈乃是善歌非是邪歌乃是善言非是邪言云何如此是比丘已解脫生已解脫老已解脫死已解脫憂已解脫悲已解脫苦已解脫惱已解脫五陰即說祇夜言

是四王大臣　八日巡天下　四天王太子
十四觀世間　十五時最勝　四王好名聞
故自行世間　觀察諸善惡　是時四天王
上善法堂所　諸天大集會　奏聞諸善惡
是世間人意　與道法相應　善尊有多人

行施受布薩　伏瞋能修道　男女福增益
是時忉利天　得信甚歡喜　數數生隨喜
四大王善說　諸天樂眷屬　轉轉得增多
願修羅伴侶　日日就損減　隨憶念正覺
法正說聖衆　諸天安樂住　心常生歡喜
世果出世果　人道所能得　若依佛法僧
住於三寶境　我今爲汝等　說三賢善道
若人求眞實　捨惡修行善　無有如是貨
由少能獲多　如諸忉利天　行小善生天
帝釋等諸天　大福德多聞　聚集善法堂
及諸餘住處　男女善行香　四王所奏聞
清淨天所愛　薰習遍諸天
是諸天子形色不同衣服亦異衆寶莊嚴種種差別善法堂內四色寶華人華晃曜互相映發譬如寶舍滿中衆寶其善法堂可愛如是云何此堂說爲善法是諸天等聚集其中多讚歎佛多讚歎法多讚歎僧分別世間邪正之事宣說種種出世之道園等諸處無如是事故名其地爲善法堂是事佛世尊說如是我聞

立世阿毗曇論卷第二

音釋

構居候切　氍毹氍其俱切毹霜俱切氍毹毛席也　摒陂病切棄也　鏵戶瓜切鍫也　穽疾郢切陷也　仄札色切傾也　羆逋眉切　蠆丑邁切毒蟲也　梛于遮切木名　埤堄埤匹詣切堄研計切城上垣也　鷿鷉鷿步覓切鷉天兮切　塹七豔切坑也　栅恥格切編木爲之也　縋馳僞切以繩懸物也　羺奴溝切胡羊也

立世阿毗曇論卷第三

陳天竺三藏眞諦譯

歡喜園品第九

善見大城北門之外二十由旬諸忉利天有大園林名曰歡喜此中有池亦名歡喜方百由旬深亦如是天水盈滿四寶爲塼壘其底岸餘如前說四邊寶階亦如前說五種寶華亦如前說四種寶船及八種戲隨心遲速是中諸天須彼華時應念來至善果報故雨衆寶華灑散諸天復有别風吹諸華鬘隨其身分所須莊嚴身臂首足自然隨著是其池岸五種寶樹羅列遍滿餘如前說其樹中間及衆寶堂殿諸男女天居止遍滿具如上說園中有樹名曰歡喜樹所生華名曼陀羅其形大小如大車輪其色相貌如火光焰其華輕重如人中華歡喜樹者此園中有餘處皆無此園周廻一千由旬徑三百三十三由旬三分之一金城之所圍繞是城高一由旬埤堄一半由旬城門高二由旬門樓一由旬半十十由旬有一一門九十九門復一小門足一百門是諸門者衆寶所成摩尼妙寶之所莊嚴譬如壮地妙好氍毹種種雕鏤是門又有四軍防衛並如上說外七重寶柵亦如上說七重多羅樹林之所圍繞亦如上說其樹中間有諸寶池相去有百弓種種莊嚴亦如上說五種寶華亦如上說及四寶船亦如上說池岸五種寶樹亦如上說乃至四寶堂殿諸男女天之所住處是城外邊三重寶塹餘如上說其一一塹廣二由旬深一由旬半形如壷口下廣上狹天水盈滿並如上說是塹間

地有諸婇女宮殿羅列三重塹外七寶樹林之所圍繞亦如上說是時外林中一切諸華開敷鮮榮諸女天等音樂謳歌時諸天子從歡喜園出林觀聽諸天子等於外林中音樂謳歌園內女天亦出觀聽園內女天又奏音樂外諸天子入園觀聽園內天子亦奏音樂園外女天亦入園聽以此因緣受諸戲樂從善見大城壯門至歡喜園南門其中間路二十由旬廣十由旬並瑠璃爲地平滑柔軟衆寶莊嚴譬如北地妙好氍毹人非人象鳥獸華果種種具足亦如耳璫衆寶合成其路形相亦復如是脚履即没舉足便起如兜羅綿及以木綿其路柔軟亦復如是三種皮持之所嚴飾一一皮持四寶所成一一皮持三層寶鈴之所圍繞一一寶鈴四寶所成微風吹動出妙音聲能令諸天起五欲縛是路兩邊夾二江水名曰長形亦長二十由旬廣十由旬八功德水自然盈滿其江兩邊並四寶塼之所構成餘如前說其江四邊四寶階道亦如前說是江水中有五種寶華亦如前說四種寶船泛漾其內八種水戲之具乘船遊觀遲速任心並如前說是中諸天須彼華來隨念即至善果報故雨衆寶華灑散諸天復有別風吹諸華鬘隨其身分所須莊嚴身臂首足自然隨著二江外岸五種寶樹羅列遍滿餘如前說其樹中間有諸寶池及寶殿堂諸男女天並於中住無量天衆充滿國土云何此園名爲歡喜此園大池名曰歡喜其園有樹亦名歡喜其華名曼陀羅是三物者唯此園有餘園則無復何因緣名曰歡喜爾時忉

利諸天欲入此園生大歡喜最受戲樂極相嬉樂故曰歡喜是義佛世尊說如是我聞

衆車園品第十

善見大城東門闠外去二十由旬諸忉利天有園名曰衆車園中大池名質多羅方百由旬深亦如是天水盈滿四寶爲塼累其底岸餘如上說四寶階道五種寶華亦如上說四種寶船及八水戲是中諸天須彼華時應念來至善果報故雨衆寶華灑散諸天復有別風吹諸華鬘隨其身分所須莊嚴身臂首足自然隨著是其池岸五種寶樹羅列遍滿餘如前說其樹中間及衆寶堂殿諸男女天居止遍滿具如上說是園周迴一千由旬徑三分之一金城之所圍繞是城高一由旬埤堄一半由旬城門高二由旬門樓一由旬半十十由旬有一一門九十九門復一小門足一百門是諸門者衆寶所成摩尼妙寶之所莊嚴譬如北地妙好氍毹種種雕鏤是門又有四軍防衛並如上說外七重寶柵亦如上說七重多羅樹林之所圍繞亦如上說其樹中間有諸寶池相去百弓種種莊嚴亦如上說五種寶華亦如上說及四寶船亦如上說池岸五種寶樹亦如上說及四寶堂殿諸男女天之所住處是城外邊三重寶塹餘如上說其一一塹廣二由旬深一由旬半形如壷口下廣上狹天水盈滿並如上說是塹閒地有諸婇女宮殿羅列三重塹外七寶樹林之所圍繞亦如上說是外林中一切諸華開敷鮮榮諸女天等音樂謳歌時諸天子從衆車園出林觀聽諸天子等於外林中音樂謳歌園

內女天亦出觀聽園內女天又奏音樂外諸天子入園觀聽園內天子亦奏音樂園外女天亦入園聽以此因緣受諸戲樂從善見大城東門至衆車園西門其中間路二十由旬廣十由旬並瑠璃爲地平滑柔輭衆寶莊嚴譬如比地妙好氍毹人非人象鳥獸華草種種具足亦如耳璫衆寶合成其路形相亦復如是脚履即沒舉足便起如兜羅綿及以木綿其路柔軟亦復如是三種皮持之所嚴飾一一皮持四寶所成一一皮持三層寶鈴之所圍繞一一寶鈴四寶所成微風吹動出妙音聲能令諸天起五欲縛是路兩邊夾二江水名曰長形亦長二十由旬廣十由旬八功德水自然盈滿其江兩邊並四寶塼之所構成餘如前說其江四邊四寶階道亦如前說是江水中有五種寶華亦如前說四種寶船泛漾其內八種水戲之具乘船遊觀遲速任心並如前說是中諸天須彼華來隨念即至善果報故雨衆寶華灑散諸天復有別風吹諸華鬘隨其身分所須莊嚴身臂首足自然隨著二江外岸五種寶樹羅列遍滿餘如前說其樹中間有諸寶池及寶殿堂諸男女天並於中住無量天衆充滿國土云何此園名曰衆車此中有大池名質多羅其中有樹亦名質多羅此樹生種種華唯此園有餘園則無復有因緣名質多羅是時忉利諸天欲入此園中著種種寶物莊嚴其身微妙最極著種種仗器如臨戰時乘種種乘入此園林在其園內及欲出時取質多羅樹種種妙華莊嚴車乘轅輗轂輞具足嚴飾一切諸乘並皆

如是此質多羅樹華及天身瓔珞諸寶車乘所出光明互相映發以是因緣此妙園中種種光明聚集其內由此義故名衆車園復有自然名衆車園是義佛世尊說如是我聞

惡口園品第十一

善見大城南門闥外二十由旬諸忉利天有園名曰惡口園中大池名曰惡口方百由旬深亦如是天水盈滿四寶爲塼累其底岸餘如上說四寶階道五種寶華亦如上說四種寶船及八水戲是中諸天須彼華時應念來至善果報故雨衆寶華灑散諸天復有別風吹諸華鬘隨其身分所須莊嚴身臂首足自然隨著是其池岸五種寶樹羅列遍滿餘如上說其樹中間及衆寶堂殿諸男女天居止遍滿具如上說是園周迴一千由旬徑三分之一金城之所圍繞是城高一由旬埤堄一半由旬城門高二由旬門樓一由旬半十十由旬有一一門九十九門復一小門足一百門是諸門者衆寶所成摩尼妙寶之所莊嚴譬如北地妙好氍毹種種雕鏤是門又有四軍防衛並如上說外七重寶柵亦如上說七重多羅樹林之所圍繞亦如上說其樹中間有諸寶池相去百弓種種莊嚴亦如上說五種寶華亦如上說及四寶船亦如上說池岸五種寶樹亦如上說乃至四寶堂殿諸男女天之所住處是城外邊三重寶塹餘如上說其一一塹者廣二由旬深一由旬半形如壺口下廣上狹天水盈滿並如上說是塹間地有諸婇女宮殿羅列三重塹外七寶樹林之所圍繞亦如上說時外林中一切諸華開敷

鮮榮諸女天等音樂謳歌時諸天子從惡口園出林觀聽諸天子等於外林中音樂謳歌園内女天亦出觀聽園内女天又奏音樂外諸天子入園觀聽園内天子亦奏音樂園外女天亦入園聽以此因緣受諸戲樂從善見大城南門至惡口園生門其中間路二十由旬廣十由旬並瑠璃爲地平滑柔軟衆寶莊嚴譬如北地妙好氍毹人非人象鳥獸華草種種具足亦如耳璫衆寶合成其路形相亦復如是脚履即沒舉足便起如兜羅綿及以木綿其路柔軟亦復如是三種皮持之所嚴飾一一皮持四寶所成一一皮持三層寶鈴之所圍繞一一寶鈴四寶所成微風吹動出妙音聲能令諸天起五欲縛是路兩邊夾二江水名曰長形亦長二十由旬廣十由旬八

功德水自然盈滿其江兩邊並四寶塼之所構治餘如前說其江四邊四寶階道亦如前說是江水中有五種寶華亦如前說四種寶船泛漾其内八種水戲之具乘船遊觀遲速任心並如前說是中諸天須彼華來隨念即至善果報故兩衆寶華灑散諸天復有別風吹諸華鬘隨其身分所須莊嚴身臂首足自然隨著二江外岸五種寶樹羅列遍滿餘如前說其樹中間有諸寶池及寶殿堂諸男女天並於中住無量大衆充滿國土云何此園名爲惡口園有大池名曰惡口其中有樹亦名惡口樹有華亦名惡口唯此園有餘處則無復有因緣名爲惡口是時忉利諸天欲入此園作是鬪諍覺觀思惟我等今者往彼攻擊鬪戰脩羅復有彼此互相嫉妬貪著五欲

諍其前後因是事故說諸惡言是故此地名惡口園復有自然名爲惡口是義佛世尊說

如是我聞

雜園品第十二

善見大城西門闠外至雜園東門其中間路長二十由旬是諸忉利天園中有方池名曰雜池面百由旬深亦如是天水盈滿四寶爲塼累其底岸餘如上說四寶階道五種寶華亦如上說四種寶船及八水戲是中諸天須彼華時應念來至善果報故雨衆寶華灑散諸天復有別風吹諸華鬘隨其身分所須莊嚴身臂首足自然隨著是其池岸五種寶樹羅列遍滿餘如前說其樹中間及衆寶堂殿諸男女天居止遍滿具如上說是園周廻一千由旬徑三分之一金城之所圍繞是城高一由旬埤堄高半由旬城門高二由旬門樓一由旬半十十由旬有一一門九十九門復一小門足一百門是諸門者衆寶所成摩尼妙寶之所莊嚴譬如北地妙好氍毹種種雕鏤是門又有四軍防衛並如上說外七重寶柵亦如上說七重多羅樹林之所圍繞亦如上說其樹中間有諸寶池相去百弓種種莊嚴亦如上說五種寶華及四寶船八水戲等池岸五種寶樹亦如上說乃至四寶堂殿諸男女天之所住處是城外邊三重寶塹餘如上說其一一塹廣二由旬深一由旬半形如壺口下廣上狹天水盈滿並如前說是塹間地有諸婇女宮殿羅列三重塹外七寶樹林之所圍繞亦如上說是時外林一切諸華開敷鮮榮諸女天等音樂謳歌時諸天子從雜

園中出林觀聽諸天子等於外林中音樂謳歌園内女天亦出觀聽園内女天又奏音樂外諸天子入園觀聽園内天子亦奏音樂園外女天亦入園聽以此因緣受諸戲樂從善見大城西門至雜園東門其路中間二十由旬廣十由旬並瑠璃爲地平滑柔軟衆寶莊嚴譬如北地妙好氍毹人非人象鳥獸華草種種具足亦如耳璫衆寶合成其路形相亦復如是脚履即没舉足便起如兜羅綿及以木綿其路柔軟亦復如是三種皮持之所嚴飾一一皮持四寶所成一一皮持三層寶鈴之所圍繞一一寶鈴四寶所成微風吹動出妙音聲能令諸天起五欲縛是路兩邊夾二江水名曰長形亦長二十由旬廣十由旬八功德水自然盈滿其江兩邊並四寶塼之所構治餘如前説其江四邊四寶階道亦如前説是江水中有五種寶華亦如前説四種寶船泛漾其内八種水戲之具乘船遊觀遲速任心並如上説是中諸天須彼華來隨念即至善果報故雨衆寶華灑散諸天復有別風吹諸華鬘隨其身分所須莊嚴身臂首足自然隨著二江外岸五種寶樹羅列遍滿餘如上説其樹中間有諸寶池及衆寶殿堂諸男女天並於中住無量天衆充滿國土云何此園名爲雜園因是園中有一大池名曰雜池亦有雜樹及諸雜華惟此園有餘處則無復有因緣名爲雜園是時忉利諸男女天來入此園最爲雜聚歌舞音樂及衆遊戲並相糅雜餘園集時一切外邊諸天並不得入悉被禁斷此園集時無有隔礙大城諸天及諸外

天入園遊戲相雜受樂是故名曰雜園復有自然名爲雜園是義佛世尊說如是我聞

波利夜多園品第十三

善見大城東北角門之外二十由旬諸忉利天有大園林名波利夜多此園有方池亦名波利夜多面百由旬深亦如是天水盈滿四寶爲塼累其底岸餘如前說四邊寶階亦如前說五種寶華亦如前說四種寶船及八種戲隨心遲速是中諸天須彼華時應念來至善果報故雨衆寶華灑散諸天復有別風吹諸華鬘隨其身分所須莊嚴身臂首足自然隨著其池岸上五種寶樹羅列遍滿餘如前說其樹中間及衆寶堂殿諸男女天居止遍滿具如上說園中有樹名波利夜多亦名拘毘陀羅是樹生長具足形容可愛枝葉相覆密厚多葉久住不凋一切風雨不能侵入譬如裝華鬘師裝飾華鬘及以耳璫其樹形相可愛如是上如傘蓋次第相覆高百由旬下本洪直都無瘤節五十由旬方有枝條樹身徑刺廣五由旬圍十五由旬其一一枝橫出五十由旬間中亘度一百由旬周廻三百由旬下有寶石名曰班紨㲲婆羅長五十由旬廣十由旬皆瑠璃所成軟滑可愛衆寶莊嚴譬如北地妙好氍毹種種雕鏤人非人象鳥獸華草種種具足亦如耳璫衆寶合成是班紨㲲婆羅亦復如是脚履即没舉足便起如兜羅綿及以木綿是班紨㲲婆羅其體柔軟亦復如是三種皮持之所嚴飾一一皮持四寶所成一一皮持三層寶鈴之所圍繞一一寶鈴四寶所成微風吹動出妙音聲能令諸

天起五欲縛餘如上說四邊階道金銀瑠璃玻瓈所成園中處處有池亦如上說乃至四寶堂殿諸男女天之所住處亦如上說是園周迴一千由旬徑度三分之一金城所繞是城高一由旬埤堄一半由旬城門高二由旬門樓一由旬半十十由旬有一一門九十九門復一小門足一百門是諸門者衆寶所成摩尼妙寶之所莊嚴譬如北地妙好氍毹種種雕鏤是門又有四軍防衛並如上說外七重寶柵亦如上說七重多羅樹林之所圍繞亦如上說其樹中間有諸寶池相去百弓種種莊嚴亦如上說五種寶華亦如上說有四寶船亦如上說其池岸上五種寶樹亦如上說乃至四寶堂殿諸男女天之所住處是城外邊三重寶塹餘如上說一一塹者廣二由旬深一由旬半形如壷口下廣上狹天水盈滿並如上說是塹間地有諸婇女宮殿羅列三重塹外七寶樹林之所圍繞亦如上說時外林中一切諸華開敷鮮榮諸女天等音樂謳歌時諸天子從波利夜多園出林觀聽諸天子等於外林中音樂謳歌園內女天亦出觀聽園內女天又奏音樂外諸天子入園觀聽園內天子亦奏音樂園外女天亦入園聽以此因緣受諸戲樂從善見大城東北角門至園西南角門其中間路二十由旬廣十由旬並瑠璃爲地平滑柔軟衆寶莊嚴譬如北地妙好氍毹人非人象鳥獸華草種種具足亦如耳璫衆寶合成其路形相亦復如是脚履即沒舉足便起如兜羅綿及以木綿其路柔軟亦復如是三種皮持之所嚴飾一一皮

持四寶所成一一皮持三層寶鈴之所圍繞一一寶鈴四寶所成微風吹動出妙音聲能令諸天起五欲縛是路兩邊夾二江水名曰長形亦長二十由旬廣十由旬八功德水自然盈滿其江兩邊並四寶塼之所構治餘如前說其江四邊四寶階道亦如前說是江水中有五種寶華亦如前說四種寶船泛漾其內八種水戲之具乘船遊觀遲速任心並如前說是中諸天須彼華來隨念即至善果報故雨衆寶華灑散諸天復有別風吹諸華鬘隨其身分所須莊嚴身臂首足自然隨著二江外岸五種寶樹羅列遍滿餘如前說其樹中間有諸寶池及寶殿堂諸男女天並於中住無量天衆充滿國土如是佛世尊說比丘爾時忉利天波利夜多拘毗陀羅樹葉黃欲落是時諸天踊躍歡喜作如是言今時忉利天波利夜多樹其葉轉黃不久凋落比丘是時忉利天波利夜多樹其葉落已是時諸天踊躍歡喜作如是言諸天波利夜多樹葉已落不久生萌比丘是時忉利天波利夜多樹既生萌已一切諸天踊躍歡喜作如是言今時波利夜多樹既生萌已不久微現縹色比丘是時波利夜多樹現縹色已諸天爾時歡喜踊躍作如是言波利夜多樹現縹色已不久當出華蕾比丘是時波利夜多樹出華蕾已諸天爾時歡喜踊躍作如是言波利夜多樹既出蕾已不久其華稍開既稍開已諸天爾時歡喜踊躍作如是言波利夜多樹既稍開已不久當成一切開敷比丘是時波利夜多樹既開敷已華色遍照五十由旬其華妙

香亦熏五十由旬若東風雨時吹此樹華香熏西方一百由旬若西風雨時吹此華香熏於東方一百由旬若南風雨時吹此華香熏於北方一百由旬若北風雨時吹此華香熏於南方一百由旬比丘如是忉利天波利夜多樹神力威德比丘若佛弟子依如來所說正法律者由信根故離自居家修無家道爲是事故起決定心比丘如是人者譬如波利夜多樹其葉黃時比丘是時佛弟子剃除髮鬚被服法衣離自居家修無家道比丘如是人者譬如波利夜多樹葉已落時比丘若佛弟子離諸欲塵離諸惡法有覺有觀有喜有樂從離生起修習初禪入此中住比丘如是人者譬如波利夜多樹初生萌時比丘是時覺觀已寂滅故依內澄清心行二方便故無覺無觀從定生起有喜有樂修習二禪入此中住比丘如是人者譬如波利夜多樹現縹色時比丘時佛弟子離欲喜故住於捨心正念正智其身受樂是故聖師說如是教若住於樂有捨有念修習三禪入於中住比丘如是人者譬如波利夜多樹生華蕊時比丘若佛弟子苦滅盡故樂已過故昔時憂喜已滅盡故無苦無樂捨念清淨修習四禪入於中住如是人者譬如波利夜多樹華稍開時比丘若佛弟子諸漏盡故無漏心解脫及般若解脫現世已證入此中住其生已盡修道究竟衆事已辦無復有生故得此智比丘如是人者譬如波利夜多樹一切開時比丘是諸比丘諸漏已盡修道究竟正慧解脫有結已盡忉利等天說讚歎言善友彼處是人某姓

某名及某郡縣一切國土離自居家修無家道某名比丘是出家弟子依止弟子諸漏盡故無漏心解脫及般若解脫現世已證入此中住其生已盡修道究竟衆事已辦無復有生故得此智是諸比丘諸漏已盡正智解脫有法已盡如是神力及是威德譬如波利夜多樹是時忉利波利夜多樹一切開敷復有諸天守護園者往帝釋所白帝釋言天王波利夜多樹悉開敷已是故天尊應知時節諸天復有象王名伊羅槃行園所乘其身長九由旬高三由旬其形相稱爾時釋提桓因遣使報象言善友波利夜多樹一切開已諸天當往到彼入園遊觀是故汝今當自裝飾象聞使言踊躍歡喜譬如諸人初求婚時及迎婦時一切吉祥希有之事象王歡喜亦復如是爾時象王即化其頭爲三十三頭其一一頭各有六牙其一一牙有七寶池其一一池各生七蓮其一一蓮各生七華其一一華各生七葉其一一葉各七天女如是妓女天有七七重數圍繞蓮子顯現可愛以是因緣衆華莊嚴皆悉具足諸忉利天恭敬帝釋以爲衆首前昇象上依中頭坐左右兩邊各十六天一切諸天各自思惟我中頭坐若眞實者唯天帝釋獨居中坐三十三天先登象已其餘天衆次第並登是天帝釋有二太子一名栴檀二名修毗爲忉利天最大將軍亦昇象上諸妙女天有最勝者一名阿嵐浮娑二名蜜奢計尸三名分陀利柯四名尼羅五名阿樓那六名翳尼鉢婆七名修鉢婆八名鉢陀羅九名須跋陀羅十名摩頭柯婆致如是女

等亦昇象上復有男妙天一名阿嵐浮二名達頭樓眉三名銑浮樓四名尸棄如是天等亦昇象上並在象上歌奏音樂一切諸天並昇象已是時象王踊躍歡喜譬如諸王受權頂職亦如少壯臨婚禮時行正法竟以諸妙華莊嚴身首象王歡喜亦復如是爾時象王作大雷聲降霔甘雨幷散電光象王化作華上妓女歌舞作樂種種姿態諸天妓女及以伎男歌舞作樂是時象王作大雷聲馳遊徐步如結華鬘如是三轉至波利夜多園時忉利天從上俱下上班紂飼摩羅寶石若不周坐石便更長諸天福故是阿夷羅娑那象王更變化身作天童子著寶臂印及寶耳璫種種嚴具受五欲塵相應戲樂有餘天子別乘象馬車轝樓閣又有諸天乘衆寶船從長形江隨心速疾入此園中於其園內歌人別處舞人別處絃管別處大集別處此中諸天用天四月受五塵欲具足相應遊戲快樂若准人中日月一萬二千年天壽十年三分之一園中用盡忉利諸園此六最大又有大小諸園布滿天上此義佛世尊說如是我聞

立世阿毗曇論卷第三

音釋

雕鏤 雕丁聊切琢也 鏤郎豆切刻也 軶 乙革切較耑橫木也 輞 文紡切事輞也 糅 如又切雜也 莟 胡紺切華心欲抽也

立世阿毗曇論卷第四

陳天竺三藏眞諦譯

提頭頼吒城品第十四

須彌山王凡有四頂東西南北其東頂者眞金所成其西頂者白銀所成其北頂者瑠璃所成其南頂者玻瓈所成復有一切衆寶所成復多七性是四頂者上廣下狹譬如蓮芙其最狹處周圍一千五百由旬其最大處經七百由旬周圍二千一百由旬是四頂處多有諸獸復有衆鳥師子虎豹並悉化生一切皆食天須陀味不相殘害有金剛手一切諸天依此中住有四由乾陀山一東二西三北四南東由乾陀山山有兩頂西北南亦復如是東二頂者眞金所成西二頂者白銀所成北二頂者瑠璃所成南二頂者玻瓈所成復有一切衆寶所成復有七性上廣下狹狀如蓮芙其最狹處經三百五十由旬周圍一千五十由旬其最大處經五百由旬周圍一千五百由旬是八頂處多有諸獸復有衆鳥師子虎豹並悉化生皆食天須陀味不相殘害有金剛手諸天依此中住如是山山其頂兩倍乃至第七尼民陀山則有五百一十二頂是七山頂高廣向外次第半減東由乾陀山二頂中間有於國土名提頭頼吒周圍一千由旬金城圍繞高一由旬埤堄一半由旬城門高二由旬門樓一由旬半十十由旬有一一門九十九門復一小門足一百門是諸門者衆寶所成摩尼妙寶之所莊嚴譬如妙好氍毹種種雕鏤是門又有四軍防衛並如上說外七重寶柵亦如上說七重多羅樹林之

所圍繞亦如上說其樹中間有諸寶池相去百弓種種莊嚴亦如上說五種寶華亦如上說及四寶船亦如上說池岸五種寶樹亦如上說乃至四寶堂殿諸男女天之所住處其城外邊三重寶塹餘如上說一一塹者廣二由旬深一由旬半形如壷口下廣上狹天水盈滿並如上說是塹間地有諸婇女宫殿羅列三重塹外七寶樹林之所圍繞亦如上說時外林中一切諸華開敷鮮榮諸女天等奏諸音樂時諸天子從大城出觀聽音樂諸女天等從大城出觀聽音樂以是因緣受諸戲樂提頭賴吒城西南角是提頭賴吒天王之所住處周圍二百五十由旬金城圍繞高一由旬埤堄高半由旬城門高二由旬門樓一由旬半十十由旬有一一門二十四大門復一小門足二十五門是諸門者衆寶所成摩尼妙寶之所莊嚴譬如妙好氍毹種種雕鏤是門又有四軍防衛並如上說外七重寶柵亦如上說七重多羅樹林之所圍繞亦如上說其樹中間有諸寶池相去百弓種種莊嚴亦如上說五種寶華亦如上說及四寶船亦如上說池岸五種寶樹亦如上說乃至四寶堂殿諸男女天之所住處其城外邊三重寶塹餘如上說一一塹者廣二由旬深一由旬半形如壷口下廣上狹天水盈滿並如上說是塹間地有諸婇女宫殿羅列三重塹外七寶樹林之所圍繞亦如上說時外林中一切諸華開敷鮮榮諸女天等奏諸音樂時諸天子從城中出觀聽音樂諸女天等從城中出觀聽音樂以是因緣受諸戲樂是大城内四

邊住處衢巷市鄽並皆調直是諸天城或有住處四相應舍或有住處重層尖屋或有住處多層高樓或有住處臺觀雲聳或有住處四周却敵隨其福德衆寶所成平正端直是天城路其數五十四陌相通行列分明皆如棊道四門通達東西相見巷巷市鄽寶貨盈滿一穀米市二衣服市三衆香市四飲食市五花鬘市六工巧市七婬女市處處並有市官是諸市中天子天女往來貿易商量貴賤求索增減稱量料數具市鄽法雖作是事以爲戲樂無取無與無我所心脫欲所須便可提去若業相應隨意而取業不相應便作是言此物奇貴非我所須當四衢道象馬車兵之所莊嚴及諸天子止住其中或爲守護或爲戲樂或爲莊嚴市中間路一切瑠璃軟滑可愛衆寶莊嚴亦如北地妙好氍毹龍獸華草皆如前說乃至燒香散華懸諸天衣亦復如是復於處處竪立旛幢天大城內如是等聲恒無斷絶所謂象聲馬聲車聲螺聲波那婆聲鼓聲牟澄伽聲箭聲音樂聲又有聲言善來善來願食願飲我今供養是提頭賴吒大城是天子住處復有天州天郡天縣天村周帀遍布此大城中提頭賴吒天王依此中住王領所極從由乾陀山東至鐵圍山乾闥婆天是王所領如是義者是佛所說如是我聞

毘留勒叉城品第十五

南由乾陀山二頂中間有一國土名毘留勒叉周圍一千由旬金城圍繞高一由旬埤堄高半由旬城門高二由旬門樓一由旬半十

十由旬有一一門九十九門復一小門足一百門是諸門者衆寶所成摩尼妙寶之所莊嚴譬如妙好氍毹種種雕鏤是門又有四軍防衛並如上說外七重寶柵亦如上說七重多羅樹林之所圍繞亦如上說其樹中間有諸寶池相去百弓種種莊嚴亦如上說五種寶華亦如上說及四寶船亦如上說池岸五種寶樹亦如上說乃至四寶堂殿諸男女天之所住處其城外邊三重寶塹餘如上說一一塹者廣二由旬深一由旬半形如壷口下廣上狹天水盈滿並如上說是塹間地有諸婇女宮殿羅列三重塹外七寶樹林之所圍繞亦如上說時外林中一切諸華開敷鮮榮諸女天等奏諸音樂時諸天子從大城出觀聽音樂諸女天等從大城出觀聽音樂以是因緣受諸戲樂毘留勒叉城西南角是毘留勒叉天王之所住處周圍二百五十由旬金城圍繞高一由旬埤堄高半由旬城門高二由旬門樓一由旬半十十由旬有一一門二十四大門復一小門足二十五門是諸門者衆寶所成摩尼妙寶之所莊嚴譬如妙好氍毹種種雕鏤是門又有四軍防衛並如上說外七重寶柵亦如上說七重多羅樹林之所圍繞亦如上說其樹中間有諸寶池相去百弓種種莊嚴亦如上說五種寶華亦如上說及四寶船亦如上說池岸五種寶樹亦如上說乃至四寶堂殿諸男女天之所住處其城外邊三重寶塹餘如上說一一寶塹廣二由旬深一由旬半形如壷口下廣上狹天水盈滿並如上說是塹間地有諸婇女宮殿羅列

三重塹外七寶樹林之所圍繞亦如上說時外林中一切諸華開敷鮮榮諸女天等奏諸音樂時諸天子從城中出觀聽音樂諸女天等從城中出觀聽音樂以是因緣受諸戲樂是大城内四邊住處衢巷市鄽並皆調直是諸天城或有住處四相應舍或有住處重層尖屋或有住處多層髙樓或有住處臺觀雲聳或有住處四周却敵隨其福德衆寶所成平正端直是天城路其數五十四陌相通行列分明皆如棊道四門通達東西相見巷巷市鄽寶貨盈滿一穀米市二衣服市三衆香市四飲食市五華鬘市六工巧市七婬女市處處並有市官是諸市中天子天女往來貿易商量貴賤求索增減稱量料數具市鄽法雖作是事以爲戲樂無取無與無我所心脫欲所須便可提去若業相應隨意而取業不相應便作是言此物奇貴非我所須當四衢道象馬車兵之所莊嚴及諸天子止住其中或爲守護或爲戲樂或爲莊嚴市中間路一切瑠璃軟滑可愛衆寶莊嚴亦如北地妙好氍毹龍獸華草皆如前說乃至燒香散華懸諸天衣亦復如是復於處處竪立旛幢天大城内如是等聲恒無斷絶所謂象聲馬聲車聲螺聲波那婆聲鼓聲牟澄伽聲笳聲音樂聲又有聲言善來善來願食願飲我今供養是毗留勒叉大城是天子住處復有天州天郡天縣天村周帀遍布此大城中毘樓勒叉天王依此中住王領所極從由乾陀山南至鐵圍山拘槃茶神是王所領如是義者佛世尊說如是我聞

毘留博叉城品第十六

西由乾陀山有二頂中間有國名毘留博叉周圍一千由旬金城圍繞高一由旬埤堄高半由旬城門高二由旬門樓一由旬半十十由旬有一一門九十九門復一小門足一百門是諸門者衆寶所成摩尼妙寶之所莊嚴譬如妙好氍毹種種雕鏤是門又有四軍防衛並如上說外七重寶柵七重多羅樹之所圍繞其林中間有諸寶池相去百弓種種莊嚴五種寶華及四寶船池岸五種寶樹乃至四寶堂殿諸男女天之所住處皆如上說其城外邊有三重寶塹其一一塹廣二由旬深一由旬半形如壺口下廣上狹天水盈滿並如上說是塹間地有諸婇女堂殿羅列三重塹外七寶樹林之所圍繞亦如上說是時外林中一切諸華開敷鮮榮諸女天等奏諸音樂時諸天子從大城出觀聽音樂諸女天等從大城出亦聽音樂以是因緣受諸戲樂城西南角是毘樓博叉天王之所住處周圍二百五十由旬金城圍繞高一由旬埤堄高半由旬城門高二由旬門樓一由旬半十十由旬有一一門二十四大門復一小門足二十五門如是諸門皆衆寶所成摩尼妙寶之所莊嚴譬如妙好氍毹種種雕鏤是門又有四軍防衛外有七重寶柵七重多羅林之所圍繞其樹中間有諸寶池相去百弓種種莊嚴五種寶華及四寶船池岸五種寶樹并四寶堂殿諸男女天之所住處皆如上說其城外有三重寶塹其一一塹廣二由旬深一由旬半形如壺口下廣上狹天水盈滿並如上

說是塹間地有諸婇女堂殿羅列三重塹外
七寶樹林之所圍繞皆如上說是外林中一
切諸華開敷鮮榮諸女天等奏諸音樂時諸
天子從城中出幷諸女天並共觀聽以是因
緣受諸戲樂是大城內四邊住處衢巷市鄽
並皆調直是諸天城或有住處四相應舍或
有住處重層尖屋或有住處多層高樓或有
住處臺觀雲聳或有住處四周却敵隨其福
德衆寶所成平正端直是天城路其數五十
四陌相通行列分明皆如棊道四門通達東
西相見巷巷市鄽寶貨盈滿一穀米市二衣
服市三衆香市四飲食市五華鬘市六工巧
市七婬女市處處並有市官是諸市中天子
天女往來貿易商量貴賤求索增減稱量料
數具市鄽法雖作此事以爲戲樂無有取與

無我所心脫欲所須便可提去若業相應隨
意而取業不相應便作是言此物奇貴非我
所須當四衢道象馬車兵之所莊嚴及諸天
子正住其中或爲守護或爲戲樂或爲莊嚴
市中間路一切瑠璃輭滑可愛衆寶莊嚴亦
如北地妙好氍毹龍獸華草皆如前說乃至
燒香散華懸諸天衣亦復如是復於處處竪
立旛幢是天城內如是等聲恒無斷絕所謂
象聲馬聲車聲螺聲波那婆聲鼓聲牟澄伽
聲笳聲音樂聲又有聲言善來善來願食願
飲我今供養是毘留博叉大城是天子住處
復有天州天郡天縣天村周帀遍布此大城
中毘留博叉天王之所住處王領所極從由
乾陀山西至鐵圍邊一切諸龍迦樓羅鳥是
王所領如是義者佛世尊說如是我聞

毘沙門城品第十七

比由乾陀山有二項中間有國名毗沙門周圍一千由旬金城圍繞高一由旬埤垷高半由旬城門高二由旬門樓一由旬半十十由旬有一一門九十九門復一小門足一百門是諸門者皆衆寶所成摩尼妙寶之所莊嚴譬如妙好氍毹種種雕鏤是門又有四軍防衛外有七重寶柵七重多羅樹之所圍繞其林中間有諸寶池相去百弓種種莊嚴五種寶華及四寶船池岸五種寶樹乃至四寶堂殿諸男女天之所居止並如上說其城外邊有三重寶塹其一一塹廣二由旬深一由旬半形如壺口下廣上狹天水盈滿並如上說是塹間地有諸婇女堂殿羅列三重塹外七寶樹林之所圍繞皆如上說是時外林一切諸華開敷鮮榮諸女天等奏諸音樂時諸天子從大城出觀聽音樂諸女天等從大城出亦聽音樂以是因緣受諸戲樂城西南角是毘沙門天王之所住處周圍二百五十由旬金城圍繞高十由旬埤垷高半由旬城門高二由旬門樓一由旬半十十由旬有一一門二十四大門復一小門足二十五門如是諸門皆衆寶所成譬如妙好氍毹種種雕鏤是門又有四軍防衛外有七重寶柵七重寶多羅樹林之所圍繞其林中間有諸寶池相去百弓種種莊嚴五種寶華及四寶船池岸五種寶樹四寶堂殿諸男女天之所住處皆如上說其城外有三重寶塹其一一塹廣二由旬深一由旬半天水盈滿並如上說是塹間地有諸婇女堂殿羅列三重塹外七寶樹林

之所圍繞皆如上說是外林中一切諸華開敷鮮榮諸女天等奏諸音樂時諸天子從城中出并諸女天並相觀聽以是因緣受諸戲樂是大城內四邊住處衢巷市鄽並皆調直是諸天城或有住處四相應舍或有重層尖屋或有多層高樓或有臺觀雲聳或有四周却敵隨其福業衆寶所成平正端直其天城路其數五十四陌相通行列分明皆如棊道四門通達東西相見巷巷市鄽寶貨盈滿一穀米市二衣服市三衆香市四飲食市五華鬘市六工巧市七婬女市處處並有市官是諸市中諸天男女往來貿易商量貴賤求索增減稱量料數具市鄽法雖作此事以爲戲樂無有取與無我所心脫欲所須便可提去若業相應隨意而取業不相應便作是言此物奇貴非我所須當四衢道象馬車兵之所莊嚴及諸天子止住此處或爲守護戲樂莊嚴其市中路一切瑠璃軟滑可愛衆寶莊嚴亦如北地妙好氍毹龍獸華草皆如上說燒香散華懸諸天衣亦復如是復於處處竪立旛幢是天城內如是等聲恒無斷絶所謂象馬車騾等聲波那婆聲鼓聲牟澄伽聲箷聲音樂聲又有聲言善來善來願飲願食我今供養是毗沙門大城是天子住處復有天州天郡天縣天村周帀遍布此大城內毗沙門天王之所住處王領所極從由乾陀山北至鐵圍邊一切夜叉神是王所領是毗沙門城最饒多佉陀尼蒲闍尼飲食是故亦名阿羅珂漫陀如是義者佛世尊說如是我聞

立世阿毗曇論卷第四

音釋

狹轄夾切隘也鄽澄延切市易邸舍也貿莫候切市易也佉丘加切

立世阿毗曇論卷第五

陳 天竺三藏真諦譯

天非天鬭戰品第十八

須彌山王上頂平地瑠璃所成軟滑可愛衆寶莊嚴譬如北地妙好氍毹種種雕鏤亦如耳璫衆寶裝飾脚蹳便没舉足即起如兠羅綿其地柔軟亦復如是金城圍繞高一由旬埤堄高半由旬城門高二由旬門樓一由旬半十十由旬有一一門三萬二千門是諸城門衆寶所成種種摩尼之所嚴飾譬如北地妙好氍毹人非人等龍獸草木及諸雜華莫不畢備亦如耳璫衆寶莊嚴填滿具足是諸城門亦復如是是城門邊象馬車軍之所莊嚴是諸天子莊嚴鎧仗聚集其中爲護國土遊戲莊嚴處處寶池天水盈滿四寶爲塼累其底岸餘如上說乃至諸天男女遍滿其中亦復如是須彌山王從其上頂向下二萬由旬是第一層是層四出並五十由旬周迴增本四百由旬金城圍繞高一由旬埤堄一由旬半城門高二由旬門樓一由旬半十十由旬有一一門無數千門衆寶所成種種摩尼之所嚴飾譬如北地妙好氍毹人非人等龍獸草木及諸雜華莫不畢備亦如耳璫衆寶具足是諸城門亦復如是諸城門邊象馬四軍之所防衛爲護國土遊戲莊嚴其城外邊有諸寶池四寶爲塼累其底岸乃至天子天女遍滿國土亦復如是有諸天子名曰持鬘於此中住是須彌山本周圍數更增四百由旬合本八百由旬從頂向下四萬由旬是第二層四出並廣上層五十由旬金城圍繞高

一由旬埤堄一由旬半城門高二由旬門樓一由旬半十十由旬有一一門無數千門衆寶所成種種摩尼之所嚴飾譬如北地妙好氍毹人非人等龍獸草木及諸雜華莫不畢備亦如耳璫衆寶具足是諸城門亦復如是諸城門邊象馬四軍之所防衛爲護國土遊戲莊嚴有諸寶池四寶爲塼累其底岸乃至諸天子等遍滿國土亦復如是有諸天子名曰常勝於此中住須彌山王本周圍數更增八百由旬合本一千二百由旬從頂向下六萬由旬是第三層四出並廣二層五十由旬金城圍繞高一由旬埤堄一由旬半城門高二由旬門樓一由旬半十十由旬有一一門無數千門衆寶所成種種摩尼之所嚴飾譬如北地妙好氍毹人非人等龍獸草木及諸雜華莫不畢備亦如耳璫衆寶具足是諸城門亦復如是諸城門邊象馬四軍之所防衛亦護國土遊戲莊嚴有諸寶池四寶爲塼累其底岸乃至諸天子等遍滿國土亦復如是有諸天子名手持寶器於此中住金城圍繞種種莊嚴亦如上說乃至諸天子等遍滿國土亦復如是須彌山王本周圍數更增四百由旬合本一千六百由旬是第四層廣上三層四出並五十由旬從海水際向上五十由旬是須彌山王第四層廣第三層五十由旬厚亦如此金城圍繞高一由旬埤堄一由旬半城門高二由旬門樓一由旬半十十由旬有一一門無數千門衆寶所成種種摩尼之所嚴飾譬如北地妙好氍毹人非人等龍獸草木及諸雜華莫不畢備亦如耳璫衆寶具

足是諸城門亦復如是諸城門邊象馬四軍之所防衛爲護國土遊戲莊嚴有諸寶池四寶爲塼累其底岸乃至諸天子等遍滿國土亦復如是此第四層四天王軍之所住處是層之外又出四百五十由旬周廻一千八百由旬有諸龍獸及金翅鳥之所住處須彌山王上下諸層並厚五十由旬其海中諸層悉是修羅住處此阿修羅爲得諸天五事因緣故往攻伐何者爲五一天須陀味二諸天平地三諸天園林四諸天國邑五諸天童女爲是五事往擊諸天諸天亦欲得彼五事往擊修羅何者爲五一阿修羅須陀味二修羅平地三修羅園林四修羅國邑五修羅童女爲是五事往擊修羅是時修羅來擊諸天先於水際與龍鳥鬬若不如時更退還本若戰勝時登最下層共四王軍及諸龍鳥亦登此層一時共鬬修羅不如更退還本若戰勝時登下二層與四王軍及持寶器天諸龍鳥等一時共鬬修羅若不如時更退還本若戰勝者登下三層與常勝天及持寶器并四王軍諸龍鳥等一時共鬬若不如時更退還本若戰勝時登下四層與持鬘天及下諸天并四王軍諸龍鳥等一時共鬬若不如者從此還本若戰勝時登須彌上頂是持鬘諸天往帝釋所報如是事善尊阿修羅已來是時帝釋以一千馬駕其一車以阿羅漢衣爲其旛幢象馬四兵不相參雜衆軍圍繞出往戰所時三十三天王亦各皆有四部軍衆之所圍繞亦到戰所王二太子栴檀須毘亦有四軍之所圍繞同往戰所時四天王亦有四軍之所圍

繞同往戰所日月天子亦有四軍之所圍繞同往戰所如是諸天並前車將軍於是處所與修羅起大鬬戰其象軍者與象軍鬬車馬步軍到皆如是若鬬戰時其先來者必自前退是事法然如是事者佛世尊說比丘往昔諸天共攻修羅正鬬戰時兩軍交刃諸天軍勝修羅退散比丘修羅退時面向南走還其本住諸天逐退比丘爾時修羅作是思惟諸天大勝我等退散諸天逐退必急我軍尚可須更決戰第二戰時諸天大勝修羅又退是時修羅復向南走還其本住諸天逐退比丘是時修羅更復思惟諸天大勝我等退散諸天逐退必急我今軍衆未盡必須更決比丘第三戰時諸天又勝修羅退散還至本城閉門而住比丘是時修羅更復思惟我已入城諸天雖來不能攻我比丘諸天亦作是念諸阿修羅既入其城不可復攻是時諸天周帀圍繞令其境界山在城內諸天遂得共食修羅須陀之味據其平地及諸園林并其國邑諸童女等悉皆計録取其財寶男女戸口收縛無遺若諸天作意欲入彼城我與修羅同共飲食既爲親戚應往訊覲隨意往返飲食言談既入城已若作不相應心以是心故自然還出云何如是此城是阿修羅無畏處故諸天如意住此國土修羅童女既被縛録若欲去時將還天上時諸修羅裹須陀味往贖家口入諸天城處處訪問若見眷屬與諸天等論價貴賤若贖得相隨還本若諸天退敗被執縛時亦復如是忉利天上善見大城釋提桓因之所住處阿修羅城是阿修羅王之

所住處如忉利天伊羅槃行園象王如是阿修羅亦有象王名跋陀婆呵乘行園林如忉利天善住象王鬬戰所乘如是阿修羅鵄羅婆象王鬬戰所乘如忉利天州郡縣等修羅境界亦復如是如忉利天衣服飲食種種莊嚴修羅亦爾除善法堂及皮禪延多重閣如是義者佛世尊說如是我聞

日月行品第十九

從閻浮提地高四萬由旬是處日月行半須彌山等遊乾陀山是日月宮殿團圓如鼓是月宮者厚五十由旬廣五十由旬周廻一百五十由旬是月宮殿瑠璃所成白銀所覆水大分多下際水分復爲最多其下際光亦爲最勝是其上際金城圍繞城高一由旬埤堄高半由旬城門二由旬門樓一由旬半十十由旬有一一門凡十四門并一小門是諸城門衆寶所成種種摩尼之所嚴飾譬如北地妙好氍毹人非人等龍獸草木及諸雜華莫不畢備亦如耳璫衆寶莊嚴填滿具足是諸城門亦復如是是地門邊象車四軍之所莊嚴是諸天子莊嚴鎧仗聚集其中爲護國土及遊戲莊嚴處處寶池天水盈滿四寶爲塼累其底岸餘如上說乃至諸天男女遍滿其中亦復如是是宮殿者說名栴檀是月天子於其中住亦名栴檀宮殿天子悉名栴檀如是宮殿住四十餘刼已衆生業增上緣故恒行光照天子在時宮殿恒行天若不在宮殿亦行天子還時隨宮所在即下其中是日宮者厚五十一由旬廣五十一由旬周廻一百五十三由旬是日宮殿玻瓈所成赤金所覆

火大分多下際火分復爲最多其下際光亦爲最勝是其上際金城圍繞城高一由旬埤垷高半由旬城門二由旬門樓一由旬半十十由旬有一一門有十四門并一小門是諸城門衆寶所成種種摩尼之所嚴飾譬如北地妙好氍毹人非人等龍獸草木及諸雜華莫不畢備亦如耳璫衆寶莊嚴填滿具足是諸城門亦復如是城門邊象車四軍之所防衛爲護國土及莊嚴遊戲處處寶池天水盈滿四寶爲塼壘其底岸餘如上說乃至諸天男女遍滿其中亦復如是是宮殿說名修野是日天子於其中住亦名修野宮殿天子悉名修野是宮殿住四十餘劫以衆生業增上緣故恒行光照天子在時宮殿恒行天若不在宮殿亦行天子還時隨宮所在即下其

中其星宮殿極最小者經半俱盧舍周廻廣一俱盧舍半其星大者經十六由旬周廻四十八由旬日月之前有行樂天子是天子者若遊行時則受戲樂以衆生業增上緣故故有風輪恒吹廻轉以風吹故日月等宮廻轉不息日宮殿者行一百八十路月宮殿者行十五路日十二路是月一路若日出入時十二日所行路月出入時一日行之得度從極南路至極北路二百九十由旬日月於是中行無有減長日復有兩路一者外路二者内路内路者從閻浮提路内至北鬱單越内路相去四億八萬八百由旬周廻十四億四萬二千四百由旬其外路者相去四億八萬一千三百八十由旬周廻十四億四萬四千一百四十由旬其月行者傍行則疾周行則遲

其日行者周行則疾傍行則遲日行與月或合或離一一日中日行四萬八千八十由旬合離皆爾若稍合時日日覆月三由旬又一由旬三分之一以是方便故十五日一切被覆月光不現若稍離時日日行四萬八千八十由旬是日離月三由旬又一由旬三分之一以是方便故十五日月大圓明如是數量日行周圍疾速於月四萬八千八十由旬爾時世尊重宣此義而說偈言

四萬有八千　八十諸由旬　日逐月行爾
離月量亦然

日恒行一由旬半又一由旬九分之一其一一日出時如是入亦如是六月日中從內路出至於外路六月日從外路入至內路月恒行十九由旬又一由旬三分之一其一一日出亦如是入亦如是十五日從內路至外路十五日從外路至內路日若行東弗婆提內路取東弗婆提地南際相去六百八十三由旬又一由旬三分之一是中日行內路日若行閻浮提內路取閻浮提地南際相去三百五十由旬是中日行內路日若行西瞿耶尼內路取西瞿耶尼地南際相去六百八十三由旬又一由旬三分之一是中日行內路日若行北鬱單越內路取北鬱單越地南際相去三百五十由旬是中日行內路日若行東弗婆提外路從地南際取日外路三百九十三由旬又一由旬三分之一日於中行若日行閻浮提外路從地南際至日外路六十由旬是中日行外路若日行西瞿耶尼外路取地南際至日外路三百九十三由旬又一由

旬三分之一是中日行若日行北鬱單越外路取地南際六十由旬是中日行若日行東弗婆提内路則行西瞿耶尼外路則行南閻浮提北鬱單越中路是時東弗婆提日最長十八牟休多是時夜最短十二牟休多西瞿耶尼夜最長十八牟休多日最短十二牟休多閻浮提北鬱單越日夜等分並十五牟休多其六牟休多恒動二十四牟休多不動若日行東弗婆提外路則行西瞿耶尼内路則行南閻浮提北鬱單越中路是時東弗婆提夜最長十八牟休多日最短十二牟休多西瞿耶尼日最長十八牟休多夜最短十二牟休多南閻浮提北鬱單越日夜等分並十五牟休多若日行閻浮提内路則行北鬱單越外路則行東弗婆提西瞿耶尼中路是閻浮提日最長十八牟休多夜最短十二牟休多北鬱單越夜最長十八牟休多日最短十二牟休多東弗婆提西瞿耶尼日夜等分並十五牟休多日若行南閻浮提外路則行北鬱單越内路則行東弗婆提西瞿耶尼中路是時閻浮提夜最長十八牟休多日最短十二牟休多北鬱單越日最長十八牟休多夜最短十二牟休多東弗婆提西瞿耶尼日夜等分並十五牟休多西瞿耶尼北鬱單越並如是說若世間中三十牟休多決定恒爲一日夜其一牟休多有三十分是一一分名曰羅婆日若增時日一羅婆日若減亦一羅婆夜亦如是若日減時夜增一羅婆若夜減時日增一羅婆若日最長十八牟休多是時夜則最短十二牟休多若日夜最長十八牟休多

是時日則最短十二牟休多若日夜等時日十五牟休多夜十五牟休多若五月十五日正圓滿西國始結夏時漢地安居已滿一月是時日則最長十八牟休多夜則最短十二牟休多從十六日減一羅婆月減一牟休多第二月又減一牟休多第三月又減一牟休多至八月十五日西國自恣時漢地受迦絺那衣時日夜平等各十五牟休多又從十六日乃至一月復減一牟休多第二月又減一牟休多第三月又減一牟休多至十一月十五日其夜最長十八牟休多其日最短十二牟休多是夜從此時日減一羅婆一月日則夜減一牟休多第二月又減一牟休多第三月又減一牟休多至二月十五日夜平等各十五牟休多又從十六日乃至一月復減一牟休多第二月復減一牟休多第三月復減一牟休多至五月十五日其日最長十八牟休多其夜最短十二牟休多復有別時若西國夏分第一月月中第二半第九日是爲六月九日是時日最長十八牟休多夜最短十二牟休多至九月九日日夜平等各十五牟休多十一月九日是夜最長十八牟休多日最短十二牟休多三月九日日夜平等各十五牟休多如此廻轉具足五年有一遊伽即兩閏月其一從月其二從日五年中間十二日又九日又六日又三日又十五日此中日夜是其長短月者分別三用一者分別月二分別十五日三分別圓滿日者分別夜日分別夏冬秋節分別年是三用從日得成閏月有兩者一從月二從日是閏月者從月所作

四月日應作兩小月一小月者是第三半中第二小月是第七半中一年之中應六小月五年足少三十日此三十日應補五年中若不作小月則月圓不當時是小月者從日所作依世間說以三十年休多決定是一日夜分三十年休多爲六十分日行疾故五十九分便周長餘一分因是事故二月則長一日又二月復長一日乃至一年足長六日如是五年則長一月用是一月補五年中是爲日家閏月若不作閏者時節及年差壞不當復次五年應兩閏月第一者在第三年第二者在第五年若月在閻浮提中更三月日至西瞿耶尼若比鬱單越則六月日東弗婆提則九月日若周一年還至閻浮提一天下中恒有夏冬春三時夏者爲春所隨冬者爲夏所隨春者爲冬所隨東弗婆提八月十五日自恣時閻浮提是五月十五日結夏時西瞿耶尼二月十五日北鬱單越是十一月十五日東弗婆提夏分三月已出在東弗婆提南閻浮提二洲中間西瞿耶尼春分三月未出在閻浮提瞿耶尼二洲中間瞿耶尼春一月已出鬱單越冬分二月未出是爲三月在瞿耶尼鬱單越二洲中間鬱單越冬分二月已出弗婆提夏分一月未入是爲三月在鬱單越弗婆提二洲中間須彌山王在四天下之中央云何須彌山在四天下比邊所謂隨日行分判東弗婆提東方是南閻浮提北方東弗婆提西方是南閻浮提南方東弗婆提比方是南閻浮提西方東弗婆提南方是南閻浮提東方北鬱單越西瞿耶尼亦復如是南閻

浮提北鬱單越正對東弗婆提西瞿耶尼正對是時最初日月下生世間相去甚遠日下東弗婆提中央月下西瞿耶尼中央爾時光明遍照滿四天下日照一半月照一半若日已過東弗婆提中央北鬱單越日已沒南閻浮提日已出若月已過西瞿耶尼中央閻浮提已沒鬱單越已出若滿月夜已至鬱單越月正中時南閻浮提日則正中日過閻浮提中東弗婆提已沒西瞿耶尼已出若月過北鬱單越中央東弗婆提已出西瞿耶尼已沒東弗婆提若滿月夜月正中時西瞿耶尼日則正中日過西瞿耶尼中央閻浮提已沒鬱單越已出若月過東弗婆提中央鬱單越已沒閻浮提已出閻浮提滿月夜月正中時北鬱單越日則正中云何日月合在一處謂日恒逐月行一一日相近四萬八千八十由旬日日相離亦復如是若相近時日日月圓被覆三由旬又一由旬三分之一以是事故十五日月被覆則盡是名黑半滿日日離月亦四萬八千八十由旬月日日開覆三由旬又一由旬三分之一以是事故十五日月則開淨圓滿世間則名白半滿日月若最相離行是時月圓世間則說白半圓滿日月若共一處是合行世間則曰黑半圓滿日光經度七億二萬一千二百由旬周廻二十一億六萬三千六百由旬閻浮提日出時北鬱單越日沒時東弗婆提正中西瞿耶尼正夜是一天下四時由日得成如是義者佛世尊說如是我聞

立世阿毗曇論卷第五

音釋

璫（都郎切，充耳珠也）

塡（亭年切，塞也）

鎧（可亥切，甲也）

仗（直亮切，兵器總名也）

立世阿毗曇論卷第六

陳天竺三藏眞諦譯

云何品第二十

云何爲夜云何爲晝因日故夜因日故晝欲界者自性黑闇日光隱故是則爲夜日光顯故是則爲晝云何黑半云何白半由日黑半由日白半日恒逐月行一一日相近四萬八千八十由旬日日相離亦復如是若相近時日日月圓被覆三由旬又一由旬三分之一以是事故十五日月被覆則晝是日黑半滿日日離月亦四萬八千八十由旬月日日開三由旬又一由旬三分之一以是事故十五日月則開淨圓滿世間則名白半圓滿日月若最相離行是時月圓世間則説白半圓滿日月若共一處是名合行世間則日黑半圓滿若日隨月後行日光照月月光麤故被照生影此月影還自翳月是故見月後分不圓以是事故漸漸掩覆至十五日覆月都盡隨後行時是名黑半若日在月前行日日開淨亦復如是至十五日具足圓滿在前行時是名白半云何冬時説醯曼多此時雪應落寒已至故是故冬時説名醯曼多世間立此自性名醯曼多云何春時名曰禽何日照炙時是正熱時正是渴時故説春時名爲禽何世間立此自性名爲禽何云何夏時名爲跋娑是天雨時是疑雨時是年初時是故説夏名曰跋娑世間自性立名跋娑云何冬寒云何春熱云何夏時寒熱是冬時水界最長未減盡時草木由濕未萎乾時地大濕滑火大向下水氣上昇所以知然深水最暖淺水則

寒寒節已至日行外路照炙不久陽氣在內食消則速以是事故冬時則寒云何春熱是禽何時水界長起已滅已盡草木乾萎地已燥坼水氣向下火氣上昇何以知然深水則冷淺水則熱冬時已過日行內路照炙則久身內火羸故春時熱云何夏時冷熱是大地入月日中恒受照炙大雲降雨之所灑散地氣蒸欝若風吹時蒸氣消已是時則寒風若不起是時即熱是故跋婆有時寒熱云何地獄名泥犁耶無戲樂故無喜樂故無行出故無福德故因不除離業故於中生復說此道於欲界中最爲下劣名曰非道因是事故故說地獄名泥犁耶云何禽獸名底栗車因諂曲業於中受生復說此道衆生多覆身行故說名底栗車云何鬼道名閃多閻摩羅王名閃多故其生與王同類故名閃多復說此道與餘道往還善惡相通故名閃多云何說阿修羅道名阿修羅不能忍善不能一心下意諦聽善語種種教化其心不動以憍慢故非善健兒又非天故名阿修羅云何天道說名提婆言提婆者善行之名因善行故於此道生復說提婆名曰光明恒有光故又提婆者名曰聖道又提婆者名曰意樂又提婆者名曰上道又提婆者應修應長一切善業以是義故名曰提婆云何人道說名摩㝹沙一聰明故二者勝故三意微細故四正覺故五智慧增上故六能別虛實故七聖道正器故八聰慧業所生故故說人道爲摩㝹沙云何此地名閻浮提因閻浮提樹故得是名云何說名西瞿耶尼此地在閻浮西故資生貿易悉

皆用牛牛名瞿耶尼故名此土爲西瞿耶尼云何名爲東毘提阿此地在閻浮東故形相可愛利養勝故故説東毘提阿云何名北鬱單越此地在閻浮北故心直善故後上勝故一切皆勝他處故故説名爲北鬱單越云何第一天名大王天提頭吒等四大王於中爲增上爲上首故云何第二天名爲忉利三十三天王於是中爲帝主王位自在故説爲忉利天云何第三天名爲夜摩日夜時節分分度時説如是言咄哉不可思議歡樂故名夜摩云何第四天名兜率陀歡樂飽滿於其資具自知滿足於八聖道不生知足故説名爲兜率陀天云何第五天名爲維摩羅昵是中諸天如意化作宫殿園林一切樂具於中受樂故名維摩羅昵云何第六天名波羅維摩婆奢他所化作宫殿園林一切樂具於中作自在討此是我所於中受樂故名波羅維摩婆奢云何第一梵名梵先行若人從欲界入色界前至此處故説梵先行云何第二名梵衆大梵王眷屬多故故名梵衆云何第三名大梵最勝初禪中間所造業所生故自在不係他故能觀別他事故爲已生應生作生故名大梵云何第二初禪天名曰少光説語時口中出光明少故故名少光云何第二名無量光是諸天等若説語時口中無量光明顯照故名無量光云何第三梵名遍勝光是諸天等若説言時口出光明遍一切處圓滿無餘故名遍勝光云何第三禪初天名曰少淨是中諸天所受樂少寂靜受樂與三禪相應受此少樂故名少淨云何第二天名無量淨

是中諸天樂勝於前寂靜受樂與三禪相應故名無量淨云何第三名曰徧淨是中受樂遍滿身心究竟無餘寂靜受樂與三禪相應諸天受此故名遍淨云何第四禪初天名曰無雲苦樂前滅故於先方便憂喜没盡故此中捨受智念清淨故是中諸天受此捨受故名無雲云何第二天名曰生福福者智念捨等相應諸禪所生故生已受用如此三枝故名生福云何第三名曰廣果廣者謂大容果功力及報所生此二者能攝定慧及離欲依止故名廣果云何第四名無想天是中諸天無有想故何者爲想通别二想各異生報此中無故唯有色陰及不相應行陰故名無想天云何那含天一名善現昔在因地可令見實無别義可令受可令解故名善現云何第二名曰善見昔在因地增壽命具四支提財及他眥産并利益事善正守護於中生正見不除不取因前善現及如此因故名善見云何第三名不煩昔在因地不損惱他無妨礙意無相逼意因前善現及此業故是故名不煩云何第四名曰不燒是中諸天昔在因地不燒自身不困苦身又不燒他不困苦他自他亦樂行速疾通達故因前善現及此業故名無燒云何第五名阿迦尼吒迦尼吒者名曰下品前十七地並已過故復有從下品天至究竟天於中般涅槃故復有諸天名阿迦尼吒至般涅槃故是故名阿迦尼吒云何無色界第一天名曰空無邊入空者非所作非有爲不可塞礙過於礙相種種有相一想心所緣故無二無别因於此空業所生故故説

名爲空無邊入云何第二名識無邊入天識者第六意識此識内故細於外空過於礙相過於外相一想心所緣故無二無別因於此識業所生故故説名爲識無邊入云何第三名無所有入天無所有者除前二麤相離此二外無別境界過内外相一想心所緣故無二無別因於此心業所生故故説名爲無所有入云何第四名爲非想非非想入天非想者細故非前七定故説非想非非想者若無想定及無心定如此兩定名無想定同無心故今則有心故名非非想定因於此定業所生故故説名爲非想非非想入從閻浮提向下二萬由旬是處無間大地獄從閻浮提向下一萬由旬是夜摩世間地獄此二中間有餘地獄從閻浮提向上四萬由旬是四大天王天從閻浮提向上八萬由旬是三十三天住處從閻浮提向上十六萬由旬是夜摩天住處從閻浮提向上三億二萬由旬是兜率陀天住處從閻浮提向上六億四萬由旬是化樂天住處從閻浮提向上十二億八萬由旬是他化自在天住處有比丘問佛世尊從閻浮提至梵處爲若近遠佛言比丘從閻浮提至梵處甚遠甚高相異相離比丘譬如九月十五月圓滿時若有一人在彼梵處放百丈方石墜向下界中間無礙到後歲九月月圓滿時至閻浮提梵處閻浮提近遠如是從梵處至少光天復倍於前從少光天至無量光天復遠一倍從無量光天至遍勝光天復遠一倍從遍勝光天至少淨天復遠一倍從少淨天至無量淨天復遠一倍從無量淨天

至遍淨天復遠一倍從遍淨天至無雲天復遠一倍從無雲天至生福天復遠一倍從生福天至廣果天復遠一倍從廣果天至無想天復遠一倍從無想天至善現天又遠一倍從善現天至善見天復遠一倍從善見天至不煩天又遠一倍從不煩天至不燒天又遠一倍從不燒天至阿迦尼吒天復遠一倍而說偈言

從阿迦尼吒　至閻浮提地　放大窑石山
六萬五千年　五百三十五　中間若無礙
方至於閻浮

閻浮提人若離神通及他功力無能於山壁柵中出入無礙閻浮提人若遊行者唯能至於大小黑山若離神通及他功力不能過此西瞿耶尼人若離神通及他功力無有能於山壁柵中出入無礙若遊行者惟能至其地際海邊若離神通及他功力不能過此東弗婆提人若離神通及他功力無有能於山壁柵中出入無礙若遊行者惟能至其地際海邊若離神通及他功力不能過此北鬱單越人若離神通及他功力無有能於壁柵山中出入無礙若遊行者惟至其地際山内邊若離神通及他功力無能過此四天王天自宮殿處若離神通及他功力無有能於壁柵山中出入無礙若遊行者惟至鐵圍山内若離神通及他功力不能過此忉利諸天自宮殿處若離神通及他功力無有能於壁柵山中出入無礙若遊行者惟至鐵圍山際若離神通及他功力不能過此夜摩兜率陀天化樂他化自在及梵先行梵衆諸天自宮殿處若

離神通及他功力無有能於壁柵山中出入無礙若遊行者惟在一世界内若離神通及他功力不能過此大梵王天自宫殿處若離神通及他功力無有能於壁柵山中出入無礙若遊行者惟在千世界内若離神通及他功力不能過此從第二禪乃至阿迦尼吒天自宫殿處亦如前説若遊行者惟在一千世界内若離神通及他功力不能過此大地獄中以大獄卒作王富自在閻羅處地獄以閻羅王作王富自在一切禽獸及水羅刹以婆婁那王作王富自在諸蛇龍等以婆修吉龍王作王富自在諸大龍者以摩那斯龍王作王富自在諸象龍者以婁闍耆利象王作王富自在諸飛鳥者以迦樓羅王作王富自在四足步行衆生以師子王作王富自在一切鬼道以鬼尊王作王富自在一切修羅道以四修羅王作王富自在一羅睺二波羅陀三毘摩質多四婆利毘盧遮閻浮提中以轉輪王作王富自在一處王作王富自在國衆尊老作王富自在有時無王如劫初立西瞿耶尼以轉輪王作王富自在國衆尊老作王富自在有時無王如劫初立東弗婆提以轉輪王作王富自在國衆尊老作王富自在有時無王如劫初立北鬱單越以轉輪王作王富自在有時無王四天王處以大四天王作王富自在忉利天者以三十三天作王富自在夜摩天者以修夜摩王作王富自在兜率陀天以善足意王作王富自在化樂天者以善化王作王富自在他化自在天以令自在王作王富自在一切欲界中以有惡魔王作王

富自在一千世界中以大梵天王作王富自在世間及諸天魔王所大梵處沙門婆羅門及人天處以如來阿羅呵三藐三佛陀法然作王富自在若閻浮提嬰兒生已滿四月日如西瞿耶尼初生兒大東弗婆提初生嬰兒如閻浮提五月兒大若閻浮提嬰兒生已滿六月日如北鬱單越初生嬰兒如閻浮提兒年六歲四天王處初生嬰兒亦如是生至七日如父母大如閻浮提兒生七歲忉利天處初生嬰兒亦如是生至七日等於成人如閻浮提兒生八歲夜摩天處初生亦爾生至七日等於成人如閻浮提兒生九歲兜率陀天初生亦爾生至七日等於成人從化樂天乃至阿迦尼吒天稱其形相生便具足閻浮提一尋半是西瞿耶尼一尋西瞿耶尼一尋半是東弗婆提一尋半是東弗婆提一尋半是北鬱單越一尋四天王天一伽浮地是一由旬四分之一四天王身長二伽浮地忉利諸天長半由旬帝釋身者長三伽浮地夜摩諸天長一由旬兜率陀天長二由旬化樂諸天長四由旬他化自在天長八由旬一切色界至阿迦尼吒並長十二由旬從閻浮提至阿迦尼吒天並長自身四肘閻浮提衆生身色種種不同有白色者如夜婆那婆利柯止那等國有黑色者如跋婆羅敍蒱闍等國有青色者如陀眉羅辛呵羅等國有赤白色者如首陀阿毘羅等國有黄色者如基羅多及罽賓等國東弗婆提西瞿耶尼唯除黑色餘悉如閻浮提北鬱單越一切人民悉皆白淨四天王天有四種色有紺有赤有黄有白一切欲界

諸天色皆亦如是云何諸天色有四種 初受生時若見紺華身則紺色餘色亦爾閻浮提人衣服有迦波娑芻摩衣憍奢耶衣毛衣紵衣麻衣草衣樹皮衣獸皮衣板衣劫波樹子衣西瞿耶尼人衣者迦波娑衣芻摩衣憍奢耶衣毛衣紵衣麻衣草衣樹皮衣獸皮衣板衣劫波樹子衣東弗婆提人迦波娑衣芻摩衣憍奢耶衣毛衣紵衣麻衣鬱單越人劫波樹子衣長二十肘廣十肘重一波羅（此稱一兩）四天王天亦劫波衣長四十肘廣二十肘重半波羅忉利諸天亦著劫波衣長八十肘廣四十肘重一波羅四分之一夜摩天著劫波衣長百六十肘廣八十肘重一波羅八分之一兜率陀天著劫波衣長三百二十肘廣百六十肘重一波羅十六分之一化樂天乃至他化自在所著衣服隨心小大輕重亦爾閻浮提人衣服莊飾種種不同或有長髮分爲兩髻或有剃落髮鬚或有頂留一髻餘髮皆除名周羅髻或有拔除髮鬚或有剪髮剪鬚或有辮髮或有被髮或有剪前被後令圓或有棵形或著衣服覆上露下或露上覆下或上下俱覆或止障前後西瞿耶尼人所莊飾並皆被髮上下著衣如首陀阿毘羅國東弗婆提人髮莊飾剪前被後上下兩衣著下衣上衣繞身而已如央伽摩伽陀二國莊飾北鬱單越人所莊飾鬚髭翠黑恒如剃羅五日頭髮自然長橫七指無有增減四天王天莊飾種種不同或有長髮分作兩髻或有剃落髮鬚或頂留一髻餘髮皆除名周羅髻或拔除鬚髮或有剪髮剪鬚或有辮髮或有 被髮或

剪前被後令圓或有裸形或著衣服或覆上露下或覆下露上或上下俱覆或止障前後欲界諸天莊飾亦復如是色界諸天不著衣服如著不異頭雖無髻如似天冠過男女相形唯一種閻浮提人食粳米飯麥飯麨食魚食肉食細佉陀尼根佉陀尼果佉陀尼西瞿耶尼人所食飲食粳米飯麥飯及麨魚肉細佉陀尼根佉陀尼果佉陀尼乳酪此中最多東弗婆提人食粳米飯麥飯及麨魚肉細佉陀尼根佉陀尼果佉陀尼奢利粳米飯最饒北鬱單越人惟食奢利粳米飯不種自生無粃無碎亦無有糠自然淨米色香味觸並皆妙好如細蜂蜜其味甘美其中有樹名敦治枳羅其樹生子形如釜鍑又似桸者若人欲食取此樹子以持盛水別復有石名曰樹提

取此樹子以置石上石自生火是人將取奢利米瀉置器中無勞量准自然稱器飯成熟時石自還冷仍用前桸次第盛貯若餘人來欲須食者隨意取食不作此意彼人施我是作食人亦不作意我今施彼若食竟時擲之而去所餘器物及殘食等地裂受之受已還合四天王天並食須陀味朝食一撮暮食一撮食入體已轉成身分是須陀味園林池苑並自然生是須陀味亦能化作佉陀尼等八種飲食一切欲界諸天食亦如是色界諸天從初禪中乃至遍淨以喜爲食上去諸天以意業爲食閻浮提人所資博易或生熟金銀或米穀等或諸雜物眞珠摩尼種種諸寶或取衆生以爲貿易西瞿耶尼貨易交關惟用㹀牛東弗婆提貨易交關所用米穀北鬱單

越無有交關四天王天所資博易或生熟金銀或米穀等或諸雜貨眞珠摩尼種種諸寶或取衆生以爲貨易一切欲界諸天亦復如是色界則無同鬱單越閻浮提人或自殺生或令他殺死則食肉西瞿耶尼亦復如是東弗婆提人自不殺生不令他殺若有自死則食其肉北鬱單越自不殺生不令他殺死不食肉四天王天自殺令他殺死不食肉忉利諸天自殺令他殺死不食其肉從夜摩天上至阿迦尼吒不自殺生不令他殺死不食肉閻浮提人若眷屬死送喪山中燒屍棄去或置水中或埋土裏或著空地西瞿耶尼東弗婆提亦復如是北鬱單越人若眷屬死不送喪不燒不棄鳥爲送屍是鳥啄屍將至山外而便噉食四天王天其眷屬死亦不送屍不燒不棄如光焰沒無有死骸其上諸天一切如是閻浮提中有五種樹金樹銀樹玻瓈柯樹瑠璃樹呵利多樹西瞿耶尼東弗婆提樹亦如是北鬱單越唯有呵利多樹餘四則無四天王天亦有五種寶樹並如上說一切欲界諸天有五種樹亦復如是色界天中並悉無樹閻浮提中有五種華金銀玻瓈柯瑠璃呵利多西瞿耶尼東弗婆提亦復如是北鬱單越有樹名散多那其華悉呵利多寶四天王天並有五種華一切欲界亦復如是色界都無閻浮提中有殿堂金銀瑠璃玻瓈柯呵利多有林木殿堂或有后屋土屋西瞿耶尼亦如是東弗婆提殿堂並金無有餘屋北鬱單越有樹名曼殊沙如高大殿葉葉相蔽不入風霜一切諸人以爲住屋四天王天有五

種殿堂金銀瑠瓈玻瓈柯呵利多一切欲界諸天亦復如是色界諸天有諸殿堂皆白色寶是中諸天昔在因地有褊悋心而行布施望得果報今於果地所得宮殿光色昬暗不能明淨若是諸天在因地中無褊悋心而行布施不望來果我有彼無我主彼不是正道理是法相應若能主者施不主者若行布施心淨安隱爲莊嚴心爲治淨心故行布施由此心故在果地中所得宮殿微妙光明無有暗濁閻浮提人若離神通及因他功力則不能通見山壁柵城障外等色西瞿耶尼東弗婆提北鬱單越若離神通及因他功力則不能通見山壁柵城障外等色四天王天若離神通及他功力於自處所不能通見壁山柵城障外等色若遠觀時惟見鐵圍山內之色若離神通及他功力不能徹見此山之外忉利諸天於自宮殿若離神通及他功力不能得見山壁柵城障外等色若遠觀時惟見鐵圍山內若離神通及他功力不能徹見鐵圍山外從夜摩天乃至梵衆並皆如是大梵天王自宮殿處若離神通及他功力不能得見山壁柵城障外等色若遠觀時惟見一千世界之內若離神通及他功力不能徹見閻浮提人若索他女女家許已乃得迎接或有賣妾或有貨婢西瞿耶尼東弗婆提亦復如是北鬱單越人不索他女亦不迎妻不賣不贖若男子欲娶女時諦瞻彼女若女子欲羨男時亦須諦視若女不見男視餘女報言是人看汝即爲夫妻若男子不見女看餘男報言是人看汝亦爲夫妻若自相見便即相隨共

往別處四天王天若索女天女家許已乃得迎接或貨或買一切欲界諸天亦復如是閻浮提中有男女根以相和合東弗婆提西瞿耶尼北鬱單越亦皆如是四天王天及忉利天男女和合亦復如是夜摩諸天以相抱爲欲兜率陀天執手爲欲化樂諸天共笑爲欲他化自在天相視爲欲西瞿耶尼受諸欲樂兩倍勝於閻浮提人乃至他化自在諸天欲勝於化樂亦皆兩倍閻浮提女人有惡食者有胎長者有初產者有飲兒者西瞿耶尼東弗婆提亦復如是北鬱單越女人有惡食者有胎長者有生產者惟不飲兒若生男兒及女兒者放四衢道母以手指內其口中若行路人從此過者亦以手指內兒口中因此指觸身分長大鬱單越人男女別居不相交雜若生男時七日成人便入男羣若女生時七日成人便入女羣若男女初作欲意相携樹下是曼殊沙樹即便覆蔽欲事則成若不覆蔽便各相離知是邪婬即不敢犯四天王處諸女天等無有惡食無有胎長亦不生兒亦不飲兒男女天者或於膝上或於眠處皆得生兒若於母膝及母眠處生者女天作意此是我兒男天亦言此是我兒則唯一父一母若於父膝及父眠處生惟有一父而諸妻妾皆得爲母閻浮提人一生欲事無數無量亦有諸人修清淨行至死無欲西瞿耶尼其多欲者一生之中數至十二其中欲者數或至十亦有諸人修清淨行至死無欲東弗婆提其多欲者一生之中其數至七其中品者或至五六亦有諸人修清淨行至死無欲鬱單

越人其多欲者一生之中數惟至五其中品者或至三四亦有諸人修清淨行至死無欲四天王天一生欲事無量無數亦有諸天修清淨行至死無欲一切欲界諸天亦復如是凡一切女人以觸爲樂一切男子不淨出時以此爲樂若一切男人以不淨爲欲若諸天欲者以泄氣爲樂閻浮提人有三因緣勝欝單越及忉利天何者爲三一者勇猛二者憶持三者此中有梵行住欝單越人有三因緣勝閻浮提及忉利天一者無我所無藏畜二者壽量決定一千歲三者後必上昇忉利諸天有三因緣勝閻浮提及欝單越一者壽量長遠二者形相奇特三者快樂最多是義佛世尊說如是我聞

立世阿毗曇論卷第六

音釋

萎 邕危切枯也 燥 先到切乾也 昵 尼質切 髻 吉詣切束髮也 辮 婢典切編髮也 麨 齒沼切乾糧也 粃 補履切不成粟也 釜鍑 釜奉甫切鍑方六切 桸 虛宜切杓也 ⿰牛秦 音秦異牛名 褊恪 褊補典切褊急也恪良刃切慳鄙也

立世阿毗曇論卷第七

陳天竺三藏眞諦譯

受生品第二十一

造十惡業道最極重者生大阿鼻止地獄若次造輕惡次生餘輕地獄若復輕者次生閻羅八輕地獄若復輕者次生禽獸道若復輕者次生鬼道若造最輕十善業道生閻浮提最下品家或生除糞家或生屠膾家或生作樂家或生工巧家或生兵厮家若造次勝者則生長者家又次勝者生婆羅門家復勝此者生刹利家若復勝者生西瞿耶尼次復勝者生東弗婆提次勝者生北鬱單越次勝者生四天王次勝者生忉利天次勝者生夜摩天次勝者生兜駛多天次勝者生化樂天若造最勝十善業道生他化自在天若凡夫人者修習四種禪定各有三品謂下中上是人因下品初禪相應業生梵先行天因是業得此天道得天壽命得天住得天同類已生於彼受業果報有二種樂一無逼樂二者受樂是業熟已被用無餘因中品初禪相應業於梵衆天生因上品業亦生此天因是業已得天道得天壽命得天住得天同類已生於彼受業果報有二種樂一無逼樂二者受樂是業熟已被用無餘因二禪下品相應業因此業故生少光天因中品一禪相應業生無量光天因上品二禪相應業故生勝遍光天因是業故得天道得天壽命得天住得天同類已生於彼受業果報有二種樂一無逼樂二者受樂是業熟已被用無餘因下品三禪相應業生少淨天因中品三禪相應業生無量

淨天因上品三禪相應業生遍淨天因是業得此天道得天壽命得天住得天同類已生於彼受業果報有二種樂一無逼樂二者受樂是業熟已被用無餘因下品四禪相應業生無雲天因中品四禪相應業生受福天因上品四禪相應業生廣果天因是業故得此天道得天壽命得天住得天同類已生於彼受業果報有無逼樂無復受樂是業熟已被用無餘因上品三禪相應業生遍淨天因中品三禪相應業生無量淨天因下品三禪相應業生少淨天因是業故得此天道得天壽命得天住得天同類已至於彼受業果報有二種樂一無逼樂二者受樂是業熟已被用無餘因上品二禪相應業生勝遍光天因中品二禪相應業生無量光天因下品二禪相應業生少光天因是業故得天道得天壽命得天住得天同類已生於彼受業果報有二種樂一無逼樂二者受樂是業熟已被用無餘因上品初禪相應業生梵衆天因中品初禪業亦生此天因此業得天道得天壽命得天住得天同類已生於彼受業果報有二種樂一無逼樂二者受樂是業熟已被用無餘因下品初禪相應業生梵先行天因是業故得此天道得天壽命得天住得天同類已生於彼受業果報有二種樂一無逼樂二者受樂是業熟已被用無餘諸凡夫人隨餘業故餘處受生若凡夫人修習四無量心各有三品謂下中上慈無量者如是修習如是數行如四種禪定喜無量者如是修習如是數行如初禪如二禪悲無量者如是修習如是數

行如第四禪捨無量者如是修習如是數行如第三禪及第四禪是凡夫人修習不淨觀各有三品謂下中上無憎違行不淨觀如是修習如是數行如四種禪定有憎違行不淨觀如是修習如是數行如第四禪是凡夫人修習阿那波那念各有三品謂下中上如是修習如是數行如前三種禪定凡夫人修習五有想各有三品謂下中上何者爲五一不淨想二過失想三死墮想四厭食想五一切世間無安想無憎違不淨想者如是修習如是數行如四種禪定有憎違不淨想及後四想如是修習如是數行如第四禪是凡夫人修習八種遍入各有三品謂下中上何等爲八一内有色想觀外色少是少者或妙或麤我遍此想得知得見如是有想二内有色想觀外色無量或妙或麤我遍此想能知能見作如是想三内無色想觀外色少如前四内無色想觀外色無量亦如前五六七八者並於内無色想觀四色謂青黄赤白我遍此想能知能見作如是想此八想中是第一第二如是修習如是數行如四禪定後六想者如是修習如是數行如第四禪是凡夫人修習十一切入各有三品謂下中上是八一切入如是修習如是數行如第四禪後二一切如是修習如是數行如其自地空一切入如空無邊入識一切入如識無邊入是凡夫人修習四無色三摩跋提各有三品謂下中上是人由下品空處相應業生空無邊入天由中品空無邊入相應業亦生此天由上品空無邊入相應業亦生此天因是業故得天道得

天壽命得天住得天同類生於彼已受業果報有無逼樂無有受樂是業熟已被用無餘因下品識無邊入相應業生識無邊入天由中品識無邊入相應業亦生此天因上品識無邊入相應業亦生此天因是業故得天道得天壽命得天住得天同類生於彼已受業果報惟無逼樂無有受樂是業熟已被用無餘因下品無所有入相應業生無所有入天因中品無所有入相應業亦生此天因上品無所有入相應業亦生此天因是業故得天道得天壽命得天住得天同類生於彼已受業果報惟無逼樂無有受樂是業熟已被用無餘因下品非想非非想入相應業生非想非非想入天因中品非想非非想入相應業亦生此天因上品非想非非想入相應業亦

生此天因是業故得天道得天壽命得天住得天同類生於彼已受業果報惟無逼樂無有受樂是業熟已被用無餘由中品非想非非想入相應業生非想非非想入天因此業故得天道得天壽命得天住得天同類生於彼已受業果報惟無逼樂無有受樂是業熟已被用無餘由下品非想非非想入相應業生非想非非想入天因此業故得天道得天壽命得天住得天同類生於彼已受業果報惟無逼樂無有受樂是業熟已被用無餘由上品無所有入相應業生無所有入天因是業故得天道得天壽命得天住得天同類生於彼已受業果報惟無逼樂無有受樂是業熟已被用無餘因中品無所有入相應業亦生此天因是業故得天道得天壽命得天住

得天同類生於彼已受業果報惟無逼樂無有受樂是業熟已被用無餘因下品無所有入相應業亦生此天因是業故得天道得天壽命得天住得天同類生於彼已受業果報惟無逼樂無有受樂是業熟已被用無餘由上品識無邊入相應業生識無邊入天因是業故得天道得天壽命得天住得天同類生於彼已受業果報惟無逼樂無有受樂是業熟已被用無餘由中品識無邊入相應業亦生此天因是業得天道得天壽命得天住得天同類生於彼已受業果報惟無逼樂無有受樂是業熟已被用無餘由下品識無邊入相應業亦生此天因是業得天道得天壽命得天住得天同類生於彼已受業果報惟無逼樂無有受樂是業熟已被用無餘由上品無邊空入相應業生空無邊入天因是業得天道得天壽命得天住得天同類生於彼已受業果報惟無逼樂無有受樂是業熟已被用無餘由中品無邊空入相應業生空無邊入天因是業得天道得天壽命得天住得天同類生於彼已受業果報惟無逼樂無有受樂是業熟已被用無餘由下品無邊空入相應業亦生彼天因是業得天道得天壽命得天住得天同類生於彼已受業果報惟無逼樂無有受樂是業熟已被用無餘是凡夫人隨後報業餘處受生是凡夫人修習初禪定已生已得從此一切更復退失是人住下品初禪中是人由下品初禪相應業生梵先行天生於彼已受下品初禪業報得無逼樂及與受樂受中品上品初禪及二禪業果報於

此生中得受無逼樂及以受樂第三禪及第四禪亦此生中受業果報但無逼樂無有受樂是業熟已被用無餘隨後報業餘處受生餘中品上品初禪亦如是凡夫人修習四禪定已生已得從此一切更復退失是人住下品二禪中是人由下品二禪相應業生少光天生於彼已受下品二禪業報得無逼樂及與受樂受中品上品第二禪及初禪業報於此生中得無逼樂及與受樂第三禪及第四禪此生中受果報但無逼樂無有受樂是業熟已被用無餘隨後報業餘處受生餘中品上品二禪亦如是凡夫人修習四禪已生已得從此一切更復退失是人住下品三禪中由下品三禪相應業生少淨天生於彼已受下品三禪業報得無逼樂及與受樂受中品上品第三禪業報於此生中得無逼樂及與受樂受初禪第二禪及第四禪業報受無逼樂無有受樂是業熟已被用無餘隨後報業餘處受生餘中品上品三禪亦如是是凡夫人修習四禪已生已得從此一切更復退失是人住下品四禪中由下品四禪相應業生無雲天生於彼已受下品四禪業報得無逼樂無有受樂受中品上品第四禪及餘三禪業報於此生中得無逼樂無有受樂是業熟已被用無餘是凡夫人隨後報業餘處受生餘四禪中品上品亦如是凡夫人修習四禪及四無色定已生已得從此一切更復退失是人住下品空無邊入由下品空無邊入相應業生空無邊入天生於彼已受下品空無邊入果報得無逼樂無有受樂受中品上

品空無邊入及上三無色定果報於此生中得受無逼樂無有受樂是業熟已被用無餘是凡夫人隨後報業餘處受生餘中品上品空無邊入亦如是是凡夫人修習四禪及四無色定已生已得從此一切更復退失是人住下品識無邊入由下品識無邊入相應業生識無邊入天生於彼已受下品識無邊入業報得無逼樂無有受樂受中品上品識無邊入及初後三無色業報於此生中得無逼樂無有受樂是業熟已被用無餘是凡夫人隨後報業餘處受生餘識無邊入中品上品亦復如是是凡夫人修習四禪及四空定已生已得從此一切更復退失是人住下品無所有無邊入由下品無所有無邊入相應業生無所有無邊入天生於彼已受下品無所有無邊入業報得無逼樂無有受樂受中品上品無所有無邊入及前後三無色業報於此生中得無逼樂無有受樂是業熟已被用無餘是凡夫人隨後報業餘處受生餘中品上品亦復如是是凡夫人修習四禪及四無色定已生已得從此一切更復退失是人住下品非想非非想無邊入由下品非想非非想無邊入相應業生非想非非想無邊入天生於彼已受下品非想非非想無邊入果業得無逼樂無有受樂受中品上品非想非非想無邊入及前三無色業報於此生中得無逼樂無有受樂是業熟已被用無餘是凡夫人隨後報業餘處受生餘中品上品亦復如是佛世尊聖弟子修習四禪各有三品謂下中上是人由下品初禪相應業生梵先行天

因是業得彼天道得天壽命得天住得天同類已生於彼受業果報有二種樂一無逼樂二者受樂是業熟已被用無餘因中品初禪相應業生梵衆天因上品業亦生此天因是業得天道得天壽命得天住得天同類已生於彼受業果報有二種樂一無逼樂二者受樂是業熟已被用無餘因二禪下品相應業因此業故生少光天因中品二禪相應業生無量光天因上品二禪相應業生勝遍光天因是業得天道得天壽命得天住得天同類已生於彼受業果報有二種樂一無逼樂二者受樂是業熟已被用無餘因下品三禪相應業生少淨天因中品三禪相應業生無量淨天因上品三禪相應業生遍淨天因是業得此天道得天壽命得天住得天同類已生於彼受業果報有二種樂一無逼樂二者受樂是業熟已被用無餘因下品四禪相應業生無雲天因中品四禪相應業生受福天因上品四禪相應業生廣果天因是業故得此天道得天壽命得天住得天同類已生於彼受業果報有無逼樂無復受樂生於彼已由最上品四禪相應業恭敬勤修無背常修行雜覺分之所熏修因此業故生善現天十倍此業生善見天次復十倍生不煩天次復十倍生不燒天次復十倍生阿迦尼吒天因此業得天道得天壽命得天住得天同類生於彼已受業果報有無逼樂無復受樂是業熟已被用無餘引上界業於中用盡即於是中得般涅槃佛世尊弟子修習四無量定各有三品謂下中上慈無量者如是修習如是數

行如四種禪定喜無量者如是修習如是數行如初禪如二禪悲無量者如是修習如是數行如第四禪捨無量者如是修習如是數行如第三禪及第四禪佛聖弟子修習不淨觀各有三品謂下中上無憎違行不淨觀如是修習如是數行如四種禪定有憎違行不淨觀如是修習如是數行如第四禪佛聖弟子修習阿那波那念各有三品謂下中上如是修習如是數行如前三種禪定佛聖弟子修習十想各有三品謂下中上何者爲十一無常想二無我想三滅除想四離欲想五寂滅想六不淨想七過失想八死墮想九厭食想十一切世間無安想前五種想及無憎違不淨想如是修行如是數習如四種禪定後四種想及有憎違行不淨想如是修習如是數行如是第四禪佛聖弟子修八遍入各有三品謂下中上何等爲八一內有色想觀外色少是少者或妙或麤我遍此想得知得見如是有想二內有色想觀外色無量或妙或麤我遍此想能知能見作如是想三內無色想觀外色少麤妙如前四內無色想觀外色無量類亦如前五六七八者並於內無色想觀外四色謂青黃赤白我遍此想能知能見作如是想於此八中第一第二如是修習如是數行如四種禪定後六種想如是修習如是數行如第四禪佛聖弟子修習八解脫各有三品謂下中上第一內有色想觀外色解脫第二內無色想觀外色解脫第三淨解脫第四空無邊入解脫第五識無邊入解脫第六無所有無邊入解脫第七非想非非想無

邊入解脱第八想受滅解脱第一解脱如是修習如是數行如四種禪定第二解脱如是修習如是數行如第四禪第三解脱若内有色想觀外色如是修習如是數行如四種禪若内無色想觀外色如是修習如是數行如第四禪後四無色解脱各如自地第八滅受想解脱但由住故過非想非非想不由離欲故過是故其地等非非想佛聖弟子修習十一切入各有三品謂下中上前八一切入如是修習如是數行如第四禪後二一切入各如自地佛聖弟子修習四無色三摩跋提各有三品謂下中上是人由下品空無邊入相應業生空無邊入天由中品空無邊入相應業亦生此天由上品空無邊入亦生此天因是業故得天道得天壽命得天住得天同類

生於彼已受業果報有無逼樂無有受樂是業熟已被用無餘由下品識無邊入相應業生識無邊入天由中品識無邊入相應業亦生此天由上品識無邊入相應業亦生此天由是業得天道得天壽命得天住得天同類生於彼已受業果報唯無逼樂無有受樂是業熟已被用無餘因下品無所有入相應業生無所有入天因中品無所有入相應業亦生此天因上品無所有入相應業亦生此天因是業得天道得天壽命得天住得天同類生於彼已受業果報唯無逼樂無有受樂是業熟已被用無餘因下品非想非非想入相應業生非想非非想入天因中品非想非非想入相應業亦生此天因上品非想非非想入相應業亦生此天因是業得天道得天壽

命得天住得天同類生於彼已受業果報惟無逼樂無有受樂是業熟已被用無餘是中般涅槃佛聖弟子修習四禪定已生已得從此一切更復退失是人住下品初禪中是人由下品初禪相應業生梵先行天生於彼已受下品初禪果報得無逼樂及與受樂受中品上品初禪及二禪業果報於此生中得受無逼樂及與受樂其第三禪及第四禪亦此生中得受果報受無逼樂無有受樂是業熟已被用無餘佛聖弟子是中般涅槃餘中品上品初禪亦如是佛聖弟子修習四禪已生已得從此一切更復退失是人住下品二禪中是人由下品二禪相應業生少光天生於彼已受下品二禪果報得無逼樂及與受樂受中品上品第二禪及初禪業報於此生中

得受無逼樂及與受樂第三禪及第四禪亦此生中受果報受無逼樂無有受樂是業熟已被用無餘佛聖弟子於中般涅槃餘中品上品二禪亦如是佛聖弟子修習四禪已生已得從此一切更復退失是人住下品三禪中由下品三禪相應業生少淨天生於彼已受下品三禪果報受無逼樂及與受樂受中品上品第三禪業報此生中得受無逼樂及與受樂受初禪二禪及第四禪業報受無逼樂無有受樂是業熟已被用無餘佛聖弟子於中般涅槃餘中品上品三禪亦如是佛聖弟子修習四禪定已生已得從此一切更復退失是人住下品四禪中由下品四禪相應業生無雲天生於彼已受下品四禪業報得無逼樂無有受樂受中品上品第四禪及餘

三禪業報於此生中得受無逼樂無有受樂是業熟已被用無餘佛聖弟子是中般涅槃餘四禪中品上品亦如是佛聖弟子修習四禪及四無色定已生已得從此一切更復退失是人住下品空無邊入由下品空無邊入相應業生空無邊入天生於彼已受下品空無邊入果報得無逼樂無有受樂受中品上品空無邊入及上三無色定果報於此生中受無逼樂無有受樂是業熟已被用無餘佛聖弟子於中般涅槃餘中品上品空無邊入亦如是佛聖弟子修習四禪及四無色已生已得從此一切更復退失是人住下品識無邊入由下品識無邊入相應業生識無邊入天生於彼已受下品識無邊業報得無逼樂無有受樂受中品上品識無邊入及初後三無色業報此生中得受無逼樂無有受樂是業熟已被用無餘佛聖弟子於中般涅槃餘識無邊入中品上品亦如是佛聖弟子修習四禪及四無色已生已得從此一切更復退失是人住下品無所有無邊入由下品無所有無邊入相應業生無所有無邊入天生於彼已受下品無所有無邊入果報得無逼樂無有受樂受中品上品無所有無邊入及前後三無色業報此生中得受無逼樂無有受樂是業熟已被用無餘佛聖弟子於中般涅槃餘中品上品無所有無邊入亦復如是佛聖弟子修習四禪及四無色已生已得從此一切更復退失是人住下品非想非非想無邊入由下品非想非非想無邊入相應業生非想非非想無邊入天生於彼已受下品非

想非非想無邊業報得無逼樂無有受樂受中品上品非想非非想無邊入及前三無色業報此生中得受無逼樂無有受樂是業熟已被用無餘佛聖弟子於中般涅槃餘中品上品非想非非想無邊入亦復如是上流生阿那含有三種一者初生梵先行天如是次第往生乃至廣果於中生已得般涅槃二者初生廣果如是次第往生乃至阿迦尼吒天生於彼已得般涅槃三者初生空無邊入天如是次第往生乃至非想非非想天生是中已得般涅槃復次上流生阿那含有二種一者在色界二者在無色界若在色界般涅槃者從梵先行天如是次第生乃至阿迦尼吒天生於彼已得般涅槃在無色界者初生空無邊入天如是次第往生乃至非想非非想天生於中已得般涅槃復次有一種上流生阿那含從梵先行天生如是次第往生乃至非想非非想生於彼已得般涅槃是義佛世尊說如是我聞

壽量品第二十二

佛世尊說人中二萬歲是阿毘止獄一日一夜由此日夜三十日爲一月十二月爲一年由此年數多年多百年多千年多百千年於此獄中受熟業果報於是中生最極長者一劫壽命人中六千歲是閻羅獄一日一夜由此日夜三十日爲一月十二月爲一年由此年數多年多百年多千年多百千年於此獄中受熟業報有畜生道衆生有一日一夜六七過死生復有諸畜生壽命一劫人中一月爲鬼神道一日一夜又人中一月日爲神鬼

中一日一夜由此日夜三十日爲一月十二月爲一年由此年數五百年是其壽命是五百歲當人中十五千年閻浮提人或十歲或阿僧祇歲是中間壽命漸長漸短長極八萬歲短極十歲西瞿耶尼二百五十年是其壽命東弗婆提人壽五百歲北鬱單越定壽千年人中五千歲是四天王一日一夜由此日夜三十日爲一月十二月爲一年由此年數五百天年是其壽命當人中歲數九百萬歲人中一百年是忉利天一日一夜由此日夜三十日爲一月十二月爲一年由此年數壽命千年當人中三千六百萬歲人中二百年是夜摩天一日一夜由此日夜三十日爲一月十二月爲一年由此年數壽命二千年當人中十四千萬又四百萬年人中四百歲是兜率陀天一日一夜由此日夜三十日爲一月十二月爲一年由此年數壽命四千年當人中五千七百六十億年人中八百年是化樂天一日一夜由此日夜三十日爲一月十二月爲一年由此年數壽命八千年當人中二萬三千四十億年人中一千六百年是他化自在天一日一夜由是日夜三十日爲一月十二月爲一年由此年數壽命一萬六千年當人中九萬二千一百六十億年由乾陀山下頂阿修羅壽命如四大天王須彌山下頂阿修羅壽命如忉利天一小劫者名爲一劫二十小劫亦名一劫四十小劫亦名一劫六十小劫亦名一劫八十小劫名一大劫云何一劫名爲小劫是時提婆達多比丘住地獄中受熟業報佛世尊說住壽一劫如是一

小劫名劫云何二十小劫亦名一劫如梵先行天二十小劫是其壽量是諸梵天佛說住壽一劫如是二十劫亦名一劫云何四十小劫名爲一劫如梵衆天壽量四十小劫佛說住壽一劫如是四十劫亦名一劫云何六十小劫名爲一劫如大梵天壽量六十劫佛說住壽一劫如是六十小劫亦名一劫云何八十小劫名一大劫如少光天壽量一百二十小劫佛說壽量一大劫半如是八十小劫名爲一大劫無量光天壽量一百四十小劫勝遍光天住壽一百六十小劫是爲二大劫少淨天二大劫半是其壽量無量淨天三大劫半是其壽量遍淨天四大劫是其壽量無雲天三百大劫是其壽量受福天四百大劫是其壽量廣果天五百大劫是其壽量無想天一千大劫是其壽量善見天一千五百大劫是其壽量善現天二千大劫是其壽量不煩天四千大劫是其壽量不燒天八千大劫是其壽量阿迦尼吒天一萬六千大劫是其壽量空無邊入天下品一萬七千五百大劫是其壽量空無邊入中品一萬八千五百大劫是其壽量空無邊入上品二萬大劫是其壽量下品識無邊入天三萬大劫是其壽量中品識無邊入天三萬五千大劫是其壽量上品識無邊入天四萬大劫是其壽量下品無所有無邊入天五萬大劫是其壽量中品無所有無邊入天五萬五千大劫是其壽量上品無所有無邊入天六萬大劫是其壽量下品非想天七萬大劫是其壽量中品非想天七萬五千大劫是其壽量上品非想天八萬

大劫是其壽量是義佛世尊說如是我聞

立世阿毗曇論卷第七

音釋

屠膾　屠同都切膾古外切屠膾宰殺者　廝　相支切養馬也

立世阿毗曇論卷第八

陳天竺三藏眞諦譯

地獄品第二十三

第一更生地獄

過現未來世　衆生還往生　退起及輪轉
佛世尊證見　諸業不唐捐　有果報不失
隨時處成熟　聖智者自覺　瞿曇知此說
八種大地獄　世尊悉證見　成一切法眼
更生及黒繩　山磕二叫喚　小大兩燒熱
及大阿毘止　如是八地獄　佛說難可度
惡人恒充滿　各各十六隔　四角及四門
分分皆正等　上高百由旬　四方百由旬
鐵城所圍繞　鐵蓋覆其上　下地皆是鐵
焰熾火遍滿　燒惡人可畏　恒然難可近
見者必毛豎　極苦不可看　我今當爲汝
如法次第說　恭敬一心聽　如我所說言

有一地獄名曰更生一切皆鐵晝夜燒然恒有光焰長多由旬廣亦如是是中罪人獄卒捉持脚上頭下依黒繩分斫以鐇斧時被斫已唯有餘骨筋所接連悶絶暫死極大重苦獄卒擲去是時冷風吹之還活由此風故皮肉復常是時罪人手爪自生堅利如劒與其同類互起怨心作是思惟是人昔時曾經爲我作如是惡是故我先速害於彼彼起害心亦復如是更互相斫如芟麻叢是地獄人受如此相害上上品苦難可堪忍極堅極強最爲痛辣乃至惡業受用未盡求死不得以何行業起此果報令諸衆生於彼中生昔在人中衆多女人共一夫主互相瞋妬若多男子共諍一女起怨家心或邪婬他婦或諍田園

及車乘等或二國王諍於隣地或劫盜他財爲財主所治共結怨家如人交陣更相殘戮已結怨家未相解謝懷此命終由此業報彼中受生復次種種諸惡不善業報故於彼中生復次有增上業感彼中生彼中生已受用種種惡業果報云何業因令諸罪人更相殘斫昔在人中執持鐇斧及刀仗等斬斫有命衆生之類是故於中受相斫報復次何業爲冷風所吹而復更生昔在人中畜養飲食牛鹿猪羊雞鴨之屬得肥長已爲得多肉當復烹殺由此業報感彼冷風還得暫活云何業報得生利爪如利鐵鎩昔在人中給人刀仗作如此教汝等可來其處州郡及縣邑等往彼行殺或人或畜由此業報鎩爪得生云何此獄名曰更生彼中罪人作如此意我今更生身肉如本故名更生又復此獄本名更生爾時世尊欲重明此義而說偈言

更生地獄中　頭下脚在上　執持鐇斧等
隨縄卒所斫　是時被斫已　唯餘骨聚在
血肉皮筋等　還復如本生　指端利鎩爪
由業自然生　隨昔怨瞋心　更互相斬斫
受相斫害已　冷風還更吹　生一切身分
淨風業所感　如來人天師　如實見是已
是故說更生　造惡人住處

第二黒縄地獄

復次地獄名爲黒縄一切皆鐵晝夜燒然火恒光焰長多由旬廣亦如是是中罪人獄卒捉持撲令臥地如僤生樹隨黒縄界斫以鐇斧或爲八角或復六角或復四稜有諸罪人從其足跟乃至頭項斤斧斬斫如蕉節長復

有罪人從項至足斧斤細斷亦如蕉節是地獄人受此殘戮上上品苦難可堪忍極堅極強最爲痛惱乃至惡業受用未盡求死不得是何行業起此果報令諸衆生於彼中生昔在人中作如此業隨世律制隨世量決自作殺他如是重罰如是多量斬斫其手如是量者斬斫其脚劓鼻刵耳亦復如是如是多量割其背肉或割二髀或五兩或十兩由此業報是諸衆生於中受生復有種種諸惡不善業報於彼中生復次有增上業感彼中生彼生巳受用種種惡不善業報彼中有時獄卒罵詈怖畏受罪之人惡人起起莫動時無量罪人心大驚怖一時竦倚猶如旛林是時鐵衣及鐵袈裟火恒燒然出大光焰無數千萬赤鐵袈裟及赤鐵衣從空來下時諸罪人作是叫喚是衣來是衣來是衣至巳隨一一人各各纏裹皮肉筋骨悉皆燋爛燋爛盡巳鐵衣自去是地獄人受此燒炙上上品苦難可堪忍極堅極強最爲痛辢乃至惡業受報未盡求死不得是何行業受此果報令諸衆生於彼中生昔在人中捉持鞭杖捶撻有命衆生或以皮杖或用莿藤或復魚尾鞭枷衆生復有出家破戒受用國土衣服及與腰繩以此業報於中受生復以種種諸惡不善果報於彼中生復次有增上業感彼中生彼中生巳受用種種不善業報有諸罪人獄卒剥皮從足跟至頸則止不令都離又獄卒從頸項剥皮至足跟而止亦不都離復有罪人從頸剥皮至腰而止或從腰剥皮至跟而止令諸罪人身所帶皮垂拕披曳皆至於地自他踐

履痛苦難當譬如世人所著衣服縱橫長短不能整齊在其身皮亦復如是此地獄人受自剝剥上上品苦難可堪忍極堅極強最爲痛辣乃至惡業受報未盡求死不得是何行業受此果報令諸衆生於彼中生昔在人中作如是業有命衆生生剥其皮令皮不脱猶著其身似如衣服爲戲樂等復次昔在人中鞭撻衆生或自作爲他所教復次出家破戒受用國土衣服卧具等由此業報於彼受生復有種種諸惡不善業報於彼中生復次有增上業感彼中生彼中生巳受用種種不善業報是地獄中極大黑暗窨煙充滿煙氣慘辣裂皮破肉徹骨至髓此煙毒觸遍身内外獄卒驅逼令人煙中然後方置是諸罪人畏避此煙周慞馳走無數由旬互蹋身皮更相困苦是地獄人受此煙毒上上品苦難可堪忍極堅極强最爲痛辣乃至惡業受報未盡求死不得是何行業受此果報令諸衆生於彼中生昔在人中作高窨室以煙殺人或作牢獄人以煙苦或豪猪或鯪鯉或獺或狐或狸或鼠或蜎蜜蜂之屬皆在坎中於其穴中作煙熏取乃至蚊蚋以煙熏逐以此業報於中受生復有種種諸惡不善業報於彼中生復次以增上業感彼中生彼中生巳受用種種不善業報云何此獄名爲黑繩是中罪人隨黑繩界斬斫困苦故名黑繩又復自性本名黑繩欲重宣此義而説偈言

黑繩中獄卒　僤罪人如樹　隨黑繩界道
執持鐇斧斫　復次赤鐵衣　晝夜恒燒熱
纏厭諸罪人　血肉流及燥　剥足皮至頸

從頭腰亦然　黑繩中罪人　多無皮赤肉
可畏黑闇中　毒煙悉充滿　獄卒逼驅入
入已方捨置　馳走多由旬　煙暗無所見
更互履身皮　自他俱困苦　此中因及果
如實佛自知　如是說黑繩　惡人所住處

大巷地獄在更生黑繩二獄中間其有地獄名曰大巷如大市巷是中罪人或時仰眠或時覆眠或置臼中鐵杵舂擣或有罪人從脚至頭分分斬斫或有罪人褫皮布地還割其肉以積皮上復有罪人下劒手斷舉劒手生以是因緣積其手聚猶如山高脚耳鼻頭下劒即斷舉劒還生頭鼻等聚亦如山高乃至惡業受報未盡求死不得是何行業受此果報令諸衆生於彼中生昔在人中屠膾爲業殺羊猪牛鹿以自活命或捕魚鳥或辯決牢獄或自爲劫盜或刑剪罪人由此業報彼中受生復有種種諸惡業報於彼中生復次有增上業感彼中生彼中生已受用種種不善業報是地獄人頭如象頭身似人身復有罪人頭如馬頭身如人身復有罪人頭如牛頭身亦似人如是等類種種不同是中獄卒取諸罪人駕以鐵車晝夜燒然恒有光焰赤鐵爲枙赤鐵爲繩是中路地一切皆鐵長多由旬廣亦如是是中獄卒執赤鐵錐驅蹙來去受如此害上上品苦難可堪忍極堅極强最爲痛辣乃至惡業受用未盡求死不得彼是何業受此果報令諸衆生於此中生昔在人中或調象師或調馬師或復調牛諸騎乘師等由此業報彼中受生復次種種諸惡業報於彼中生彼有增上業報感彼中生彼中生

已受用種種不善果報彼中復有衆生頭作牛頭身是人身亦有鹿頭人身復有猪頭人身如是等類種種無數獄卒衆多聚集圍繞執持弓刀種種器仗斫刺罪人受此殘害上上品苦難可堪忍極堅極强最爲痛辣乃至惡業受用未盡求死不得是何行業受此果報令諸衆生於彼中生昔在人中持捉刀杖田獵網捕有命衆生多人圍繞或斫或刺或殺或害由此等業彼中受生復次種種諸惡業報於彼中生復有增上業報感彼中生彼中生已受用種種不善業報彼中有樹名逆刺睒浮梨一切皆鐵晝夜燒然恒有光焰樹高一由旬刺長十六寸彼中獄卒捉罪人臂牽上刺樹而復牽下若牽上時刺低向下若牽下時刺仰向上牽上下時腹若著樹皮肉即盡若背著樹皮肉亦盡其腹皮肉還復更生脅背皮肉盡生亦爾由此事故隨腹脇背牽上牽下如是罪人受此殘害上上品苦難可堪忍極堅極强最爲痛辢乃至惡業受用未盡求死不得昔行何業受此果報令諸衆生於彼中生昔在人中邪婬他婦或有婦人欺背夫主由此等業於彼中生復次種種諸惡業報於彼中生復有增上業報於彼中生彼中生已受用種種不善業報於彼獄中復有衆多赤鐵炭山晝夜燒然恒有光焰是中獄卒捉罪人臂牽上牽下隨腹著山皮肉焦盡若背著山皮肉亦盡腹還復故背脇皮肉盡生亦爾由此事故隨腹脇背牽上牽下如是罪人受此殘害上上品苦難可堪忍極堅極强最爲痛辣乃至惡業受用未盡求死不

得昔行何業受此果報令諸衆生於彼中生昔在人中取有命衆生擲置火中或熱砂中或熱灰中或擲不淨穢中或以牛馬駕於車乘熱砂中行由此等業彼中受生復次種種諸惡業報於彼中生復有增上業報感彼中生彼中生已受用種種不善業報

第三聚磕地獄

復有地獄名爲聚磕其相猶如二山中間是中獄卒執持種種器仗恐怖罪人是時罪人悉皆畏懼入二山中間無數千人入山中央已有大火聚塞斷前路是時罪人見是猛火便欲縮退復見其後有大火聚周慞宛轉二山便合兩山來時一切罪人發聲叫喚作如是言是山來已是山來已山遂相合如壓麻油山壓罪人亦復如是既壓竟已山開向上是諸罪人見山聳起爭入其下山即復落重壓其身譬如張壓壓諸雜獸血流成江唯筋骨在無復皮肉受此殘害上上品苦難可堪忍極堅極强最爲痛苦乃至惡業受用未盡求死不得昔何行業受此果報令諸衆生於彼中生昔在人中以竹笪覆人牽象踐蹋或鬬戰時作諸壓車以磕於人又懸機石縋下殺人復於險路作諸機穽陷殺衆生或以爪齒掐齧蚤虱如是等業受此果報於中受生復有種種諸不善業於彼中生復有增上業報感彼中生彼中生已受用種種不善業報其中罪人但餘筋骨無復血肉是時獄卒謂其伴言我今共汝一彈指頃舂擣罪人即捉諸罪人內熱鐵槽中以熱鐵杵擣碎其身一彈指頃當人中五百年壽受此殘害上上品

苦具如前說昔行何業感是果報令諸衆生於彼中生昔在人中或執持牟矟及乂戟等刺害衆生穀米麻麥合蟲舂喝由此等業於中受生復有種種不善業報於彼中生復有增上業感彼中生彼中生已受用種種不善業報云何此獄名曰聚磕是中罪人聚集一處兩山聚磕故名聚磕又復此獄本名聚磕故名聚磕重說偈言

聚磕地獄中　大二山中央　無數諸罪人
入中如鹿聚　由昔業報故　是兩山相合
磕壓多衆生　火聚塞前後　從罪人身分
流血成江河　如是受困苦　中間不得死
安置赤鐵槽　執杵所舂擣　受昔諸業報
彈指五百年　如來人天師　如實見其巳
是故說聚磕　造惡人住處

第四叫喚地獄

復有地獄名爲叫喚其相猶如狹室無量千數彼中罪人人各一室身大房小迫迮困苦絕四威儀受燒炙害是罪人下其火熾然火勢若猛叫聲則烈火勢小羸叫聲則下受此燒炙上上品苦難可堪忍極堅極强最爲痛劇乃至惡業受用未盡求死不得昔何業行受此果報令諸衆生於彼中生昔在人中於無救濟於無依止衆生自作教他行大重罰自作教他焚燎原野或作窖室以火殺之或作牢獄以火苦之或豪猪鮫鯉獺狐狸鼠等穴處之類於其穴口以火燒炙乃至蚊蚋以火熏逐以此業報於中受生復有種種諸惡業報於彼中生復次以增上業感彼中生彼中生已受用種種不善業報

第五大叫喚地獄

復有地獄名大叫喚其相猶如大焰廣長無數由旬皆是赤鐵具如前說是中獄卒手持鐵拍擬怖罪人罪人見已生大怖畏或走遁叛或不遁叛或周慞漫走或面擒壁或復直視或逢迎讚歎或辭謝乞恩是時獄卒問逢迎者汝等云何敢來迎我即以鐵拍打碎其頭如破酪瓶頭碎腦濺亦復如是語不迎者汝何敢不來碎破其頭亦復如前漫走不走擒壁正視叛不叛者各問打治例皆如是以此因緣悉皆破頭無得免者受此殘碎上上品苦難可堪忍極堅極强最爲痛劇乃至惡業受報未盡求死不得昔何行業受此果報令諸衆生於彼中生昔在人中鑿焰爲獄若犯罪者安置是中令其不見日月光明由此業報於彼受生復有種種諸惡業報於彼中生復次諸增上業感彼中生彼中生已受用種種不善業報復行何業受碎頭報昔在人中有命衆生拍破其頭或魚虵蜈蚣等種種衆生由是等業受碎頭報此獄燒炙困苦復劇於前長有碎首等苦云何此獄名大叫喚是中罪人由拍由火大號大叫唯大叫聲無所詮辯乃至不能喚母喚父是故地獄名大叫喚又復自性名大叫喚重說偈言

叫喚地獄中　多人被迫迮　下火若大然
叫喚聲可畏　若火勢羸弱　叫聲亦隨下
摧折威儀苦　及以燒炙痛　第二大叫喚
深暗令毛竪　壁立不可登　廣大無數量
獄卒於彼中　執持赤鐵拍　碎頭如怨家
無量百千年　如來人天師　如實見是已

故說二叫喚　造惡人住處

第六燒炙地獄

復有地獄名曰燒炙其相猶如窰竈一切皆鐵晝夜燒然恒發光焰廣長無數由旬是中罪人無數千萬閉塞燒炙熟已內外焦燥虛脆易脫譬如肉脯是時獄門自然而開其門外邊有無數狗或烏或駮身高長大伺待門開爭入獄裏牽出罪人齗僤其身如倒生樹恣意噉食既被食已皮肉皆盡唯餘骨聚困苦難處當時悶絕冷風來吹皮肉更復是時獄卒復驅令入還受先苦燒炙食噉上上品苦具如前說昔何行業受此果報令諸衆生於彼中生昔在人中造作牢獄無有門户增土象糞雜以泥壁及以塗地以鹽和瞿曇婆樹油溅罪人身擲置獄中日光照炙於一夜中臭爛胮脹或烝或煮殺害罪人或復安火燃炙殺人或熬蠶蛹或煎炒有命衆生以此業報於中受生復有種種諸惡業報及增上業報感彼中生具如上說復由何業爲狗食噉昔在人中畜養師子虎豹熊羆豺狗之屬令其齗齧有命衆生以是等業受彼中生餘如上說昔何行業得冷風吹昔在人中爲須多肉養飴衆生以此業故得冷風觸云何此獄名之燒炙是中罪人身心被炙故名燒炙又復自性名爲燒炙重說偈言

燒炙地獄中　鐵舍大焰熱　氣熱極盛猛
猶如燒火聚　是中造罪人　窰塞而受炙
如昔所行業　此中受苦報　是時身已熟
羣狗競食噉　皮肉皆消盡　唯骨是其餘
冷風一來吹　皮肉還復本　獄卒吏驅入

還更受前苦　如來人天師　如實見是已
故說是燒炙　造罪人住處

第七大燒炙地獄

復有地獄名大燒炙其相如高廣山一切皆是赤鐵晝夜燒然恒發光焰有赤鐵利弗燒熱最劇恒發光焰周圓上下皆所圍繞或有罪人一弗所貫就火山炙或兩三弗或十二十乃至百千縱橫穿貫就火山炙若一邊已熟其弗自轉復炙一邊復有罪人鐵弗自捩貫未傷處翻轉就炙復有罪人由上上品惡業報故無數諸弗並皆自來又刺其身是中罪人受此弗炙上上品苦難可堪忍極堅極强最爲痛劇乃至惡業受報未盡求死不得昔行何業受此果報昔在人中弗貫火炙有命衆生由此業報於中受生復有種種諸惡業報於彼中生復次諸增上業感彼中生彼中生已受用種種不善業報云何此獄名大燒炙彼中罪人爲弗所刺以就火山內外燒炙愁憂苦惱故說大燒炙又復自性本名燒炙重說偈言

大燒炙地獄　利弗皆是鐵　圍繞鐵火山
宿世惡業感　是中行惡人　無數被穿貫
如反覆炙魚　隨業令其爾　如來人天師
如實見是已　故說大燒炙　造惡人住處

第八阿毘止地獄

復有地獄名阿毘止其相猶如大城一切皆是赤鐵晝夜燒然恒發光焰是獄東壁一切赤鐵晝夜燒然恒出火焰西南北壁上下並然東壁火焰交徹西壁西壁火焰徹東壁南火徹北北火徹南上火徹下下火徹上四方

火焰遍滿獄中是中罪人無量千數重沓受燒猶如樵積中有罪人由此惡業上上品故身體長大虛踈柔軟更相壓逼身首低垂不能行走絕四威儀有諸罪人由此宿業下中品故恒求出離周慞漫走或有時節是大地獄東門自開是諸罪人咸唱門開競走求出未至門邊門自還閉是時西門更復門關南門北門亦復自開是諸罪人唱云門開疾走向門未至門所門已自閉是中罪人受此無間地獄大苦難可堪忍極堅極強最爲痛劇乃至惡業受報未盡求死不得昔行何業受此果報昔在人中或殺母殺父殺阿羅漢起殺害心出佛身血破和合僧或復其母已是聖人生於婬過殺正定聚人或殺菩薩衆生或破壞如來四種支提或劫奪聚集因緣四方僧物或行殺生偷盜邪婬妄語兩舌惡口綺語貪愛瞋恚邪見等最極上品隨其一二乃至具足以此惡行於中受生復有種種諸惡業報於彼中生復次諸增上業感彼中生彼中生已受用種種不善業報云何此獄名阿毘止彼中罪人恒常受苦無有間息最上上品餘地獄苦則不如此何以故餘地獄中獄卒或時來或時不來或由冷風大苦暫息此地獄中則不如是從始至終受上上品苦難可堪忍極堅極強最爲痛劇此中罪人壽命一劫乃至半劫乃至不定譬如鑪冶竟日燒鐵星焰沸涌燒罪人身亦復如是故說名阿毘止又復自性亦名阿毘止重說偈言

阿毘止地獄　一向最劇苦　晝夜大燒然
光焰聚遍滿　譬如一日燒　鐵鑊出光焰

如是阿毘止　一切火光徹　是中罪人身
猶如大火聚　汝等看業力　由此不灰炭
或時見門開　爭競走馳出　未至門已閉
宿業未盡故　如天受樂人　求生不求死
此中受苦者　求死不求生　如來人天師
如實見是已　故說阿毗止　造惡人住處

第九外園隔地獄

八地獄外四方園繞各有四重園隔地獄何等爲四一熱灰地獄二者糞屎地獄三者劒葉地獄四者烈灰汁地獄如是四重次第圍繞一一地獄如是應知若次第說有地獄名熱灰是諸罪人從大地獄出見外熱灰如平坦空地見此相已起如是心我今決應往彼於是罪人往到彼中脚踐熱灰皮肉即爛譬如蠟塊投猛火中隨其舉脚皮肉還復或時至膝或時至臍或時至頸或沒不現此中無數由旬周慞漫走受上上品苦難可堪忍極堅極强最爲痛劇乃至惡業受報未盡求死不得昔行何業受此果報昔在人中取有命衆生擲置火中或熱灰中或熱砂中或邪婬他婦過世法則入他境界或出家破戒行住坐卧僧伽藍中或起惡心或蹋踐四支提境界及履支提影以此業報於中受生復有種種諸惡業報於中受生復次諸增上業感彼中生彼中生已受用種種不善業報第二地獄名曰糞屎是中罪人出熱灰獄外見糞屎如涼華池見已起如是心我今決定必應往彼是時罪人往入彼中入其中已有無數蟲蟲口堅利皆如劒鋒鑚破皮肉乃至筋骨噉食其髓復有諸蟲從鼻孔入食其五臟或從

耳入或從眼入或從口入或從小大道入並唼食五臟復有大蟲含嚼罪人血肉既盡吐出其骨如棄棗核具受如是上上品苦難可堪忍極堅極强最爲痛劇乃至惡業受報未盡求死不得昔行何業受此果報昔在人中取有命衆生擲置糞坑或不淨處乃至溝瀆以此業報於中受生復有種種諸惡業報於中受生復次諸增上業感彼中生彼中生已受用種種不善業報昔行何業受蟲食噉困苦果報昔在人中或令虵狗蜈蚣黿鱷之屬齧嚼有命衆生或起惡心受用五塵由此業報於彼中生受鑚破食噉如是等苦而説偈言

已渡糞屎獄　見可愛樹林　具鬱茂枝條
往彼欲求樂

如是林中有老烏白頸鵄鷹鵰鷲鳥等是地復有豺狗野干虎狼師子等身皆長大是諸禽獸齧僤罪人如倒生樹食噉其肉皮血肉盡唯餘骨在時諸罪人受此啄害上上品苦難可堪忍極堅極强最爲痛劇當時悶絶冷風復吹皮肉更生復受噉食乃至果報未盡求死不得昔行何業受此噉食昔在人中令虎狼師子噉食有命衆生或放鷹犬獵諸禽獸由此等業彼中受生受食噉報復有種種諸惡業報於中受生昔行何業被冷風吹昔在人中畜養衆生使令肥壯欲得多肉以是業報得冷風吹第三地獄名曰劒葉是諸罪人已度糞屎地獄見劒葉地獄心起愛著如庵羅林是劒林路有諸鉾刺匕首剃刀刀劒鋒刃遍布其地時諸罪人行此林路備受鑚

刺等苦得入大林時無數億千衆生入此林巳惡業因縁大風卒起雨諸器仗所謂劒雨箭雨鉤雨鐇斧等雨隨所著處身分斷絕頭首分離如所木札布散狼藉或雨鐵戈從頂貫執動轉不得受此殘害上上品苦極堅極强最爲痛劇乃至惡業受報未盡求死不得昔行何業受此果報昔在人中行鬬戰事與人刀仗遣令鬬戰作如是言汝等用此器仗取彼國土長圍四合聚集多人肆意殺害由此業報於彼中生復有種種業報於中受生復有增上業報感彼中生彼中生巳受用種種不善業報第四地獄名烈灰汁是諸罪人從劒葉樹林出見烈灰汁言是清冷江水心起愛著往入江中是等罪人先在劒林遍身破裂入此江水身併爛壞血肉都盡惟筋骨相連逐水浮漾受此殘酷上上品苦極堅極强最爲痛劇乃至惡業受報未盡求死不得昔行何業受此果報昔在人中取有命衆生熱油煎灌或糖或蠟或煑死屍取汁澆灌或不淨穢身入園人所用池井洗濯以此業報於中受生復有種種諸惡業報於中受生復有增上業報感彼中生彼中生巳受用種種不善業報灰河兩岸有諸獄卒無量千數身並長大執叉戟等守視罪人有時罪人語獄卒言官我今大饑獄卒即以叉取擲置岸上或用鉗鉤擘開其口燒熱鐵丸恒有光焰捉内口中脣口燋然咽胸心腹五藏腸胃並皆潰爛九從下出是諸罪人受此酷害上上品苦難可堪忍極堅極强最爲痛劇乃至惡業受報未盡求死不得昔行何業受此果報昔

在人中以毒食飼他或鴆殺人或出家破戒食國土供養或妄語惡口如是等業受此果報彼中受生復有種種諸惡業報於中受生復次諸增上業感彼中生彼中生已受用種種不善業報有時罪人語獄卒言官我今大渴獄卒即以叉取罪人擲置岸上或用鉗鉤擘開其口洋熱鐵汁恒有光焰灌其口中脣口焦然咽胃心腹五臟腸胃並皆爛潰鐵汁下出是時罪人受此酷害上上品苦難可堪忍極堅極强最爲痛劇乃至惡業果報未盡求死不得昔行何業受此罪苦昔在人中取象馬等尿灌他口鼻或以五辛辢汁澆他鼻口或置毒飲中逼令他服或勸他飲種種諸酒或爲利酤酒或自飲酒或出家破戒受用國土供養酥油糖蜜等飲或復飲他非所堪飲以此業報於中受生復有種種諸惡業報於中受生復有增上業報感彼中生彼中生已受用種種餘不善業報重說偈言

罪人出大獄　見此熱灰中　猶如平廣地
起愛即往彼　至已漫馳走　無數諸由旬
舉下脚生爛　備受上品苦　既出熱灰獄
便見糞屎坑　廣長深百丈　愛往謂華池
是中無數虫　口堅利如鋒　穿皮噉血肉
破筋骨食髓　復出糞坑已　見劒林起愛
謂枝條輭茂　往彼欲求樂　林中種種鳥
口喙利如針　僤人如生樹　食噉其血肉
是時既食已　唯餘筋骨在　冷風一來吹
皮肉更還復　怖畏起跳踊　苦處作安想
路中受殘害　入可畏劒林　是時身破裂
極痛血洪流　出離此林已　便復入灰河

如煮豆涌沸　或沉或浮轉　沸烈灰汁中
罪人亦如是　兩岸諸獄卒　執叉刺其體
將出置地上　逼使吞鐵丸　或復洋鐵汁
求飲灌口中　焦爛遍身裹　然後從下出
如是行惡人　受此地獄苦　昔不修善業
修行邪曲路　由起正思惟　能離諸惡業
一向行善行　是人度惡道　知善惡二業
果報差別異　智人應離惡　當種諸善根
復有別修行　八直聖道分　為滅一切苦
觀無餘四法　如來人天師　如實見是已
故說園隔獄　造惡人住處

第十閻羅地獄

如佛婆伽婆及何羅漢說如是我聞一時佛世尊說比丘我以天眼清淨過於肉眼見諸眾生退沒生起善色惡色若妙若麤或住善道或住惡道隨業受生如實我知而說偈言

起造邪惡心　及說邪曲語　或作邪身業
由昔放逸故　少聞無福德　促命中為惡
是人捨身命　即墮閻羅獄

佛告比丘若人宿世不恭敬父母及沙門婆羅門不恭敬親友尊長不修正善及福德行於現在惡及未來罪不生怖畏不行布施不修福德不受八齋不持五戒捨壽命已生地獄中獄卒收錄送與閻羅白言此人往昔不恭敬父母及沙門婆羅門不恭敬親友尊長不修正善及福德行於現在世惡及未來罪不生怖畏不行布施不修福德不受八齋不持五戒願王教戒是人令識善惡因果時閻羅王依五天使正善教戒謂眾生曰汝先不見第一天使往彼人中大王我先不見王曰

昔汝在人中不見年少童子嬰孩初生仰眠不能避濕就燥時耶衆生言法王我昔已見王言汝見識解何不思計我今應生未度生法我應隨能依身口意修行善法爲長時中得於正道利益歡樂衆生言大王我昔放逸不能行善王言汝邪惡業自作自長非父母所作非國王所作非天所作非先亡沙門婆羅門等所作自作自受雖不願求果報決至時閻羅王因是天使訶責敎已復因第二天使正善教勅謂衆生曰汝先不見第二天使往彼人中大王我先不見王曰汝昔在人中不見若男若女老長大等或復背僂猶如角弓扶杖前歩舉身戰動衆生言大王我昔已見王言汝既識解何不思計我今應老未度老法我應隨能依身口意修行善法爲長時中得於正道利益歡樂衆生言大王我昔放逸不能行善王言汝邪惡業自作自長非父母所作非國王所作非天所作非先亡沙門婆羅門等所作自作自受雖不願求果報決至時閻羅王因是天使訶責敎已復因第三天使正善教勅謂衆生曰汝先不見第三天使往彼人中大王我先不見王曰汝昔在人中不見若男若女疾病困苦極難或滯牀席或據遷提或眠地上是身苦受最堅最强難堪難忍侵損壽命衆苦所逼大王我昔已見王言汝已識解何不思計我今應病未度病法我應隨能依身口意修行善法爲長時中得於正道利益歡樂衆生言大王我昔放逸不能行善王言汝邪惡業自作自長非父母所作非國王非天非先亡非沙門婆羅門等

所作自作自受雖不願求業報決至時閻羅王因是天使訶責教已復因第四天使正善教勑謂衆生曰汝等先不見第四天使往彼人中大王我先不見王曰汝昔在人中不見若男若女或一日死或二日三日乃至七日或胮脹或黰黒或臭爛或爲禽獸食噉衆生言大王我昔已見王言汝既識解何不思計我今應死未度死法我應隨能依身口意修行善法爲長時中得於正道利益歡樂衆生言大王我昔放逸不能行善王言汝邪惡業自作自長非父母所作非國王非天非先亡沙門婆羅門等所作自作自受雖不願求果報決至時閻羅王因是天使訶責教已復因第五天使正善教勑謂衆生曰汝等先不見第五天使往彼人中大王我先不見王曰汝昔在人中不見世人或殺或盜或復邪婬乃至妄語惡口等罪爲王人所録編頭面縛打鼓徇令於四衢道出城南門至行刑所坐置標下隨罪輕重種種治罰或杖或鞭或刖手足或劓耳鼻乃至大辟衆生言大王我昔已見王言汝既識解何不思計一切惡業現報可見我今屬業隨業力行若善若惡所作諸業於當來世知因受生衆生言大王我昔放逸不能行善王言汝邪惡業自作自長非父母非國王非天非先亡沙門婆羅門等所作自作自受雖不願求果報決至作是言已捨心而住是時獄卒捉此罪人倒懸向下入更生地獄此獄有四角四門鐵城圍繞上下皆鐵晝夜燒然恒出光焰其中罪人隨黒繩界受鐇斧斫血肉俱盡唯餘筋骨困苦難堪悶

絕暫死時冷風吹血肉還復受此殘害上上品苦乃至惡業受報未盡求死不得昔行何業受此果報令諸衆生於彼中生昔在人中淩慢父母沙門及婆羅門不恭敬親友尊長不修正善及福德業於現在惡及未來罪不生怖畏不行布施不修福德不受八齋不持五戒由此等下品業故於彼中生受此殘害種種困苦次增重品生第二黑繩獄次增重品生第三聚磕地獄次復重品生第四叫喚獄次復重品生第五大叫喚獄次復重品生第六燒熱獄次復重品生第七大燒熱獄次復增品生第八阿毗止獄是毗止獄四角四門鐵城圍繞上下皆鐵晝夜燒然遍滿火焰是中罪人無量百千重沓受燒猶如樵積猶如鍊鐵竟一日夜其身被燒亦復如是佛言比丘是毗止地獄或東門暫開罪人見已向門而走覓依止處覓救濟處求覓出離未達門所門已還閉西南北門亦復如是見是事已念望斷絕身心苦惱悲號酸痛無量千歲恒受如是上上品苦難可堪忍最爲痛劇乃至惡業果報受用未盡求死不得昔何行業受此果報昔在人中誹謗調弄精進仙人或孤負恩義或反逆殺害愛念親友是大阿毗獄正業處方便因故於中受生復有種種諸惡業報於中受生復次諸增上業感彼中生彼中生已受用種種不善業報受正報已出大地獄由殘業故入四園隔先入熱灰灰深沒膝下膝焦爛如蠟投火若舉足時皮肉還復是中罪人求覓依止救濟出離周慞漫走無數由旬見糞屎坑其地皆糞死屍遍滿其

中有蟲名攘鳩咤其數無量形似長虵身白頭黑口如劍鋒舉頭張口待罪人至罪人入已是蟲穿皮入肉徹骨食髓受此苦時無數千年恒大叫喚乃至惡業未盡求死不得出此獄已見劒葉林求覓依止救濟出離向林疾走於其路中種種槍刺破裂身脚次入劒林時有熱風吹動劒樹風觸如火舉體焦爛劒林復雨種種器仗斫刺身體隨所著處皮肉無餘受此殘害無數千載恒大叫喚乃至惡業未盡求死不得復有種種禽獸食噉其身並如前說出此獄已見烈灰汁河溢滿沸涌求覓依止救濟出離馳走入河宛轉顛倒猶如煮豆邊有獄卒執持鐵網撈出罪人眠赤鐵岸獄卒問言罪人汝何所須罪人言我今飢不可忍是時獄卒即以鐵鉗格開其口投熱鐵丸隨丸所至脣舌心胷腸胃五臟皆悉焦爛丸直下出渴飲鐵汁亦復如是無數千年恒大叫喚受此困苦乃至惡業未盡求死不得出此獄已見中間巷獄猶如大市是中樹林名睒浮梨中有獄卒執罪人臂牽上牽下並如前說復有鐵鑊鐵汁沸滿獄卒捉人擲置鑊中人中歲數滿五百年方得暫出時纔得喚何不展喚每復沉沒是中復有罪人或仰或覆以赤鐵釘遍釘其身著熱鐵地或牽罪人舌如牛皮大及身布貯地上以無數赤釘釘之復有罪人通身被斫如甘蔗節復有罪人獄卒斬斫下劒頭斷舉劒頭生由此殺故頭聚如山手足亦爾復有罪人褫皮布地細割其肉聚置皮上復有罪人滿鐵槽中獄卒捉杵舂擣令碎復有罪人獸頭人身

或牽車等具如前說復有無數罪人爲諸獄卒捉仗圍繞猶如捕獵是謂罪人受此殘害上上品苦難可堪忍極堅極强最爲痛劇乃至惡業未盡求死不得昔行何業受此罪報昔在人中造作十惡以輕品故不感大獄於此中生或已受大地獄果由殘業故於此受生此中生已具受種種殘業果報爾時佛言比丘閻羅王恒作是願我當何時出離於此得生人道與人同類生富貴家多諸財寶人身柔軟具相安樂車轝遊處足不踐地由年長大六根成熟已布施作諸功德剃除鬚髮被著法衣由正信智故捨離居家受無家法既出家已願我證得究竟梵行猶如昔時諸善男子出家得道梵行究竟爾時世尊而說偈言

云何作此業　現世生憂悔　未來啼叫喚
受種種苦果　惡業未熟時　癡人謂甜美
其業既熟已　方知是苦難　初造惡業時
不如火即燒　如灰覆火上　隨逐燒罪人
罪人多聰黠　一切爲損害　漸損自善根
如芭蕉結實　惡智行自損　猶如治怨家
起造諸惡業　能感當來苦　若行善業好
現在無悔心　未來受果報　歡喜恒安樂
如來人天師　如實見是已　故說閻羅獄
造惡人住處

立世阿毗曇論卷第八

音釋

磕克盍切石相築也　鐇音煩廣刃斧也　芟師咸切刈也　辢郎達切辛味也　僤徒旦切　跟古痕切足踵也　劓疑器切刑鼻也　刖五括切斷足也　髀部禮切股也　萪藤萪音科藤徒登切　拕湯何切曳也　㓟剝㓟疋美切剝作各切㓟剝並割削也　鯪音陵魚名　獺逖轄切捕魚獸也　蝟于貴切蟲名　蚊蚋蚊音文蚋儒税切與蜹同　褫尺里切解也　睒失冉切　笪當拔切竹籤也　掐齧掐苦洽切刺也齧魚列切噬也　艚財勞切舟名　矟色角切矛屬　暘徒朗切春也　埳苦感切阱也　揄都盍切與搭同　瓬古郎切大甕也　駮北角切色不純也　齚陟格切齧也　弗楚限切燔肉器也　唼作荅切與啑同齧也　潰爛潰胡對切爛郎肝切潰爛桒腐也　鴆直禁切毒鳥也　僂兩舉切傴僂也　攘如羊切　咤丑亞切

立世阿毗曇論卷第九

陳天竺三藏眞諦譯

小三災品第二十四

第一疾疫

佛世尊説一小劫者名爲一劫二十小劫亦名一劫四十小劫亦名一劫六十小劫亦名一劫八十小劫名一大劫云何一小劫名爲一劫是時提婆達多比丘住地獄中受熟業報佛世尊説住壽一劫如是一小劫名一劫云何二十小劫亦名一劫如梵先行天二十小劫是其壽量是諸梵天佛説住壽一劫如是二十劫亦名一劫云何四十小劫名爲一劫如梵衆天壽量四十小劫佛説住壽一劫如是四十小劫亦名一劫云何六十小劫名爲一劫如大梵天壽量六十小劫佛説住壽一劫如是六十小劫亦名一劫云何八十小劫名一大劫佛説劫中世界散壞劫中世界散壞已住劫中世界起成劫中世界起成已住世界散壞等劫其數云何佛言比丘經二十小劫世界散壞次經二十小劫世界散壞已住次經二十小劫世界起成次經二十小劫世界起成已住是二十小劫世界起成已住者幾多已過幾多未過八小劫已過十二小劫未來第九一劫現在未盡此第九一劫幾多已過幾多未來未來定餘六百九十年在(至漢末已卯年翻度此經爲斷)是二十小劫中間有三小災次第輪轉一者大疾疫災二大刀兵災三大饑餓災今第九劫即第三災此劫由饑餓故盡佛言比丘是二十小劫世界起成得住中第一劫小災起時有大疾疫種種病一切

皆起閻浮提中一切國土所有人民等遭疾疫一切鬼神起瞋惡心損害世人是時一切人民壽命短促唯住十歲身形痤小或二搩手或三搩手於其自量則八搩手所可資食稊稗爲上人髮衣服以爲第一惟有刀仗以自莊嚴是時諸人不行正法非法貪著恒所㳂汚非理貪愛之所逼使邪法欺張起諸過惡很戾難教不能行善不知作福不救苦難與邪惡法日夜相應或身口意起三邪行不能遠離殺生偷盜邪婬妄語惡口兩舌綺語貪愛瞋恚邪見不知恭敬父母師僧沙門婆羅門及親友尊長忿心所起種種惡業此業能感壽命短促能感多病能感色形醜陋能感身無威德能感卑賤家生能感貧窮困苦能感愚癡邪見如是等業日夜生長如是人者與種種煩惱惡業相應由此極重邪行業故漫風起吹方所時節違失常度由此漫風不平等吹故天降雨不周正落正應雨時四王大臣忿行惡人不水遊戲故不降雨羅睺阿修羅王欲苦閻浮提人或以手指或以背脊接所降雨以置海中復有鬼神欲苦閻浮提人神力起火以承天雨令雨焦竭或正雨時而起大風吹擲海中以是因緣故天雨不等一切種子樹藤藥草並皆枯焦不復結實設復結實減色香味不得長大無有勢力若人受用無五種業謂色力安樂壽命聰辯由其邪惡於自身中起諸重病或癩或痟或顛或瘻或蟲或毒或吐血或泄漏或水腫或嘔逆上氣或風痺偏枯或虛勞下瘧或惡瘡癧疾飲食不銷如此重病及餘輕病是時俱起

是時諸人嬰大病苦又爲惡鬼之所惱觸欲求吉祥保護身命故祠祀天神讀誦呪術或恃邪見所起種種惡行殺諸衆生妄呪神鬼求覓無病作如此計一切利養不及無病一日一夜無量衆生疾病疫死末劫衆生如是過失自然而生云何如此若人行不善法不平等法因是果報於是時中法行平等行善行不可得故一切衆生於此中生劫濁自然而起是時諸人依止麤見麤業造作種種諸惡捨命以後受生惡處苦道退墮無安樂行是時衆生多生地獄畜生餓鬼阿修羅道是時大國王種悉皆崩亡所有國土次第空廢唯小郡縣是其所餘相去遼遠各在一處爾時諸人不行正法非法貪著恒所染污非理貪愛之所逼使邪法欺張起諸過惡很戾難教不能行善不知作福不救苦難與邪惡法日夜相應或身口意起三邪行不能遠離殺生偷盜邪婬妄語惡口兩舌綺語貪愛瞋恚邪見不知恭敬父母師僧沙門婆羅門及親友尊長恣心所起種種惡業此業能感壽命短促能感多病能感色形醜陋能感身無威德能感卑賤家生能感貧窮困苦能感愚癡邪見如是等業日夜生長如是人者疾病困苦無人布施湯藥飲食以是因緣壽未應盡橫死無數一日一夜無量衆生疾病疫死末劫衆生如是過失自然而生云何如此由行惡法不平等法得是果報於是時中法行平等行善行不可得故一切衆生於此中生劫濁自然故起是時諸人依止麤見麤業造作種種諸惡捨命以後受生修羅餓鬼畜生地

獄時小郡縣次復荒蕪唯少家在相去轉遠各在一處爾時諸人不行正法所起種種惡業能感壽命短促乃至愚癡邪見如是等業日夜增長是時諸人疾疫死者無人送埋及燒棄擲是時土地白骨所覆一日一夜無數衆生疾病疫死乃至居家次第空盡是時劫末惟七日在於七日中無量衆生遭疫死盡設有在者各散別處時有一人合集閻浮提內男女惟餘一萬留爲當來人種於是時中皆行非法惟此萬人能持善行諸善鬼神欲令人種不斷絕故擁護是人以好滋味令入其毛孔以業力故於劫中間留人種子自然不斷過七日後是大疫病一時息滅一切惡鬼皆悉捨去隨諸衆生種種須欲飲食衣服等應念所須天即雨下陰陽調和美味出生身形可愛相好還復一切善法自然而起清凉寂靜安樂無病大悲入心由大悲故大慈入心由大慈故無惱害意由無害意互得相見生喜樂心生忍受心生無厭心共相携持不相捨離譬如相愛親友久不相見忽得聚集生喜樂心生忍受心生無厭心共相携持不相捨離時人相見亦復如是因相愛念男女共居是前劫人壽命十歲後劫人民從其而生壽命最長色形奇特威德最勝神力自在資生具足壽命二十千歲是時衆生如此功德自然得成云何如此法行平等行善行是其果報是時諸人與種種善法相應身善行口善行意善行捨壽命後生善道及天道捨壽命已還生人道生人道已自然賢善自性清淨自性道德心性和雅戒品具足常行

勝善遠離殺生偷盜邪婬妄語兩舌惡口綺語無貪欲心無瞋恚心捨邪見法修行正見恭敬父母沙門婆羅門親友尊長與種種善法相應是業能感長壽能感無病能感色形端正能感身有威德能感富貴家生能感大智如是善業日夜生長是時諸人依福德行生無量功德捨壽以後更生天道及以善道善道中住久久時節如是初劫中間由大渡病究竟窮盡次第二劫来續二十千歲是劫中間第一壽量是人從前二十千歲人所生是人壽命最長色形奇特威儀最勝神力自在資生具足壽命四十千歲時諸衆生如此功德自然得成云何如此法行平等行善行是其果報是時諸人與種種善法相應身善行口善行意善行捨壽命已生善道及天道捨壽命已還生人中生人中已自然賢善自性清淨自性道德心性和雅戒品具足常行勝善遠離殺生偷盜邪婬妄語兩舌惡口綺語無貪欲心無瞋恚心捨邪見法修行正見恭敬父母沙門及婆羅門親友尊長與種種善法相應是業能感長壽能感無病能感色形端正能感身有威德能感富貴家生能感大智如是善業日夜生長是時諸人依福德行生無量功德捨壽命後更生天道及以善道善道中住久久時節如是說名第二劫中間第二壽量四十千歲是諸人從四十千歲人所生是人壽命最長色形奇特威德最勝神力自在資生具足壽命六十千歲是時諸人與種種善法相應身善行口善行意善行捨壽命已生善道及天道捨天壽已還生人

中生人中已自然賢善自性清淨自性道德心性和雅戒品具足常行勝善遠離殺生偷盜邪婬妄語兩舌惡口綺語無貪欲心無瞋恚心捨邪見法修行正見恭敬父母沙門及婆羅門親友尊長與種種善法相應是業能感長壽能感無病能感色形端正能感身有威德能感富貴家生能感大智如是善業日夜生長是時諸人依福德行生無量功德捨壽命後更生天道及以善道善道中住久久時節如是說名第三劫中間第三壽量六十千歲次是諸人從六十千歲人所生是人壽命最長色形奇特威德最勝神力自在資生具足壽命八十千歲如是閻浮提劫中間所生衆生壽量長遠究竟極此八十千年是時女人年五百歲爾乃行嫁是時諸人惟有七病謂大小便利寒熱婬欲心飢老如是時中一切國土富貴豐樂無有怨賊及以盜竊州郡縣邑人民村落更相次比鷄鳴相聞耕種雖少收實巨多是時諸人受功用業少用宿世善業果多舍宅車乘衣服財寶生生之資稱意具足雖復受用終身不壞是時諸人安坐受樂無所馳求壽命八十千歲住阿僧祇年乃至衆生未造十惡從起十惡業道時節壽命因此十歲減度一百年則減十歲次復百年復減十歲次第漸減至餘十歲最後十歲住不復減長極八萬短至十年若佛不出世次第如此若佛出世如正法住衆生壽命暫住不減隨正法稍減壽命漸減佛世尊說如是我聞

第二刀兵

佛世尊說一小劫者名爲一劫餘如前說乃至八十小劫名爲大劫云何八十小劫名一大劫佛說劫中世界散壞劫中世界散壞已住劫中世界起成劫中世界起成已住世界散壞等劫其數云何佛言比丘經二十小劫世界散壞次經二十小劫世界散壞已住次經二十小劫世界起成次經二十小劫起成已住是二十小劫世界起成得住中第二劫小災起時由大刀兵是劫究竟是時閻浮提中一切國土所有人民遭大刀兵互相憎害又起疾疫一切鬼神起瞋惡心損害世人是時一切人民壽命短促惟住十歲身形涶小或二搩手或三搩手所可資食稊稗爲上人髮爲衣服以爲第一惟有刀仗以自莊嚴是時諸人不行正法非法貪著恒所染汚非理貪愛之所逼使邪法欺張起諸過惡很戾相教不能行善不知作福不救苦難與邪惡法日夜相應或身口意起三邪行不能遠離殺生偷盜邪婬妄語兩舌惡口綺語貪愛瞋恚邪見不知恭敬父母師僧沙門婆羅門及親友尊長恣心所起種種惡業此業能感壽命短促能感疾病能感色形醜陋能感身無威德能感卑賤家生能感貧窮困苦能感愚癡邪見如是等業日夜生長如是人者與種種煩惱惡業相應由此極重邪業行故父母兒子互相鬬諍兄弟姊妹親友眷屬自相鬬諍何況他人是時諸人起鬬諍已仍相手舞或以瓦石或以杖拍次及刀仗互相怖畏乃至殺害是時諸人起重瞋恚行諸殺害以爲戲樂東方國王來伐西國西方國王往伐東國

南圵諸王亦復如是時諸王以相罵爲法說人罪過以爲法式伺求間隙以爲正事行鬬諍已起怨家想執持刀仗更相誅滅於一日夜被害死者其數無量劫末衆生如是過失自然而生云何如此若人行不善法不平等法得是果報於是時中法行平等行善行不可得故一切衆生於此中生劫濁自然而起是時諸人依止麤見麤業造作種種諸惡捨命已後受生惡處苦道退墮無安樂行是時衆生多生地獄畜生餓鬼阿修羅道是時大國王種悉皆崩亡所有國土次第空廢唯小郡縣是其所餘蓋不足言相去遼遠各在一處爾時諸人不行正法非法貪著恒所染汚非理貪愛之所逼使邪法欺張起諸惡業很戾難敎不能行善不知作福不救苦難與邪惡法日夜相應或身口意起三邪行不能遠離殺生偷盜邪婬妄語惡口兩舌綺語貪愛瞋恚邪見不能恭敬父母師僧沙門婆羅門及親友尊長恣心所起種種惡業此業能感壽命短促能感多病能感色形醜陋能感身無威德能感卑賤家生能感貧窮困苦能感愚癡邪見如是等業日夜生長東方國人來伐西人南圵諸人亦復如是時諸人以相罵爲法說人罪過以爲法式伺求間隙以爲正事行鬬諍已起怨家想執持刀仗更相誅滅於一日夜被害死者其數無量末劫衆生如是過失自然而生云何如此若人不行善行法行不平等行得是果報於是時中法行平等行善行不可得故一切衆生於此中生劫濁自然而起是時諸人依止麤業造作

種種諸惡捨命以後更生惡處苦道退墮無安樂行是時衆生多生地獄畜生餓鬼阿修羅道諸郡縣次復空盡惟少許家在相去轉遠各在一處是時東家來殺西家西家復殺東家南北諸家亦復如是是時諸人以相罵爲法說人罪過以爲法式伺求閒隙以爲正事行鬪諍已起怨家想執持刀仗更相誅滅於一日夜被害死者其數無量末劫衆生如是過失自然而生云何如此若人不行善行不行正法行不平等行得是惡業果於是時中正法行平等行善行不可得故一切衆生於此中生劫濁自然而起是時諸人依止麤見麤業造作種種諸惡捨命以後更生惡處苦道退墮無安樂行是時衆生多生地獄畜生餓鬼阿修羅道是時人家一時没盡縱餘殘人各各分散此散人不行正法所起種種惡業能感壽命短促乃至愚癡邪見是時劫末餘七日在於七日中手執草木即成刀仗由此器仗互相殘害怖畏困死是時諸人怖懼刀杖逃竄林藪或渡江水隱蔽孤洲或入坑窟以避災難或時相見仍各驚走恐怖失心或時仆地譬如麞鹿遭逢獵師是時諸人更遆相見怖畏如是是七日中刀兵橫死其數無量設有在者各散別處時有一人合集閻浮提男女惟餘一萬留爲當來人種於是時中皆行非法惟此萬人能治善行諸善鬼神欲令人種不斷絕故擁護是人以好滋味令入毛孔以業力故於劫中間留人種子自然不斷過七日後是大刀兵一時息滅一切惡鬼皆悉捨去隨諸衆生種種須欲衣服飲

食等應念所須天即雨下陰陽調和美味出生身形可愛相好還復一切善法自然而起清涼寂靜安樂無病大悲入心由大悲故大慈入心由大慈故無惱害意由無害意互得相見生喜樂心生忍受心生無厭心共相携持不相捨離譬如相愛親友久不相見忽得聚集生喜樂心生忍受心生無厭心共相携持不相捨離時人相見亦復如是因相愛念男女共居是前劫人壽命十歲後劫人民從其而生壽命最長色形奇特威德最勝神力自在資生具足壽命二十千歲是時衆生如此功德自然得成云何如此法行平等行善行是其果報是時諸人與種種善法相應身善行口善行意善行捨壽命後生善道及天道捨壽命已還生人道生人道已自然賢善自性清淨自性道德心性和雅戒品具足常行勝善遠離殺生偷盜邪婬妄語兩舌惡口綺語無貪欲心無瞋恚心捨邪見法修行正見恭敬父母沙門婆羅門親友尊長與種種善法相應是業能感長壽能感無病能感色形端正能感身有威德能感富貴家生能感大智如是善業日夜生長是時諸人依福德行生無量功德捨壽命後更生天道及以善道善道中住久久時節如是初劫中間由大刀兵究竟窮盡次第三劫來續二十千歲是劫中間第一壽量是人從前二十千歲人所生是人壽命最長色形奇特威德最勝神力自在資生具足壽命四十千歲時諸衆生如此功德自然得成云何如此法行平等行善行是其果報是時諸人與種種善法相應身

善行口善行意善行捨壽命已生善道及天道捨天壽命還生人中生人中已自然賢善自性清淨自性道德心性和雅戒品具足常行勝善遠離殺生偷盜邪婬妄語兩舌惡口綺語無貪欲心無瞋恚心捨於邪見修行正見恭敬父母沙門婆羅門親友尊長與種種善法相應是業能感長壽能感無病能感色形端正能感身有威德能感富貴家生能感大智如是善業日夜生長是時諸人依福德行增長無量功德捨壽命後更生天道及以善道善道中住久久時節如是說名第三劫中間第二壽量四十千歲次復諸人從四十千歲人所生是人壽命最長身形奇特威德最勝神力自在資生具足壽命六十千歲是時諸人與種種善法相應身善行口善行意

善行捨壽命已生善道及天道捨天道已還生人中生人中已自然賢善自性清淨自性道德心性和雅戒品具足常行勝善遠離殺生偷盜邪婬妄語兩舌惡口綺語無貪欲心無瞋恚心捨邪見法修行正法恭敬父母沙門婆羅門親友尊長與種種善法相應是業能感長壽能感無病能感色形端正能感身有威德能感富貴家生能感大智如是善業日夜生長是時諸人依福德行生無量功德捨壽命後更生天道及以善道善道中住久久時節如是說名第三劫中間第二壽量六十千歲次是諸人從六十千歲人所生是人壽命最長色形奇特威德最勝神力自在資生具足壽命八十千歲如是閻浮提劫中間所生衆生壽量長遠究竟極此八十千年是

時女人年五百歲爾乃行嫁是時諸人惟有七病謂大小便利寒熱欲心飢老如是時中一切國土冨貴豐樂無有怨賊及以盜竊州郡縣邑民人村落更相次此鷄鳴相聞耕種雖少收實巨多是時諸人受功用果少用宿世善業果多舍宅車乘衣服財寶生生之資稱意具足雖復受用終身不壞是時諸人安坐受樂無所馳求壽命八十千歲住阿僧祇年乃至衆生未造十惡從起十惡業道時節壽命因此十歲減度一百年則減十歲次復百年復減十歲次第漸減至餘十歲最後十歲住不復減長極八萬短至十年若佛不出世次第如此若佛出世如正法住時衆生壽命暫住不減隨正法稍減壽命漸減佛世尊說如是我聞

第三飢餓

佛世尊說一小劫者名爲一劫餘如前說乃至八十小劫名一大劫云何八十小劫名一大劫佛說劫中世界散壞劫中世界散壞已住劫中世界起成劫中世界起成已住世界散壞等劫其數云何佛言比丘經二十小劫世界散壞次經二十小劫世界散壞已住次經二十小劫世界起成次經二十小劫起成已住是二十小劫世界起得住中第三劫小災起時由大飢餓是劫究竟於是時中災初欲起由飢餓由困苦由天亢旱是時閻浮提中一切國土所有人民遭大疾疫一切鬼神起瞋惡心損害世人是時一切人民壽命短促惟住十歲身形痤小或二搩手或三搩手所可資食稊稗爲上人髮爲衣以爲上服惟

有刀仗以自莊嚴是時諸人不行正法非法貪著恒所染污非理貪愛之所逼使邪法欺張起諸過惡很戾難教不能行善不知作福不救苦難與邪惡法日夜相應或身口意起三邪行不能遠離殺生偷盜邪婬妄語兩舌惡口綺語貪愛瞋恚邪見不知恭敬父母師僧沙門婆羅門及親友尊長恣心所起種種惡業能感壽命短促能感病疾能感色形醜陋能感身無威德能感卑賤家生能感貧窮困苦能感愚癡邪見如是諸業日夜生長如是人者與重煩惱惡業相應由極重邪行故二三年中天不降雨由大旱故穀貴飢饉舍羅柯行是時人民微有勢力見他有少資粮便往奪食皆由飢所逼故一切衆病飢餓爲上以此因緣於一日夜飢餓死者其數無量末劫衆生如是過失自然而生云何如爾若人行不善行非法行不平等行得是果報於是時中法行平等行善行不可得故一切衆生於此中生劫濁自然而起是時諸人依止麤麤見麤麤業造作種種諸惡捨命已後更生惡處苦道退墮無安樂行是時衆生多生地獄畜生餓鬼阿修羅道時大國土次第空荒惟小郡縣是其所餘悉不足言相去遼遠各在一處爾時諸人不行正法非法貪著恒所染污非理貪愛之所逼使邪法欺張起諸過惡很戾難教不能行善不知作福不救苦難與邪惡法日夜相應或身口意起三邪行不能遠離殺生偷盜邪婬妄語兩舌惡口綺語貪愛瞋恚邪見不能恭敬父母師僧沙門婆羅門及親友尊長恣心所起種種惡業此業能

感壽命短促能感多病能感色形醜陋能感身無威德能感卑賤家生能感貧窮困苦能感愚癡邪見如是等業日夜相應天不降雨四五年中由大旱故閻浮提地覔生草菜尚不可得何況米穀繼諸衆生從來人所憎惡不堪食者謂烏鵄鵰鷲狗野干此等禽獸惡取食之由飢逼故一切衆病飢餓爲上以此因緣於一日夜飢餓死者其數無量時小郡縣次復空盡惟少家在相去轉遠各在一處爾時諸人不行正法非法貪著恒所染污非理貪愛之所逼使邪法欺張起諸過惡很戾難教不能行善不知作福不救苦難與邪惡法日夜相應或身口意起三邪行不能遠離殺生偷盜邪婬兩舌惡口綺語妄言貪愛瞋恚邪見不能恭敬父母師僧沙門婆羅門及親友尊長慈心所起種種惡業此業能感壽命短促能感多病能感色形醜陋能感身無威德能感卑賤家生能感貧窮困苦能感愚癡邪見如是等業日夜相應是時六七年間天不降雨由大旱故閻浮提人思欲見水尚不可得何況飲之唯四大河水猶深復與海相通尚須船渡但有此水可得受用離此河外無復餘水縱有殘民依此水住採捕黿鼉魚龜等屬水性之類以自資養由飢逼故一切衆病飢餓爲上以此因緣於一日夜飢餓死者不可稱量末劫衆生如此過失自然而起云何如此若人行不善行非法行不平等行得此果報於是時中法行平等行善行不可得故一切衆生於此中生劫濁自然而起是時諸人依止麤見麤業造種種諸惡捨命

以後更生惡處苦道退墮無安樂行是時衆生多生地獄畜生餓鬼阿修羅道是所餘家次第空盡縱復餘人各自星散爾時諸人不行正法非法貪著之所染汚非理貪愛之所逼使邪法欺張起諸過惡很戾難教不能行善不知作福不救苦難與邪惡法日夜相應或身口意起三邪行不能遠離殺生偷盜邪婬妄語兩舌惡口綺語貪愛瞋恚邪見不能恭敬父母師僧沙門婆羅門親友尊長慈心所起種種惡業此業能感壽命短促能感多病能感色形醜陋能感身無威德能感卑賤家生能感貧窮困苦能感愚癡邪見如是等業日夜相應是劫中間惟七日在是七日中一日一夜飢餓死者其數無量縱有在者各散别處時有一人合集閻浮提内男女共一萬人留爲當來人種於此時中多行非法惟此萬人能行善行諸善鬼神欲令人種不斷絕故擁護是人以好滋味令入毛孔以業力故於劫中間留人種子自然不斷過七日後是大飢餓一時息滅一切惡鬼皆悉捨去時諸衆生種種須欲衣服飲食等應念所須天即雨下陰陽調和美味生出身形可愛相好還復一切善法自然而起清凉寂靜安樂無病大悲入心由大悲故大慈入心由大慈故無惱害意由無害意獲得相見生喜樂心生忍受心生無厭心共相携持不相捨離譬如相愛親友久不相見忽得聚集生喜樂心生忍受心生無厭心共相携持不相捨離時人相見亦復如是因相愛念男女共居是前劫人壽命十歲後劫人民從其而生壽命最長

形色奇特威德最勝神力自在資生具足壽命二十千歲是時衆生如此功德自然得成云何如此法行平等行善行是其果報是時諸人與種種善法相應身善行口善行意善行捨壽命後生善道及天道捨壽命已還生人道生人道已自然賢善自性清淨自性道德心性和雅戒品具足常行勝善遠離殺生偷盜邪婬妄語兩舌惡口綺語無貪欲心無瞋恚心捨邪見法修行正見恭敬父母沙門婆羅門親友尊長與種種善法相應是業能感長壽能感無病能感形色端正能感身有威德能感富貴家生能感大智如是善業日夜生長是時諸人依福德行生無量功德捨壽命後更生天道及以善道善道中住久久時節如是劫初中間由大飢餓究竟窮盡次

餘劫來續二十千歲是劫中間第一壽量是人從前二十千歲人所生是人壽命最長形色奇特威德最勝神力自在資生具足壽命四十千歲時諸衆生如是功德自然得成云何如此法行平等行善行是其果報是時諸人與種種善法相應身善行口善行意善行捨壽命已生善道及天道捨天壽命還生人中生人中已自然賢善自性清淨自性道德心性和雅戒品具足常行勝善遠離殺生偷盜邪婬妄語兩舌惡口綺語無貪欲心無瞋恚心捨邪見心修行正見恭敬父母沙門婆羅門親友尊長與種種善法相應是業能感無病能感色形端正能感身有威德能感富貴家生能感大智如是善業日夜生長是時諸人依福德行增長無量功德捨壽命後更

生天道及以善道善道中住久久時節如是說名第三劫中間第二壽命四十千歲次復諸人從四十千歲所生是人壽命最長身形奇特威德最勝神力自在資生具足壽命六十千歲是時諸人與種種善法相應身善行口善行意善行捨壽命已生善道及天道捨天道已還生人中生人中已自然賢善自性清淨自性道德心性和雅戒品具足常行勝善遠離殺生偷盜邪婬妄語兩舌惡口綺語無貪欲心無瞋恚心捨邪見法修行正法恭敬父母沙門婆羅門親友尊長與種種善法相應是業能感長壽能感無病能感色形端正能感身有威德能感富貴家生能感大智如是善業日夜生長是時諸人依福德行生無量功德捨壽命後更生天道及以善道善道中住久久時節如是說名第三劫中間第三壽量六十千歲復次諸人從六十千歲人所生是人壽命最長色形奇特威德最勝神力自在資生具足壽命八十千歲如是閻浮提劫中間所生衆生壽命長遠究竟極此八十千年是時女人年五百歲爾乃行嫁是時諸人惟有七病謂大小便利寒熱欲心飢老如是時中一切國土富貴豐樂無有怨賊及以盜竊州郡縣邑人民村落更相次比鷄鳴相聞耕種雖少收實巨多是時諸人受功用果少用宿世善業果多舍宅車乘衣服財寶資生之具稱意具足雖復受用終身不壞是時諸人安坐受樂無所馳求壽命八十千歲住阿僧祇年乃至衆生未造十惡從起十惡業道時節壽命因此十歲減度一百年則減

十歲復百年復減十歲次第漸減至餘十歲最後十歲住不復減長極八萬短至十年若佛不出世次第如此若佛出世如正法住時衆生壽命暫住不減隨正法稍減壽命漸減佛世尊說如是我聞

立世阿毗曇論卷第九

音釋

痤（才何切）擽（陟格切與磔同）稊稗（稊田黎切稗旁掛切稊稗草似穀者）很戾（很下懇切戾郎計切不聽從也）痟（先彫切痟渴疾也）瘻（音漏頭腫也）嘔（於口切吐也）痺（卑義切冷濕病也）瘧（逆約切寒熱病也）瘭（足遥切疽病也）鵄（稱脂切鳶也）

立世阿毗曇論卷第十

陳天竺三藏真諦譯

大三災品第二十五

第一火災

佛世尊說一小劫者名爲一劫二十小劫亦名一劫四十小劫亦名一劫六十小劫亦名一劫八十小劫名一大劫云何一小劫名爲一劫是時提婆達多比丘住地獄中受熟果報佛世尊說住壽一劫如是一小劫名劫云何二十小劫亦名一劫如梵先行天二十小劫是其壽量是諸梵天佛說住壽一劫如是二十劫亦名一劫云何四十小劫名爲一劫如梵衆天壽量四十小劫佛說住壽一劫如是四十小劫亦名一劫云何六十小劫名爲一劫如大梵天壽量六十劫佛說住壽一劫如是六十小劫亦名一劫云何八十小劫名一大劫佛說劫中世界散壞劫中世界散壞已住劫中世界起成劫中世界起成已住阿僧祇時名劫世界散壞阿僧祇時名劫世界散壞已住阿僧祇時名劫世界起成阿僧祇時名劫世界起成已住散壞有三因一因火散壞二因水散壞三因風散壞如是佛世尊說比丘散壞因有三種一火散壞二水散壞三風散壞比丘散壞頂有三一勝遍光天二遍淨天三廣果天復次佛世尊說比丘散壞頂有三種一勝遍光天二遍淨天三廣果天云何勝遍光天乃至遍淨及廣果天爲三散壞頂比丘火災散壞時一切下界衆生修第二禪上生勝遍光天水災散壞時一切下地衆生修第三禪上生遍淨天風災散壞時一

切下地衆生修第四禪上生廣果天佛説火災散壞是由勝遍淨天散壞水災散壞由遍淨天散壞風災散壞由廣果天散壞復次比丘散壞有二一者衆生世界散壞二者器世界散壞十小劫中衆生世界散壞次十小劫器世界散壞佛告比丘散壞劫起時勝遍光天散壞時因第二禪是時一切閻浮提人壽命八十千年是時女人年五百歲爾乃行嫁是時諸人唯有七病謂大小便利寒熱婬欲心飢老如是時中一切國土富貴豐樂無怨賊及以盜竊州郡縣邑人民村落更相次比鷄鳴相聞耕種雖少收實巨多是時諸人受功用果少用宿世善業果多舍宅車乘衣服財寶生生之資稱意具足是時兩界滅没一瞋恚界二遍惱意界兩界起長一者無瞋恚界二無逼惱意界是時諸人滅離十惡修行十善安坐受樂無所馳求或聚亭舘或依息舍或大集處或遊樹下説如是傳各宣辭辯昔時諸人生劫濁世因五欲塵貪欲增上故或父母兒子互相鬬諍兄弟姊妹親友眷屬自相鬬打何況他人是時諸人起諍以後仍相手舞或以瓦石或以杖拍次及刀仗互相怖畏乃至殺害因此五塵起種種惡是故五塵宜應棄捨如是憎惡訶責欲塵種種顯説五塵過失是時諸人思惟五塵過患及下界躁擾覩無覺觀定微妙功德修習二禪捨壽命後上生勝遍光天是時欲界諸天變身似犀晝夜三時行於世界宣令此言言善男子善女人無覺觀定最爲妙樂是故汝等修行於此中住是時人初夜後夜聞此言已歡喜

踊躍捨餘雜事攝心坐禪觀欲塵過失觀無覺觀定有大功德即得二禪捨壽命後上生勝遍光天是時有人常悅樂他人以爲事業或歌或舞相攢跳擲或輪刀舞仗或擊鼓吹篪或唱更讚頌或嚴飾他身如是人等作歌詩傳昔時諸人生劫濁世因五欲塵貪欲增上故或父母兒子互相鬭諍兄弟姊妹親友眷屬自相鬭打何況他人是時諸人起諍以後仍相手舞或以石瓦或以杖拍次及刀仗互相怖畏乃至殺害因此五塵起種種惡是故五塵宜應棄捨如是憎惡呵責欲塵種種顯說五塵過失是時諸人思惟五塵過患及下界躁擾觀無覺觀定微妙功德修習二禪捨壽命後上生勝遍光天是諸天從從勝遍光天下行於世界隱蔽身形宣令此言善男子善女人觀無覺觀定妙樂寂靜是故汝等修行於此中住是時諸人初夜後夜等聞天聲言歡喜踊躍起信樂心一切居家村邑郡州乃至大國土人起精進心觀下界欲塵過失觀二禪功德修習二禪捨壽命後上生勝遍光天是時有諸家外道敎化一切居家村邑郡州乃至大國土人悉使出家有無數眷屬之所圍繞次第遊行周遍國土其所宣說與上相應昔時諸人生劫濁世因五欲塵貪欲增上故或父母兒子互相鬭諍兄弟姊妹親友眷屬自相鬭打何況他人是時諸人起鬭諍後而相手舞或以石瓦或以杖拍次及刀仗互相怖畏乃至殺害因此五塵起種種惡是故五塵宜應棄捨如是增惡訶責欲塵顯說五塵過失是時諸人思惟五塵過患及

下界躁擾麤無覺觀定微妙功德修習二禪捨壽命後上生勝遍光天時諸衆生在地獄中作是思惟我等昔時作種種不善惡業是故我今來此受苦由此意故不於獄卒生瞋怨心時地獄衆生無瞋恚界無逼惱意界自然生長增足善心由於宿世後報善業捨地獄壽生人道中既生人已思惟欲塵過患觀二禪功德修習二禪捨壽命後上生勝遍光天時有衆生墮地獄中仍爲獄卒作是思惟我等因自惡業來此受生是諸罪人亦因惡業來此受苦我今云何於他衆生而起殘害即生無瞋恚界無逼惱意界自然生長增足善心由於宿世後報善業捨壽命已得生人中生人中已思惟五塵過患觀一禪功德修習二禪捨壽命後上生勝遍光天時有水産衆生黿鼉魚鼈之屬皆生慈心不相吞噬唯食水苔及以草土自然死者方取食之乃可餓死不欲害他自食無瞋恚界無逼惱意界是時生長生諸善心生愛念心由於宿世後報善業捨壽命後生於人中生人中已思惟五塵過患及下界躁擾麤無覺觀定微妙功德修習二禪捨壽命後上生勝遍光天復有陸行衆生師子虎狼豺豹猫狸之屬並生慈心不相食噉飢食嫩草渴飲清泉有自死者方食其肉寧可餓死不欲殺他自濟無瞋恚界無逼惱意界是時生諸善心生愛念心由於宿世後報善業捨壽命後生於人中生人中已思惟五塵過失及下界躁擾麤無覺觀定微妙功德修習二禪捨壽命後上生勝遍光天一切餓鬼道更相愛念悉能生善並如

前說捨壽以後得生人中生人中已思惟五塵過失觀無覺觀定修習二禪捨壽命後上生勝遍光天阿修羅道亦復如是時西瞿耶尼人有於彼土修習二禪若在彼得二禪從彼上生勝遍光天若來閻浮提受生得二禪者亦上生勝遍光天東毘提訶人或在彼修習二禪彼從上生二禪天處若來閻浮提修習二禪仍從此上生第二天處北鬱單越人捨壽命後上生六欲天或在天道修習二禪上生二禪或從六欲天生閻浮提修習二禪亦生勝遍光天是時四大天王天三十三天夜摩天兜率陀天化樂天他化自在天梵先行天梵衆天或在此等天中修習二禪捨壽命已生勝遍光天或從天道來生閻浮提修習二禪亦上生勝遍光天比丘是時一切地獄皆悉空虛一切畜生道亦皆空虛一切鬼神道亦皆空虛一切阿修羅道亦復空虛西瞿耶尼南閻浮提東毘提訶北鬱單越並皆空虛四天王天三十三天夜摩天兜率陀天化樂天他化自在天梵先行天梵衆天並皆空虛是時一千世界中一切衆生悉皆空盡唯大梵王在如是因緣如是次第一切衆生世界皆悉散盡如是時中十小劫已度比丘是時第二器世界散壞來續四大散壞火災散壞是時中久久時節天不降雨一滴不落久不雨已閻浮提中卉木藥草一切種子一時焦枯次第燒盡無復更生比丘一切有爲法如是無常如是不恒非安息處短促變異破壞非能救濟非實依處非依蔭處比丘以是義故有爲之法甚可厭患應當離欲應當

棄捨比丘過久長時有如此時有第二日出於世間輪相熱明倍於舊日由此日故閻浮提中一切池沼及小江湖並皆涸竭無復更有比丘一切有爲法如是無常具如前說乃至應當棄捨比丘復次過久長時有如此時有第三日次出於世輪相熱明倍第二日由此日故閻浮提中深大江湖並皆涸竭無復更有比丘一切有爲法如是無常具如上說乃至應當棄捨比丘過久長時次第四日復出於世輪相熱明倍第三日由此日故閻浮提中阿那婆達池漫陀耆尼池七林間河及四大河如是等處最大最深流波迅疾與海相會並皆涸竭無復更有比丘一切有爲法如是無常具如前說乃至應當棄捨比丘過久長時次第五日復出於世輪相熱明倍第四日由此日故内外海水減一百由旬次減二百三百四百乃至千由旬海水減耗次減二千三千四千乃至一萬次減二萬乃至六萬由旬水界悉滅比丘有如是時所餘海水深七多羅或六多羅或五或四或三或二或深一多羅比丘有如此時所餘海水或深七尋如是次減乃至一尋比丘有如此時所餘海水纔至人頸或腋或胸腰臍膝脛踝比丘有如此時所餘海水不没指節比丘一切有爲法如是無常具如前說乃至應捨比丘過久長時次第六日復出於世輪相熱明倍第五日由此日故世界大地内外大海及須彌山王初時出煙煙聚遍覆譬如窰竈初時出煙煙聚所覆大地大海及須彌山由第六日煙聚所覆亦復如是比丘一切有爲法如是

無常具如前說乃至應當棄捨比丘過久長時次第七日復出於世輪相熱明倍第六日由此日故世界大地内外大海及須彌山王皆發火焰俱時洞然通成一焰經久長時停住不滅比丘是須彌山王大火所燒通成一焰久長時然其頂方百由旬皆悉崩碎或二百三百乃至一千由旬嶞落崩燼亦復如是是時外四大中一切火自然而發世界天地燒熱出焰成一火性以其熱熱吸下水輪譬如銅盤火所燒熱置淺水中吸水都盡世界大地成一火性吸下水輪亦復如是譬如蘇油爲火所燒一皆淨盡無復灰燼如是大地内外大海及須彌山王皆發火焰俱時洞然通成一焰一切燒盡無有炭灰亦復如是爾時地輪並皆没盡水風二輪亦皆燒滅其火焰上從水輪起乃至大梵王處是時大梵捨其壽命及以住處上生勝遍光天是時大梵宫殿地廣大周圓光明可愛觀者無厭其色純白微細淨潔一時燒盡不復更有梵王所住地本來法然所以由火等得滅如是多時一切外器世界散壞都盡如是多時經二十小劫已度復次二十小劫來續是中一千世界處所空無所有猶如闇穴上無覆蓋空住二十小劫佛言比丘是時世界更欲起成是世間法然初起世界時若有衆生已生長業能感大梵果報捨前報已來入中陰因色界四大和合大梵宫殿地自然而起白淨光明隱蔽餘處色相圓滿觀無厭足心所愛樂住未有人是諸衆生昔已造業能感可愛勝妙住處因昔業故感色界四大及四大所造色

因昔業及色界四大宮殿即成色界四大於此宮殿亦因亦緣宿世所造業但是增上緣佛言比丘如是大梵王處有因有緣得起得成本來法然由因緣起是梵王住處如一四天下大是時梵王在中陰中見此處所起欲愛心我今於此中坐即起愛時於中受生於此獨住滿十小劫喜樂爲食依喜樂住意生化身自然光明自在而住過十劫已此梵王起欲愛心起不安心作是思惟願餘衆生來共我住是時梵王作是願已二禪衆生業盡捨壽退來受生與梵同類是諸衆生見此大梵本來獨住作如是執我昔上生已見此人端然獨住今從上下猶見獨住與昔無異復起此執此人是梵作者生者最爲尊始衆生所作由此人成神力自在已生當生爲第一

父我等今自從其而生云何如此我昔至今見其在此獨自先生爾時梵王作是思惟我見大梵作者生者最爲尊始衆生所作由我得成神力自在已生當生我是其父一切世間皆我化生云何如此由我昔日起如是心願他衆生來就我住應我願心他即來生我先在此見其來生是大梵王於餘衆生壽命極長形色最勝有大名稱有大神通及大威德諸餘梵衆壽命則短形色名聞神力威德並皆不及大梵王所住地一切梵衆次第遍滿本性法然世界應起時因色界四大及四大所造色獨住梵天宮殿及地自然現起其色純白微細淨潔光明可愛看者無厭住未有人是諸衆生昔已造業能感可愛勝妙住處因昔業故感色界四大及四大所造色因

昔業及色界四大宮殿即成色界四大於此宮殿亦因亦緣宿世所造業但是增上緣佛言比丘如是獨梵宮殿有因有緣得起得成本來法然由因緣起是獨梵處因此次第遍滿諸梵本性法然世界應起時因色界四大及四大所造色梵先行天宮殿及地自然起現其色純白微細淨潔光明可愛觀者無厭住未有人是諸衆生昔已造業能感可愛勝妙住處因昔業故感色界四大及四大所造色因昔業及色界四大宮殿即成色界四大於此宮殿亦因亦緣宿世所造業但是增上緣佛言比丘如是梵先行處有因有緣得起得成本來法然由因緣起是梵先行天住處一切梵先行天次第遍滿本性法然世界應起時因欲界四大及四大所造色他化自在天宮殿及處所自然起現金銀瑠璃及玻瓈柯四寶所成光明可愛觀者無厭住未有人是諸衆生昔已造業能感可愛勝妙住處因昔業故能感欲界四大及四大所造色又因昔業及欲界四大宮殿即成欲界四大於此宮殿亦因亦緣宿世所造業但是增上緣佛言比丘如是他化自在天宮殿及有因有緣得起得成本來法然由因緣起是他化自在天處一切諸天次第遍滿諸天本性法然世界應起時因欲界四大及四大所造色化樂天宮殿及地自然起現金銀瑠璃及玻瓈柯四寶所成光明可愛觀者無厭住未有人是諸衆生昔已造業能感可愛勝妙住處因昔業故能感欲界四大及四大所造色又因昔業及欲界四大宮殿即成欲界四大於此宮

殿亦因亦緣宿世所造業但是增上緣佛言比丘如是化樂天處有因有緣得起得成本來法然由因緣起是化樂天住處一切諸天次第遍滿本性法然世界應起時因欲界四大及四大所造色兜率陀天宮殿及處所自然起現金銀瑠璃及玻瓈柯四寶所成光明可愛觀者無厭住未有人是諸衆生昔已造業能感可愛勝妙住處因昔業故能感欲界四大及四大所造色又因昔業及欲界四大宮殿即成欲界四大於此宮殿亦因亦緣宿世所造業但是增上緣佛言比丘如是兜率陀天宮殿及地有因有緣得起得成本來法然由因緣起是兜率陀天住處一切諸天次第遍滿本性法然世界應起時因欲界四大及四大所造色夜摩天宮殿及天處所自然起現金銀瑠璃及玻瓈柯四寶所成光明可愛觀者無厭住未有人是諸衆生昔已造業能感可愛勝妙住處因昔業故能感欲界四大及四大所造色又因昔業及欲界四大宮殿即成欲界四大於此宮殿亦因亦緣宿世所造業但是增上緣佛言比丘如是夜摩天處有因有緣得起得成本來法然由因緣起是夜摩住處一切諸天次第遍滿是時夜摩天憶念昔時世界如人眠覺憶夢中事如得神通憶宿世事是夜摩天憶昔世界亦復如是爾時諸天作是思惟我今應往看彼下界作是念已互相謂言我等共去看彼處所餘天答言我今同往爾時諸天各結羣侶遍滿案行咸作是言昔日此處有須彌山王是處所中是善見天城此處是難陀寶池此處是

難陀寶園此處是質多羅池及質多羅衆車園此處是惡口池及惡口園此處是雜華池及雜華園此處是波利質多羅境水厚四億八萬由旬廣十二億三千四百五十由旬周廻三十六億一萬三百五十由旬極此量住不復更長此水輪上别有地界名曰大味劫初感起日夜稍厚轉堅譬如煎乳凝冷之時厚膏覆上大味地界最初起時亦復如是是地大界數數起長乃至應至已至應滿已滿皆悉究竟厚二億四萬由旬廣十二億三千四百五十由旬周廻三十六億一萬三百五十由旬極此量住不復更長此地下際一億六萬並眞金所成上餘八萬金銀銅鐵等七界雜成是時地界柔軟隨事譬如溼泥乳糜生酥及和麵等此地柔軟隨事亦爾是地輪中央依衆生業增上縁故四方風吹搖成內海起須彌山有風運土有風聚成有風方正作須彌形有風起須彌四頂開善見城壍起善見城作難陀池造難陀園質多羅池質多羅園衆車池園惡口池園雜華池園波利質多樹及俱毗羅羅園由乾陀海由乾陀山伊沙陀海山佉羅胝海山善見海山馬耳海山毗那多海山尼民陀海山及四天下中間洲地掘成州海起鐵圍山如是樹及拘毗羅羅園此中昔是般住剡婆羅寶石此中昔時有善法堂昔時此中有內大海此中有遊乾陀山及遊乾陀海此中有伊沙陀山及伊沙陀海此中有佉羅胝山及佉羅胝海此中有善見山及善見海有馬耳山及馬耳海此中有毗那多山及毗那多海此中有尼民陀山及

尼民陀海此中有四天下有中間州地及外大海此中有灼柯婆羅山是夜摩天身形最大飛行捷疾由行疾故擊起風輪由此風輪爲那羅延風輪根本此風數數起長乃至應至巳至應滿巳滿皆悉究竟厚九億六萬由旬廣十二億三千四百五十由旬周廻三十六億一萬三百五十由旬極此量住不復更長此風堅勁物不能侵若人有那羅延力執金鋼仗擬此風輪仗還自碎風輪無損次風輪上空中雨水滴如樓大或如車軸或如車輞晝夜不息猶如河瀉無數千年是水界聚周圍有風名曰攝持日夜恒起令水不散如是水界增上未息此水數數起長乃至應至巳至應滿巳滿皆悉究竟起成世界宿業所感風力所成復有餘風旋圓而起成西瞿耶尼及東弗婆提復有餘風四方四角成北鬱單越復有餘風如半琵琶成南閻浮提若風成山次第正上山則有頂若風起時或正或傍所成山相或平或聳復有風起一邊急疾餘邊則遲所成山相一邊則凹餘邊平直若風起時相擊深入還復更出所成山勢有巖有洞若風相擊深入下底不復更出山裏則空由此風故起成諸四天下地或深或聳有處顯現高八萬由旬有處甚深四萬由旬復有別處高四萬由旬深二萬由旬復有別處高二萬由旬深一萬由旬復有別處高一萬由旬深五千由旬或復有處高五千由旬深二千五百由旬或復有處高二千五百由旬深一千二百五十由旬或復有處高一千二百五十由旬深六百二十五由旬或復高六

百二十五由旬深三百十二由旬半以此因緣一切器世界起作已成是時二種界起長謂地火雨界風界起吹火界蒸練地界風界恒起吹一切物便成堅實既堅實已一切諸寶種類皆現既顯現已天降甘雨滴如樓大漸細如輪乃至車軸或如涌泉無數千載遍滿善見城壍那陀池衆車池惡口池雜華池內大海由乾陀海伊沙陀海佉羅胝海善見海馬耳海毘那多海尼民陀海四天下中間洲地外大海以此因緣一切世界水皆遍滿於是忉利天及四天王天捨上天報於中受生復有諸天壽終福盡從上天墮於四天下受人道生是時諸人喜樂爲食依喜樂住意生化身自然光明安樂而住飛空中行是時月日未出於世星宿未有晝夜不分未辨年歲及四時八節無男女異亦無父母兄弟姊妹夫婦兒息無奴無主一向受用自在歡樂未有姓字並號衆生是時水界稍稍就減流向下處是時大海乍增乍減開川源路水所減處有地肥出大甘大味生長覆地色香觸味可愛具足如細蜂蜜無苦澀辛地肥大味亦復如是是時大味馨香充滿時有一人齅此香味起欲著心起欲心已指捻大味齅而嘗之知其甘美如細蜂蜜摶而食之餘人見其食美無厭相効摶食是時諸人食地味已身稍堅重從此以後不能如前飛行空中是時身光可愛因此失沒既失光已黑暗還生本來法然是四天下黑暗覆時日月二輪仍出於世日月出已辰宿次現星宿現已晝夜有分晝夜分已半月一月是時顯現半月一

月既顯現已四時八節及以年歲並皆具足如是多時世間起成如是多時六十小劫究竟已度是時衆生食此地味依地味住久久時節其中衆生食味多者形容醜陋少威德力少神通力其中衆生食味少者色形可愛身有威德神力自在以此因緣一切衆生色形優劣由此優劣生勝負心由此心故而作是言我今勝汝汝不及我是時惡法始行於世計勝負故地味色香從此而失是時諸人和合聚集憂惱困苦發聲啼哭咄哉惡法已出於世因色形故憍慢毀他由此惡法失我勝味不可思議色香觸等是時諸人食餘美味作是念言咄哉似我昔時所食地味追憶悲惱是語至今皆已忘失無復有人憶說之者此味失已復有別味名曰地皮色香觸味悉皆甜美如細蜂蜜是時諸人皆悉來食依此飲食長時得住是中諸人爲貪味故多食地皮形容醜陋薄威德力少神通力其中衆生食味少者形色可愛身有威德神力自在以此因緣一切衆生色形優劣因此優劣生勝負心由此心故而作是言我今勝汝汝不及我由此惡法次行於世計勝負故地皮色香從此而失

立世阿毘曇論卷第十

音釋

攢方味切南人呼相撲也 篪陳知切管樂也 噬時制切口啗也 腋夷益切肘脅之間也 臍音齊 踝戶瓦切足骨也 湴奴鑑切泥湴也 凹幺交切不平也 捻諾協切指捻也

大乘集菩薩學論

宋西天三藏銀青光祿大夫試光祿卿普明慈覺傳梵大師法護等奉　詔譯

清刻龍藏佛說法變相圖

大乘集菩薩學論卷第一 第二同卷

法稱菩薩造

宋西天三藏銀青光祿大夫試光祿卿普明慈覺傳梵大師法護等奉詔譯

集布施學品第一之一

我聞地獄大險怖　無窮猛苦鎮燒然
謂昔曾無寂靜心　故樂多聞親大法
聞已遠離諸罪惡　悔先所造盡無餘
我於善利未嘗獲　斯少分中幾滅失
菩薩妙樂勝無盡　唯佛具證平等理
希有難思法寶中　願樂剎那聽我說
三有所來成就主　龍天八部諸眷屬
咸生渴仰起慈心　歡喜諦受安隱語
如來正法及佛子　善入佛戒所生身
我今集解大仙言　徧樂投誠恭敬禮
我於往昔無少解　無教無言非善巧

亦無利樂及含生　唯自一心爲法友
然我意樂清淨法　爲令長養諸善根
如我等比觀斯文　於義未習應爲說

論曰謂欲成就士夫義者於刹那頃具足難得若不思惟是安隱處此正等行當云何有如華嚴經云善財於勝熱婆羅門而作是念得人身難脱諸難難得無難難刹那具足清淨難值佛出世難諸根具足難聽聞佛法難得遇善人難逢眞實善知識難受如理正教難得正命難

論曰此若干種正行知已若有大士如是觀察我意於他脱諸苦怖不樂已身斯何殊妙唯護尸羅盡有情界拔諸苦本希妙樂行堅菩提因發堅固意不壞信根如寶光明陀羅尼所說偈云信順諸佛及佛法亦信佛子所行道信於無上大菩提菩薩以斯初發心信爲先導功德母長養一切勝善法斷除疑網竭愛流信能顯示安忍行信無濁染令心淨棄除我慢恭敬本信如淨手攝持因七聖法財無上行信能一切歡喜捨由信喜故入佛法是信出生智功德隨佛所說皆通達信根光淨極鋒鋭如實永斷煩惱本信力堅固無能壞唯一諦信佛功德信於相應非相應刹那遠離諸染著信能超出諸魔境顯示最上解脱道信爲不壞功德種謂能增長菩提苗信爲出生勝智門應現十方諸覺者若常信重於佛寶非戒非學皆遠離若能遠離非戒學是人深讚佛功德若常信重於法寶則聞佛法無厭足若聞佛法無厭足於法信解不思議若常信重於僧寶則於淨衆無懈退若

於淨衆無懈退則於信力無能動若於信力無能動則得諸根淨明利若得諸根淨明利彼人遠離諸惡友若人遠離諸惡友爲善法友之攝受若善法友攝受已則常修習廣大善若常修習廣大善則得成辦大因力若得成辦大因力彼人信解最殊勝若得信解最殊勝即爲諸佛常護念若爲諸佛常護念則能發起菩提心若能發起菩提心於佛功德勤修習若佛功德勤修習則得生在如來家若得生在如來家於著無著俱解脱於著無著解脱已則得深心信清淨若得深心信清淨則得最上最殊勝若得最上殊勝已常行深妙波羅蜜若行深妙波羅蜜則能悟入摩訶衍若能悟入摩訶衍則知如法供養佛若知如法供養佛則得念佛心無動若得念佛心無動則常觀佛不思議若常觀佛不思議於佛無生無所住若佛無生無所住則知是法永不滅

論曰是中初發信根功德廣大無量於總聚中少略而說又諸有情異類生身等於如是法難生信解若深心清淨植福資糧是信因力得住十佛刹微塵數衆生劫受諸妙樂勝善福報於如是法當生信解如十法經所說偈云信爲最勝乘運載成正覺是故信等事智者應親近若人無信根不生諸白法譬如燋穀種亦不生芽莖又大善誘經云爾時如來勑阿難言於信法中如其了知應當奉行

論曰行是信者於刹那頃得信根堅固即菩提心堅固而能攝受一切福報如師子王所問經云爾時星賀那太子白佛言世尊云何

令諸衆生在所生處常得愛樂攝受諸法佛言欲解脱諸衆生者常生謙敬發菩提心是則名爲常得愛樂攝受諸法又如華嚴經云善男子菩提心者猶如種子能生一切諸佛法故菩提心者猶如良田能長衆生白淨法故猶如大地一切世間所依持故乃至菩提心者猶如慈父訓導守護諸菩薩故如毗沙門能斷一切貧窮苦故如摩尼珠成就一切諸義利故菩提心者猶如賢缾圓滿一切善希求故如獨股杵畢竟能摧煩惱寃故猶如正法能斷深心諸作意故猶如利劒能斷一切煩惱首故菩提心者猶如利斧能伐一切諸苦樹故猶如兵仗防禦一切極苦難故猶如鉤竿於輪迴海拔衆生故如大風輪能疾飄偃一切障礙雲霧草故菩提心者猶如藂林積集菩薩諸行願故如佛塔廟一切世間天人阿脩羅等所尊重故善男子菩提心者成就如是無量殊勝功德

論曰云何復知諸異生等發菩提心是中引聖言量非一經所明如維摩詰所說經云雖起身見如須彌山猶能發起大菩提心生佛法矣又寶篋經說此異生菩薩義云佛告文殊師利譬如迦陵頻伽鳥鷇未出卵時已能作於美妙音聲文殊師利是菩薩亦復如是雖未斷我見不出三界處無明殼已能作於諸佛妙音所謂空無相無願解脱等音又隨說諸法經云爾時勝慧菩薩於地龕中入涅槃時於大城邑而獲受生彼於空性信解作對治故又入定不定印經云佛告文殊師利云何名羊車行菩薩譬如有人欲過五佛刹

微塵數世界是人乘彼羊車隨路而去過久遠世行百踰繕那遇大風輪以是緣故却退八萬踰繕那後是人於彼世界乘是羊車乃至不可說不可說劫能越一世界不文殊師利言不也世尊佛言若大乘者發菩提心已不應受持讀誦聲聞乘教或與諸聲聞共住修習於聲聞乘或自深心爲他所教於如是乘乃至悟解得彼智慧以是緣故於無上道即便退失是菩薩於菩提心所得慧根慧眼彼悉破壞文殊師利我說是名羊車行菩薩

論曰若菩薩愛樂大乘信解空性於信解行而獲圓滿此聖言量唯信解行菩薩見如是事如寶雲經說以無數總持三摩地門神通遊戲解脱智明無邊法聚平等超越一切愚夫行報乃至後際不爲利養於俱胝劫世間所得受用資具心無貪著亦不分別如蓮華敷具足莊嚴又於無量百千俱胝那庾多劫安住大乘照了勝義福智資糧希無減失於其出離先所修習百千相應行門皆悉具足

論曰云何了義謂初發菩提心者說住此地不了義者少分標相得無疑惑此聖言量信解行法所生言義如中廣略了信解行復次如來祕密經云爾時阿闍世王白佛言世尊彼菩提心當云何發佛言大王謂深心不退王言世尊云何深心不退佛言大王謂能發起大悲王言世尊云何能發大悲佛言大王謂於諸衆生不起厭捨之心王言世尊云何於諸衆生得無厭捨佛言大王謂若不著已樂得無厭捨

論曰是中菩提心者謂勸發大悲歡喜敬愛

義故若不依如來教中相應是人無有出離此菩提心見可訶厭如是不名發菩提心者如十法經云善男子若諸菩薩體性發菩提心時得值如來及聲聞衆教化勸發阿耨多羅三藐三菩提心是名最初喜樂發菩提心相若聞説菩提及菩提心已即發阿耨多羅三藐三菩提心者是名第二喜樂發菩提心相若彼衆生無歸無救見是二種住大悲心乃至發阿耨多羅三藐三菩提心者是名第三喜樂發菩提心相若見如來衆相圓滿即生敬愛乃至是名第四發菩提心相

論曰菩提心者此有二種一者願菩提心二者住菩提心如華嚴經云善男子復有衆生於衆生界願證難得阿耨多羅三藐三菩提心復有衆生住是難得阿耨多羅三藐三菩提心

論曰一者願證作佛一者願住受生又首楞嚴經説因於某甲佛所發菩提心云何復作少善根耶如賢劫經云昔星宿王如來於施音如來所初發菩提心時爲牧牛人以耽步羅葉施彼佛故無量名稱如來於電光如來所初發菩提心時爲織氈師以上妙衣施彼佛故燄光如來於無量光如來所初發菩提心時住城邑中以草燈炬施彼佛故難勝如來於堅固步如來所初發菩提心時爲採樵者以少齒木施彼佛故功德幢如來於妙吉祥稱如來所初發菩提心時爲攻醫師以一菴摩羅果施彼佛故

論曰此初發菩提心非滿足行此訶厭事猶能解脱輪轉得無量樂如慈氏解脱經云善

男子譬如有寶名曰金剛能斷一切貧窮苦故善男子此一切智心亦復如是能斷一切輪迴苦故

論曰唯此發菩提心者得近彼果應如是知又善諫經云佛言大王汝若謂多種作中能多種作者未若我一切行中行一切行一切處中利一切處謂學布施波羅蜜多如是乃至學般若波羅蜜多大王是故汝於三藐三菩提亦復如是樂欲發生淨信意願利他行住坐卧若夢覺時若飲食時而常具足隨念作意觀察諸佛菩薩聲聞緣覺諸異生身等積集過去未來現在一切善根稱量已和合已應隨喜者而自現前隨喜乃至徧虛空界徧涅槃界亦自隨喜又復隨喜一切諸佛菩薩緣覺及聲聞衆供養事業平等回向一切衆生乃至令諸衆生得一切智智普皆圓滿諸佛善法日日三時回向阿耨多羅三藐三菩提大王汝以如是正行得名王者不捐寶位求菩提行亦獲圓滿說是報者大王汝於彼時由發菩提心故善根業報經無量數常生天上於諸天中作天帝釋或生人間爲人中王大王唯一發菩提心善根力故餘無別業應知圓滿或未圓滿以要言之佛言大王唯一發菩提心者救度一切衆生故解脫一切衆生故安隱一切衆生故究竟令諸衆生至涅槃故得生無量無數諸善根故大王復何說是多種作中能多種作耶

論曰此菩提心行相者經說過現緣起如是願菩提心說入何地菩薩得戒有云九地虛空藏經云名聞利養是諸罪本十地經云說

初地中於彼利養無有少分親近希求若諸衆生來至我所一切所須倍多給與

論曰如其所言則極喜地菩薩得善住不動相應復說生如來家決定趣向成等正覺又虛空藏經說聲聞乘而不能得如是唯除樂大乘者如最上授所問經云是慳嫉法正說名縛具表此學說極喜地遠離我想我執不起云何復執一切所須如說施頭目等

論曰如是等經入地已去正表此學若徧論菩薩彼相應修習中或復遮止不應頓作菩薩未能學故應知此二種徧諸學處又一種學於成就作用不能學故雖不修習亦無過失無盡意經云行廣大布施時捨淨尸羅不爲懈怠以先未說亦不集行如力親近故又十地經說設犯欲邪行戒惑染輕微由樂善提心故舍利子說菩薩別解脫戒成就四法謂是菩薩於修習中得眞實語舍利子若善男子善女人發阿耨多羅三藐三菩提心已志樂精進勤求善法習諸議論堅持禁戒於菩薩學具足修習由親近於他如是戒學或時違越輕毀師尊極慚愧故起大怖懼彼復受用尊重愛樂圓成如是平等戒法是菩薩於諸佛如來現前戒學發生樂欲正行應別授學彼或無有善知識者向十方現在佛菩薩前專念作觀隨力稱量已堅持是戒勿復欺誑十方一切佛菩薩衆及彼世間諸天人等正法念處經說先少思惟已後競不施墮餓鬼趣語已不施墮地獄趣況復無上菩提具足許施無餘世間諸衆生故如法集經云善男子菩薩應當尊重實諦何以故善男子

以集實諦名爲法集善男子云何名實諦若菩薩發阿耨多羅三藐三菩提心乃至棄捨身命不捨是心不捨諸衆生故是名菩薩實諦若菩薩發阿耨多羅三藐三菩提心已復於後時棄捨是心及捨諸衆生者是菩薩爲大妄語實可訶厭又海意菩薩所問淨印法門經云佛言海意譬如世間若王王臣欲餉一切城邑人民集已棄捨若飲若食不爲辦設於諸人民則爲虚誑而於飲食少不可得高聲訶責忿恚而出佛言海意是菩薩亦復知是於諸衆生未度者令度不應但修捷語利辯乃至而不勤修多聞積集諸善菩提分法彼菩薩者則爲虚誑諸天世人如先佛說是聖所訶厭於智大智無上勝智倶極難得是故當知菩薩不應但以語言虚誑一切天人世間復次海意或有人來勸請說法施作義利時彼菩薩隨言爲說乃至棄捨已身修菩薩行不復虚誑一切衆生當如是知

大乘集菩薩學論卷第一

大乘集菩薩學論卷第二

法稱菩薩造

宋西天三藏銀青光祿大夫試光祿卿普明慈覺傳梵大師法護等奉 詔譯

集布施學品第一之二

論曰故知自力所集隨其行相於一善道亦應守護如地藏十輪經云如是十善業道佛所證果若不眞實守護一善業道乃至臨命終時而自稱言我是眞實行大乘者我求阿耨多羅三藐三菩提者當知是人是極虛誑是大妄語對十方界佛世尊前誑惑世間說空斷見誘誑愚癡身壞命終墮諸惡趣

論曰乃至臨命終時能須臾說集諸善品亦應修作如藥師瑠璃光經說若見大心衆生如聞菩薩難行苦行及妙勝智乃至入解發大勇猛荷負重擔捄護衆生盡諸苦本禮拜供養說罪及隨喜福勸請諸佛住世說法乃至回向菩提爲善知識勸請說法或樂自說當知是名爲示道者如文殊師利莊嚴佛刹功德經云世尊是妙吉祥往昔生時本行因緣發菩提心亦如是法如彼所說乃至最初遠離輪迴邊際利益衆生行如是行我於尊所發菩提心現前勸請令諸世間脫貧窮報忿心恨心慳貪嫉妬我得菩提時悉不現起乃至常修梵行脫諸罪欲於佛隨學清淨尸羅愛樂尊重於大菩提不疾取證我處後際於諸衆生一相無異時十方界未聞我名無量不思議刹土悉皆嚴淨由身語意業清淨故於諸所作悉亦清淨又一切時堅持淨戒盡生死際無諸過惡又阿閦如來本願授記經云彼阿閦如來昔者爲菩薩時作如是說

若我生生世世不出家者是則虛誑一切諸佛如來舍利子如是菩薩於阿閦如來亦應隨學又舍利子諸菩薩摩訶薩生生出家或諸如來出世或不出世畢竟捨家出家亦如是學所以者何舍利子若謂菩薩捨家出家是爲最上乃至男女眷屬不生愛著如我生時無諸過失

論曰如上所說且止斯事若說施戒罪相同等及於罪相相應等事應自棄捨若別別行相亦非無罪於別行相然不攝故而菩薩於諸衆生所有未來一切苦惱令得解脫一切妙樂令其增長若身語意不勤精進方便純熟於緣合集不樂勸化或散滅處亦不尋求多分煩惱少分煩惱不起對治於大義利及少義利或非義利不生損益剎那俱捨此說是罪略說無罪謂自力能於境界事都無果報或執如是於學表相體性是罪若自力能境界相應罪處無有同說罪等於相解脫是菩薩學於平等身廣大無量劫後際說復次略說菩薩此二種罪如其成辦相應非相應可作不可作都無揀擇捨故是罪謂言畢竟超出尋伺如旃陀羅奴等謬解義故是罪彼復云何深心教誡經說如慈氏因中四種辯才即諸佛語何等爲四一者擇有義利揀非義利二者擇此正法揀彼非法三者破遣煩惱非增長煩惱四者樂見涅槃功德不樂見輪迴功德是名四種以要言之若爾云何慈氏因中說是四種辯才謂信善男子善女人生諸佛想作議論想聞善法故所以者何謂若慈氏有諸善說即諸佛語故若於此慈氏

辯才而生誹謗非諸佛語起不尊重是惡人輩即是誹謗諸佛所說辯才由毀滅善法招罪業報墮諸惡趣

論曰復次修習善巧發起愛樂此行門中集學最勝作用應當修學希大果故如寂靜決定神變經云復次文殊師利若菩薩於殑伽沙數等諸佛是諸佛所有殑伽沙數佛刹復於如是殑伽沙數劫以自在王摩尼寶滿中持用布施若諸菩薩於如是法相聞已一心思惟我當修學文殊師利比前無學所有福報未若施此樂欲學地菩薩其福甚多

論曰是菩薩雖見此功德未言如其修習等復如彼說文殊師利假使教化三千大千世界微塵等衆生一一衆生得閻浮王若以諸音聲讚歎受持讀誦如說修行大乘經者於一日夜斷割身肉指爪乃至命終一心奉行文殊師利緣是菩薩布施心無怯弱不驚不怖不畏畢竟一心發親近想無悔無疑亦無分別於此最上正法攝受相應意樂讀誦如說修行文殊師利是菩薩心勇猛故則布施勇猛持戒勇猛精進勇猛禪定勇猛智慧勇猛一切三摩地勇猛文殊師利是菩薩設使於惡人輩亦復不生瞋心厭心及餘過失文殊師利是菩薩如釋梵王等無所動

論曰今正是時當一心學希大果報月燈三昧經所說偈云若於河沙多億劫供養百億那由佛清淨信心施餚饍亦施燈鬘及旛蓋若於正法衰末世如是佛法欲滅時於一日夜學是行比前福報勝於彼

論曰是故一心勤修如佛經中所說菩薩學

義如寶雲經說善男子菩薩於菩薩學堅持淨戒如是尋伺若不於菩薩別解脫戒中我云何能得成證阿耨多羅三藐三菩提耶又何不於如來大乘諸經法中所詮菩薩行所集菩薩學我當如是廣大修習

論曰我等無知於此廣說菩薩制止容起惡覺何非此理於修習處了無過失云何修習處謂若於身所有三世受用行清淨捨護諸衆生令淨增長受是菩薩戒已若此菩薩住修習處說是罪相如菩薩別解脫經云於菩薩道攝受一切衆生令盡苦趣彼菩薩道攝受安住過俱胝劫唯一發起安隱之心及親近心菩薩發是心者應知於諸衆生一向攝受多種住處如文殊清淨律云時文殊師利語寂音天子言菩薩具足此五無間速得阿耨多羅三藐三菩提果何等爲五菩薩深固作意求無上道發心不墮聲聞緣覺之地是初無間發心自捨一切所有於慳悋心而不共住是二無間我應救度一切衆生於中不起懈退之心是三無間了一切法非空非有無生無滅於中不墮諸見是四無間於諸法智和合一相如是發心中無所住由無所住於一切智悉無所得是五無間

論曰謂身所受用福報不斷者於捨護事令淨增長如瑜伽觀想中說彼所捨義攝受過失觀想門中起離貪想觀捨功德故如月燈三昧經所說偈云如是不堅身愚者心所樂何常壽命中刹那如幻夢造諸惡業故罪報常隨逐由是無明因死多墮惡道又如無量門陀羅尼經說云何衆生得鬬諍因謂計執

財利而爲根本應當棄捨若離貪愛即得是陀羅尼又菩薩别解脱經云復次舍利子菩薩於一切法極微細分不生他想所以者何怖取著故最上授所問經云謂若布施者無諸慳悋執著者而常守護又布施者爲盡貪愛執著者增長貪愛布施者無諸徧計執著者有諸徧計布施者無有恐怖執著者彼多恐怖布施者住菩提道執著者住魔境界布施者作無盡想執著者作有盡想又布施者得諸妙樂執著者而常逼迫布施者捨離煩惱執著者增長煩惱又布施者得大富饒執著者得大貧乏布施者善人事業執著者惡人情計布施者諸佛稱讚執著者愚夫稱讚乃至布施者自所生子不起樂著非如於餘衆生起憐愍故應知自心說有三種何等爲三一者菩薩於菩提道正等相應非邪緣相應二者菩薩於菩提道起平等心非高下心三者菩薩於菩提道無種種行非有種種行是名三種自心所說

論曰謂於自所生子起非善友想既非善友故非我友若爲利益隨佛教勑學負重擔故於自所生子不生樂著非如於餘衆生起憐愍故應知發是心已如於我子發生慈愛則我於一切衆生亦復隨順發生慈愛如是深心觀察悟解我子既無異於一切衆生則一切衆生皆是我子所有衆生若自若他乃至居士在家菩薩於其財利或非攝受衆生勿應耽著非出離法又復不應愛樂隨順染欲復次在家菩薩或有行來乞丐隨何所須發勇悍心而爲給與又作是念我此財利若捨

不捨畢竟散滅云何於捨受時而得無欲謂我我所得畢竟忍於所捨物離胎藏苦心住正念歡喜愛樂不生隨轉復次如是能捨謂於所捨物及乞丐者應知有四種想何等爲四謂怯弱故不能純熟善根先所造業於大乘中心不自在見取捨故又若我及我所住安忍力自與善人不起悔惱如是修作如是踊躍如是精進圓滿一切衆生所希求故如是在家菩薩於彼乞丐者應作是想或乞丐者返增過失是菩薩應當善言慰諭又乞丐者而不知恩是菩薩亦復不起慳嫉是爲無罪此世尊爲下種諸菩薩如菩薩別解脫中說舍利子菩薩無有四法何等爲四一者菩薩無不信心二者菩薩無有慳貪三者菩薩無有兩舌嫉妬四者菩薩無懈怠心謂言我

不能成證阿耨多羅三藐三菩提果舍利子若我有是四法彼有智者於此了知便謂邪命諂求非法染法重世財利是爲第一偷食信施復次舍利子菩薩如是心勇猛故乃至頭目手足身體支分男女眷屬心所愛樂極妙樂事舍宅國邑一切所有悉能棄捨又如那羅延所問經云若於財寶發是捨心應知財利不生取著然捨未起智故若於攝受不起捨心則於非攝受亦常執著若隨乞丐者意於攝受發生智故則於眷屬亦無取著最上崇貴亦無取著受用珍寶亦無取著而菩薩若於財利不起捨心乃至極微細分應知取著復次善男子而菩薩摩訶薩應當發如是心謂我此身分於諸衆生尚能棄捨何況所有外財資具又若於衆生所如其所須悉

能施與謂有來乞丐須手以手須足以足須眼以眼乃至脂髓血肉及餘身分隨各施與云何復名外財資具謂若庫藏孳生之物金銀珍寶勝妙莊嚴象馬車乘國土宮殿城邑聚落吏民僮僕作業士夫男女眷屬若諸衆生於所有事彼彼衆生如其所有我當給與不生煩惱亦無退屈不希果報及餘諂詐復次我此施者隨順一切衆生故悲愍一切衆生故饒益一切衆生故攝受一切衆生故如我攝受衆生知如是法得菩提故以要言之善男子譬如藥樹根莖枝葉花果皮核若全若分隨其取者不生分別又復脫諸衆生病苦難時亦不分別上中下性善男子是菩薩摩訶薩亦復如是應知於四大種身生藥樹想於彼衆生可作饒益須手以手須足以足隨其取者如前藥樹不生分別

大乘集菩薩學論卷第二

音釋

鋒銳（鋒敷容切芒也銳俞芮切利也）摩訶衍（梵語也此云大乘衍以淺切）股（公戶切）防禦（防扶方切禦牛倨切防禦隄扞也）鶵（崇芻切鳥子也）縠（苦角切）龕（口含切）踰繕那（梵語也此云限量繕時戰切）阿閦（梵語也此云無動閦初六切）揀擇（揀古限切擇直格切揀擇謂分別選擇也）伺（息利切）殑伽（梵語也此云天堂來河名也殑其陵切）怯弱（怯去劫切弱而灼切怯弱畏懦也）餚饍（餚胡交切凡非穀而食曰餚饍時戰切具食也）

大乘集菩薩學論卷第三 第四同卷

法稱菩薩造

宋西天三藏銀青光祿大夫試光祿卿普明慈覺傳梵大師法護等奉　詔譯

集布施學品第一之三

如聖所說無盡意經云菩薩當觀自身於諸衆生應何所作謂四大種地水火風有種種門種種所作種種繫屬種種器具種種受用隨衆生行或全或分然我此身四大所集亦復如是有種種門種種所作種種繫屬種種器具種種受用於諸衆生作大依住如其觀察爲利衆生設身有苦不生疲厭

論曰捨受用福如金剛幢經云菩薩以種種布施十方無量貧窮困苦受施之者信菩薩行聞菩薩聲緣菩薩語悉以來集然菩薩布施先發誓願由聞菩薩心所願言一切捨施意喜無厭令乞丐者遂心滿足隨其來者發心懺謝如彼偈云我應詣彼施汝知不可得諸從遠方來得無疲勞耶如是於乞丐者頭頂禮敬懺謝慰喻澡浴身穢爲設敷具如其所須一切給與所謂或末尼車閻浮提中衆善女寶衆具圓滿或施金車侍衛僕從清淨女寶衆具圓滿吠瑠璃車最上可愛歌詠音樂如前圓滿玻胝迦車於四方面現四寶女執妙莊嚴色相無比亦復圓滿如前所說末尼車者乘諸寶綱彌覆其上駕以白象及御象者無量嚴飾其寶輪相與車相稱又於其上置諸妙寶師子之座乃至設衆寶蓋徧覆其上莊嚴寶帳周帀圍繞於四方面植妙幢旛燒種種香諸妙堅香以爲塗拭散諸妙花徧覆莊嚴又於其上百千妓女寶繩交絡彼

善御者正等和合行無錯亂乃至以諸粖香變異和合雖聞此香意樂第一令彼男女性行調適復如彼說爲諸衆生當捨已身承事諸佛之所攝受或捨轉輪王位國城宮殿一切勝莊嚴具如其乞者捨諸眷屬男女妻妾舍宅人民乃至或全或分一切捨施如是飲食滋味而菩薩具捨種種淨妙飲膳苦辢醎淡種種上味遍滋大種柔滑光澤調適身心安住色力乃至諸所至處愈諸疾病悉令安樂如是燈明粖香塗香華鬘衣服床敷几案房舍卧具病緣醫藥而菩薩隨其給與乃至種種廣大器具謂無量無數金銀銅鉢滿中珍寶供佛世尊起不思議尊重信解等心或施菩薩善知識等發希有心或施住佛教者一切聖衆聲聞緣覺補特伽羅發清淨心或施父母諸阿闍梨及餘師尊發起尊重親近承事求學等心或施歉乏困苦之者於諸衆生作無礙眼發慈愍心以要言之若菩薩樂施象乘七支安住高六十尺六牙具足面日清淨如蓮華色金繩交絡莊嚴身相種種離寶巧妙間飾其鼻舉擲金色殊妙行千踰繕那觀者無厭若施馬乘隨行四方其步平正身得安隱控御僕從飲食具足如天莊嚴施百千等或施尊重諸善知識父母師長乃至歉乏困苦一切世間可受施者心無悋惜亦無執著大悲大捨是菩薩深心清淨發生如是無量功德乃至菩薩或施牀座謂賢王座及吠瑠璃承足寶几安師子牀金繩寶網處處垂下柔輭裀褥無量嚴飾熏諸妙香大摩尼寶建妙高幢無量百千俱胝那踰多寶而

用莊嚴垂諸寶網一一網孔懸衆寶鈴香風搖擊出和悦聲或施大座仰目高視無數行列蓋諸大地一切國王大自在主坐已灌頂及於是座得無礙輪教令諸小王等隨教奉行如是乃至菩薩施大寶蓋亦以大寶而莊校之寶莖寶鈴寶繩寶網垂過耳頸又於周遍吠瑠璃寶末尼珠等結妙瓔珞又諸網中如難禰天出妙音響清淨和雅莊嚴寶炬其數百千如集寶藏又於周遍燒無價香旃檀沉水百千俱胝那由他堅妙諸香復有清淨寶蓋如閻浮檀金光聚亦以無量百千俱胝那庾多莊校嚴飾以如是無數百千俱胝那庾多蓋以心布施諸來乞者住於人前隨其給與或施眞實諸佛滅後莊嚴塔廟或施求法菩薩諸善知識及現生菩薩法師若父母

僧寶奉諸佛教乃至一切可受施者皆以如是善根回向如其最初諸有善時皆當親近發如是願說此善根於諸世間得常依住於清淨法得正自在若諸衆生以此善根地獄罪報皆得除滅畜生琰摩羅界息諸苦聚彼以如是善根回向我於善根亦復如是居房舍時願諸衆生滅諸苦聚遇拯救時願諸衆生脫諸煩惱遇依怙時願諸衆生離諸怖畏若行去時願諸衆生至一切地若對向時願諸衆生得畢竟忍見光明時願諸衆生得無暗慧覩電光時願諸衆生破無明暗得燈炬時願諸衆生畢竟淨住遇勇健時願諸衆生於不思議法深入正理遇勇將時願諸衆生而得無礙智蘊乃至言無虛飾深固意回向一境心回向歡喜心回向極喜心回向深輭

心回向大慈心回向愛樂心回向攝受心回向守護心回向安隱心回向以如是回向又我此善根願諸衆生得淨所趣成就得淨所生成就得淨福相嚴身成就得無損壞成就得廣大施成就得久遠心成就得無失念成就得通達慧解成就得無量覺悟成就得身業意業一切功德莊嚴圓滿成就又以無量善根與諸衆生供養諸佛由供養已得無損減於佛世尊懺諸罪惡親近如來應供正等正覺聞所說法聞已離諸疑惑如聞受持而得相續具足正行由供養如來故得成事業心勤修習無諸罪惡又我植此善本畢竟離諸貧窮於七聖財而得圓滿隨諸佛學得勝善根普能成就廣大信解入一切智智於諸世間作無礙眼具相嚴身清淨攝受一切功德莊嚴語故成就諸根十力繫心分別之所積集於遊止行無不圓滿又諸如來成妙樂處願諸衆生亦復皆得如六十回向儀軌中說願諸衆生獲得智食不應食者心遍了知決定不揀擇食樂不肉食乃至不生愛欲願諸衆生如雲降雨得法一味願諸衆生得諸上味於最上法樂止息充滿一切佛法極善思惟不生執相謂不壞乘最上乘最勝乘速疾乘大力乘等願諸衆生樂覩諸佛得無厭足願諸衆生見善知識得無間斷願諸衆生見無毒藥願諸衆生息除煩惱願諸衆生覩淨日輪願諸衆生破黑暗已隨樂爲說如是身相照了自性願諸衆生覩勝光明不見惱害唯見適悅賢善愛樂希望極喜詣諸佛所願諸衆生具足戒香於菩薩波羅蜜多戒而

不毀禁願諸衆生熏修布施徧捨一切願諸衆生熏修忍辱得心不動願諸衆生熏修精進被大精進鎧願諸衆生熏修靜慮依現在佛前得三摩地願諸衆生熏修菩薩回向願諸衆生熏修一切白法解脫諸不善法願諸衆生獲天資具願諸衆生起大智行獲聖資具願諸衆生以菩提心熏諸異生得妙樂具願諸衆生離諸輪迴行苦獲安隱資具願諸衆生得住淨佛國土證諸法觸謂功德住相應住廣大不動最上諸佛住願諸衆生得近佛遊上願諸衆生得無量光照諸佛法願諸衆生得無礙光能以一光照諸法界願諸衆生得安樂身獲如來身願諸衆生猶如藥王畢竟能別方論願諸衆生猶如藥樹得無損害願諸衆生如世良醫滅除疾病得一切智

至安樂處願諸衆生爲世良藥如其深心擣篩和合願諸衆生除諸病惱願諸衆生得大勢力身願諸衆生得碎諸輪圍山力願諸衆生得無限量器盡虛空界廣大念根世出世間一切所說普攝印持得無忘念願諸衆生得善淨器了悟三世諸佛分別清淨無堅執著願諸衆生所欲至向得一切處行佛地上願諸衆生於餘一切衆生得心無損害願諸衆生一刹那心緣諸法界及詣一切世界無疲無倦由無厭倦得身通輪願諸衆生得妙樂行同諸菩薩行詣道場願諸衆生於善知識及無量善根得心無捨離知恩報恩隨所守護願諸衆生與善知識同一利樂願諸衆生深心歡喜惟善攝受與善知識安樂共住隨修福行願諸衆生於善知識所有善根清

淨業報同一大願願諸衆生住大乘行永離幽暗於一切智得無窮盡願諸衆生深覆善根爲諸如來之所守護願諸衆生覆護智德解脱世間一切惑染願諸衆生具足白法不起散亂於佛法中得不壞行願諸衆生張十力蓋覆蔭一切願諸衆生得大深心畢竟覺了願諸衆生踞師子座得佛神通於諸世間如是觀察又虚空藏經云我所積集善根法智善巧無不與諸衆生而爲依住

論曰捨過未受用如無盡意經云若善心心所法念念回向善提是爲善巧若未來善根決定善提現前於諸事業所起善心皆用回向阿耨多羅三藐三菩提

論曰如是心心所法修習信解圓滿一切捨施又心所行及身方便捨諸攝受此言攝受者即是解脱三有苦本是中於無量阿僧祇劫種種所造應招世出世間無量富樂於身自然如意受用我應以財利鉤拔諸衆生置彼岸處菩薩於菩提道布施餘如寳雲經説

護持正法戒品第二之一

論曰是人於身雖捨復何名護謂若以自受用施諸衆生云何受用何等名施若無受用亦無守護是故護自身者應以受用利益衆生菩薩別解脱經云舍利子應知護他者即是護身舍利子如是行相若菩薩成就護他設遇喪命因緣我於是業悉不應作又無畏授所問經云復如大車負極重等唯諸智者於法覺了無盡意經亦作是説爲護諸衆生者設身有苦不生疲厭況捨善知識耶故華嚴經云善男子菩薩由善知識任持不墮惡

趣由善知識具足超越菩薩學處由善知識教導而得出離世間由善知識而得親近菩薩無忘失行由善知識而得攝受菩薩一切希有行故由善知識依正覺道除業惑障出生死城至清淨處善男子是故親近承事善知識者應如是作意謂心如地荷負一切無疲倦故心如金剛志願不可壞故心如輪圍山設遇諸苦無傾動故心如僕使隨諸作務不厭賤故心如傭人洗滌塵穢離憍慢故心如大車運重致遠不傾壞故心如良馬不暴惡故心如船筏往來不倦故心如孝子於諸親友承順顏色故又善男子應於自身起病苦想於善知識起醫王想隨所教令作良藥想所修正行作除病想又善男子應於自身作怖畏想於善知識作勇健想隨所教令作器仗想所修正行作破怨想復次解脫觀優婆夷言善男子菩薩於善知識隨所教令應思供養諸佛世尊菩薩於善知識言無違逆得近一切智故於善知識言無疑惑得近諸善知識不離作意得諸現在利益又如善財詣堅固幢比丘所頭面禮足右繞百千币却住一面時堅固幢比丘觀察禮敬更復諦觀亦復禮敬如是思惟遍觀察已謂言從何所來作是相者於現前功德利益求念堅固無量行願不捨是意希望見相及音聲取乃至作禮而去如其詣善知識見一切智涕淚悲泣至海雲比丘所作禮而去又菩薩別解脫經云舍利子菩薩樂善法欲世間珍寶無不棄捨以身承事無不恭敬供給走使及餘語業無不勇悍於和尚阿闍梨極生尊重乃至

所以者何爲斷繫縛求如是法爲斷生老病死憂悲苦惱求如是法發心如寶除諸衆生貧窮困苦求如是法發心如藥安樂一切衆生求如是法最上授所問經云復次長者或於菩薩所聞一四句偈受持讀誦爲他人說及積集菩薩布施持戒忍辱精進禪定智慧相應之行彼於阿闍梨法應生尊重乃至以名句文說偈讚歎若一劫中於阿闍梨親近承事常行正直一切財利受用供養長者於阿闍梨尊重尚未圓滿

論曰云何於法尊重八千頌般若波羅蜜多經云善男子汝於善知識應起尊重愛樂爾時常慘菩薩摩訶薩如是行相尊重作意次詣一城入是中已我爲供養法上菩薩摩訶薩故當自賣身隨取其直然我於長夜中爲欲因緣受生死身流轉諸趣無量無邊未嘗爲法及利衆生時常慘菩薩高聲唱言從其聽聞誰買此人誰買此人以要言之時魔波旬即從座起令諸婆羅門長者等不聞其聲欲自賣身了不可得彼一詣已皆無聞者即自悲泣唱言恠哉於其財利斯何難得如是我自賣身尚不可得時有天主名爍迦羅作梵志身乃至白常慘菩薩言善男子汝何住此悲泣憂惱常慘菩薩白言梵志我今樂善法欲爲供養法當自賣身竟無買者爾時梵志語常慘菩薩言我不須人無所施作要當人身心血骨髓乃至於此賣否時常慘菩薩自念獲大善利我今圓滿定知般若波羅蜜多方便善巧我身尚賣何得悋惜心血骨髓發踴躍心善分別心極歡喜心白梵志言是

身隨意乃至常慘菩薩若執利刃刺臂出血去臂肉已破骨而住是時有長者女處高樓閣遥見是事乃至詣彼謂常慘菩薩言汝何如是於身苦楚乃至童女聞供養已復語善男子彼有何等功德善利白言童女彼菩薩者爲我善說般若波羅蜜多方便善巧得如是學如是學者爲諸衆生作所歸趣以要言之復次童女語常慘菩薩言善男子於阿闍梨爲求如是廣大法者如是於一一法義於殑伽沙數劫當捨是身爲求如是廣大法故善男子我今具有金銀末尼珠寶吠瑠璃等乃至法於法上菩薩廣作善利時童女與五百眷屬俱詣法上菩薩所爾時法上菩薩摩訶薩即從座起詣已住舍於七歲中如是入妙三摩地常慘菩薩亦七歲中不起欲尋不起謗尋不起害尋不著滋味但念法上菩薩當於何時出三摩地如是詣法座前於此說法盡地方所散種種花諸妙珍寶時長者女與現前五百眷屬於常慘菩薩威儀進止亦如是學時虛空天響報常慘菩薩言是法上菩薩後當七日出三摩地詣彼城中隨宜說法爾時常慘菩薩聞是聲已生極喜樂及適悅意掃地嚴淨時長者女與五百眷屬於法座前以智善巧七寶間飾復次常慘菩薩於地方所嚴持掃灑周遍求水了不可得而於是處有魔波旬名曰飲漿隱蔽諸水爲令菩薩心生苦惱退失道意增不善本時常慘菩薩知魔蔽已我應刺身出血灑地所以者何是地方所多塵土界於法上菩薩身或坌污我今爲法設破已身斯何恪惜又我往昔爲

欲因緣往復無際輪迴生死不曾爲法捨自
身命作是念已即執利刀刺身出血遍灑其
地諸女眷屬亦如是學時魔波旬皆不得便
故大乘四法經云佛告諸比丘菩薩盡其形
壽乃至或遇喪命因緣畢竟不得捨善知識

大乘集菩薩學論卷第三

大乘集菩薩學論卷第四

法稱菩薩造

宋西天三藏銀青光祿大夫試光祿卿普明慈覺傳梵大師法護等奉 詔譯

護持正法戒品第二之二

論曰於是經典不捨諸善知識如護己身於是經典一刹那頃樂菩薩學於是經典集菩薩行於菩薩學應擇彼言是故伺察不墮是罪於無智處亦不愛樂見是經典常樂尊重見是經者不捨諸善知識爲說護持一切正法如海意經云然善男子不可說者謂以文字語言於無生法中而不可說若以文字語言詮總持門乃有其說此即名爲護持正法又善男子有說法師於如是等甚深經海如說修行者若人於此法師親近恭敬尊重承事密爲護持飲食衣服坐卧之具病緣醫藥種種供施護諸善品及護語言設有誹謗亦爲覆藏此即名爲護持正法乃至善男子於他無諍可勝無法可說是人與法俱無有執此即名爲護持正法又善男子於諸衆生解脫慧中不生損減不以財利之心爲他法施此即名爲護持正法又善男子或因聽法或因說法乃至行於一步一出入息間而專住者此即名爲護持正法以要言之又善男子若放色心境界之中無諸攀緣唯一境性調伏止息此即名爲護持正法又乃至善男子若謂是法於法可轉是法無所取著此即名爲護持正法

論曰彼說法師雖說親近善知識及不捨善知識相若不護持正法是不守護是不清淨是不增長即非菩薩決定於如是事護持正

法師子吼勝鬘經云佛言菩薩所有殑伽沙數無量行願皆應涉入一大願中所謂護持正法護持正法者是大境界彼經復說譬如有大力士少觸身分爲彼損害佛言勝鬘少護正法亦復如是令魔波旬得大憂惱我不見餘一善法能令惡魔生此憂惱如是唯少護持正法之者又云譬如須彌山王端正殊特於諸黑山最爲高大佛告勝鬘如是大乘捨身命財以攝取身護持正法勝餘住大乘者不捨身命財所獲一切善法故如海意經偈云護持如來正法者即爲勝尊所攝受諸天龍王緊那羅福德智慧皆能攝乃至護持如來正法者所生刹土不空過一切生中見勝尊見已即得心清淨護持如來正法者而得宿命大我法出家善利數能成所修眞實清淨行又云護持如來正法者得大總持及善利正使百劫非聽聞由具辯才悉無礙護持如來正法者乃至釋梵護世等人中復得轉輪王悉悟菩提安隱樂護持如來正法者具三十二殊妙相大智莊嚴喜樂身隨所見者無厭足護持如來正法者而不捨離菩提心波羅蜜行不棄捐普能攝受多種善

護法師品第三

論曰守護方便說有三種謂護身語得離諸難護持正法行者思惟守護不令他人之所損害離此難事如虛空藏經護持正法諸菩薩等同說偈言最上兩足尊於此滅度後咸生勇猛心不自惜身命護持佛正法棄捨於利養及離諸眷屬爲證佛智故不捨是正法若毀恨罵辱乃至加惡言護持正法故我等

皆當忍或戲調輕蔑誹謗不稱讃護持正法故一切皆當忍又總略云爲末法衆生我當持正法如世惡比丘有大增上力於諸妙經典不聽亦不讀唯自師已見執異互相非又於甚深教皆順解脫果如是正法中心不樂分別乃至以慈令衆生或不住是法爲起悲愍心得持是經故若見毀戒人貪著於利養我當憐愍心方便令棄捨若見惡心者毀謗於正法我以慈忍心正見令歡喜如力護彼人善成於語業或復不與言彼當自安住後以四攝事成熟如是人於罪惡行中教導令開悟或能捨憒鬧寂住善境界如自在鹿王少欲及知足乃至偈云若入於聚落調柔心正直諸有求法者爲說深妙法令遠住空閑樂寂靜法欲由斯善利中而常獲法樂若諸迷謬者數數現其前安住法樂中應當自觀察我爲導世師不染世間法而於毀讃中若須彌不動破戒諸比丘設來增毀謗應自忍是事慎勿加於彼又此諸法中我說無所有於斯正法行不生冤報想假我沙門相實無沙門德聞此嗢陀南於經亦毀謗或截於耳鼻及不喜樂見聞此嗢陀南正法悉誹謗未來諸比丘護持正法者爲其作留難不令聞是法或爲王所執謫罰於大衆我願承佛威普皆聞是法當來惡世時寧喪於身命護持正法故作衆生利益妙法蓮華經亦作是說應入行處及親近處常離國王及國王子大臣官長兇險戲者及旃陀羅外道梵志亦不親近增上慢人貪著小乘三藏學者破戒比丘名字羅漢及比丘尼好戲笑者諸優婆夷

皆勿親近若是人等以好心來到菩薩所爲聞佛道菩薩則以無所畏心不懷希望而爲說法寡女處女及諸不男皆勿親近以爲親厚及至販肉自活衒賣女色如是之人皆勿親近兇險相撲種種嬉戲諸婬女等盡勿親近莫獨屏處爲女說法若說法時無得戲笑論曰復說是難所謂魔事般若經云謂魔波旬於未久住菩薩乘者修習此般若波羅蜜多時起大勢力又云復次阿難陀若菩薩摩訶薩修習此般若波羅蜜多時有惡魔來於菩薩所生嬈亂意現怖畏事化雷電火燒十方界欲令菩薩驚怯毛竪於一念中退失阿耨多羅三藐三菩提心復次教人書寫乃至讀誦是人不樂棄捨利養從座而去如是狂亂作大戲笑復次書寫乃至讀誦起諸魔事謂尋求城邑聚落和尚阿闍梨父母知識營從親黨如是作意又復思念賊難衣服財物復次有說法師樂欲如是甚深般若波羅蜜多書寫乃至讀誦彼聞法者或生厭怠於法師所如是顛倒樂往他處聽餘經法又說法師樂欲大器彼聞法者希望少分或說法師唯樂略說彼聞法者更希荷負如是一切說爲魔事又虛空藏經云乃至樂行十不善業捨於善法如是一切悉爲魔事海意經云世尊復次菩薩住阿蘭若樂處閑寂以爲止足雖離俗出家少欲知足然妙樂行不求多聞亦不化度衆生於講法處不樂聽聞是中隨宜所說諸決定義應當親近不生諮問於少善行亦不希求然住空閑多樂憒鬧集煩惱行如彈指頃即從座起不自知覺不修違害

壞道觀門不行自利利他世尊是名菩薩住阿蘭若第七魔事以要言之世尊復次菩薩有惡知識親近承事與善知識體相無異乃能斷四攝事斷修福業斷護持正法唯修狹惠少欲知足教詔爲說聲聞緣覺若時菩薩離大乘行於此菩薩營務定可作者故樂稱量唯修狹惠如有處說菩薩於菩提道勇猛精進暫無懈息或八九劫當得阿耨多羅三藐三菩提然不能得是菩提果世尊是菩薩勇猛精進於此住著決定無有唯處閑靜得此果故世尊是名菩薩於善知識體相第十魔事若人於此菩薩乘爲魔鈎所制緣他法行共樂修習如其隨轉親近下劣之所修作趣下劣行所謂惛迷所向無知猶如啞羊乃至是名第十一魔事

論曰不學如是勇猛精進菩薩於一切時處修習如不習等彼寶雲經說謂諸菩薩於諸威儀進止發精進行若身若心嘗無懈倦是名菩薩畢竟精進云何於此精進得生懈倦或非時分修極重事遽生怯弱尚未成熟信解難行苦行便謂施自身肉何得非時持此受用施諸衆生由是菩薩於諸衆生而生懈倦即時捐棄積集大果菩提心種子又虛空藏經云非時固求是爲魔事謂非時於身忽起如是捨心如先不修習亦勿少施住是念者以癡自害違純熟菩提心等是故捨自身肉等事應善守護如善現藥樹受用根種於非時施應善守護此正覺藥樹亦復如是

論曰於魔事平等是難如寶雲經說佛告善男子云何離諸魔事得不壞善謂此菩薩一

切時處應先遠離諸惡知識亦不對類諂彼方所論世俗語親近利養供養恭敬如是多種一切時處悉皆遠離又若微細煩惱能障菩提道者一切時處亦能遠離善知如是所對治故彼經復說惡知識相謂毀正戒者此惡知識應當遠離如是毀正見正行正命之者悉皆遠離樂憒鬧者多懈怠者著生死者背菩提門者樂居家眷屬者應當遠離如是諸惡知識善男子雖樂遠離此惡知識然不於彼發起惡心及損害意應如是住心又世尊言處衆生界破遣合集是故我應遠離此故

論曰失菩提心是難故寶積經云復次迦葉菩薩成就四法失菩提心何等爲四一者謂於阿闍梨及餘師長而不尊重返生欺誑二者無疑悔處令他疑悔三者住大乘者而不稱讚毀生罵辱四者與人從事心行諂詐而無正直復次迦葉菩薩成就四法諸所生處得不捨離菩提之心乃至坐菩提場相續現前何等爲四一者設遇喪命因緣不以妄語親近戲笑二者與人從事心行正直離諸諂詐三者於諸菩薩起議論想隨所四方稱讚其名四者化度衆生志不求餘一切具足令住阿耨多羅三藐三菩提佛言迦葉是名四種師子王所問經偈云若人行法施亦不爲凌滅是人速疾得諸佛集會中如星賀太子生生念法施又生生世世乃至夢寐中不捨菩提心況復今覺時彼經云若於是行處或聚落城邑亦不捨是心教化令他悟文殊莊嚴佛刹功德經云菩薩成就四法不失本願

乃至得離憍慢慳貪嫉妬或見他人安隱富樂代之悅豫

論曰如是於菩提心開發無妄失故如寶積經說一切威儀進止皆菩提心事業是心由過去菩提心故又月燈三昧經偈云若人多疑惑應受我教敕由得此深心彼疑當出離

論曰不澄厚是難遠離此者見寶雲經說菩薩發如是心以我精進怯弱下劣及懈怠故修習菩提自謂難得如是於無量多百千劫之所積集如救頭然方證菩提我今棄捨如是重檐云何菩薩發如是謂言所有三世如來正等正覺精進修行方現等覺乃至如是非不長時現成正覺我今亦應於多劫中護持攀縁爲諸衆生積集精進當得阿耨多羅三藐三菩提

論曰復說是難寶積經云於未成熟衆生而同善巧是菩薩錯謬於非法器衆生示以諸佛深廣妙法是菩薩錯謬於廣大信解衆生示下劣乗是菩薩錯謬

論曰不信解是難如護國經云謂於佛法僧寶不生信解亦不信解學杜多行亦不信解罪福等事住是過失門者由此死已設生人中受癡冥報後受地獄餓鬼畜生之苦

論曰爲離此者見寶積經說若人於其深法無所入解不生誹謗如來如是證知又云然我不能知解但於無量諸佛菩提種種信解故如來爲此衆生説正法行

論曰應知捨善營事行是難故菩薩別解脫經云於行法比丘所爲供養佛聽聞妙法親近營事

論曰彼營事行如寶積經說佛言營事比丘於諸比丘衆應護持是心若阿蘭若比丘樂空寂處坐彼營事比丘於一切時處不應役使時阿蘭若比丘設入衆學處而得役使是營事比丘應代彼作或別請比丘代彼阿蘭若比丘作故若有行乞食比丘彼營事比丘應與美膳而供給之復次迦葉若有比丘得離扼者彼營事比丘隨其所須一切給與所謂飲食衣服卧具醫藥若離扼比丘所住之處不應高聲彼營事比丘於離扼比丘所近住坐卧爲作防護隨其所樂上妙飲膳而供給之又云若有多聞比丘應當勇悍乃至守護若有說法比丘應當爲法乃至就座聽法住法會處或論議場清淨之處乃至應當三唱善哉以要言之不應於所有物起自在想設少有辦事衆許方作勿自許用乃至現前僧物四方僧物不相混聚及佛塔物更互積聚應善遮防如是顛倒若四方僧物與現前僧物互有疑濫彼營事比丘應白衆言此現前僧及四方僧利養事應同意施作如是佛塔朽壞應求施者而爲興作是佛教勑復次迦葉若佛塔物多彼營事比丘不應分與現前僧及四方僧所以者何以佛塔物下至十分之一皆是淨信何得多取諸天世人生佛塔想況復珠寶皆即寶故若取佛塔衣於如來制底寧使風雨曝爛散滅不應以寶貿易此衣如來塔衣無有人能善作價者又佛無所須故佛言迦葉若營事比丘以惡心故於持戒者爲手供給自在役使以不善業墮大地獄設得爲人作世奴僕希求財利爲他役

使毀罵打撲以要言之或於比丘更作新制恐畏謫罰非時役使是營事比丘以不善根墮大地獄名曰多釘乃至千釘釘身熾然猛焰成大火聚又總略云其舌廣長百由旬量於舌根上每百千釘熾然猛火難堪難忍佛言迦葉又營事比丘若來若去得僧利養慳惜拘藏或應時不時與或困苦與乃至不與是營事比丘以不善根故死墮餓鬼名食糞丸有大力鬼持以示之初不得近然於糞丸仰目諦視受飢渴苦經百千歲於其飲食了不可得設有少得由險惡行悉成糞穢又僧護緣起亦說是難佛告僧護比丘言如汝所見實非是壁是地獄人迦葉佛時是出家人以非理洟唾污僧坊壁由斯業報受肉壁苦猛火燒然至今不息又汝所見實非是柱是地獄人如前非理以洟唾污僧坊柱受肉柱苦至今不息又汝所見實非樹葉華果是地獄人如前非理於僧坊樹葉華果獨先受用或與白衣受肉樹等苦至今不息又汝所見實非緊索是地獄人如前非理於僧坊索獨先受用或與白衣受肉索苦至今不息又汝所見實非是杓是地獄人迦葉佛時而爲沙彌以慳詐心執杓摩拭客比丘來時彼沙彌見已背立客比丘言此衆有漿飲否彼慳悋心答如是言汝何不見執杓摩拭求欲飲水尚未可得時客比丘到已默然空無所得慚赧而去由斯業報受肉杓苦如前不息又汝所見實非杵臼是地獄人迦葉佛時比丘聚物主事緣處有一沙彌持印記者即阿羅漢有比丘來語沙彌言當須杵臼彼言上座且

住須臾我有少務後當與擣彼發憤恚語沙彌言我若得是杵曰擲汝臼中如是春擣何況杵臼是時沙彌知彼磣毒惡言罵辱我若報言轉增憤恚默然而住乃於後時瞋罵少息詣彼說悔大德上座如是煩惱彼言汝知此迦葉佛法律中出家沙彌我爲上座比丘沙彌說言若如是者我等出家云何斷除一切煩惱解脫一切結使出是惡言應善對說悔罪之法是名隨所至向使業消薄時上座比丘不爲對說瞋猶不悔以斯業報作肉杵臼受苦不息又汝所見實非是鐺有比丘來鐺不用否沙彌答言且坐須臾承事病比丘故爲彼煎藥是比丘不樂此說以惡心故壞鐺而去受肉鐺苦至今不息又汝所見中間若斷唯少連持者是地獄人由昔主持比丘利養以慳惜故回換衆物冬時雨時交互而與由斯業報受苦不息

空品第四之一

論曰復次經說大義如虛空藏經云佛告彌勒菩薩言灌頂剎帝利王有五根本罪若犯此者焚滅一切宿種善根趣向惡道墮他勝處遠離一切天人等樂何等爲五善男子謂灌頂剎帝利王故取佛塔物四方僧物自作教他是名第一根本罪若謗聲聞乘法緣覺乘法謗大乘法隱蔽留難是名第二根本罪若依我法而出家者剃除鬚髮被袈裟服於學無學持戒毀戒脱其袈裟逼令還俗或加捶打獄囚繫閉或斷命根是名第三根本罪殺害父母殺阿羅漢破和合僧以惡心故出佛身血隨作一事是五無間業是名第四根

本罪若謗無因果不畏他世自行十不善業道或轉教多人身自堅住教他堅住十不善業道是名第五根本罪乃至總略若樂破壞國邑聚落舍宅人民是名根本等罪以要言之復次善男子善女人初行住大乘者有八根本罪此初行住大乘者於根本罪而有錯謬焚滅一切宿種善根趣向惡道墮他勝處遠離天人大乘等樂久處輪迴離善知識何等爲八此諸衆生因昔惡行而生險難五濁惡世以少善根近善知識得聞甚深大乘經典其人淺智即發阿耨多羅三藐三菩提心而初行菩薩聞說甚深法空經典如其所聞受持讀誦爲前淺智如實開示巧妙文義廣大境界彼愚夫異生聞如是說心生怖畏心怖畏故即便退失阿耨多羅三藐三菩提心發聲聞乘心是名初行菩薩第一根本罪善男子以犯罪故焚滅一切宿種善根趣向惡道墮他勝處遠離天人大乘等樂毀菩提心是故菩薩於他有情補特伽羅深心志願應先知已如心所行隨其漸次而爲說法譬如漸入大海以要言之復次初行菩薩發如是言汝不能修習六波羅蜜行亦復不能阿耨多羅三藐三菩提汝應速發聲聞辟支佛心汝可速得出離生死乃至如前所說是名初行菩薩第二根本罪

大乘集菩薩學論卷第四

音釋

辢盧達切辛也　裀褥裀於巾切褥儒欲切　軏居洧切法則也　傭餘封切　慘七感切　刺七迹切直傷也　憒閙憒古對切閙女教切　坌蒲悶切塵埲也　嬈而沼切亂也　拒於華切　曝蒲木切露也　釘釘上當經切下丁定切以釘釘物也　赧奴板切面慚而赤也　憤房吻切懣也　搗都皓切與擣同　摏書容切與舂同　磣初甚切　鐺初耕切釜屬　捶打捶之累切打都頂切捶打杖擊也

大乘集菩薩學論卷第五 第六同卷

法稱菩薩造

宋西天三藏銀青光祿大夫試光祿卿普明慈覺傳梵大師賜紫臣法護等奉　詔譯

空品第四之二

復次初行菩薩作如是言汝何堅持守護波羅提木叉及律儀戒應速發阿耨多羅三藐三菩提心讀誦大乘經典若身語意所集煩惱不善業報悉得清淨乃至如前所說是名初行菩薩第三根本罪復次初行菩薩作如是言善男子如能遠離聽受讀誦聲聞乘法亦不爲他人說此聲聞乘法不能得大果報不能永斷煩惱應信大乘經典聽受讀誦爲他人說此大乘經法能令懺除一切惡道罪報速得阿耨多羅三藐三菩提故如彼所言取是見者二俱得罪是名初行菩薩第四根本罪復次初行菩薩作二種語如其所見大乘經典爲利養故廣大稱讚受持讀誦聽其義理爲他人說便作是言我是修大乘者見他得利而懷嫉妬又他所得或全或分便生譏謗輕毀陵蔑以嫉妬故自高其身便謂我得過人之法於大乘中有斯妙樂是人由財利故得大重罪趣向惡道墮他勝處譬若有人欲入大海修治船舫將至寶渚自壞其船喪失身命此初行菩薩摩訶薩亦復如是欲入大乘海中以嫉妬故而作妄語因緣毀壞信船斷智慧命此初行愚童諸小菩薩以嫉妬故得大重罪是名第五根本罪復次善男子未來世中當有在家出家初行菩薩於甚深空義所屬經典三昧總持諸忍諸地大莊嚴事善人沙門及菩薩行於此大乘經典受

持讀誦廣為人說然於是法我自所證由悲愍故我為汝說應當修習汝亦得證是甚深法如我知見彼不實言但能讀誦此甚深法及為他說於此深法而實未證求利養故妄說我得三世諸佛所證之法菩薩聖人無有過上得大重罪即是欺誑諸天世人於聲聞乘尚未能得何況入解大乘勝行及阿耨多羅三藐三菩提譬若有人居大曠野大果樹下飢渴所逼求索飲食此大果實色香美味皆悉具足棄已自趣毒藥樹下食毒藥果即時命終我說此人亦復如是於難得中得獲人身依善知識遇大乘法貪利養故虛衒已德卑賤他人如是行相得大重罪由重罪故決趣惡道是人一切剎帝利婆羅門吠舍首陀及諸智者之所擯棄皆勿親近善男子是名菩薩第六根本罪復次善男子未來世中剎帝利王有旃陀羅國師等而實愚懵自謂明智起諸憍慢具大財寶及大受用種種布施營修福業恃布施故增益我慢向剎利王分別沙門無量過失依王勢力非理治罰責其課調時諸比丘為彼所逼或取佛塔物四方僧物現前僧物而轉與之諸旃陀羅持以上王如是二種俱獲重罪善男子是名初行菩薩第七根本罪復次有剎帝利王與旃陀羅沙門共立制限非法謂法法說非法捨諸契經毗奈耶學不依時說及廣大說捨大悲眼般若波羅蜜多學處方便善巧學處及餘契經所說學處捨如是行相彼行法比丘先所修習極生嬈亂以嬈亂故損智慧命即便棄捨奢摩他毗鉢舍那勸行他事多有所

得時彼比丘無以制伏諸結煩惱又諸比丘或於彼時毀棄深心戒見行等多起過失實非沙門自謂沙門實非梵行自謂梵行說法問難如螺貝音令王大臣恭敬供養向白衣舍說是行法比丘無量過失令王大臣爲立制限取彼行法比丘所樂受用資生之具如是二種俱獲重罪所以者何禪定比丘是良福田營福業者之所依止是求三昧總持諸忍諸地之器執持應器作世光明開示正道於業煩惱地令諸衆生住涅槃道善男子是名初行菩薩第八根本罪

論曰如彼復引餘契經云若諸菩薩聞虛空藏菩薩名已無有疑惑欲覩見者畏墮惡道懺彼重罪於虛空藏菩薩稱念其名恭敬禮拜善男子如其福力住其人前或見本身或現梵王身乃至或現童男童女等身令初行菩薩如從座起於所犯罪悉皆懺悔及爲演說甚深方便善巧大乘之行乃至住不退地又總略云設不現前彼初行菩薩面於東方阿嚕拏天子住立其前燒香勸請作如是言汝阿嚕拏天有大慈悲具大威德照閻浮提悲愍覆護速自勸請虛空藏菩薩起大悲愍言覺悟我而於夢中方便顯示所犯罪報授我懺悔得聖人乘智慧方便彼阿嚕拏天出現閻浮提時與虛空藏菩薩俱來以本色相即於夢中住其人前懺彼重罪於如是相謂大智方便知見方便善巧智方便彼初行菩薩獲三摩地名不失菩提心依此大乘得堅固住

論曰或有是經先說眞言勸請儀軌等事作

如是說空寂深林遼夐之處燒沉水香多伽羅香堅黑諸香遍十方界五輪禮敬合掌誦此眞言曰

怛鞔(切身)他(引)蘇沒哩(二合)舍蘇沒哩(二合)舍歌(引)嚕尼葛左囉左囉尾左囉散左囉歌(引)嚕尼葛牟嚕嚕牟囉尾誐馱(引)哩摩(引)左弭勃嚕(二合)惹摩多歌(引)嚕尼葛進多(引)摩尼布(引)囉葛歌(引)嚕尼葛薩哩嚩(二合引)娑(引)彌薩他(二合引)波野阿(引)倪也(切身引)馱(引)哩(引)薩普(二合)顒(五工切下同)薩普(二合)顒嚕底尾微葛顒(上同)涅哩(二合)瑟致(二合)尾微葛顒布(引)囉野歌(引)嚕尼葛布(引)囉囉演覩摩摩(引)舍(引)薩哩嚩(二合)鉢探左阿輸(引)葛誐底薩囉嚩(二合引)賀(引)

說前儀軌一切病苦一切怖畏一切惱害悉皆殄滅諸希求事亦悉成就

論曰若刹帝利若菩薩等云何罪咎及勝方便或持戒者云何說罪云何過失謂於持戒者無過失者多起打扑名執自見由是展轉生怖滅諸罪咎若於此大性罪拔去苦本畢竟不造於菩提心戒是所堪任如實觀察相續思惟故方便善巧經說是根本罪云善男子菩薩於別解脫戒學式叉摩那百千劫中唯食根果解脫一切衆生忍受惡言若於聲聞辟支佛行相應作意是名菩薩根本重罪善男子得是根本罪者譬如聲聞於有餘依涅槃而不堪任善男子此所說罪於聲聞緣覺作意無有出離亦復如是於佛地涅槃而不堪任

論曰此諸重罪由執我故持爲妙樂是義云何攝論釋云破壞三寶物或如芥子量謗正

法二罪是牟尼所說設破戒比丘由被袈裟服或不聽出家捶考繫牢獄造作五無間又或執邪見及破壞聚落此名根本罪是勝尊所說但樂談空性實自無知覺設住佛智中不修正覺道捨斯别解脱希入大乘果又今諸學人不斷於貪執樂向他人前稱揚自已德由光於他人廣獲其利養或復邪妄說我得甚深忍或責罰沙門故取三寶物由如是取已復捨奢摩他或行法比丘與所愛受用是名根本罪因墮大地獄又虛空藏菩薩住立佛前宣悔夢中捨菩提心偈云有諸來乞者慳貪而不施磣然生忿怒打撲諸衆生清淨一心者亦不爲恭敬隨他染欲心誹謗於正法地藏經云佛告大梵若依我教而出家者犯戒惡行內懷腐敗如穢蝸螺實非沙門

自謂沙門實非梵行自稱梵行常爲種種煩惱所勝敗壞傾覆如是比丘雖破禁戒行諸惡行尚爲一切天龍人等開示福德行故此善知識然非法器而剃除鬚髮被袈裟衣於無量衆生種種善根爲開導因近生善趣顯示正道是故若依我教而出家者持戒毀戒我尚不聽轉輪聖王依俗正法鞭撻其身牢獄繫閉節節支解斷其命根況餘非法如是比丘然依我法毗柰耶中說名死屍復說彼人如牛有黃如麝有香又云若依我教而出家者是器非器不應惱害即是毀犯三世諸佛得大過咎焚滅善根墮無間獄彼經又云被袈裟衣解脫幢相是諸如來之所建立爾時復有無量百千聲聞及菩薩衆聞佛所說皆懺往昔造業障罪或言世尊我於往昔如

來聖言量中及佛弟子是器非器多行忿恨
訶駡毀辱種種誹謗造業障罪墮三惡道受
種種苦難堪難忍以要言之世尊我於如是
業障今悉懺悔或言世尊我念往昔於聲聞
教及佛弟子是器非器恐畏惡駡加諸杖捶
復有說言於佛弟子侵奪衣鉢斷其受用復
有說言於出家者逼令還俗非理役使復有
說言於佛弟子是器非器有罪無罪枷鎖牢
獄是業障罪於多劫中墮諸惡趣受種種苦
難堪難忍乃至白言世尊是業障罪今悉懺
悔更不敢造唯願世尊攝受憐愍濟拔我等
廣大罪報障礙出家經亦作是說若人成就
四大舍法在所生處獲如是難謂生盲愚瘂
或旃陀羅樂多毀謗無諸妙樂常爲奴僕或
作女人扇茶半擇迦等駝驢猪狗及毒蛇報
何等爲四此大舍者爲過去諸佛作增上力
令諸衆生發出離心出家心聖道心爲作障
礙是名第一復次樂貪財賄及貪子息不信
業報謂言於衆富樂自在男女妻妾有出家
者爲作留難是名第二餘二種者誹謗正法
及害沙門婆羅門等
論曰十不善業道是難有極苦報見正法念
處經說彼中殺生罪報今當略說云地獄中
復次有鳥名火頂行火中不燒見地獄人極
生歡喜先破其頭次飲其血復次有鳥名髑
髏行背火焰然食腦脂髓復次有鳥名曰食
舌食罪人舌食已復生過前柔軟如蓮華葉
如是義者隨想所生復有諸鳥或名拔齒名
執咽喉名曰食毛名曰食肺名食生藏名食
背骨名食隱密諸骨節間破已飲髓次復有

鳥名曰針孔觜利如針唯飲其血復有諸鳥名骨中住名曰拔爪名食筋脉名曰拔髮唯食髮根如是阿鼻大地獄中三千由旬名惡夜叉飛鳥住處於百千歲食已復生受大苦惱彼經復說一切苦網周遍圍繞復有地獄名墮險岸疾趣彼處希望歸救周帀行時十一火聚獨無伴侶唯有冤報業繩所縛遍常隨逐謂令趣入諸大地獄復次趣入墮險岸處彼下足時熾然銷爛舉足復生過前柔輭故受極痛苦如是惶怖頭目手足一切肢分悉皆銷爛而說是處世所希有名墮險岸復說墮處業風所飄高三千踰繕那量後墮地已鵰鷲鵄梟競分食之乃至業風舉已還墮經百千歲受如是苦彼經復說次有墮處名曰旋輪有千輻輪世所希有熾然猛利正使金剛不能沮壞是輪於身速疾旋轉乃至緣諸身分悉皆燒然舉足行處爲釘所刺如是趣入蠰酤吒山有蠰酤吒蟲食彼罪人食已復生過前柔輭以柔輭故受極痛苦生已復食食已復生於是身肉過前希有由彼快意造殺生者得如是果

論曰不與取報我今當說如是惡作業行於地獄中有大資具如旋火輪乾闥婆城鹿愛相似由癡惡業見有珠寶衣服財物種類若干以癡業故於熾焰中奔捉彼物自業所造琰魔羅卒執利劍詣鐵網中劈割燒然一切肢分唯有骨在由無始來不捨財利受斯苦報

論曰造欲邪行我今當說造斯罪者於前苦處暫得脫已惡業旋增過大火聚復墮他處

名惡邪見由業所造見有女人如先所覩彼既見已無始時來貪火發生即便奔趣彼女人者自業所造皆鐵所成爲彼執已齧其唇吻食其身分乃至無有如芥子許食已復生生已復食彼人如是貪火所燒受極痛苦難堪難忍如是欲火所燒於彼女人不念苦惱彼女人者皆鐵所成堅若金剛身火洞然執彼罪人如摧沙繭一切身分熾然散滅散已復生過於前說略彼偈云女爲罪根本能壞諸財利若人樂女色云何獲妙樂乃至此世及他世女失第一失遠離女色者身獲安隱樂

論曰妄語業今當說有大力琰魔羅卒執彼罪人以刀劈口鉗出其舌此妄語報惡業力故舌廣五百踰繕那量舌相出時琰魔羅卒即共敷置熱鐵地上自業所造百千鐵犁犁頭焰然世所希有極大力牛周遍往來而耕其舌涎血流溢耕已復入以要言之復出其舌過前柔輭如天舌相吐聲號哭受大苦惱經無量百千歲難堪難忍彼地獄人舌暫入口極生惶怖是惡相狀處處馳走墮猛火聚而或焦爛於是舌惱希望歸救復有琰魔羅卒手執刀棒世所希有魔斫罪人從頭至足如微塵許

論曰兩舌報如妄語說舌出三百踰繕那彼琰魔羅卒持熾焰刀斷取其舌狐狼野干隨處食之受極痛苦吐聲號哭斷已復生過於前說

論曰惡口報今當說琰魔羅卒執彼罪人以刀劈口斷取其舌由彼飢渴求索飲食令自

食舌及飲自血惡業力故斷已復生宛轉于地吐聲號哭目精旋動受極痛苦琰魔羅卒訶責教誡由自所作誰復代汝說伽他曰舌放類堅弓利言毒火箭若人惡口說來斯見大報

論曰綺語報今當說琰魔羅卒以刀劈口灌赤洋銅湧沸熾然先燒其舌次燒咽喉次燒其心次燒其腸熟藏燒熟藏已從下而出琰魔羅卒說伽陀曰前後非聯屬無義不相應汝非聯屬說彼果來此受常不誦佛經不樂真實語彼既非是舌何異於肉臠

論曰慳貪報今當說彼地獄人自業所造望見他邑滿中珍寶他人守護彼地獄人由無始來癡惡業故謂言已有貪不善業樂行多作於地獄果起顛倒見如是見已爲多貪取手執利刀世所希有疾趣彼物餘地獄人亦執利刀迭相戰掠乃至食噉身肉俱盡無有如芥子許唯有骨在吐聲號哭略彼偈云見他人富足思惟悕我得是貪生毒果而今來此處

論曰瞋恚果今當說以瞋業故師子蛇虎住其人前生大怖畏處處馳走不善業故何能得脫爲彼執已先食其頭乃至兩腋蛇吐牙毒競螫噉之虎食其背火燒兩足琰魔羅卒遠刺射之如是廣大

論曰邪見有無量果少略而說謂地獄中雨鋒利劍及金剛雹雨諸石等斬截破壞復有十一火聚謂飢渴火從口中出周帀焚燒

論曰此諸欲本是難應如是悔又如經說有大地獄名曰火甕何業衆生墮於彼處謂若

實非沙門自稱沙門或聞女人歌舞莊嚴具聲深作意略無省解由聞歌舞戲笑故漏失不淨以要言之墮彼地獄雨熱鐵丸一切肢分碎爲微塵復雨火湯如是燒煑復次憶念往昔欲邪行者說有地獄名鉢訥摩謂由憶念夢中欲事墮是地獄火鑊煎煑琰魔羅卒持大鐵叉而撞刺之如彼廣說復次然修梵行回向願生天女衆中說墮地獄名大鉢訥摩是處有岸名曰鹹河汎湧燒然如鎔金汁令身銷爛髮毛如草肉滓爲泥聚骨如石腸爲魚等於此地獄經無量時復次邪欲謂二男子毀壞正行有無量相如彼經說如是毀正行者於彼鹹河見妙童稚出沒其中由昔惡業生極愛樂入彼河已即爲憂苦之所纏逼復次邪欲說極惡報謂於傍生起大性罪

彼地獄中有牛鹿等熱鐵所成極不善相於畜生道欲心附近滿腹熾焰爲彼燒煑經百千歲乃至廣說復次邪欲强逼淨戒比丘尼等毀壞正行墮大地獄廣如彼說復次邪行非道行欲自欲熾盛侵暴他屬或由近住或稱師教毀壞正行墮大地獄無量極苦過於說七種合集經說如是婆羅門於一類同梵行者云我知彼與是里舍二根和合或彼里舍觀矚境界去來住立而起愛著此說婆羅門梵行合集非離和合法然修梵行而不清淨如是里舍或共戲笑若意樂著說此梵行而不清淨如是里舍愛樂承事有莊嚴具歌舞等聲來兩壁間而起樂著是名和合如是五欲樂中於他觀察而生愛著回向梵行願生天處是名合集非離和合法

論曰若思念如是趣欲境界是難訶欲經云佛言比丘應怖此道斷彼欲心起極怖懼如彼榛棘此二種道是極險惡彼不善人之所親近於如是道爲諸正士之所遠離汝勿如是思惟少分著欲世尊說此多苦多難及多罪垢譏毀淩蔑佛言比丘又此欲者如病癰疽中含毒穢如財利鉤爲諸罪本欲如夢寐是虛妄法是死是空是無常是過失云何愚夫於此樂著乃至如鹿縛圍如魚縛網如蛾縛焰如猴縛糞如婆羅門縛諸戒線其欲如是又總略云尋求欲者譬若群獸行長夜中赴師子口不知限量牛死虎口不知限量乃至蝦蟇赴百蛇口不知限量又長夜中窺近欲事如行賊道執縛斷首不知限量强侵他屬攻伐聚落殺害人民乃至籠繫執縛斷首不知限量受極艱苦湧血漫流如四大海其水尚少以要言之況此身者而多譏毀筋骨纏聚皮肉褁絡毛孔諸蟲衆多咂食如大癰疽穢惡充滿又此身者種種病惱謂眼病耳病乃至痔漏瘡癬彼經復說又此身者是苦是惱爲老所逼癃躄背傴無强無力髮白面皺諸根過熟行苦傾敗如是衰舊速朽之法乃至於如是身臭惡毀厭不可親附以要言之佛言比丘云何於欲有是貪愛纏綿悶絶耽著追求若我滅後正法欲沒汝等於欲慎勿親近當墮彼趣何待老死授我教誨佛言止止比丘當斷欲心謂若非時求欲未若依時求法又最上授所問經云應知遠離彼欲邪行於自妻屬而生喜足於他眷愛不樂觀視止息是意唯一苦惱忍伏此欲相應作意

若起欲尋隨觀不淨親近欲者應知於染意中得自在故常離繫縛勿起貪著於無常身作不淨想如是念住如我所作起正分別勿嗜於欲何況惡露不堪表示彼經復說菩薩於巳眷屬當起三想何等爲三謂暫同戲樂不共他世唯同飲食然於業報不共領納唯同快樂不共苦惱乃至此復三種謂破戒想破定想破慧想復有三種謂賊想冤想地獄卒想

大乘集菩薩學論卷第五

大乘集菩薩學論第六

法稱菩薩造

宋西天三藏銀青光祿大夫試光祿卿普明慈覺傳梵大師法護等奉 詔譯

空品第四之三

亦如月上童女所問經云爾時月上童女見諸人等欲來親近即時住虛空中高一多羅樹爲諸人等說伽陀曰汝當觀我身晃耀真金色非因染欲心感斯清淨質欲生於境界如火坑焰然忍欲調六根淨修諸梵行設見他婦女皆生毋妹想後獲端正身他人常喜見我諸毛孔中妙香徧城郭不從貪染心熏修斯善果貪心本不生無欲何生欲牟尼現證明如實不虛誑汝昔或我父我或爲汝毋迭爲父毋身情何生染欲我或嘗害汝他復害我來怨朋互殺讎情何生染欲端正非貪得貪非生善趣貪非出離因是故皆棄捨又此貪欲因速墮三惡道夜叉毗舍闍及阿修羅衆鳩槃荼鬼等皆由貪欲故或聾盲瘖瘂跰攣醜陋身世間諸過患皆由貪欲行或得轉輪王及帝釋天主梵王大自在廣因修梵行若象馬牛虎駝驢猪狗等性本嘗親踈而常希染欲剎利及王臣或信士長者豐饒富樂門廣因修梵行若枷鎖繫閉水火諸苦難或挑目截耳及斷於手足乃至爲奴僕此由貪欲故又曰子王所問經訶欲義偈云說是著欲者如蠅見瘡血亦如猪犬等奔臭肉不淨無知樂女人奔馳亦如是愚童不明了舌舐於穢惡如癡樂女人具足諸黑闇現住魔境界死當墮惡道又若厠中蟲著味生樂想猶如畫函餅莊嚴觀外相亦如風槖中滿盛

諸穢惡謂眵洟涎唾及便利不淨身如臭漏囊愚夫謂爲美舉身唯有骨皮肉之所覆唯生一面門譬若大癰疽亦如瘡孔中種種諸蟲滿及餘不淨器此身相亦爾腹如大疱等肉内生藏熟藏及頭骨肋脉塗汚諸血髓有八萬種蟲潛處於身内墮癡網籠中故愚夫不見又於九竅中流臭惡不淨或若見若言愚夫生取相一切穢惡處由樂不覺知涎涕以爲食斯愚夫境界或兩腋汗流穢惡實可厭樂斯訶厭事如蠅見瘡等於下劣法中嗜欲斯最下造斯惡業者死當墮惡道墮無間獄已受諸大苦報佛説諸女人臭中極臭惡是故於合集破斯下劣想又若起執著唯愚者奔競造斯惡業故當獲如是果彼經又云如是行相若求所須以自活命封著不捨乃至衣弊貧窮乞丐飲食爲諸女人之所降伏所持所魅譬若僮僕自在役使由於女人貪樂養育必不能修布施持戒及餘善品又復爲諸女人惡罵要勒繫縛由心取著悉能忍伏或詣女人里舍起貪狼傒審觀姿貌由欲因緣自在而轉佛言大王嗜欲愛者是不清淨是極臭惡於世間行尚爲過失乃至偈云於女人合集見作共隨喜聞已意樂觀彼人無出離親近諸苦欲説此實厭賤由聞是法故善説及癡説是心奔女人無異鼠逐猫或聞佛所説暫時得省解後復於是貪如喝羅羅毒又如猪見糞發生於愛樂暫得須臾間轉復生厭怖著樂諸愚夫遠離於佛教親近下劣欲死當墮惡道樂耽湎醉欲毀戒破淨命造作諸罪業死當墮惡道若於是正法了

知諸欲境不行放逸心常生淨天趣於無上菩提此不爲難得若聞是法已刹那獲正慧悟出家法門遠離諸欲事

論曰復説是難寂靜決定神變經云佛告文殊師利設若有人於閻浮提一切有情劫諸財寶悉壞命根文殊師利若善男子善女人於菩薩所斷一善心即近墮旁生趣於所取時如同彼墮斷善根故是罪過前阿僧祇數所以者何斷善根者即是斷滅佛出世故佛告文殊師利又他種類於菩薩所起慳嫉時以是因緣應知即是求三種怖何等爲三謂墮地獄怖及生盲怖邊地難怖彼經又云若得爲人語不誠實而樂誹謗惡口憤恚嬈惱於人後復於此身壞命終墮大地獄生無足身受諸苦惱宛轉五百踰繕那量爲諸小蟲咂食其肉是蛇可畏具五千頭由誹謗故彼一一頭有五百舌彼一一舌口出五百熾燄鐵犁是語業罪爲猛火聚熾然燒煑又若起不調柔逼惱菩薩者是人於畜生道尚爲難得墮大地獄經百千俱胝那庾多劫於彼死已爲大毒蛇慘惡可畏飢渴所逼造衆惡業設得飲食而無飽足於此死已設生人中亦復生盲無有智慧惡心不息惡言訶毀不敬聖賢人中死已復墮惡道經千俱胝劫生不見佛彼經又云文殊師利菩薩於菩薩所乃至發明淨心時而心或輕易乃至多劫住大地獄如被鎧甲文殊師利是菩薩業必不能墮唯除誹謗是菩薩者文殊師利譬若金剛摩尼寶無有木石能破壞者文殊師利是菩薩業亦復如是必不能墮唯除誹謗是菩薩

者信力財入印經中亦作是説佛告文殊師利若復有人於十方一切世界諸衆生等起瞋恚縛墮黒暗處文殊師利若於菩薩所遠住其前屈伸臂頃起瞋恚心是罪過前阿僧祇數文殊師利又若有人於諸閻浮提一切財物剽掠皆盡若於菩薩所輒生駡辱是罪過前阿僧祇數彼經云佛告文殊師利設若有人以殑伽沙等諸佛塔廟悉皆焚毀若於信解大乘菩薩摩訶薩起瞋恚心加諸駡辱或增誹謗是罪過前阿僧祇數所以者何從諸菩薩出生諸佛世尊故從彼諸佛有塔廟故生諸利樂及諸天等若輕毀諸菩薩者即是輕毀諸如來故若有恭敬諸菩薩者即是恭敬諸如來故欲求最上供養者應當供養諸菩薩等即是供養諸如來等

論曰此供養福報如寂靜決定神變經云若人護法及説法者即是遠離一切惡道獲天帝釋及梵世主夜摩兜率自在天等後生人中爲轉輪聖王長者居士具大財寶念慧相應安隱無畏

論曰何等菩薩於菩薩所於善作中起惡心故謂異生等又如信力財入印經云文殊師利設若有人於一切世界微塵數衆生日日以天百味飲食及天衣服於殑伽沙劫海如是布施若有善男子善女人於成就十善業道一優婆塞於一日中能施飲食於佛弟子如是布施過前福報阿僧祇數文殊師利又若於一切世界微塵數成就十善業道諸優婆塞日日以天百味飲食及天衣服於殑伽沙劫海如是布施若復有人於一比丘若一

日中能施飲食過前福報阿僧祇數入定不定印經云佛告文殊師利假使十方一切世界諸有情類皆被挑目至滿一劫復有善男子善女人於諸有情起慈愍心令眼平復還滿一劫文殊師利若復有人於信解大乘菩薩所以清淨心而往瞻覲過前福報無量阿僧祇數文殊師利假使有人能令十方一切牢獄繫閉衆生皆得脫已復受轉輪聖王妙樂或梵天樂若復有人於信解大乘菩薩所以清淨心瞻覲讃歎過前福報無量阿僧祇數又地藏經云世尊若眞善剎帝利王眞善居士眞善宰官眞善沙門眞善婆羅門等自護護他及護他世於佛弟子是器非器乃至剃除鬚髮被少分袈裟衣者皆應守護供養如是說聲聞者說辟支佛者說大乘者住大乘人戒德相應樂說辯才與彼無智戲論之者而爲諮稟聽受皆應供養乃至得幾罪滅佛言善男子譬如有人以初日分滿閻浮提諸大珍寶施佛弟子以中日分及後日分亦復如是滿百千歲如是布施是人彼所得福寧爲多不白言甚多世尊是人福聚無量無數於是福聚無有能稱量者唯除如來乃能知之佛言善男子若有眞善剎帝利王乃至如前所說彼所得福寧爲多不如是廣略過前福報無量阿僧祇數佛言於後五百歲護正法眼善護自他及護他世於我教中作弟子者是器非器剃除鬚髮被袈裟衣皆應善護勿生惱害乃至自他國土皆得豐樂滅除罪垢諸天諸仙增益守護壽命長遠自他煩惱亦皆殄滅住正覺道六波羅蜜離諸罪惡

於輪迴海不久沉溺常離惡友近善知識共事諸佛大菩薩衆樂諸佛刹非久如得阿耨多羅三藐三菩提果爾時衆中一切天主及天眷屬乃至畢舍遮主與其眷屬皆從座起合掌恭敬而白佛言世尊若未來世乃至後五百歲眞善刹帝利王眞善居士眞善宰官眞善沙門眞善婆羅門等如是守護正法紹三寶種皆令熾盛以要言之所有我諸眷屬眞善刹帝利王眞善居士宰官等於十種事守護增長何等爲十一者增益壽命二者廣持正法三者常無病惱四者眷屬廣多五者倉庫盈溢六者壽命無乏七者富貴自在八者名稱普聞九者得爲善友十者智慧具足是名十種廣如彼說

論曰應知此廣大報如是入聖地者故觀音經云發正覺心者善利一切衆生故若唯右繞佛塔我猶說此功德廣大汝諸佛子若人不愛諸天遠離善人是地獄境界廣如前說

論曰未能於餘開示且止此分別淨諸業障經云凡說障礙皆名爲難佛告文殊師利言云何說名障礙謂貪爲障瞋爲障癡爲障布施爲障持戒忍辱精進禪定智慧皆爲障礙所以者何愚夫異生於布施時爲慳惜者不起淨信由不淨信發損害心由損害故生悔惱罪墮大地獄彼護戒者爲破戒人加諸誹謗不爲稱讚令諸人等聞過失已不生淨信由不信故即墮惡道彼修忍者由忍倨傲是忍惛醉渾濁於心由忍惛醉爲放逸本即墮苦處發精進者便起我慢云餘比丘修行懈怠不共信施之食及飲水具由發精進起我

慢故輕賤於他如彼愚夫安禪定者由於靜慮三摩鉢底發生愛樂彼便如是我得三摩地行餘諸比丘心行散亂由何得佛廣如彼說又隨轉諸法經云教詔菩薩除業障罪遠得菩提教詔威儀遠得菩提教詔威儀道行遠得菩提然彼菩薩於菩薩所生下劣想已身發高大想謂我少除業障故此菩薩於彼菩薩或說教令應住佛想菩薩於菩薩所勿起毀呰之心彼不捨菩提教佛言天子菩薩如是不斷少分善根如菩薩不二門中設不發菩提心者下至聰利菩薩尚不起於陵蔑何況發菩提心者如首楞嚴三昧經云佛語堅意菩薩言云何未發菩提心者而與授記若人得生五趣輪迴或天人旁生地獄琰魔羅界是人諸根猛利廣大信解如來於彼了知是人乃至若干百千俱胝那庾多劫當發阿耨多羅三藐三菩提心乃至如是百千阿僧祇劫得菩提果以要言之佛言堅意說此菩薩名未發菩提心者而與授記爾時尊者大迦葉波前白佛言世尊從是已後當於一切衆生起世尊想所以者何我等無有如是智慧何等衆生此有成熟菩提根者何等是無世尊我等不知如是行相若於衆生起下劣想則爲自傷佛言善哉大迦葉波快說此語以是義故自在正觀我於所說如是法中不妄稱量出家在家男子女人若妄稱量則自傷也唯有如來應量衆生等者大迦葉波若諸聲聞及菩薩說當於一切衆生起世尊想

論曰菩薩於諸補特伽羅何有少分不作化

度不護身者見有如是幖相決定得菩提故於彼佛子不應陵蔑應當守護如妙法蓮華經云或有起石廟栴檀及沉水木櫁并餘材塼瓦泥土等若於曠野中積土成佛廟乃至童子戲聚沙爲佛塔如是諸人等皆已成佛道乃至彩畫作佛像百福莊嚴相自作若使人皆已成佛道乃至童子戲若草木及筆或以指爪甲而畫作佛像如是諸人等皆已成佛道若人於塔廟寶像及畫像以華香旛蓋敬心而供養若使人作樂擊鼓吹角貝簫笛琴箜篌琵琶鐃銅鈸如是衆妙音盡持以供養或以歡喜心歌唄頌佛德乃至一小音皆已成佛道若人散亂心乃至以一華供養於畫像漸見無數佛或有人禮拜或復但合掌乃至舉一手或復小低頭以此供養像漸見無量佛又云若人散亂心入於塔廟中一稱南無佛皆已成佛道於諸過去佛在世或滅後若有聞是法皆已成佛道又大悲經云佛告阿難譬如漁師爲得魚故於大水池中安置鉤餌令魚吞食魚吞食已所以者何然知此魚尚在池中不久當出復如是知爲彼堅鉤竿繩所中繫岸樹上時捕魚師既到其所即驗竿繩知得魚已便拽鉤繩數置岸上如其所欲而受用之佛告阿難我今亦復如是令諸衆生於佛世尊心生淨信植諸善本乃至以一信心彼諸衆生雖餘惡業之所覆障剎那墮落若佛世尊於彼衆生以菩提智執攝事繩於輪迴海拔諸衆生置涅槃岸

論曰是故皆作佛想禮敬應知此尚意中作禮若初發菩提心者以身禮敬如善財童子

於寶雲大菩薩所初發道意以身敬禮一切斯爲了義如深心教誡經云爲諸菩薩於所度生恭敬作禮而或所說何一處所禮不禮故而無相違於是禮敬展轉繫屬不如是禮者而無福報由何一禮得覩諸佛無有是處

論曰謂此是菩薩學處此非菩薩學處俱謗正法說爲是難故集諸法方廣經中說言佛告文殊師利云何於如來所說少分法中或起淨想及不淨想俱謗正法謗正法者即是毀謗輕慢諸佛法僧又說此是解脫此非解脫俱謗正法我非別說有法屬聲聞乘屬緣覺乘屬於大乘彼愚癡者於此法中種種施作說言此是聲聞此是緣覺此是菩薩由起種種想故便謗正法云此是菩薩學處此非菩薩學處謗正法者云此說法師有是辯才無是辯才亦名謗法又說此是法說此非法說俱名謗法云過去佛出世無有總持可得亦名謗法於說法師亦無總持悉名謗法於說法師是過失行亦名謗法謂說法師無此具足辯才是名謗法教示放逸是名謗法教示威儀道行亦名謗法教不正戒是名謗法缺滅辯才是名謗法於光明法而不了知亦名謗法於持明召請不悟所說是名謗法於如來教唯文字想而無入解皆名謗法

大乘集菩薩學論卷第六

音釋

舫（府妄切方舟也）衒（熒絹切自矜也）懵（武亘切不明也）𩏊（爭也切）殄（徒典切絶也）蝸螺（蝸姑花切螺落戈切蝸螺負殼蜒蚰也）麝（神夜切獸名有香）觜（即委切喙也）梟（古堯切怪鳥也）蠰（汝陽切）吒（陟稼切）劈（普擊切剖也）齧（五結切噬也）琰魔羅（梵語也此云靜息琰以冉切）

切魔有波切鈐巨鹽切與鉗同腋羊益切螫施隻切蟲行毒也滓

側氏切曯之欲切視也榛側詵切棘紀力切蝦蟇蝦胡加切

蟇莫加切疽七余切痔池爾切癬息淺切癧躄癧力員切躄必

益切跰蒲眠切足胝也變呂員切舓神紙切以舌餂也菡賞是切與

彔同橐他各切無底橐也疱匹貌切剽匹妙切剥也

大乘集菩薩學論卷第七 第八同卷

法稱菩薩造

宋西天三藏銀青光祿大夫試光祿卿普明慈覺傳梵大師法護等奉 詔譯

空品第四之四

謂此契經違餘契經俱名謗法謂此伽陀違餘伽陀亦名謗法何者是起信解何者不起皆名謗法於說法師所說意解別異而轉是名謗法作此事業離眼所觀說戲笑語是名謗法此是有行此是無行俱名謗法說此佛言三昧有是解脫說彼佛言三昧有是解脫亦名謗法佛告文殊師利乃至所有一切展轉皆名謗法若比丘比丘尼優婆塞優婆夷等於說法師如是行相如是思惟一切皆是毀謗正法彼經又云佛言善男子若如來滅後於我巳說法中隨所愛樂如其信解為衆生說於彼會中若一衆生身毛喜竪或墮淚悲泣當知是為諸佛印可彼愚癡人謂言此是菩薩此非菩薩當知是菩薩咎由如是妄說三乘法故於我所說法中何由悟解乃至若於菩薩起陵蔑者我說是人住於地獄不知限量所以者何若菩薩於說法師起誹謗者即是遠離諸佛毀謗正法及比丘僧又若輕賤諸說法師不起尊重者即是於佛如來不生尊重於說法師不欲見者即是於佛如來不生樂見於說法師不稱讚者即是於佛如來不起稱讚是則遠離佛故若於初發心菩薩起惱害意乃至佛言慈氏若於我六波羅蜜諸菩薩正覺行中彼愚癡人妄作是說深般若波羅蜜多應知是菩薩學處云何學餘波羅蜜多餘波羅蜜者彼為過失佛言慈

氏於汝意云何我爲爍迦屍王脫虎子命施自身肉爲無智不慈氏白言不也世尊佛言慈氏若修菩提行六波羅蜜行之所相應發善心者頗不成熟善根不慈氏白言不也世尊佛言阿逸多汝亦於六十劫集行布施持戒忍辱精進禪定般若波羅蜜多皆共集行又愚癡者作如是說唯一正理是菩提道所爲空性行是正理者得本然清淨等

集離難戒學品第五

論曰略說是難應當遠離如深心教誡經云如是種難聞已怖畏是初行菩薩如其受持說利益事白言世尊我今最初於如來前如是受持世尊我若從今於彼菩薩及所化人說彼過罪若實不實是則欺誑如來正徧知者世尊又我從今於彼菩薩及所化人譏毀陵蔑或在家者或出家者受五欲樂縱逸自在見已於彼不生淨信及慙赧心起不尊重不生佛想逼惱身心化知識家受下種施見已若不唯一喜美言說晝夜不以三時歸向是則欺誑如來正徧知者世尊我若從今受持禁戒或作諸王於身命財而不捨施陵蔑聲聞緣覺及所化人謂我最勝或如旃陀羅心行自高其身卑下他人或遇鬭諍而不怖走過一由旬或百由旬是則欺誑如來正徧知者世尊若我從今身持具戒或不以多聞別知頭陀功德及餘出生功德之身樂行覆藏佗善顯佗過惡是則欺誑如來正徧知者乃至爾時世尊語彌勒菩薩摩訶薩言若有善男子善女人欲淨諸業障者應如此初行菩薩如是受持又隨轉諸法經云謂若於菩

薩晝夜三時頭頂禮敬是人於所行行亦勿少分窺求錯謬設若常見著五欲樂亦勿少分窺求過失菩提行者修無量功德殊勝利益時乃取證由是漸次修道漸次成佛正使修行一嚩囉分於無量百千俱胝那庾多劫住大地獄如被鎧甲彼經又云善男子如是行相遠離罪業彼菩薩一切行中皆不二行應當信解一切修作發如是心然我於他心了知不難化諸衆生行如是行復次善男子自在徧觀如來如是說法應無有人稱量此者若人解我所說則爲見我善男子欲護身者於此行中略無疑惑如其所作不壞他善求佛法者當知於晝夜中以法思解如地藏經云爾時復有無量百千黠慧衆生從座而起合掌恭敬而白佛言大德世尊我今現前發如是願乃至久遠流轉生死未得忍間常願不處諸王宰官城邑聚落輔相將帥等住乃至不處商主師長居士主沙門斷事者一切親屬富貴尊重等位乃至未得忍間我等若處如是行相是愚惡慧則於佛世尊教無能修習論曰廣說離如是難如月燈三昧經偈云愚童不恭敬應知無有罪其母尚教言汝當後時作欲少分所須於我起尊重若因無上道懈倦於化度問訊於耆年及大德尊者頭面接足禮爲此作尊重勿視彼錯謬唯觀菩提場常樂起慈心亦勿生損害又設見錯謬慎說彼過失若樂斯善業亦獲於道果卑幼尊宿前如面清涼月常愛樂此言猛除伏我慢若飲食衣服爲此作憐愍施汝如是心一切得調伏若發菩提心或不生信重彼

應自防護怖墮於惡道見不見喜納自淨濁亂心心惟分別性堪任獲事業又如華嚴經云時慈氏菩薩觀善財童子發菩提心功德以偈讚曰若見諸衆生老病諸苦逼及憂生死怖發大悲利行由見世苦逼五趣常流轉爲求堅利智破諸趣苦輪若見貪樂者過患多榛棘爲作堅固犂淨治衆生地癡壞世間明及正道慧眼爲群盲導師示其安隱處智劒伏冤賊解脱三法忍爲世間導師令得離憂怖或如法船主令涉智海道爲三有導師達勝忍寶所智光大願輪如佛日出現光含法界空普照群生暗白法圓滿輪如佛月出現慈定清涼光平等照諸有又若勝智海出生諸法寶菩提行漸高住深心堅固發心若龍王昇法界虛空雨甘露法雲增諸白果苗又若然法燈正念堅固器慈愛無垢光淨除三毒暗又此菩提心譬如羯邏羅悲疱慈閉屍鉢羅健南位菩提分漸生今佛藏增長福德藏亦然得智藏清淨又開發慧藏如願藏出生此慈悲法性解脱衆生故世間天人中淨意難可得希有智果樹植妙深固本衆行漸增榮普覆於三有欲長諸功德請問一切法斷除一切疑求諸善知識欲壞煩惱魔淨除塵染見解脱諸衆生求斯大智者欲淨除惡趣顯示人天路開解脱智門安住功德道欲脱諸趣苦當斷諸有索施諸趣安隱近此眞佛子

論曰以意觀察遠離如是難者不以爲難如深心教誡經說離此難去佛言慈氏於彼菩薩及所化人當成就四法後五百歲正法滅

時不為損壞及彼陵蔑自然解脫何等為四一者觀察已非二者於彼菩薩及所化人不談他短三者不化知識家徃非親里四者不出惡言是名四種如前所說復有四種何等為四一者遠離寡聞衆生二者眷屬而不取著三者常樂坐卧林野四者自習奢摩他行是所相應是名四種彼經又云佛言慈氏此初行菩薩獲慧力財遠離非分名聞利養彼名利者是為過失見無益語見世俗語世俗睡眠世俗事業世俗戲論應當遠離是為過失以要言之佛言慈氏若菩薩摩訶薩應當觀察名聞利養發生貪染破壞正念於得不得勿作高下又應觀察名聞利養起愚癡暗作慳種類發生諂誑貧益已身無慚無愧離四聖種如諸佛說名聞利養應善觀察起諸

驕慢輕慢師尊是魔羅分一向放逸破壞善根如金剛雹及霹靂火又名利者化知識家多種愛樂詣非親里而復起惱迷覆知覺向所愛事倍生憂戚又名利者失四念處減劣白法壞四正斷由前後利養破壞神通遠離善人近惡知識於他眷屬常愛合集又復遠離無量禪定墮大地獄琰魔羅界畜生胎藏應觀察名聞利養如天授水佛言慈氏彼名聞利養有如是等行相菩薩應當如實觀察以觀察故無有厭怖亦無悔惱所以者何於是行相無厭怖者得無過失唯樂佛法得無間斷在家出家隨所守護若天若人住清淨心得無驚怖設墮一切惡道不為逼惱遠離呪詛解脫魔境得無傾動諸耽湎者之所敬仰住定學者之所樂見斷除諂誑而獲正直

見五欲樂是爲過失安住聖種如說修行諸梵行者之所喜見慈氏如是行相功德智者了知菩薩深心住於少欲樂少欲者即斷一切名聞利養

論曰無益語今當說遠離貪毒愚癡過失不住無益語者一心得決定解如尋戲調諸無益語愛樂修作是爲過失不修威儀及微細行若無益語言愛樂不堅牢世是說隨順愚失若聞比丘不如理言生愛樂已而常尋求即便增長如是過失是故棄捨不如理言常知法樂臨命終時自捨于身求菩提道聞法無厭設若疲極由聞法故一切時處悉皆遠離不如理言不愛樂言於最上法樂生難得想經無量劫住山林中應知於他功德利益勿求其短若謂我爲最上殊勝勿取是心是慢爲諸放逸之本此下劣比丘亦勿陵蔑漸如是教非止一生得證菩提故

論曰世俗語我今當說彼聞惛醉樂起鬪諍獲不尊重由所說言失念及不正知是爲過失由所說言多競高名極遠内思若身若心不得輕安是爲過失由所說言愚夫自心生澀麁獷思入正法遠離毗鉢舍那及奢摩他是爲過失由所說言於功德財常起愛樂獲不尊重住不堅牢狹劣智慧是爲過失由所說言滅失所知諸天不敬不生愛樂是爲過失由所說言於彼智者及眷屬等所餘身命現無義利是爲過失由所說言彼諸愚夫憂命終時我何所作得如是苦滅失所知不得悟解是爲過失由所說言如草動植疑無楷決不生實智是爲過失由所說言如伎藝者

住戲場中别說功勤自以爲得滅失所知是爲過失由所說言遠七聖財互生諂誑顛倒彼得是爲過失由彼說言覃思研幾喜務怯弱而不自知動本無體是爲過失乃至不如實說我樂最上此一句義於久遠時思惟由未了知云我樂得無量句義譬如甘蔗堅硬皮中少有其味人食皮已無復能得甘蔗滋味是故廣說者如甘蔗皮唯樂神變思擇義理者如甘蔗味常無惛醉

論曰言耽著睡眠者如彼偈云謂若樂惛睡造此多種見彼得見得疑增長大癡網若樂惛睡者智慧皆怯弱而於悟解中常時俱滅失若樂惛睡者怠墮無智慧設住深林中非人得其便若樂惛睡者即樂非法欲善心常不增何由獲法樂若樂惛睡者愚蔽善法欲壞白法功德遍入諸黒暗若樂惛睡者封著無辯才常生放逸心纏綿身懈惓若樂惛睡者我知懈怠故嫉彼勤力人毁具足精進乃至若除諸苦暗即離於罪本常親近勝勤諸佛之所歎

論曰世俗事業今當說如彼偈云師誨謂惡言執爲非教誡速毁犯尸羅樂斯過失事每思俗事業常時務忽遽不修諸禪定樂斯過失事由貪生廣大縈纏味中味下劣非止足樂斯過失事處衆大喜悅謂除諸苦惱如驢行隘道樂斯過失事乃至是心晝夜中不樂諸功德唯衣食猛利樂斯過失事不樂相應語唯順不相應問世俗所作樂斯過失事以要言之爾時慈氏菩薩摩訶薩白佛言世尊菩薩少慧者由捨最上法已滅失勝慧作下

劣事佛言慈氏如是如是如汝所說菩薩得少慧者由捨最上法已作下劣事佛言慈氏又彼菩薩於如來教既出家已無有禪定正斷正勤無有多聞不懷希望佛言慈氏此復觀察禪定正斷知如來教知有爲相三摩呬多是所相應如白衣事業營務觀察是事不應道理應知彼菩薩發起愛樂輪迴生死者所謂營務世俗造作遠離法財佛言慈氏彼營事菩薩假使修七寶塔滿三千大千世界我亦於彼不生恭敬尊重讚歎乃至滿閻浮提一切皆是營事菩薩不如於一讀誦如說修行菩薩起承事行又若一閻浮提量讀誦如說修行菩薩不如於一各居所安行菩薩作承事行所以者何此爲難事所謂慧業於諸三世爲勝爲上最極高勝無有過者佛言慈氏是故菩薩欲勤精進相應義者當修勝慧

論曰世俗戲論我今當說此戲論行常爲過失獲如是難謂不得遠離彼八種難亦復不得剎那具足殊勝乃至智者正解離諸戲論此戲論行速獲是難是故皆不共住寧使畜受妻挐罪惡過百由旬於他戲論或須臾頃不應親近亦不共住於出家功德之利欲求財賄者是則惡心起諸闘諍勿有田作勿營商賈若求財利是則戲論勿有男女妻妾朋屬僕從富饒起諸闘諍既出家已披袈裟衣信順寂靜至極寂靜復觀是寂勝寂近寂離戲論故起如是忍不得遠離戲論行者譬若毒蛇覆藏惡心後墮地獄畜生燄摩羅界是故精進起如是忍乃至得是乘者於諸業苦

淨盡無餘破寃魔力諸有智者起如是忍
論曰略說離如是難佛言慈氏是故此菩薩乘若善男子善女人後五百歲正法滅時使無留難而獲吉祥脫諸業障盡除罪欲當知勿樂合集住阿蘭若曠野林中而修行之於餘衆生而或遠離但省己非無求他咎默然信樂般若波羅蜜多行故又寶雲經亦作是說行乞食時乃至獲得是事除餘惡處謂惡狗家新乳犢家體性犯戒於彼畜生尚離損害何況男子女人童男童女起厭賤處彼一切時處皆應遠離
論曰若見如是種諸惡作者愼勿往觀得離彼罪復次說離如是等難云何得果離無果利成利他義應知遠離無果利故如月燈經說身戒義云謂容護手足使無虛動又十法經云手足動亂往來跳躑此說身業麤重
論曰如菩薩爲利於他如其照了而不分別餘業故法集經云世尊諸菩薩等所有身口意業皆爲利諸衆生起大悲增上安慰衆生令諸衆生身意快然如是深心如是思惟隨修何行而行平等令諸衆生得安隱樂以要言之謂菩薩了知觀十二處如空聚落於是等處無不樂捨又虛空藏經云譬如孔隙聲入其中菩薩亦爾若心有間隙則魔得其便是故菩薩令心常無間隙若心無間隙則諸相圓滿及空性圓滿
論曰況復諸相圓滿者即菩提行亦不捨修習觀諸空性廣如寶髻經說又如無盡意經云謂欲發起斷除惡不善法者說彼復有餘散亂心三摩地蘊是對治行說此是名三摩

地分乃至是名惡不善法

大乘集菩薩學論卷第七

大乘集菩薩學論卷第八

法稱菩薩造

宋西天三藏銀青光祿大夫試光祿卿普明慈覺傳梵大師法護等奉　詔譯

護身品第六之一

論曰此言遠離虛無果利者說何所成就耶此常成就正念則得遠離虛無果利所謂不違如來教勑守護果報尊重正念於一切身不動自性安住正念利益衆生隨應所行堅固正念見諸智者樂他所作不動正念不怖時分親屬禮制於身解脫正念於四威儀道分檢察正念於威儀道安庠平正守護不亂具力正念發語笑時慎護高舉手足容貌其量端雅敦肅正念若應聞說者乃至知彼聲品無高無下一語正念學者共行勿於餘處令他驚怖而生過失自心悚敬令他淨信守護正念心如醉象以奢摩他常縻制之是爲正念住於觀察當照其心是爲正念於衆冨饒捨離餘事如所說念一心守護是爲正念成就如是念者說爲遠離虛無果利又於此念得極尊重彼尊重事一切觀察現前輕毀是所對治如是尊崇知已則於此廣大平等何名平等故無盡意經說奢摩他者云何奢摩他無盡若心不亂謂寂近寂密護諸根性不高舉不動不搖深善謹密無生無作唯一境性獨處閑靜捨離憒閙身遠樂事心無動亂意樂空寂亦無惡求乃至護威儀道知時知量及知止足易養易滿等

論曰云何於尊重平等而不能生如實知邪謂過去牟尼所說若於三摩呬多則如實知如法集經云於等引心得如實見如實見者

菩薩於諸衆生大悲心轉我得如是三摩地門於一切法皆如實見當爲成辦一切衆生以大悲熏修增上戒定慧學圓满成證阿耨多羅三藐三菩提是故我於淨戒善住不動得無懈倦

論曰此奢摩他於自他尊貴平等超越無量罪苦得彼世出世間無量富樂我當趣求發勤修習詣火宅中希求清冷之水得極尊重諸學弟子當住如是正念行相近正念者則得遠離無果利事若遠離無果利者則彼難不生是故欲護身者當推求念本常近正念故最上授所問經說在家菩薩云彼於米果甘蔗等酒及放逸處不樂著者則無惛醉亦無耽湎不覆不動亦無忘失狂亂高舉及惡駡等由近住正念正知故彼經復說出家菩薩正念正知而不散亂又寶髻經云若正念者一切煩惱而不發生若正念者一切魔事皆不得便若正念者邪道惡道皆不能墮若正念者如守禦關鑰一切不善心心所法悉不能入此說是爲正念正知者般若波羅蜜多經說行則知行住則知住坐則知坐卧則知卧如其身處是名正知乃至得不違越彼正知行謂可觀不可觀著衣持鉢若飲若食若眠若覺及與懈倦取捨屈伸去來坐立或語默等各居所安修正知行

論曰戒定相成如月燈三昧經云謂此戒能清淨無垢速得等持由定趣入則相應戒亦復趣入是故由戒正念正知得三摩地由三摩地一心故得淨尸羅彼經說言禪定功能中得住無行亦非無行行相應故遠離境

界無境界故不起染習如是成辦密護根門論曰此由心所成辦修習戒定二種綺互增長此說菩薩學者利諸衆生謂心成辦而為根本故寶雲經說知一切法皆依於心心為先導故徧緣諸法又世間諸決定心以心所緣而不見彼則使業清淨若清淨已則心無流轉即心如燒燄或如湍流如是心相徧能觀察得住正念心不徧緣則心得自在心自在故於一切法而得自在又法集經云謂若有法法無處所亦無方分即已自心是所尊法說名為法是故我於自心謙敬建立極妙殊勝當知發起此善攝受所以者何謂若於心有是功德過咎無是功德過咎彼菩薩者此二種心唯求成辦功德而不造過咎說如是心是所尊法所尊法者即菩提故世尊我於是法開演成就如是安隱正覺又華嚴經云謂於自心建立一切菩薩行故自心建立度脫一切衆生故乃至善男子我於自心當如是住應知自心具足一切善根故應於自心淨治法雲地故應於自心堅固無障礙法故又如善財勤修精進欲見摩耶夫人覲主城神名曰寶眼饒益教誡作如是言善男子應守護心城謂樂排遣一切生死輪迴境界應莊嚴心城謂專趣求如來十力應淨治心城謂畢竟斷除慳嫉諂誑應增長心城謂增長大精進行求一切智應防護心城謂摧碎魔輪禦捍一切煩惱魔衆及惡知識應廣大心城謂以大慈普及一切世間應覆蔭心城謂以廣大法蓋對治諸不善法應密護心城謂遮諸世間內外所有無令侵入應嚴肅心

城謂欲排遣諸不善法乃至善男子以菩薩得如是淨修心城則能積集一切善根所以者何由菩薩淨修心城故則無諸障礙謂現前不住或見佛緣聽法緣等

論曰是故住此菩薩學者於心所行得不動思等心不動外境不起妄念不正知者謂於三摩呬多其心動亂或於他境而有攀緣若得正念正知則外境不轉彼自在故無一攀緣乃至求彼安住如先所說功用廣大令利益解脫衆生故得修如是淨信云何得一切處希望潤澤不遠不緩教斯福行不捨衆生所謂不捨衆生者是菩薩修作如法集經云喜見菩薩白佛言世尊菩薩以如是行衆生見者俱生喜樂何以故世尊菩薩餘無所作唯一化度衆生世尊是名菩薩法集

論曰如是復造何過失耶謂輕毀諸佛及輕世間墮地獄中如煻煨覆苗熾然燒煑慎勿輕毀如前數說造此報者如寶雲經說輕毀禁戒不生淨信一心捨離諸衆生等又如彼言云何是菩薩學處乃至爲諸菩薩不行非處無非時語知時知方若不如是即令諸衆生不起淨信何況護諸衆生及爲已身威儀道行求菩提利益具足圓滿喜樂調柔於此現前合集無多執著又法集經云若護禁戒則護諸衆生應怖彼方謂於女人里舍勿共住屏處護世間者勿容故作又若受用水陸地等大小便利洟唾不淨屏處密棄諸利益心護天人者勿容故作且正法念處經云菩薩尚不以殘食施人若故作棄殘行者墮餓鬼趣又菩薩別解脫經說所向清淨不應現

前擲小齒木亦勿現前遺彼涕唾如是於尊重者慙耻儀式一切處見皆非梵行畢竟經說修梵行者見是義已怖彼重罪又如彼說不應高語亦非儀軌如梵天所問經云應知菩薩者譬若新婦又菩薩別解脫經云遠離世間人不喜作謂乃至不滿口食亟嚼有聲不伸脚坐不露肘臂

論曰如是自當遠離人見聞已不喜守護又如是棄捨不喜作語亦不爲難念隨於解於義可見故海意經云無衰弱語無麤獷語無熾然語無不實語無貪順卑下語無下劣語無覆藏語無瞋害語無動亂語無戲劇語無對面鬭諍語又如來祕密經云復次善男子菩薩無愛著語猛惡語癡亂語染汙語缺漏記別語自分高强語他分離散語自讚功能語破他功能語不救拔語增上慢記別語十地經亦作是說謂若發言喜自眷屬破他眷屬斷如是語謂應發言潤澤柔輭意喜適悅美妙可愛悅耳快然心行樂欲分明不謬所聞通達無不依止多人愛樂多人歡喜平等稱讚利益安樂一切衆生自他眷屬意喜踴躍滅貪瞋癡一切煩惱如是行相若發語言乃至對向先發喜笑除損害故又虛空藏經云爲尊長言極研慮故爲他人言離覆藏故當樂攝受如是等語法集經云佛告虛空藏菩薩言菩薩不作此語令他起瞋不作此語令他起惱不作此語令他無智不作此語令他無益不作此語令發無明不作此語令他衆生心不歡喜悅耳快然菩薩不作如是等語又海意經云略說於他不生喜護云復有

一法攝受大乘謂自錯謬而常觀察於諸衆
生隨所守護
論曰此護身者不惱於他如是他人亦無惱
害我於此論廣大積習菩薩利益應知常持
是意謂安靜不動尊重愛樂慚耻怖懼於他
寂靜一心親近及於衆生而常自在淨信等
事若變若化持如是意彼護身者云何無有
湯藥衣服藥共二種謂常受用藥及病緣藥
常受用藥者如實雲經說是故行乞食者應
作四分一者分與同梵行人二者施諸貧苦
三者餓鬼畜生四者自食然於飲食勿起耽
嗜亦不多求乃至資善於身安住色力如其
飲食得無懈倦不令身重所以者何彼懈倦
者於此善分樂後時得或令身重而多睡眠
應知此等行乞食者現前獲得如是善分故

寶積經云若比丘入於城邑聚落乞食應以
法莊嚴而行乞食所以者何謂若見可愛不
可愛色見已不應起違順意如是可愛不可
愛聲香味觸法見已皆勿起違順意攝護諸
根使無散亂諦視一尋先所思法不捨作意
不以食覆於心而行乞食若得食處不生樂
著若不得處不起瞋害若至十家若過十家
不得食者勿生憂惱當發是心此諸長者及
婆羅門多作事緣不施我食乃至未曾攝受
於彼況施我食如是行乞食者不生憂惱又
乞食時見諸衆生若男若女童男童女乃至
畜生起慈悲心若諸衆生見我所作及施我
食皆生天趣如其所得精麤飲食受是食已
徧觀四方此城邑聚落貧窮之者我以此食
而分施之若見貧者於所乞食而為分與若

不見有是貧窮者亦發是心以我眞實徹眼境際所觀衆生我所乞食於中上味願當施與持此食已詣阿蘭若處行杜多者淨洗手足於沙門行具諸儀式威力加持結跏趺坐而飲食之乃至欲食如是作意此身中蟲有八萬戶共得此食皆得安隱我今以食攝受諸蟲我得菩提復以法化若復不足發如是心若食少者令我身輕息除便利斷諸過惡身心輕安又少惛睡乃至於所乞食若復多者於食分量應行捨法於所乞食發如是心飛鳥鹿屬希求飲食我當施彼又乞食比丘於諸味中不應生好味想乃至如旃陀羅童子應淨身心不應淨食何以故食美食已一切皆為臭惡不淨是故我今不應求美食也乃至不起是心謂此男子施食非女人施此女人施食非男子施童男童女亦復如是又云此是美食非麤糲食若入聚落應得恭敬非不恭敬應得富家若男若女童男童女種種美味非貧賤家所得飲食如是勿起一切不善作意乃至若有衆生著食味者造惡業已墮於地獄復次有知足者不著美味捨細受麤舌根喜足若節約食者彼命終時得生天上人間或餘善道若天若人食天美食迦葉波如是行乞食比丘離於味愛調伏其心設唯噉熟豆亦不憂惱何以故為求聖道趣活身命是以故食以要言之佛言迦葉波若行乞食比丘值天大雨雲霧等時不能乞食乃至思法莊嚴以慈為食住是作意若二夜三夜欲斷食者應作是想彼琰摩羅界墮餓鬼中以惡作故於百歲中欲食少唾尚不可

得我今安住甚深法中不應發起身心羸劣況復勤修聖道我今堪忍如是飢渴又總略云今在家人爲作淨食敷座而坐爲說法要乃至彼作淨食受此食已從座而去迦葉波行乞食比丘不應自衒諂諛云何諂諛若爲他說此麤惡食而復不足乃至持此多衆共食若食少者令彼飢渴若有如是行相是名諂諛諸行乞食比丘應當棄捨云何眞實謂食墮鉢中若麤若細及淨不淨皆悉應食不生憂惱唯淨內心以法調伏住聖道故得活身命乃行乞食如最上授所問經云若人親近飯乞食者能於自他利益圓滿隨所了知彼乞食菩薩言如是乃至不爲護身當如服藥入楞伽經說斷食魚肉義云如說菩薩修大慈故一切肉皆不得食乃至略彼偈云觀肉所從來膿血諸不淨修行淨行者當遠離食肉一切肉及葱亦不飲諸酒韮蒜等亦然修行常遠離於牀吉祥卧及離覆油等孔隙諸衆生於中大驚怖乃至爲利殺衆生或營財販肉是二種罪業死墮大號叫又總略云臭惡實可厭常生倒懸中及生旃陀羅或獵師屠膾生羅刹女中食肉諸種類貓貍夜叉等是人生於彼

論曰若具知如斷肉品說成彼廣大利益故說無過失若比丘於閻浮提臨欲滅時作此三摩地語常令衆生斷除於彼亦得是三摩地修大慈悲者無有過失故寶雲經說應知不肉食住塚壙間發生如是利益衆生若見餘毗奈耶中所說食三種淨肉畢竟皆斷一心捨離得淨諸見斷除我慢樂修福者漸令

教入遠離食肉又如入楞伽經云爲彼學者讀誦解說漸次繫屬依止巧妙章句彼修行者繫屬三種我爲彼說令作斷除即是斷彼性近殺故說名常受用藥病緣藥者如聲聞毗奈耶說乃至我爲利益梵行貨鬻衣鉢治療於身況復普救一切衆生由是菩薩見難得身於刹那頃獲此勝福世尊見此利益以自醫藥於修行者是爲勝見故寶雲經說若得斷三種食彼時眞實或不眞實如是行相爲住身命勿取勿食所謂酥油根莖果汁設見起對治心而不可食若復菩薩得重病時然後可食如其疾病命根欲盡勿惡作故斷彼善分無起疑惑斷除是心當如服藥最上授所問經說著受用衣云沙門者慚愧義故以衣覆身勿現技體世間天人阿修羅等作

佛塔想應知如持佛塔若不對治修離貪染使餘清淨則增長煩惱壞袈裟衣得此過咎爲不隨樂修行莊嚴法服於善作中而返惡作此袈裟衣爲求聖道知對治故如一刹那頃亦復於身受持如寶積經說此因者佛言迦葉波若復嚴飾於身而不容護壞沙門功德法者是袈裟衣雖持於身而心不生尊重復次迦葉波如是色相名相似沙門以是緣故當墮地獄迦葉波以沙門色相相似故於地獄中衣熱鐵衣以覆頭上應器敷具熱鐵所成所有一切受用資具悉皆猛燄熾然燋爛彼說色相相似沙門得受是苦又寶雲經說若菩薩以身有疾肌體怯弱不處僧坊當顯露處發如是心謂佛如來杜多功德以揀擇故對治煩惱我亦修作如處僧坊斷諸煩

惱然於僧坊不起樂著亦不請求設得如是施者隨所攝受應知亦勿爲我滿足彼經又云彼卧具儀式應疊雙足右脇而卧法服覆身正念正知起光明想不著睡眠爲樂亦復不著彼脇此脇及餘肢分爲樂乃至於四大種安住調息彼地方所一切受用皆爲利益衆生之所建立若我愛樂受用則生疲厭過咎如月燈三昧經云得彼細妙滋味飲食是食非解脱相應謂得彼食是則繫縛如象子卧非杜多行又寳積經云復次世尊說是受用信施爾時衆中離垢比丘於此法律聞已悲泣作如是言世尊我今寧取命終不復得果亦不受用一信施食佛言善哉善哉善男子斯言清淨如是行相耻具惡作怖他世罪佛言迦葉波我知信施此有二種說名解脱何等爲二若離垢比丘及餘比丘學我所行見諸行無常領納諸受是苦信解諸法無我求涅槃寂靜者設食信施量等須彌及餘所施畢竟清淨若受施主物及信施食具大光明得大福報所以者何以諸增上慳貪令作福事是爲慈心三摩鉢底復次迦葉波若比丘受施主所施衣服飲食已思入無量三摩地者令彼施主於作福事所求果報亦復無量迦葉波假使三千大千世界大海水竭是所修福亦無有盡

大乘集菩薩學論卷第八

音釋

黠（胡八切慧也）耽湎（耽都甘切樂也湎彌典切溺也）獷（古猛切麤惡也）

拏（乃都切子也）隙（綺戟切罅也）囂（許驕切喧也）鑰（以灼切關下牡也）

湍（吐官切疾瀨也）煻煨（煻徒郎切煨烏恢切）糲（盧達切）韮蒜（韮舉有切蒜蘇貫切）

屠膾（屠同都切膾古外切）塚壙（塚知隴切高墳也壙苦謗切墓穴也）

鬻（余六切賣買也）脇（虛業切腋下也）

大乘集菩薩學論卷第九同卷第十

法稱菩薩造

宋西天三藏朝散大夫試鴻臚少卿宣梵大師日稱等奉　詔譯

護身品第六之二

如是行乞食者於所施食起三種念住謂愍身中所集諸蟲成就利益一切衆生攝受正法又如來教勅諸所作事悉具正念最初以眞言聲爲作守護應先於此底哩三昧耶王所説明呪曼拏羅利益今當説

那謨薩哩嚩(二合)没馱胃(引)提薩埵(引)喃(引)盎(引)尾囉惹尾囉惹摩訶(引)嚩[口*爾]哩(一合)薩多娑(引)囉底娑(引)囉底怛囉(二合)以怛囉(二合)以尾馱末底三畔(蒲半切)惹你多囉末底悉馱(引)屹哩(二合)怛覽(二合)薩嚩(引二合)賀

誦此得入一切曼拏羅或此如來心念八千遍云何一切謂世出世間最上曼拏羅悉能得入又眞言曰

那謨悉底哩(二合)野提尾(二合)歌(引)喃(引)怛佗(引)誐多(引)喃(引)薩哩嚩(二合)怛囉(引二合)鉢囉(二合)底喝多(引)嚩(引)鉢底(二合)達哩摩(二合)多(引)末陵那(引)阿三摩三摩三滿多都(引)難(上聲)怛多(引)嚩(引)鉢底(二合)舍(引)薩你喝囉喝囉三摩(二合)囉三摩(二合)囉拏尾枿多囉(引)誐没馱達哩摩(二合)底薩囉薩囉薩摩末羅(引)喝娑喝娑怛囉(二合)野怛囉(二合)野誐誐那摩賀(引)縛囉洛叉扻入嚩羅入嚩羅那娑(引)枿哩薩嚩(引二合)賀(引)

應知此一切如來身最爲尊重無有過上此初行之者於佛衆生無量修作時諸魔等起諸弊惡應以如是最上守護謂或以擊掌若灰若白芥子若淨水等隨意見已而作結界

又若諸疾病者眞言加持藥水令服或林野中以酤蘇摩華於佛塔廟形像正法經典供養安布觀緣佛菩薩等心樂利益一切衆生是大疾病必爲藥叉等所持説爲解脱又應先念修普賢行法式次第於此儀軌乃見邊極謂此底哩三昧耶者設不澡沐盥漱及不清淨或食魚肉皆無過失然作是印契者皆不得食不違本願故亦不於他同牀敷具亦不跳躑於此信解行學無所傾動亦勿疑惑若先破戒此亦成就有智無智決定皆成復如彼説若菩提心堅固得專注意應離此疑惑畢竟成就

論曰菩提心堅固者定説利益諸異生等令心無退隨末入地者作如是説欲得持初日光入大暗處爲作照明若復希求成就如何名勘福者樂此成就遣除怠惰心故然入聖地積集無量福聚超諸惡道不爲廣大況溺先説得是過失者或無眞言而念誦不知增減文字此無過咎設若增減差忘次第皆無有失何況信菩提心棄捨自利所作籌量尙察而轉決定得覩諸佛及菩薩等獲斯成就或以此執金剛眞言作守護者眞言曰

那謨悉底哩(合二)野體尾(合二)歌(引)喃(引)怛佗(引)誐多(引)喃(引)薩哩嚩(合二)嚩惹囉(合二)達囉(引)赦(引)贊拏贊拏末羅末羅嚩捺囉(合二)嚩捺囉(合二)扇(引)多那扇(引)多那頗羅頗羅嚩囉嚩囉摩(引)囉拏摩(引)囉拏嚩惹囉(合二)捺羅寫薩普(合二)(引)吒(半音)羅祿多尸珂囉三滿多嚩惹哩(合二)抳入嚩羅入嚩羅那謨窣堵(合二)阿兀嚕(引)(二合)誐囉(合二)舍(引)薩那(引)喃(引)囉拏囉拏虎羅虎羅

頗羅薩發(二合引)吒(半音)嚩祖嚕(二合引)覩彌薩嚩(二合引)訶(引)

誦此於剎那頃諸作障者頻那夜迦悉皆馳散諸天龍等皆以飲食衣服卧具承事供養乃至加持淨水或隨意所見而作守護又一切所作誦此不動尊明王心眞言曰

那謨三滿多(引)嚩惹囉(二合引)赧(引)怛囉(二合引)吒阿謨(引)佉贊拏摩訶(引)嚕瑟(引)拏薩普(二合引)吒(引)野吽(引)怛囉(二合)吒(半音下同)賀(引)鈐(切身引)唵(引)末朗捺禰諦儒(二祖切引)摩(引)隸你薩嚩(二合引)賀

若初食時誦此眞言至一七徧次當飲食彼諸藥王佛菩薩衆隨所念中消諸毒類眞言曰

怛⿰寧也(切身)佗(引)伊隸客諦底隸蜜諦伊隸底隸蜜諦努弭努嚩(引)梨(引)曳怛哩計(二合)怛哩葛(二合)囉抳摩摩哩弭(二合)摩哩摩(二合)囉抳葛悉彌(二合引)哩葛悉彌(二合引)囉目訖底(二合)阿佉你阿佉那佉你伊隸伊梨曳阿珂(引)以(引)曳阿播(引)伊曳尾底悉尾(二合)多敦抳阿那(引)努囉叱薩嚩(二合)賀

復次若聞此明者於七年中不爲蛇螫毒不著身設爲所螫蛇則頭破七分如蘭香梢若持此明者乃至盡其形壽不爲蛇螫毒不著身此眞言句蛇前勿念所以者何蛇趣命終故眞言曰

怛⿰寧也(切身下同)佗(引)伊羅(引)唧羅(引)佐酤(引)嚩酤(引)酤(引)痆(引)酤(引)妮底你酤嚕拏(引)你酤嚕妮底布(引)拏(引)布(引)妮底補嚕拏(引)補嚕妮底普吒囉呬普吒綻(陟澗切)拏囉呬那(引)栟囉

呬那引枿吒綻拏辣呬薩哩波二合辣呬薩哩
波二合吒綻拏辣呬過砌攃槮尾始試引底試
引多嚩多槮喝羅哩喝羅哩亶妮亶妮怛痆
尼轄切怛痆多引抳多引抳末羅末羅薩普二合
吒半音薩普二合吒發吒半音發吒半音薩嚩引二合訶
引伊底呬冪叉蕪昝仁奘切引吾廉引尾⿰亶也切身引
焰羅畢多引烏捺引喝哩二合多引焰引薩哩
嚩二合普多三摩引枿弭薩哩鎪二合怛佗引阿
那担佗引普耽薩爹阿尾鉢梨引耽阿尾鉢
哩也二合薩耽二合伊捺尾沙摩尾釤婆嚩覩捺
多引嚂枿璨覩能瑟吒囉引二合嚂枿璨覩阿
佗你二合枿璨覩惹藍枿璨覩薩耽二合蓬枿璨
覩酟吒也二合枿璨覩普銘枿璨覩扇引鼎枿
璨覩薩嚩引二合訶引
復次若爲賊侵害當誦摩利支眞言曰

怛⿰亶也切身佗引阿哩歌二合摩臬摩哩歌二合摩臬
嚩那摩臬頞多哩馱引二合那摩臬鉢體弭囉
叉烏怛波二合體弭囉叉惹那都引弭囉叉囉
引惹都引弭嚛叉租引囉都引弭嚛叉星賀
都引弭嚛叉咩引渴囉二合都引弭嚛叉那引
枿都引弭嚛叉薩哩波二合都引弭嚛叉薩哩
縛二合都引弭嚛叉嚛叉鉿切身引薩哩嚩二合婆
曳毗藥薩哩舞引二合波捺囉二合侮引波薩哩
吾二合播引野引細毗藥薩嚩引二合訶引唵引
嚩底槮嚩底槮薩哩嚩二合訥瑟吒引二合喃引
屹嚂二合汀滿馱引弭薩嚩引二合訶引那謨引
囉怛那二合夜引野那謨引摩引哩引載禰嚩
多引潠摩引哩引嗟引禰嚩多引野引紇哩
二合捺琰摩引嚩哩多二合曳奢引弭怛⿰亶也佗引
嚩多槮嚩捺引槮嚩囉引槮嚩囉引訶目契

薩哩嚩二合訥瑟吒引二合喃引滿馱目龕薩嚩引二合訶引由念此明出生無量大德威光復次五十七字屬持明藏於諸怖畏守護饒益眞言曰

怛𩏶佗引遏胝末胝那胝酤那胝吒枳姹囉枳姹囉枳烏嚕末底嚕嚕末底覩嚕呬𧆛弭𧆛薩哩嚩二合倪也努波捺誐那謨引薩哩嚩二合三摩三没馱引赧悉殿都彌滿怛囉二合鉢捺引薩嚩引二合訶引

論曰此護身者以湯藥衣服等爲衆生利益先如是作謂已所樂著受用之具起染汚罪由是菩薩於諸衆生一切當捨又若不希他物已所資具時不樂着則唯飲食起染汚罪雖不念飲食於衆生事或不愛樂謂於飲食作他物想無染汚罪然唯自利是罪滿足於別解脫得波羅夷罪又說此所受用彼一衆生爲主此一衆生爲主如是護身皆爲過失非如奴僕常於一主營務役使自所有物即彼所有然法集經云菩薩譬若僮僕應代一切衆生隨何所作

論曰非說於一主者彼爲利他設若僮僕爲病惱等主乃未言而或先飯得無咎耶菩薩如是修作所有親近不知是事若心能了知此清淨理行廣大捨然於是理勿應疑惑一切當捨故如前佛說唯備喉急此護身者爲利衆生當如是說覺了斯義如理開示使無忘失

護受用福品第七之一

論曰如是護身應知已釋護受用者次當今說復次起善修作是中以智觀察此諸學處

護受用事斯不爲難最上授所問經說此學處者於平等見善所修作善修作者極遠諦觀棄諸受用

論曰此奢摩佗容於後時然於是理了如所說得此成就所謂節去受用而於是事真實成就自然於餘廣多受用損而能捨餘無他事又如最上授所問經云妻子奴僕作業使人是正所受用若自若他聞菩提分斷斯所作能捨不捨餘無他事於利益衆生極能稱量及菩薩所極善稱量斷斯所作能捨不捨餘無他事此獲成就於此疑者菩薩别解脱亦作是說

復次舍利子若出家菩薩求菩提分應知說施云何名施謂若色施乃至法施爲法施者舍利子若在家菩薩以殑伽沙數佛刹七寶滿中持用布施如來應供正等正覺舍利子若出家菩薩以一四句偈如說修行乃至爲他人說其福勝彼又舍利子豈諸如來於出家者說無財施以要言之舍利子若有所得隨滿鉢中及所餘物應分彼食與同梵行彼復來求若衣若鉢如佛所說有長三衣隨所應捨又若闕少是三衣者及爲依止住淨梵行此不應捨所以者何畢竟如來不說施此三衣故舍利子菩薩以彼三衣施乞者時然於師尊無關親近又舍利子出家菩薩唯應爲法而親近故彼所求者當知攝受唯一衆生未及利益多衆生聚是故菩薩於衆生所深心修作若滅失大利斷滅善事如是說爲刹那遠離廣大善分如是乃至棄捨或不棄捨又如海意經云大乘者斷多財利乃至我

決定說菩薩如是成辦由何趣入廣如最上授所問經說

論曰若說爲他修作當捨已事如維摩詰所說經云問曰維摩詰生死有畏當何所依答曰文殊師利菩薩生死畏中當依如來功德之力問曰欲依如來功德之力者當依何住答曰欲依如來功德之力者當依一切衆生而住又問曰欲依一切衆生住者復何所住答曰應住解脫一切衆生故又如法集經云商主菩薩白言世尊若菩薩樂欲菩提最先一切衆生不爲已事乃至世尊是名法集

論曰捨此即成自利問何故減失利益衆生謂懷怖懼不爲衆生自任重負由減失故不觀利他唯於世間修自利行復何差別謂若菩薩不棄已德而成他善或怖惡道自受苦惱此爲二種謂若是苦我或當受故不應捨如經所說獲大罪報如寶積經云佛言迦葉波有四種法說名相似菩薩謂自利求安而不濟度苦惱衆生等又最上授所問經彼說次第若云先無我執則是菩薩學處亦如法集經云具壽須菩提語無所發菩薩言善男子菩薩當云何住答曰若爲衆生不捨正行問曰云何爲諸衆生不離正行答曰謂不捨大慈大悲須菩提言云何菩薩大慈答曰若以身命及諸善本當施一切衆生而不求報又問云何菩薩大悲答曰若菩薩樂欲菩提最先一切衆生而不自取證彼經復說此一切菩薩學處以大悲爲本世尊畢竟令彼不斷利佗是菩薩義故定非究竟是中我當觀大福海施大義利匪定一向違害生滅又決

定寂靜神變經說彼昔有王見一比丘於千歲中入滅盡定以是緣故有諸比丘讀誦經典求菩薩行尊重法欲受信施食發如是心我爲求法以此善根爲法捨施百錢迦羅努貝底執着妙樂等事如前次第說無過失或俱說爲護受用福

論曰復次廣樂自利果報守護清淨如那羅延所問經云守護戒者非國王因非天趣因非爍迦羅因非受用因非富樂因非形色因非顯色因非美譽因乃至守護戒者無地獄恐怖如是無畜生琰魔羅界恐怖以要言之守護戒者唯除住佛眼者乃至守護戒者利樂一切衆生相應義故彼戒蘊菩薩如是行相得具足十種無減失法何等爲十所謂得轉輪聖王而無減失求佛菩提亦無雜亂得爍迦羅亦無減失願覩諸佛得無障難如是爲梵天王亦無減失聽聞妙法得無退墮乃至如其所聞讀誦經法具菩薩行皆無減失於諸善法不斷辯才求深禪定亦無減失乃至如是住戒蘊菩薩摩訶薩常爲一切之所禮敬謂天龍夜叉乾闥婆等供養恭敬歌詠讚歎亦爲諸龍王阿修羅王等而常尊重剎利婆羅門長者居士等之所親近及諸智者而常讚仰爲佛嗟咨若天若人一切衆生之所憐愍乃至不行四種之行唯除化度衆生何等爲四所謂不行無相之行亦復不行空諸佛剎又亦不行生邪見家及墮諸惡趣

論曰如前所捨彼煩惱力及憍慢等守護福報亦復布施然於是福自不希報此欲守護唯爲利他後不生悔如最上授所問經云若

布施已是心設不生悔而逐彼後者憂不憂等皆名追悔滅滅福報令罪增長若不發露於佛覆藏而翻彼善説爲罪性復次於彼罪惱行懺除者由此無罪而獲福喜

論曰利益衆生者不以財利之心而爲發露如寶雲經說譬如藥王而自讃已德不爲過失復說欲守護福者於名聞利養菩薩常當遠離高舉以清淨法捨愚癡暗

大乘集菩薩學論卷第九

大乘集菩薩學論卷第十

法稱菩薩造

宋西天三藏朝散大夫試鴻臚少卿宣梵大師日稱等奉　詔譯

護受用福品第七之二

寶積經云佛言迦葉波若菩薩具此四法則未生善法令滅已生善法亦不增長何等爲四謂於世間深著過慢巧構言辭耽著利養樂觀種姓嫌讚菩薩於未說未聞契經而輒生誹謗又說一切有部云如是髮毛爪塔及諸身分見已淨信發恭敬心是大德比丘比丘尼等從此地面下過八萬四千踰繕那至金輪際是比丘所有若干沙數千倍轉輪聖王受用福報乃至具壽優波離向如來前合掌恭敬而白佛言世尊若佛所說是比丘善根如是廣大世尊云何有是善根言汝於此尚能散滅佛言優波離謂忍此動亂而隨彼見如彼梵行而親梵行優波離由斯善根亦復廣大然汝於此尚能散滅優波離是故當如是學又若積薪所焚心可無壞況彼識身等文殊神變經云所對害者謂百劫中積修其善有所減失說爲對害華嚴經說普捄衆生妙德夜神因緣如前已說

論曰當於是時互相誹謗增不善本減失壽量色力安隱悉皆減少無有少分示饒益者唯說追求名聞利養作高舉事如寶雲經說佛言善男子菩薩得珍寶聚量若須彌而取彼施或得弊陋之物亦取彼施所以者何彼如是思惟由此衆生慳貪嫉妬惜自他物而常鬬諍以是因緣處生死海之所沉溺我欲於彼令長夜中利益安樂故受彼施然竟不

作巳有亦復不起貪著之心唯爲供養諸佛法僧亦復轉施一切衆生如貧苦者得活身命亦令施者極生歡喜具如彼說得施無憍慢彼復又云設有人來以施因緣歌頌稱讚是人不生高舉逮無憍慢又若於我歌頌稱讚謂起即滅非久如間設使再三於諸時處歌頌稱讚當生何智謂諸法無常無住無强無力令心卑下勿生高舉逮無憍慢如是菩薩於名聞利養歌頌稱讚等事悉住正念彼復又云譬若旃陀羅子遊行世間卑下其意得離憍慢隨所住巳生乞食想復如彼說善男子一者菩薩若捨家出家爲諸親眷朋屬之所棄捨猶若死屍以是因緣摧伏我慢二者巳毁形好披壞色衣身貌異俗以是因緣摧伏我慢三者剃除鬚髮手持應器於親非親遊行乞食以是因緣摧伏我慢四者如旃陀羅子卑下其心遊行乞食以是因緣摧伏我慢五者由乞食故得遂生成爲他繫屬以是因緣摧伏我慢六者雖爲他毁爲乞食故亦受彼施以是因緣摧伏我慢七者尊重供獻阿闍黎等以是因緣摧伏我慢八者行住威儀安詳平正令梵行者見巳歡喜以是因緣摧伏我慢九者於諸佛法所未得者願此當得以是因緣摧伏我慢十者於瞋忿心有情之中多行忍辱以是因緣摧伏我慢又海意經云若菩薩得身清淨具相莊嚴手足柔輭殊妙可愛成福生身諸根不減身分圓滿然於形好亦無醉傲不以嚴身而求觸樂若諸衆生種種色相菩薩爾時爲求法故謙下恭敬彼經又云譬如大海處地卑下所有一

切江河及諸細流速疾趣入世尊菩薩敬重師尊心不高舉亦復如是一切甚深法門及微細善於其耳根速疾趣入世尊是故菩薩安住正念若高舉我慢不重師尊亦不恭敬禮拜當知菩薩是爲魔鉤所制又如出世間品云佛言佛子菩薩有十種魔事何等爲十一者於和尚阿闍黎父母沙門婆羅門住於正行向正道者不起尊重是爲魔事二者謂諸法師說殊勝法說廣大法於大乘中知涅槃道及餘契經得總持王無有休息然於法師不起尊重及於所聞不作善巧是爲魔事三者然於會中聞說大法於法師所不樂讚美況起淨信是爲魔事四者好起過慢自執已見陵蔑他人罔知已短心無揀擇是爲魔事五者好起過慢自無知覺於阿羅漢補特伽羅隱蔽覆藏他實有德謂不如已應讚不讚是爲魔事六者了知是法是律眞爲佛語爲嫌其人傾嫌其法謗正法已於別受持是爲魔事七者自求高座謂言我行道法不應親近執事於他久修梵行大德耆舊不起承迎是爲魔事八者貌不温恭復多顰蹙言極麤獷心伺過惡是爲魔事九者由增上慢喜調戲故不親有德不生恭敬亦不諮問何者是善何者不善何者應作何者不應作又何所作於長夜中而得安樂利益又何所作於長夜中而不能得安樂利益癡冥頑很爲慢所持不明出要是爲魔事十者由慢所覆設過佛出亦復遠離壞夙善根竟無新起說不應說多起鬪諍謂此法行返爲是處墮大邪惡於菩提心根力聖財斯不可得百千劫中

常不值佛況復聞法是爲十種魔事佛言佛子菩薩捨此十種魔事得十種智業

論曰此中智業者說善任化度一切衆生等護國經云彼人墮蔑戾車罪惡邊地貧賤中生聾盲闇鈍而無威德親近愚蒙執著我慢又如法集經說謂諸菩薩欲取佛土者即衆生土是爲佛土由是得諸佛法不壞正行謂諸善行惡行無不依止衆生而轉故惡行者依罪惡起彼善行者依人天等寶光明陀羅尼經云佛言佛子此初發心菩薩先於一切衆生發十種心何等爲十所謂利益心安樂心憐愍心潤澤心愛樂心攝取心守護心平等心教授心稱讚心是十種發心爲若此入解信力財印經云我已得住一切衆生作弟子者亦令他住一切衆生作弟子故俱獲安隱以要言之我已先住恭敬禮拜亦化一切衆生當住恭敬禮拜又如維摩詰所說經云若樂說世間清淨無難故則隨所化調伏一切有情來生淨佛國土

論曰若踞座洗足思惟應何所作愛樂尊重等事故華嚴經云爾時有王名法音蓋於大衆中處師子座有諸人衆一時合掌住立其前如是恭敬爲王作禮乃至爾時法音蓋王見諸乞者生大歡喜具大悲愍假使三千界内俱爲轉輪聖王經無數劫所得妙樂過於前說乃至淨居天王於無際劫行寂靜解脱門亦過前說善男子譬若有人唯行愛育父母兄弟姊妹朋屬男女妻妾時久乖離後於曠野欻然值遇更相慰問極生愛重瞻視無厭善男子此法音蓋王亦復如是見來乞者

具大愛樂心生喜樂發起最上大希有心乃至於諸乞者生一子想生父毋想生福田想善知識想堅固力想極難得想難行能行想多作想最上成辦想近住菩提道想阿闍黎教誡想如其來者知衆生性之所承事平等無礙一切捨施設棄自身如其所從復次選地清淨塗拭莊嚴捨自利樂等

論曰若乃主者淨信則侍從等亦當淨信教令具足饒益應如是作意向來比丘身有疾病昔佛世尊尚爲承事如比丘雜誦律云佛言佛子汝勿嫌棄是病比丘我於比丘中尊尚爲承事持此病比丘衣乃至洗盥如是言巳時具壽阿難陀白佛言世尊如來勿應洗此病比丘衣覆不淨故我當爲先佛告阿難汝應洗此病比丘衣如來當以親手盥水爾時具壽阿難陀於病者比丘爲浣彼衣如來尚以親手盥水乃至總略時具壽阿難陀如彼病比丘所唱言善哉汝當爲起我今侍汝於外出外住巳如來亦復親手盥水語阿難言

汝廣大承事　濟度生歡喜　爲憂苦損惱
捨離於衆生　若人此淨信　成就良福田
所有世間中　非餘衆生類　譬如意賢餅
欲悕醇乳汁　尊重彼天言　是故生恭敬
亦如新婦法　承事無暫捨　救無量衆生
後當獲出離　又若現前尊　住持於頂上
置衆生髻中　一心故無動　設墮阿鼻獄
若今造當造　諸廣大度門　修行如是善
自我爲主宰　我義不可得　於彼彼造作
不爲慢所使　喜樂淨諸根　苦故入煩惱

由喜黙諸根　爲作斯化度　衆生若在苦
舉身如焮然　於諸欲悅意　有方便憐愍
愍諸造苦者　故我求是苦　若倦於忍黙
如罪當懺悔　設於世尊所　頂足俱散壞
我捨諸世間　承事如來故　我造諸衆生
憐愍無疑惑　見如是等人　由何不尊敬
我親事如來　至成於自利　爲除世間苦
故我持淨戒　假若一强人　摧壞於大衆
願長覩衆生　使無能作者　又若衆强人
一一如王力　況無如是威　何容行酷罰
設逢暴主時　治官獄卒等　力行悲愍心
拯濟於群有　極怒何所爲　寧同地獄苦
若惱逼衆生　造此亦當受　大喜何所施
豈容獲正覺　若悅豫衆生　造此亦當受
汝後當作佛　出濟諸衆生　云何不暫觀
現住稱讚者　巍昂清淨身　及壽量長遠
遠得生死忍　轉輪王妙樂　若慈心供養
名大身衆生　以佛淨福報　爲佛大身者

論曰修慈心觀如月燈經云乃至供養無量無數百千萬億不可稱量歌羅頻婆羅等諸佛刹土如是供養已不如以一慈心如是次第供養恭敬常得遠離高舉不如理作意

論曰一心人解是事如寶雲經說善男子云何菩薩不如理作意爲是菩薩獨處閑靜住無雜亂發如是心我由獨處閑靜住無雜亂故唯我能順如來法律汝諸沙門婆羅門等皆住雜亂於輪迴行多所耽著不能隨順如來法律是爲菩薩得不如理作意彼經復說菩薩起精進時於此精進不拒教誨謂不自矜已德亦不陵蔑他人如是名爲善慧發生

然於自所修習亦求他誨如是菩薩得謙下精進

論曰已略説此護受用福若回向菩提如無盡意經云佛言舍利子若人以少善根迴向菩提乃至坐菩提場終無散滅譬如一滴之水墮大海中乃至住劫邊際終無散滅

清淨品第八之一

論曰護身等説有三種清淨今當説是義云何謂已身受用清淨俱獲安隱若人於身示現淨飲食成熟正等菩提如秘密大乘經云復次菩薩於大城邑大塚壙間以無數百千衆生充滿其中而菩薩摩訶薩示死滅相現旁生趣大身衆生乃至令食身肉於命終時得生天界及餘善趣以是因緣乃至最後入於涅槃所謂菩薩宿願清淨於此長夜酬其宿願作利益事臨命終時令食身肉以是因緣得生天界乃至最後入於涅槃謂若成就持戒成就思惟成就希求宿願如是彼經復説現法身光爲諸衆生作利益事寂慧當知譬如活命醫王集諸妙藥擣篩和合成女人相姝妙端正人所樂見而善安立施作等事行住坐卧如其分別諸有國王王子大臣官長長者居士而或來詣活命醫王時彼妙藥所成女人相與給侍由給侍故一切輕安得無病惱佛言寂慧汝且觀是活命醫王深植妙樂除世間病然餘醫師無有是智寂慧現土身光菩薩亦復如是乃至男子女人童男童女及餘衆生爲貪瞋癡徧觸其身熾然燒煑若彈指頃一切煩惱遠離燒煑身獲輕安所謂菩薩宿願極清淨故

論曰已身清淨義者譬如苗稼爲草所覆而不滋茂是菩提芽爲煩惱覆亦不增勝若不行對治思惟悕求何容解脫令彼增長汝諸世間一心伺察罪業清淨則身器清淨說爲正覺復次罪清淨者四法經云佛言慈氏若菩薩摩訶薩成就四法滅先所造久積過罪何等爲四所謂悔過行對治行制止力依止力復次悔過行者於不善業行多所改悔二對治行者謂造不善業已極爲善業及餘利益之所對待三制止力者由讀誦禁戒得無毀犯四依止力者謂歸依佛法僧寶亦不棄捨菩提之心由能依止是力決定滅彼罪等佛言慈氏是爲菩薩摩訶薩成就四法滅先所造久積過罪

大乘集菩薩學論卷第十

音釋

誐五何切 澡子皓切洗也 盥古玩切澡手也 尠息淺切少也 癹普活切 佉丘伽切 鉿年含切 禰奴禮切 痆尼質切 妮女夷切 攃七曷切 冪莫歷切 弭綿婢切 枲胥里切 咩迷尔切 嚳呂角切 潠夷記切 紇下沒切 姹陟嫁切 顰覽顰純民切 饔子六切 歘許勿切忽也 醇常倫切醲也

大乘集菩薩學論卷第十一 第十二同卷

法稱菩薩造

宋西天三藏朝散大夫試鴻臚少卿宣梵大師日稱等奉 詔譯

清淨品第八之二

論曰復次應知說悔過行如金光明經偈云

十方住世 兩足之尊 以悲愍心 當證知我
若我先造 廣大罪業 住十力前 皆悉懺悔
未識佛時 未識父母 未識善惡 我造此罪
自恃種族 及恃財寶 盛年傲逸 我造此罪
心念口言 造衆惡業 謂不可見 我造此罪
愚夫惡行 煩惱覆心 由無智暗 近惡知識
遊戲樂著 或住憂恚 財無厭足 我造此罪
貧窮諂詐 由生慳嫉 不親聖人 我造此罪
因欲生怖 於去住時 不得自在 我造此罪
因欲恚怒 動擾其心 飢渴所逼 我造此罪
飲食衣服 由斯三種 諸結熱惱 我造此罪
身語意業 三種惡行 具如是相 我悉懺悔
若於佛法 及聲聞衆 不起尊重 我悉懺悔
又若緣覺 及菩薩衆 不生恭敬 我悉懺悔
或於有德 諸說法師 不起承迎 我悉懺悔
由謗正法 而常無智 不敬父母 我悉懺悔
十方三世佛 觀察護念我 心運無緣悲
哀受我懺悔 我於百劫中 先若造諸罪
常懷憂怖心 哀愍願消除 又心常怯弱
怖此諸過咎 於四威儀中 曾無歡樂想
諸佛具大悲 除諸世間怖 今當願攝受
解脫諸怖畏 我先造諸罪 對如來發露
以佛大悲水 洗滌煩惱垢 又若此罪惡
一切皆懺悔 若已作之罪 皆不敢覆藏
若未作之業 一切不復造 謂身業三種

及語四過愆　與意業三毒　一切皆懺悔
論曰菩薩所得罪犯約勝說有輕重故優波
離所問經云於根本罪等比而說何者復重
佛言優波離住大乘菩薩如犯殑伽沙數貪
罪與一瞋罪於菩薩乘爲作校量此二罪中
瞋唯屬重所以者何優波離起瞋者捨離衆
生然起貪者愛護衆生優波離若愛護衆生
則不爲煩惱於菩薩所無有災橫等怖乃至
是故優波離若有犯貪罪者皆名無罪是義
云何愛護衆生者如前增勝故我說深心有
是悲愍佛言優波離菩薩若無方便善巧則
畏犯貪罪若菩薩有是方便善巧者則怖犯
瞋罪而不怖犯彼貪愛何以故方便善巧者
具悲智二種而不捨離衆生若捨衆生者唯
一智慧悟解苦空或唯悲愍非久如閒爲煩
惱力之所滅滅如方便善巧經云善男子譬
若持明之人爲彼羂索五處繫縛以眞言王
於所求法即能超越由一眞言明力悉能斷
除一切縛法善男子是菩薩方便善巧受五
欲樂亦復如是然於所作不亂正行謂若以
一智力徧一切智心淨諸欲樂當生梵世
論曰瞋義云何謂本性爲大罪故由廣分別
不生方便悲愍行恚怒者然非利益何名過
失以容受彼則長養煩惱滅失悲愍斯爲過
失斷此根者後當可見若菩薩如於衆生失
悲愍心則於衆生廣大利益相續滅失故聖
諦品云應知如父見子起悲愍心謂若棄他
世閒利樂悲愍則亦當遠諸有智又若菩薩
勸行於欲滅失利益是故說貪過咎得二種
難彼著欲者譬無知人違害父母於下劣欲

而生苦惱損減失趣又著欲者毀犯禁戒遠離人境是故希求已樂厭捨他苦非眞實見應以他苦惱如已苦惱然不自修習起二種失如月燈經說佛告阿難假使有人從足至頂洞然熾燄成一火聚復有人來語如是言我勸汝身共受五欲歌舞嬉戲佛告阿難於意云何是人勸就此身可共五欲歌舞嬉戲不阿難白言不也世尊佛告阿難是人於歌舞嬉戲由分別横起勸就此身共受五欲歌舞嬉戲如來不爾往昔修菩提行時見諸衆生三惡道苦及貧窮者心無悅樂

論曰世間有子不見父母懷耽痛苦有此大恩唯見已樂或親非親愍惜覆藏守護善法憧者勿行邪欲此於衆生或爲利益或復損害謂若縈纒嗜彼欲者斯爲過咎具正梵行作利益故若比丘入是行處應如母姊而供侍之不應於他如梵行類成就衆生固當遠離如無盡意經云於時非時復捨其所作或見衆生增上利益亦住是學處又方便善巧經云昔光明梵志於四萬二千歲中嚴持梵行住七歩已發生悲愍設犯禁戒受地獄苦不應棄彼令趣命終善男子是光明梵志即時執彼右手作如是言姊起如其所欲以要言之善男子如是深妙欲中起大悲心於十千劫受輪迴苦後復還修梵行善男子以菩薩方便善巧得生梵世彼經又說若有菩薩爲一衆生發善根者於其色相如罪所墮百千劫中受地獄苦之所燒煑世尊彼菩薩然起是罪無地獄苦謂由於一衆生亦不捨離此善根故彼經又云善男子此方便善巧菩

薩有極重罪謂或時遇惡知識勸就此蘊取證涅槃然於後際不復堪任被斯鎧甲何容化度一切衆生故我不起是心如彼輪轉化度衆生又若設有是罪如其法行使無過咎善男子若出家菩薩一切分別所造過四重罪是菩薩具方便善巧者隨起即悔説爲無罪如寶雲經所明造極無間者謂令人死聲聞律中名根本罪處又若剺剥鹿屬如起悲愍説爲無罪此貪得者若菩薩起貪猶生善趣則不應瞋恚如説方便善巧菩薩樂作貪暗於妙女色極樂修作數數願求生女人中厭彼貪心捨女身已得丈夫相成大身者佛告阿難汝見如是功德不自餘衆生雖行如是起猛利貪然猶出離苦器生人天趣乃至藥王大士云何菩薩起瞋謂若發生煩惱何容施諸妙樂等

論曰若爲此名聞如是於餘衆生利益方便設起貪者説爲無罪此方便善巧菩薩所造利益而不棄捨衆生廣如彼説然非得地六度妙行於此伺察極善相應是故不容瞋等

又優波離所問經云佛言舍利子菩薩有二大罪何等爲二謂心與瞋俱及與癡俱乃至舍利子應先志誠懺十惡罪及五種僁亦當懺悔謂手執眼觀心難制止或於一衆生兼餘二種舍利子復説有重五無間罪謂具作此菩薩或時於他婦女染行非法手斷命根盜佛塔物四方僧物菩薩爾時如犯彼罪應向三十五如來前於晝夜中一懺悔云我某甲歸依佛歸依法歸依僧

那謨釋迦牟尼佛　那謨金剛消伏壞散佛

那謨寶燄佛　那謨龍自在王佛
那謨勇猛軍佛　那謨勤勇喜佛
那謨寶火佛　那謨寶月光佛
那謨不空見佛　那謨寶月佛
那謨離垢佛　那謨善施佛
那謨梵德佛　那謨梵施佛
那謨水王佛　那謨水天佛
那謨賢吉祥佛　那謨栴檀吉祥佛
那謨無邊威德佛　那謨光吉祥佛
那謨無憂吉祥佛　那謨那羅延佛
那謨華吉祥佛
那謨淨照明遊戲神通佛
那謨蓮華光遊戲神通佛
那謨財吉祥佛　那謨念吉祥佛
那謨善名稱吉祥佛

那謨因陀羅網幢王佛
那謨善遊步吉祥佛
那謨安祥行佛　那謨勝遊步佛
那謨普徧光嚴吉祥佛
那謨寶蓮華勝遊步佛
那謨寶蓮華善住娑羅樹王佛
如是現前乃至一切世界如來應供正等正覺惟佛世尊觀察護念我於今生或至餘生及無始來生死輪轉造業障罪自作教他見作隨喜或盜窣堵波物四方僧物五無間業十不善業道自作教他見作隨喜由斯業障毀除禁戒應墮地獄或旁生趣燄魔境界若生邊地及蔑戾車生長壽天設得爲人諸根不具深著邪見離佛出世此諸業障佛以眞實慧眞實眼眞實證明眞實稱量悉知悉見

今悉懺悔不敢覆藏若我毀犯禁戒等罪願佛世尊觀察哀愍若我今生或至餘生及無始來生死輪轉乃至於旁生趣或嘗施一摶食護一淨戒若修梵行所有善根化度衆生發菩提心及無上智一切善根如稱量已無不回向最上最勝阿耨多羅三藐三菩提果我今亦如過去未來現在諸佛之所回向乃至偈云

懺除一切罪　諸福皆隨喜　及勸請諸佛
演説無上道　過去及未來　現住人中尊
無邊功德海　一切歸命禮

舍利子是菩薩於三十五如來前如是作已是諸如來隨知作意得罪清淨由罪清淨故此諸佛世尊當現其前如是解脱利益衆生現諸相好由是愚夫異生於此化度輒生疑惑乃至一切聲聞及緣覺衆而不能使彼惡作罪處清淨地若有菩薩於此諸佛如來名號而常持念晝夜三時轉正法行出離彼罪得三摩地説此是名悔過及對治行

論曰讀誦甚深經典得彼罪滅如能斷金剛般若波羅蜜多經云復次須菩提若善男子善女人受持讀誦此經若爲人輕賤所以者何是人先世所造罪業應墮惡道由見是法以今世人輕賤故先世罪業則爲消滅得佛菩提等

論曰信解空性得罪惡清淨故如來藏經云佛言迦葉波有十不善業道是爲大罪此最極殺生者謂若殺父斷緣覺命最極不與取者謂若欺奪三寶財物最極欲邪行者謂起污母及無學尼最極妄語者謂言我是如來

最極兩舌者謂於聖衆作離間語最極惡口者謂訶毀聖賢最極綺語者謂巧構浮飾亂諸法欲最極貪者於正道財利起侵奪心最極瞋者於五無間無悲愍心最極邪見者謂橫起僻執深險惡見迦葉波若一衆生具足如是十不善業道大罪者如來以是因緣宣說法要爲令悟入無我無人無衆生無命者無作無受是行是造作是幻化然諸法性即煩惱性入解諸法自體明亮信解諸法種種清淨我不說有衆生墮惡趣者又淨諸業障經云復次文殊師利若菩薩觀非律是律則見罪非罪觀輪迴界即涅槃界則見諸煩惱是爲緣生當知是人得業障清淨又底哩三昧耶王經說對治行云若閉目觀緣諸佛菩薩誦百字明八千遍已開眼備覩佛菩薩等

得離彼罪或右繞佛塔誦八千遍塔像經典隨一現前如儀廣說又尊那陀羅尼經云若念誦已乃至夢見是相得滅彼罪若夢天女授乳酪飯得離彼罪或見日月昇虛空中猛火水牛及黑丈夫怖走而去又若夢見比丘比丘尼衆或乳木樹白象白牛山峯船舫處大殿堂及師子座聽聞妙法應知悉是罪滅之相又如來形像品說對治行云譬若有人不淨塗身臭惡可厭以水洗濯施妙塗香而彼臭惡即時遠離如是造作五無間罪具足徧行十不善業道若得信解如來造佛形像得離彼罪由無罪故智慧殊勝具菩提心由殊勝故而或出家堅持淨戒花積陀羅尼經云爾時師子遊戲如來當住於世經百千歲施諸妙樂時彼如來般涅槃後起舍利塔若

人以菩提心持彼一花供養如來合掌稱名或灑水爲淨及一花鬘塗香花燈乃至身行一步超諸言説稱南無佛於彼師子遊戲如人勿應疑惑若於一劫百劫千劫返墮惡道者則無有是處又藥師瑠璃光王經云若持五戒十戒菩薩四重戒出家比丘二百五十戒比丘尼五百戒如於所受或有毀犯怖墮惡道若人專念藥師瑠璃光王如來名號如其供養是人決定不墮惡趣爾時世尊告阿難言若我稱讚彼佛世尊藥師瑠璃光王如來所有功德是爲諸佛甚深境界汝無疑惑生實信不爾時具壽阿難陀白佛言世尊我於如來所説經中不生疑惑所以者何一切如來身語意中所集善行無不清淨世尊此日月輪最爲高遠具大威光可使墜地妙高山王亦可傾動是諸佛言終無異也世尊然有衆生信根不具聞説諸佛甚深境界便發是言由何唯念一如來名便獲爾所功德勝利由斯不信便生誹謗於長夜中退失利樂佛告阿難若聞彼佛名墮惡趣者無有是處阿難此是諸佛甚深境界難可信解阿難汝信解者應知皆是如來威神之所建立非諸聲聞緣覺未登地者唯除一生所繫菩薩摩訶薩故彼經又云若餘淨信善男子善女人鄔波索迦鄔波斯迦具足八分齋戒一年三年受是學處以此善根願生西方極樂世界無量壽如來前者若得聞是藥師瑠璃光王如來名號是人臨命終時八大菩薩皆以神通來示正道復有種種間色世所希有衆寶蓮華自然化生或復生於天上如是生處而

宿植善根彼無窮盡亦復無有墮惡道怖彼
天歿已復生人世爲轉輪王統四大洲

大乘集菩薩學論卷第十一

大乘集菩薩學論卷第十二

法稱菩薩造

宋西天三藏朝散大夫試鴻臚少卿宣梵大師曰稱等奉　詔譯

清淨品第八之三

與無量百千萬俱胝衆住十善業道後復生彼刹帝利婆羅門長者大種族中財物豐饒庫藏盈溢色相眷屬皆悉具足彼經又云若有女人得聞是藥師瑠璃光王如來名號受持者後轉女身又文殊莊嚴佛刹功德經云妙吉祥言我亦恭敬是慧上菩薩光幢菩薩如意願菩薩寂根菩薩若有女人持是四菩薩名號者得轉女身後不復受

論曰對治行略如前說制止力今當說如地藏經云若菩薩摩訶薩離殺生者即是施與一切衆生無憂無怖及無悲惱驚懾毛竪以斯善根果報所有前際乘五趣輪溺生死海因是殺生造身語意一切業障自作教他及隨喜作由此遠離殺生輪故一切摧滅乃至不受其報於現身中得壽命長遠諸天及人之所愛樂復次善男子若菩薩摩訶薩乃至盡形壽離不與取即是施與一切衆生無憂無怖及無熱惱不生動亂於自財利而行喜足終不希取非法之利以斯善根乃至因是遠離不與取故一切業障摧滅無餘不受其報以要言之如是十不善業道亦能對壞自所修善如月燈經云聞瞋滅罪者如說凡愚不實瞋罵誹謗者安住忍伏盡諸往昔所造罪業及於菩薩所起瞋等

論曰制止力已如前說依止力今當說故諸緣起中釋云若能歸依佛者不墮惡道捨此

人身得生天趣若法若僧亦同上說又慈氏解脫經說菩薩淨諸罪業者諸不善法若遍大地而劫火起時一切所有無不燒者乃至譬若有人以喝吒迦汁一兩點千兩鐵而作黄金非彼多鐵能令少汁而返成鐵此發一切智心亦復如是以一善根回向智能攝受一切業煩惱障成一切法智非諸業煩惱障能令一切智心而爲煩惱善男子又若有人持以一燈入照暗室即時能破千年夐古之暗此發一切智心亦復如是如入一衆生心無明暗室俱能破壞百千不可說劫夐古業煩惱障發智光明善男子如大龍王首戴如意摩尼寶王冠無他冤敵等怖此菩提心亦復如是若菩薩具大悲心無有惡道冤敵等怖優波離所問經云此住大乘菩薩摩訶薩於初日分時有毀犯罪當中日分時不捨行一切智心如是菩薩得戒蘊具足若中日分時有毀犯罪當後日分時不捨行一切智心則菩薩戒蘊亦復具足我應復說如是次第佛言優波離此住大乘菩薩或時捨戒學處然於彼菩薩勿起惡作亦勿隨轉若復於彼聲聞乘者展轉說爲有毀犯罪然聲聞人謂失戒蘊應如是知乃至廣說

忍辱品第九

論曰此不遠離有多門轉而善守護令戒長養如是離業障縛破煩惱結乃至聞忍不忍滅失精進怠墮俱故或復不聞不知等持方便由無方便淨諸煩惱是故懈退唯聞修習了雜亂行謂誦習勤苦依止山林彼修行者暫息雜亂而心無等持然此止息亦等持攝

尚無少果況餘淨諸煩惱設修此觀亦亡少善乃至說淨諸煩惱法集經云此說忍有三種謂安住苦忍諦察法忍耐冤害忍安住苦忍者得究竟行對治苦怖及得除遣著樂之愛餘二種惱彼云何說謂瞋恚懈怠等月燈經云著樂之者亦不捨苦又寶雲經說若內懷憂悲苦惱者住方便調伏忍最上授所問經云復次長者在家菩薩應當遠離不如理損害勿著世間八法所得妻孥及諸受用財穀豐饒不以高舉逸豫設諸衰弊亦不低下愁惱應如是觀察諸有為相幻化所造起高舉處息滅罪報謂此父母妻子奴婢僕從親眷朋屬等彼既非我我亦非彼如有偈云若有所幹集由何起愁惱或無所幹集亦何起愁惱為所幹集者以癡恚惱悶絕疲懈故或執著勇悍起大過咎癡迷追悔須臾夭壽應遠離此無益是難

論曰云何捨是愁惱謂發輕輭心者如最上問經云於此遠離則令心柔輭如覩羅綿又華嚴經云應如勝財王童女發如是心滅諸煩惱以無能勝心破諸瞋忿以不動心於衆生海而不退墮深心境界

論曰修習此者不以為難如其所有愚者尚爾至若擔夫耕農畋獵剋苦修習荷負鄙事悕微細果塵穢不淨心無悔惱況復此等諸妙樂行諸菩薩樂為最勝事趣無上果又如諸鄙賤者少不饒益於身難作尚無廢壞但自繫念剛強領納如決勝負況復此等長時無益受諸苦惱由何於善法財少不悕取地獄治罰世間賊害獄卒守護按治無遺隨處

遇會極爲痛惱使勿爲寃於久遠時無諸繫縛捍勞忍苦破煩惱賊淨盡無餘於三有中被勝甲冑執持器仗敗諸魔寃解衆生縛由先修習以少尠苦而得成就於諸衆生修苦樂想謂諸苦生時如其處所修習樂想住樂想者即能成辦此果得三摩地名超諸法樂如父子集會經云佛言有三摩地名超諸法樂若菩薩得是三摩地者於諸事緣受如是樂受不苦不樂非一因緣如其處所而得樂想譬若有人以因緣故斷截手足及耳鼻等耳鼻斷已如其處所而得樂想及以鞭杖之所打扑翻如樂想或爲牢獄繫閉捶撻謂作衣者然酥燈者然油燈者碾蔗漿等者如其處所而住樂想作鵂鶹面者作師子面者撚曝嘫者乃至造金錢者造飲食者供象酒等

者翻如樂想或爲挑目破壞命根諸有損害及墮首等翻如樂想無苦樂想所以者何此菩薩摩訶薩如是願力長夜修作若我爲諸走使得近妙樂若我爲罪犯者亦以承事尊重恭敬供養一切時處得近妙樂若遇惡言譏刺打扑刀仗割截乃至諸壞命根一切所有得菩提樂成證阿耨多羅三藐三菩提果具足如是作意如是事業如是願力亦復具足一切衆生隨知樂想親近修習於彼業報多所修作而得超諸法樂三摩地若時菩薩得至一切法樂三摩地者是故得大不動壞諸魔事由是方便圓滿一切捨施成就一切難行苦行堅牢一切忍辱策勵一切精進助修一切禪定智慧是故常喜如月燈經說常喜尊重常住正見又無盡意經云何等爲喜

謂喜念法清淨信樂發踴躍心不生懈怠無諸熱惱不求五欲之樂不離一切法樂由心建立身喜覺喜起適悅意樂如來身莊嚴相好希求善巧聽法無厭依實法行由法生喜愛樂淨信然於衆生覺了無礙以最勝欲勤求佛法不捨法欲廣大信解諸佛妙法示解脫乘發最上心除慳悋心若初發心施當施施已三輪清淨歡喜布施於妙尸羅亦常清淨由持淨戒攝諸毀禁而常超越諸惡道怖向佛禁戒堅固無毀正使他人惡來罵辱於語言道心不加報樂然故忍變以尊重逮無憍慢貌常溫恭遠離顰蹙先以愛語無諂無佞淨意不邪心不麤澀見諸勝已亦無曲抑不覘乖謬不揚他失修和敬法於菩薩衆敬如佛使敬諸佛法惜過身命於諸師長如已父母護諸衆生猶如一子於和尚阿闍黎敬如佛想於諸正行皆如上首諸波羅蜜如愛手足於說法師如諸妙寶諸教令中如親五欲於喜足行如無病惱求勝妙法如希妙藥於發露者如遇良醫如是調御諸根使無懈怠說此是名爲喜

論曰此言學菩薩莊嚴者如大雲經說若樂地獄旁生者於地獄趣心常戒定雖處獄城而得如旅泊又樂地獄者於地獄趣心生愛著及與慳嫉令地獄火轉復熾盛

論曰說安住苦忍者故海意經云有三種忍佛言海意此菩薩摩訶薩如其所發一切智心實中或爲非人毀犯淨戒謂若諸魔魔民及天魔后魔力所持令魔使者固來侵害震擊動搖期尅打擲當於是時此大菩提發深

固心令無所壞亦復不壞大悲精進解脫一切衆生亦復不壞令三寶種紹隆不斷亦復不壞諸佛法中於此相應積集善本亦復不壞成辦相好修習福行亦復不壞勇力精進嚴淨佛土亦復不壞求一切法不惜身命亦復不壞度諸衆生不著已樂是中深心具如是意若爲一切衆生之所惡賤或遇瞋恚譏毀罵辱及諸打擲悉能忍受至若一切衆生以惡心來逼惱摧壓亦悉堪任不疲不懈不退不没勇猛精進勢力發現捍勞忍苦起攝受心又若有人以惡心來若瞋若罵妬害逼惱忿恚打擲於如是心悉不加報乃至設復有人於十方界執諸器仗逼逐其後彼地方所若行若住若坐若卧是中若遇一人發菩提心修布施心乃至修智慧心者聞彼發起一善根心我當即至彼地方所正使斷割其身節節支解如棗葉量於是等事我悉堪忍又若世間一切衆生皆起瞋恚巧出惡言罵辱譏毀加以斷割其身節節支解如棗葉量我當是時於此衆生終不爲起少分動擾之心所以者何然我此身於過去際無量無數生死輪轉靡所不造或處地獄畜生琰魔羅界乃至今在人趣耽味飲食諸欲受用聽受非法艱苦追求邪命資養多種逼迫然於身命曾無果利雖復種種多所營作緣此不能自利利他設復生死最後邊際使諸衆生於我身分斷割支解寧受衆苦我終不捨一切智心亦復不捨一切衆生及善法欲所以者何然我此身多種逼惱苦切殘毀比地獄苦百分千分乃至優波尼剎曇分不及其一又

復於佛法中不捨大悲所緣一切衆生以要言之若有因緣起瞋恚者我當以法斷除云何爲法所謂愛樂於身繫屬於身取著於身捨是身者即捨瞋恚佛言海意於如是法聚而趣入者即能堪任一切衆生之所逼惱乃至不惜其身而能棄捨亦不愛樂者此即能修布施波羅蜜多復次若遇身欲壞時大慈不捨一切衆生此即能修持戒波羅蜜多若遇身欲壞時如義解脫堪任忍受忍力發現亦不動擾其心此即能修忍辱波羅蜜多以勤勇力不捨攝受一切智心於生死中發諸善行此即能修精進波羅蜜多復次若身壞時於心發現一切智寶不捨菩提如實觀察勝寂寂靜此即能修靜慮波羅蜜多若遇身欲壞時觀身幻法猶如草木牆壁瓦礫入解於身是無常是苦是無我是寂滅如是諦察其身此即能修勝慧波羅蜜多乃至設復有人以惡心來瞋恚罵辱即作是念是人懈怠遠離白法我今發起精進勤求修習植諸善本勿生厭足乃願是人先坐道場我當最後取成正覺以要言之是等衆生名未調伏者未寂靜者未審護者未近寂者爲作義利莊嚴鎧甲乃至我依此法云何是瞋云何非瞋二中伺察俱不可得又若是瞋非瞋若自若他瞋與瞋者皆不可得斯不可得尚離此見是即名忍又般若云若諸衆生有所諍競應發是心我當勸勉我今於此諍競得無難遇若諍競者及所諍事然我於諸衆生爲作橋梁我若爲他惡罵毀呰汝何此語不應加報但類癡人及若啞羊不起鬪諍他或惡來醜

言罵辱於語言道心無損害親近於他我應善語不似於彼起斯過咎乃至若我聞他過失亦不似彼所以者何我意無怒故又若一切衆生所須妙樂者我當與彼衆生妙樂乃至涅槃成證阿耨多羅三藐三菩提然我於他終不起瞋及與自他起愚癡行唯修堅固精進以精進故設壞身命而無恚惱不生顰蹙又菩薩別解脫經云若於恚怒衆生如是安慰極善安慰住此忍者得隨順法喜

大乘集菩薩學論卷第十二

音釋

羂（古泫切網也）嗜（常利切好也）剺剥（剺呂支切劃也剥北角切割也）

懾（之涉切怖也）敻（翾正切遠也）捍（侯旴切抵也）虩（許戒切㬥也）

策勵（策楚革切進也勵力制切勉也）覘（敕廉切闚也）

大乘集菩薩學論卷第十三 同卷 第十四

法稱菩薩造

宋西天三藏朝散大夫試鴻臚少卿宣梵大師日稱等奉　詔譯

精進波羅蜜多品第十

論曰雖聞住如是忍發生精進然於此未聞尚起毀犯如月燈經偈云

懱法不護戒　爲得幾多福　破戒縱多聞

無能免惡道

論曰由聞具勝能者那羅延所問經云善男子如所聞解得勝慧性若聞息除煩惱令煩惱魔皆不得便是中廣如最上大仙本起經云菩薩摩訶薩具足深心尊重法欲住餘世界現諸佛前隨所聞法若菩薩摩訶薩精進法欲於山林中貯法伏藏得無量經典法門如置掌中又諸菩薩精進法欲而得佛現前及諸天等與佛辯才乃至命欲將盡爲佛世尊及諸天等增益壽命及與色力住命千歲非本所求爲佛諸天共加持故乃至求住一劫又諸菩薩生法尊重爲佛世尊除老病苦得授正念及通達辯才乃至得授正見隨見能說又若菩薩摩訶薩精進法欲無他一切冤敵等怖是故精進多聞資粮善巧菩薩修習得如是等

論曰菩薩聞幾種行入解毗奈耶如無盡意經云由聞八十種行而能入解所謂欲行深心行深固心行極相應行無倨傲行不放逸行恭敬行極尊重行離名相行善言行承事行聞利益行作意行不散亂行無住行實想行藥想行消除一切疾病行念器行達解行意喜行悟入行聽聞佛法無厭行廣捨行了

知調伏行親近多聞行喜樂容受所作行身踊躍行心悦樂行聞不懈退行聞義行聞法行聞威儀行聞他説行聞所未聞妙法行聞神通行不樂餘乘行聞諸波羅蜜多行聞菩薩藏行聞攝事行聞方便善巧行聞梵行行聞正念正知行聞已生善巧行聞未生善巧行觀不淨行觀慈行觀緣生行觀無常行觀苦行觀無我行觀寂滅行觀空無相無願行無作行善作行建立眞實行無滅失行單已行守護自心行精進不懈行諦察諸法行對治煩惱行希求自分善法行降伏他分煩惱行依止七財行斷諸貧窮行讃諸有智行欣樂智者行衆聖平等行非聖淨信行見諦行遠離諸蘊過失行稱量有爲過失行依義行依法行一切惡作行利益自他行於善修作不發餘業行趣向殊勝行所得一切佛法行

彼經又云若於助法相應則得如是智業云何助法相應謂若少務少求愼語愼行初夜後夜聞諸世間順理相應者稱量利他數數推求心無濁染除諸蓋障於餘罪犯以智出離不起惡作發起趣向堅固正行樂法敬法爲法奥府具足精進如救頭然希求智慧爲遊止處不墮禁戒不捨重負趣發殊勝捨無益衆樂單已行於阿蘭若現前作意及聖種子杜多功德喜足不亂欣樂法樂不念世間語言求出世法要及無妄念通達義利隨順眞道知持戒緣慚愧莊嚴以堅實智破壞無智以勝慧眼極妙清淨覺了無明癡暗繫縛謂廣大覺了無邪曲覺了分別覺了現證覺了不從他得持自功德讃他功德善所修作

不墮業報是爲智業清淨又般若中說應何所聞於方廣經論當如是學非義利者亦應遠離所謂世間處論鞭扑論蠱毒論黙置論童子戲劇論乃至所有别部解脱等論成就癡冥善住一切菩薩乘者悉應遠離又如無盡意經云有四種施於說法師爲智資粮而得成就何等爲四一者謂紙筆墨經二者嚴飾法座三者具諸名聞利養四者爲攝受法不以諂詐稱讚復有四護何等爲四一者謂護巳身二者護善三者護諸世間四者護利益事乃至復有四住爲智資粮而得成就何等爲四一者住說法師二者住法三者住利養四者住覺悟是名四種又華樓閣經云若人以須彌量七寳聚布施在家菩薩者不如能以千錢奉施出家菩薩或以信解出家功德施一指節修難行施若諸所有唯除出家得是大果如來最上最聖非在家者有如是理況復在家無智心不具足如最上問經云謂若一心於他眷屬等罪而能遠離說爲無罪彼若不能遠離性難調故於在家者建立是罪

說阿蘭若品第十一之一

如最上授所問經說依止住阿蘭若次第居家者性過失故又如月燈經偈云

不起著欲　遠離眷屬　棄捨在家　得無上道
若離於欲　如避火坑　怖畏在家　遠離眷屬
無上菩提　斯不難得　未有三世　諸佛如來
由常在家　住於欲地　而能獲得　勝妙菩提
捐捨王位　如弃欬涶　安住空閑　遠離諸欲
斷除煩惱　降伏魔寃　離垢無爲　悟菩提道

飲食衣服　妙花塗香　而得承事　人中聖尊
如出家已　奉行正法　若有如是　求菩提者
善利衆生　厭有爲事　趣向空閑　至行七步
所獲福報　最勝無比　若復值遇　非衆同分
樂處衆會　悕財利者　衆生隨行　離彼方所
是愚闇難

彼經又云

智不爲愚諍　猛利應當捨　離此極惡心
勿競愚者法　智不近於愚　了知愚本性
能使久相親　後當成怨嫉　智不保於愚
了知愚本性　謂體性癡冥　自當求破壞
由是諸異生　何有善知識　若法共言說
不順瞋過咎　斯愚法碜毒　故智者不保
愚與愚者合　如糞投不淨　智復與智俱
如酥置酥内

彼經又云

常於世間　最極樂處　無有少分　若樂不樂
唯樂林泉　隨得受用　沙門勝樂　若於所有
一切都無　無有纖毫　所繫屬者　如風轉空
如獨覺行　乃至世間　諸最樂事　心常如風
無所繫着　若樂不樂　不有合集　謂此苦惱
不樂安住　謂若樂彼　無苦無違　離二邊故
唯此法樂　非人中樂

彼經又云

彼得常時　微作相應　離别衆失　不諍少分
彼相應理　住阿蘭若　獲是功德　而常獲得
不悕有爲　不樂世間　不增有漏　住山林者
獲是勝能　不起過分　常樂近寂　身語意密
及遠離行　住空閑者　獲多功德　得彼厭離
速悟解脱　寂靜解脱　住山林者　即住解脱

諸阿蘭若　獲是功德　棲止林泉　而常遠離
城邑聚落　樂遠離已　常如獨覺　無有伴侶
非久如間　得斯勝定
又護國經　所說偈云
棄捨在家　無量過咎　亦常不愛　深險思慮
得樂山林　諸根妙樂　寂靜功德　無有男女
戲笑言論　設有人來　如獨覺行　心淨無垢
不喜財利　意不耽著　處處少欲　當遠離此
諂求恭敬
最上問經云我應不作衆生合集非爲於一
衆生而起善根或先所聞具利那頃繫著財
利心不淨者若天若人咸悉捨去設一天人
亦復捨去又如實樓閣經云佛言迦葉波譬
若有人泛大水中爲渴而死迦葉波此沙門
婆羅門亦復如是然於多法受持讀誦而不
能斷貪瞋癡渴遊大法海爲諸煩惱渴愛而
死後墮惡道
論曰是故決定依阿蘭若及相似處又寶雲
經說若住所依之處得行乞食不近不遠流
泉浴池清淨無垢少怖畏處樹葉花果皆悉
具足遠離險惡多者龕窟寂靜第一菩薩如
是當依此處應先晝夜六時自誦經典聲不
高下善閉諸根心不外馳於此淨命繫念所
受善取其相不著睡眠若王王臣刹利婆羅
門及餘官屬或親來詣阿蘭若處彼比丘應
作是言善來大王如所施設可就此座王若
坐時比丘亦坐王若不坐比丘亦立王若諸
根動亂應當讚言大王得大善利王之境土
有諸具戒具德多聞沙門婆羅門安住其中
不爲惡人寃賊惱害王若諸根善淨堪爲說

法即當爲說善巧之法審若不樂善巧則當爲說厭離之法審若不樂厭離則當令知如來有大慈悲具大威德爲諸來者刹利婆羅門及餘官屬隨其所宜爲作化度彼若多聞堪任法器者使聞妙法降伏其心彼等衆生信樂是法得大歡喜最上授所問經云復次長者出家菩薩住阿蘭若應如是觀察是義云何我住阿蘭若中非獨沙門相者而多猛惡㦌悏非察非靜非律儀非相應非願求之所共住所謂非人諸惡鳥獸盜賊旃陀羅等之所共住彼不具足沙門功德爾時我住阿蘭若處我應圓滿是沙門義乃至復次長者出家菩薩阿蘭若行應如是觀察我以何義至阿蘭若我當爲此怖畏云何怖畏謂處衆憒閙怖合集怖貪瞋癡怖憍慢覆很怖慳嫉財利怖色香味觸怖蘊魔怖煩惱魔怖死魔怖天魔怖無常計常顛倒怖無我爲我顛倒怖不淨爲淨顛倒怖執苦爲樂顛倒怖心意識怖離障起障怖身見怖我我所怖疑三世怖惡友怖惡屬怖名聞利養怖不見言見怖不聞言聞怖不覺言覺怖不知言知怖沙門垢穢怖互相瞋忿怖三界怖諸有趣生怖三惡道怖總略一切不善作意怖我爲如是此惡怖畏行栢詣阿蘭若住乃至復次長者出家菩薩住阿蘭若當如是學若怖生時一切皆由我執所起以要言之復次住阿蘭若遠離我執則無我無我所無我相無我愛無我想無我見不爲我所持不爲我所計捨離於我不爲守護住阿蘭若此非利益復次長者住空閑者無巳想無他想若於諸法無說則

於諸法無雜以要言之長者譬如阿蘭若處藥草樹林不驚不怖不畏亦無驚懾毛竪此出家菩薩住阿蘭若行亦復如是於身發起藥草樹林牆壁瓦礫之想心如幻化所生何有分別及有怖畏驚懾毛竪如是深心於身觀察是身無有我人衆生壽者養者意生儒童虛妄遍計此怖畏者但有假名虛妄遍計不應分別如彼阿蘭若處藥草樹林無有主宰亦無攝屬此阿蘭若無有攝屬亦復如是於一切法如是知已應起是行所以者何住空閑者猶若強屍無有主宰亦無攝屬乃至復次長者出家菩薩如住空閑於此知已依佛所說住阿蘭若即得圓滿白法深植善根然後出詣聚落國邑入於王宮而爲說法復次長者出家菩薩讀誦演說解其義趣入彼衆中而得恭敬親近和尚阿闍黎及耆舊中而新學比丘亦應尊敬亦無懈怠悉自營辦無令他惱亦應勿使尊重承事當如是觀察又如來應等正覺爲諸天人魔梵沙門婆羅門及諸衆生尊重供養乃至諸有所作悉自營辦不怖承事況復我今欲求無學如是承事一切衆生若我承事於他一切供給則我諸有所作悉自成辦不復悕求承事供給所以者何長者此尊重承事者於比丘功德法中攝取毀犯造此攝取者因得承事故我勿由是法造此攝取彼經又說復次長者彼阿蘭若菩薩法若見若聞和尚阿闍黎疾病者雖處逈野應往問訊謂若旦時詣彼應發是心設復爲他所請讀誦解說令住僧坊者如阿蘭若心勿愛著如是住阿蘭若求法無厭

於一切事皆空閑想

大乘集菩薩學論卷第十三

大乘集菩薩學論卷第十四

法稱菩薩造

宋西天三藏朝散大夫試鴻臚少卿宣梵大師日稱等奉 詔譯

說阿蘭若品第十一之二

寶積經云復次阿蘭若行若諸異生未得果者見虎狼至勿生驚怖當發是心我本詣此阿蘭若處已捨身命不應驚畏爲起慈心遠離過失使無怖懼又若虎狼斷我命根噉我身肉應起是心我得善利以不堅身而當獲堅固若復不能令噉我肉豈彼虎狼得樂觸耶以要言之復次阿蘭若行有非人來若美若醜不應愛樂亦勿損害若有往昔見佛諸天來此阿蘭若比丘所起諸問難時彼比丘如力所能隨所學法爲諸天說又若有深問難時阿蘭若比丘或未能答而不生恭敬者應語彼言我今未得無學若我當勤佛教時聞法已盡能通解答一切問我今唯能得聞是法乃至總略若住阿蘭若處藥草樹林尚不取着云何爲生何等爲滅如是觀察是身無我無主宰無作者無受者誰生誰滅畢竟無有生滅之者是身亦復如是譬若草木牆壁瓦礫無我無主宰無作者無受者因緣和合故即生因緣離散故即滅復次於勝義中無有一法是生是滅彼經又說復次阿蘭若行應發是心然我至此阿蘭若處獨無伴侶若我所起善作惡作爾時此有天龍藥叉佛世尊等知我深心俱爲我證又若住此阿蘭若中以心不善自在遊逸又若至此極遠之處獨無伴侶無親近者無我無取應如實覺欲尋恚尋害尋及餘不善法尋悉如實覺若

我於此不異其衆樂處有情憒鬧中者即爲欺誑天龍藥叉諸佛世尊若如所作天龍藥叉不爲訶厭諸佛世尊悉皆歡喜

治心品第十二之一 禪定波羅蜜多附

論曰於此阿蘭若修是禪定如般若經云修此禪定波羅蜜多者得心不散亂利諸衆生所以者何起世間定彼尚亦然乃至心散亂者皆不可得況復阿耨多羅三藐三菩提是故得心不散亂乃至成證阿耨多羅三藐三菩提果彼經又說復次須菩提初發心菩薩摩訶薩修禪定波羅蜜多行時於一切相智相應作意則善入禪定若眼見色不取其相亦不執取隨形妙好若於眼根不修制止則依邪妄損惱於餘惡不善心隨其流轉護眼根者制此令盡如是耳所聞聲鼻所齅香舌所了味身所著觸意所知法皆不取相亦不執取隨形妙好若於意根不修制止則於餘惡不善非法之心隨其流轉護意根者制此令盡則行住坐卧語默時處悉不捨離三摩呬多得彼手足不生動摇口無雜言亦無戲笑諸根不亂若身若心俱無妄失三業寂靜於顯容中如律儀道乃至喜足易養易滿善入行處遠離憒鬧於得不得無有高下等無差别如是苦樂毁譽若讚不讚若夭若壽亦無高下等無差别若寃若親心常湛然是聖非聖其聲無雜於樂不樂猶如一相無高無下等無差别超諸違順所以者何於自相空如不眞實則見諸法無生無滅乃至廣說

論曰喜樂修習者遠諸懈退而常作意者息除高舉於此二種是所對治護國經偈云

無量俱胝劫　所有佛出世　由是大僊尊
刹那獲勝益　遠離於放逸　解脫諸染欲
此有爲虛妄　如幻夢所見　乖離非久住
諸愛亦不常　如奮力營求　諸波羅蜜地
乃至悟菩提　精進無疑惑
大戲樂經廣說偈云
老病死苦　如火燄然　三有熾盛　無適無莫
未離輪轉　常處愚瞑　譬若狂蜂　處瑩器內
三界無常　如戲劇者　及秋空雲　旋生旋滅
人命遷壞　過於山水　輕捷迅速　如雷飛空
虛天界城　遍三惡道　無明橫起　愛有所生
隨轉五趣　如陶家輪　常樂美色　及妙音響
清淨香味　細滑觸樂　貪著此者　如被囚縶
如鹿寄網　如猴被縛　常懷怖懼　作冤家想
此欲樂者　極多憂惱　如鋒銳刀　亦如毒藥
智者遠離　如棄糞餅　愚憒念著　爲怖畏因
及爲苦本　愛有所纏　疾起衰老　常樂欲者
怖無歸救　昔有聖人　了知此欲　怖如猛火
如大淤泥　如持蜜刀　如避空鉤　又諸智者
了知此欲　如糞穢餅　如毒蛇首　如木耦驢
如塗人血　如死狗頭　如惡冤家　又諸聖智
了知此欲　譬水中月　如山谷響　如鏡中像
如戲劇人　如夢所見　又此欲樂　智者了悟
如幻如燄　如水泡沫　刹那而住　遍計所起
虛妄不實　但謂盛年　住持色相　意樂此者
實愚夫行　及老病至　壞苦所吞　退失光澤
如竭河流　財力豐饒　庫藏盈積　愛樂此者
實愚夫行　或至匱財　後疾耗滅　遠離於人
如空園林
譬如花果樹　愛樂人怖取　貧窶衰老時

厭棄如鵂鶹　豐財壯色者　樂生利悅心
貧窶衰老時　厭棄如死屍　又此衰老相
年邁極過朽　譬如雷電火　焚餘枯槁樹
此衰老可畏　亦猶朽故宅　是故牟尼尊
說速求出離　又若娑羅林　爲藤蔓所縛
如男女眷屬　枯乾速衰朽　又若溺泥夫
頓乏於勇健　此老相亦然　趣捷無快利
老變形容醜　威雄勢力衰　長別妙樂尋
趣死無光澤　此百種病惱　固非安隱樂
是相於世間　熾然如猛獸　觀若老苦病
是世間苦惱　俱捨妙樂尋　說速求出要
又如霜與雪　奪草木滋茂　病苦於世間
壞命根色力　倉庫多崇積　追求極邊際
常如疾病人　好起瞋恚事　及冤害讎對
炎熱如空日　及至死滅時　財命俱散壞
譬川流不返　如果葉墮樹　亦如河中梗
漂汎不自在　隨業果難停　獨去無伴侶
此死滅之法　又若磨竭魚　吞噉無量衆
如金翅食龍　及獸王搏象　若猛火焰然
焚燒諸草木

又教示勝軍大王經說佛言大王譬若四方有四山來堅固精實周普連帀狀一合成無有缺漏亦無間隙是中空界地際一切動植悉歸磨滅誰有踊躑而可逃避及以勢力呪禁藥術財物等事而令退轉佛言大王世有四種大怖畏事亦復如是誰有踊躑而可逃避及以勢力呪禁藥術財物等事而能退轉何等爲四謂衰老病死佛言大王一者衰勢來時摧逼興盛二者老相現時摧逼少壯三者病苦集時摧逼調適四者死滅侵時摧逼

壽命此復云何佛言大王亦如師子爲衆獸王色相勇健皆悉具足爪牙剛利入鹿群中搏取其鹿隨應所欲然鹿踊躑入猛獸口無能爲也佛言大王死箭射人亦復如是縱使剛强無能逃越無歸無救亦無投寄節節支解血肉枯竭飢渴熱惱張口大息手足紛亂於追求事悉無堪能涎涕流溢便利不淨塗汚支體餘命漸滅中有現前隨業緣起焰魔使者甚可怖畏趣黑夜分於出入息最後而盡唯巳獨行更無伴侶奄背此生倏往佗世奔大險道入大黑暗涉大曠野趣大稠林泛大溟海業風飄墮所向冥寞曾無標記餘無歸救餘無投寄佛言大王唯法與法是歸是救是所投寄佛言大王此善法者如寒者得火如熱者遇涼渴者飲清冷水飢者食珍美饌疾病者遇良醫藥怖畏者得强力伴是爲歸救佛言大王此諸善法有大勢力亦復如是無歸救者爲作歸救無投竄者爲作投竄大王是故應知有現無常者現滅盡者法爾如是唯死怖畏佛言大王王恃所爲悉非善法所以者何大王然此身者從昔已來縱加守護及加瑩飾上妙飲膳恣情飽滿及命終時未免飢渴逼惱而死如是身者雖以種種可愛奇文侈服上妙細氎行住坐卧隨意嚴飾及命終時穢惡不淨要當流出大王又此身者雖以澡沐塗香粖香熏香妙花無量嚴飾及命終時不久臭穢又此身者后妃婇女眷屬圍繞種種妓樂歌舞嬉戲及諸僮僕悅意快然及命終時未免怖畏及諸苦惱佛言大王至若此身雖處宮殿臺榭樓閣戶牖軒

檻彩繪嚴飾種種花香及與燈明屏幛幃幔牀座裀褥燒衆名香散諸妙花寶瓶香鑪處處行列及妙珠寶錦綺雜飾玩好之具及命終時至塚墓間骨肉毛髮膿血臭穢屍臥地上都不覺知佛言大王又此身者而常乘御象馬車乘擊鼓吹貝作大音樂張妙幰蓋執持扇拂無量勇健象兵馬兵車兵步兵導從前後百千官屬城邑人民叉手恭敬不久要當屍臥車上衆人荷挽出大城門父母妻妾兄弟姊妹奴婢僕從作業使人心纏憂惱頭髮被亂舉手拍頭悲咽哀慟咸歎苦哉於我無救無親無主城邑人民街悲瞻戀至塚壙間或復爲諸烏鵲鵰鷲狐狼野干之所食噉乃至餘骨積薪所焚或瘞於地風雨曝露未爲微塵散擲餘方佛言大王此身幻化終歸壞滅一切諸行悉是無常乃至廣說

論曰此貪瞋癡等一聚煩惱至若對治修習因是遠離故寶雲經說對治貪者於起貪緣悉能遠離云何名對治貪及起貪緣對治貪者若善了知於起貪緣修不淨觀云何名不淨觀謂若於身髮毛爪齒皮膚血肉筋脉骨髓肪膏腦膜汗淚涕涶咽喉心肺肝膽脾腎生臟熟臟屎尿膿汁菩薩於如是物而起觀察則愚癡小兒顛狂不善知是物已猶尚不起貪愛之心況諸智者是爲菩薩修不淨觀又如般若經云復次善現菩薩摩訶薩修般若波羅蜜多行時然於此身如實了知善現譬若解牛之師及師弟子斷牛命已復用利刀析爲四分若坐若立如實觀察善現菩薩摩訶薩修般若波羅蜜多行時亦復如是然

於此身地界水界火界風界如實觀察乃至善現又若耕夫或諸長者滿治場中有種種穀所謂菽麥稻粱脂麻芥子等有明目人分別視之如實了知彼種種穀此是菽麥此是稻粱此是脂麻芥子等善現菩薩摩訶薩修般若波羅蜜多行時亦復如是然於此身從頂至足髮毛爪齒種種不淨之所充滿而菩薩如實觀察是身唯有髮毛爪齒頭目脂髓肝膽脾腎生臓熟臓脖聹不淨等乃至若詣塚間觀種種相謂所棄屍於塚壙間或經一日二日乃至五日身體胮脹青瘀臭惡皮穿肉潰膿血交流見是事已我與此身亦復如是然此身者法爾如是本性如是如是法性曾未解脱復次善現菩薩摩訶薩修般若波羅蜜多行時而於外身修隨所觀乃至觀所

棄屍於塚壙間或經一日二日乃至七日爲諸鳥獸烏鳶鵰鷲狐狼野干之所食噉及餘種種螻蟻咂食見是事已我與此身亦復如是然此身者法爾如是本性如是如是法性曾未解脱以要言之又若觀所棄屍於塚壙間蛆蟲咂食不淨臭穢我與此身亦復如是餘如上説乃至復次向悽慘道觀所棄屍肉銷骨現筋纏血汚我與此身亦復如是餘如上説復次向悽慘道觀所棄屍血肉都盡身骨相現餘筋尚纏我與此身亦復如是餘如前説復次向悽慘道觀所棄屍唯有衆骨散擲異方所謂頭骨足骨腰骨背骨頸骨臂骨等我與此身亦復如是餘如前説乃至復次善現菩薩摩訶薩修般若波羅蜜多行時向悽慘道觀所棄屍唯有骨在風飄雨漬白若

珂貝我與此身亦復如是餘如上說復次善現菩薩摩訶薩修般若波羅蜜多行時向悽慘道觀所棄屍唯有骨在經歷多年變異青色如泥處地碎末爲塵我與此身亦復如是然此身者法爾如是本性如是如是法性曾無解脱

論曰以不淨觀對治貪者則修慈觀對治瞋恚此乃平等若不樂觀衆生者此或於一飲食發生愛樂則於他妙樂悕求稱讚無不愛樂慈者度貪欲因緣不著染愛是義有三種無盡意經云謂初發心菩薩修衆生緣慈已習行菩薩修法緣慈得無生法忍菩薩修無緣慈

大乘集菩薩學論卷第十四

音釋

扑 普木切小擊也
㦬悷 㦬力董切悷郎計切
罃 於耕切缶也
窶 其矩切
鴝鵒 鴝其俱切鵒余蜀切鴝鵒鳥名
搏 補各切擊也
標 卑遥切表也
榭 辭夜切臺榭有屋曰榭
瘞 於計切埋也
筋 舉欣切骨絡也
眵 赤脂切
聹 乃頂切耳垢也
潰 胡對切壞也

大乘集菩薩學論卷第十五 第十六十七同卷

法稱菩薩造

宋西天三藏朝散大夫試鴻臚少卿宣梵大師臣日稱等奉詔譯

治心品第十二之二 亦名禪定波羅蜜多品

復有佛緣菩薩緣聲聞獨覺緣衆生緣等彼衆生緣者謂先樂與利益安樂以禪定意與彼慈故或有知識客寄近住以已聚落如他聚落乃至於此一方解脫如是汝緣十方佛等亦無厭怠如金剛幢回向中說具足修習菩薩行者若所見色對治於愛如是乃至聲香味觸法對治於愛則無罪犯是淨是善最上光潔超諸妙樂生適悅意起淨信樂發生踊躍安住極喜於分別心不生退惱心意調柔諸根猛利常受妙樂如是回向一切諸佛轉復回向諸佛般若而得具足不可思議佛妙樂行然未同佛得善攝受三摩地樂由是力能展轉得佛無量妙樂具足無量佛解脫樂攝受無量佛神通樂得善攝受無數諸佛無著行樂得佛自在如彼牛王所至遠近速疾妙樂畢竟獲得無量佛力了知一切寂靜無生無滅等樂於無著行而常等引得諸如來不二集行無瞋妙樂是爲菩薩常以如是善根回向如來回向菩薩者謂於意樂未圓滿者回向圓滿於一切智未清淨者深心清淨一切波羅蜜多未成辦者爲令成辦發菩提心猶若金剛令一切智鎧無有退屈若令一切智鎧無退屈者則於菩提妙樂隨所輕安於諸善道無所退向平等安住一切世間圓滿大願修習一切菩薩之行了知菩薩利根神通由斯善根證一切智以如是善根義

故回向菩薩又若學佛教者一切聲聞辟支佛等亦以善根如是回向若有衆生一彈指頃聞佛法聲及賢聖衆爲作尊重以此善根回向阿耨多羅三藐三菩提所謂念佛圓滿回向念法方便回向尊重聖衆回向不離見佛回向清淨心回向通達佛法回向所修無量功德回向清淨一切神通善根回向斷諸法疑回向是爲於聲聞辟支佛等學佛教者之所回向又彼菩薩亦以善根回向一切衆生所謂遠離地獄道回向斷除畜生道回向與琰摩羅界妙樂回向斷除墮諸惡趣回向令彼衆生樂欲增長無上菩提回向爲令深心得一切智心回向不謗一切佛法回向畢竟成就一切智地回向畢竟清淨一切衆生回向以無量智回向一切衆生乃至所有飲食衣服卧具病緣醫藥於身承事去來坐立種種作業住律儀道於律儀道不生瞋恚身語意業如善修作容緻諸根而或自身消息按摩等事衆味飲食若開若合若觀不觀若卧若覺而復自身詣彼承事菩薩於一切智緣平等相應者無不回向彼一切智心樂利樂一切衆生乃至意常救護一切世間發起善根遠離憍逸以要言之令諸煩惱不復現前爲諸菩薩之所守護決定勤求一切智道愛樂親近諸有智者乃至而能修習一切善根速得圓滿相續諸行以要言之彼畜生趣者或以少飯而能施與令彼一切得生善趣如是利益解脫回向彼畜生者是爲苦海是苦所取是爲苦蘊是名苦受是爲苦聚是苦遷流是苦邊際是苦根本是苦依處於彼衆

生不退回向又彼一切衆生緣者謂於衆生現前作意由先所作善根發菩提心回向一切智故不墮輪迴離諸險難得佛妙樂現前無礙超輪迴海求斷相續照明佛法起大慈故如最勝金光明經慈悲藏伽陀云

是金光明最勝金鼓　所出妙聲遍三千界
能息地獄　及餓摩羅　乃至人中　貧窮苦等
又此金鼓　滅除世間　一切障惱　亦願衆生
得除恐怖　如牟尼尊　寂靜無畏　如諸聖人
處生死海　修一切智　如彼所得　勝慧等持
及菩提分　功德大海　又此鼓音　願諸衆生
獲斯梵響　如佛證已　勝妙菩提　轉淨法輪
住無數劫　說法利生　滅貪瞋癡　煩惱衆苦
若有衆生　住於惡道　爲火所燒　身常洞然
聞斯鼓音　如教誨言　令歸佛寶　又令衆生
得宿住念　於百千億　俱胝生中　念牟尼尊
聞甚深教　又此鼓音　常得近佛　淨修善行
遠離罪惡　乃至偈云　又諸刹土　一切衆生
息除世間　所有諸苦　又若衆生　身分下劣
根缺減者　普得諸根　悉皆圓滿　若疾病者
身形怯弱　隨其方處　無所依怙　解脱衆病
得獲輕安　根力充實　又若衆生　王法所加
生種種怖　及多憂惱　彼諸衆生　苦難若至
最極惡事　百種怖畏　悉令解脱　或復捶打
枷鎖繫縛　種種諸苦　逼切其身　又復無量
百千種類　憂畏愁歎　間擾其心　牢獄繫閉
打撻楚毒　一切解脱　被臨刑者　遽活軀命
衆苦雖至　得無怖懼　又若衆生　飢渴逼惱
令得上味　美膳飲食　盲者備覩　衆妙色相
聾者得聞　適意音響　彼裸形者　得細輭衣

貧寠衆生　得衆伏藏　倉庫豐饒　衆寶嚴飾
一切衆生　獲斯妙樂　無一衆生　受諸苦報
諸相端嚴　人所樂見　飲膳豐饒　福德具足
常得受用　無量妙樂　箜篌簫笛　衆妙音聲
隨彼心念　應時現前　念水即現　清淨池沼
金色蓮華　及優鉢羅　遍覆其上　隨彼心念
應時現前　乃至偈云　塗香花鬘　和合末香
每日三時　從樹而雨　衆生取已　咸生喜悅
供養十方　不可思議　一切如來　菩提妙法
諸大菩薩　遠塵離垢　諸聲聞衆　得離一切
卑下種族　及八難處　常值無難　最勝中王
常得親近　諸佛如來　乃至偈云　願諸女人
得爲男子　剛健勇猛　智慧聰利　而常修行
諸菩提道　六波羅蜜　見十方佛　在寶樹下
處琉璃座　安隱快樂　圍繞恭敬　聞說妙法

論曰此略明慈行對治於瞋以緣生觀對治於癡今當說是中緣生義者稻稈經說云何內緣生法繫屬於因謂無明緣行乃至生緣老死若無無明則知無有行乃至若無有生則知無有老死又若實無明滅則行滅如是乃至生滅則老死滅又彼無明不念我從行起行亦不念我從無明得起如是乃至生亦不念我從老死得起老死亦不念我從生得起若實無明起者則行起不可得如是乃至生起則老死起亦不可得應知是爲內緣生法繫屬於因復何內緣生法繫屬於緣謂地水火風空識等界和合於內繫屬於緣云何地界謂令此身聚集而轉堅硬爲性說爲地界又若令身攝持造作說爲水界又若令身煖性現前飲食成熟說爲火界又若於身造

出入息說為風界又若於身中有竅隙說為空界謂此名色猶如交蘆令五識身相應繫屬有漏意識說為識界若非此緣者則身不轉若內不闕地界如是水火風空識界亦無闕減彼彼和合則身定轉故然此地界不念我能令身堅聚水界不念我能令身攝持造作火界不念我能令身溫煖飲食成熟風界不念我能於身作出入息空界不念我能於身中成竅隙識界不念我為緣生由是緣故身定得轉又此地界無我無人無衆生無壽者無意生無儒童非男非女亦非非男亦非非女無自在無主宰無此無彼及無所有如是水火風空識界亦復無我無人無衆生無壽者無意生無儒童非男非女亦非非男亦非非女無自在無主宰無此無彼及無所有

復次無明者是義云何謂於此六界之中起一想合想堅固想常樂我淨想衆生壽者意生儒童想自在主宰等想如是種種無智說為無明由此無明謂實有境起貪瞋癡即彼貪瞋癡境此說為行於事表了此說為識識俱生時彼四取蘊說為名色又此名色所依諸根說為六處三法和合此說為觸由觸領納此說為受受耽著故此說名愛愛深廣故說名為取取能生有有復生因由是蘊起名生蘊熟為老蘊滅名死癡瞋染着畏死名憂追感傷歎名悲五識相應不常領納名苦作意和合極苦名惱如是引生隨煩惱等乃至總略

大乘集菩薩學論卷第十五

大乘集菩薩學論卷第十六

法稱菩薩造

宋西天三藏朝散大夫試鴻臚少卿宣梵大師曰稱等奉　詔譯

治心品第十二之三

復次所說眞實行及邪妄行謂無智無明由是無明起三種行謂福非福不動行等此說是爲無明緣行又此福行非福行不動行等隨所得識之所招集此說是爲行緣識（今詳此處合有識緣名色一段經文梵本元闕）如是名色及名色增長於六處門造作所起此說是爲名色緣六處又此六處六觸身轉此說是爲六處緣觸若觸生時令受所起此說是爲觸緣受若受美味深喜樂著此說是爲受緣愛喜耽味故若處樂色色離散時數數追求而不棄捨此說是爲愛緣取如是追求令後有起身語意業此說是爲取緣有若業遷謝令蘊生起此說是爲有緣生又若生已變異令熟及壞滅時此說是爲生緣老死乃至是中由識等自體爲種子業自體爲良田無明愛等自體爲煩惱以業煩惱等令識種生者謂此業爲識種田事愛爲識種沃潤無明爲識種開發然業不念我爲識種田事愛亦不念我爲識種沃潤無明不念我爲識種開發是識種子亦復不念我爲衆緣所生然識種子住於業地以愛沃潤無明滋長生名色芽此名色芽非自作非他作非二俱作非自在天所化不由時變非一因生非無因生無不繫於父母因緣和合耽染相續是識種子於母腹中生名色芽然此法爾無有主宰無我無取等如虛空體相幻化因緣不闕由五種緣發生眼識何等

爲五謂眼識生時藉眼及色空緣明緣作意緣等是中眼識眼爲所依色爲所緣明爲照矚空作無礙同時作意爲彼警發闕是緣者眼識不生謂若不闕内眼根處如是不闕色及空明作意緣等故彼一切和合則能生眼識而眼不念我與眼識爲作所依色亦不念我與眼識爲作所緣空亦不念我與眼識爲作無礙明亦不念我與眼識爲作照矚作意不念我與眼識而爲警發如是眼識不念我從緣生然眼識生時實藉衆緣和合而生如其次第諸根生識隨應爲説然無有法從於此世得至佗世但由業果因緣不闕之所建立譬如無薪火則不生是業煩惱所生識種亦復如是彼彼生處相續和合生名色芽如是法爾無有主宰無我無取如虛空等體相幻化因緣不闕應知内緣生法有其五種何等爲五所謂不常不斷無所至向因少果多相似相續云何不常謂若此邊蘊死彼邊蘊生非即死邊蘊是彼生邊蘊是曰不常又不滅於死邊蘊而起於生邊蘊亦非不滅於死邊蘊然起於生邊蘊譬若權衡低昂時等是曰不斷又於異類衆生身處非衆同分生邊蘊起是曰無所至向又今少作善惡業因於未來世多獲果報是曰因少果多又若此生作業則未來受報是曰相似相續佛言舍利子此緣生者以如實正慧常修無我無人衆生壽者如不顚倒則不生不滅無作無爲無對無礙無怖無奪無動無懈觀彼自性無有堅實如病如癰如痛如害是苦空無常無我等性彼復隨觀前際不流轉者謂我於過去

世曾有耶誰謂我於過去世曾有耶我於過去世爲無耶誰謂我於過去世爲無耶復於後際不流轉者我當未來世爲有耶誰謂我當未來世爲有耶我當未來世爲無耶誰謂我當未來世爲無耶復於現在世不流轉者我於今有耶誰謂我今有耶云何爲我今有耶又十地經說是中無明愛取是爲煩惱流轉不斷行有是爲業流轉不斷餘支是爲苦流轉不斷復說無明緣行是曰前際觀待識及受等是曰現在觀待愛及有等是曰後際觀待此上所說皆名流轉乃至如是由繫屬故則爲流轉若離繫屬則無流轉由和合故則爲流轉若離和合則無流轉由是了知諸有爲中多種過失是故我今當斷繫屬及彼和合然爲化度一切衆生畢竟不斷諸有爲行

念處品第十三之一

論曰彼治心業略明緣生對治於癡次當入解不淨身念處今當說如法集經云復次善男子菩薩如是住身念處者謂我此身從足足指跟踝腨脛膝髀髖骨腰脊腹肋胷脇手指肘腕肩臂頸項頭頰髑髏等狀衆分積聚是即業有由斯造作種種煩惱及隨煩惱百千種類邪正分別是身唯有髮毛爪齒血肉皮骨肝膽脾腎心肺腸胃生藏熟藏肪膏腦膜眵淚涎涕便利不淨多物積聚以何爲身由是觀察身如虛空則見一切諸法皆空爲空念處了知是身由二種念所謂流散及不流散是身來者不從前際去者不至後際亦不住二際中間唯從顛倒和合造作由斯領

受是中居處而爲根本然實無有主宰亦無攝屬但從客塵先所作事身體形貌受用依止爲所持處然此身者唯有父母赤白和合不淨臭穢攬爲自體三毒憂惱常爲賊害是散壞法種種百千病惱窟宅如寶髻經說是身無常而不久住死爲後際了知此已不應於身而生邪命應當以身修三種淨施何等爲三謂身淨施壽命淨施受用淨施是身無常應當往詣一切衆生所親近承事欲何所作或如僕使或如弟子離諸諂誑身過失等是身無常唯出入息爲壽命因寧造罪惡是身無常應於受樂受用不生耽著一切當捨

復次善男子菩薩以身觀身念處應觀自身及一切衆生身等同佛身威神加持得離纏縛然觀自身及一切衆生身與如來身無漏法性彼相無異故應如是知又無畏授所問經說謂我此身非先所集漸次散壞譬若微塵九竅流溢如瘡疱門又諸毛孔有縛羅弭迦猶如毒蛇依止而住身如聚沫體性怯弱如水上泡暫生即滅亦如陽燄本無有體身如芭蕉中無有實身如幻事爲他教勑身如惡友多諸諍訟是身如猴性唯輕躁是身如讎常伺其短是身如賊機巧貪取是身如囚常被縛戮是身如冤不可愛樂亦如魁膾能斷其命又復此身如空聚落中無有我如陶家輪無暫停止如滓穢瓶不淨充滿身如癰疽痤唯痛楚身如朽宅不久遷壞身如漏船無堪濟渡身如坏器漸當沮壞又復此身如河岸樹必爲駛流之所漂動身如旅泊多諸艱苦身如邸舍妄執主宰如伺盜者常生暴

惡乃至是身如癡小兒要當守護彼經復說如是種種不淨之身由我慢愚癡妄爲光潔智者所觀猶如穢瓶眼鼻口等眵涕流出云何於此多生貪慢又彼偈云

如愚癡童子　洗炭欲令白　設盡此生中
求白不可得　亦如無智人　洗身欲令潔
屢加於澡沐　至死不能淨　菩薩觀於身
九竅瘡疱門　八十千戶蟲　依身而所住
菩薩觀於身　如刻木衆像　筋骨假連持
應知無主宰　菩薩觀於身　或受他飲食
應知同狐狼　來食自身肉

論曰由飲食資助成廣大行如是處處應當了知受念處者如寶髻經說善男子菩薩以受觀受念處了知衆生依止大悲得如是樂若一切衆生無有解脫應當修習以受觀受念處我當被大悲甲攝受調伏一切衆生悉以彼樂滅除衆苦我以大悲令貪行衆生了知樂受離於貪染我以大悲令瞋行衆生了知苦受離諸過失我以大悲令癡行衆生了知不苦不樂受捨俱生癡又彼樂受不壞苦受不滅不苦不樂受離於對治則無無明若無無明彼何名受云何了知一切無常及無我等然此樂受即無常性苦受即逼迫性不苦不樂受即寂靜性由此了知若樂若苦無常無我等又無盡意經云若受苦時當念一切惡道衆生起大悲心攝除於瞋離於顛倒分別受等又法集經偈云

說受爲領納　領納復爲誰　受者離於受
差別不可得　智者觀於受　住如是念處
彼相如菩提　光明遍寂淨

大乘集菩薩學論卷第十六

大乘集菩薩學論卷第十七

法稱菩薩造

宋西天三藏朝散大夫試鴻臚少卿宣梵大師曰稱等奉　詔譯

念處品第十三之二

論曰此略說受念處次明心念處者如寶積經說佛言迦葉波謂於此心或生愛樂或起厭患或多封著於彼三際云何伺察若過去則已滅現在不住未來未至非內非外亦非中間皆不可得又此心者不可色見非所詮表亦非對治非觀非照無住無著然此心者一切如來尚無所見餘何能觀無別境界唯法想轉迦葉波是心如幻遍計不實由所取故種種得生心如虛空爲諸煩惱及隨煩惱客塵所覆心如河流生滅不住心如燈光因緣所起心如擊電刹那不住心如惡友能生諸苦心如漁師苦爲樂想心如鬼魅作諸嬈惱心如藥叉伺噉精氣心如狂賊壞諸善根心如燈蛾常耽其色心如鼙鼓唯警鬬戰心如婢僕貪嗜殘味是心如蠅觸羶膩器是心如猪於不淨中謂爲香潔佛言迦葉波求是心者了不可得由不可得故無所得於過現未來皆不可得則能超越三世有非有等又寶髻經云然此心者非外所有故不可見於蘊處界亦不可見如是尋求不可見者由何所緣數數得起謂彼彼心緣如是事云何說爲心不可見應知是心如利劍刃何能自斷又復此心亦如指端指豈能說心不可見亦復如是乃至如人遠行其身輕轉迅疾如風所至境界無能障礙善男子若人於此六處境界自他繫屬心無愛著身不散亂則於奢

摩他心一境性得無障礙是爲心念處又無盡意經說以相應行修習莊嚴於法性心而不減失云何莊嚴彼法性心同於幻化謂若自捨一切所有而能回向彼法性心是爲嚴淨諸佛刹土法念處者亦如彼說菩薩於法不觀法行法無可觀故若非佛法非菩提道則一切法皆非出離了知此已得大悲三摩地於一切法非有煩惱非無煩惱得三輪無想所以者何了諸法性無有二相是諸煩惱無積聚性無貪性無嗔性無癡性若能如是悟菩提者了煩惱性即菩提性是爲法念處又寶髻經云善男子菩薩以法觀法念處若法起即生法謝即滅謂於法爾我人衆生壽者養者士夫補特伽羅意生儒童生老死等若集即集行若不集即不集行若善不善及不動行未有少法無其因緣而得生起乃至於是法處深所伺察不捨一切智菩提心故如大戲樂經云此有爲行唯心造作猶若坯瓶無常散壞行如空城爲雨沮壞泥塗不堅漸當磨滅亦如河岸積沙所成自性怯弱爲水流蕩行如風燈生滅不住行如聚沫不可撮持行如芭蕉中無有實復如空拳誑示愚騃乃至或草葛等搓撚爲繩依瓶轆轤而能汲引未嘗獨一有彼作用一切有支互相依止聚集而轉是前後際亦不可得如人鑽火二手與木勤劬不息火乃得生衆緣若離火勢隨滅於如是行印所印已若自若他即能超越斷常等行如智商人於諸險道所至方隅而得通達

論曰由無明愛等煩惱業緣之所招集成蘊

處界於勝義中皆不可得

自性清淨品第十四之一

論曰說念處已次復入解補特伽羅決定成就相應空性斷根本已餘煩惱等不復集行又如來祕密經云佛言寂慧譬如有樹名鉢羅奢若斷其根即一切枝葉悉皆枯瘁寂慧此亦如是若斷身具即能除滅一切煩惱

論曰分別空性有無量行相如月燈經偈云

若人信解如來教　於佛戒學無毀犯
悉能遠離諸女人　知法自性常空寂
拔除一切憂苦箭　或施醫藥令安穩
速得成斯二足尊　知法自性常空寂
若於身分斷支節　杖木捶打無恚惱
忍力最上人中月　知法自性常空寂
設百生中墮惡道　常得住持妙色相
亦復獲是五神通　亦常安住諸佛所

又般若經云復次舍利子菩薩摩訶薩欲成就佛身三十二大人相及八十種好者於一切生中當念菩提心無令損壞於菩薩行得無忘失離惡知識及諸過咎親近一切佛菩薩衆善知識等爲欲降伏諸天魔衆淨諸業障於一切法得無障礙當學般若波羅蜜多復次舍利子菩薩摩訶薩如是發一念心悉能超越東方殑伽沙等世界一切方所當學般若波羅蜜多復次舍利子菩薩摩訶薩設住十方佛剎當學般若波羅蜜多亦如是說乃至廣如諸法無我滅業障縛則見諸法自性無滅如父子合集經云佛言大王如是六界及六觸處十八意所伺察是補嚕沙爲緣得生云何六界所謂地界水界火界風界空

界識界云何六觸處謂眼觸處而見於色若耳觸處得聞其聲若鼻觸處能齅於香若舌觸處悉嘗於味若身觸處親覺其觸若意觸處則知於法云何十八意所伺察謂眼見色已若生適悅若生憂惱若住於捨如是六根各各緣彼適悅等三是名十八意所伺察大王云何爲內地界謂於內身所生硬澀髮毛爪齒等若內地界不生亦無有滅則無集行大王若時女人而於內身如所思惟彼補嚕沙彼補嚕沙亦生愛樂由二和合羯邏藍生又復如所思惟相似和合而得生者無有是處若二女人無有是處二補嚕沙無有是處若彼彼思惟而得生者亦無是處自性無實非相應故云何說此爲堅硬性大王此堅硬性相似而立畢竟此身潰爛散滅唯塚壙間是所歸趣彼堅硬性從何所來亦非四方上下而去大王此內地界應如是知

大乘集菩薩學論卷第十七

音釋

緻直利切密也　跟古痕切足踵也　踝胡瓦切足骨也　腨時兖切腓腸也　髀部禮切股也　髖苦官切兩股間也　肋歷德切脅骨也　肘張柳切臂節也　腕烏貫切臂也　頰吉協切面旁也　髑髏上徒木切下音樓髑髏頭骨也　躁則到切不安靜也　駛踈士切疾也　羶尸連切羊臭也　騃五駭切癡也　搓七何切挪也　撚乃殄切以指撚物也　轆轤上盧谷切下落胡切轆轤汲井圓轉木也

大乘集菩薩學論卷第十八第十九二十同卷

法稱菩薩造

宋西天三藏朝散大夫試鴻臚少卿宣梵大師日稱等奉詔譯

自性清淨品第十四之二

大王是外地界堅硬性者爾時世間初建梵天所居宮殿大寶所成復生他化自在諸天所居宮殿皆七寶成大王若無地界堅硬性生彼何所來復成大地厚八萬四千踰繕那縱廣六萬踰繕那復生輪圍大輪圍山堅固安住同一金剛復生蘇彌盧山庚健陀山顭泯陀山伊舍陀山乃至黑山如是三千大千世界次第成巳堅固安住若無地界堅硬性生彼何所來大王又此世界欲壞滅時或爲火焚或爲水漂或爲風吹而此大地爲火燒時譬然酥油其焰彌熾乃至煤燼不復可見若爲水漂如投鹽水中尋即消壞若爲毗嵐風所吹時彼三千大千世界悉皆散壞淨盡無餘大王此外地界生時本空滅時亦空自性空故無有男相亦無女相但唯言說之所顯示如是地界與地界性皆不可得如實正慧而能了知云何内水界若此身内所有執受濕潤等性彼復云何所謂涎汗涕唾脂髓膿血溲便等物爲内水界大王若時忽見親愛人等眼中流淚或爲苦惱所逼流淚或聞深法信重流淚或爲寒風所吹流淚如是水界從何所來水相乾時復何所去乃至此界壞時徧興黑雲三十二重彌覆三千大千世界於虛空中降澍洪雨點大如象晝夜傾注相續不絶如是時分經五中劫其水積滿上至梵世大王此大水界從何所來又此世界

將欲壞時有二日出二日出已小河泉源悉皆乾竭三日出時無熱惱池流出四河亦皆枯涸四日出時大海水減一踰繕那或二或三漸次減少至十踰繕那或二十踰繕那次第枯竭至八十踰繕那有餘水在或深一多羅樹或深至胷臆或深如牛跡乃至少水深一指面當爾之時大海中水悉皆乾竭淨盡無餘大王此水界相生無所來滅無所去生時本空滅時亦空自性空故無有男相亦無女相但唯言說之所顯示如是水界與水界性皆不可得云何身內火界若此身中所有執受溫熱等性彼復云何所謂溫暖蒸熱咀嚼飲食成熟變壞使令安樂入熱數者名內火界云何外火界謂不執受溫熱相生若復有人於曠野中尋求火緣或以蒿艾或牛糞屑或兜羅綿引火生已或燒草木山林聚落及餘方處皆為所燒大王如是火界生無所來滅無所去從本已來自性離故云何身內風界輕動等性彼復云何謂此內風或時上行或時下行或住腹間或脇或背或發隱瘮或聚成塊或如刀裂或如針刺出入息等徧滿身肢外風界者謂若此風從四方來或緊如箭或利如刃若狂暴起摧折林木墮裂山峯若微細起飄舉身衣動多羅樹名外風界餘如前說云何內空界若此身內皮肉血等顯現增長離質礙性彼復云何謂若眼竅耳穴面門咽喉噤嗽飲食所引滋味於腸胃間通徹而出若時業緣引生六處諸處生已圍繞空界此說名入內空界數然彼空界從何所來若復外所顯現離質礙性名外空界大

王若色變壞一切皆空所以者何是虛空界本無盡故安住不動猶如涅槃徧一切處無有障礙大王譬如有人於彼高原穿鑿池井於意云何是池井中所有空相從何所來王言無所從來佛言大王設使彼人復塡以土於意云何空何所去王言空無所去所以者何是虛空界無去來故不住男相不住女相大王外虛空界本來無動所以者何自性離故如實正慧而能了知復次大王云何識界謂若眼根爲主各別所緣顯色形色及以表色名眼識界若六根爲主緣於六境各別建立名六識界又此識界不著於根不住境界非内非外及二中間然此識界各各了別彼彼事已即便滅謝生無所來滅無所去大王識生時空滅時亦空自性空故不住男相亦非女相但唯言說之所顯示如是識界與識界性皆不可得如實正慧而能了知大王云何眼處謂四大種地界水界火界風界所造淨色若地界清淨則眼處清淨若水火風界清淨則眼處清淨何以故由地界清淨眼處得生是中無有少法可得如是乃至由風界清淨眼處得生是中無有少法可得何以故無主宰故無造作故猶如涅槃自性淨故大王如是眼處各各尋求皆不可得所以者何由地界空故則地界清淨乃至風界空故則風界清淨若諸法自性本空則彼界何有清淨亦無忿諍若淨若諍皆不可得復有何色而可見耶當知眼處畢竟空故自性亦空前際後際皆不可得未來所造亦不可得何以故自性離故若自性無有則無男相亦無女

相何有愛樂若生愛樂是魔境界若無愛樂是佛境界何以故若無愛樂則能遠離一切諸法大王云何耳處謂四大種所造淨色乃至大王諸法解脫決定現前如法界空不可施設不可顯示不可記別無所希望大王諸根各各樂著境界眼緣色時而生樂著是故說色爲眼境界又此眼根緣於色境有三種相矚可愛色起於貪想不可愛色起於嗔想非愛非惡而起捨想如是乃至意著法處爲意境界若彼意處緣可愛色極生樂著爲彼所牽引生貪行不可愛色生於嗔行於愛非愛起於癡行如是聲等三種攀緣領納等相准前應說大王當知諸根如幻境界如夢譬如有人於睡夢中與諸綵女共相娛樂大王於意云何彼夢覺已憶念夢中綵女娛樂爲實有不王言不也世尊大王於意云何是人所夢執謂爲實爲智者不不也世尊何以故夢中所見衆人綵女畢竟無有何況與之共相娛樂當知是人徒自疲勞念夢中境不復可得佛言大王如是如是愚癡異生眼見色已心生愛樂復起執著爲彼所牽造貪業行身業三種語業四種意業三種最初造作刹那滅謝不依東方南西北方四維上下中間而住於死邊際命根滅時自分業報皆悉現前猶如夢覺念夢中事大王識爲其主業爲攀緣二種相因初識生起或趣地獄或墮旁生琰摩羅界及阿蘇囉若人若天初識生已各受其報同分心品相續隨轉最後識滅名爲死蘊最初識起名爲生蘊大王當知無有少法從於此世得至他世所以者何性生滅

故大王身識生時無所從來滅無所去彼業生時無所從來滅無所去初識生時無所從來滅無所去何以故自性離故如是了知身識身識空自業自業空初識初識空若滅滅空若生生空了知業縛無有作者亦無受者但名想耳復次大王譬若有人於睡夢中與諸寃對共相鬬戰於意云何是人覺已憶念夢中鬬戰等事爲實有不王言不也世尊佛言大王於意云何是人所夢執謂爲實爲智者不不也世尊何以故夢中畢竟無有寃對何況與之共相鬬戰是人徒自憂惱都無有實佛言大王如是如是愚癡異生眼見惡色即生於惱厭離破壞毀呰過失造瞋業行餘同前說復次大王譬若有人於睡夢中爲毗舍遮之所嬈害心生怖畏癡迷悶絶大王於意云何是人覺已憶念夢中爲鬼所嬈爲實爾不不也世尊夢中畢竟無鬼所惱況癡迷耶佛言大王如是如是愚癡異生眼見是色癡迷不了造癡業行餘如前說復次大王譬如夢中得聞衆人美妙謌聲箜篌絃管諸音樂等大王於意云何是人覺已憶念夢中所有歌樂爲實爾不王曰不也世尊佛言大王於意云何是人所夢執謂爲實是爲智不不也世尊何以故夢中衆人尚不可得何況美妙諸樂音聲是人徒自疲勞畢竟無有佛言大王如是如是愚癡異生聞可意聲聞已適悦復生樂著造貪業行如是香等各各三種准前應知乃至大王於此法中善自安意應作是念我當云何於人天中爲作眼目爲大燈炬而作照明爲作船師令渡彼岸爲大商

主引至寶處未解脱者令得解脱未安隱者令其安隱未涅槃者令證涅槃大王當知諸根如幻境界如夢凡夫縛著無有厭足乃往過去無量世時有轉輪王名無量稱威德名聞富貴自在統四大洲獨爲尊勝隨所意樂而得受用一切林樹常有花果時世人民安隱無惱復能降雨衆妙香水金銀珍寶種種資具諸有所須普皆充足忽於一時昇忉利天帝釋天主分座令坐貪欲無厭欲侵其位作是念已即便退没羣臣圍繞咸共見之譬如生酥置熱沙中不得久住將趣命終爾時有王名曰作愛見是事已而作是言我當云何於諸世間善説斯事時無量稱語作愛言汝於未來當如是説彼無量稱貪無厭故自取命終乃至是故大王諸根如幻境界如夢當自安意勿生信順身如陽燄自性無有色受想行自性不實亦復如是

大乘集菩薩學論卷第十八

大乘集菩薩學論卷第十九

法稱菩薩造

宋西天三藏朝散大夫試鴻臚少卿宣梵大師日稱等奉詔譯

自性清淨品第十四之三

論曰此說依世俗勝義建立諸法當如是知若時世尊以一切智觀察世間現證了知依世俗說則有六趣若天若人及阿蘇囉地獄餓鬼傍生上下種族受報貧富衰盛苦樂及以毀譽色無色等種種相生若時如來出現世間諸衆生等於善逝所發生淨信樂勝義說是時如來爲利衆生如證而說諸法之實無有造作無有分別無有知覺無有顯示亦無言說如是諸法一切皆空若如是者云何世尊復說受記無上正等菩提於此法中以何爲色復何名爲受想行識而能記別無上正等菩提由是了知色本無故則菩提無生乃至識本無故亦同是說於諸法中皆無所得何名爲佛何名菩提何名菩薩何名受記若色色空乃至若識識空但依世俗刹那建立如是言說但名想耳智者於此勿生嗔惱如世尊說諸法實際畢竟無盡彼樂變化天不解深義執我爲有亦無障礙世尊復說諸法菩提自性離故若能覺了即是親近無量菩提所以者何若離菩提則無涅槃若無涅槃樂欲則無輪迴可怖世尊如樂變化天所執有我不可得故況復實際而可得耶時娑婆界主聞佛說已即生領解說伽陀曰

如人夢中飢所逼　縱食百味飽何有
了斯夢相本來空　諸法自性亦如是
如人善說諸言論　聞已咸生於愛樂

若言若愛二皆無　是中不復生疑惑
譬如琴瑟發妙音　彼聲自性無所有
了知蘊愛亦同然　妙慧推之不可得
譬如商珂大音響　聞已尋求何所生
彼聲自性本來空　則了大仙一切法
譬如上味諸餚饍　食已資身使充實
如是身味本來無　則了大仙一切法
譬如天帝現寶幢　諸天咸覩生愛樂
了知是相本來空　則了大仙一切法
譬如有人分地界　强名城邑本來無
亦若身城自性空　則了大仙一切法
譬如集會人擊鼓　衆共聞已生忻悅
彼聲自性本來空　則了大仙一切法
又如擊鼓藉緣生　若無濕潤聲彌震
尋求是相何所來　則了大仙一切法

復如擊鼓出洪音　彼無思慮及呼召
如是分別本來無　則了大仙一切法

論曰此復明前義謂眼等諸法自性無有若諸法無有則無成辦若無成辦則無生滅乃至眼根所緣三相愛非愛等皆不可得無有言說亦無表示譬如空拳舉示小兒但誑於彼都無有實至於名量亦不可得此勝義空決定無有如人夢中爲彼大仙現威猛相而斷其首智者覺已了知一切皆自識現由是解脫如大樹緊那羅王問世尊言若所說法悉皆是空云何世尊與我授記我亦不知自住樓閣不增不減亦不散壞受用無盡是相云何佛言如當了知彼一切法自性清淨法界本空猶如鏡中現其影像如造車輪聚集而顯我說作業自性亦爾又如林樹由風所

吹兩相摩擊而發於火如是思惟火何所得我說作業亦復如是如說有人壽滿百歲應知無有積聚年歲而可見也又如法集經說眼之與色本無有諍如是耳聲乃至意法亦無有諍云何眼色無有所諍以二和合不相違故乃至意法二相和合亦復如是若不和合則有所諍世尊法無有二是故不諍諸法無二各不相知由不相知則無分別若離分別則無生滅無有增減不生愛樂亦無厭患不住輪迴不著涅槃世尊若於諸法不樂不厭應知則無染淨等相世尊若言如是我知如是我覺皆是虛妄之所分別世尊若復於此眼等諸法善了知已不作是念我能分別當知是人不與物諍則能隨順沙門道行爲見法者爲見佛者爲見衆生者爲見空性者世尊見無所見是名諸法無見彼經又云無所發菩薩問曰如如空者於法何說佛言彼如如空不生不滅若如是者諸法皆空時無所發菩薩言如是如是是故世尊說一切法皆無生滅世尊何故復說有爲諸法悉皆生滅若如是者則佛之塔廟決定生滅善男子如來大悲爲除世間衆生驚怖隨順宣說生滅之法是中無有少法可得況生滅耶如般若經云具壽須菩提無生法者何名無生須菩提言舍利子生無所生是無生法

論曰此明積集清淨福行而成菩提以清淨慈緣於有情善觀察已無衆生相若復供養十方善逝彼二足尊已離垢染亦不可見應當供養苦惱衆生是調御師之所教勑人中上供而以施之以大悲心拔除衆苦獲安隱

樂發生淨慧斷除煩惱於此正理善了知已當離疑惑如是供養果不難得了佛正教如教觀身念八聖道斷諸癡染當捨已身承事諸佛不希世間諸天妙樂修奢摩他毗鉢舍那若寂遍寂爲出苦道

云何建立世俗諸法謂於虛妄處和合相應凡大迷倒謂爲子想依止成就說勝義空處則無是相以一切法本無生故如無垢稱經說文殊師利問維摩詰曰虛妄分別以何爲本曰顛倒想爲本又曰顛倒想孰爲本曰無住爲本又問無住孰爲本曰無住則無本文殊師利從無住本則能建立一切諸法又般若經云應當捨家安住勇猛斷除煩惱心淨平等修習般若波羅蜜多又法集經云善解空者心不依止世間所有利衰稱譏忻慼毀譽於諸苦惱不生厭患於諸快樂不生愛著不爲世法之所破壞善解空者則了空性無有少法而生取捨若無取捨則無貪厭此則名爲善見空者善知空者於一切法無有執著若無執著則於諸法無有所諍

論曰此明剎那心得清淨謂由我慢輕捨衆生了知我見本來無有彼若一心專注能斷是人速疾心得清淨如是觀察於一切處諸衆生所常樂尊重離於攀緣及所分別自他平等何有相違如是行學斯不爲難譬若如意摩尼寶珠人所愛樂非能自貴是故於他當生尊重謂由顛倒分別執著於有情邊而生慳悋或生毀呰皆由我慢之所纏縛以是緣故多生讚毀增長熱惱如阿鼻然是聲無心讚讚何有此妄慧起彼適悅生何於他言

而生於愛他喜若生非我有故常樂平等自取安靜解分別縛離讚毀相如是了知都無果利又於財利多生喜惱慣習慳嫉機巧希求順違二種俱獲重罪隨順正理當起對治摧我慢峯心速清淨離語言過專樂寂默唯除教誨相續顯示了諸妄法無有堅實生苦之本不得久住

正命受用品第十五之一

復次長者若在家菩薩當樂正命平等受用遠離非法邪活命等如寶雲經說云何菩薩於施者所不以身業假現威儀若舉足時不詐徐步若下足時不作瞻視現思惟相云何菩薩語不矯詐不爲利養而現細語柔軟語愛語隨順語云何菩薩心不諂曲不爲利養語現少欲心廣貪求內懷熱惱云何菩薩善能捨離爲利養故而現異相若見施者終不自言我之衣服卧具飲食病緣醫藥願垂惠施云何菩薩善能捨離爲利養故虛言鼓動若見施者不作詐言某甲施主持如是物而施於我我以某物而報彼恩又言以我少欲持戒多聞故施我起悲心而攝受之乃至身行惡者爲利養故奔走往來而破禁戒若見餘人同梵行者所得利養興心損壞是名菩薩離於險惡而求利養云何捨離非法利養謂此菩薩不以斗秤而行欺誑他所委信不生侵損云何捨離不淨利養謂此菩薩於窣堵波若法若僧所有之物不作互用若有所得亦不肯受云何捨離耽著利養謂此菩薩所得之物不攝於已不自衒富亦不積聚隨時而施沙門梵志婆羅門等或施父母親眷

朋屬或自受用若受用時不生染著若時菩薩不獲利養心不生苦亦無熱惱或復施者無有所施菩薩於彼不生嗔心又無盡意經說無有衆生不堪受施如其所許持用施之有來乞者不起惱施不爲他人逼迫而施無勞倦施無異相施無輕易施無背面施無棄擲施無不敬施無分别施無不自手施無不依時施無不平等施無惱衆生施又如最上授所問經云菩薩行布施波羅蜜多時若有人求乞所須物當依我作而給與之若樂酒者使生正念即與具飲後復令斷如是菩薩清淨方便攝受衆生若其内心愛樂不捨菩薩即爲種種訶毁酒之過失如利刀劒決定遠離不令相續如是施者則無過咎

論曰此說施行清淨漸令趣入如餘經中廣明制斷如虛空藏經云所謂我清淨施我所清淨施因清淨施見清淨施相清淨施種種性清淨施刹那果報清淨施心等如空清淨施乃至譬如虛空無有邊際菩薩行施亦復如是譬如虛空寛廣無礙菩薩行施廣大回向亦復如是譬如虛空無有色相菩薩如是離色行施亦復如是譬如虛空無想無作無表無相菩薩行施亦復如是譬如虛空徧諸佛刹菩薩大慈緣諸有情廣大行施亦復如是譬如虛空含容一切菩薩行施攝諸有情亦復如是乃至如變化人施變化者無有受用亦無分别意達諸法無所希求離我我所自性清淨以勝智慧斷諸煩惱以方便智不捨有情是爲菩薩修行布施波羅蜜多猶若虛空

大乘集菩薩學論卷第十九

大乘集菩薩學論卷第二十

法稱菩薩造

宋西天三藏朝散大夫試鴻臚少卿宣梵大師賜紫沙門日稱等奉詔譯

正命受用品第十五之二

論曰此復明尸羅清淨如虛空藏經云遠離聲聞辟支佛心於菩提心不生退轉則於尸羅而得清淨善男子譬如虛空體性清淨菩薩持戒清淨亦爾虛空無垢菩薩持戒無垢亦爾虛空寂靜菩薩持戒寂靜亦爾虛空無壞菩薩持戒無壞亦爾又如虛空無能過勝菩薩持戒於有情中無有勝者又於虛空清淨平等菩薩行忍於諸有情平等和合清淨亦爾譬如有人手持利斧入娑羅林斷其枝葉當知彼樹無有嗔恚不生分別誰能斷者亦不分別誰所斷者菩薩行忍亦復如是是爲菩薩最上忍辱猶如虛空又寶髻經說身精進清淨謂若此身猶如影響所有言說自性無記了知是心畢竟空寂當以大悲被慈甲冑具足諸行深修禪定於功德法無令缺減以菩提心觀諸衆生無有缺減樂行布施乃至方便無有缺減於慈悲喜捨深心相應無有缺減於布施愛語利行同事無有缺減於正念知無有缺減於念處正勤神足根力覺支聖道無有缺減乃至於奢摩他毗鉢舍那無有缺減捨業煩惱自性無知修檢其身無令縱逸常勤佛事成熟有情咸得清涼安住寂靜善男子是名菩薩修禪波羅蜜多行清淨如是乃至智慧波羅蜜多當如是知

增長勝力品第十六之一

論曰此明三種增長勝力謂於所行行常無

猒足所度衆生不生懈退求佛妙智堅固勇猛是三種力非諸聲聞所能行故如寶雲經說以諸衆生自性怯弱唯除菩薩顯現增長又如來祕密經說時阿闍世王復白佛言世尊菩薩具修幾法即能獲得如是勝力佛言大王菩薩若修十法獲斯勝利何等爲十一者菩薩寧捨身命終不棄捨無上正法二者於一切衆生作謙下想不增慢心三者於彼劣弱衆生起愍念心不生損害四者見飢渴衆生施妙飲食五者見怖畏衆生施其無畏六者見疾病衆生施藥救療七者見貧乏衆生惠令滿足八者見佛塔廟形像圖拭圓淨九者出歡喜言安慰衆生十者見彼負重疲困苦惱衆生爲除重擔菩薩若具如是十法即能獲得如是最勝之力又海意經說菩薩若能發起精進常所堅固勤行樂欲所起精進無有休息而諸菩薩即於阿耨多羅三藐三菩提不爲難得何以故海意由精進故乃得菩提若懈怠者於佛菩提遠中復遠無懈怠者能行布施乃至無懈怠者能集智慧如月燈經云猶如水中生優鉢羅花應知次第而得增長當漸修學布施等行如能斷金剛經云若菩薩善住布施所獲福聚不可稱量又如大般若說復次舍利子若菩薩摩訶薩樂欲修習般若波羅蜜多非少布施而得圓滿應當施與一切衆生金銀珍寶園林舍宅種種所須隨其意樂以一切相智方便善巧而能迴向無量阿僧祇一切衆生當學般若波羅蜜多

論曰此明大悲空藏自性清淨受用福聚速

疾增長若無大悲非菩薩行建立諸善此爲根本如是深心堅固大悲現前勇猛修作諸相應行則能獲得尸羅清淨故有頌云

如人善鬬戰　利器心堅勇　若小有懈退
則爲彼所執

又如善財往詣聖慈善知識所即自念言而我此身於過去世無勇猛心無堅固意無清淨因受諸輪轉心樂流蕩顛倒分別自邪思惟樂習欲行取著世間無利事業或於自身所獲義利起不平等悉皆棄捨於現在世起大勇悍揀擇分別真實思惟於諸菩薩所行正行當勤修作於諸衆生起增上心多所饒益於諸佛所發大精進作大善利莊嚴諸根增長願力讀誦經典心淨信解攝持身心不生高舉常樂出離生老病死憂惱苦海而於後際樂行菩薩所行之行應當往詣一切佛刹敬受如來之所教誨親近供養善說法師樂求相應諸佛正法承事供給諸善知識開示演說一切佛法菩薩若能如是思惟觀察則能增長願力智身度脱衆生植衆德本如無盡意經說菩薩獨一無侶勇猛堅固畢竟攝取阿耨多羅三藐三菩提深心自修不假他作以精進鎧而自莊嚴如諸衆生所作善業我亦如是悉當作之及諸菩薩從初發心所修諸行我亦當行施非我伴我是施伴戒忍精進禪定智慧非是我伴我是彼伴諸波羅蜜不能使我而我能使諸波羅蜜一切善根皆亦如是乃至於金剛坐道場壞諸魔衆一刹那頃以平等相應慧得成阿耨多羅三藐三菩提如金剛幢經說如日天子出現世

間獨一無侶所歷境界而無退轉於生盲者不生厭患於羅睺阿修羅王不生厭患於乾闥婆城不生厭患於閻浮提方處穢惡不生厭患於四天下地界微塵不生厭患於諸高山煙雲等障皆無厭患菩薩摩訶薩出現世間亦復如是以無分別智正念了知若為衆生之所損害不生厭患心無退轉若於菩薩廣大善根而生嫉妬菩薩於彼不生厭患心無退轉若復衆生為邪見垢之所染汙菩薩於彼不生厭患心無退轉若見衆生常為瞋恚之所纏縛菩薩於彼亦不遠離若見衆生愚癡覆障煩惱垢重而復破壞菩提種子一切世間無能救護菩薩於彼不生輕慢何以故菩薩大悲不見衆生有過失故猶如日輪出現世間皆令明顯無有瞌障若復衆生愚癡所覆不信諸佛不聞正法不識僧田自所造作種種苦因或墮地獄旁生鬼界是時菩薩見彼衆生造是業已心不動亂亦不揀擇無有驚畏發堅勇心不生退轉決定代彼受諸苦惱所以者何我當荷負彼諸衆生乃至世間生老病死苦惱之難八無暇難諸輪迴難諸惡見難壞善法難生無智難我當畢竟令脫是難是諸衆生無明所蔽愛網所著有結所縛諸苦籠繫不生覺了無求出離常懷疑惑與願相違於輪迴海一向漂沒我當安住一切智王令諸衆生成就義利皆得解脫唯我一人能為救護假使一切世界悉為惡趣受苦衆生充滿其中以我所集一切善根平等回向無不與者乃至最後邊際所經時分一一惡趣消滅無餘一一衆生皆得解脫

若使一人未離苦者我當以身質而出之願諸衆生因我身故得盡苦際獲安隱樂各各樂出眞實語言勿相欺誑不生損害我當令發一切智心離五欲境行菩薩行畢竟安住無上正等菩提所以者何是諸衆生由著欲故攝屬魔境諸佛世尊之所訶毀當知貪欲衆苦之本以是緣故或作諍訟或相鬬戰起諸煩惱後墮地獄餓鬼畜生乃至斷生天業遠離諸佛何由能發無上智王是諸衆生爲欲所没熾然燒煑無量過患我以善根平等回向令諸衆生皆悉捨離樂求佛智得涅槃樂我當爲彼作大導師以方便智令達彼岸又如日出照四大洲於諸境界咸令顯現若王宮殿聚落城邑人民往來所作事業成熟苗稼滋榮草木是日天子光明威德獨出世間決定無二如是菩薩從初發心見諸衆生不種善根即作是念我當救護一切衆生我當解脱一切衆生我當照明一切衆生我當教誨一切衆生我當入解一切衆生我當攝受一切衆生我當成熟一切衆生皆令安隱斷諸疑惑又如日輪出現世間光明普照不假他求菩薩摩訶薩亦復如是出現世間見苦衆生不待他請而方救護無少善根而不回向以諸衆生而爲莊嚴又無盡意經云菩薩不計劫數而求菩提從生死本至于今日所經時分不可稱量於若干劫而作莊嚴乃至一覩諸佛一發道心所經諸佛如殑伽沙承事供養無有懈倦方能解了一切衆生心之所行是名菩薩無盡莊嚴如是修習檀波羅蜜菩提分法而能具足相好莊嚴又寶雲

經云菩薩見諸衆生盲無慧眼攏悷難調破戒懶惰衆惡悉具是時菩薩深起厭離求生淨土願我不聞諸惡之名作是念已復更思惟是諸衆生愚癡瘖啞無涅槃分不生信心遠離諸佛我當調伏而救拔之發是心時一切魔宮悉皆震動十方諸佛同聲讚歎是人不久坐於道場得阿耨多羅三藐三菩提

論曰如是漸次思惟觀察則能增長無量福聚應當質直深心堅固修作如法集經說於佛法中質直為本若諸菩薩無質直心則是遠離一切佛法若是具足深心堅固於未曾聞深妙之法而生渴仰或於空中山林樹間自然出於深妙法音而得解了是故菩薩當如是行如人有足則能遊行菩薩若具質直深心而能修行一切佛法如人有身則有壽命菩薩若具質直深心則能獲得諸佛菩提如人有命則有財利菩薩若具質直深心而能獲得諸佛聖財譬如大炬其焰熾然菩薩若具質直深心於諸佛法則能明了譬如有雲則能降雨菩薩若具質直深心則能宣布諸佛法雨是故菩薩應當了知質直深心善自守護譬如樹根腐敗則不能生枝葉花果菩薩若無質直深心於諸善法不復生長亦不能取諸佛菩提

大乘集菩薩學論卷第二十

音釋

毗嵐（梵語也此云迅猛毗頻脂切嵐盧含切）溲（踈鳩切溺也）枯涸（涸下各切枯涸乾竭也）咀嚼（咀慈呂切嚼在爵切）嚥（於甸切）噉（徒濫切食也）矯詐（矯居夭切妄也詐側駕切欺也）窣堵波（梵語也此云方墳窣蘇骨切堵都古切）

大乘集菩薩學論卷第二十一 第二十二同卷

法稱菩薩造

宋西天三藏朝散大夫試鴻臚少卿宣梵大師日稱等奉詔譯

增長勝力品第十六之二

論曰云何名爲深心覺了無盡意經云復次是心於諸所作離欺詐故離欺詐者不起諂故不起諂者能決定故能決定者除誑幻故除誑幻者住清淨故住清淨者常正直故常正直者無邪曲故無邪曲者性明了故性明了者善悟解故善悟解者得眞實故得眞實者不可壞故不可壞者獲堅牢故獲堅牢者得不動故得不動者不捨衆生故此說是爲深心覺了是經復說最上殊勝深心修習安住寂靜慈覆衆生於賢善者恭敬尊重非賢善者悲心濟拔無捄護者爲作捄護無依歸者爲作依歸於漂泊者爲作洲渚無主宰者爲作主宰無伴侶者爲作伴侶於邪曲者使令正直於暴惡者使令柔順於諂諛者使令中正於虛誑者使令誠諦於姦宄者使令淳質不知恩者使令知恩於苦惱者令得安隱不饒益者爲作饒益於我慢者使令謙下於毀呰者使令讃美於錯謬者爲作教詔無守護者爲作守護於相違者不見過咎於諸師尊起清淨行方便善巧等心恭敬於所教誨憶持不忘

論曰如是漸次深心修作則能增長勝力大悲現前如法集經云爾時觀世音菩薩白佛言世尊菩薩修學不須多法若持一法則能善知一切佛法是一法者所謂大悲若諸菩薩能行大悲則能攝取一切佛法如在掌中

世尊如轉輪王所有輪寶隨其所至皆悉隨從菩薩若起大悲則於諸佛法自然獲得亦復如是世尊譬如日出光照世間諸有情類所作事業皆得成辦菩薩若以大悲照於一切菩提分法則易修作亦復如是世尊譬如諸根以意爲本悉能取於自分境界菩薩住於大悲則於一切菩提分法各各修作如理而行世尊譬如依彼命根有餘諸根菩薩若有大悲則能修諸菩提分法又無盡意經云譬如人之命根以出入息而爲其本如是菩薩修學大乘即以大悲而爲其本又如長者唯有一子愛念情重未曾暫捨菩薩獲得大悲於諸衆生愛之若子亦復如是

論曰此云何觀謂以慈修心於諸衆生愛猶巳子過去世時無量苦惱現生之中病苦大海未來長時輪迴險難如十地經說無智愚癡異生之類有無數身巳滅現滅當滅如是滅巳不能於身而生厭患轉更增長衆苦機關隨生死流不能出離不能棄捨諸蘊執藏不能遠離大種毒蛇不能觀察六處空聚不能斷除我及我所不能拔出見慢毒箭不能息滅貪恚癡火不能破壞無明黑暗不能枯涸渴愛巨浪不求十力大聖導師入邪稠林隨逐魔黨於輪迴海一向漂没無明卵㲉厚膜纏裹老病死苦常所逼切我今爲愍諸有情等而作救護積集無量福智資糧以是善根皆悉令得究竟清淨彼經復說是諸有情馳騁生死險難惡道地獄旁生琰魔羅界愚癡暗蔽闕大導師乃至没於愛河洄澓流轉不暇省滅欲恚害尋無由棄捨貪欲習氣身

見羅刹之所執持我慢洲渚無所依怙不能超越六處聚落無少善根而能濟度是故我今以大悲力拔彼衆生令脱苦難離垢寂静當令安住一切智智大寶洲故是諸有情憂悲苦惱隨轉連縛貪愛桎梏之所撿繫無明諂誑長時覆翳於三界獄不求出離我皆令脱種種怖畏現前苦惱使無障礙得安隱樂論曰如是於他堅固深心則能增長大悲福行又最上問經云晝夜六時著新淨衣禮敬諸佛常生尊重次第修作成普賢行又三聚經説頭面接足禮敬諸佛則能懺除一切罪垢三聚者謂懺悔勸請隨喜福等又優波離所問經中但明勸請一種義利解諸魔網悟無常故又等行禮敬一切諸佛如無盡意經説自他懺悔所獲福行如普賢行四伽陁中説隨喜福行如月燈經隨喜品説自餘經中具明三種次明廣大供養回向行相如寶雲經云若諸菩薩以所生花及諸焚香栴檀香樹劫樹寶樹乃至無主宰者無執持者晝夜六時運心供養佛菩薩等又三三昧耶經云十方世界國土所有地生寶山水生寶山一切妙藥諸清淨水上妙飲食及諸金寶乃至北俱盧洲林藤地味自然香稻最上愛樂所受用者長時運心如前供養

論曰如上所明廣大親近承事供養佛菩薩等如是聞已畢竟一心依教而行發願回向如普賢行經見金剛幢經或十地經中説復次菩薩摩訶薩住極喜地引發十種廣大誓願所謂承事供養一切如來而能成就清淨勝解如是行相盡虚空界同等法性窮未來

際一切劫數所有諸佛出興於世作大供養無有休息是爲發起第一大願

爲欲受持一切如來所說法眼善能守護諸佛正教盡虛空界同等法性窮未來際一切劫數攝受正法無有休息是爲發起第二大願

爲於諸佛出現於世最初安住兜率天宮降神托陰住胎誕生長年出家修行苦行坐菩提場降伏諸魔轉正法輪示涅槃相最先加行往詣供養於一切處同時而轉最上法輪盡虛空界同等法性窮未來際一切劫數所有諸佛出現世間請轉法輪無有休息是爲發起第三大願

爲欲引發廣大無量諸菩薩行及無分別諸波羅蜜圓滿清淨所攝諸地總相別相同相異相成相壞相如實無倒顯示教誡諸菩薩行使令發心盡虛空界同等法性窮未來際一切劫數所行正行無有休息是爲發起第四大願

爲欲成熟諸有情界有色無色有想無想非有想非無想卵生胎生濕生化生三界六趣之所繫屬名色所攝使令永斷一切趣數皆悉入於諸佛法中畢竟安住一切智智使無遺餘盡虛空界同等法性窮未來際一切劫數成熟有情無有休息是爲發起第五大願

爲欲入解十方世界若廣若狹若麤若細或覆或仰雜亂而住猶如帝網分位各異以相應智現前了知盡虛空界同等法性窮未來際一切劫數悉能入解如是世界無有休息是爲發起第六大願

爲欲嚴淨諸佛國土從一佛剎至一佛剎皆以光明周遍瑩飾離諸煩惱成清淨土大智有情充滿其中普入諸佛廣大境界隨諸有情意樂歸向平等顯示皆令歡喜盡虛空界同等法性窮未來際一切劫數及佛剎數普令嚴淨無有休息是爲發起第七大願

爲欲與諸大菩薩衆同一意樂積集善根同一所緣住平等性常得值遇諸佛菩薩隨其所欲不相捨離示佛威力等同發心而復獲得不退神通即能往詣一切世界於大衆中現同類身樂修菩薩所行正行悟不思議大乘妙法盡虛空界同等法性窮未來際一切劫數等諸菩薩悟入大乘無有休息是爲發起第八大願

爲欲乘御不退轉輪諸菩薩行身語意業皆不唐捐若暫見所作於佛法中便得決定暫聞言音即生淨信能起正智永斷煩惱願令是身如大藥樹救諸疾苦如如意寶濟諸貧乏廣利衆生修菩薩行盡虛空界同等法性窮未來際一切劫數不虛所行無有休息是爲發起第九大願

爲於十方一切世界當證無上正等菩提於其所化毛道衆生或一或多皆能顯示降生出家成等正覺轉大法輪入般涅槃示佛境界智慧威力隨諸有情之所意樂於剎那頃普令覺悟盡衆生界真實回向唯一菩提廣大涅槃咸以一音宣說法要令諸有情心皆悅豫以神通力悉能充滿一切世界示大智力則能建立一切諸法示大涅槃而不泯絶一切諸行盡虛空界同等法性窮未來際一

切劫數成三菩提無有休息是爲菩薩引發十種廣大誓願

論曰如是觀想深心精進於一切處作是回向如觀音解脱經云以我所作一切善根平等回向令諸衆生離墮落怖令諸衆生脱諸眷屬恩愛怖令諸衆生滅愚癡怖令諸衆生斷繫縛怖令諸衆生離斷命怖令諸衆生離貧窮怖令諸衆生離夭壽怖令諸衆生離毁謗怖令諸衆生離輪迴怖令諸衆生離大衆威德怖令諸衆生離諸死怖令諸衆生離惡趣怖令諸衆生離黑闇怖令諸衆生離冤憎會怖令諸衆生離愛别離怖令諸衆生離憎嫉怖令諸衆生離身心逼惱怖令諸衆生斷除憂悲苦惱怖又此略明回向如普賢行經中偈云

清淨勇猛文殊尊　普賢勝德亦如是
彼二大士說回向　我當隨順而修學
十方三世諸如來　所說回向清淨教
我今積集諸善根　悉同最上普賢行

恭敬作禮品第十七之一

論曰此明次第禮敬諸佛增長福行當云何知如觀察世間經偈云

若一刹那頃　承事於諸佛　我說所得報
永離八無暇　形色極殊好　成就相莊嚴
安住佛法中　無復諸懈怠　是人於現生
受用皆充足　常爲衆所尊　無病身光潔
後生長者家　尊崇無與等　廣興於惠施
珍寶無慳悋　復作轉輪王　統御四天下
人民咸善順　國土皆豐樂　威德力具足
七寶皆殊絶　於一切時中　而勤修供養

得生忉利宮　自在彌盧頂　爲帝釋天主
奉持清淨教　若人於佛塔　合掌而右旋
於俱胝劫中　受福無窮盡　又復於佛塔
發心而致禮　於無量劫中　離生盲跛躄
堅固諸善根　具勇猛精進　速得成菩提
斯由禮佛塔　若於惡世中　向佛暫歸命
則爲已親近　百千俱胝佛　是人於世間
最勝無過上　自在人中仙　端正無倫匹
若人以華鬘　奉施於佛塔　從此人中没
生三十三天　乘上妙輦輿　珍寶而嚴飾
宮殿樓閣中　天女常圍繞　有清淨池沼
八德水盈溢　底布以金砂　琉璃玻瓈岸
受上妙快樂　慧命皆長久　從此天中没
得生豪貴家　於百千億劫　受勝福無極
常以妙華鬘　處處而供養　爲轉輪聖王
及帝釋天主　大自在天子　世主大梵王
由作是施故　獲如上功德　以上妙細氎
施佛大導師　是人於世間　義利皆成就
又復以衣鬘　持以施佛塔　遠離下種族
永不生於彼　眷屬常圍繞　無別離苦惱
常得大國王　供養而稱讚　或生天龍中
及世間智者　具勇猛威神　福報無與等
若國城種族　於世尊塔廟　是人以少香
其微如芥子　以決定信心　而興於供養
所獲之功德　今當聽我說　永離諸垢穢
堅固清淨心　除病惱憂悲　容儀極高爽
得作轉輪王　具大智威德　隨其所至處
福力皆成就　若王若人民　咸樂常尊奉
以上妙衣服　奉施於佛塔　是人於當生
身肢極光潔　哥屍迦天衣　俱時而顯現

常出適意香　聞者生歡悅　又復以金縷
織成殊勝衣　巧妙善安布　師子衆形相
後生於天中　所願無不果　珍寶衆纓絡
隨念於掌生　若人以妙幡　懸施於佛塔
隨彼所意樂　往生諸佛國　當獲金色身
衆相悉具足　上饌衆甘味　咸樂持奉獻
又復以繒氎　茸毳諸珍服　兜羅哥屍迦
作幢而施佛　是人於當生　庫藏皆充溢
離眷屬惱害　堅固無量智　上下悉莊嚴
衆樂常瞻奉　不爲火所燒　及刀杖加害
若持一燈明　供養於佛塔　由作是施故
獲壽命長久　清淨心明了　形色皆圓滿
是人於後身　生金河淨剎　妙臂出光明
有大堅固力　遊行於世間　而無諸恐怖
假使那由他　若干諸佛剎　芥子滿其中
稱量可知數　我說是福報　窮劫不能盡
以廣大繒蓋　持以施佛塔　是人不久得
具三十二相　常出妙光明　無比難思議
其光常晃耀　瑩徹若金河　猶俱蘇摩花
開敷相間飾　名稱普周徧　具殊特神通
受用無有邊　得最上安隱　常得諸天人
親近而承事　少欲具威儀　堅持於淨戒
住寂靜林中　樂修諸禪定　智慧無所減
不捨菩提心　知足無希求　等行於慈行
若人作音樂　供養人中尊　離煩惱憂戚
獲聲相圓滿　眼目極明顯　諦視無雜亂
耳常聞妙聲　清淨心如悅　鼻高脩且直
嚴相皆具足　其舌常嫩滑　紅潤若珊瑚
音響如天人　聞一俱胝量　離無舌醜報
永不生蛇中　最上殊勝身　端直無跛曲

常生善淨意　暫無少間斷　諸天人龍神
摩睺羅迦等　隨所行世間　安慰而守護
由作是施故　獲如上福報

大乘集菩薩學論卷第二十一

大乘集菩薩學論卷第二十二

法稱菩薩造

西天三藏朝散大夫試鴻臚少卿宣梵大師日稱等奉　詔譯

恭敬作禮品第十七之二

若人於我滅度後　而能修治佛塔廟
百千那由他劫中　巍巍身相皆嚴好
最上適意栴檀香　合成宮殿及輦輿
雖獲勝報無所著　斯由修治於佛塔
於佛正教欲滅時　不生閻浮諸國土
隨其意樂住天宮　斯由修治於佛塔
厭患五欲諸垢染　安住清涼淨戒蘊
廣修梵行靡不周　斯由塗香於佛塔
從是滅已生天上　快樂豐饒不可量
復能教化諸天人　斯由塗香於佛塔
面貌圓滿常熙怡　所發言音生衆善
見者咸興愛敬心　斯由塗香於佛塔
遠離無邊惡道苦　常得親近諸如來
廣修淨業利群生　斯由塗香於佛塔
若人暫於刹那頃　能於佛塔拂塵網
是人之報難可量　永離八難生無難
勇猛聰慧悉明了　於五欲境無追求
常能出離諸輪迴　斯由淨心掃佛塔
具足禁戒無缺犯　聞深妙法生忻仰
永不退轉菩提心　斯由淨心掃佛塔
是人能於惡世中　常離毀訾諸過失
積集廣大勝福慧　斯由淨心掃佛塔
獲得上味諸珍饌　殊淨衣服所莊嚴
常覺妙觸適諸根　斯由淨心掃佛塔
若於佛塔生歡喜　而能除去諸萎華
由依十力大導師　得離五欲深怨害

形儀挺特世希有　衆所樂觀無厭捨
王者常生愛敬心　由去萎花於佛塔
具足菩薩諸戒品　滅除一切險惡道
意常明了遠癡迷　由去萎花於佛塔
棄背煩惱諸障染　永無病苦相纏縛
於一切處獲輕安　由去萎花於佛塔
得受人中第一施　復以最上諸供養
清淨福慧莊嚴身　由去萎花於佛塔
又復持以新妙花　或曼陁羅鉢吒羅
而於佛塔換萎者　斯人當獲殊勝報
若人能於諸佛塔　精勤合掌伸禮敬
彼於佛德善稱揚　令其見者皆稽首
諸天龍神摩睺羅　王及臣民生信重
譬如妙花開世間　而能善說諸法要
由彼善說正法故　安住佛智無缺減
令衆生離惡趣中　增長人天勝義利
福力念慧皆具足　眷屬廣多常善順
我說是人於世間　隨其意樂心安隱
常發柔和寂靜音　教諭群生使出離
於其富樂不生貪　斯由合掌禮佛塔
能行布施及愛語　利行平等亦復然
爲他毀呰不生瞋　斯由合掌禮佛塔
或往天中爲帝釋　或在世間作人王
所至自在悉隨心　斯由合掌禮佛塔
於諸欲境無耽染　處世豪貴常止足
永不墮於惡趣中　斯由合掌禮佛塔
所發言辭豐義味　悉與經典善相應
常生人世上族中　斯由合掌禮佛塔
若以最上清淨心　盈掬持花散佛上
所獲之報得爲王　安住如前與善利

彼於五欲能覺了　則無憂惱所逼迫
身相端嚴衆樂觀　自性寂靜忘諸怖

又如大悲經云阿難若有衆生能於現在供養我者若我滅後供養舍利芥子許者復能爲我造立形像及塔廟者阿難且置是事設使有人暫能發起一淨信心緣念諸佛持以一華散於空中而用供養是人當得轉輪聖王帝釋天主大梵天王即能超越前際無知及未來劫生死流轉阿難復置是事假使有人而於夢中能以一花散空供養我說是人以此善相所得福報不知其邊又娑伽羅龍王所問經云若菩薩親近諸佛則能獲得八種增上之法何等爲八一者教化衆生覲佛妙相二者於如來所承事供養三者於衆會中讚佛勝德四者想念如來造立形像五者勸化衆生常不離佛六者隨所至處常聞佛名七者常願往生諸佛國土八者志不怯弱樂求佛智是爲八種增上之法

論曰復何增長殊勝義利謂於佛所起承事故當得菩提如華嚴經偈云

無量億千劫　佛名難可聞　況復得親近
永斷諸疑惑　如來世間明　通達一切法
普生三世福　令衆悉清淨　如來出世間
爲世大福田　普導諸含識　令其集福行
若有供養佛　永除惡道畏　消滅一切苦
成就智慧身　若見兩足尊　能發廣大心
是人常值佛　增長智慧力

是經復說

如來大慈悲　出現於世間　普爲諸群生
轉無上法輪　如來無數劫　勤苦爲衆生

云何諸世間　能報大師恩　寧於無量劫
受諸惡道苦　終不捨如來　而求於出離
寧在諸惡趣　常得聞佛名　不願生善道
暫時不聞佛　何故願久住　一切惡道中
以得見如來　增長智慧力　若得見於佛
滅除一切苦　能入諸如來　大智之境界
若得見於佛　捨離一切障　長養無盡福
成就菩提道

論曰暫見形像尚獲斯報況復親覲如來色相信受教誨得福甚多如信力入印經云文殊師利若有善男子善女人能於一切世界微塵數辟支佛所日日持以百味飲食上妙衣服於河沙劫而用供養文殊師利若復有人暫能瞻奉一畫佛像及諸經典此福勝前無量阿僧祇何況合掌持以一花或以一香及以塗香或然一燈而以供養此福勝前無量阿僧祇

論曰此明方便增長功德如菩薩藏經云若能修治故舊佛塔當獲四種清淨大願一者最上色相無有與等二者受持經典精進無懈三者所生之處得見如來四者於當生身具足諸相是經復說若人能於如來塔所以衆名花及諸塗香恭敬供養而復獲得八種無減一者色相無減二者受用無減三者眷屬無減四者戒品無減五者定力無減六者多聞無減七者智慧無減八者勝願無減又如寶積經云假使衆生充滿三有各各造作如來塔廟其量高廣如須彌盧山於殑伽沙劫各以種種上妙供養若菩薩以不捨一切智心持以一花奉施彼塔所獲福蘊復過於

彼是經復說假使三千大千世界所有衆生一一皆得轉輪聖王安住大乘一一輪王以大海量而爲燈器等彌盧山而爲燈炷各以如是供養佛塔若出家菩薩能以少油塗撚爲燭持用供養如來塔廟所得功德勝前燈施百分歌羅分乃至烏波尼刹曇分不及其一又彼轉輪聖王能於現前佛比丘衆以諸樂具而用布施若出家菩薩常行乞食或有所得隨彼見者分以食之所獲功德勝前無比又彼轉輪聖王以袈裟服積如須彌能於現前佛比丘衆持用布施若出家菩薩於三衣外所有長物隨應奉施現前諸佛安住大乘諸比丘僧及如來塔其所得福倍前所施又彼轉輪聖王一一各以滿閻浮提諸上妙花供養佛塔若出家菩薩能以一花施如來塔勝前供養百分歌羅分乃至烏波尼刹曇分不及其一

論曰若廣明行相如次第超越品說彼出家菩薩如是知已若能現前供養如來即獲四種賢善功德一者常得最上恭敬供養二者彼所見已隨順依學三者而能堅固大菩提心四者增長善根現前得見三十二種大丈夫相又海意菩薩所問經云復次海意有三種法名爲供養承事如來何等爲三一者發菩提心無有退轉二者於諸正法而能攝持三者於衆生所發起大悲又寶雲經說善男子菩薩成就十法處於胎藏垢穢不染何等爲十一者以淨信心造如來像二者修治諸佛故舊塔廟三者以衆妙香而用塗飾四者持諸香水灌沐如來五者於佛塔中掃灑塗

地六者親能承事所生父母七者親能供養和尚闍黎八者常能供給同梵行者九者所行惠施不希其報十者以此善根令諸有情不染胎藏垢穢而生善男子若能具足如是十法則能發起深心隨喜如般若經云若菩薩摩訶薩安住大乘應當最初發心隨喜是諸菩薩能行是行則於大乘得不退轉佛言憍尸迦假使有人而能稱量三千大千世界可知其數此諸菩薩發心隨喜所得功德不可校計時帝釋天主白佛言世尊若諸菩薩從初發心乃至得成正等正覺而於其中所作無量隨喜善根若諸菩薩不聞不知亦不攝取當知是人爲魔所持佛言憍尸迦若善男子善女人欲速證得如來應供正等正覺應於大乘發心隨喜然於聲聞辟支佛乘亦非愛樂亦非捨離而能共彼興隨喜心當知是人在所生處常值十善則能獲得供養恭敬尊重讚歎於所見色聲香味觸無不可意永離惡趣得生天上所以者何是人所作如其利益使諸衆生皆得快樂以是善根能令無量阿僧祇人發隨喜心當得阿耨多羅三藐三菩提是經復說須菩提假使殑伽沙數三千大千世界一切衆生皆發阿耨多羅三藐三菩提心一一各於殑伽沙劫修四禪定安住寂靜離動亂想若菩薩摩訶薩修習般若波羅蜜多能以方便善巧攝取過去未來現在諸佛所修定慧解脱解脱知見於緣覺乘及聲聞乘所有戒定慧解脱解脱知見如是等種種善根合集稱量以最上最極最勝最妙廣大無量無等等心皆悉隨喜復以如

是隨喜善根回向阿耨多羅三藐三菩提須菩提其所得福勝前菩薩修定功德不可爲比百分歌羅分乃至烏波尼剎曇分不及其一

論曰此說回向行竟勸請功德如最上問經云若能攝受正法則爲已於無量無數諸佛剎土護佛壽命

念三寶品第十八之一

論曰明賢善行次第增福此非別因而能獲得謂於信等常當修習如秘密大乘經云佛言大王汝今當知有四種法若能於此如理行者則爲安住大乘趣向勝道所有善法而無壞失何等爲四大王一者謂信能向勝道復何名信以有信故而能隨順諸聖種類所不應作而悉不作二者尊重能向勝道以尊重故於諸聖者所說妙法審諦聽受三者無慢能向勝道以無慢故則能於彼一切聖衆恭信頂禮四者精進能向勝道以精進故若身若心悉得輕安所作善法皆得成辦

論曰此說於信常所修習如是別明信等五根如無盡意經說云何五根所謂信根進根念根定根慧根云何信根謂於四法深忍樂欲一者於生死中行世正行信於業報由造業故彼報定有乃至失命終不作罪二者信樂菩薩所行正行不求餘乘不隨諸見三者於勝義中了知無我衆生壽者補特伽羅於空無相無願諸法深能信解四者於佛功德力無畏等生決定信斷除疑網是名信根云何進根若法信根所攝是法勤勇無間是名進根云何念根若法進根所修是法終不忘

失是名念根云何定根若法念根所攝是法一心不亂是名定根云何慧根若法定根所攝是法自所觀照不從他解是名慧根是五根者相續而起則能圓滿一切佛法

論曰復於信力等法常當修習如寶髻經云善男子云何菩薩力行清淨謂於諸根無有怯弱一切惡魔不能動亂聲聞緣覺不能退轉一切煩惱不能破壞而能堅固安住大乘夙願滿足心淨勇猛密護身根得勝清淨

論曰如是信等根力常能修習所修慈行增長功德如月燈經偈云

那由他億佛刹中　所有種種供佛具

悉以供養諸如來　不及慈心一少分

大乘集菩薩學論卷第二十二

音釋

姦宄（姦古閑切宄居洧切姦宄詐僞也）洄澓（洄户恢切澓房六切洄澓水漩流也）桎梏（桎之實切足械也梏古沃切手械也）誕（徒旦切）嫩（奴困切柔弱也）萎（於爲切枯也）

大乘集菩薩學論卷第二十三 第二十四二十五同卷

法稱菩薩造

宋西天三藏朝散大夫試鴻臚少卿宣梵大師日稱等奉　詔譯

念三寶品第十八之二

論曰由信等故則能緣念諸佛功德如護國尊者所問經偈云

稽首調御真金色　面如滿月淨無垢
功德聖智實難思　於三有中無與等
牟尼螺髻紺青色　高顯清淨如須彌
眉間毫相普照明　烏瑟柅沙無見者
如來目淨若青蓮　譬軍那花及珂月
憐愍觀視諸有情　是故我今稽首禮
如來舌相類銅色　脩廣而能覆面輪
演甘露法潤群生　是故我今稽首禮
如來四十齒齊密　潔白堅利若金剛
出真實語發光輝　是故我今稽首禮
如來色相最殊特　威光照耀百千剎
釋梵護世及諸天　所有光明無復覩
如來雙腨逾鹿王　胷臆廣袤如師子
俯視安行侔象王　大地山川俱震動
如來身相極端嚴　爍若金光而潤澤
於諸世間無比倫　衆生見者不猒捨
如來往昔百千劫　於所愛樂皆能施
慈悲哀念諸有情　是故我今稽首禮
如來志樂修諸度　戒檀忍進善堅固
禪定勝慧悉圓明　是故我今稽首禮
如來衆中師子吼　勇猛能摧諸異論
三毒垢穢盡無餘　是故我今稽首禮
牟尼三業超三有　譬若芙蕖不著水
迦陵頻伽淨妙聲　是故我今稽首禮

了知世間皆幻化　如俳優者易形色
亦如陽燄及夢中　無我無人無壽者
法本空寂無有生　不能悟解隨流轉
大慈普導諸群迷　方便隨機宣正法
觀察世間諸苦惱　貪等衆病鎮相縈
如來無上大醫王　各各對治令解脱
示生老死憂悲苦　愛别離等諸過患
牟尼救護於世間　咸令猒離皆除斷
地獄鬼畜險惡趣　諸有情輩隨輪轉
愍彼無親無導師　指示愚迷登正路
過去諸佛出世間　自在咸宣深法義
如是世尊同彼説　悉使衆生證聖道
佛聲深遠過梵天　響潤清徹生衆善
乾闥婆與緊那羅　所出樂聲皆不現
積集清淨諸功德　演説無邊眞實語

百千那由他衆生　聞已各發三乘意
若能供養於如來　當獲勝妙諸快樂
富貴自在衆所欽　後於世間爲帝主
或作輪王御四洲　具足七寶皆殊異
常以十善利衆生　由於如來興淨業
或爲忉利諸天主　或夜摩王覩史陁
乃至他化大梵天　皆因供養如來故
如是見佛供養已　及所聞法生信敬
皆能永斷諸苦因　得證寂靜離塵垢
世尊了知道非道　而能止惡咸歸善
若人求福供養佛　常獲無盡勝福藏
於俱胝劫不可量　乃至當證菩提果
微妙刹土勝莊嚴　如他化天極可愛
隨其願力住其中　身口意業常清淨
如是種種妙福報　皆由供養於如來

是人雖處於世間　如受龍宮天上樂
如來具廣大名稱　一切刹土悉聞知
常於無邊大衆中　十方諸佛皆稱讚
永離世間諸熱惱　顯示大悲無與等
最上寂靜人中尊　是故我今稽首禮
我今獲得五神通　住立虛空伸讚歎
稽首勇猛大導師　分別諸法淨無垢
今於天人大集會　稱揚善逝諸功德
所有廣大勝福田　同與衆生成正覺

又如法集經說復次善男子諸佛世尊具大福智而爲莊嚴以大慈悲爲所行境於諸世間爲救護者作大醫王善拔毒箭常住寂靜妙三摩地不著生死及與涅槃乃至於諸有情猶如父母以大慈心平等憐愍一切世間無有過者以相應智爲世照明大智有情之所圍繞一切人民常樂承事遠離自樂息除他苦住持正法以法爲主得法自在以法爲食以法爲藥以法爲施一切皆捨以智揀擇常不放逸於險難處爲作橋梁如王者道平坦無障乃至清淨色身見者無猒諸佛世尊有如是等無量功德我當成就彼諸義利此說名爲菩薩念佛云何念法菩薩了知諸佛世尊無邊功德皆從法生從法所化從法所得從法增上從法而有從法境界從法依止從法成就乃至所有世出世間諸快樂事亦從法生從法成就是故我求諸佛菩提應尊重法依法境界依法所歸依法決定依法堅固依法修行比說是名菩薩念法復次菩薩於諸衆生應當平等而爲說法以法無高下故我同彼法其心平等法無面從而爲宣說

以法無相黨故我同彼法其心平等法無時節而爲宣說以法内心領受故我同彼法其心平等法非於勝者而爲宣說於其劣者不爲宣說以法各能入解故我同彼法其心平等法非於淨而爲宣說於不淨者不爲宣說以法離染汙故我同彼法其心平等又法非於聖人而爲宣說於凡夫者不爲宣說以法離諸見故我同彼法其心平等法非晝說而夜不說亦非夜說而晝不說以法常所加持故我同彼法其心平等法非調伏亦無違越以法無所取著故我同彼法其心平等法非減失亦非增長以法如虛空故我同彼法其心平等法不猒衆生衆生能護法我同彼法其心平等法非求所歸與世作歸依我同彼法其心平等法無損惱以法離所害相故我同彼法其心平等法無怨嫉以法離諸結使故我同彼法其心平等法非怖輪迴亦不樂涅槃以法無分別故我同彼法其心平等菩薩如是積集正念是爲念法云何念僧此中復說是說法者是行法者是思惟法者是法福田者是住持法者是依止法者是供養法者是如法所作者是法境界者是法行處者是成就法者是自性質直者是自性清淨者是隨順教誨者是發起大悲者是能揀擇智境界者是常修習白淨法者

論曰菩薩如是念僧則能成辦一切衆生眞實功德如無垢稱經偈云

或示老病死　成就諸群生　了知如幻化
通達無有礙　或現劫燒盡　天地皆洞然
衆人有常想　照令知無常　無數億衆生

俱來請菩薩　一時到其舍　化令向佛道
經書禁呪術　工巧諸技藝　盡現行此事
饒益諸群生　世間衆道法　悉於中出家
因以解人惑　而不墮邪見　或作日月天
梵王世界主　或時作地水　或復作風火
劫中有疾疫　現作諸藥草　若有服之者
除病消衆毒　劫中有飢饉　現身作飲食
先救彼飢渴　却以法語人　劫中有刀兵
爲之起慈悲　化彼諸衆生　令住無諍地
若有大戰陣　立之以等力　菩薩現威勢
降伏使和安　一切國土中　諸有地獄處
輙往到于彼　免濟其苦惱　一切國土中
畜生相食噉　皆現生於彼　爲之作利益
示受於五欲　亦復現行禪　令魔心憒亂
不能得其便　火中生蓮花　是可謂希有
在欲而行禪　希有亦如是　或現作婬女
引諸好色者　先以欲鉤牽　後令入佛智
或爲邑中主　或作商人導　國師及大臣
以祐利衆生　諸有貧窮者　現作無盡藏
因以勸導之　令發菩提心　我心憍慢者
爲現大力士　消伏諸貢高　令住無上道
其有恐懼衆　居前而安慰　先以施無畏
後令發道心　或現離婬欲　爲五通仙人
開導諸群生　令住戒忍慈　見須供事者
現爲作僮僕　既悅可其意　乃發以道心
隨彼之所須　得入於佛道　以善方便力
皆能給足之　如是道無量　所行無有涯
智慧無邊際　度脫無數衆　假令一切佛
於無數億劫　讚歎其功德　亦復不能盡

菩薩修習供養功德如害光明陀羅尼經偈

云

放大光明鬘莊嚴　種種微妙鬘雲海
如是妙鬘普周徧　廣大供養作佛事
放大光明香莊嚴　種種微妙香雲海
如是妙香普周徧　廣大供養作佛事
放大光明花莊嚴　種種微妙花雲海
如是妙花普周徧　廣大供養作佛事
放大光明瓔珞嚴　種種瓔珞妙雲海
如是瓔珞普周徧　廣大供養行佛事
放大光明現寶幢　青黃赤白相間飾
種種珍寶共合成　而用莊嚴於佛剎
摩尼寶網色交暎　懸衆繒幡以爲蓋
垂珠瓔珞演佛音　莊嚴而覆如來上
於一如來伸供養　掌中涌施諸嚴具
無量諸佛亦同然　自在變現三摩地

神通智力妙難思　廣能化利諸含識
最上神變三摩地　而現百千方便門
於諸如來供養門　一切能捨布施門
杜多功德持戒門　無盡不動忍辱門
勤行勇猛精進門　安住寂靜禪定門
達諸義趣勝慧門　淨修梵行神通門
行四攝事歡喜門　積集福智利他門
四諦緣生解脫門　修習根力勝道門
悟聲聞乘解脫門　觀緣覺乘清淨門
修最上乘神變門　或現無常苦惱門
了知無我壽者門　作不淨觀離貪門
證真常樂三昧門　如是種種方便門
平等普共諸衆生　皆能證彼解脫門
現諸形類應群機　神通說法難思議
隨順成熟諸有情　各生愛敬咸安樂

常思出離世間因　求證清淨三摩地
若逢飢饉衆難時　隨其所欲而周給
廣能憐愍諸有情　離諸憂怖常安隱
及以上妙諸飲食　種種衣服諸庫藏
國城所愛悉能捐　於彼世間興大施
或現身相極殊特　種種莊嚴具威勢
塗香巧妙衆花鬘　巍巍色相無與等
如是形色及威儀　各各見已樂瞻奉
爲其方便演法音　普使群生發道意
或現迦陵頻伽聲　俱計羅及俱拏聲
緊那羅衆妙鼓聲　皆演如來解脫義
佛出世間所宣說　八萬四千眞法藏
如是分別諸法門　悉與衆生作饒益
或現苦惱或快樂　及作義利非義利
隨宜引導令發心　皆能與彼同修作
或見障難諸危厄　種種逼迫難堪忍
當以勇悍大悲心　代彼衆生而受苦
若處無有解脫法　亦無阿蘭若出離
以王福力具興崇　令彼皆生於淨信
若離在家貪愛縛　則爲超越世間因
於諸欲境盡蠲除　是爲世間照明者
若能具足諸功德　是名行法大丈夫
牟尼妙行悉能修　是人得生極樂土
壽命長遠不可涯　受勝妙樂消諸惑
生老病苦不能侵　於無常中得自在
顯示貪嗔諸過失　熾然燒煮無暫停
如是四相亦復然　普使群迷令覺悟
如來十力四無畏　十八不共諸功德
我今稱讚誓歸依　常於世間作義利
譬如種種諸幻士　而能變現衆形相

如來出現於世間　神通示化亦如是
能以權巧善方便　廣行饒益諸有情
清淨意樂叵思議　譬若蓮花超濁水
或現戲論諸言詞　瓔珞莊嚴舞旋轉
種種技藝衆所觀　顯諸色相皆如幻
或爲村營聚落主　或爲長者或商賈
或爲輔相及宰臣　辯論無倫大智者
或於曠野作大樹　或爲無盡珍寶藏
如意摩尼隨所須　於迷方所爲引導
或現所作諸事業　種種彩繪及工巧
經營播植競希求　令悟世間非久住
或現冤親無憎愛　咸令安隱獲吉祥
洞明方藥濟群生　方便教示牟尼道
或演最上牟尼法　普使人天離癡惑
令諸異道出家人　發心歸向一切智
如是苦行諸外道　常持不語喬荅摩
裸形離繫號沙門　各能依奉師尊教
或有常持捨身行　執爲最勝無過上
辮髮長髻童子戒　各能依奉師尊教
或有五熱而炙身　或受狗牛等禁戒
或有常被鹿皮衣　各能依奉師尊教
或有常樂天中智　無善無惡及無因
唯飡根果及清泉　各能依奉師尊教
或有蹲坐或翹足　或卧荊棘或塗灰
執杖令心不異緣　各能依奉師尊教
乃至一一諸外道　彼能猛利修苦行
化令永斷諸苦因　悉使深心求解脫
如是世間諸異見　皆由依止於師尊
我今爲接彼邪徒　開示如來真實義
或演大乘微妙句　或宣祕密真言句

或現直說顯了句　或樂天中言說句
或以文字分別句　決定妙義金剛句
以智摧諸異論句　棄背非法言論句
或示人中明呪句　或現諸天勝妙句
諸龍夜叉乾闥婆　阿蘇囉及步多句
緊那羅與誐嚕拏　摩睺囉等所說句
各能入解彼言詞　宣暢如來解脫法
謂由得悟真實義　於佛法中心決定
語言智境妙難思　此爲最上三摩地
謂由獲彼三摩地　而能普放淨光明
其光攝化諸機宜　令獲輕安常寂靜
或放光明名善見　衆生蒙光而起信
悉能觀察衆善因　具足不空無上智
由是光明普照已　獲覩無邊佛法僧
如來塔廟衆靈蹤　一一稱揚伸供養
又放光明名勝燈　其光晃耀無能比
爲欲嚴淨於世間　能破微塵諸黒暗
彼光照矚衆生已　各各持燈而奉獻
如來供養不思議　復以衆燈而用施
或以酥燈及油燈　或以松脂及竹葦
乃至衆香妙寶燈　施已願授然燈記
又放光明名鉤召　悉能警集諸有情
由斯教誨彼群迷　解脫輪迴愛有海
如是慈光普照已　各使衆生得開悟
當令永離四瀑流　現除憂惱常安樂

大乘集菩薩學論卷第二十三

大乘集菩薩學論卷第二十四

法稱菩薩造

宋西天三藏朝散大夫試鴻臚少卿宣梵大師日稱等奉　詔譯

念三寶品第十八之三

諸有道路河流處　能建橋梁及船筏
普爲利樂諸衆生　稱讚寂靜令忻悟
放大光明除渴愛　此光能覺諸含識
令其捨離於五欲　專求解脫深妙法
若能捨離於五欲　專求解脫深妙法
則能以佛甘露雨　普滅世間諸渴愛
惠施池井及泉流　勤求無上菩提道
毀呰五欲讚禪定　是故光名除渴愛
放大光明名作變　此光能覺諸衆生
見者令慕佛菩提　發心願證無師智
造立如來大悲像　衆相莊嚴處蓮座
常歎最勝佛功德　是故此光名作愛
放大光明名忻樂　此光能覺諸衆生
令其心樂於諸佛　及以樂法樂衆僧
若常心樂於諸佛　及以樂法樂衆僧
則在如來聖會中　逮成無生深法忍
開悟衆生無有量　普使念佛法僧寶
及示發心功德行　是故此光名忻樂
放大光明名福聚　此光能覺諸衆生
令其修習種種施　以此願求無上道
設大施會無遮限　諸來乞者皆滿足
不令其心有所乏　是故此光名福聚
放大光明名具智　此光能覺諸衆生
於一法門了多法　於多法門剎那解
爲諸衆生分別說　決定了知眞實義
善能廣說無損減　是故此光名具智

放大光明名慧燈　此光能覺諸眾生
令知眾生性空寂　一切諸法無所有
法無主宰本來空　如幻陽焰水中月
亦如夢境及影像　是故此光名慧燈
放大光明法自在　此光能覺諸眾生
令得無盡陁羅尼　悉持一切如來藏
恭敬供養持法者　給侍守護如諸仙
以種種法施眾生　是故光名法自在
放大光明名具捨　此光覺悟慳眾生
令知財富悉無常　樂行惠施而無悋
善能調伏彼慳者　了財如夢如浮雲
增長惠施清淨心　是故此光名具捨
放大光明名除熱　此光能覺毀禁者
普令安住清淨戒　發心願證無師智
勸勵眾生咸奉持　十善業道常清淨
復令發趣菩提心　是故此光名除熱
放大光明名忍嚴　此光覺悟多嗔者
令除忿恚及我慢　樂修忍辱常柔和
眾生暴惡難行忍　爲菩提故心不動
稱揚最上忍功德　是故此光名忍嚴
放大光明名勤勇　此光覺悟嬾惰者
令彼常於三寶中　恭敬供養無疲猒
若彼常於三寶中　恭敬供養無疲猒
則能超出四魔境　速成無上佛菩提
勸諸眾生發精進　常於三寶伸供養
法欲滅時專護持　是故此光名勤勇
放大光明名寂靜　此光能覺亂意者
令其遠離貪恚癡　心不動搖棲正定
捨離一切惡知識　無義談說雜染行
讚歎禪定阿蘭若　是故此光名寂靜

放大光明名慧嚴　此光覺悟愚迷者
令其證諦解緣起　諸根智慧悉通達
若能證諦解緣起　諸根智慧悉通達
則得日燈三摩地　智慧光明成佛果
國財及已皆能捨　爲菩提故求正法
聞已爲衆廣開演　是故此光名慧嚴
放大光明名佛慧　此光覺悟諸含識
令見無量百千佛　各各坐寶蓮花上
讚佛威德及解脱　説佛自在諸神通
顯示佛力妙難思　是故此光名佛慧
放大光明名無畏　此光照觸除諸怖
非人捶打所執縛　一切災難皆令滅
於諸衆生施無畏　遇有惱害皆能止
拯濟厄難孤窮者　是故此光名無畏
放大光明名安隱　此光能瘵疾病者
令除一切諸苦痛　悉得勝定三昧樂
施以良藥救衆患　妙寶延命香塗體
掌中涌現諸飲食　是故此光名安隱
放大光明名見佛　此光覺悟將殁者
隨其憶念見如來　命終得生其淨國
見有臨終勸念佛　又示尊像令瞻敬
俾於佛所深歸仰　是故此光名見佛
放大光明名樂法　此光能覺諸群生
令於正法常欣樂　聽聞讀誦及書寫
法欲盡時能演説　令求法者意充滿
於法愛樂勤修習　是故此光名樂法
放大光明名妙音　此光開悟諸菩薩
能令三界所有聲　聞者皆是如來音
以大音聲稱讚佛　及施鈴鐸諸音樂
普使世間聞佛音　是故此光名妙音

放大光明名甘露　此光開悟諸衆生
令捨一切放逸行　具足修習諸功德
謂有爲法非安隱　無量苦惱悉充遍
常樂稱揚寂滅樂　是故此光名甘露
放大光明名最勝　此光開悟諸衆生
令於佛所普聽聞　戒定智慧增上法
常樂稱讃大牟尼　勝戒勝定及勝慧
如是爲求無上道　是故此光名最勝
放大光明名寶嚴　此光能覺諸群生
令得寶藏無窮盡　以此供養諸如來
以諸種種上妙寶　奉施於佛及佛塔
亦以惠施諸貧乏　是故得成此光明
放大光明名香嚴　此光能覺諸衆生
令其聞者悦可意　決定當成佛功德
人天妙香以塗飾　供養一切最勝主
亦以造塔及佛像　是故得成此光明
放大光明妙莊嚴　寶幢幡蓋無央數
焚香散華奏衆樂　城邑内外皆充滿
由以微妙伎樂音　衆香妙華幢蓋等
種種莊嚴供養佛　是故得成此光明
放大光明名嚴淨　令地平坦猶如掌
莊嚴佛塔及其處　是故得成此光明
放大光明名大雲　而能密布雨香水
由以香水灑佛塔　是故得成此光明
放大光明名嚴具　令裸形者得上服
嚴身妙物而爲施　是故得成此光明
放大光明名上味　能令飢者獲美食
以衆珍饌而爲施　是故得成此光明
放大光明名勝財　令貧乏者獲寶藏
以無盡物施三寶　是故得成此光明

放大光明名淨眼　能令盲者見衆色
以燈施佛及佛塔　是故得成此光明
放大光明名淨耳　能令聾者悉善聽
作樂施佛及佛塔　是故得成此光明
放大光明名淨鼻　昔未聞香皆能聞
以香施佛及佛塔　是故得成此光明
放大光明名淨舌　能除麤惡不善語
由以美音稱讚佛　是故得成此光明
放大光明名淨身　令根缺者皆具足
以身禮佛及佛塔　是故得成此光明
放大光明名淨意　令失心者得正念
由修三昧自在力　是故得成此光明
放大光明名淨色　難思妙相咸令覩
妙華供佛及佛塔　是故得成此光明
放大光明名淨聲　觀聲緣起如谷響
了知聲性本來空　是故得成此光明
放大光明名淨香　令諸臭穢悉香絜
香水浴佛及佛塔　是故得成此光明
放大光明名淨味　能除一切味中毒
常供佛僧及父母　是故得成此光明
放大光明名淨觸　能令硬觸皆柔輭
戈鋋劒戟從空雨　皆令變作妙花鬘
以昔曾於道路中　塗香散華布衣服
迎奉如來蹈其上　是故得成此光明
放大光明名淨法　能令身諸毛孔中
悉演難思妙法門　聽者咸欣蒙解脫
自性無生從緣起　法性常住等虛空
了知佛身即法身　是故得成此光明
如是等比光明門　如微塵數無有量
悉從大仙毛孔出　所作事業名差別

如一毛孔所放光　出若虛空微塵數
一切毛孔悉亦然　此是大仙三昧力
如彼所修諸功德　隨其宿緣同梵行
今放光明故如是　此是大仙智自在
往昔同修勝福業　能生愛樂皆隨喜
於今所作亦復然　是故得成此光明
若有自修衆福業　數數供養於諸佛
復於佛德常勤求　由此光明所開覺
譬如生盲不見日　非謂無日出世間
諸有目者悉了知　各隨所務而修作
大士光明亦如是　有智慧者皆悉見
凡夫邪信劣解人　於此光明莫能覩
摩尼宮殿及輦輿　妙寶靈香以塗瑩
具有勝福咸自然　非無德者能安處
大士光明亦如是　有深智者咸蒙照
邪信劣解凡愚人　無有能得斯光矚
若有聞此光差別　能生清淨深信解
永斷一切諸疑網　速成無上功德幢
復現最上三摩地　眷屬莊嚴皆自在
十方一切國土中　佛子衆會皆圍繞
有妙蓮華光莊嚴　量等三千大千界
其身端坐悉充滿　現此三昧神通力
復有十剎微塵數　妙寶蓮華所嚴飾
諸佛子等住其中　是此三昧威神力
宿世成就善因緣　具足脩行佛功德
如是衆會所圍繞　悉共合掌觀無猒
童子身中入三昧　於盛年身從定起
盛年身中入三昧　於老年身從定起
老年身中入三昧　近事女身從定起
近事女身入三昧　近事男身從定起

近事男身入三昧　比丘尼身從定起
比丘尼身入三昧　於比丘身從定起
比丘身中入三昧　學無學身從定起
學無學身入三昧　於緣覺身從定起
緣覺身中入三昧　現如來身從定起
如來身中入三昧　於諸天身從定起
諸天身中入三昧　於大龍身從定起
大龍身中入三昧　於夜叉身從定起
夜叉身中入三昧　於部多身從定起
部多身中入三昧　一毛孔中從定起
一毛孔中入三昧　一切毛孔從定起
一切毛孔入三昧　一毛端頭從定起
一毛端頭入三昧　一切髮端從定起
一切髮端入三昧　一微塵中從定起
一微塵中入三昧　於一切塵從定起
一切塵中入三昧　於金剛際從定起
金剛際中入三昧　於摩尼寶從定起
若摩尼寶入三昧　佛光明中從定起
若佛光中入三昧　於水大中從定起
若水大中入三昧　於火大中從定起
若火大中入三昧　於風大中從定起
若風大中入三昧　於地大中從定起
若地大中入三昧　於大宮殿從定起
若天宮殿入三昧　於空起定心不亂
是名不思議解脫　自在功德三摩地
十方所有諸如來　於無量劫說不盡
一切如來共宣說　衆生業報龍變化
諸佛自在大神通　及入定力不思議
聲聞心住八解脫　能以一身現多身
復以多身爲一身　於虛空中入火定

彼不具足大慈悲　不爲衆生求佛道
尚能現此難思議　何況廣大饒益者
譬如日月遊虛空　其光普遍十方處
泉池陂澤器內水　衆寶河海靡不現
菩薩色像亦復然　十方普現不思議
此皆三昧自在力　唯有如來能現證
海中有神名善音　其音普順海衆生
所有語言皆辯了　令彼一切悉歡悅
彼神具有貪恚癡　猶能善解諸言說
況復總持自在力　而不能令衆歡喜
譬如幻師善幻法　能現無邊巧事業
須臾示作日月歲　城邑豐饒大安樂
幻師具有貪恚癡　猶能幻力悅世間
況復解脫諸禪定　而不能令衆歡喜
羅睺阿脩羅變現　蹈金剛際海中立
海水雖深沒半身　首與須彌正齊等
彼有貪欲嗔恚癡　尚能現此大神變
況復降魔照世燈　而無自在威神力
天與脩羅闘戰時　帝釋神力得自在
隨其軍衆之數量　現身與等彼無敵
諸阿脩羅作是念　釋提桓因來向我
必取我身五種縛　由是彼衆悉憂怖
帝釋現身有千眼　手執金剛出火焰
被甲持杖具威嚴　脩羅遙見咸退伏
彼由微小福力故　猶能摧破大怨敵
何況救度一切者　豈於功德不自在
如風興雲降大雨　亦能息滅諸雲氣
亦能成熟諸苗稼　亦能安樂諸群生
彼不能學波羅蜜　亦不學佛諸功德
猶成不可思議事　何況具足諸願者

論曰菩薩諸有所作皆爲利樂諸衆生故自
餘別明增長福因如寶雲經偈云
若諸菩薩 嚴持香華 奉獻如來 及佛塔廟
以此回向 願諸衆生 離破戒垢 得佛戒香
若諸菩薩 以淨香水 掃灑塗地 以此回向
願諸衆生 離惡威儀 修善法式 整肅圓滿
若諸菩薩 嚴持花蓋 而以奉獻 以此回向
願諸衆生 離煩惱熱 若入伽藍 發如是心
令諸衆生 入涅槃城 出伽藍時 發如是心
願令衆生 越生死獄 若開戶牖 發如是心
願令衆生 開聖智門 若閉戶牖 發如是心
願令衆生 閉惡趣門 若安坐時 發如是心
願令衆生 坐菩提場 右脇卧時 發如是心
願令衆生 安住涅槃 從卧起時 發如是心
願令衆生 離纏蓋障 若往便利 發如是心
願令衆生 趣大覺路 正便利時 發如是心
願令衆生 拔三毒箭 若洗淨時 發如是心
願令衆生 洗煩惱垢 若洗手時 發如是心
願令衆生 離穢濁業 若洗足時 發如是心
願令衆生 離障塵坌 嚼齒木時 發如是心
願令衆生 捨諸垢染 又彼菩薩 若身所作
一切善業 持以回向 利益安樂 一切衆生
若禮如來 及佛塔廟 發如是心 願令衆生
常得人天 之所禮敬

大乘集菩薩學論卷第二十四

大乘集菩薩學論卷第二十五

法稱菩薩造

宋西天三藏朝散大夫試鴻臚少卿宣梵大師日稱等奉　詔譯

念三寶品第十八之四

論曰謂諸菩薩或以因緣遇諸難事正念對治不生驚怖如般若經說復次舍利子若菩薩摩訶薩設於惡獸難中不生驚惱亦無怖畏何以故是菩薩即作是念我當利益諸衆生故一切皆捨若諸惡獸欲噉我者我當施與速得圓滿施波羅蜜願我當成阿耨多羅三藐三菩提時國土清淨不聞諸惡蟲獸之名復次舍利子若菩薩摩訶薩於怨賊難中不生驚惱亦無怖畏何以故是菩薩若已所有皆悉能捐即作是念若諸怨賊來欲所須我當與之乃至劫取斷我命根身語意業亦無嗔恨速得圓滿戒波羅蜜及得具足忍波羅蜜願我當成阿耨多羅三藐三菩提時國土清淨不聞如是怨賊之名復次舍利子若菩薩摩訶薩於渴乏難中亦無怖畏何以故是菩薩得法利益而無憂惱即作是念我今當爲一切衆生宣說法要斷除渴愛設我此身爲渴所逼趣命終者復於後世起大悲心嗟此衆生薄福德故還復生此無水難中令修正行具足勝慧而能圓滿精進波羅蜜多願我當得阿耨多羅三藐三菩提時國土清淨不聞如是渴乏之名其中衆生具足福德自然而有八功德水復次舍利子若菩薩摩訶薩於飢饉難中不生驚怖何以故是菩薩被精進鎧堅固無懈作如是念今此衆生受飢饉苦深可憐愍願我當成阿耨多羅三藐

三菩提國土無有飢饉之名所化衆生適悅安隱如忉利天自然快樂一切所欲隨心即現壽命堅固安住寂靜

論曰如是所作則能增長廣大福因最上境界亦同清淨經中所說若以法施不生希望所獲勝報見深心教戒經若人不希名聞財利能以法施獲二十種慈心功德一者安住正念二者能生覺悟三者發趣勝道四者任持諸善五者增長慧命六者達出世智七者除貪過失八者除嗔過失九者除癡過失十者魔不得便十一者諸佛加持十二者諸天守護容色光澤十三者非人惡友不得其便十四者善友知識常所愛敬十五者所言眞實十六者得無所畏十七者意常悅豫十八者善名流布十九者明記無忘二十者常樂法施此說是名慈心功德又般若經云復次阿難若聲聞人以聲聞法普爲三千大千世界一切衆生如其所證而爲演說悉令獲得阿羅漢果阿難若菩薩摩訶薩能以般若波羅蜜多相應句義爲一衆生開示演說過前三千大千世界一切衆生證阿羅漢所得功德又復於彼諸阿羅漢積集布施持戒功德於意云何是爲多不阿難白言甚多世尊甚多善逝佛言阿難彼福雖多不如菩薩以此般若波羅蜜多相應法門爲他演說其福勝彼又菩薩摩訶薩於此般若波羅蜜多甚深法門能一日中爲人分別如是乃至一時一刻一須臾頃善宣說者阿難彼菩薩如是法施不可以聲聞緣覺所有善根而相比喻何以故是菩薩摩訶薩於阿耨多羅三藐三菩

提得不退轉故又以法施如妙法蓮華經偈云
菩薩有時　入於靜室　以正憶念　隨義觀法
菩薩常樂　安隱說法　於清淨地　而施牀座
以油塗身　澡浴塵穢　着新淨衣　內外俱淨
安處法座　隨問爲說　若有比丘　及比丘尼
除懶墮意　及懈怠想　離諸憂惱　慈心說法
晝夜常說　無上道教　以諸因緣　無量譬喻
開示衆生　咸令歡喜　衣服臥具　飲食醫藥
而於其中　無所希望　但一心念　說法因緣
願成佛道　令衆亦爾　是則大利　安樂供養
是經復說以順法故不多不少乃至深愛法者亦不爲多說又月燈經偈云
若耆宿請問　欲求於法施　應先謂彼言
我學習不廣　又復作是說　尊者甚聰慧
豈於大德前　而能輒宣說　說時勿倉卒
當擇器非器　既審其機已　不請亦爲說
若於大衆中　見諸毀禁者　勿復歎持戒
當歎施等行　若見少欲者　與持戒相應
起於大悲心　讚少欲持戒　得彼勝儔侶
便可讚持戒
論曰如是法師應當澡浴著新淨衣以慈修身爲衆演說一切魔羅不得其便見海意經陁羅尼
怛馳(切身)他(引一)設彌(引二)設摩嚩底(三)設彌多設咄嚕(二合四)盎酤哩(引五)摩(引)囉哈底(六)葛囉(引)賦(引七)枳(引)蹫哩(引八)烏揭嚩底(九)烏呼(引)葛野底(十)尾輸(引)馱你(十)你哩摩(二合)梨(引二)(十)摩羅(引)鉢那曳(引三)(十)烏渴哩(引四)(十)渴嚕(引)誐囉(二合)細(引五)(十)鉢囉(二合)薩你(引六)(十)條(引)目契(引七)(十)阿

引目契引十八設曳多引你薩哩嚩二合怛囉二合誐囉二合賀満馱那引你十九屹哩二合係引多薩哩嚩二合波囉鉢囉二合嚩引祢那二十尾目訖多二合引摩引囉播引舍二十一塞他二合引必多引没馱母捺囉二合引二十二三母捺伽二合引底多薩哩嚩二合摩囉二十三阿都梨多鉢捺鉢哩戍敕切身引二十四尾誐蹉底薩哩嚩二合摩引羅葛哩摩二合引尼二十五

彼說法師以此真言作持誦已處于法座普觀衆會廣運慈心當於已身起醫王想如法藥想於聽法者起病人想於諸如來起正士想於正法眼起久住想由此真言現前施作於正理法如應爲說是時周帀百由旬內諸魔天衆悉不能來作諸魔事設諸魔王至法會所亦復不能作諸障難

論曰如是平等法施則能增長大菩提心如寶篋經云文殊師利譬如林木枝葉繁茂皆因四大而得生長文殊師利如是菩薩以種種門集諸善根一切皆攝在菩提心於一切智回向菩提以爲增長

論曰若諸菩薩爲欲廣大顯示修學佛之境界最初安住正念正知如是則能成就正斷及不放逸謂由發起精進樂欲而於未生惡不善法防護不起於其已生惡不善法則能永斷使令清淨未生善法令其發起已生善法更復增長於不放逸而常安住諸善法中此爲根本如月燈經偈云

如我所說諸善法　謂戒聞捨及忍辱
以不放逸爲根本　是名善逝最勝財

云何名放逸謂於邪教及惡朋友虚妄推求

而得生起如人執持王所飲藥盛滿器中行險滑路當知是人恐怖憂惱何有放逸又如來祕密經說云何不放逸謂能最初調攝諸根眼見色等不取於相不著於好如是乃至意法亦然了知是已皆不取著不生染愛常求出離又於自心善調伏已亦能隨應攝護他心善能息彼煩惱染愛此名不放逸若人信解不放逸法則能隨順諸精進事亦復積集淨信功德由修淨信及不放逸精進法故則能修作正念正知以正念正知故則於一切菩提分法而不壞失若具淨信不放逸精進正念正知者則能勤修深固之法菩薩若於深固法中善了知者則能於有於無如實覺了乃至於世俗諦中說眼等爲有彼經偈云

常不放逸甘露法　利衆生發菩提心
深固寂靜心亦然　諸樂根本無所取

論曰若能積集諸相應行則於自他增長勝福而說頌曰

學自他平等　堅固菩提心　對自成於他
展轉無有實　亦猶立彼岸　由此而對待
彼既本來無　我性何所有　若苦不防護
則爲苦所著　如是行法者　云何而不護
起邪妄分別　執我以爲常　若我本如然
何現有生滅　彼若別有生　爲誰修福業
營求於財利　及受諸快樂　現見身衰老
不久而殞滅　復生爲嬰兒　童子及年少
於刹那時分　速朽而變壞　何處名爲身
爪髮皆離散　初識托母胎　生已爲孩孺
盛年衰老相　最後爲灰燼　此明身自性

分位假安布　畢竟無一塵　形相那久住
又復此身者　不說當自知　爲異相所遷
思惟我何有　由分位和合　世俗而顯現
於佛正理中　隨相應所斷　彼若無有識
則不能建立　亦無貪恚癡　云何有功德
餘九種世間　各各有三種　無識與衣等
何能生彼樂　衣不能生樂　當知從因生
若樂生於衣　彼相何曾有　是故正教理
說諸行無常　現證及思惟　由因緣和合
見自已眷屬　云何說有常　於方所推求
無一微塵許　如然燈油盡　彼油知何往
如是觀察已　剎那不可住　聚集諸眷屬
嚴飾而行列　妄計爲我有　於樂他何知
了知彼衆生　無一可積集　自他既有殊
於苦亦無得　如是不相應　彼我何處有

或如自力能　數數而開示　世間諸衆生
多苦常逼切　當起大悲心　爲憐愍於彼
善作是觀察　平等而救度　假使入阿鼻
如鵝泛蓮沼　爲令諸有情　常處歡喜海
自不樂解脫　救彼常無猒　作是利益已
而不生恃賴　亦無有疲勞　不希於果報
若十方福聚　彼我定獲得　不生嫉妬心
他樂同已想　又復若自他　同修於懺悔
勸請佛世尊　及隨喜福業　作如是回向
平等無差別　隨其福所施　無盡衆生界
菩薩行是行　則多所饒益　增長大悲心
獲最上安隱　得彼金剛手　及諸佛世尊
常作於護持　群魔咸驚悖　是法王之子
諸天咸讚揚　住菩提心事　善遊履勝道
衆生善修習　息除自他苦　故我無所著

一切皆當捨　若人爲愛縛　則苦無窮極
煩惱由之生　損壞徒後悔　苦火燒衆生
熾然皆普徧　下至爪分量　於已亦無樂
謂一切我愛　第一之苦本　燒然使無餘
爲利諸含識　樂妻子眷屬　畢竟皆棄捐
思惟因緣生　於身亦無愛　諸有具智人
於彼二皆捨　了知身與心　刹那差別起
謂常無有常　離垢本無垢　自得於菩提
彼亦成正覺　不思以世法　而利於衆生
法藥及佛像　如是我當施　以慧自揀擇
所作事相應　攝護於已財　積已而能散
或自身他身　若少若多苦　如是皆令得
諸上妙快樂　衆生於欲境　防護生障惱
如蛇處窟穴　畢竟令清淨　猶如淨良田
成熟諸稼穡　能除飢熱惱　滿足其福報

若人不遠離　名利及五欲　所説亦無誠
於彼不須怒　彼既失自利　怒之忍何有
於是不生嗔　利他而不斷　善行眞實忍
如觀麝有香　已物爲他侵　返遭獵者損
以方便思惟　無主宰快樂　自既非受用
彼何無教誨　如是彼佛子　念念除煩惱
了諸根境界　譬若大瘡疱　念彼忿恚者
饒益而開誘　自性離調柔　處苦樂何得
又彼五大種　示之以强名　乃至住有情
皆成於義利　若利生無懈　則不造諸惡
故我勤修習　六界無衰惱　至虛空究竟
及世間邊際　我住利衆生　令智心成熟
身爲阿闍黎　善學離諸苦　不問自力能
何所非防護　若自作苦惱　何因生恐怖
隨自師了知　我慢諸過失　住大悲境界

不貪於果報　常近事修學　平等何有我
見癡狂盲者　行步多錯悞　或墮險道中
自他常憂惱　爲尋求彼故　同難而救護
如是行相應　則見大功德　我過失非一
其深如巨海　若自他復造　何由得解脱
若彼善教誡　羞耻諸過咎　常頂受他言
一切皆當學　聞彼過生怖　愼勿於餘説
彼我心命同　若喜則無耻　諸煩惱冤敵
我獨能鬭戰　若此於心中　損壞無安隱
歸命觀自在　大悲無與等　紺髮簇旋螺
復如髮垂下　於十方刹土　指端流乳海
救地獄鬼趣　輪迴諸極苦　復於善衆生
亦尋聲救護　婆稚阿脩羅　得脱彼冤害
極最勝莊嚴　世所未曾覩　愚智諸有情
瞻奉咸忻慶　又復虔信禮　妙吉祥大士

所集正法藏　能利樂世間　無比大醫王
善消諸毒難　施樂及壽命　故我今稽首
無邊苦熱惱　現廣大清泉　令衆悦其心
當除諸渴愛　十方諸世界　各現劫羅波
衆生滿所求　普現青蓮目　無量諸菩薩
稱讚身毛聳　歸命文殊尊　最勝無過上
一切希有菩薩行　結集所有諸功德
自他當獲福無窮　皆作文殊眞佛子
書寫此正法　我所有微善　爲愍有情故
令增長勝慧　諸法從緣生　緣盡法即滅
我師大沙門　常作如是説

大乘集菩薩學論卷第二十五

音釋

螺髻（螺落戈切髮如螺也髻古詣切綰髮也）紺（古暗切深青色也）烏瑟柅沙（梵語也此云佛項柅音你）腨（市兗切腓腸也）袤（莫候切）侔（莫浮切齊等也）俳優（俳步皆切優音憂俳優倡也）憒（古對切心亂也）悍（侯旰切勇也）繪（胡對切畫也）辮（婢典切編髮也）蹲（徂尊切踞也）翹（渠堯切舉踵也）矚（之⺌切照也）瀑（薄報切浜也）捶打（捶之累切打音頂捶打伏擊也）鋋（市連切小矛也）戟（訖逆切戈屬）坌（蒲悶切塵塕也）⿰亭也（寧也切）⿰亭夜（亭夜切）麝（神夜切獸名麝有香者）